《艳异编》研究

YANYIBIAN
YANJIU

任明华———

著

教育部人文社会科学研究规划基金一般项目（20YJA751018）资助

齐鲁书社
·济南·

图书在版编目（ＣＩＰ）数据

《艳异编》研究 / 任明华著. -- 济南 : 齐鲁书社,
2024. 9. -- ISBN 978-7-5333-5001-7

Ⅰ. Ｉ207.41

中国国家版本馆CIP数据核字第2024VE8844号

责任编辑　张　巧
装帧设计　刘羽珂

《艳异编》研究
YANYIBIAN YANJIU

　任明华　著

主管单位	山东出版传媒股份有限公司
出版发行	齐鲁书社
社　　址	济南市市中区舜耕路517号
邮　　编	250003
网　　址	www.qlss.com.cn
电子邮箱	qilupress@126.com
营销中心	（0531）82098521　82098519　82098517
印　　刷	山东华立印务有限公司
开　　本	720mm×1020mm　1/16
印　　张	25.25
插　　页	3
字　　数	350千
版　　次	2024年9月第1版
印　　次	2024年9月第1次印刷
标准书号	ISBN 978-7-5333-5001-7
定　　价	78.00元

目 录

绪 论 ……………………………………………………………… 1

第一章 《艳异编》的编者、成书时间及版本 ………………… 6
　　第一节 《艳异编》的编者是王世贞 ……………………… 6
　　第二节 王世贞编选《艳异编》的时间 …………………… 16
　　第三节 《艳异编》的版本 ………………………………… 23

第二章 《艳异编》篇目直接来源考 …………………………… 57
　　第一节 卷一至卷一七篇目来源考 ………………………… 60
　　第二节 卷一八至卷三五篇目来源考 ……………………… 77
　　第三节 卷三六至卷四五篇目来源考 ……………………… 101

第三章 《艳异编》的题材分类、特点与编纂方式 …………… 124
　　第一节 《艳异编》的题材分类 …………………………… 124
　　第二节 《艳异编》的题材特点 …………………………… 128
　　第三节 《艳异编》的编纂方式 …………………………… 150

第四章 《艳异编》的多重价值 ………………………………… 180
　　第一节 崇尚"艳异"的审美思想 ………………………… 180
　　第二节 史稗相通的小说观念 ……………………………… 188

第三节 重视"诗文小说"的文体形态 …………………… 197

第四节 独特的文献学价值 ………………………………… 209

第五章 《艳异编》的评点价值 ………………………………… 226

第一节 张扬"情"与女子的才识 ……………………… 227

第二节 关注叙事手法 …………………………………… 236

第三节 彰显"奇""异"的小说审美观 ……………… 241

第六章 《艳异编》的影响 ……………………………………… 248

第一节 《艳异编》与《稗家粹编》 ………………… 250

第二节 《艳异编》与《一见赏心编》 ……………… 262

第三节 《艳异编》与《绿窗女史》 ………………… 278

第四节 《艳异编》与《情史》 ……………………… 286

第五节 《广艳异编》的编刊 ………………………… 317

附录一 四十五卷本《艳异编》作品直接来源表 ………… 340

附录二 《一见赏心编》作品直接来源表 ………………… 354

附录三 《广艳异编》作品直接来源表 …………………… 362

主要参考书目 …………………………………………………… 386

后 记 …………………………………………………………… 401

绪 论

《艳异编》是明代著名文人王世贞编纂的一部小说选本，明代的《徐氏家藏书目》小说类、《澹生堂藏书目》小说家类著录。全书凡四十五卷，共收录四百三十多篇作品，作品主要来自史传、类书、丛书、笔记小说、传奇小说集，体现出鲜明的时代特点。《艳异编》问世后，不仅刊行了四十卷批选本、十二卷摘评本、五十七卷本、五十三卷本、《古艳异编》十二卷本等七种版本，《广艳异编》《续艳异编》《宫艳》《稗家粹编》《绿窗女史》《一见赏心编》《情史》等许多模仿《艳异编》的小说选本也不断出现，且《艳异编》中的许多作品直接被《稗家粹编》《绿窗女史》《一见赏心编》《情史》等抄录。研究《艳异编》，对于考查明代小说作品的编刊、传播、接受过程，完善中国古代小说学理论具有重要意义。

一、目前国内外研究的现状和趋势

目前，在文献整理、出版方面，上海古籍出版社、广陵书社、文物出版社影印了据最早的四十五卷本编选的明刊四十卷批选本和十二卷摘评本，春风文艺出版社等据此两种本子出版了校点本，但都删除了评语。可见，当前整理、出版的《艳异编》较为单一、重复，且不能完整反映《艳异编》的全貌。最早的四十五卷本及其他众多版本尚未面世，极大地影响了后世对王世贞《艳异编》取材范围和编纂方式的研究，也使学界在梳理各版本的渊源关系时多有困难。为全面、深入研究《艳异编》，汇集梳理所有版本，为学界提供可靠的整理校点本，成为当务之急。

　　研究论著方面，少数小说书目辞典和小说研究专著对《艳异编》进行过简单的介绍。进入新世纪后，《艳异编》方引起学界较大关注，共有十一篇专门的研究文章。目前论文和专著的研究内容主要集中在三个方面：

　　第一，《艳异编》的作者与版本问题。针对《艳异编》的编者问题，一种看法认定王世贞是《艳异编》的编选者。明清人的文集、笔记、小说序跋等，基本都认为王世贞编选了《艳异编》。自孙楷第先生《戏曲小说书录解题》（人民文学出版社 1990 年版）、王重民先生《中国善本书提要》（上海古籍出版社 1983 年版）始，学界开始否定王世贞的编选权，理由是《艳异编》"毫无持择""世贞在有明一代，号为博学，何至为此等书，此必书肆所托"①，这个说法影响极大。近年来，学界又肯定《艳异编》编者是王世贞，如石昌渝主编《中国古代小说总目》（山西教育出版社 2004 年版）、陈国军《明代志怪传奇小说研究》（天津古籍出版社 2006 年版）等论著。尤其是陈国军从明人胡应麟《少室山房集》中发现其祭奠、怀念王世贞的两首诗歌，诗中明确把《艳异编》归于王世贞名下；赵素忍等《〈艳异编〉编者考辨》（《中国语言文学研究》，2017 年辑刊）又从明人范守己《御龙子集》卷四六《与王元美先生》，以及詹景凤《明辨类函》卷三八、卷五八中发现新的资料，进一步证实了王世贞的编著权。这些材料都深化了学界对《艳异编》编者的研究。另外，我们从《艳异编》作品直接取材于《剑侠传》这一点亦可证明王世贞的著作权。需要注意的是，《艳异编》传世版本众多，其中不少版本是王世贞去世后由书坊主编刊而成的，目前各大图书馆编目和学界研究把不同版本的《艳异编》都归于"王世贞"名下，这是十分不妥的。各版本的刊行时间及先后关系有待深入考证，目前仅有任明华的一篇论文《略论〈艳异编〉的版本》（《明清小说研究》，2016 年第 1 期）对此进行了初步的探讨。

　　第二，考证《艳异编》篇目的来源。孙楷第先生《戏曲小说书录解

---

　　① 　孙楷第《戏曲小说书录解题》，北京：人民文学出版社，1990 年，第 14 页。

题》最早提出《艳异编》"十分之七"取材于《太平广记》，遂成学界共
识，鲜有质疑。陈国军在《明代志怪传奇小说研究》中经过比对，认为
《艳异编》的取材"多在当代"①，即多取材于《说郛》《古今说海》《虞
初志》《剪灯新话》《剪灯余话》《西樵野纪》《庚巳编》等，纠正了向来
的错误认识，但陈氏仅列举少数篇目，且依据的版本是删略后的四十卷批
选本。赵素忍等的《〈艳异编〉与〈太平广记〉关系探讨》[《河北经贸大
学学报》（综合版），2014 年第 4 期] 与《〈艳异编〉中宋元小说来源考
辨》[《河北师范大学学报》（哲学社会科学版），2015 年第 6 期] 两篇论
文，则考证了《艳异编》部分篇目的具体出处，认为编者未从《说郛》
取材，实际上这个结论并不可靠。目前学界考证《艳异编》篇目来源的研
究，有两点明显不足：一是只关注小说类，其实《艳异编》还从《战国
策》《史记》《汉书》《后汉书》《晋书》《南史》《北史》等十多部史书中
取材，这部分大概有六十一篇，有待进一步比对、探究；二是都以书坊主
删减后的四十卷批选本为研究对象，不能全面反映王世贞《艳异编》的选
材范围，要想达到这一目的，无疑应以四十五卷本为考察依据，再扩展探
究其他版本的篇目作品来源。

　　第三，分析《艳异编》体现出来的王世贞的编选宗旨和时代审美观
念。如陈国军《明代志怪传奇小说研究》、代智敏《从〈艳异编〉〈广艳
异编〉看明代中晚期小说审美观念的发展》（《兰州学刊》，2006 年第 2
期）、刘贝贝《明代"艳异"类小说选本研究》（辽宁大学 2016 年硕士学
位论文）、肖群霖《王世贞〈艳异编〉"艳""异"母题研究》（湖北民族
学院 2018 年硕士学位论文）和赵素忍《〈艳异编〉及其续书研究》（中国
社会科学出版社 2020 年版）等论著，认为王世贞以"艳""异"为标准
的编选原则，体现了明代中后期倡导真情、反对禁欲、趋俗尚奇的文学思
想和审美趣味，极具时代性和历史感。这标志着当代研究日益深入《艳异
编》的文本内部，并涉及对外部时代风尚的考查。

---

　　①　陈国军《明代志怪传奇小说研究》，天津：天津古籍出版社，2006 年，第 278 页。

综上所述，目前学界对《艳异编》的研究还不够全面、深入，还有一些问题尚待解决。第一，亟需整理出版最早的《艳异编》四十五卷本，为学术研究提供可靠的版本依据；第二，目前研究已从对作者的考证走向对文本的分析，由外转向内，厘清了一些根本性的问题。但是，各版本之间的渊源关系、王世贞的编纂思想与方式及后世对《艳异编》的评点、《艳异编》的影响等众多问题，尚未见深入论述。

二、《艳异编》研究的学术价值

《艳异编》对研究明代中后期的小说编纂方式、文学思潮、小说评点等具有重要的理论价值。这主要表现在四个方面：

第一，通过考察篇目题材特点和编著者对作品的增删，研究王世贞的小说观念和明代的小说审美思潮。《艳异编》集史传、志怪、传奇于一书，标志着明代中后期小说的审美趣味由"奇异"向"艳异"转向，并蔚然成风。

第二，《艳异编》引史入稗，从《战国策》《史记》《汉书》等十多部史书中取材六十一篇，有意模糊正史和小说的界限，有助于提高《艳异编》的地位，显示出史稗相通、实录与虚构并重的小说观念，对后来小说选本的编刊产生了深远的影响。

第三，《艳异编》在研究明代创编小说的传播方面，具有重要的文本价值。《艳异编》虽然主要选录明代以前的作品，但其篇目的直接来源却是明人编刊的《顾氏文房小说》《古今说海》和《虞初志》等，且数量达一百五十多篇；同时，《艳异编》也从《剪灯新话》《剪灯余话》《西樵野纪》《庚巳编》《西湖游览志余》等明人小说集中选录了近三十篇；另外，还保留了《陈子高》《韩宗武》《西阁寄梅记》等明代小说和《娇红记》等作品的早期版本，具有重要的版本学、校勘学和文献学价值，有助于学界研究前代和明人的小说编创与传播状况。

第四，王世贞对《艳异编》中的少数作品进行了评点。后来又有两种伪托汤显祖评点的《艳异编》，对其中小说的内容思想、人物塑造、叙事艺术等方面进行了品评，在明代小说学史上具有较高的研究价值。

三、本课题的研究思路

首先，搜集目前国内外《艳异编》的各种版本及研究论著，归纳、总结当前《艳异编》研究取得的成绩及存在的不足，确立研究目标和框架。

其次，调查、复制国内外图书馆收藏的《稗家粹编》《广艳异编》《续艳异编》《宫艳》《绿窗女史》《一见赏心编》《情史》等"艳异"系列小说选本，为研究《艳异编》的影响奠定文献基础。

最后，全面梳理《艳异编》的版本关系，考证作品的直接来源，探讨《艳异编》的编纂方式、多重价值、深远影响及评点价值等，结合明代的小说出版、文学思潮等，综合分析《艳异编》的小说学价值和文献学价值。

四、本课题的研究方法

第一，文献研究法。通过搜集《艳异编》的研究论著，论证课题的可行性。搜罗明代文人书信、序跋、诗文等文献，论证王世贞是《艳异编》的编者。调查、复制、汇编《艳异编》各版本及"艳异"系列小说选本等资料，为全面深入研究《艳异编》奠定坚实的文献基础。

第二，对比研究法。通过对比，发现《艳异编》与《太平广记》《古今说海》《虞初志》《南史》相同作品的文字差异，考证《艳异编》选编作品的直接来源，为进一步研究编纂方式等提供扎实可靠的文本依据。

第三，综合分析法。综合编者的个人情趣、出版状况、小说美学传统、时代思潮等方面的因素，分析《艳异编》题材特征的形成原因、多重价值及深远影响等问题。

第一章 《艳异编》的编者、
成书时间及版本

第一节 《艳异编》的编者是王世贞

王世贞（1526—1590），字元美，号凤洲，又号弇州山人，江苏太仓（今江苏省太仓市）人。嘉靖二十六年（1547）进士，累官至南京刑部尚书，卒赠太子少保。著有《弇州山人四部稿》等。与李攀龙、梁有誉、徐中行、谢榛、宗臣、吴国伦合称"后七子"，《明史·王世贞传》称："世贞始与李攀龙狎主文盟，攀龙殁，独操柄二十年。才最高，地望最显，声华意气笼盖海内。一时士大夫及山人、词客、衲子、羽流，莫不奔走门下。片言褒赏，声价骤起。其持论，文必西汉，诗必盛唐。"①

目前所知，最早提到《艳异编》的文献是王世贞与徐中行的信。信中说道："九月中游阳羡诸山……《艳异编》附览。毋多作业也，目眵手战，不能多及。亮之！亮之！"② 王世贞把《艳异编》寄给徐中行阅览。徐朔方先生考证此信写于明嘉靖四十五年（1566），认为王世贞当于嘉靖四十

---

① ［清］张廷玉等《明史》卷二八七，北京：中华书局，1974 年，第 7381 页。
② ［明］王世贞《弇州山人四部稿》卷一一八，日本国立公文书馆内阁文库藏明世经堂刊本。

四年（1565）或略前编成《艳异编》。①

《艳异编》的作者是王世贞，在明代几无异议。首先，王世贞的友人都认定《艳异编》是王世贞所编。范守己《与王元美先生》书云："去春仙龄游云间，不佞得随舆隶，后窃觊龙光，不胜忻慰。既而得猎《艳异》《清裁》等帙，以为惠子五车，殆不足多。继又购得《四部稿》，然藜嘿诵，不觉骇汗淫淫然下也。"② 范守己（约1545—1611），字介儒，号御龙子，洧川（今河南省长葛市）人。万历二年（1574）进士，授云间司理。信中所谓《清裁》即《尺牍清裁》，王世贞《尺牍清裁序》云："第惜其时代名氏往往纰误，所漏典籍亦不为少，乃稍为订定，仍加增葺。"③ 即《尺牍清裁》是王世贞在杨慎《赤牍清裁》八卷的基础上，于嘉靖三十七（1558）增编所成的二十八卷。据王世贞《重刻尺牍清裁小叙》，知其后来于隆庆五年（1571）夏又将《尺牍清裁》增编为六十卷。《四部稿》为王世贞《弇州山人四部稿》，万历三年（1575）撰定，万历四年（1576）由世经堂刻成。信中提到的《艳异编》为王世贞所编，显然对范守己来说是不证自明、毫无争议的。

詹景凤（1528—1602），字东图，号白岳山人，安徽休宁（今安徽省黄山市休宁县）人。"性豁达，负豪侠，侃侃好谈论"，隆庆元年（1567）举人，授南丰教谕，后补麻城教谕，升南京翰林院孔目、南京吏部司务，谪保宁教授，升平乐府通判，以疾卒于官。④ 著有《詹氏性理小辨》六十四卷等。詹景凤与王世贞多有书信往来，十分熟悉王世贞的文学主张和创

①　徐朔方《王世贞年谱》，《晚明曲家年谱》第1卷，杭州：浙江古籍出版社，1993年，第586~589页；《古本小说集成·〈艳异编〉前言》，上海：上海古籍出版社，1993年，第1页。

②　［明］范守己《御龙子集》之《吹剑草》卷四六《与王元美先生》，《四库全书存目丛书》集部第163册，济南：齐鲁书社，1997年，第310页。

③　［明］王世贞《弇州山人四部稿》卷六四，日本国立公文书馆内阁文库藏明世经堂刊本。

④　［清］廖腾煃等纂修康熙三十二年（1693）《休宁县志》卷五、卷六，《中国方志丛书》华中地方第90号，台北：台湾成文出版社，1970年，第564、803页。

作。《詹氏性理小辨》卷三八云："国朝著作之富，人皆曰用修、元美。用修著纂合百三十余种，而小书为多。元美自四部前后稿百卷外，又有《别稿》《艳逸编》各数十卷，而经子义注未遑及焉。"① 这里的《艳逸编》显为《艳异编》。《詹氏性理小辨》卷五八云：

> 顷王元美著《艳异编》成，客有诮之，曰："难言也。尽六欲界，未抵梵天。且色为身本，爱为色根。由色生身，身复生爱，浮沉展转，宁有解脱？今吾固不能绝之，亦复有说。昔冯当世书谓王安国间妙丽，闭目不观，但以谈禅为事。王曰：'若如所言，未达禅理。闭目不观，便是一重公案。'是书诚火宅也，不无有莲花在乎？色即是空，此语吾受之西方老师。"此语似口给御人，却乃深入佛理。②

此段据息庵居士《艳异编小引》"是编成，客或谓居士：'方持三大部，破无明网，乃忍为是儿戏哉！'居士笑曰：'难言也。……'"③ 所云摘写而成，后面又概述了《艳异编》中星神会合的《郭翰》《萧旷》《辽阳海神传》等故事。显然，詹景凤认为《艳异编》乃王世贞所著，息庵居士即王世贞，《詹氏性理小辨》卷首有詹景凤万历十八年（1590）所作《自序》，则詹景凤于此前已阅读过《艳异编》。

胡应麟（1551—1602），字元瑞，号少室山人，浙江兰溪（今浙江省兰溪市）人。万历四年（1576）举人。明代著名藏书家，著有《少室山房类稿》一百二十卷等。胡应麟深受王世贞称许，与李维桢、屠隆、魏允中、赵用贤被列入"末五子"，并请王世贞为自己作《石羊生传》。王世贞去世后，胡应麟作《挽王元美先生二百四十韵（有序）》，序曰：

---

① ［明］詹景凤《詹氏性理小辨》卷三八，日本国立公文书馆内阁文库藏明刊本。
② ［明］詹景凤《詹氏性理小辨》卷五八，日本国立公文书馆内阁文库藏明刊本。
③ ［明］王世贞编《艳异编》，国家图书馆"平馆藏书"明刊本，善本书号：CBM1248。

呜呼！此余哭元美先生之作也。庚寅秋，闻先生病，则驰小艇过娄江。比至，先生病已革，起榻上，执余手曰："吾日望子来而瞑，吾续集甫成编，子为我校而序之，吾即瞑弗憾矣。"余欷歔唯命，留来玉阁六旬，雪涕与先生别。卒岁抵家，则报先生逝矣。呜呼！山颓木坏，世将谁托？吾将畴依？记曩岁病瓜步，先生为余作传，因以传下。属余弗敢当，顾有片长可以自效者，爰掎撼先生生平履历，闭户一月，勒成此篇，凡二百有四十韵，二千有四百言。古排律至多不过百韵，至先生哭于鳞百二十韵而极。奈余之才不能半古人，则先生履历非藉此固亡以征万一，而冗滥之诮，诚无逃于大方矣。①

写得情感哀痛，令人泪下，亦见出两人之亲密关系。诗歌叙及王世贞的小说作品云："待诏今方朔，司空旧茂先。编成罗《艳异》，志就薄《夷坚》。腹贮须弥外，胸藏宛委还。"东方朔（前154—前93），字曼倩，平原郡厌次县（今山东省德州市陵城区）人，曾待诏金马门，《隋书·经籍志》史部地理类著录东方朔撰《神异经》一卷、《海内十洲记》一卷。晋张华（232—300），字茂先，范阳郡方城县（今河北省固安县）人，著有《博物志》十卷。夷坚，指的是古代喜志异闻之人。《列子·汤问》载："有溟海者，天池也，有鱼焉，其广数千里，其长称焉，其名为鲲。有鸟焉，其名为鹏，翼若垂天之云，其体称焉。世岂知有此物哉？大禹行而见之，伯益知而名之，夷坚闻而志之。"②后世常以"夷坚"命名志怪小说集。洪迈（1123—1202），字景庐，号容斋，饶州鄱阳（今江西省上饶市鄱阳县）人，著有《夷坚志》四百二十卷。《神异经》《海内十洲记》《博物志》与《夷坚志》乃博物、志怪小说，胡应麟认为王世贞编纂的《艳异编》远超《夷坚志》等书，这既有《艳异编》收录志怪、轶事、传奇

---

① ［明］胡应麟《少室山房类稿》卷四八，《续金华丛书》，1924年胡宗楙梦选楼刊本。

② 杨伯峻《列子集释》卷五《汤问篇》，北京：中华书局，1979年，第156~157页。

小说的原因，又反映出胡应麟对王世贞的尊崇。

其次，明人多认为王世贞编纂了《艳异编》。骆问礼（1527—1608），字子本，号缵亭，浙江诸暨（今浙江省诸暨市）人。嘉靖四十四年（1565）进士，历官南京刑科给事中、南京工部主事等，著有《万一楼集》五十六卷等。骆问礼《与叶春元》云：“因歌者之便，特进一言。屠、汤二君在谢事之后，故假小技以遣其壮心。以门下之精蕴，当思绍述尊公之未尽，岂甘心于红牙板消尽岁月耶？曾闻王凤洲先达以《艳异编》馈人，而复分投赎归，亦必有不得已者。”① 骆问礼认为王世贞编纂《艳异编》是“假小技以遣其壮心”，打发时光，后来不知出于什么原因，王世贞又把送人的《艳异编》赎回，或许是他有所追悔吧。

明西吴适园主人《宫艳叙》云：“编以艳名，盖仍弇州先生《艳异》之旧，而特采之惇史以彰信。”② 明人陆树声（1509—1605），字与吉，号平泉，别号适园主人，华亭（今属上海市）人。嘉靖二十年（1541）进士，官至礼部尚书。有《陆文定公集》二十六卷。此“西吴适园主人”或即陆树声，亦有学者认为是“湖州籍的‘适园主人’，而与‘华亭’陆树声无关”。③ 明末刊的《新镌玉茗堂批选王弇州先生艳异编》四十卷（简称四十卷批选本）、《玉茗堂摘评王弇州先生艳异编》十二卷（简称十二卷摘评本），均把《艳异编》归于王世贞名下。④ 尤其是十二卷摘评本的编刊者无瑕道人闵映璧的《艳异编跋》云：“余慨王弇州先生之《艳异编》，穷奇索隐，抉微探奥，凡目所未睹，耳所未聆者，靡不具载。”

第三，《艳异编》与《剑侠传》部分小说作品具有高度的文本相似

① ［清］周在浚《赖古堂尺牍新钞二选藏弃集》卷五，国家图书馆藏清康熙间刊本。

② ［明］西吴适园主人评辑《宫艳》，南京图书馆藏明刊本。

③ 陈国军《明代志怪传奇小说叙录》，北京：商务印书馆国际有限公司，2015 年，第 394 页。

④ 《新镌玉茗堂批选王弇州先生艳异编》四十卷，日本国立公文书馆内阁文库藏明末刊本，下出此书，不再出注；《玉茗堂摘评王弇州先生艳异编》十二卷，日本国立公文书馆内阁文库藏明末刊本，下出此书，不再出注。

性，这一点亦可证明编者是王世贞。《剑侠传》四卷，余嘉锡考证王世贞《弇州山人四部稿》卷七一有"录文十六首，皆其自著之书，有《剑侠传小引》"云云，认为："所谓时一展之，以摅愉其郁者，盖世贞著此书时，嵩父子尚未败，以己有杀父之仇，终天之恨，而无所投诉，故常郁郁于心，聊复为此以快意云尔。若世贞者，可谓发愤而著书，其志可悲，故其书足以自传。"① 堪为不刊之论。此外，《弇州山人四部稿》卷一六二载："杨司空素出见客，挟侍姬红拂，因奔李靖；郭太尉子仪出见客，亦挟侍姬红绡，因奔崔氏。一见《虬髯客传》，一见《昆仑奴传》，二人又皆剑侠也。"② 这段话提到的两篇作品均见于《剑侠传》，也可从侧面证明王世贞是《剑侠传》的编纂者。

明履谦子隆庆三年（1569）刊《剑侠传》，卷首有"弢庵居士书"《剑侠传引》，即《弇州山人四部稿》卷七一《剑侠传小引》，可见"弢庵居士"乃王世贞的又一别号。《剑侠传》的编纂时间当与《艳异编》相近。《剑侠传》卷一《车中女子》与《艳异编》卷二九《车中女子》的异文仅有一字，而与《太平广记》（简称《广记》）差别极大。异文请见下表。

《广记》③ 卷一九三《车中女子》	《剑侠传》④ 卷一《车中女子》	《艳异编》⑤ 卷二九《车中女子》
更有数少年，各二十余，礼颇谨，数出门，若仵贵客	更有数少年，礼亦谨，数数出门，若伺贵客	同《剑侠传》

① 余嘉锡《四库提要辨证》卷一九，北京：中华书局，1980年，第1174页。

② ［明］王世贞《弇州山人四部稿》卷一六二，日本国立公文书馆内阁文库藏明世经堂刊本。

③ ［宋］李昉等编《太平广记》卷一九三，国家图书馆藏明许自昌万历间刊本，善本书号：A01516。以下简称许自昌本，不再出注。

④ ［明］王世贞《剑侠传》卷一，国家图书馆藏履谦子明隆庆三年（1569）刊本。下出此书，不再出注。

⑤ 《艳异编》卷二九，国家图书馆藏明刊本，善本书号：15139。后文中引用四十五卷本《艳异编》文字，未注出处者均出此本。

（续表）

《广记》卷一九三 《车中女子》	《剑侠传》卷一 《车中女子》	《艳异编》卷二九 《车中女子》
女乃升床，当局而坐，揖二人及客，乃拜而坐。又有十余后生皆衣服轻新，各设拜，列坐于客之下。	升床，当席而坐。诸少年皆列坐两旁。	同《剑侠传》
至女子，执杯顾问客："闻二君奉谈，今喜展见，承有妙技，可得观乎?"此人卑逊辞让云	女子捧杯问曰："久闻君有妙技，今烦二君奉屈，喜得展见，可肯赐观乎?"士人逊谢曰	同《剑侠传》
"自余戏剧，则未曾为之。"女曰："所请只然，请客为之。"遂于壁上行得数步	女曰："然矣，请君试之。"士乃起，行于壁上，不数步而下。	同《剑侠传》
少顷女子起，辞出，举人惊叹，恍恍然不乐。	少顷，女子起辞，士人出，惊恍不安。	同《剑侠传》
自旦入至食时，见一绳缒一器食下，此人饥急，取食之。	自旦至食时，见绳垂一器食下。因馁甚，急取食之。	自旦至食时，忽绳垂一器食下。因馁甚，急取食之。
深夜，此人忿甚，悲惋何诉。仰望，	深夜，悲惋之极。	同《剑侠传》

　　王世贞当时所见《车中女子》只有《广记》本，而上表中《剑侠传》本与《广记》本《车中女子》异文如此之大，显然是王世贞故意为之。而《艳异编》本与《剑侠传》本《车中女子》只有一字之异，那么《艳异编》应如《剑侠传》一样，同为王世贞所编。

　　第四，《艳异编》中的个别篇目与王世贞总集中的相关作品密切相关。如《艳异编》卷三六《郑樱桃》载："郑樱桃者，襄国优童也，艳而善淫。石虎为将军，绝嬖之。以樱桃谮，杀其妻某氏。后娶某氏，复以樱桃谮杀之。唐李颀有《郑樱桃歌》，误以为妇人，且不得其实，第取其辞耳。歌曰：……"《乐府诗集》卷八五收唐李颀《郑樱桃歌》云："《晋书·载记》曰：'石季龙，勒之从子也，性残忍。勒为聘将军郭荣之妹为妻，季龙宠惑优僮郑樱桃而杀郭氏，更纳清河崔氏，樱桃又潛而杀之。'樱桃美丽，擅宠宫掖，乐府由是有《郑樱桃歌》。"① 王世贞《弇州山人四部稿》卷一五八载："古乐府有《郑樱桃》篇，极言石虎以妓女为后。按《晋书·载记》云，樱桃是优童也，虎溺嬖之，信其谗，至杀妻。及考《十六国春秋》，则云樱桃是冗从仆射郑世达妓也，太妃给虎，虎嬖之，立为后。又《二石伪事》云虎攻中山，得郑略妹为妾，信其谗，射杀妻崔氏，与歌辞合。未知孰是。"② 可见，王世贞对有关郑樱桃的记载考证详备，编选《艳异编》时采纳了《晋书》的记载，并指出了唐李颀《郑樱桃歌》误以郑樱桃为妇人的说法。从《弇州山人四部稿》与《艳异编》观点的一致性，亦可表明王世贞是《艳异编》的编纂者。

王世贞编纂《艳异编》的说法亦为清人所接受。黄虞稷（1629—1691）《千顷堂书目》卷一二小说类和《明史》卷一三五小说家类均著录王世贞《艳异编》三十五卷。清代周召《双桥随笔》卷二载："即《太平广记》《艳异》等书，尚应多削，以付祖龙，况于连篇累牍，其害人心术，尤在风云月露之上者哉！王凤州赠人《艳异编》，晚年令人于各处索还，亦是善于改过处。"③ 周召虽然批评王世贞《艳异编》题材"诞妄邪淫""害人心术"，但肯定了王世贞晚年索回《艳异编》，善于改过的举动和态度。清人谢颐《金瓶梅序》云："《金瓶》一书，传为凤洲门人之作也，或云即凤洲手。然缅缅洋洋一百回内，其细针密线，每令观者望洋而叹。今经张子竹坡一批，不特照出作者金针之细，兼使其粉腻香浓，皆如狐穷秦镜，怪窨温犀，无不洞鉴原形，的是浑《艳异》旧手而出之者，信乎为

---

① ［宋］郭茂倩编《乐府诗集》卷八五，北京：中华书局，1979 年，第 1201 页。

② ［明］王世贞《弇州山人四部稿》卷一五八，日本国立公文书馆内阁文库藏明世经堂刊本。

③ ［清］永瑢、［清］纪昀等《景印文渊阁四库全书》第 724 册，台北：台湾商务印书馆，1986 年，第 393 页。

凤洲作无疑也。"① 谢颐以《艳异编》与《金瓶梅》题材相近，由王世贞编纂《艳异编》认定《金瓶梅》的作者乃王世贞。清康熙间《蒲城志》卷一《古迹》载"兰昌宫"遗迹传闻，云"此语似不经，以王凤洲采入《艳异编》，姑存之"②。《康熙陕西通志》卷二七上古迹类亦载"兰昌宫"："唐薛昭遇云容事，王凤洲采入《艳异编》。"③ 可见，王世贞乃《艳异编》编者在清代为毫无争议的共识。

明清两代，否定王世贞编纂《艳异编》的只有《广艳异编》。《广艳异编·凡例》云："艳异之作，仿于琅琊。……说者谓是胜国名儒，夙存副墨，弇山第以枕中之秘为架上之书耳。"④ 王世贞乃东晋辅相王导的后裔，属琅琊王氏，因此吴大震既说《艳异编》始于王世贞，自己编纂《广艳异编》是效仿王世贞，又称闻听《艳异编》本是元代名儒所编，王世贞却刊印行世，冒为己编。徐朔方先生认为，说王世贞"以元朝名儒的原有辑本简单地加以翻印，未必可从"⑤。或许当时有此传闻，但并无事实根据，因为《艳异编》还收录了《剪灯新话》《剪灯余话》《虞初志》《古今说海》《西樵野纪》等众多明代小说集中的作品。陈国军认为"所谓'胜国名儒'，是指元末明初的陶九成，所谓'副墨'则为《说郛》"，"说王世贞直接将元人的'副墨'化而为书，恐不恰当；但说《艳异编》以'胜国名儒'的'副墨'为基础，加以增益，即增饰踵华而成是有一定道理的"。⑥

近代以来，孙楷第最早提出《艳异编》是书坊假托王世贞所编。他在明刊四十卷批选本解题中说题"王世贞编""汤显祖评"皆为假托，"综

---

① 朱一玄《〈金瓶梅〉资料汇编》，天津：南开大学出版社，2012 年，第 414 页。

② ［清］邓永芳等《蒲城志》卷一，国家图书馆藏清康熙五年（1666）刊本。

③ ［清］贾汉复等《陕西通志》卷二七上，国家图书馆藏清康熙六到七年（1667—1668）刊本。

④ ［明］吴大震《广艳异编》，日本国立公文书馆内阁文库藏明刊本。

⑤ 徐朔方《小说考信编》，上海：上海古籍出版社，1997 年，第 586 页。

⑥ 陈国军《明代志怪传奇小说研究》，天津：天津古籍出版社，2006 年，第 277 页。

其所撮，亦属繁富，唯辗转稗贩，出处不明。其书仅十七门，而宫掖一门已占十卷，可谓毫无持择。世贞在有明一代，号为博学，何至为此等书，此必书肆所托，即汤显祖序评之语亦属伪造，无是事也"。① 孙楷第先生只是根据编纂的粗疏和类目篇幅的不合理否定编者是王世贞，其实并未提出令人信服的证据。亦有人认为息庵居士是张大复："息庵居士，有人认为是王世贞，但据明张大复《梅花草堂笔谈》卷五《居息庵》'予所居息庵，不减项脊'，可见息庵居士即张大复。"② 这意味着张大复是《艳异编》的编者。张大复（1554—1630），本名彝宣，字元长，又字心其、星期，自号寒山子、病居士，江苏昆山人。著有《如是观》《醉菩提》等杂剧、传奇三十多种。王世贞在给徐中行的信中最早提到《艳异编》时，张大复才13岁，不可能编纂《艳异编》。

近年来，随着王世贞友人信札、题诗等新材料的发现，学界进一步证实了王世贞就是《艳异编》的编者。既然王世贞编纂了《艳异编》，又撰写了序言，为什么有骆问礼所载"复分投赎归"的说法，而《弇州山人四部稿》《弇州山人续稿》又不收《艳异编小引》？徐朔方先生认为："《艳异编》是小说家言，除了他给后七子中最相知的徐中行的这一封信外，绝口不再提及。按照当时礼制，居丧期间不宜有此类闲情之作（包括编印）。以后，他飞黄腾达，官做到侍郎、尚书，声望日隆，公认为文坛的领袖人物，更不会说到这部少作了。"③ 徐先生从《艳异编》的题材特点和王世贞当时的家庭处境分析，王世贞不提少作确实合乎情理。陈国军不同意此观点，认为"从'汤序'的'戊午岁'（1558）及王世贞嘉靖四十五年（1566）九月后给徐中行'《艳异编》附览'来看，前后时间都与王世贞'守制'时间不相吻合。《艳异编》之被收回，其最大的原因恐与吴大震所说，王世贞将元代人的作品经过加工、改造、组合之后据为己有有关。

---

① 孙楷第《戏曲小说书录解题》，北京：人民文学出版社，1990年，第14页。
② 刘锡庆主编《中国写作理论辑评（古代部分）》，呼和浩特：内蒙古教育出版社，1992年，第432~433页。
③ 徐朔方《小说考信编》，上海：上海古籍出版社，1997年，第587页。

换句话说，盛名中的王世贞将少作收回，恐源于《艳异编》的编选形式和性质，有碍于自己的声誉"。① 陈国军说王世贞《艳异编》据陶宗仪《说郛》增益之后据为己有，与事实不符。据笔者统计，四十五卷本《艳异编》共收录433篇作品，直接取自《说郛》的作品至多不过15篇，根本谈不上剽窃。王世贞在编选和叙述时保留第一人称，容易造成自己是作者的误解，这或许是其收回《艳异编》的一个重要原因。如卷三《揭曼硕》选自《南村辍耕录》卷四《奇遇》，篇末云"余往闻先生之侄孙立礼说及此，亦一奇事也。今先生官至翰林侍讲学士，可知神女之言不诬矣"；卷四《辽阳海神传》乃明人蔡羽所作，结尾曰"戊子初夏，余在京师闻其事，犹疑信间，适某金宪、某总戎自辽入京，言之详甚，然犹未闻大同以后事。今年丙申，在南院，客有言程来游雨花台者，遂令邀与偕至，询其始末。程故儒家子，少尝读书，其言历历具有源委。且已六秩，容色仅如四十许人，足征其遇异人之无疑，而昔之所闻不谬也。作《辽阳海神传》"；《洞箫记》是明陆粲所作，结尾说"余少闻整事，尝面质之，得其首末如此，为之叙次，作《洞箫记》"。王世贞编选时，不署作者，其第一人称的叙述方式的确容易让读者以为作品是王世贞所撰。总之，王世贞收回《艳异编》，除了徐朔方先生所说的原因外，很可能与此书多收录艳情、男宠题材，及编选方式易为人诟病有密切关系。

第二节　王世贞编选《艳异编》的时间

王世贞编选《艳异编》的具体时间并无明确记载，目前也没有可靠的结论。依据涉及《艳异编》的文献及取材来源，从外证和内证两个方面考证王世贞编选《艳异编》的时间，是较为可行的思路。

最早考证《艳异编》成书时间的是徐朔方先生。他发现《弇州山人四部稿》卷一一八王世贞写给徐中行的信云："九月中游阳羡诸山……《艳

---

① 陈国军《明代志怪传奇小说研究》，天津：天津古籍出版社，2006年，第276页。

异编》附览。毋多作业也。"徐先生考证是年为明嘉靖四十五年（1566），故认为王世贞于嘉靖四十四年或略前编成《艳异编》。① 可以确定这是成书的下限。至于成书的上限，陈国军认为《艳异编》妓女部作品出于《古今说海》，而《古今说海》成书于嘉靖二十三年（1544），因此推断"《艳异编》成书于嘉靖二十三年至嘉靖四十五年（1544—1566）间"的大致时间范围。为了进一步确定《艳异编》的成书时间，他依据四十卷批选本卷首玉茗居士汤显祖序所谓"戊午天孙渡河三日"，认为徐朔方先生说"戊午乃万历四十六年"并不正确。"'戊午'当为嘉靖三十七年（1558）。《艳异编》，可能就成书于嘉靖三十七年。"② 这个结论是错误的，原因在于陈国军把晚出四十卷批选本卷首托名汤显祖（1550—1616）的序想当然地认为是王世贞作的序，其实更早的四十五卷本《艳异编》卷首只有息庵居士的小引，并没有这篇托名汤显祖的序，而《艳异编》四十卷批选本是四十五卷本的精选本，卷首汤显祖的序乃书坊主伪托，可能书坊主不知道汤显祖已于万历丙辰（1616）去世，才在序中提到"戊午"云云，使所谓汤显祖《艳异编叙》之作伪昭然于天下。因此，托名汤显祖《艳异编叙》中的"戊午"就是万历戊午（1618）。

　　其实，运用考证《艳异编》作品出处的方法，探讨《艳异编》的编选时间是可行的。最早从作品出处考证《艳异编》成书时间的学者是陈国军，他认为四十卷批选本卷二六、卷二八妓女部所收作品出于《古今说海》，而《古今说海》成书于嘉靖二十三年（1544）四月己巳，推断"《艳异编》成书于嘉靖二十三年至嘉靖四十五年（1544—1566）间"③，将《艳异编》的成书时间又向前推进了一大步。经比对查考，卷三《邢

---

① 徐朔方《王世贞年谱》，《晚明曲家年谱》第 1 卷，杭州：浙江古籍出版社，1993年，第 586~589 页；《古本小说集成·〈艳异编〉前言》，上海：上海古籍出版社，1993年，第 1 页。

② 陈国军《明代志怪传奇小说研究》，天津：天津古籍出版社，2006 年，第 275~276 页。

③ 陈国军《明代志怪传奇小说研究》，天津：天津古籍出版社，2006 年，第 275 页。

凤》、卷一七《德寿宫看花》《德寿宫生辰》与卷三五伎女部《谢希孟》
等 12 篇都直接选自明田汝成《西湖游览志余》，试比较《艳异编》与
《古今说海》《西湖游览志余》收录《谢希孟》的文字：

> 谢希孟在临安狎娼，陆氏象山责之曰："士君子乃朝夕与贱娼女
> 居，独不愧于名教乎?"希孟敬谢，请后不敢。他日，复为娼造鸳鸯
> 楼。象山闻之，又以为言，谢曰："非特建楼，且有记。"象山喜其
> 文，不觉曰："楼记云何?"即口占首句云："自逊抗机云之死，而天
> 地英灵之气，不钟于世之男子，而钟于妇人。"象山默然。希孟一日
> 在娼所，忽起归兴，遂不告而行。娼追送江浒，泣涕恋恋。希孟毅然
> 取领巾书一词与之，云："双桨浪花平，夹岸青山锁。你自归家我自
> 归，说着如何过? 我断不思量，你莫思量我，将你从前于我心，付与
> 旁人呵。"① (《古今说海》说略部《谈薮》)

> 谢希孟者，陆象山门人也。少豪俊，与妓陆氏狎。象山责之，希
> 孟但敬谢而已。他日，复为妓造鸳鸯楼，象山又以为言。希孟谢曰：
> "非特建楼，且为作记。"象山喜其文，不觉曰："楼记云何?"即占
> 首句云："自逊抗机云之死，而天地英灵之气，不钟于男子，而钟于
> 妇人。"象山默然，知其侮也。一日，希孟在妓所，恍然有悟，忽起
> 归兴，不告而行。妓追送江浒，悲恋而啼。希孟毅然取领巾书一词与
> 之云："双桨浪花平，夹岸青山锁。你自归家我自归，说着何如过?
> 我断不思量，你莫思量我。将你从前与我心，付与他人呵。"② (《西
> 湖游览志余》卷一六)

> 谢希孟者，陆象山门人也。少豪俊，与妓陆氏狎。象山责之，希
> 孟但敬谢而已。他日，复为妓造鸳鸯楼，象山又以为言。希孟谢曰：

---

① ［明］陆楫等《古今说海》，国家图书馆藏陆楫俨山书院云山书院明嘉靖二十三年
(1544) 刊本，善本书号：09403。后出此书，不再出注。

② ［明］田汝成《西湖游览志余》卷一六，国家图书馆藏严宽明嘉靖二十六年
(1547) 刊《西湖游览志》本。

"非特建楼，且为作记。"象山喜其文，不觉曰："楼记云何？"即占首句云："自逊抗机云之死，而天地英灵之气，不钟于男子，而钟于妇人。"象山默然，知其侮也。一日，希孟在妓所，恍然有悟，忽发归兴，不告而行。妓追送江浒，悲恋而啼。希孟毅然取领巾书一词与之云："双桨浪花平，夹岸青山锁。你自归家我自归，说着何如过？我断不思量，你莫思量我。将你从前与我心，再傍他人呵。"（《艳异编》卷三五）

《古今说海》本后面尚有谢希孟与乡人陈伯益相交调谑的三则轶事，而《艳异编》与《西湖游览志余》则没有收录。上述文字，《艳异编》与《西湖游览志余》仅有三字之别，即"忽发归兴"作"忽起归兴"，"再傍"作"付与"，而与《古今说海》本存在极大差异，故《谢希孟》应当直接选自《西湖游览志余》。而《西湖游览志余》最早的刊本是嘉靖二十六年（1547）杭州知府严宽所刻，故《艳异编》应当成书于嘉靖二十六年（1547）之后。

卷三六《弥子瑕》见于《韩非子》卷四《说难》、《史记》卷六三《韩非列传》、《说苑》卷一七、《艺文类聚》卷三三与明薛应旂《四书人物考》卷三六《弥子》等书，试对比其异同：

昔者弥子瑕有宠于卫君。卫国之法，窃驾君车者罪刖。弥子母病，人闲往夜告弥子。弥子矫驾君车以出。君闻而贤之曰："孝哉！为母之故，忘其刖罪。"异日与君游于果园，食桃而甘，不尽，以其半啖君。君曰："爱我哉！忘其口味以啖寡人。"及弥子色衰爱弛，得罪于君，君曰："是固尝矫驾吾车，又尝啖我以余桃。"故弥子之行未变于初也，而以前之所以见贤而后获罪者，爱憎之变也。[①]（《韩非

---

① 韩非《韩非子》卷四《说难》，国家图书馆藏明正德间刊本，善本书号：CBM1347。

子》卷四《说难》)

昔者弥子瑕见爱于卫君。卫国之法，窃驾君车者罪至刖。既而弥子之母病，人闻，往夜告之，弥子矫驾君车以出。君闻之而贤之曰："孝哉，为母之故而犯刖罪！"与君游果园，弥子食桃而甘，不尽而奉君。君曰："爱我哉，忘其口而念我！"及弥子色衰而爱弛，得罪于君。君曰："是尝矫驾吾车，又尝食我以其余桃。"故弥子之行未变于初也，前见贤而后获罪者，爱憎之至变也。① (《史记》卷六三《韩非列传》)

弥子瑕爱于卫君。卫国之法，窃驾君车罪刖。弥子瑕之母疾。人闻，夜往告之。弥子瑕擅驾君车而出。君闻之，贤之，曰："孝哉！为母之故，犯刖罪哉！"君游果园，弥子瑕食桃而甘，不尽，而奉君。君曰："爱我而忘其口味。"及弥子瑕色衰而爱弛，得罪于君。君曰："是故尝矫吾车，又尝食我以余桃。"故子瑕之行，未必变初也。前见贤、后获罪者，爱憎之生变也。② (《说苑》卷一七)

弥子瑕有宠于卫国。卫国法，窃驾君车罪刖。子瑕之母病，其人有夜告弥子。弥子矫驾君车以出。君闻而贤之曰："孝哉！为母之故，犯刖罪。"异日与君游于果园，食桃而甘，以其余献君。君曰："爱我！忘其口，啖寡人。"③ (《艺文类聚》卷三三)

弥子名瑕，卫之嬖大夫也。弥子有宠于卫。卫国法：窃驾君车，罪刖。弥子之母病，其人有夜告弥子，弥子矫驾君车以出。灵公闻而贤之曰："孝哉！为母之故，犯刖罪。"异日，与灵公游于果园，食桃而甘，以其余献灵公。灵公曰："爱我！忘其口，啖寡人。"及弥子色衰而爱弛，得罪于君。君曰："是尝矫驾吾车，又尝食我以余桃！"故

---

① ［汉］司马迁《史记》卷六三，北京：中华书局，1982 年第 2 版，第 2154 页。

② ［汉］刘向撰，向宗鲁校证《说苑校证》卷一七，北京：中华书局，1987 年，第 413 页。

③ ［唐］欧阳询《艺文类聚》卷三三，国家图书馆藏胡缵宗、陆采明嘉靖六年至七年（1527~1528）刊本，善本书号：03275。

弥子之行未必变其初也，前见贤后获罪者，爱憎之生变也。①（明薛应旂《四书人物考》卷三六《弥子》）

弥子名瑕，卫之嬖大夫也。弥子有宠于卫。卫国法：窃驾君车，罪刖。弥子之母病，其人有夜告弥子之矫驾君车以出，灵公闻而贤之曰：“孝哉！为母之故，犯刖罪。”异日，与灵公游于果园，食桃而甘，以其余献灵公。灵公曰：“爱我！忘其口，啖寡人。”及弥子色衰而爱弛，得罪于君。君曰：“是尝矫驾吾车，又尝食我以余桃者！”（《艳异编》卷三六《弥子瑕》）

可以看出，《艳异编》本文字与《韩非子》《史记》《说苑》《艺文类聚》差异较大，而与《四书人物考》仅有易“弥子”为“之”的微小不同，故《弥子瑕》应当直接选自《四书人物考》。

四十五卷本《艳异编》卷三六男宠部《宋朝》可能选自明薛应旂《四书人物考》或明陈士元《论语类考》卷九，《左传》有两处记载公子朝的事件，试对比下面文字：

公子朝通于襄夫人宣姜，惧，而欲以作乱。故齐豹、北宫喜、褚师圃、公子朝作乱。……公如死鸟。②（《左传·昭公二十年》）

卫侯为夫人南子召宋朝。会于洮，大子蒯聩献盂于齐，过宋野。野人歌之曰：“既定尔娄猪，盍归吾艾豭？”大子羞之。③（《左传·定公十四年》）

宋朝，宋公子，名朝，有美色，仕卫为大夫，有宠于灵公。卫太叔疾娶其女，朝通于灵公嫡母襄夫人宣姜及其夫人南子，惧，遂与齐豹、北宫喜、褚师圃作乱，逐灵公如死鸟（卫地名）。灵公既入卫，

---

① ［明］薛应旂《四书人物考》卷三六，国家图书馆藏明嘉靖三十六年（1557）序刊本，善本书号：09742。
② 杨伯峻编著《春秋左传注》，北京：中华书局，2016年第4版，第1566~1568页。
③ 杨伯峻编著《春秋左传注》，北京：中华书局，2016年第4版，第1781页。

与北宫喜盟于彭水之上，遂盟国人。公子朝出奔晋，既自晋归宋。灵公为夫人南子复召宋朝。太子蒯聩献盂于齐，过宋野。野人歌之曰："既定尔娄猪，盍归吾艾豭。"太子羞之。① （《四书人物考》卷三六《宋朝》）

　　《宋朝》朱子曰：朝，宋公子。元按《左传》：宋朝，宋公子也，美色，仕卫为大夫，有宠于灵公。卫太叔疾娶其女。朝通于灵公嫡母襄夫人宣姜及其夫人南子，惧，遂与齐豹、北宫喜、褚师圃作乱，逐灵公。其后灵公入卫，与北宫喜盟于彭水之上。宋朝出奔晋，自晋归宋，灵公复为夫人南子召宋朝。公叔戍欲逐宋朝，南子愬诸灵公曰："戍将为乱。"灵公逐公叔戍奔鲁。太子蒯聩献盂于齐，过宋野，野人歌曰："既定尔娄猪，盍归吾艾豭。"太子羞之。金履祥氏云宋公子朝与南子内乱，宋不罪其究，而卫又召之，以遂其奸。其免于今之世者如此。② （《论语类考》卷九）

　　宋朝，宋公子，名朝，有美色。仕卫为大夫，有宠于卫灵公，遂烝灵公嫡母襄夫人宣姜。已，又烝公之夫人南子。朝惧，遂与齐豹、北宫喜、褚师圃作乱，逐灵公如死鸟。灵公既入卫，与北宫喜盟于彭水之上。公子朝出奔晋，既自晋归宋。灵公以夫人念南子之故，复召朝。太子蒯聩献盂于齐，过宋野，野人歌之曰："既定尔娄猪，盍归我艾豭。"太子羞之。（《艳异编》卷三六《宋朝》）

可见，《艳异编》的文字与《左传》差异较大，而题目和内容与《四书人物考》和《论语类考》则十分相近。王世贞和薛应旂、陈士元同据《左传》撰成如此高度相似的文字的可能性不大，而《四书人物考》《论语类考》作为薛应旂、陈士元的经学著作，此条当据《左传》撰写，决不会抄

---

① ［明］薛应旂《四书人物考》卷三六，国家图书馆藏明嘉靖三十六年（1557）序刊本，善本书号：09742。

② ［明］陈士元《论语类考》，《景印文渊阁四库全书》第 207 册，台北：台湾商务印书馆，1986 年，第 194 页。

袭《艳异编》，相反则只会为王世贞所抄。

《四书人物考》有明嘉靖三十六（1557）薛应旂序刊本，《论语类考》有陈士元嘉靖三十九年（1560）冬十月朔日序。王世贞藏书广博，完全有可能收集、阅读此二书。王世贞若参照了《四书人物考》，则《艳异编》至晚当成书于嘉靖三十六（1557）之后。如抄袭陈士元《论语类考》，则据《左传》在"逐灵公"后补充上"如死鸟"，交代了地点，那么《艳异编》当编于嘉靖三十九年（1560）之后。无论抄自何书，王世贞都把"朝通于灵公嫡母襄夫人宣姜及其夫人南子"改为"遂烝灵公嫡母襄夫人宣姜。已，又烝公之夫人南子"，易"通"为"烝"，即用下淫上的"烝"替代通奸，就视宋朝为违礼乱伦的罪魁祸首，遮蔽了宣姜与南子之丑。其实从烝报婚的习俗和本质来看，王世贞的改动是不恰当的。

《论语类考》卷首陈士元自序署嘉靖三十九年（1560）冬十月朔日，巧合的是这一年十月，因父忬被斩于市，王世贞扶丧归乡，里居为父守制三年。考虑到这个事实和《论语类考》的传播，王世贞编选《艳异编》应在嘉靖四十年（1561）之后。综上，《艳异编》当成书于嘉靖四十年（1561）到嘉靖四十五年（1566）间。

第三节 《艳异编》的版本

目前传世的《艳异编》有四十五卷本、四十卷批选本、五十七卷本、五十三卷本和十二卷摘评本，哪种版本是王世贞编纂的？它们之间有何关系？下面略作考论。①

一、王世贞《艳异编》系统

目前没有文献明确记载王世贞编选的《艳异编》原稿到底是多少卷。

---

① 笔者曾撰《略论〈艳异编〉的版本》（《明清小说研究》，2016 年第 1 期），此处又作了进一步的补充与申说。

成书于1571—1596年间的《赵定宇书目》著录的《稗统续编》最早收录《艳异编》，七册，未言作者和卷数；卷首有明万历三十年（1602）序的《徐氏家藏书目》卷四小说类和成书于明万历四十八年（1620）的《澹生堂藏书目》卷七子类则著录"《艳异编》四十五卷"，十二册，又一种卷数同，八册，未载作者。① 只有清宋氏漫堂钞本著录为五十四卷，十二册②，卷数显为抄写错误。目前，尚未发现明代书目著录其他版本的《艳异编》，故这三种书目所著录的当为同一种《艳异编》，王世贞编选的《艳异编》应是四十五卷本。明天都外臣万历十七年（1589）孟冬撰《水浒传叙》云："或曰：子叙此书，近于诲道矣。余曰：息庵居士叙《艳异编》，岂为诲淫乎？"③ 则此处提到的《艳异编》显为四十五卷。前面詹景凤《詹氏性理小辨》卷五八把息庵居士《艳异编小引》视为王世贞所作，提到的《艳异编》亦应是四十五卷。《千顷堂书目》卷一二小说类著录王世贞《艳异编》三十五卷，仅此一例，目前未见传本，卷数当为误录，很可能把吴大震《广艳异编》三十五卷误记为王世贞的《艳异编》。因此，四十五卷本《艳异编》或许最接近王世贞编选的原貌。

　　四十五卷本《艳异编》分星部、神部、水神部、龙神部、仙部、宫掖部、戚里部、幽期部、冥感部、梦游部、义侠部、徂异部、幻术部、妓女部、男宠部、妖怪部和鬼部17部，收录作品433篇。国家图书馆藏有五部明刊本，卷首均为"息庵居士书"的《艳异编小引》（以下简称《小引》），篇目相同，正文均半叶九行，行二十字，白口，左右双边单鱼尾。从《小引》版式看，这五部应属于两个版本，善本05008的《小引》是行

---

① 见《赵定宇书目》与《徐氏家藏书目》卷四，《明代书目题跋丛刊》（下），北京：书目文献出版社，1994年，第1618、1719页。[明] 祁承爜《澹生堂藏书目》卷七，《明代书目题跋丛刊》（上），北京：书目文献出版社，1994年，第995页；国家图书馆藏清钱氏萃古斋钞本，善本书号：11045。

② [明] 祁承爜《澹生堂藏书目》，国家图书馆藏清宋氏漫堂钞本，善本书号：17068。

③ 施耐庵集撰，罗贯中纂修，王利器校注《水浒全传校注》，石家庄：河北教育出版社，2009年，第3940页。

书，半叶六行，行字不等，正文全存，共十六册。其他四本《小引》半叶七行，行十二字或十三字，其中善本 15139 存卷一至九、卷一三至四五，共十三册；普通古籍 34576 存卷一至九、卷一二、卷一五、卷一六、卷二〇、卷二六、卷二七、卷三一至四五，卷二一至二五、卷二八至三〇抄配，共二十册；普通古籍 104945 存卷一至一二、卷一七至四五，卷一三至一六抄配，共十二册；普通古籍 153516 残存四册。另有第六部普通古籍，没有编号，存七册，笔者未曾阅览。它们的具体刊印时间不详，孙殿起曾见过两部四十五卷本，一部"不著撰人姓名，约明嘉靖间刊，首有息庵居士序"，又一部"无刻书年月，约隆庆间刊"。① 上述四十五卷本中可能就有孙殿起所见的这两种本子。此外，台北"故宫"博物院藏一部明刊四十五卷本，国家图书馆中华古籍资源库收录，注明"平馆藏书"，善本书号为 CBM1248，与上述善本 15139 版式完全相同，为同一版本；台湾图书馆藏有一部明刊四十五卷本，卷首小引残，字体、版式同上述善本 05008，二者为同一版本；贵州省图书馆藏有四十五卷本《艳异编》，明末刊本，存卷二〇至二六、卷二九至四五②；西安市文物保护考古所藏有四十五卷本《艳异编》，正文行款格式同国图藏本，存卷一四、卷一五、卷二二、卷二三、卷三〇至三五、卷四四、卷四五，共十二卷③。贵州省图书馆与西安市文物保护考古所藏本因未寓目，不知属于上述国图所藏的何种藏本。

从正文内容看，国家图书馆藏善本 15139 等四种版本应是早期刊本，如善本 15139、普通古籍 153516、普通古籍 34576 本卷一《姚生》的"神用开爽"、《张遵言传》的"鬓睫爪牙皆如玉"，卷三《张无颇传》的"又是何苦"，均与《广记》卷六五、卷三〇九、卷三一〇中所载相同，而善

① 孙殿起录《贩书偶记续编》，上海：上海古籍出版社，1980 年，第 181 页。
② 陈琳主编《贵州省古籍联合目录》（上），贵阳：贵州人民出版社，2007 年，第 778 页。
③ 西安市地方志编纂委员会《西安市志》第 6 卷，西安：西安出版社，2002 年，第 531 页。

本 05008 和台湾图书馆藏本分别作"神思开爽""鬈睫爪牙皆如下""又是何名",故善本 05008 和台湾图书馆藏本应为后期刊本。善本 05008 的版式与善本 15139 相同。除字体存在细微差异外,善本 05008 中还存在异文,且间或把善本 15139 上下相同两字中的第二字用两点代替,下面试对比善本 15139、CBM1248 与善本 05008、台湾图书馆藏本一些异文:

序号	篇　目	国图善本 15139、CBM1248	国图善本 05008、台湾图书馆藏本
1	卷一《姚生》	神用开爽	神思开爽
2	卷一《张遵言传》	鬈睫爪牙皆如玉	鬈睫爪牙皆如下
3	卷一《汝阴人》	命左右洒扫净室	命左右洒扫引室
4		皆见少年促许沐浴	皆见少年捉许沐浴
5	卷一《沈警》	玄机在席	玄机布席
6	卷二《刘子卿》	子卿亦讶其大,凡旬有三日	子卿亦讶其大繁,旬有三日
7	卷二《韦安道》	如后妃之饰	如后土之饰
8	卷三《张无颇传》	又是何苦	又是何名
9		吾亦当继其事而成之	吾亦当记其事而成之
10	卷三《郑德璘传》	夜深江上解愁思	夜深江水解愁思
11		意殊恨恨	意殊怅怅
12	卷五《柳毅传》	贱妾不幸	贼妾不幸
13		君当解去磁带	君当解去兹带
14		欲将辞去兮悲绸缪	欲将辞去兮杯绸缪
15	卷五《灵应传》	敛态低鬟	敛态低鬃
16	卷七《张老》	灌园之业,亦可衣食	灌园之仆,亦可衣食
17	卷二○《非烟传》	好文笔	好文墨
18		脉脉春情更泥谁	脉脉春情更语谁
19		而门媪来传非烟语	忽门媪来传非烟语
20		已拆幽庸,永奉欢狎	已拆幽冥,永奉欢洽

（续表）

序号	篇 目	国图善本 15139、CBM1248	国图善本 05008、台湾图书馆藏本
21	卷二〇《莺莺传》	适有崔氏孀妇	适有郑氏孀妇
22		张君临轩犹寝	张君临轩独寝
23		并枕同衾而去	设枕与衾而去
24		以诗喻之	以情喻之
25	卷二〇《莺莺传》	势必穷极	艺必穷极
26		言则敏辨	言则敏辩
27		则固不在鄙	则固不忒鄙
28		因游里城北	因游洛城北
29		知之潜赋一章词曰	崔知之潜赋一章曰
30	卷二一《郑吴情诗》	其父早世治命	其父早世遗命
31	卷二四《离魂记》	镒大惊曰	镒大惊讶
32	卷二四《崔护》	尔后绝不复至	自后绝不复至
33	卷二七《樱桃青衣》	威严甚肃	威仪甚肃
34		为儿妇平章计必允遂	为儿妇平章计必允
35	卷二七《张生》	须有艳意	须有怨意
36		持杯请措大夫人歌	持杯请张大夫人歌
37	卷二七《淳于棼》	其以唐贞元七年	其于唐贞元七年
38		生左右传车者	生左右佐车者
39		奉迎君子托以姻亲	奉迎君子谐以姻亲
40		且就宾宇	且就宾室
41		貌楚询访遗迹	貌因询访遗迹
42		虽稽神语隆	虽稽神语幻
43	卷二八《虬髯客传》	丝萝非独生，愿托乔木	丝萝非细，唯愿托乔木
44	卷二八《无双传》	恨不见婚宦	恨不见婚日
45	卷二九《红线传》	善弹阮咸，又通经史	善弹丝弦，又通经史
46		况国家平治	况国家未治
47	卷二九《昆仑奴传》	生归，达一品意	生归，达一品竟

（续表）

序号	篇　目	国图善本 15139、 CBM1248	国图善本 05008、 台湾图书馆藏本
48	卷二九《车中女子》	闲步曲坊	闲步曲防
49	卷三〇《河间传》	族出闺门	私出闺门
50		先避道乃入观	元避道乃入观
51		河间之遽也	河间之据也
52	卷三二《薛涛》	幻作文君及薛涛	花作文君及薛涛
53		个个公侯欲梦刀	个个储君欲梦以
54		胡曾诗曰	胡赠诗曰
55		领取春风總不如	领取春风捻不如
56	卷三五《苏小娟》	钱唐名娟也	钱塘名娟也
57		此亡姊盼奴事	此亡姐盼奴事
58		借问钱唐苏小小	借问钱塘苏小小
59	卷三六《李延年》	时方兴天地诸祠	时方与天地诸祠

第 1、2、8、9、10 例，野竹斋钞本《广记》① 卷六五《姚氏三子》、卷三〇九《张遵言》、卷三一〇《张无颇》、卷一五二《郑德璘》与《古今说海》所载均同国图善本 15139 文字；第 6 例，野竹斋钞本《广记》卷二九五《刘子卿》与孙潜校宋本《广记》② 均同国图善本 15139 文字；第 11 例，国图善本 15139 文字同《古今说海》所载；第 13 例，野竹斋钞本《广记》卷四一九《柳毅》作“镒带”；第 15 例，《广记》卷四九二《灵应传》与《古今说海》本都作“敛态低鬟”，善本 05008 改为“敛态低鬃”语意不通。第 17 例，“好文笔”，与《广记》卷四九一、《说郛》卷三三《三水小牍》、《虞初志》卷六所载相同；第 18 例，《说郛》卷三三

---

① ［宋］李昉等编《太平广记》，国家图书馆藏明沈氏野竹斋钞本。下出此书，不再出注。

② 孙潜校宋本《太平广记》所载，见［宋］李昉等编，张国风会校《太平广记会校》，北京：北京燕山出版社，2011 年。下出此书，不再出注。

《三水小牍》与《虞初志》卷六二书作"脉脉春情更泥谁";第 19 例,《广记》卷四九一与《虞初志》卷六均作"而门媪来传非烟语"。第 21、27、28 例,野竹斋钞本《广记》卷四八八、明员萧弘治十六年(1503)《重刊会真记辩》与《虞初志》卷六都作"适有崔氏孀妇""则固不在鄙"与"因游里城北","则固不忒鄙"则不通;第 22 例,《虞初志》作"张君临轩犹寝",而《广记》作"张君临轩独寝";第 23 例,"并枕同衾而去",与《虞初志》《重刊会真记辩》所载相同,《广记》作"并枕重衾而去";第 24 例,"以诗喻之"同于《虞初志》所载,《广记》与《重刊会真记辩》作"以情喻之";第 25 例,"势必穷极"同于《重刊会真记辩》所载,《广记》与《虞初志》均作"艺必穷极";第 26、29 例,"言则敏辨"与"知之潜赋一章词曰"同于《广记》与《虞初志》所载,《重刊会真记辩》分别作"言则敏辩"与"崔知之潜赋一章词曰",国图善本 05008《艳异编》相对于国图善本 15139 增加了一个"崔"字,为了保持行款格式不变,又删除了"词"。第 30 例,国家图书馆藏善本 03907 明弘治间钞本《说郛》与明钮氏世学楼钞本《说郛》卷四二均作"其父早世治命"。第 31 例,《广记》卷三五八《王宙》与《虞初志》卷一《离魂记》均作"镒大惊曰"。第 32 例,《广记》卷二七四作"尔后绝不复至"。第 34 例,《广记》卷二八一与《古今说海》说渊部《梦游录》均作"计必允遂",国图善本 15139"妇平"两字为双行小字,国图善本 05008 改为单行大字,为不改变版式故删去了"遂"字。第 35、36 例,《广记》卷二八二与《古今说海》说渊部《梦游录》都作"须有艳意""持杯请措大夫人歌"。第 38~40 例,《广记》卷四七五《淳于棼》与《虞初志》卷三《南柯记》相同,都作"生左右传车者""奉迎君子托以姻亲""且就宾宇"。第 43 例,《广记》卷一九三、《顾氏文房小说》与《虞初志》卷一均作"丝萝非独生,愿托乔木",第 44 例,《广记》卷四八六与《虞初志》卷五《无双传》均作"恨不见婚宦"。第 45 例,《广记》卷一九五、《虞初志》卷二《红线传》均作"阮咸"。第 47 例,《广记》卷一九四《昆仑奴》与《古今说海》说渊部《昆仑奴传》均作"生归,达一品意"。

第48例，《广记》卷一九三作"曲坊"。第59例，《汉书》卷九三作"是时上方兴天地诸祠"①。这表明国图善本15139的文字与原文一致，而国图善本05008与台湾图书馆藏本的异文是随意更改的。之所以出现这样的异文，是因为国图善本15139是早期刊本，国图善本05008是后印本。但也有少量15139本错误的内容，05008本所载正确，如15139本卷二〇《古决绝词》三首中的第三首漏刻"夜成，龙驾侵晨列。生憎野鹤性迟回，死"共十五个字。而明顾玄纬辑《增编会真记》与国家图书馆藏善本05008则有这十五字，说明15139本与05008本来自更早的本子。我们推测，王世贞于1561—1566年间编纂并自行刊印了数部《艳异编》，送给了徐中行等友人，后来由于王世贞"分投赎归"，王世贞嘉靖年间的原刊本没能传世。书坊主看到了《艳异编》题材的独特性和巨大商机，根据王世贞原刊本进行了重刻，时间当在隆庆年间。

但国图善本15139并不是最早刊本，如卷一五《杨太真外传》中的"力可之缢于佛堂前之梨树下""且引七八人，揖方士，问皇帝安否，次问天宝十四载已还。曰：'玉妃出。'冠金莲，帔紫绡，佩红玉，曳凤舃，左右侍女"，因刻错字、错行造成语句不通，这一段《顾氏文房小说》本作"力士遂缢于佛堂前之梨树下""且引曰：玉妃出。冠金莲，帔紫绡，佩红玉，曳凤舃，左右侍女·七八人。揖方士，问皇帝安否，次问天宝十四载已还"。后来的四十卷批选本《新镌玉茗堂批选王弇州先生艳异编》卷一二《杨太真外传》所载与《顾氏文房小说》本仅两字之异，这充分说明在国图善本15139之前另有文字正确的刊本。再如卷四二《独孤穆传》"青衣对答甚自风格"语言不通，《广记》卷三四二、《古今说海》本均作"青衣对答甚有风格"，而后刊的四十卷批选本卷三七《独孤穆传》亦作"青衣对答甚有风格"；卷四三《窦玉传》"屏临四合"亦不通，《广记》卷三四三与《古今说海》本均作"屏帷四合"，四十卷批选本卷三八《窦玉传》亦作"屏帷四合"。四十卷批选本是据四十五卷本《艳异编》精选而

---

① ［汉］班固《汉书》卷九三，北京：中华书局，1962年，第3725页。

成，只能抄袭原刊本，而不可能在编选时再去一一对照《顾氏文房小说》《广记》《古今说海》等原书，这就说明现存国图善本 15139 中存在的文字错误，在四十卷批选本所依据的四十五卷本《艳异编》中是正确的，此本当是早于国图善本 15139 与国图善本 05008 的本子。

《新镌玉茗堂批选王弇州先生艳异编》，卷端或题"新镌玉茗堂批评王弇州艳异编"，四十卷，与《续艳异编》十九卷合刊，国家图书馆、中国科学院图书馆、辽宁省图书馆、首都图书馆、南京图书馆、吉林省图书馆、安徽省图书馆、郑州大学图书馆、北京大学图书馆、日本国立公文书馆内阁文库、尊经阁文库、东京大学东洋文化研究所、大连图书馆、中山大学图书馆、南通市图书馆、台湾图书馆等藏有明刊本[①]，刊者不详。卷首"玉茗居士汤显祖题"《艳异编叙》言作叙时间是"戊午天孙渡河后三日"，即明万历四十八年（1618），当刊于是年；而汤显祖已于两年前的万历四十四年（1616）去世，此叙显为书坊主伪托。

日本国立公文书馆内阁文库藏明刊本有眉批、行间批，而台湾图书馆藏明玉溪书舫刊本与另一明末刊本均无眉批、行间批，虽然三书的版式、内容相同，但显然是不同版次，日本藏本是早期刊本，台湾图书馆藏本属后期刊本。

四十卷批选本卷五《夏姬》篇后有按语曰"按《列女传》，夏姬状美好，老而复少者三，三为王后，七为夫人，公侯争之，莫不迷惑失意。又曰：姬，鸡皮三少，善彭老交接之术"，与《情史》卷一七《夏姬》篇后按语相同。或认为此篇抄自《情史》，得出四十卷批选本成书于天启七年（1627）之后的结论。[②] 这是错误的，因为这个按语

---

① 中国古籍善本书目编辑委员会编《中国古籍善本书目·子部》（下），上海：上海古籍出版社，1996 年，第 745 页；严绍璗编著《日藏汉籍善本书录》，北京：中华书局，2007 年，第 1266 页；大连市图书馆编《大连图书馆古籍善本书目》，大连：大连市图书馆，1986 年，第 63 页；中山大学图书馆编《中山大学图书馆古籍善本书目》，广州：中山大学图书馆，1982 年，第 184 页；上海图书馆中文古籍联合目录及循证平台 https：//gj.library.sh.cn/index。

② 陈国军《明代志怪传奇小说叙录》，北京：商务印书馆国际有限公司，2015 年，第 177 页。

亦见于四十五卷本《艳异编》卷八《夏姬》篇后，实乃王世贞所加。

事实是《情史》抄袭了《艳异编》，这既有《情史》卷一九《洞箫美人》、卷二〇《西施》附录所载"莲塘美姬事"等明确注引"《艳异编》"的夫子自道（分别见四十五卷本卷四与卷四四、四十卷批选本卷二与卷三九），又有很多《情史》文本与《艳异编》相同的证据。且有《柳氏传》《霍小玉传》《杨娼传》《白猿传》《淳于梦》《李娃传》《任氏传》等十一篇作品的眉批、篇末跋语被明凌性德朱墨套印七卷本《虞初志》（简称"凌刻本《虞初志》"）冠以"汤若士评"①，如卷四《嵩岳嫁女记》的眉批"疏疏历历，极苍极老""整丽不让六朝"，在凌刻本《虞初志》卷三《嵩岳嫁女记》眉批中署名"汤若士评"；卷二九《李娃传》的篇后评"叛臣辱妇"一段文字，被凌刻本《虞初志》卷四《李娃传》列于书眉处，并称"汤若士总评"；卷一七《莺莺传》的眉批"舌如笙簧"等被凌刻本《虞初志》卷五《莺莺传》眉批署名为"汤若士评"；卷一七《非烟传》的眉批"几样笺名便动火，不要说笺中诗句""韵致悠然"等被凌刻本《虞初志》卷五《非烟传》眉批署名为"汤若士评"。由于明吴兴闵氏朱墨套印十二卷本《玉茗堂摘评王弇州先生艳异编》未收录《淳于梦》《李娃传》《任氏传》，显然上述凌刻本《虞初志》的评语只能抄自四十卷批选本《艳异编》。经考证，凌性德"生于万历壬辰（1592），卒于天启癸亥（1623）"②。梁建蕊认为凌刻本《虞初志》"刻于1610年10月20日后到1623年间"③，其实我们可以进一步缩小其范围：其成书上限不会早于四十卷批选本卷首"玉茗居士汤显祖题"《艳异编叙》所言"戊午天孙渡河后三日"，即明万历四十六年（1618）。而四十卷批选本的成书时间即使略晚于万历四十六年（1618），也在天启二年（1622）之前，一定早于

<hr />

① ［明］陆采编《虞初志》，国家图书馆藏明凌性德朱墨套印本，善本书号：16707。下出此书，不再出注。

② 赵红娟《凌濛初考论》，合肥：黄山书社，2001年，第119页。

③ 梁建蕊《〈虞初志〉凌刻本评点考辨及价值重估》，《中国文学研究》，2020年第3期。

《情史》的成书时间 "天启七年至崇祯十年（1627—1637）间"①。所谓
"玉茗堂批选"，当为伪托。

四十卷批选本收录作品 344 篇；正文半叶十行，行二十二字，白口，
四周单边，单鱼尾，有眉批；分部同于四十五卷本，从篇目上看，是四十
五卷本的精选。正文与四十五卷本稍有文字差异，如：

	国图善本 15139	国图善本 05008	四十卷批选本
卷一《张遵言传》	毛彩清润	毛彩清润	毫彩清润
	意以懈倦	意以懈倦	意已懈倦
卷二《刘子卿》	子卿亦讶其大，凡旬有三日	子卿亦讶其大繁，旬有三日	子卿亦讶其大繁，旬有三日
卷二《周秦行纪》	余贞元中举进士	余贞元中举进士	予贞元中举进士
卷三《张无颇传》	又是何苦	又是何名	又是何苦
	异香氲郁	异香氲郁	异香氤郁
卷一六《后主保仪黄氏》	容态幸鹿，冠绝当世	容态幸鹿，冠绝当世	容态幸鹿，冠绝当世
卷一六《王衍》	衍自制《水调银汉曲》禽乐二歌之	衍自制《水调银汉曲》禽乐二歌之	衍自制《水调银汉曲》禽乐二歌之
卷一七《蔡京保和延福二记》	曰琴、棋、书、画、蔡、丹、经、香	曰琴、棋、书、画、蔡、丹、经、香	曰琴、棋、书、画、蔡、丹、经、香

四十卷批选本照抄四十五卷本时，或随意更改字词，或沿袭错误，如《后
主保仪黄氏》均云 "容态幸鹿，冠绝当世"，语意不通，原书宋马令《南
唐书》卷六作 "容态华丽，冠绝当世"②，知 "幸鹿" 乃 "華麗" 之误刻；
《王衍》中的 "衍自制《水调银汉曲》禽乐二歌之"，亦表意不明，原书

---

① 陈国军《明代志怪传奇小说叙录》，北京：商务印书馆国际有限公司，2015 年，
第 422 页。

② ［宋］马令《南唐书》卷六，国家图书馆藏顾汝达明嘉靖二十九年（1550）刊本。

《说郛》卷四五宋张唐英《蜀梼杌》作"衍自制《水调银汉曲》命乐工歌之";卷一七《蔡京保和延福二记》中的"蔡",据宋王明清《挥麈余话》当作"茶"①。可见,四十卷批选本所依据的底本四十五卷《艳异编》不是早于国图善本 15139 本的早期刻本。

另有《新镌玉茗堂批选王弇州先生艳异编》四十卷,续集一卷,明万历金阊书林玉夏斋刊②,未见,或是《新镌玉茗堂批选王弇州先生艳异编》四十卷与《续艳异编》十九卷合刊本的残本。

《玉茗堂摘评王弇州先生艳异编》,十二卷,明吴兴闵氏朱墨套印刊本,藏国家图书馆、上海图书馆、上海博物馆、南京市博物馆、台湾图书馆、日本内阁文库、山东蓬莱慕湘藏书楼③等。卷首署"玉茗居士汤显祖题"的《艳异编叙》同四十卷批选本,次"息庵居士书"的《小引》同四十五卷本,复次《艳异十二图说》及六叶十二幅插图,即洛神、李夫人、王昭君、迷楼、杨贵妃、绿珠、崔莺莺、娇娘、虬髯、无双、白猿与莲塘二姬。后有无瑕道人《艳异十二图说》曰:"按古今传奇行于世者,靡不有图。乃此编尤脍炙人口,而未之见。因广购海内名笔,得仇十洲家藏稿十二幅,精工摹刻,以弁诸简端,俾观者目眩心飞,足称一时之大快云。"阐述了插图对读者的感染作用,显然插图有助于吸引读者,扩大小说的销量。无瑕道人,即闵映璧,字朝山、文仲,浙江湖州人,刻印有《李杜诗选》十一卷、《草堂诗余》五卷、《花间集》四卷等。闵氏称插图为明代仇英所画,上海图书馆说绘者实为王文衡。王文衡是当时苏州有名的版画作者,为吴兴闵氏《红梨记》《红拂记》《邯郸梦记》《牡丹亭记》《董解元西厢》《艳异编》《明珠记》《绣襦

---

① [宋]王明清《挥麈余话》,《中华再造善本》,北京:北京图书馆出版社,2003年。

② 杜信孚纂辑《明代版刻综录》第 1 册,扬州:江苏广陵古籍刻印社,1983 年,第36 页。

③ 杜泽逊《蓬莱慕湘藏书楼观书记》,《藏书家》第 8 辑,济南:齐鲁书社,2003年,第 73 页。

记》等，及吴兴凌氏《西厢五剧》《琵琶记》《南音三籁》等绘制插图。①

国家图书馆藏善本 06434、善本 06362《玉茗堂摘评王弇州先生艳异编》，插图后为全书目录，正文每卷前无目录。国家图书馆藏善本 16120 与上海图书馆、日本国立公文书馆藏明刊本，插图后没有总目录，而是每两卷一个目录，如卷一前有卷一与卷二目录，卷三前有卷三与卷四目录。但是，这两种目录的行款格式完全相同，只是位置不同，显然是不同的印本。每两卷一个目录的国家图书馆藏善本 16120 等应是初印本，为了方便读者了解全书篇目，后印本就把分目录抽绎出来集中到插图后面。陶湘《明吴兴闵板书目》著录有："《艳异编》十卷，汤显祖评点有序，息庵居士小引，无瑕道人跋，王世贞选有图王文衡绘。"② 周心慧曾著录过一部十卷本，云："《玉茗堂摘评王弇州先生艳异编》十卷，明王世贞选，汤显祖点评，息庵居士小引，无瑕道人跋，明天启元年（1621）吴兴闵暎璧刊朱墨套印本。单面图十二幅。辑唐宋传奇《洛神传》《王昭君传》《迷楼记》《崔莺莺传》《无双传》等故事，是吴兴所刊唯一的小说版画，图双面连式，王文衡绘。"③ 陶湘、周心慧著录的《艳异编》当为同一部书。王重民《中国善本书提要》载："吴兴凌氏有朱墨本《艳异编》十卷，题王世贞选。"④ 凌氏所刊十卷本，目前未见，不知与闵氏所刊是否相同。笔者推测，上述朱墨套印十卷本很可能是十二卷摘评本佚失最后两卷的残本，书主人或书贾重新装订以冒全本。目前国家图书馆藏善本 06362《玉茗堂摘评王弇州先生艳异编》存一到八卷，卷首目录只有前八卷，很容易被误认为全书只有八卷，其实是卷首九到十二卷的目录被故意拆掉以冒充全本造成的。

---

① 华人德《苏州古版画概述》，《江苏图书馆学报》，1999 年第 4 期。

② 陶湘编《明吴兴闵板书目》，《青鹤》，1937 年 5 月 16 日第五卷第十三期。

③ 周心慧《中国古代版画史纲》第 3 册，北京：北京联合出版公司，2018 年，第1147 页。

④ 王重民《中国善本书提要》，上海：上海古籍出版社，1983 年，第 400 页。

　　《玉茗堂摘评王弇州先生艳异编》正文九行二十字，白口，四周单边，有眉批、篇末评。部类同四十卷批选本，收录作品 86 篇（有关《莺莺传》的诗歌、序跋不计）。个别作品归类有变动，如四十卷批选本卷三五妖怪部的《桂花著异》被归入十二卷摘评本卷一〇妓女部，内容取自四十卷批选本与四十五卷本；卷三《丽娟》与卷四《玄宗杨贵妃传》取自四十五卷本（四十卷本未收）。眉批多抄自四十卷批选本，如《杜妙隆》眉批"口头即景语，淡宕可人"，《金莺儿》眉批"写情到尽头处，更无可容"，《义娼传》眉批"恐为乐府误"云云，二书完全相同。同时，十二卷摘评本又有所删改，试对比两本卷一《郭翰》的眉批：

《新镌玉茗堂批选王弇州先生艳异编》四十卷	《玉茗堂摘评王弇州先生艳异编》十二卷
打扮绝异	便非人间装饰
真非人间所有	亦非人间铺设
容易发作	容易发作
	下界人那晓得
巧句	巧句
不负约	果不负约
	令人追思
叙旧情，凄其欲绝	叙旧情，凄其欲绝

　　四十卷批选本有六条眉批，十二卷摘评本有八条眉批，其中"容易发作""巧句"与"叙旧情，凄其欲绝"三条完全相同，"真非人间所有"与"亦非人间铺设"、"不负约"与"果不负约"这两条相近，有两条是十二卷摘评本新增的，另有一条意思相近而表述则不同。由于四十卷批选本与十二卷摘评本行款格式不同，最大可能是闵映璧在刊刻十二卷摘评本时，发现所依据的四十卷批选本眉批字迹漫漶，于是就对眉批进行了抄袭与有意识的改动，以达到吸引读者的目的。少数篇目有篇末评，如卷一〇《琴操》篇末评曰："六祖曰菩提本无树，明镜亦非台。子瞻琴操似得其衣钵者。"

综上，《艳异编》四十五卷本、四十卷批选本、十二卷摘评本在分部、篇目内容、眉批等方面一脉相承，属于同一版本系统。后刊者总体上愈来愈注重篇幅较长的志怪、传奇作品，并增加伪托名人的评点及版画名家的插图以招徕读者，编刊形式更加新颖，增强了市场竞争力。

二、不分卷的《艳异编》系统

《中国古籍善本书目》著录的五十七卷本[①]《艳异编》，中国科学院图书馆、中国社会科学院文学研究所藏明刊本，实际上不分卷，分仙真部、宫掖部、宠幸部、豪侠部、妓女部、情事部、梦魂部、再生部、幻异部、鬼怪部和服器部共十一部，其中只有宫掖部、妓女部与幻异部与四十五卷本《艳异编》系统完全相同，共收录作品五十一种五十七卷。现据中国科学院图书馆藏本将具体作品及题署列目如下：

仙真部（共 3 卷）

女仙传一卷 唐高骈辑 武林潘一中阅

龙女传一卷 唐薛莹撰 武林徐仁毓阅 （同北京大学《唐人百家小说》本）

稽神录一卷 唐雍陶撰 武林钱敬臣阅 （同北京大学《唐人百家小说》本、《合刻三志》本）

宫掖部（共 23 卷）

汉武帝内传一卷 汉扶风班固著 章斐然阅

飞燕外传一卷 汉伶玄著 武林陈斗垣阅

赵后遗事一卷 宋秦醇撰 武林张易校阅

汉宫故事一卷 梁丘迟纂 吴阊王留评钞

杂事秘辛一卷 汉亡名氏撰 明黄嘉惠阅

---

① 中国古籍善本书目编辑委员会编《中国古籍善本书目·子部》（下），上海：上海古籍出版社，1996 年，第 744 页。

西京杂记六卷　汉刘歆著　武林邵泰鸿阅

大业拾遗记一卷　唐颜师古撰　明李衡星阅

南部烟花记一卷　唐冯贽纂　吴阊王留评钞　（同北京大学《唐人百家小说》本）

迷楼记一卷　唐韩偓撰　武林徐仁毓阅　（同北京大学《唐人百家小说》本）

海山记一卷　唐韩偓撰　武林江汝谦阅　（同北京大学《唐人百家小说》本）

开河记一卷　唐韩偓撰　武林江汝谦阅　（同北京大学《唐人百家小说》本）

邺中记一卷　晋陆翙纂　吴阊王留评钞

开元天宝遗事一卷　唐杜牧之纂　明王道焜阅　（同北京大学《唐人百家小说》本）

梅妃传一卷　唐曹邺著　武林钟人杰阅　（同北京大学《唐人百家小说》本）

杨太真外传二卷　唐史官乐史著　沈澹思阅　（同北京大学《唐人百家小说》本）

焚椒录一卷　辽王鼎述　武林于之英阅

元氏掖庭记一卷　天台陶宗仪撰　明钱震泷阅

宠幸部（共3卷）

宠幸传一卷　唐罗邺辑　楚王廷陈校阅

高力士传一卷　唐太原郭湜撰　翁隆业阅　（同北京大学《唐人百家小说》本）

侍儿小名录一卷　唐韦庄纂　宋王铚、温豫补　（同北京大学《唐人百家小说》本）

豪侠部（共4卷）

女侠传一卷　唐孙颀辑　武林邹之麟次　（同北京大学《唐人百家小说》本）

剑侠传一卷　唐段成式著　武林徐虬阅　（同北京大学《唐人百家小说》本）

续剑侠传一卷　元乔林符纂　明翁骧业阅

豪客传一卷　唐杜光庭撰　明邵国铉阅　（同《合刻三志》本）

妓女部（共5卷）

义妓传一卷　吴张献翼辑　邹之麟补赞　（同《合刻三志》本）

名姬传一卷　天台陶宗仪辑　田汝成补定

北里志一卷　唐孙棨著　明张遂辰校阅　（同北京大学《唐人百家小说》本）

青楼集一卷　元乔梦符著　明徐仁毓阅

教坊记一卷　唐崔令钦撰　明徐仁毓阅　（同北京大学《唐人百家小说》本）

情事部（共5卷）

会真记一卷　唐元稹撰　吴阊林云凤阅　（同北京大学《唐人百家小说》本）

冥感记一卷　明罗贯中撰　钟人杰校阅　（同《合刻三志》本）

冥音录一卷　唐朱庆馀撰　江汝谦校阅　（同北京大学《唐人百家小说》本、《合刻三志》本）

长恨歌传一卷　唐陈鸿传　白居易撰歌　（同北京大学《唐人百家小说》本）

本事诗一卷　唐孟棨撰　武林顾懋樊阅　（同北京大学《唐人百家小说》本）

梦魂部（共2卷）

梦游录一卷　唐任蕃撰　武林杨绍溥阅　（同北京大学《唐人百家小说》本、《合刻三志》本）

离魂记一卷　唐陈玄佑纂　韦庄重撰

再生部（共1卷）

再生记一卷　唐阎选撰　武林徐仁毓阅　（同北京大学《唐人百

家小说》本、《合刻三志》本)

幻异部（共 3 卷）

幻异志一卷　唐孙颉撰　武林金嘉会阅　（同北京大学《唐人百家小说》本、《合刻三志》本）

博异志一卷　唐陈还古纂　歙曹臣校阅　（行款同《合刻三志》本，题署不同，作"郑还古"）

集异记一卷　唐薛用弱撰　翁骏业阅　（同北京大学《唐人百家小说》本、《合刻三志》本）

鬼怪部（共 5 卷）

才鬼记一卷　唐郑賨纂　明梅鼎祚重订　（同北京大学《唐人百家小说》本、《合刻三志》本）

灵鬼志一卷　唐常沂撰　武林钱敬臣阅　（同北京大学《唐人百家小说》本、《合刻三志》本）

诺皋记一卷　唐段成式撰　明张遂辰阅　（同北京大学《唐人百家小说》本、《合刻三志》本）

幽怪录一卷　天台陶宗仪记　田汝成撰辑

物怪录一卷　唐徐嶷撰　武林陈良谟阅　（同北京大学《唐人百家小说》本、《合刻三志》本）

服器部（共 3 卷）

古镜记一卷　隋王度撰　武林金嘉会阅　（同《合刻三志》本）

锦裙记一卷　唐陆龟蒙著　明徐仁中阅　（同北京大学《唐人百家小说》本）

女红余志一卷　唐李淘纂　武康龙辅校补

此本正文半叶九行，行二十字，白口左右双边，单鱼尾。幻异部《博异志》题"唐陈还古纂""歙曹臣校阅"。曹臣（1583—1647），字荩之，徽州歙县人；鬼怪部《才鬼记》署"唐郑賨纂""明梅鼎祚重订"，收作品 11 篇，实据编刊于明万历三十三年（1605）梅鼎祚（1549—1615）的

《才鬼记》十六卷本删节而成①。则五十七卷本的成书时间当在 1605 年之后，此时王世贞已去世多年。

经对比，此本共有《汉武帝内传》《飞燕外传》《赵后遗事》《大业拾遗记》《迷楼记》《海山记》《开元天宝遗事》《梅妃传》《杨太真外传》《青楼集》《北里志》《会真记》和《长恨歌传》等 13 种 124 篇作品与四十五卷本重复。但重收篇目差别明显：一是题署和篇名不同，四十五卷本无题署，五十七卷本则有，并题校阅人姓名，如四十五卷本《孝武帝》《赵飞燕合德别传》，五十七卷本作《汉武帝内传》《飞燕外传》，分别题"汉扶风班固著　章斐然阅"与"汉伶玄著　武林陈斗垣阅"。二是分合类别不同，四十五卷本卷二八、卷二九义侠部的全部九篇作品仅是五十七卷本豪侠部《剑侠传》和《续剑侠传》中的一部分；四十五卷本卷四四、卷四五鬼部原出明瞿佑《剪灯新话》的《绿衣人传》《金凤钗记》《牡丹灯记》，则被五十七卷本命名为元罗贯中撰的《冥感记》，归于情事部。三是内容有差异，如五十七卷本情事部《长恨歌传》比四十五卷本卷一四宫掖部所载多出玄虚子《仙志》关于杨玉环的一段文字，这段文字实出《琅嬛记》；五十七卷本宫掖部《杨太真外传》末尾比四十五卷本卷一五宫掖部所载少"附录：杨妃梦与明皇游骊山，至兴元驿，方对食，后宫忽告火发，仓卒出驿，回望驿木，俱为烈焰。俄有二龙，帝跨白龙，其去若飞；妃跨黑龙，其行甚缓。……果有鸿都道士于海上仙峰得剑合私言而回"一段，此段即出自宋曾慥编《类说》卷五二选录宋刘斧《翰府名谈》之《明皇》；五十七卷本妓女部《北里志》卷末比四十五卷本卷三一伎女部所载少"述才慧，所以痛其辱重禀也"一段；五十七卷本《李娃传》正文至"其卑者犹为太原尹"结束，删除了下面的正文"史称设形容，楔鸣琴，揄长袂，蹑利屣，固庸态也。娃之濯淖泥淖仁心为质，岂非所谓蝉蜕者乎？士不困辱不激，不激事不成，假令郑子能自竖，建显当世，则

---

① 参李剑国《唐五代志怪传奇叙录》（天津：南开大学出版社，1993 年，第 1194～1196 页），陈晨、张晶芸《〈才鬼记〉版本考论》[《湖南大学学报》（社会科学版），2008 年第 6 期]。

娃几与蕲王夫人媲美矣”一段评论，而四十五卷本正文多出“弟兄姻媾，皆甲门，内外隆盛，莫之与京。嗟乎！倡荡之姬，节行如此，虽古先烈女不能逾也。焉得不为叹息哉！余伯祖尝牧晋州，转户部，为水陆运使，三任皆与生为代，故谙详其事。贞元中，余与陇西公佐话妇人操烈之品格，因遂述汧国之事。公佐拊掌叹听，命余为传。乃握管濡翰，疏而存之。时乙亥岁秋八月，太原白行简云”一段，以及评论文字“叛臣辱妇，每出于名门世族；而伶工贱女，乃有洁白坚贞之行。岂非秉彝之良有不间邪？观夫项王悲歌虞姬刎，石崇赤族绿珠坠，建封卒官盼盼死，禄山作逆雷清恸，昭宗被贼宫姬蔽，少游谪死楚伎经，若是者诚出天性之所安，固非激以干名也。至于娃之守志不乱，卒相其夫以底于荣美，则尤人所难。呜呼！倡也犹然，士乎可以知勉矣”。五十七卷本《会真记》中的“美丰容”“诘者哂之”，四十五卷本作“美风容”“诘者识之”，据明隆庆三年（1569）顾氏众芳斋刻印的顾玄纬校辑《增编会真记》可知，上述异文属于两种不同的版本。可见，五十七卷本仅袭用了书名，不是直接取材于四十五卷本，而是另有来源。此本仙真部《稽神录》，豪侠部《续剑侠传》《豪客传》，情事部《冥感记》《冥音录》，梦魂部《梦游录》，再生部《再生记》，幻异部《幻异志》，鬼怪部《才鬼记》《灵鬼志》《物怪录》多部小说的内容与作者、校阅人的题署全同《唐人百家小说》和《合刻三志》，且版式、行款全同《合刻三志》，则五十七卷本当据上书编纂而成。

五十七卷本所收51种书中共有44种题署校阅、评钞、编次人姓名，涉及到31人，其中注明“武林”的有潘一中、徐仁毓、钱敬臣、陈斗垣、张易、邵泰鸿、江汝谦、钟人杰、于之英、邹之麟、徐虹、顾懋樊、杨绍溥、金嘉会和陈良谟凡15人25种；注明“吴阊”（即今苏州）的有王留、林云凤2人；标明“歙”的有曹臣，曹臣尝游杭州，与张遂辰、钟人杰等有交往；注明“楚”的有王廷陈（1493—1550），字稚钦，号梦泽，湖北黄冈人，正德十二年（1517）进士。未注籍贯者13种12人，可考知为杭州人者5人：章斐然，据北京大学藏单行本《唐人百家小说》序之署"钱唐章斐然书",可知为杭州人;王道焜,亦为杭州人,明末为杭州同知,明亡自杀殉国;钱震泷,杭州仁和人,崇祯十一年(1638)刊有《宋刘后村先生集》和《论衡》等书;徐仁中,杭州人,刻有《唐文粹》一百卷等书;张遂辰(1589—1668),钱塘人,明诸生,精通医学。寓居杭州者1人:黄嘉惠,字长吉,安徽休宁人,卸官后却寓居杭州从事书业,刻有《董解元西厢记》二卷、《苏黄风流小品》十六卷、《史记》一百三十卷,评点有杂剧《写风情》一卷、《赤壁游》一卷、《龙山宴》一卷、《午日吟》一卷、《北邙说法》一卷、《真傀儡》一卷、《逍遥游》一卷等①,《苏黄风流小品》之《东坡题跋》即署名"西湖寓客黄嘉惠长吉甫",卷一下题"海阳黄嘉惠长吉甫校"(休宁曾称海阳);另有李衡星、沈澹思、翁隆业、翁骧业、翁骏业和邵国铉6人未署籍贯。昌彼得曾对《广汉魏丛书》等六部明刊丛书进行过研究,说:"各丛书中所题校阅人如章斐然、潘之淙、张遂辰、徐仁毓、黄嘉惠、翁立环、钟人杰、徐仁中、陈斗垣、于之英、闻启祥、仲震、王道焜、钱敬臣、胡潜、顾懋樊、陈甫申、翁敬业、吴怀古、金维垣等皆互见,俱武林人。可证乃同时同地刊雕。"② 从翁敬业是杭州人来看,翁隆业、翁骧业和翁骏业显然也应是杭州人。可见,五十七卷本的校阅者大都为杭州人,其中亦不乏刻书者,因此,此本应刻印于杭州。

《中国古籍善本书目》著录的五十三卷本现知存世三部,分别藏于上海图书馆、大连图书馆与日本蓬左文库。③上海图书馆藏本卷首为署名"息庵居士书"的《艳异编序》,次目录,刊印者不详;版式行款同五十七卷本,亦不分卷,凡11部(仅把五十七卷本的服器部改为妆器部)51

---

① 徐学林编《徽州刻书史长编》第3卷,合肥:安徽教育出版社,2014年,第1021~1023页。

② 昌彼得《版本目录学论丛》(一),台北:学海出版社,1977年,第221页。

③ 参中国古籍善本书目编辑委员会编《中国古籍善本书目·子部》(下),上海:上海古籍出版社,1996年,第744页;严绍璗编著《日藏汉籍善本书录》,北京:中华书局,2007年,第1265页。

种作品。大连图书馆藏五十三卷本题"读书坊新刻"《古艳异编》①，应是据上海图书馆藏本新刊的版本。或以为此本是杭州段景亭读书坊天启年间刊印，段景亭于天启年间刊有《昭代经济言》十四卷、《怡红阁浣纱记》二卷、《怡云阁金印记》二卷、《徐文长文集》三十卷等十多种图书；② 或以为编者是吴胜甫。③ 据"日本汉籍数据库：日本所藏中文古籍数据库"检索结果，日本蓬左文库藏读书坊吴胜甫刊本，五十二卷；由于上海图书馆藏本《龙女传》实收二种两卷，且大连图书馆藏本亦为五十三卷，故笔者疑"日本汉籍数据库：日本所藏中文古籍数据库"与《日藏汉籍善本书录》将《龙女传》误录为一卷，蓬左文库藏本实应为五十三卷。日本蓬左文库藏本可能是大连图书馆藏本所谓"读书坊新刻"的翻印本。另陶湘曾收藏《艳异编》四十八卷本，说是明万历年间刊本④，笔者以为此本很可能是上述五十七卷本或五十三卷本的残本。

下面据上海图书馆藏本列出五十三卷本《艳异编》分部、篇目及署名：

仙真部（共4卷）

女仙传一卷　唐高骈辑　琅琊王世贞编

龙女传二卷　唐李朝威著　裘昌今校阅⑤　（同五十七卷本、北京大学《唐人百家小说》本）

稽神录一卷　唐雍陶撰　武林钱敬臣阅　（同五十七卷本、北京大学《唐人百家小说》本、《合刻三志》本）

---

① 孙楷第《戏曲小说书录解题》，北京：人民文学出版社，1990年，第16页。

② 顾志兴编《浙江印刷出版史》，杭州：杭州出版社，2011年，第270页。

③ 陈国军《明代志怪传奇小说叙录》，北京：商务印书馆国际有限公司，2015年，第396页。

④ 陶湘《涉园藏书第一编记（七）》，《青鹤》，1937年2月16日第五卷第七期。

⑤ 按，第一个《龙女传》题"唐李朝威著　裘昌今校阅"，即《柳毅传》；第二个《龙女传》同五十七卷本，题"唐薛莹撰　武林徐仁毓阅"，收三篇，第一篇无标题，即《震泽龙女传》，二、三篇为《洛神传》《郑德璘传》。

宫掖部（共 18 卷）

汉武帝内传一卷 汉扶风班固著 章斐然阅 （同五十七卷本）

飞燕外传一卷 汉伶玄著 武林陈斗垣阅 （同五十七卷本）

赵后遗事一卷 宋秦醇撰 武林张易校阅 （同五十七卷本）

汉宫故事一卷 梁丘迟纂 吴阊王留评钞 （同五十七卷本）

杂事秘辛一卷 汉亡名氏撰 明黄嘉惠阅 （同五十七卷本）

西京杂记一卷 汉刘歆著 武林徐仁毓阅

大业拾遗记一卷 唐颜师古撰 明李衡星阅 （同五十七卷本）

南部烟花记一卷 唐冯贽纂 吴阊王留评钞 （同五十七卷本、北京大学《唐人百家小说》本）

迷楼记一卷 唐韩渥撰 武林徐仁毓阅 （同五十七卷本、北京大学《唐人百家小说》本）

海山记一卷 唐韩渥撰 武林江汝谦阅 （同五十七卷本、北京大学《唐人百家小说》本）

开河记一卷 唐韩渥撰 武林江汝谦阅 （同五十七卷本、北京大学《唐人百家小说》本）

邺中记一卷 晋陆翙纂 吴阊王留评钞 （同五十七卷本）

开元天宝遗事一卷 唐王仁裕纂 明王道焜阅 （同北京大学《唐人百家小说》本）

梅妃传一卷 唐曹邺著 武林钟人杰阅 （同五十七卷本、北京大学《唐人百家小说》本）

杨太真外传二卷 唐史官乐史著 沈澹思阅 （同五十七卷本、北京大学《唐人百家小说》本）

焚椒录一卷 辽王鼎述 武林于之英阅 （同五十七卷本）

元氏掖庭记一卷 天台陶宗仪撰 明钱震泷 （同五十七卷本）

宠幸部（共 5 卷）

宠幸传一卷 唐罗邺辑 楚王廷陈校阅 （同五十七卷本）

高力士传一卷 唐太原郭湜撰 翁崟业阅 （同五十七卷本、北

京大学《唐人百家小说》本)

侍儿小名录一卷 唐韦庄纂 宋王铚、温豫补 （同五十七卷本、北京大学《唐人百家小说》本）

钗小志一卷 唐朱揆纂 武林金维垣阅

比红儿诗一卷一百首 唐罗虬著 新都杨慎阅定 （同北京大学《唐人百家小说》本）

豪侠部（共4卷）

女侠传一卷 唐孙颀辑 武进邹之麟次 （同五十七卷本、北京大学《唐人百家小说》本）

剑侠传一卷 唐段成式著 武林徐虬阅 （同五十七卷本、北京大学《唐人百家小说》本）

续剑侠传一卷 乔梦符纂 明翁骧业阅 （同五十七卷本）

豪客传一卷 唐杜光庭撰 明邵国铉阅 （同五十七卷本）

妓女部（共5卷）

义妓传一卷 吴张献翼辑 邹之麟补赞 （同五十七卷本）

名姬传一卷 天台陶宗仪辑 田汝成补定 （同五十七卷本）

北里志一卷 唐孙棨著 明张遂臣校阅 （同五十七卷本、北京大学《唐人百家小说》本）

青楼集一卷 元乔梦符著 明徐仁毓阅 （同五十七卷本）

教坊记一卷 唐崔令钦撰 明徐仁毓阅 （同五十七卷本、北京大学《唐人百家小说》本）

情事部（共5卷）

会真记一卷 唐元稹撰 吴阊林云凤阅 （同五十七卷本、北京大学《唐人百家小说》本）

冥感记一卷 元罗贯中撰 钟人杰校阅 （同五十七卷本）

冥音录一卷 唐朱庆馀撰 汪汝谦校阅 （同五十七卷本、北京大学《唐人百家小说》本）

长恨歌传一卷 唐陈鸿传 白居易撰歌 （同五十七卷本、北京

大学《唐人百家小说》本)

本事诗一卷 唐孟棨撰 武林顾懋樊阅 （同五十七卷本、北京大学《唐人百家小说》本）

梦魂部（共2卷）

梦游录一卷 唐任蕃撰 武林杨绍溥阅 （同五十七卷本、北京大学《唐人百家小说》本）

离魂记一卷 唐陈玄佑纂 韦庄重撰 （同五十七卷本）

再生部（共1卷）

再生记一卷 唐阎选撰 武林徐仁毓阅 （同五十七卷本、北京大学《唐人百家小说》本）

幻异部（共3卷）

幻异志一卷 唐孙颀撰 武林金嘉会阅 （同五十七卷本、北京大学《唐人百家小说》本）

博异志一卷 唐陈还古纂 歙曹臣校阅 （同五十七卷本）

集异记一卷 唐河东薛用弱撰 翁骏业阅 （同五十七卷本、北京大学《唐人百家小说》本）

鬼怪部（共3卷）

才鬼记一卷 唐郑黄纂 明梅鼎祚重订 （同五十七卷本、北京大学《唐人百家小说》本）

灵鬼志一卷 唐常沂撰 武林钱敬臣阅 （同五十七卷本、北京大学《唐人百家小说》本）

物怪录一卷 唐徐巍撰 武林陈良谟阅 （同五十七卷本、北京大学《唐人百家小说》本）

妆器部（共3卷）

妆楼记一卷 唐张泌纂 陶宗仪校阅 （同北京大学《唐人百家小说》本）

锦裙记一卷 唐陆龟蒙著 明徐仁中阅 （同五十七卷本、北京大学《唐人百家小说》本）

女红余志一卷　唐李洵纂　武康龙辅校补　（同五十七卷本）

上海图书馆藏本除增加的《柳毅传》，此本共有 124 篇与四十五卷本、五十七卷本重复。通过比对，此本与四十五卷的关系亦不大，不可能直接改编自四十五卷本，而与五十七卷本却十分密切。所收作品较五十七卷本少鬼怪部的"唐段成式撰　明张遂辰阅"《诺皋记》一卷、"天台陶宗仪记　田汝成撰辑"《幽怪录》一卷和服器部的"隋王度撰　武林金嘉会阅"《古镜记》一卷，而多出宠幸部的《钗小志》一卷、《比红儿诗》一卷和妆器部的《妆楼记》一卷共 3 种，《钗小志》《妆楼记》题署的作者、校阅人及版式、行款格式全同《绿窗女史》，《比红儿诗》作者、校阅人题署同《唐人百家小说》。其他 48 种作品中有《汉武帝内传》《飞燕外传》等 44 种的篇目、作者题署、校阅人姓名及版式、行款格式与五十七卷本完全相同，且前后顺序一致。另外 4 种作品稍有差别：《女仙传》的篇目、版式、行款相同，题署不同，五十三卷本题"唐高骈辑　琅琊王世贞编"，五十七卷本题"唐高骈辑　武林潘一中阅"；五十三卷本《龙女传》二卷，较五十七卷本多《柳毅传》一卷，另一卷篇目、行款、作者、校阅人姓名完全相同；五十三卷本《西京杂记》一卷，为节本，题"汉刘歆著　武林徐仁毓阅"，五十七卷本为六卷全本，题"汉刘歆著　武林邵泰鸿阅"；《开元天宝遗事》均为一卷，篇目、行款相同，题署有异，五十三卷本题"唐王仁裕纂　明王道焜阅"，五十七卷本题"唐杜牧之纂　明王道焜阅"。在人们都知道王世贞编纂《艳异编》的情况下，编刊者才将卷首第一部作品仙真部《女仙传》的校阅人由五十七卷本"武林潘一中阅"变为五十三卷本"琅琊王世贞编"，显然是为了增加作品的可信度以招徕读者，而不会有相反的目的。故五十三卷本是据五十七卷本增删、编刊而成的，同时参考了《绿窗女史》和《唐人百家小说》。由于鬼怪部"唐郑薳纂　明梅鼎祚重订"的《才鬼记》实据编刊于明万历三十三年（1605）梅鼎祚（1549—1615）的《才鬼记》十六卷本删节而成，而蓬左文库本系日本明正天皇宽永十四年（1637）从中国购入，则五十三卷本的编刊时间应在 1605—1637 年之间。

三、十二卷本的《艳异编》系统

十二卷本的《艳异编》有两种，其一是国家图书馆藏善本 A01541 《艳异编》明刊本，其二是国家图书馆、日本宫内厅书陵部①、美国哈佛大学图书馆和上海图书馆藏《安雅堂重较〈古艳异编〉》。

国图善本 A01541 卷首为"息庵居士书"的《艳异编序》，即四十五卷本的《艳异编小引》，次目录，共分星部、神部、龙神部、仙真部、女仙部、宫掖部、戚里部、宠幸部、幽期部、徂异部、梦游部、冥感部、再生部、义侠部、剑侠部、伎女部、义妓部、幻术部、妖怪部和鬼部凡 20 部，部类名称大多与四十五卷本系统相同，仙真部、宠幸部、再生部等袭自五十七卷本与五十三卷本，复次为汉宫、蔡席、忆梦、摄魂、赓月、燕楼、啼衫、纪画、谈侠、盗绡、宿驿、盟笺、遗钗、导灯、卖鬼和吐幻共八叶 16 幅插图。正文版式、行款同五十七卷本，共收录 308 篇作品及由简短条目组成的《集异志》。卷七冥感部有明茅元仪撰的《西玄青鸟记》，因文中言及"崇祯癸酉秋""明年甲戌夏五月"，则此本的编刊不会早于 1634 年，应在 1634 年后。现将国图善本 A01541 分部、篇目、题署罗列如下：

卷之一（共 14 种）

星 部 宋张君房《织女星传》 元吾衍《三女星传》

神 部 元刘斧《张女郎传》 唐罗邺《蒋子文传》 宋何薳《中雷神传》 宋崔伯易《金华神记》 宋苏轼《子姑神记》 宋沈括《紫姑神传》 晋殷基《丁新妇传》 晋贾善翔《天上玉女记》 阙名《华岳神女记》 阙名《嵩岳嫁女记》

---

① 日本宫内厅书陵部亦藏有此书，见周芜等编著《日本藏中国古版画珍品》（南京：江苏美术出版社，1999 年，第 480 页），马廉著、刘倩编《马隅卿小说戏曲论集》（北京：中华书局，2006 年，第 364 页）。

龙神部　唐薛莹《震泽龙女传》　唐李朝威《龙女传》（即《柳毅传》）

卷之二 （共15种）

仙真部　《穆天子传》古本　齐吴筠《东方朔传》　唐李蘩《邺侯外传》　南燕庞觉《希夷先生传》　阙名《裴谌传》　宋刘敬叔《梁清传》　阙名《薛昭传》　宋王明清《邢仙传》　唐韩若云《韩仙传》　洪武御制《周颠仙人传》

女仙部　汉桓骥《西王母传》　唐蔡伟《魏夫人传》　曹毗《杜兰香传》　晋葛洪《麻姑传》　阙名《许飞琼传》

卷之三 （共19种）

宫掖部上　汉班固《汉武帝内传》　唐陈翰《李夫人传》　晋范晔《王昭君传》　汉伶玄《赵飞燕外传》　晋王嘉《赵夫人传》　晋王嘉《薛灵芸传》　晋王嘉《丽姬传》　唐李延寿《潘妃传》　唐李延寿《冯淑妃传》　阙名《上官昭容传》　唐史官乐史《杨太真外传》卷上下　唐曹邺《梅妃传》　阙名《女冠耿先生传》　宋赵与时《林灵素传》　宋李祉《陈盼儿传》　宋吴师直《耿听声传》　宋陈忠《菊部头传》　宋张邦基《李博传》　宋赵彦卫《朱冲传》

卷之四 （共16种）

宫掖部下　唐颜师古《大业拾遗记》　汉郭宪《别国洞冥记》　晋陈翔《魏帝邺中记》　天台陶宗仪《元氏掖庭记》　宋张淏《旧京艮岳记》　元周密《西湖游幸记》　元周密《乾淳御教记》　元周密《乾淳燕射记》　元周密《乾淳岁时记》　宋蔡京《保和殿曲宴记》　宋李邦彦《延福宫曲宴记》　宋蔡京《太清楼侍宴记》　宋张邦基《汴都平康记》　麻城刘侗《灯市记》　宋蔡襄《龙寿丹记》　宣德御制《广寒殿记》

卷之五 （共7种）

戚里部　唐郑还古《郁轮袍传》　唐苏鹗《同昌公主传》　唐薛调《绿珠传》　晋王嘉《翔风传》

宠幸部　唐罗邺《宠幸传》

幽期部上　魏陵张实《流红记》　中州李诩《娇红记》

卷之六（共 15 种）

幽期部下　唐王彬《贾午传》　唐元稹《莺莺传》　唐皇甫枚《非烟传》　阙名《联芳楼记》　宋王右《桃帕传》

徂异部　阙名《却要传》　宋康誉之《狄氏传》　江阴李诩《陈子高传》　阙名《董汉州女传》　歙潘之恒《滁妇传》　唐柳宗元《河间传》

梦游部　唐任蕃《梦游录》　宋王宇《司马才仲传》　明马龙《渭塘奇遇记》　宋苏辙《游仙梦记》

卷之七（共 9 种）

冥感部　江群文木《玉箫传》　唐孟棨《崔护传》　宋陈仁玉《贾云华还魂记》　元周士《丹青扇记》　元张光弼《金缕裙记（传）》　唐陈鸿《长恨歌传》　防风茅光仪《西玄青鸟记》　唐陈玄祐《离魂记》

再生部　唐阎选《再生记》

卷之八（共 8 种）

义侠部　唐孟棨《乐昌公主传》　唐张说《虬髯客传》　唐许尧佐《章台柳传》　唐薛调《刘无双传》　明张孟兼《唐珏传》

剑侠部上　唐阙名《剑侠传》

剑侠部下　宋洪迈《续剑侠传》　唐雍陶《英雄传》①

卷之九（共 18 种）

伎女部　宋王恽《燕子楼传》　唐于邺《扬州梦记》　宋秦玉《欧阳詹传》　唐蒋防《霍小玉传》　唐李玙《薛涛传》　楚顾宾《陈诜传》　吴郡刘昌《徐兰传》　宋曹嘉《严蕊传》　太原王夔

① 按，《英雄传》，目录中作《英雄别传》，正文中收录郭子仪、于顿、张说、裴度四事，同北京大学《唐人百家小说》本。

《符郎传》　宋柳贯《王魁传》　唐房千里《杨娼传》　元杨维桢《哑娼志》　淇上李师尹《王幼玉记》　吴郡王穉登《马湘兰传》　云间陈继儒《杨幽妍别传》　戋戋居士《小青传》　天台陶宗仪《名姬传》

义妓部　吴张献翼《义妓传》

卷之一〇（共4种）

唐薛用弱《集异记》　唐郑还古《博异志》　宋侯君素《旌异记》（九则）　唐陆勋《集异志》

卷之一一（共14种）

幻术部　唐郑还古《阳羡书生传》　唐蒋防《幻戏志》　唐孙颀《幻异志》

妖怪部　青门沈仕《桃花仕女传》　元刘斧《小莲记》　唐阙名《白猿传》　唐孙恂《猎狐记》　唐顾敻《袁氏传》　唐沈既济《任氏传》　江莹《乌将军传》　宋王陶《长须国记》　宋郑景璧《红裳女子传》　唐李景亮《人虎传》　阙名《白蛇记》

卷之一二（共22种）

鬼部　汉赵晔《吴王紫玉传》　宋张君房《窦玉传》　阙名《柳参军传》　吴郡张灵《崔书生传》　钱塘瞿佑《郑绍传》　唐顾非熊《妙女传》　阙名《刘讽传》　宋钱希白《桑维翰记》　阙名《赵喜奴传》　睦州陈旺《钱履道传》　元柳贯《金凤钗记》　元吾衍《绿衣人传》　元陈愔《牡丹灯记》　元杨维桢《南楼美人传》　宋亡名氏《江亭龙女传》　元徐观《莲塘二姬传》　元刘斧《远烟记》　唐朱庆馀《冥音录》　唐包何《卖鬼传》　唐杜青黄《奇鬼传》　宋洪迈《鬼国记》　宋洪迈《鬼国续记》

据上所列，只有卷一〇没有分部，又据五十七卷本、五十三卷本可知，此卷应为幻异部；其他卷均有部类，这说明编选十分粗疏。部类名称只在目录中有，正文中无。目录与正文在篇名上有差异，如卷七目录是

"再生部"，下列作品，正文却作《再生记》；卷八目录称"剑侠部上""剑侠部下"与《英雄别传》，但正文中却称《剑侠传》《续剑侠传》《英雄传》。国图善本 A01541 所录共 161 种作品，与四十五卷本重复的作品共 116 篇，存在较大差异。一是题署和篇名不同。四十五卷本未题作者，十二卷本多乱题作者，如出自南朝梁吴均《续齐谐记》的《阳羡书生》署为"唐郑还古"，出自明李昌祺《剪灯余话》的《贾云华还魂记》题"宋陈仁玉"。四十五卷本所收录的唐代小说《郭翰》《姚生》《沈警》，分别署为《织女星传》"宋张君房"、《三女星传》"元吾衍"和《张女郎传》"元刘斧"。二是相同篇目的内容不同。如四十五卷本所收录的《孝武李夫人传》选自《汉书》卷九七《外戚列传》，十二卷本所收录的《李夫人传》删除了四十五卷本中武帝伤悼夫人的长赋，并在后面增加了《拾遗记》所载武帝与夫人的传说、李商隐的《李夫人歌》、李贺的诗和白居易的诗；十二卷本中的《李娃传》结尾与五十七卷本相同，相对于四十五卷本所收录的《李娃传》，结尾有增有删。三是十二卷本收录内容有重复，如卷四戚里部的《郁轮袍传》又见于卷一〇的《集异记》。可见，此本并非直接来源于四十五卷本，而是另有所本。

此本共有 123 篇作品与上述五十七卷本、五十三卷本相同，其中《汉武帝内传》《杨太真外传》《梅妃传》《大业拾遗记》《魏帝邺中记》《元氏掖庭记》《宠幸传》《名姬传》《长恨歌传》《梦游录》《离魂记》《再生记》《幻异志》《集异记》《冥音录》等 15 种 85 篇的作者题署、行款格式三书相同，只不过十二卷本删除了五十七卷本和五十三卷本的校阅者姓名，因袭关系较为显明；《剑侠传》和《续剑侠传》，三书篇目、款式相同，题署不同，五十七卷本、五十三卷本和《合刻三志》本，分别题作"唐段成式著，武林徐虬阅""元乔梦符纂，明翁襄业阅"，十二卷本分别题"唐阙名""宋洪迈"，当是挖补而成；《飞燕外传》的作者题署三书相同，但内容、版式不同，如五十七卷本和五十三卷本在"嫕"下用双行小字注曰"于计反"，十二卷本无。此本有《桃帕传》《娇红记》等 68 部作品的作者题署、版式行款格式与《剪灯丛话》所载完全相同；有《李夫人传》《赵夫人传》《西玄青鸟记》等 89 部 117 篇的作者题署、版式行款与《绿窗女史》所载完全相同，且有一叶"宿驿""盟笺"两幅插图与《绿窗女史》所收录完全相同。有《博异志》《英雄传》《剑侠传》《续剑侠传》《义妓传》《幻异志》《卖鬼传》《奇鬼传》《灵鬼志》《才鬼记》《梦游录》《再生记》《冥音录》等十多种的版式行款同《合刻三志》本，只是十二卷本常常改题作者，并全部删去了校阅人的姓名。可见，此本是由五十七卷本或五十三卷本《艳异编》及《剪灯丛话》《绿窗女史》《合刻三志》等书拼凑、挖改印板而刊印的。

　　哈佛大学藏《安雅堂重较〈古艳异编〉》（简称"哈佛本"），扉页题"安雅堂重较古艳异编"，明刊本，比国图善本 A01541 少总目录，且每卷前的目录与国图善本 A01541 目录个别有异，如国图善本 A01541 卷八目录有《英雄别传》，下面没有列具体篇目，而哈佛本卷八目录则在《英雄别传》下列出了《郭子仪》《于頔》《张说》《裴度》四篇作品。卷前的八叶16 幅插图完全同国图善本 A01541 的插图，卷三没有收录国图善本 A01541 宫掖部上的汉班固《汉武帝内传》、唐陈翰《李夫人传》、晋范晔《王昭君传》、汉伶玄《赵飞燕外传》、晋王嘉《赵夫人传》、晋王嘉《薛灵芸传》、晋王嘉《丽姬传》、唐李延寿《潘妃传》、唐李延寿《冯淑妃传》与阙名《上官昭容传》共 10 篇作品。哈佛本除卷五《绿珠传》题"唐乐史"（国图善本 A01541 本《绿珠传》题"唐薛调"）外，其他的类目、作品及题署，均与国图善本 A01541 所载相同，则国图善本 A01541 当是原刊本，哈佛大学本当是后刊本。

　　上海图书馆藏清初友文堂刊《安雅堂重较〈古艳异编〉》（简称"上图本"）的前七叶 14 幅插图与国图善本 A01541、哈佛本相同，最后一叶却将"卖鬼"和"吐幻"两幅换成了"传情"和"寄韵"。这可能是由于友文堂得到的原板片破损严重，只好补刻一叶插图。上图本《柳毅传》第九叶、第十叶，分别由国图 A01541 第十叶上半部与第九叶下半部、第九叶上半部与第十叶下半部拼接而成，可证明这两叶板片破损、断裂，刊印时出现拼接错误。上图本比国图 A01541 少再生、义妓二部，凡 18 部，共收录作品 245 篇。从分部上有卷三"宫掖部上"而无"宫掖部下"来看，此书显然是据国图善本 A01541 十二卷增删编刊而成的，编选较为粗疏。这从国图善本 A01541 本《续剑侠传》题"宋洪迈"，上图本却题"宋洪"，亦可得出同样的结论。经比对，此本删除了卷一神部的《蒋子文传》《天上玉女记》，卷二仙真部的《邺侯外传》《邢仙传》，卷三的《杨太真外传》《菊部头传》《李博传》《朱冲传》，全部删除了原卷四宫掖部下的《大业拾遗记》等 16 篇作品，卷六梦游部的《司马才仲传》《渭塘奇遇记》《游仙梦记》，卷七冥感部的《西玄青鸟记》《再生记》，卷八剑侠部的《英雄传》，卷九义妓部的《义妓传》，卷一〇"宋侯君素"的《旌异记》、"唐陆勋"的《集异志》；卷一一幻术部"唐蒋防"的《幻戏志》、妖怪部的《乌将军传》《长须国记》《红裳女子传》《人虎传》《白蛇记》，卷一二鬼部的全部作品。增加了卷二女仙部的《上元夫人》《云华夫人》《萼绿华》《梁玉清》《毛女》，卷一一"唐薛昭蕴"的《幻影传》、"唐徐巘"的《物怪录》，卷一二鬼部"唐郑賨"的《才鬼记》和"唐常沂"的《灵鬼志》。除《西王母传》《魏夫人传》《杜兰香传》《麻姑传》和《许飞琼传》以外，其余重收作品中的作者题署与版式行款完全相同。可见，编者对国图善本 A01541 的整理主要是删减作品，增加的这些书主要取自《合刻三志》。编刊者还应参考了五十七卷本或五十三卷本《艳异编》。此本共有《汉武帝内传》《飞燕外传》《梅妃传》《剑侠传》《续剑侠传》《名姬传》《冥感记》《长恨歌传》《梦游录》《离魂记》《幻异志》《博异志》《集异记》《物怪录》《才鬼记》《灵鬼志》等 10 多种凡 149 篇的篇目及许多题署与上述五十七卷本、五十三卷本相同，不过，编刊者同样对它们进行了增删。如同题"唐常沂"撰的《灵鬼志》，五十七卷本和五十三卷本收录了韩重、刘导、崔罗什、李陶、王玄之、郑德璘、柳参军、崔书生、郑绍、颜濬、胜儿、许生、苏韶和唐暄 14 篇，上图十二卷本则无最后 4 篇；三本《博异志》虽收录作品相同，但五十七卷本和五十三卷本题"唐陈还古纂，歙曹臣校阅"，且卷末有顾元庆跋云："唐人小史中，多造奇艳事为传志，自是一代才情，非后世可及。然怪深幽渺，无如《诺皋》

《博异》二种，此其厥体中韩昌黎、李长吉也。"而十二卷本则题"唐郑还古"，且无校阅人姓名和跋语。哈佛本与上图本卷五《绿珠传》均题"唐乐史"，题署、版式与《绿窗女史》卷一一《绿珠传》完成相同，当抄自《绿窗女史》。

总之，《安雅堂重较〈古艳异编〉》主要是据国图善本 A01541 本编刊而成的，同时还参考了《合刻三志》及五十七卷本或五十三卷本《艳异编》等书，编刊时间亦在 1634 年之后。

综上，最早编刊的四十五卷本《艳异编》乃王世贞所编，由于编者的文坛地位日隆和独特的"艳异"题材，问世后被书坊主刊印，传播广泛，并引起效仿，市面上出现众多《艳异编》版本。这些版本从篇目内容、版式行款和内在关系上可归为三大系统：一是王世贞四十五卷本系统，包括《艳异编》四十五卷本、《新镌玉茗堂批选王弇州先生艳异编》四十卷本和《玉茗堂摘评王弇州先生艳异编》十二卷本；二是不分卷系统，包括五十七卷本和五十三卷本《艳异编》；三是十二卷本系统，包括国图善本A01541《艳异编》和《安雅堂重较〈古艳异编〉》。只有四十五卷本可归于王世贞名下，其他本子则是书坊主所为，不能题署王世贞编选，这应引起目录学、版本学、图书馆学界的重视。后两种版本系统在成书的过程中受到过《剪灯丛话》《绿窗女史》《合刻三志》等书的影响，由于许多作品版式、行款完全相同，对其更详尽的研究尚俟时日和来者。

第二章 《艳异编》篇目直接来源考

　　王世贞编纂的《艳异编》四十五卷，收录作品 433 篇，是明代富有特色的小说选本。二十世纪三十年代，孙楷第和王重民先生最早谈及《艳异编》的故事来源。孙楷第针对四十卷批选本说："其文录《太平广记》者甚多，占全书十分之七。宋人小说如廉布《清尊录》、洪迈《夷坚志》，元人如夏伯和《青楼集》，明人如瞿佑《剪灯新话》等，亦往往采录。其卷四'金废帝海陵诸嬖'条，则自《金史·嬖幸传》录入。"① 王重民认为四十五卷本《艳异编》"专辑唐人体传奇文字，盖自《太平广记》以及明代成、弘间人所作，辄多入选，集其大成矣"②。二十一世纪以来，此问题再次引起学界关注，陈国军、赵素忍等在考查四十卷批选本后，或认为"王世贞汇编《艳异编》的主要来源，是《虞初志》、《古今说海》等"，"所参考的小说书，还有顾元庆《顾氏文房小说》、瞿佑《剪灯新话》、李昌祺《剪灯余话》、侯甸《西樵野纪》、陆粲《庚巳编》、蔡羽《辽阳海神传》等"③，或得出《德寿宫看花》等取自《武林旧事》等宋元小说集的结论④，对此问题有所开拓。但既有结论存在诸多错误，如《艳异编》卷一七宫掖部《德寿宫看花》中的"又且劳人"

---

① 孙楷第《戏曲小说书录解题》，北京：人民文学出版社，1990 年，第 14 页。
② 王重民《中国善本书提要》，上海：上海古籍出版社，1983 年，第 400 页。
③ 陈国军《明代志怪传奇小说研究》，天津：天津古籍出版社，2006 年，第 279 页。
④ 赵素忍《〈艳异编〉及其续书研究》，北京：中国社会科学出版社，2020 年，第 62~63 页。

和《德寿宫生辰》中的"八月二十八日寿",全同《西湖游览志余》卷三所载,《武林旧事》卷七则分别作"又且劳动多少人"和"八月二十一日寿"①,可知上述两篇作品选自《西湖游览志余》,而不是《武林旧事》;如认为妓女部的《周韶》《秀兰》《琴操》《苏小娟》出自周密《武林旧事》②,实则这几篇出自《西湖游览志余》卷一六和宋胡仔《渔隐丛话后集》卷三九,而所谓的《武林旧事》实为明崇祯间林廷焕增辑的《增补武林旧事》。更有甚者,认为宫掖部的《褒姒》《夏姬》等十多篇出自《情史》③,而《情史》的编刊时间远在《艳异编》之后。可见,《艳异编》的篇目来源尚有探究的空间,如卷四五《吴小员外》等虽然源于《夷坚志》,其实却直接选自《分类夷坚志》。此外,四十五卷本《艳异编》未考出处者尚夥,有必要系统考察作品的直接来源,以探究选择作品的题材特点。

有时一篇作品见载于几部书,文字几乎全同,我们以易见者、流通广者为来源。如《艳异编》卷三五伎女部《苏小娟》见于《西湖游览志余》卷一六,《艳异编》所载仅少一个"久"字;《青泥莲花记》卷八《苏小娟》亦载,注出《武林纪事》,只比《艳异编》少一个"款"字。可见,《艳异编》《西湖游览志余》与《武林纪事》记载的文字非常相近。此处的《武林纪事》不是宋周密的《武林旧事》,而是明吴瓒的《武林纪事》。《武林纪事》六卷,续编二卷。吴瓒,字器之,仁和人,弘治三年(1490)进士,知南通州,后乞归,"前六卷多载南宋遗事,注明各书出处,续二卷述近代闻见之事"④。

---

① [宋]周密著,范荧整理《武林旧事》,《全宋笔记》第八编第二册,郑州:大象出版社,2017年,第95、98页。

② 赵素忍等《〈艳异编〉中宋元小说来源考辨》,《河北师范大学学报》(哲学社会科学版),2015年第6期。

③ 见王重阳《〈艳异编〉研究》,南开大学,2007年硕士学位论文,第48~61页。

④ [清]丁丙辑《武林坊巷志》第2册卷三,杭州:浙江古籍出版社,2018年,第363页。

由于没能查到抄本《武林纪事》[①]藏馆，故无法比对，加之其书流传不广，我们姑且认定《苏小娟》直接选自《西湖游览志余》。下面以国家图书馆藏善本 A15139《艳异编》四十五卷明刊本为研究对象，此本缺失的卷一〇至卷一二这三卷以国家图书馆"平馆藏书"善本 CBM1248 为底本，考出每篇作品的直接来源。

我们在统计《艳异编》的作品数量时，遵循以下原则：第一，一人记载多事，按照目录与正文中的标题计算，如果只列一个标题，就算作一篇；如果一篇标题后加"又"的，算作两篇。第二，有一篇包括多个故事的，如《金废帝海陵诸嬖》包括《昭妃阿里虎》《贵妃定哥》《丽妃石哥》《柔妃弥勒》《昭妃阿懒》《昭媛察八》《寿宁县主什古等》与《海陵》，《开元天宝遗事》内含 25 则，分别算作一篇，即《金废帝海陵诸嬖》与《开元天宝遗事》；而《青楼集》收录了 72 个人物，则算作 72 篇。第三，与小说作品相关的诗歌不计，而相关的考证、序跋则计入，如卷二〇《莺莺传》后面的《李绅莺莺本传歌》《杜牧之次会真诗》与《元微之古艳诗》不计算在内，而《王性之传奇辨证》《虞集传奇辨证后序》与《莺莺传跋》则计算在内。按照上述方法计算，四十五卷本《艳异编》共收录作品 433 篇。

为保持篇幅的平衡，下面把卷数与部类结合起来分三节论述：第一节包括卷一到卷一七的星部、神部、水神部、龙神部、仙部与宫掖部，第二节包括卷一八到卷三五的戚里部、幽期部、冥感部、梦游部、义侠部、徂异部、幻异部与伎女部，第三节包括卷三六到到卷四五的男宠部、妖怪部与鬼部。

---

① 《中国古籍版刻辞典》"陈尧道"条下有"抄本有吴瓒《新编武林纪事》6 卷《续编》2 卷"，见瞿冕良编著《中国古籍版刻辞典》（增订本），苏州：苏州大学出版社，2009 年，第 478 页。

第一节　卷一至卷一七篇目来源考

卷一星部《郭翰》出自唐张荐《灵怪集》,《广记》卷六八题同；神部《汝阴人》《华岳神女》出自唐戴孚《广异记》,《广记》卷三〇一、三〇二神类题同；神部《黄原》出自《法苑珠林》,《广记》卷二九二神类题同。这四篇作品未见明前期小说书收录，文字与《广记》亦基本相同，故应选自《广记》。

《姚生》《张遵言传》,《广记》卷六五、卷三〇九分别题《姚氏三子》《张遵言》,《古今说海》说渊部别传家分别题《姚生传》《张遵言传》。国家图书馆藏沈与文野竹斋钞本《广记》，早于明代最早的谈恺嘉靖四十五年（1566）刻本《广记》，应来源于宋本《广记》。下面试对比《艳异编》与野竹斋钞本《广记》、明陆楫俨山书院嘉靖二十三年（1544）刊《古今说海》收录这两篇作品的异文：

	野竹斋钞本《广记》	谈恺本《广记》①	《古今说海》	《艳异编》
姚生	乳褓	乳褓	乳保	乳保
	画堂延阔，造云而具	画堂延阁，造次而具	画堂高阁，连云而具	画堂高阁，连云而具
	愚昧扞格	愚昧扞格	遇姝废业捶楚	遇姝废业捶楚
	占对闲雅	占对闲雅	瞻对闲雅	瞻对闲雅
	当以子诀	当于此诀	当与子诀	当与子诀

---

① [宋] 李昉等编《太平广记》卷六五、卷三〇九，国家图书馆藏明嘉靖四十五年（1566）谈恺刊本。下出此书，不再出注。

（续表）

	野竹斋钞本《广记》	谈恺本《广记》①	《古今说海》	《艳异编》
张遵言传	须睫爪牙	须睫爪牙	鬓睫爪牙	鬓睫爪牙
	悦泽可爱	悦怿可爱	莹泽可爱	莹泽可爱
	宁遵言辍味，不令捷飞之不足也	宁遵言辍味，不令捷飞之不足也	宁自辍味，不令捷飞不足也	宁自辍味，不令捷飞不足也
	意已懈倦	意以懈怠	意以懈倦	意以懈倦
	各得辨色	各得辨色	各得辩色	各得辩色
	能活我至于尽力辍味	能活我至于尽力辍味	能待我至于尽力辍味	能待我至于尽力辍味
	至大鸟头门	至大鸟头门	至大黑门	至大黑门
	□□□所宴处②	非四郎所宴处	不足四郎居处	不足四郎居处
	至四重殿中方坐	至四重殿中方坐	至四重殿方坐	至四重殿方坐
	亦邻于人间少年	亦邻于人间少年	亦怜于人间少年	亦怜于人间少年
	乌可终隐	吾焉可不应	焉得不应	焉得不应
	吾今已离此矣	吾今已离此矣	君今已离此厄矣	君今已离此厄矣

据上表，《艳异编》所载《姚生》《张遵言传》文字完全同于《古今说海》本，可见，这两篇作品是王世贞据《古今说海》选录的。

卷一神部《沈警》，见《广记》卷三二六《沈警》与《古今说海》说渊部别传家《润玉传》。《艳异编》所载与《广记》《古今说海》所载存在密切的关系，试对比下面的异文：

---

① ［宋］李昉等编《太平广记》卷六五、卷三〇九，国家图书馆藏明嘉靖四十五年（1566）谈恺刊本。下出此书，不再出注。

② ［清］陈鳣校宋本《太平广记》卷三〇九作"非四郎所宴处"。

	野竹斋钞本《广记》	《古今说海》	《艳异编》
1	必致骑邀之	必致骥邀之	必致骥邀之
2	具祝词曰	其祝词曰	其祝词曰
3	警歌曰	警乃歌曰	警乃歌曰
4	警见二郎歌咏极欢	警见二女郎歌咏极欢	警见二女郎歌咏极欢
5	警又歌曰	警歌曰	警歌曰
6	旅行多以酒肴祈祷	行旅多以酒殽祈祷	旅行多以酒肴祈祷
7	不复敢访	不复访	不复敢访
8	人神相合兮	人神相舍兮	人神相合兮
9	自阁后冉冉而至	自阁后乘羊车而至	自阁后冉冉而至
10	送至下庙	送至于庙	送至下庙
11	致于膝，共叙衷款	致于膝上，共叙离情	致于膝，共叙离别

上表中第 1~5 条，《艳异编》的文字与《广记》有异，而与《古今说海》所载完全相同，显然袭自《古今说海》；第 6~10 条，《艳异编》的文字与《古今说海》有别，而与《广记》所载完全相同，显然袭自《广记》。可见，王世贞编选《沈警》文字，同时参考了《广记》与《古今说海》。这从第 11 条亦可看出，其中"致于膝"抄自《广记》，而"共叙离别"则源于《古今说海》的"共叙离情"。当然，王世贞也对个别文字进行了改动，如《艳异编》所录《沈警》中的"饰以珠玑""小女郎笑之，谓警曰""读湘王碑，此时忆念颇切""时值行人心不平""飞书到沈郎，寻已到衡阳"，《古今说海》本作"缀以珠玑""小女郎笑谓警曰""读湘君碑，比来相念颇切""正值行人心不平""飞书达沈郎，今已到衡阳"，野竹斋钞本《广记》作"间以珠玑""小女郎笑而谓警曰""读相王碑，此时想念颇切""直值行人心不平""飞书报沈郎，寻已到衡阳"，这种差异或有抄写、刊刻的错误，但更可能是王世贞有意而为。

卷一神部的《赵文韶》，国家图书馆藏明弦歌精舍如隐草堂刻本《虞初志》卷一《续齐谐记》、明正德嘉靖间刊《顾氏文房小说》本《续齐谐记》收录，其中"歌繁霜，侵晓幕"与《虞初志》本相同①，而《顾氏文房小说》本作"歌霜霜，侵晓幕"②，则《赵文韶》选自《虞初志》。

卷二神部的《刘子卿》《李湜》《卢佩》，仅见《广记》卷二九五引《八朝穷怪录》、卷三〇〇引《广异记》、卷三〇六引《河东记》，故这三篇直接取自《广记》。《周秦行纪》，见《广记》卷四八九、《顾氏文房小说》与《虞初志》卷三，均题《周秦行纪》。《艳异编》本与《顾氏文房小说》本、《虞初志》本没有相同的文字，而与《广记》本大多相同。试对比下面文字：

野竹斋钞本《广记》	《顾氏文房小说》《虞初志》	《艳异编》
归宛叶	归宛叶间	归宛叶
会暮失道不至	会暮不至	会暮失道不至
行一道甚易	一道甚易	行一道甚易
之一宅，门庭若富家	至一大宅，门庭若富豪家	至一宅，门庭若富家
门外谓谁	门外谁何	门外谓谁
但进无须问	第进无须问	但进无须问
有朱衣黄衣曰阍人数百立阶	有朱衣紫衣人百数立阶陛间	有朱衣黄衣阍人数百立阶
左右曰拜	左右曰拜殿下	左右曰拜
此是薄后庙	此是庙	此是薄后庙
臣家宛叶	臣家宛下	臣家宛叶

由上表可见，《艳异编》所录《周秦行纪》应直接选自《广记》。

《韦安道》，见《广记》卷二九九《韦安道》与《虞初志》卷三《韦安道传》。三书所载存在大量异文，下面列出《韦安道》篇在《艳异编》与野竹斋钞本《广记》、弦歌精舍如隐草堂刻本《虞初志》中的异文：

---

① ［明］陆采编《虞初志》卷一，国家图书馆藏明弦歌精舍如隐草堂刻本，善本书号：08284。下出此书，不再出注。

② ［明］顾元庆编《顾氏文房小说》四十种，国家图书馆藏明正德嘉靖间刊本，善本书号：11132。下出此书，不再出注。

	野竹斋钞本《广记》	《虞初志》	《艳异编》
1	因要问之	因留问之	因留问之
2	进见其父母	遂见其父母	遂见其父母
3	今新妇即至	言新妇即至	言新妇即至
4	今可去矣	可去矣	可去矣
5	目鼻口皆流血	目眦鼻口流血	目眦鼻口流血
6	天后问之，二僧对曰	天后因命二僧对曰	天后因命二僧对曰
7	君可今夕于所居堂中，洁诚静坐	君可以今夕于所居堂中，洁诚坐	君可以今夕于所居堂中，洁诚坐
8	可以成千世之名也	可成千世之名耳	可成千世之名耳
9	不过妖魅鬼物	不过妖魅异物	不过妖魅鬼物
10	城守者拜于马前而去	戍守者拜于马前而去	城守者拜于马前而去
11	美妇女数十	美妇人十数	美妇女数十
12	乃微闻环珮之声	乃微闻环佩之声	乃微闻环珮之声
13	至殿间西向	至殿门西向	至殿间西向
14	其所服御饮馔	所服御饮馔	其所服御饮馔

上表中第 1~8 条，《艳异编》文字与《虞初志》完全相同；第 9~14 条，《艳异编》文字同于宋本《广记》。相对而言，《艳异编》与《虞初志》相同的数量多，与《广记》相同的数量少；《艳异编》与《虞初志》相异的文字只有第 9 条的"鬼"与"异"、第 10 条的"城"与"戍"最突出，而与《广记》相异的第 2 条"遂"与"进"、第 3 条"言"与"今"、第 6 条"因命"与"问之"、第 8 条"洁诚坐"与"洁诚静坐"等都很关键。因此，《艳异编》的《韦安道》选自《虞初志》，可能也参照了宋本《广记》。

《蒋子文》，见《法苑珠林》卷六二、《广记》卷二九三《蒋子文》与《古今说海》说渊部《蒋子文传》。其中，"鄩县""随心而至"等文字同

《广记》与《古今说海》所载，《法苑珠林》作"鄞县""应心而至"①；"既拜神坐，见向船中贵人"同《古今说海》所录，孙潜用宋钞校本《广记》与沈与文野竹斋钞本《广记》作"既拜毕，正见向船中贵人"，《法苑珠林》作"既到，跪拜神座，见向船中贵人"；"辄空中下之"亦同《古今说海》所载，野竹斋钞本《广记》作"即空中下之"②。则《艳异编》所录《蒋子文》选自《古今说海》。

《王彦大家》，仅见宋洪迈《夷坚志》乙集卷一，虽两者之间存在众多异文，然必直接选自《夷坚志》。《严阿珊》，见于单行本《三水小牍》卷下、《说郛》卷三三《三水小牍》与《古今说海》说略部《三水小牍》，"常畜退藏之心""端丽妍白，光启乙巳岁""时遇清明节""尘坌晦冥""以达祠所矣"等，全同《说郛》卷三三《三水小牍》所载；而单行本《三水小牍》、《古今说海》所载《三水小牍》均作"常畜退心""特端丽妍莹，乙巳岁""时清明节""尘坌阴晦""以达所以"。③那么，《严阿珊》应直接选自《说郛》。

卷三水神部《张无颇传》《郑德璘传》《洛神传》，分别见于《广记》卷三一〇《张无颇》、卷一五二《郑德璘》、卷三一一《萧旷》，又见《古今说海》说渊部，分别题《张无颇传》《郑德璘传》《洛神传》。《张无颇传》只有"偶府帅改移"与野竹斋钞本《广记》相同（《古今说海》本作"值府帅改移"），更多文字则与《古今说海》所载相同。请对比下面三篇作品的文字：

①　[唐] 释道世撰，周步迦、苏晋仁校注《法苑珠林校注》卷六二，北京：中华书局，2003 年，第 1848~1849 页。

②　见 [宋] 李昉等编，张国风会校《太平广记会校》，北京：北京燕山出版社，2011 年，第 4871 页。

③　[明] 陶宗仪辑《说郛》卷三三，北京：中国书店，1986 年影印涵芬楼本，下出自此书，不再出注；[唐] 皇甫枚《三水小牍》卷下，天津图书馆藏清乾隆五十七年（1792）卢文弨刻本。

	野竹斋钞本《广记》	《古今说海》	《艳异编》
张无颇传	遂抽翠玉双螭箆	遂抽翠玉双鸾箆	遂抽翠玉双鸾箆
	青衣倏焉不见	青衣倏亦不见	青衣倏亦不见
	闻环珮之鸣	闻环珮之响	闻环珮之响
	见一妇人可三十许	见一妇人可三十许	见一妇人可三十许
	私其无颇耳	其私无颇矣	其私无颇矣
	某欲意亦如此	某意亦欲如此	某意亦欲如此
	唯侍卫辈曰：郎须自置，无使此阴人减算耳	曰：唯侍卫辈即须自置，无使阴人此减算耳	曰：唯侍卫辈即须自置，无使阴人此减算耳
	张郎今日得赛口	张郎今日赛口	张郎今日赛口
	暖金合即宫中宝也	暖金合即某宫中宝也	暖金合即某宫中宝也
郑德璘传	家于长沙	家居长沙	家居长沙
	历湘中	历湘潭	历湘潭
	长挈松醪春而江夏每遇叟	每挈松醪春过江夏遇叟	每挈松醪春过江夏遇叟
	亦调吟良久	亦哦吟良久	亦哦吟良久
	因窥之见悦	因窥见之甚悦	因窥见之甚悦
	意若恨耳	意殊恨恨	意殊恨恨
洛神传	大和	大和中	大和中
	至夜半	夜半	夜半
	妾即甄后	妾即甄后也	妾即甄后也
	遇王洛水之上	遇王于洛水之上	遇王于洛水之上
	旷即为弹别鹤操	旷乃弹别鹤操	旷乃弹别鹤操
	神女欸叹曰	神女长叹曰	神女长叹曰
	旷曰陈思王洛神赋	问旷曰陈思王洛神赋	问旷曰陈思王洛神赋
	见为遮须国	见为遮须国王	见为遮须国王
	余皆谬词	余皆饰词	余皆饰词
	妾闻龙木类	妾也龙木类	妾也龙木类
	不能自沉于泉信其下	自不能沉于泉耳其后	自不能沉于泉耳其后
	乃言化去	只言化去	只言化去
	未闻为龙夫剑虽灵异乃	俱不说为龙化剑之灵异亦	俱不说为龙化剑之灵异亦
	非自言之物	非自然之物	非自然之物
	聚其沙尘	聚积沙尘	聚积沙尘
	精神杳冥	精奇杳冥	精奇杳冥

可见，《艳异编》上述三篇作品的文字与《古今说海》所载完全相同，这三篇从篇名到内容都直接选自《古今说海》。

《河伯》与《太学郑生》，见于《广记》卷二九五《河伯》引《幽明录》、《广记》卷二九八《太学郑生》出《异闻集》，不见他书全文选录，显然直接选自《广记》。《揭曼硕》仅见陶宗仪《南村辍耕录》卷四《奇遇》，故直接选自此书。《邢凤》，见《绿窗新话》卷上《邢凤遇西湖水仙》与明田汝成《西湖游览志余》卷二六。文字与《西湖游览志余》所录相同，但与《绿窗新话》所载有差异，如开头"宋时有邢凤者，字君瑞，寓居西湖，有堂曰此君，水竹幽雅，常偃息其中"，《绿窗新话》本作"邢凤，字君瑞，居西洛，有堂名曰此君，水竹清幽，常憩息其间"①，故《邢凤》直接选自《西湖游览志余》。

卷四水神部《辽阳海神传》与《洞箫传》，分别仅见于《古今说海》说渊部与陆粲《庚巳编》卷二，故这两篇小说直接选自《古今说海》和《庚巳编》。卷五龙神部《许汉阳》，见于《广记》卷四二二与《顾氏文房小说》本《博异志》，其中"许汉阳，本汝南人也""无语汉阳"，与《广记》本"许汉阳，本汝南人也""兼语汉阳"相同或近似，《顾氏文房小说》本作"汉阳，名商，本汝南人也""兼白汉阳"，则此篇直接选自《广记》。《柳毅传》见于《广记》卷四一九《柳毅》与《虞初志》卷二《柳毅传》，文字大多与《虞初志》所录相同，少量文字同《广记》所载，则《柳毅传》当直接选自《虞初志》，同时参考了《广记》。《灵应传》，见于《广记》卷四九二与《古今说海》说渊部别传家，文字同于《古今说海》。试对比此篇在《广记》《古今说海》中的载录情况：

---

① ［宋］皇都风月主人《绿窗新话》卷上，《艺文杂志》，1936 年第 1 卷第 2 期。

野竹斋钞本《广记》	《古今说海》	《艳异编》
被襁皆得祈请焉	禒襀皆得祈请焉	禒襀皆得祈请焉
居善女之右矣乾符五年	居善女之右唐乾符五年	居善女之右唐乾符五年
至于激迅风	至于丛激迅风	至于丛激迅风
为政之未敷，致阴气	为政之未效，致阴灵	为政之未效，致阴灵
六月五日府中	六月五日午	六月五日午
二青衣右而升	二青衣历阶而升	二青衣历阶而升
及卧所	及阶所	及阶所
侍者趋进而言曰	侍者趋而言曰	侍者趋而言曰
贵主以君之高义	贵主以君之节义	贵主以君之节义
故将冤抑之怀诉诸明公	故将冤抑之状上诉明公	故将冤抑之状上诉明公
登榻而坐	登席而坐	登席而坐

可见，《艳异编》本《灵应传》文字与《广记》所载差异甚大，故此篇应直接采自《古今说海》。

卷六仙部《杜兰香》，见《艺文类聚》卷七九、《说郛》卷七《杜兰香别传》，文字同《说郛》所载，显然直接选自《说郛》。《成公智琼》《裴航》《天台二女》《赵旭》与卷七仙部《卢李二生》《许老翁》，分别见于《广记》卷六一、五〇、六一、六五、一七、三一，故直接选自《广记》。卷六《崔书生》见于牛僧孺《玄怪录》卷二与《广记》卷六三引《玄怪录》，文字同《广记》，试对比开头一段：

> 开元天宝中，有崔书生者，于东周逻谷口，好植花竹，乃于户外别时名花。春暮之时，英蕊芬郁，远闻百步。书生每晨必盥漱独看。忽见一女郎自西乘马东行，青衣老少数人随后。女郎所乘马骏。[1]（明陈应翔刊《幽怪录》卷二《崔书生》）
>
> 唐开元天宝中，有崔书生于东州逻谷口居，好植名花。暮春之

---

① ［唐］牛僧孺《幽怪录》卷二，国家图书馆藏明陈应翔刊本。

中，英蕊芬郁，远闻百步。书生每初晨必盥漱观之。忽有一女自西乘马而来，青衣老少数人随后。女有殊色，所乘马骏极。（野竹斋钞本《广记》卷六三《崔书生》）

唐开元天宝中，有崔书生于东州逻谷口居，好植名花。暮春之中，英蕊芬郁，远闻百步。书生每初晨必盥漱观之。忽有一女自西乘马而来，青衣老少数人从。女有殊色，所乘马极骏。（《艳异编》卷六《崔书生》）

上述文字《艳异编》与《广记》仅有两处不同，则《崔书生》直接选自《广记》。卷六《少室仙姝传》，见于《广记》卷六八《封陟》与《古今说海》说渊部《少室仙姝传》，文字与《古今说海》本同，如"未尝纵愒日时也""有辐轴自空而降""复七日更来"等文字全同《古今说海》，而野竹斋钞本《广记》作"未尝暂纵于时饷也""有辐轴自空而下""后也（七）日更来"，则《艳异编》中的《少室仙姝传》直接选自《古今说海》。卷六《潘统制妾》与《蔡筝娘》，只见于《夷坚支庚》卷六与《夷坚支甲》卷七，显然应直接选自宋洪迈《夷坚志》。

卷七仙部《嵩岳嫁女记》，见于《广记》卷五〇《嵩岳嫁女》引《纂异记》与《虞初志》卷四《嵩岳嫁女记》，只有两处"疑是酒酣魂梦中""犹思往事憩昭宫"与《广记》本相同（这两句《虞初志》本作"疑是酒酣清梦中""犹思停驾憩昭宫"），而更多文字则同于《虞初志》本，试对比：

野竹斋钞本《广记》	《虞初志》	《艳异编》
博相类学①	博学相类	博学相类
谓暂憩盘筵	请暂憩盘筵	请暂憩盘筵

① 孙潜校宋本《广记》亦作"博学相类"，见［宋］李昉等编，张国风会校《太平广记会校》，北京：北京燕山出版社，2011年，第582页。

（续表）

野竹斋钞本《广记》	《虞初志》	《艳异编》
适运绿花峰士	适缘莲花峰士	适缘莲花峰士
自贻覆炼	自贻覆饩	自贻覆饩
作称淮蔡	作泳淮蔡	作泳淮蔡
某县某克	某孙某克	某孙某克
凡有已见	九有已见	九有已见
豺狼尚情其口喙	豺狼尚惜其口喙	豺狼尚惜其口喙
可矣前贺诛锄矣	可以前贺诛锄矣	可以前贺诛锄矣
名利如旧	改名利如旧	改名利如旧
悄知碧海饶词句	悄知穆满饶词句	悄知穆满饶词句
唯在嵩山嵯峨	唯见嵩山嵯峨	唯见嵩山嵯峨

可见，《嵩岳嫁女记》从篇名到文字都直接选自《虞初志》。卷七《张老》，见于单行本《玄怪录》卷一与《广记》卷一六，"扬州六合县""有韦恕者""有长女既笄""令访良婿""灌园之仆""媪不得已"等文字均同于野竹斋钞本《广记》所载，而明刊本《幽怪录》分别作"扬州六合人""有韦恕""长女既笄""令访良才""灌园之业""媪不得"①。《裴谌》，见于单行本《玄怪录》卷一、《广记》卷一七与《古今说海》说渊部《王恭伯传》（"恭"为避讳"敬"字所改），"裴谌王敬伯""吾所以去国忘家"等文字与《广记》所载相同，而《玄怪录》与《古今说海》作"裴谌王恭伯""吾所以忘家"，故《张老》《裴谌》直接选自《广记》。卷七《薛昭传》，见于野竹斋钞本《广记》卷六九《张云容》与《古今说海》说渊部《薛昭传》，"坐谪为民""阑道而饮""此去但遇"等文字同于《古今说海》所载，《广记》则作"坐遣为民""拦道而饮""此遇但去"，故《薛昭传》应直接选自《古今说海》。

卷八宫掖部《少昊》《周昭王》《穆王》《越王》《燕昭王》，直接选

---

① ［唐］牛僧孺《幽怪录》卷一，国家图书馆藏明陈应翔刊本。

自晋王嘉《拾遗记》卷一、二、三、四①，《说郛》卷三〇录《拾遗记》所载文字较简，如《越王》就较单行本少如下文字："初越王入国，有丹乌夹王而飞，故勾践入国，起望乌台，言丹乌之异也。范蠡相越，日致千金，家童闲算术者万人，收四海难得之货，盈积于越都，以为器、铜铁之类，积如山之阜，或藏之井堑，谓之宝井。奇容丽色溢于闺房，谓之游宫。历古以来，未之有也。"卷九宫掖部《武帝》，直接选自《拾遗记》卷五；卷一〇宫掖部《飞燕事六》《宵游宫》，卷一一宫掖部《汉明帝》《灵帝》《献帝伏皇后》，直接选自《拾遗记》卷六；卷一一宫掖部《薛灵芸》，直接选自《拾遗记》卷七；《吴赵夫人》《吴潘夫人》《吴邓夫人》《孙亮》《蜀甘后》，直接选自《拾遗记》卷八；《晋时事》直接选自《拾遗记》卷九。卷八宫掖部《妲己》从开头到"纣囚西伯羑里九年"选自《史记》卷三《殷本纪》，从"西伯之臣"到"得专征伐"选自《史记》卷四《周本纪》，从"师延者"到结尾选自《拾遗记》卷二。《褒姒》选自《史记》卷四《周本纪》；《夏姬》从开头到"皆奔楚"选自《史记》卷三六《陈杞世家》，从"明年楚庄王伐陈"到结尾选自《左传·成公二年》。卷八《齐襄王》《春申君》《中山阴后》《秦宣太后》，分别选自《战国策》之《齐策》《楚策》《中山策》与《秦策》。卷八《高帝戚夫人》等三篇与卷一〇宫掖部《飞燕事》一至五，直接选自《西京杂记》卷一、卷二、卷三与卷五。卷九宫掖部《汉武帝》，见于百卷本《说郛》卷五二《汉孝武故事》与《古今说海》说纂部《汉武故事》，"乃发丧，殡未央前殿"等文字与《古今说海》本相同（《说郛》本作"乃发哀告丧，殡未央前殿"），故此篇直接选自《古今说海》。卷九《孝武李夫人传》与卷一〇《孝成赵皇后传》，直接选自《汉书》卷九七《外戚列传》；《孝武帝》，只见于《广记》卷三《汉武帝》注出《汉武内传》，故直接选自《广记》；《丽娟》直接选自《洞冥记》卷四；《王昭君》二则，第一则直接选自《西京杂记》卷二，第二则选自《后汉书》卷八九《南匈奴列

---

① ［晋］王嘉《拾遗记》，国家图书馆藏顾春世德堂明嘉靖十三年（1534）刊本。

传》。卷一〇宫掖部《赵飞燕外传》，见于《顾氏文房小说》与百卷本《说郛》卷三二，"事江都王协律舍人""皆冒姓赵""为丞光司帚者""宫中素幸者""省帝簿""性醇粹""五采组文手藉为符""施小朱""愿以身易耻"等文字同于《顾氏文房小说》本，《说郛》本则作"事江都王为协律舍人""皆冒赵姓""为承光司帚者""宫中所素幸者""省居（或宫）簿""性淳粹""五彩组文绣籍为符""施小粉""愿以死易耻"①，可见《赵飞燕外传》直接选自《顾氏文房小说》；《赵飞燕合德别传》，见于宋刘斧《青琐高议》前集卷七《赵飞燕外传》与百卷本《说郛》卷三二《赵飞燕别传》，"因涕泪交下""不终幸而去""主知帝意""帝齿痕犹在""帝恻然怀旧"等文字同于《说郛》所载，而《青琐高议》则作"因涕泣交下""不终浴而去""固知帝意""帝啮痕犹在""帝勃然怀旧"②，则此篇直接选自《说郛》。卷一一宫掖部《晋武胡贵嫔传》《贾皇后传》，直接选自《晋书》卷三一《后妃传》。《殷贵妃》《郁林王何妃》，直接选自《南史》卷一一《后妃传》；《元帝徐妃》《后主张贵妃》，直接选自《南史》卷一二《后妃传》；《齐废帝东昏侯潘妃传》，从开头到"潘妃酤酒"选自《南史》卷五《齐本纪》，后面内容选自《南史》卷五五《王茂传》。《北齐武成皇后胡氏传》《后主胡皇后》《后主穆皇后》《后主冯淑妃》《隋宣华夫人陈氏》《隋容华夫人蔡氏》，直接选自《北史》卷一四《后妃传》。

卷一二宫掖部《海山记》，见于《青琐高议》后集卷五《隋炀帝海山记》、百卷本《说郛》卷三二《海山记》与《古今说海》说纂部《炀帝海山记》，《青琐高议》后集所载与《说郛》本篇首有序语，《古今说海》无；"隋炀帝生时有红光烛天，里中牛马皆鸣。先是独孤后梦龙出身中，飞高十余里，龙堕地，尾辄断，以告文帝""抱之玩视甚久"等文字与《古今说海》本完全相同，而《青琐高议》后集与《说郛》本则作"（隋）

① ［明］陶宗仪辑《说郛》卷三二，国家图书馆藏明弘治十三年（1500）钞本，善本书号：03907；明钮氏世学楼钞本，善本书号：02408。

② ［宋］刘斧《青琐高议》前集卷七，国家图书馆藏明钞本，善本书号：11126。

炀帝生于仁寿二年，有红光竟天，宫中甚惊，是时牛马皆鸣。帝母先梦龙出身中，飞高十余里，龙堕地，尾辄断，以其事奏于（文）帝""抱帝（之）临轩，爱玩亲（视）之甚久"，故《海山记》直接选自《古今说海》。《迷楼记》见于百卷本《说郛》卷三二《迷楼记》与《古今说海》说纂部《炀帝迷楼记》，"翌日诏而问之""以五品官赐升""有机，处于其中""女纤毫不能动""此非盛满之器也"等文字全同《古今说海》所载，而《说郛》则记作"帝翌日诏而问之""以五品官赐项升""有机，处子坐其中""纤毫不能动""此非盛德之器也"，故《迷楼记》直接选自《古今说海》。《大业拾遗记》见于明华珵刊《百川学海》①与百卷本《说郛》卷七八《隋遗录》，"队伍死冰下"等文字同于《百川学海》本，《说郛》本作"队伍死水下"；另外在"使牛御焉"下用双行小字注曰"车名"，此注来自《百川学海》本，作"车名，见何妥传"，《说郛》本无此注；篇末有跋语曰"右大业拾遗记者，上元县南朝故都梁建瓦棺寺阁"云云，与《百川学海》本相同，而《说郛》本则无跋。可见，《大业拾遗记》直接选自《百川学海》，篇名亦来自此跋语。

卷一三宫掖部《武后传略》是《艳异编》中取材最复杂的作品，由《旧唐书》卷七八，《新唐书》卷七六，《资治通鉴》卷二〇三、二〇五、二〇七，《唐诗纪事》卷一一，《朝野佥载》卷二、卷三，《集异记》与《雪航肤见》等七部书的内容组合而成。《韦后》与《上官昭容》直接选自《新唐书》卷七六。

卷一四宫掖部《玄宗杨贵妃传》，直接选自《旧唐书》卷五一。《长恨歌传》文本在流传过程中分为两个版本系统：一是《文苑英华》卷七九四与宋代刊、明代刊《白氏长庆集》卷一二所收《长恨歌传》，都不包括白居易的《长恨歌》；一是《广记》卷四八六与《虞初志》卷二所收《长恨传》，包括白居易《长恨歌》。两者在文字上存在较大差异，《艳异编》本《长恨歌传》属于后者。且《艳异编》本中"才知明惠""次马嵬亭"

---

① ［宋］左圭编《百川学海》，国家图书馆藏华珵明弘治十四年（1501）刊本。

"有道士自蜀来，知皇心念妃""见一人冠金莲""不复居此""或为天或为人""皇心嗟悼久之"等文字同《虞初志》本，而野竹斋钞本《广记》则作"才知明慧""次马嵬""有道士自蜀而来，知上心念杨妃""俄见一人冠金莲""不得居此""或在天或在人""上心嗟悼久之"；仅"凤舄"一处与《广记》本同，《虞初志》记作"凤履"。考虑到王世贞常常改动文字，则《长恨歌传》当直接选自《虞初志》。《开元天宝遗事》仅见于《顾氏文房小说》，故直接选自《顾氏文房小说》。《袖里春》与《透花糍》出《云仙杂记》卷一，明代百卷本《说郛》卷二七所收《云仙散录》只有《袖里春》而无《透花糍》，故这两篇直接选自单行本《云仙杂记》。《梨园乐》与《太真妃》（正文作《蓝田磬》）直接选自《广记》卷二〇四。《玄宗》两则正文作《羯鼓》两则，显然来自《广记》卷二〇五乐类等，"羯鼓"为乐类下的小类序，下面收录《玄宗》三条，《艳异编》正好选取了前两条。《贵妃琵琶》亦直接选自《广记》卷二〇五。

卷一五宫掖部《杨太真外传》，见于百卷本《说郛》卷三八与《顾氏文房小说》，文字同于《顾氏文房小说》，而《说郛》没有"亦如王昭君生于峡州，今有昭君村；绿珠生于曰州，今有绿珠江"等注文，故《杨太真外传》直接选自《顾氏文房小说》。另外，文后的《附录》选自《类说》卷五二《翰府名谈》"明皇"条。

卷一六宫掖部《唐玄宗梅妃传》见于百卷本《说郛》卷三八与《顾氏文房小说》，均题《梅妃传》，"见其少丽""大内、大明、兴庆三宫""妃善属文""绮窗八赋"等文字同于《顾氏文房小说》，《说郛》本则作"见其妙丽""大见、大明、兴庆三宫""妃能属文""绮窗七赋"①，故此篇直接选自《顾氏文房小说》。《溯东舞女》见于《广记》卷二七二《溯东舞女》与单行本《杜阳杂编》卷中，百卷本《说郛》卷六《杜阳杂编》未收录，现将三本异文列表如下：

---

① ［明］陶宗仪辑《说郛》卷三八，国家图书馆藏明弘治十三年（1500）钞本，善本书号：03907；明钮氏世学楼钞本，善本书号：02408。

单行本《杜阳杂编》①	野竹斋钞本《广记》	《艳异编》
一曰飞鸾	一曰飞燕	一曰飞燕
夏不汗体	夏无汗体	
衣轻罗之服，戴轻金之冠，表异国所贡也	带轻金之冠	戴轻金之冠
以金丝结之为鸾鹤之状	以金丝结之为鸾鹤之状	以金丝结之为鸾凤之状
可高一尺	可高一丈②	可高一尺
每歌声	每夜歌舞	每夜歌舞
盖恐风日所侵故也	盖恐风日故也	盖恐风日故也

除王世贞故意改"鸾鹤"为"鸾凤"外，《艳异编》本文字几乎与《广记》所载全同，而与单行本差异非常明显，故《渊东舞女》直接选自《广记》。《文宗》见于《广记》卷二〇四《沈阿翘》与单行本《杜阳杂编》卷中，但二文内容有差异，《杜阳杂编》卷中所载比《广记》本前面多出下面文字：

　　大和九年，诛王涯、郑注后，仇士良专权恣意。上颇恶之，或登临游幸，虽百戏骈罗，未尝为乐，往往瞠目独语，左右莫敢进问。因题诗曰：辇路生春草，上林花满枝。凭高何限意，无复侍臣知。

　　上于内殿前看牡丹，翘足凭栏，忽吟舒元舆《牡丹赋》云：俯者如愁，仰者如语，合者如咽。吟罢，方省元舆词，不觉叹息良久，泣下沾臆。③

---

　　① ［明］商濬编《稗海》第二帙《杜阳杂编》卷中，明万历商氏半埜堂刻清康熙振鹭堂补刻本。

　　② "丈"，国家图书馆藏明嘉靖四十五年（1566）刊《广记》卷二七二《渊东舞女》作"尺"。

　　③ ［明］商濬编《稗海》第二帙《杜阳杂编》卷中，明万历商氏半埜堂刻清康熙振鹭堂补刻本。

《艳异编》所载与上述文字仅有两字之异，故《文宗》直接选自单行本《杜阳杂编》卷中。

《唐武宗贤妃王氏传》直接选自《新唐书》卷九〇。《南唐后主昭惠后周氏》《后主继室周后》与《后主保仪黄氏》，直接选自北宋马令《南唐书》卷六。《女冠耿先生》直接选自宋吴淑《江淮异人录》卷下《耿先生》，《后主》两条直接选自《古今说海》说纂部宋陆游《避暑漫抄》，《大体双》直接选自百卷本《说郛》卷六一宋陶谷《清异录》。《蜀徐太后太妃》，百卷本《说郛》卷九载后蜀何光远《鉴诫录》未收录，应直接选自单行本《鉴诫录》卷五。《王衍》节略自百卷本《说郛》卷四五所载宋张唐英《蜀梼杌》。

卷一七宫掖部《明节刘后上》直接选自《宋史》卷二四三，《杨皇后》直接选自《古今说海》说略部《朝野遗纪》。《王岐公》与《明节刘后下》见于《古今说海》说略部所载宋钱世昭《钱氏私志》，明百卷本《说郛》卷四五《钱氏私志》没有收录《王岐公》，故这两条直接选自《古今说海》。《蔡京太清楼记》见于宋庄绰《鸡肋编》卷中、宋王明清《挥麈余话》卷一与百卷本《说郛》卷六所载宋庄绰《鸡肋编》，《艳异编》本文字与《挥麈余话》本差异较大，而与庄绰《鸡肋编》本、《说郛》本较为接近，其中"三洞琼文"四字同明弘治十三年钞本《说郛》本所载，而单行本《鸡肋编》卷中则作"玉洞琼文"①。但是庄绰《鸡肋编》卷中、《说郛》本篇名均题作《太清楼侍宴记》，而《艳异编》本则作《太清楼特宴记》，或受到《挥麈余话》卷一"蔡元长自钱唐趣召再相诏，特锡燕于太清楼"②等文字的影响，故《蔡京太清楼记》直接选自《说郛》。《蔡京保和延福二记》，文字基本同明弘治钞本《说郛》卷三七宋王明清《挥麈余话》所载，而单行本《挥麈余话》则多出960多个字，故此篇亦直接选自《说郛》。《德寿宫看花》中的"取自圣意""不惟费

---

① ［宋］庄绰《鸡肋编》卷中，北京：中华书局，1983年，第62页。

② ［宋］王明清《挥麈余话》卷一，《中华再造善本》，北京：北京图书馆出版社，2003年。

用，又且劳人"与《德寿宫生辰》开头"八月二十八日，寿圣皇太后生辰"同《西湖游览志余》卷三①所载，十卷本《武林旧事》卷七则分别作"出自圣意""不惟费用，又且劳动多少人"与"八月二十一日，寿圣皇太后生辰"②，可见这两篇直接选自《西湖游览志余》。《金废帝海陵诸嬖》（包括《昭妃阿里虎》《贵妃定哥》《丽妃石哥》《柔妃弥勒》《昭妃阿懒》《昭媛察八》《寿宁县主什古等》与《海陵》），都直接选自《金史》卷六三；《元顺帝》与《演揲儿》均直接选自《元史》卷四三、二〇五。

第二节　卷一八至卷三五卷篇目来源考

卷一八戚里部《馆陶公主》直接选自《汉书》卷六五《东方朔传》，《董偃》直接选自晋王嘉《拾遗记》卷五，《合浦公主》《太平公主》《长宁公主》与《安乐公主》直接选自《新唐书》卷八三。《王维》见于《虞初志》卷一载唐薛用弱《集异记》卷二与《顾氏文房小说》所收《集异记》，百卷本《说郛》卷二五《集异记》未收。"岐王""客有出入九公主之门者"与《虞初志》本相同，《顾氏文房小说》本作"歧王""客有出入于公主之门者"；而"为其致""何预儿事"与《顾氏文房小说》本所载相同，《虞初志》本作"焉其致""何与儿事"。因此王世贞编选《艳异编》，整理此篇时，当同时参照了《顾氏文房小说》与《虞初志》。《同昌公主外传》见于《广记》卷二三七《同昌公主》与《古今说海》说渊部，"无不以从宝饰之""则熇蒸之气不可近云""梦绛衣奴致语"等同于《古今说海》本，孙潜校宋本与野竹斋钞本《广记》均作"无不众宝饰之"

① ［明］田汝成《西湖游览志余》卷三，国家图书馆藏严宽明嘉靖二十六年（1547）刊《西湖游览志》本。

② ［宋］周密著，范荧整理《武林旧事》卷七，《全宋笔记》第八编第 2 册，郑州：大象出版社，2017 年，第 95、98 页。

"则熇熻之气不可近去""梦绛衣奴受语"①，故《同昌公主外传》直接选自《古今说海》。《山阴公主》则由沈约《宋书》卷七《前废帝本纪》、《南史》卷二八与卷三〇所录连缀而成。

卷一九戚里部《孙寿》直接选自范晔《后汉书》卷三四，《石崇传》直接选自《晋书》卷三三，《绿珠传》直接选自百卷本《说郛》卷三八。《石崇事》两条分别直接选自《云仙杂记》卷二《壶中景》与《太平御览》卷四九三引《晋书》，其中第二条现传世《晋书》卷三三未载。《宁王》直接选自《顾氏文房小说》所录唐孟棨《本事诗》，南宋计有功编《唐诗纪事》卷一六的"有卖饼之妻""坐客无敢继者。王乃归饼师，以终其志"等字，均与《艳异编》本不同。《翾风》见于《广记》卷二七二《石崇婢翾风》，单行本《拾遗记》与百卷本《说郛》卷三〇《拾遗记》均作"翔风"。篇中"能观金色""珍宝瑰奇"同于《广记》本所载，单行本《拾遗记》作"巧观金色""珍宝奇异"②，《说郛》本前者亦作"巧观金色"，后者则被省略；"骄侈当世""像凤凰之冠""谓之恒舞""突烟还自低"同于单行本《拾遗记》所载，《广记》本则作"娇侈当世""像凤凰之形""谓之常舞""哽咽追自泣"③，故《翾风》在编选时参照了《广记》与单行本《拾遗记》。《徐君蒨》选自《南史》卷一五《徐君蒨传》与卷五五《鱼弘传》，《萧宏》与《羊侃》分别选自《南史》卷五一《萧宏传》与卷六三《羊侃传》。《高阳王》与《河间王》，百卷本《说郛》卷四《洛阳伽蓝记》未收，分别见于《广记》卷二三六《魏高阳王雍》与《王琛》，二者均注出《洛阳伽蓝记》。《高阳王》开头"后魏高阳王雍居近青阳门外数里，御道西傍，洛中之甲第也"与《河间王》"号曰追风赤""金龙吐旆"等文字同于《广记》本，单行本《洛阳伽蓝记》卷

---

① 　[宋] 李昉等编，张国风会校《太平广记会校》，北京：北京燕山出版社，2011年，第 3713、3715 页。

② 　[晋] 王嘉《拾遗记》卷九，国家图书馆藏顾春世德堂明嘉靖十三年 (1534) 刊本。

③ 　[宋] 李昉等编，张国风会校《太平广记会校》，北京：北京燕山出版社，2011年，第 4432 页。

三、卷四分别作"高阳王寺,高阳王雍之宅也,在津门外三里,御道西""号曰追风赤骥"与"金龙吐佩"①,故这两篇直接选自《广记》。《元载》见于《广记》卷二三七《芸辉堂》与唐苏鹗《杜阳杂编》卷上,开头"元载末年造芸辉堂于私第"等文字同于单行本《杜阳杂编》所载,《广记》本则作"元载造芸辉堂于私第",且中间多出元载之王氏韫秀的故事,故《艳异编》本《元载》直接选自单行本《杜阳杂编》。《张功甫》中的"张氏功甫,号约斋,忠烈王诸孙""以巨铁絙悬之空中而羁之松身",明田汝成《西湖游览志余》卷一〇作"张镃功甫,号约斋,忠烈王诸孙""以巨铁絙悬之空中而羁之松身"②,《齐东野语》卷二〇《张功甫豪侈》作"张镃功甫,号约斋,循忠烈王诸孙""以巨铁絙悬之空半而羁之松身"③,知《张功甫》选自明田汝成《西湖游览志余》卷一〇。《韩侂胄》选自明田汝成《西湖游览志余》卷四。

卷二〇幽期部《司马相如传》直接节选自《史记》卷一一七《司马相如传》,《卓文君》直接选自《西京杂记》卷二与卷三,《贾午》直接选自《晋书》卷四〇,《莺莺传跋》直接选自《南村辍耕录》卷一七《崔丽人》。《莺莺传》见于《广记》卷四八八、《虞初志》卷六、《重刊会真记辩》,现将四书主要异文列表如下:

	野竹斋钞本《广记》	《重刊会真记辩》④	《虞初志》	《艳异编》
1	自以文挑亦不	自以文挑之亦不	自以文挑亦不	自以文挑之不
2	并枕重衾而去	并枕同衾而去	并枕同衾而去	并枕同衾而去
3	以总戎节	以统戎节	以统戎节	以统戎节

---

① [北魏] 杨衒之《洛阳伽蓝记》卷三、卷四,国家图书馆藏明如隐堂刊本。

② [明] 田汝成《西湖游览志余》卷一〇,国家图书馆藏严宽明嘉靖二十六年(1547)刊《西湖游览志》本。

③ [宋] 周密撰,张茂鹏点校《齐东野语》卷二〇,北京:中华书局,1983年,第374页。

④ 《重刊会真记辩》,国家图书馆藏员萧明弘治十六年(1503)刊本。

（续表）

	野竹斋钞本《广记》	《重刊会真记辩》	《虞初志》	《艳异编》
4	犹君之生	犹君之生也	犹君之生也	犹君之生也
5	若不胜其体者	若不胜其体	若不胜其体	若不胜其体
6	终于贞元庚辰	终今贞元庚辰	终今贞元庚辰	终今贞元庚辰
7	崔之姻族	崔之族姻	崔之族姻	崔之族姻
8	余始自孩提	予始自孩提	予始自孩提	予始自孩提
9	贞慎自保	贞顺自保	贞顺自保	贞顺自保
10	有杏花一株	有杏花一树	有杏花一树	有杏花一树
11	寝于床生因惊之	寝于床上因惊之	寝于床上因惊之	寝于床上因惊之
12	崔氏之笺召我也	崔氏之笺召我矣	崔氏之笺召我矣	崔氏之笺召我矣
13	张生临轩独寝	张君临轩独寝	张君临轩独寝	张君临轩独寝
14	予之德不足	余之德不足	余之德不足	余之德不足
15	还将旧时意	还将旧来意	还将旧来意	还将旧来意
16	宿于予靖安里第	宿于余靖安里第	宿于余靖安里第	宿于余靖安里第
17	复谓张曰	复谓张曰	复谓曰	复谓曰
18	以情喻之	以情喻之	以诗喻之	以诗喻之
19	春词二首以授之	春词二首以授之	春词二首以投之	春词二首以投之
20	粗载于此曰	粗载于此曰	粗载于此云	粗载于此云
21	乃至梦寐之间	乃至梦寐之间	乃至梦寐之间	乃至梦寐之间
22	多感咽离忧	多叙感咽幽离	多叙感咽离忧	多叙感咽离忧
23	丹诚不泯	丹诚不泯	丹诚不没	丹诚不没
24	海阔诚难渡	海阔诚难渡	海阔诚难度	海阔诚难度
25	善补过者予常	善补过者也余尝	善补过者矣余常	善补过者矣余常
26	张志亦绝矣	张亦志绝	张亦志绝矣	张亦志绝矣
27	是有凶行	是有淫行	是有隐行	是有淫行
28	演然而奔	溃然而奔	演然而奔	溃然而奔
29	拂墙花树动	拂墙花影动	拂墙花树动	拂墙花影动
30	惊骇而起	惊欸而起	惊欵而起	惊欸而起
31	遂西下数月	遂西不数月	遂西下数月	遂西不数月

（续表）

	野竹斋钞本《广记》	《重刊会真记辩》	《虞初志》	《艳异编》
32	其终存矣	其有终矣	其存终矣	其有终矣
33	流连趋归	流涟趋归	流连趋归	流涟趋归
34	俯遂幽力	俯遂幽劣	俯遂幽力	俯遂幽劣
35	留连时有恨	留连时有限	留连时有恨	留连时有限
36	残灯远暗虫	残灯绕暗虫	残灯远暗虫	残灯绕暗虫
37	衣香犹乐麝	衣香犹染麝	衣香犹乐麝	衣香犹染麝
38	知之潜赋一章	崔知之潜赋一章	知之潜赋一章	崔知之潜赋一章
39	夫使知者不为	使夫知者不为	夫使知者不为	使夫知者不为
40	艺必穷极	势必穷极	艺必穷极	势必穷极
41	皆泅泅拳拳	或泅泅拳拳	皆泅泅拳拳	皆泅泅拳拳
42	次命女	次命女曰莺莺	次命女	次命女
43	言则敏辨	言则敏辨	言则敏辨	言则敏辨
44	待张之意甚厚	付张之意甚厚	待张之意甚厚	待张之意甚厚
45	以是愈惑之	以是愈感之	以是愈惑之	以是愈惑之
46	君之惠也	君之意也	君之惠也	君之惠也
47	因贻书于崔	因遗书于崔	因贻书于崔	因贻书于崔
48	遂致私诚	遂致私情	遂致私诚	遂致私诚
49	及荐寝席	及荐枕席	及荐寝席	及荐寝席
50	愚细之情	愚幼之心	愚细之情	愚细之情
51	不复明侍巾帻	复明侍巾帻	不复明侍巾帻	不复明侍巾帻
52	取其坚润不渝	取其坚洁不渝	取其坚润不渝	取其坚润不渝
53	崔已委身于人	崔氏已委身于人	崔已委身于人	崔已委身于人
54	遂为《莺莺歌》以传之。崔氏小名莺莺，公垂以命篇。	遂为歌以传之，歌载李集中。	遂为《莺莺歌》以传之。崔氏小名莺莺，公垂以命篇。	遂为《莺莺歌》以传之。崔氏小名莺莺，公垂以命篇。
55	君试为喻情诗	君试为喻情诗	若试为喻情诗	君试为喻情诗
56	以护人之乱为义	以护人之乱为义	以护人之乱为气	以护人之乱为义
57	则背人之惠不祥	则背人之惠不祥	则背人之惠不详	则背人之惠不祥

（续表）

	野竹斋钞本《广记》	《重刊会真记辩》	《虞初志》	《艳异编》
58	知不可奈何矣	知不可奈何矣	我不可奈何矣	知不可奈何矣
59	崔氏宛无难词	崔氏宛无难词	崔氏宛无难诺	崔氏宛无难词
60	何必深感于此行	何必深感于此行	何必感深于此行	何必深感于此行
61	崔氏缄报之词	崔氏缄报之词	崔氏缄服之词	崔氏缄报之词
62	但恨僻陋之人	但恨僻陋之人	但振僻陋之人	但恨僻陋之人

上表中，第 1 条较为特别，《艳异编》本所载与前面三书的文字都不相同。第 2~40 条共 39 条，《艳异编》本的文字与《广记》本所载不同，不可能选自《广记》；其中，第 2~16 条共 15 条，《艳异编》本与《重刊会真记辩》本、《虞初志》本完全相同；第 17~26 条共 10 条，《艳异编》本完全同于《虞初志》本；第 27~40 条共 14 条，《艳异编》本完全同于《重刊会真记辩》本。第 41~62 条共 22 条，《艳异编》本文字与前面三种互有异同；其中第 41~54 条共 14 条，《艳异编》本同于《广记》本与《虞初志》本；第 55~62 条共 8 条，《艳异编》本文字同于《广记》本与《重刊会真记辩》本。《广记》与《虞初志》所载均题《莺莺传》，《重刊会真记辩》题"《会真记》"，而《艳异编》题"《莺莺传》即《会真记》"。综上，《艳异编》本《莺莺传》从题名到内容均据《重刊会真记辩》和《虞初志》直接选录校对而成。《李绅莺莺本传歌》《杜牧之次会真诗》《王性之传奇辨证》《元微之古艳诗》与《虞集传奇辨证后序》，都选自明员峄弘治十六年刊《重刊会真记辩》，其中《李绅莺莺本传歌》，《重刊会真记辩》附录一题作"《莺莺歌》李绅公垂"，当是王世贞据他书所补。明高儒于嘉靖十九年（1540）编成《百川书志》，卷五著录有"《莺莺传》一卷，唐元積微之撰；《会真诗纪》一卷，唐李绅、杜牧之诗咏莺莺事；《会真诗咏》一卷，宋元人咏及莺莺事皆集此；《传奇辨证》一卷，宋汝阴王铚性之著，辨张生；《传奇傍记》一卷，皇明吴门

祝肇孝先著，辨张生"①，《莺莺传》等篇目也可能选自《百川书志》著录的上述诸书。

《非烟传》见于野竹斋钞本《广记》卷四九一、《虞初志》卷六与百卷本《说郛》卷三三《三水小牍》（《古今说海》说略部《三水小牍》未收录《非烟传》），前二书题《非烟传》，《说郛》本题《非烟》。《艳异编》本"尤工击瓯""居丧礼""窥见非烟""凝睇而不答"等文字同于《广记》与《虞初志》所载，而《说郛》本分别作"尤工击筑""寝苫枕草""瞥见非烟""凝睇而不言"，故《艳异编》本《非烟传》不选自《说郛》。《艳异编》本"废食息焉""不知所如""脉脉春情更泥谁""乃剪乌丝简为回缄""以为鱼鸟不知"等文字同于《虞初志》本，而野竹斋钞本《广记》作"废食忘寐""不知所持""脉脉春情更谁拟""乃剪乌丝阑为回简""以为鬼神不知"，故《艳异编》本《非烟传》直接选自《虞初志》。

卷二一幽期部《潘用中奇遇》与《张幼谦罗惜惜》直接选自元郭霄凤《分类江湖纪闻》前集"人伦门"（《张幼谦罗惜惜》题作《惜惜因缘》），《郑吴情诗》直接选自百卷本《说郛》卷四二《春梦录》，《联芳楼记》直接选自瞿佑《剪灯新话》卷一。卷二二、卷二三幽期部《娇红记》，未见此前丛书选录，故应直接取材于单行本《娇红记》。

卷二四冥感部《离魂记》见于《广记》卷三五八《王宙》与《虞初志》卷一《离魂记》，除"无子，有女二人"同于《广记》本外（《虞初志》本作"无子，其女二人"，根据上下文，此处作"有"文意连贯，"其"显为误刻），"有宾寀之选者""乃倩娘""宙惊喜发狂""其家以事不常"等全同于《虞初志》本，《广记》本则分别作"有宾寮之选者""乃倩娘也""宙惊喜欲狂""其家以事不经"，故《艳异编》本《离魂记》直接选自《虞初志》。《崔护》见于《广记》卷二七四《崔护》与《顾氏文房小说》本《本事诗》，"举进士第""护以姓字对""人面只今何处在""惊怛""某在斯"全同于《广记》本，《顾氏文房小说》本《本

---

① ［明］高儒《百川书志》卷五，上海：上海古籍出版社，2005 年，第 63 页。

事诗》分别作"举进士下第""以姓字对""人面只今何处去""护惊起"
"某在斯某在斯"①，故《崔护》直接选自《广记》。《京师士人》见于
《夷坚甲志》卷八与《分类夷坚志》庚集卷二《京师异妇人》，"观者填塞
不可前""举措仓皇""我不能归，必被他人掠卖，幸君子怜之"等全同
于《分类夷坚志》所载，而《夷坚甲志》分别作"观者填咽不可前""举
措张皇""我在此稍久，必被他人掠卖，不若与子归"②，故《京师士人》
直接选自《分类夷坚志》③。《韦皋》的"少游江夏""而恭事之礼如父
也"，同《广记》卷二七四所载，单行本《云溪友议》卷中《玉箫化》作
"昔游江夏""而恭事之礼如父叔也"④，百卷本《说郛》卷五《云溪友
议》未收录，则《艳异编》本《韦皋》直接选自《广记》。《张果女》与
《买粉儿》分别选自《广记》卷三三〇、卷二七四。卷二五、卷二六冥感
部《贾云华还魂记》直接选自明李昌祺《剪灯余话》。

卷二七梦游部《樱桃青衣》《独孤遐叔》《邢凤》《沈亚之》《张生》
与《刘道济》都见于《古今说海》说渊部《梦游录》，《樱桃青衣》《独孤
遐叔》又见于《广记》卷二八一，《邢凤》《沈亚之》《张生》与《刘道
济》见于《广记》卷二八二，试看主要异文：

	野竹斋钞本《广记》	《古今说海》	《艳异编》
樱桃青衣	尝晨乘驴	尝暮乘驴	尝暮乘驴
	一任郑州司马	一前任郑州司马	一前任郑州司马
	遂问儿婚姻未	遂访儿婚姻未	遂访儿婚姻未
	因与卢子定议	因与卢子定谢	因与卢子定谢
	聘财函信礼席	聘财函信礼物	聘财函信礼物

---

① ［唐］孟棨《本事诗》，国家图书馆藏明刊《顾氏文房小说》本。
② ［宋］洪迈《夷坚甲志》卷八，北京：中华书局，1981 年，第 65 页。
③ ［宋］叶祖荣辑《分类夷坚志》庚集卷二，国家图书馆藏洪楩清平山堂明嘉靖二
十五年（1546）刊本。下出此书，不再出注。
④ ［唐］范摅《云溪友议》卷中，国家图书馆藏明刊本，善本书号：11109。

（续表）

	野竹斋钞本《广记》	《古今说海》	《艳异编》
独孤遐叔	是夕及家	是夕到家	是夕到家
	久之既怠	人畜既怠	人畜既怠
	因吟诗曰	因吟旧诗曰	因吟旧诗曰
	有十余人呼声若	有十余人相呼声若	有十余人相呼声若
	深虑为其斥逐	深虑为其迫逐	深虑为其迫逐
	忧伤憔悴侧身下泪	忧伤摧悴侧身下坐	忧伤摧悴侧身下坐
邢凤	以钱质故豪	以钱百万质故豪	以钱百万质故豪
	为古妆而高髻	为古妆而高鬟	为古妆而高鬟
	皆类此数十句	皆类此凡数十篇	皆类此凡数十篇
沈亚之	膝前席曰	促前席曰	促前席曰
	亚之以昆彭齐桓对	亚之以齐桓对	亚之以齐桓对
	有黄衣人中贵	有黄衣中贵	有黄衣中贵
	装不多饰	妆不多饰	妆不多饰
	笔不可模样	笔不可模画	笔不可模画
	缘公主故	繇公主故	繇公主故
	每吹箫于翠微宫	每吹箫必翠微宫	每吹箫必翠微宫
张 生	张生因知昨夜所见	张君因知昨夜所见	张君因知昨夜所见
	乃妻梦也	乃妻梦耳	乃妻梦耳
刘道济	宛是梦中所游	宛是梦所游	宛是梦所游

从上表可以看出，《艳异编》所载《樱桃青衣》等六篇的文字与《古今说海》所载完全相同，而与《广记》有异，故这六篇作品都直接选自《古今说海》。其中，《沈亚之》《邢凤》又见《沈下贤文集》卷二《秦梦记》、卷四《异梦录》，"客索泉邸舍""主内史廖家内史廖举亚之""促前席""沈亚之始以记室""皆类此凡数十篇"等文字皆同于《古今说海》所载，《沈下贤文集》分别作"客橐泉邸舍""主内史廖举亚之""膝前席""亚之以

记室""皆累数十句"①;《刘道济》又见《说郛》卷四八《北梦琐录》,《说郛》本"刘道济于天台山""女有才贫未聘""美女子及笄不有所归,乃父兄之过也"等文字,《艳异编》本分别作"刘道济止于天台山""女有美才贫而未聘""而生所遇乃女之魂也"。因此,这三篇作品应选自《古今说海》。

《淳于棼》见于《广记》卷四七五《淳于棼》与《虞初志》卷三《南柯记》,"因没房中""过禅智方""敬受教命""递迁位,生有五男二女""自吴之浴慈"等文字同于《广记》本,《虞初志》本分别作"因投房中""过禅智寺""敦授教命""递迁显职,生二男二女""自吴之洛憩",故《淳于棼》直接选自《广记》。《刘景复》直接选自《广记》卷二八〇《刘景复》,《渭塘奇遇》直接选自瞿佑《剪灯新话》卷二。《安西张氏女》见于《说郛》卷四《三梦记》与《古今说海》说纂部《虚谷闲抄》,内容全同于《古今说海》本,而与《说郛》本有异(如"姓张,家富于财",《说郛》作"姓张,不得名,家富于财"),故直接选自《古今说海》。《司马才仲》见于宋何薳《春渚纪闻》卷七《司马才仲遇苏小》与百卷本《说郛》卷四二《春渚纪闻》,"其廨舍后堂苏小墓在焉""檀板轻敲""夜凉明月生春浦"等文字同于《说郛》本,而单行本《春渚纪闻》卷七分别作"其廨舍后唐苏小墓在焉""檀板轻笼""夜凉明月生春渚"②,故《艳异编》本《司马才仲》直接选自《说郛》。

卷二八义侠部《乐昌公主》见于《广记》卷一六六《杨素》与《顾氏文房小说》本唐孟棨《本事诗》,"时陈政方乱,德言知不相保""斯永绝矣""乃破一照""有苍头卖半照者""照与人俱去"等文字全同于《顾氏文房小说》本,野竹斋钞本《广记》则分别作"德言为太子舍人,方属时乱,恐不相保""斯永诀矣""乃破一镜""有苍头卖半镜者""镜去人俱去",故《艳异编》本《乐昌公主》直接选自《顾氏文房小说》。

---

① [唐]沈亚之《沈下贤文集》卷二、卷四,国家图书馆藏明刊本。
② [宋]何薳《春渚纪闻》卷七,国家图书馆藏明钞本,善本书号:07545。

《虬髯客传》见于《广记》卷一九三《虬须客》、《说郛》卷三四《豪异秘纂》之《扶余国主》、《顾氏文房小说》与《虞初志》卷二《虬髯客传》,《广记》多称李靖为"靖",后面三书均称作"公"。现将主要异文列表如下:

野竹斋钞本《广记》	《说郛》	《顾氏文房小说》	《虞初志》	《艳异编》
素亦见之	素亦踞见	素亦踞见	素亦踞见	素亦踞见
敛容而起	敛容而起谢	敛容而起谢公	敛容而起谢公	敛容而起谢公
妓额而退	妓额而去	妓诵而去	妓诵而去	妓诵而去
乃紫衣戴帽人	乃紫衣带帽人	乃紫衣带帽人	乃紫衣带帽人	乃紫衣戴帽人
取出一个人头	取一人头	取一人头	取一人头	取出一人首
乃天下负心者也	天下负心者	天下负心者	天下负心者	乃天下负心者也
其余将相而已	其余将帅而已	其余将帅而已	其余将帅而已	其余将相而已
及期入太原候之	承期如太原	承期入太原	承期入太原	及期入太原候之
下有此驴及一瘦骡	有此驴及瘦驴	有此驴及瘦驴	有此驴及瘦驴	下有此驴及一瘦骡
公到即见二乘	到即登马,又别而,公与张氏复应之,及期访焉,宛见二乘	到即登焉,又别而去,公与张氏复应之,及期访焉,宛见二乘	到即登焉,又别而去,公与张氏复应之,及期访焉,宛见二乘	靖到果见二乘
门益壮丽,奴婢三十余人	门愈壮,婢四十人	门愈壮,婢四十人	门愈壮,婢四十人	门益壮丽,奴婢三十余人
此后十余年	此后十年	此后十年	此后十年	此后十余年
可沥酒相贺,顾谓左右	可沥酒东南相贺,因命家童列曰	可沥酒东南相贺,因命家童列拜	可沥酒东南相贺,因命家童列拜	可沥酒相贺,复回命家童列拜
贞观中	贞观十年	贞观十年	贞观十年	贞观中
靖知虬须成功也	公知虬髯得事也	公心知虬髯得事也	公心知虬髯得事也	靖知虬髯成功也

由上表可知,《艳异编》本《虬髯客传》只有开始部分的"素亦踞见""素敛容而起,谢公""可沥酒相贺,复回命家童列拜"与"妓诵而去"四例与《广记》不同,明显袭自《顾氏文房小说》《虞初志》;其余各例都直接取自《广记》,或完全相同,或略作修改。可见,《艳异编》本《虬髯客传》的篇名和开头部分取自《顾氏文房小说》与《虞初志》,其余绝大部分文字直接选自《广记》。

《柳氏传》见于《广记》卷四八五与《虞初志》卷六,"已失柳氏所止""偶于龙首冈""失于惊尘"等文字同于《广记》,《虞初志》本分别作"延伫柳氏所止""偶于龙首岗""失于魂魄",故《艳异编》本《柳氏传》直接选自《广记》。《无双传》见于《广记》卷四八六与《虞初志》卷五,"我一子之念""恨不见婚宦""致于学舍""老夫为郎亦自刎,郎君不得""言讫举刃""历西蜀"等全同于《虞初志》本所载,野竹斋钞本《广记》分别作"我一子念之""恨不见其婚宦""置于学舍""老夫为郎君亦自刎,君不得""言讫举刀""历四蜀",故《无双传》直接选自《虞初志》。

卷二九义侠部《红线传》见于《广记》卷一九五《红线》、《说郛》卷一九《甘泽谣》与《虞初志》卷二。《广记》本与《虞初志》本文字较接近,《说郛》本较特殊。比如"羯鼓之声颇甚悲切""以淦阳为镇""常患肺气,遇热增剧"等文字,《广记》本与《虞初志》本相同,《说郛》本分别作"羯鼓之调颇悲""以釜阳为镇""常患热毒风,遇夏增剧",《艳异编》本文字与《广记》《虞初志》所载接近,故《艳异编》本《红线传》不可能选自《说郛》,而与《广记》《虞初志》关系密切。为便于对比分析,现将《艳异编》与《剑侠传》《广记》《虞初志》中的《红线传》主要异文列表如下:

野竹斋钞本《广记》	《虞初志》	《剑侠传》	《艳异编》
薛嵩家青衣红线者	薛嵩家有青衣红线者	薛嵩家青衣红线者	薛嵩家青衣红线者
受国家厚恩……非数百年勋伐尽矣	受国家重恩……数百年勋伐尽矣	受国厚恩……则数百年功勋尽矣	受国厚恩……则数百年功勋尽矣

（续表）

野竹斋钞本《广记》	《虞初志》	《剑侠传》	《艳异编》
红线曰某子夜前三刻	红线曰某子夜前二刻	又曰某子夜前三刻	又曰某子夜前三刻
嵩命婢掌其笺表	嵩召俾其掌笺表	嵩召俾掌笺表	嵩召俾掌表笺
觇其有无，今一更首途……其他焉待某却回也	觇其有无，今一更首途……其他即待某却回也	觇其有无，今一更首途……其他则待某却回也	觇其有无，今一更登途……其他则待某却回也
一叶坠落，惊而起问，即红线回矣。嵩喜而慰劳之，问事谐否	一叶坠露，惊而起问，即红线回矣。嵩喜而慰劳，问事谐否	一叶坠露，惊而起问，红线回矣。嵩喜而慰劳，询事谐否	一叶坠露，惊而起问，红线回矣。嵩喜而慰劳，询事谐否
身厌罗绮，口穷甘鲜……况国家建极……昨生魏邦	身厌罗绮，口穷甘鲜……况国家达□……昨生魏邦	身厌绮罗，口穷甘软……况国家达治……昨至魏邦	身厌绮罗，口穷甘软……况国家平治……昨至魏邦
还似洛妃乘露去	还似洛妃乘雾去	还是洛妃乘雾去	还是洛妃乘雾去
颇甚悲切	颇甚悲切	甚悲切	甚悲切
乃召而问之	乃召而问之	乃召而问焉	乃召而问焉
嵩遽放归	嵩遽令归	嵩即遣归	嵩即遣归
以淦阳为镇	以淦阳为镇	以涂阳为镇	以涂阳为镇
滑亳节度使令胡章女。三镇交为姻娅使使日浃往来	滑亳节度使令狐章女三镇交为姻娅使日浃往来	滑台节度使胡章女三镇交缔为姻娅使盖相接	滑台节度使胡章女三镇交缔为姻娅使盖相接
遇热增剧	遇热增剧	遇暑益增	遇暑益增
夜直州宅，卜选良日时并潞州	夜直州宅，卜选良日将并潞州	夜直宅中，卜良日，欲并潞州	夜直宅中，卜良日，欲并潞州
夜漏将传，悬门已闭，杖策庭际……主自一月……非尔能料	夜漏将传，悬门已闭，杖策庭际……主自一月……非尔能料	夜漏方深，辕门已闭，杖策庭除，……"主公一月……非汝能料。"	夜漏方深，辕门已闭，策杖庭除，……"主公一月……非汝能料。"
亦能解主忧者，嵩闻其语异	亦能解主忧者，嵩闻其语异	亦能解主公之忧，嵩以其言异	亦能解主公之忧，嵩以其言异

（续表）

野竹斋钞本《广记》	《虞初志》	《剑侠传》	《艳异编》
我暗昧也，遂具告其事	我暗昧也，遂具告其事	诚暗昧也，遂告其事	诚暗昧也，遂告其事
然事或不济，反速其祸	然事或不济，反速其祸	倘事或不济，反祸之速	倘事或不济，反祸之速
不过数合	不过数合	不过数合	不过数杯
不敢辱命	不敢辱命	幸不辱命	幸不辱命
闻外宅儿止于房廊	闻外宅儿止于房廊	闻外宅儿止于房廊	闻外宅儿止于旁廊
枕前露一星剑	枕前露一星剑	枕前露七星剑	枕前露七星剑
合内书生身甲子与北斗神名，复以名香美珠散覆其上，然则	合内书生身甲子与北斗神名，复以名香美珠散覆其上，然则	内书生身甲子与北斗神名，复以名香美味压镇其上，然则	内书生身甲子与北斗神名，复以名香美味压镇其上，彼则
兵器交罗	兵器交罗	兵仗森罗	兵仗森罗
兼其襦裳	廉其襦裳	褰其裳衣	褰其裳衣
晨鸡动野	晨鸡动野	晨钟动野	晨钟动野
聊副于心，当夜漏三时	聊副于依归，所以当夜漏三时	聊副于咨谋，夜漏三时	聊副于咨谋，夜漏三时
经通五六城	经过五六城	经五六城	经五六城
敢言其苦	敢言其苦	敢言劳苦	敢言劳苦
昨夜有客从魏中来，云自	昨夜有客从魏中来，云自	昨来暮夜有客自魏中来，云从	昨来暮夜有客自魏中来，云从
夜半方到，见搜捕金合	夜半方到，见搜捕金合	夜半方达，正见搜捕金合	夜半方达，正见搜捕金合
狎以宴私	狎以宴私	狎以私宴	狎以私宴
专遣使…杂珍异等	专遣使…杂珍异等	遣使…及珍异等	遣使…及珍异等
彼当捧毂后车来在麾鞭前马	往当捧毂后车来在麾鞭前马	循当捧毂后车来在麾鞭前马	循当捧毂后车来在麾鞭马前
由是一两个月内	由是一两个月内	由是两月之内	由是两月之内
今于安往，又方赖于汝	今于安往，又方赖于汝	今将焉往，又方赖汝力	今将焉往，又方赖汝力

从上表可以看出，《艳异编》本与《剑侠传》本的文字几乎完全一样，而二者与《广记》本、《虞初志》本的文字差异较大。由于《艳异编》与《剑侠传》都是王世贞编选的，这就意味着二书所载异文是王世贞故意改动的。王世贞依据何书而改呢？从前三例看，《艳异编》本《红线传》与《剑侠传》本的文字袭自《广记》；从第四到八例来看，《艳异编》本与《剑侠传》本的文字则取自《虞初志》。因此，《艳异编》本《红线传》可能是王世贞参照《虞初志》与《广记》两书编撰而成。

《昆仑奴传》见于《广记》卷一九四与《古今说海》说渊部，现列主要异文如下：

野竹斋钞本《广记》	《古今说海》	《艳异编》
容貌寒玉，性禀孤云	容貌如玉，性禀孤介	容貌如玉，性禀孤介
三妓人色皆绝代	时三妓人艳皆绝代	时三妓人艳皆绝代
又反三掌者	又反掌者三	又反掌者三
磨勒曰后夜乃十五夜	磨勒笑曰后夜乃十五夜	磨勒笑曰后夜乃十五夜
其猛若虎	其猛如虎	其猛如虎
不能绝此犬	不能毙此犬耳	不能毙此犬耳
深涧莺啼恨院香	深谷莺啼恨院香	深谷莺啼恨院香
碧云飘尽音书绝	碧云飘断音书绝	碧云飘断音书绝
邻近肃然	邻近阒然	邻近阒然
金炉泛香	金炉泛浆	金炉泛浆
及旦方觉	及旦一品家方觉	及旦一品家方觉
势似飞腾	势似飞跷	势似飞跷
命甲士五千人	命甲士五十人	命甲士五十人
卖药于市	卖药于洛阳市	卖药于洛阳市

从上表异文中可见，《艳异编》本文字没有一处同《广记》本，与《古今说海》本却完全相同，故《艳异编》本《昆仑奴传》直接选自《古今说海》。

《聂隐娘传》见于《广记》卷一九四与《古今说海》说渊部别传家，"有尼乞食于锋舍""问押衙乞取此女""果失隐娘所在""以首入囊返命""已后遇此辈，必先断其所爱""云后二十年方可一见""请当留此""此即系仆射之福""令纵吞之""自此无复有人见隐娘矣"等文字完全同于《古今说海》所载，野竹斋钞本《广记》分别作"有尼之于锋舍""问押衙乞此女""果失隐娘所向""以首入囊返主人""已后遇此辈，先断其所爱""云后三十年方可一见""顾请留此""此即系仆射之祸""与纵吞之""自此无复有人见隐娘耳"，故《聂隐娘传》直接选自《古今说海》。《车中女子》此前仅见于《广记》卷一九三，文字虽与《广记》本存在较大差异，但与《剑侠传》卷一《车中女子》相同，故此篇是王世贞据《广记》改动而成。《花月新闻》见于宋洪迈《夷坚支庚》卷四与《分类夷坚志》己集卷四，"巳志书姜秀才剑仙事，以为舒人""姜欣然而起，妻将引避""至今为饶人"等文字全同于《夷坚支庚》卷四载，《分类夷坚志》分别作"昨书姜秀才剑仙事，以为舒人，少孤，奉母寓河北，尝与同辈谒龙女庙，睹侍女捧镜奁者""姜闻欣然而起，妻时引避""今在饶"，故《花月新闻》直接选自《夷坚支庚》卷四。

卷三〇徂异部《达奚盈盈》见于百卷本《说郛》卷四五与《古今说海》说略部《默记》，"姿艳贯绝一时""千牛恐惧得罪""固可以久安邪"等与《古今说海》本文字完全相同，《说郛》本分别作"姿艳冠绝一时""千牛惧得罪""国可以久安邪"①。相比于《说郛》本，《古今说海》本少了"父遣往问之，因是以秘记相视，盈盈遂匿于其室甚久，千牛失子"一句，《艳异编》亦遗漏了此句，故《艳异编》本《达奚盈盈》直接选自《古今说海》。《却要》见于《广记》卷二七五与百卷本《说郛》卷三三《三水小牍》，"湖南观察使李庾之女奴曰却要，善辞令，美容止""所谓大郎而下五郎也""咸欲烝却要""可于厅中东南隅伫立相

---

① ［明］陶宗仪辑《说郛》卷四五，国家图书馆藏明弘治十三年（1500）钞本，善本书号：03907。

待，候堂前眠熟当至""掩面而走"等全同于《广记》本，《说郛》本分别作"故湖南廉使李公庚，遐构兄姨夫也，李氏之女奴曰却要，美容止，善辞令""所谓大郎二郎三郎五郎也""尽欲擅却要""可于东厅里东南角仵立相待，候仆常侍郡君睡熟当至""掩面散走"①，故《却要》直接选自《广记》。

《章子厚》见于百卷本《说郛》卷三九宋王明清《投辖录》与《古今说海》说纂部《虚谷闲抄》，开头"章子厚惇初来京师赴省试，年少美丰姿。当日晚独步御街，见雕舆数乘，从卫甚都。最后一舆有一妇人美而艳，揭帘以目挑章，章因信步随之"与结尾"但不欲晓于人耳。少年不可不知戒也"等文字同《古今说海》本，《说郛》本分别作"章丞相初来京师，年少美风姿，当日晚烛步禁街，睹车子数乘，舆卫甚都。最后者辕后一妇人美而艳，揭帘目逆丞相，因信步随之"与"但不欲晓于人耳"②，故《章子厚》直接选自《古今说海》。《狄氏》《王生》见于《说郛》卷一一与《古今说海》说略部宋廉布《清尊录》，《狄氏》中的"所嫁亦贵家""因出游观之""明旦来问报""尼固挽使坐"与《王生》中的"贵家之子也""夜于此相候""戏书瓦背云""其父使人询之""亦不知女安否""生子仕至尚书郎"等文字全同《古今说海》本，《说郛》本分别作"稍长所嫁亦贵家""因出游睹之""明旦来伺报""尼因挽使坐"与"贵家子也""今夜于此相候""戏书瓦井云""其父使人询知""了不知安否""生仕至尚书郎"③，故《狄氏》与《王生》直接选自《古今说海》。《李将仕》见于《夷坚志》与《分类夷坚志》丁集卷二，"坏了十千而柑不得到口""闻官人有所不得柑之叹"同于《分类夷坚志》，而明钞本

---

① ［明］陶宗仪辑《说郛》卷三三，国家图书馆藏明钮氏世学楼钞本，善本书号：02408。

② ［明］陶宗仪辑《说郛》卷三九，国家图书馆藏明弘治十三年（1500）钞本，善本书号：03907。

③ ［明］陶宗仪辑《说郛》卷一一，国家图书馆藏明弘治十三年（1500）钞本，善本书号：03907。

《夷坚志》作"坏了十千而一柑不得到口""闻官人有不得柑之叹"①，故《李将仕》直接选自《分类夷坚志》。《河间传》直接选自唐柳宗元《河东先生集》外集卷上《河间传》，《蔡太师园》与《楼叔韶》直接选自《古今说海》说略部宋庞元英《谈薮》，《张匠》直接选自《古今说海》说纂部《养疴漫笔》，《汤赛师》直接选自《西湖游览志余》卷一六。

卷三〇幻术部《阳羡书生》，见于《广记》卷二八四、《顾氏文房小说》本《续齐谐记》与《虞初志》卷一《续齐谐记》，百卷本《说郛》卷六五《续齐谐记》未收录此篇。"东晋阳羡许彦""前息树下""甚善""吐一铜盘奁子""容貌绝伦""与书生结要而实怀外心""明颖可爱""可广二尺余""是汉永平三年所作也"等全同《广记》本所载，《顾氏文房小说》本《续齐谐记》与《虞初志》本《续齐谐记》分别作"阳羡许彦""前行息树下""善""吐出一铜奁子""容貌殊绝""与书生结妻而实怀怨""颖悟可爱""可二尺广""是永平三年作"，故《阳羡书生》直接选自《广记》。《东岩寺僧》直接选自《广记》卷二八五。《梵僧难陀》《张和》与《画工》均出《酉阳杂俎》，又见于《广记》卷二八五、二八六。百卷本《说郛》卷三六《酉阳杂俎》本未收录这3篇，单行本《酉阳杂俎》所载文字与《艳异编》所载均有差异，如《张和》开头"唐贞元初，蜀郡一豪家子"，与《广记》卷二八六"唐贞元初，蜀郡豪家子"几乎完全相同，单行本《酉阳杂俎》续集卷三《支诺皋下》作"成都坊正张和。蜀郡有豪家子"②，故这3篇直接选自《广记》卷二八五、二八六。

卷三一伎女部《海论三曲中事》《天水仙哥》《楚儿》《郑举举》《牙娘》《颜令宾》《杨妙儿》《王团儿》《俞洛真》《王苏苏》《王莲莲》《刘泰娘》《张住住》《胡证尚书》《裴思谦状元》《郑光业补衮》《杨汝士尚

---

① ［宋］洪迈撰，何卓点校《夷坚志》，北京：中华书局，2006 年第 2 版，第 1618 页。

② ［唐］段成式撰，方南生点校《酉阳杂俎》续集卷三，北京：中华书局，1981 年，第 223 页。

书》《郑合敬先辈》与《北里不测堪戒二事》，见于《古今说海》说纂部唐孙棨《北里志》，百卷本《说郛》卷一二《北里志》只收录《海论三曲中事》《天水仙哥》《楚儿》《郑举举》《张住住》5篇，且没有标题，这五篇文字详略亦有不同，故上述19篇作品直接选自《古今说海》。

卷三二伎女部《王涣之》见于百卷本《说郛》卷二五、《顾氏文房小说》本《集异记》与《虞初志》卷一《集异记》，"又一伶讴之曰"同《顾氏文房小说》本与《虞初志》本，《说郛》本作"又一伶讴曰"；"涣之即撅歈二子曰"同《顾氏文房小说》本，《虞初志》本作"涣之即揶歈二子曰"，故《王涣之》直接选自《顾氏文房小说》。《凤窠群女》《迷香洞》见于百卷本《说郛》卷二七《云仙散录》，《凤窠群女》中的"戴拂壶巾锦仙裳""号墨娥"与《迷香洞》中的"待客以等，若异者以迷香洞""题九迷诗于青屏而归"，同于宋刻本《云仙散录》中《墨娥》与《迷香洞》的文字，而《说郛》本《云仙散录》分别作"戴佛世巾锦衣仙裳""号墨鹅""待客以来差，甚异者有迷香洞""题九迷诗于照春屏而归"①，明叶氏菉竹堂隆庆五年（1571）刊《云仙杂记》卷一载《凤窠群女》与《迷香洞》则作"戴拂壶巾锦仙裳""号墨娥""待客以等，若异者以迷香洞""题九迷诗于青屏而归"②，故《凤窠群女》《迷香洞》直接选自单行本《云仙杂记》，且王世贞依据的本子应是早期钞本。《郑中丞》见于百卷本《说郛》卷二〇唐段安节《琵琶录》与《古今说海》说纂部唐段安节《乐府杂录》，"中丞，当时宫人官也""内库有琵琶二面，号大忽雷小忽雷，因为匙头脱损，送在崇仁坊南赵家料理""即纳为室，自言善琵琶，其琵琶"等大量文字全同《说郛》本，《古今说海》本分别作"中丞，即宫官也""内库二琵琶，号大小忽雷，郑尝弹小忽雷，偶以匙头脱，送崇仁坊南赵家修理""即纳为妻，因言其艺及言所弹琵琶"，故

---

① ［明］陶宗仪辑《说郛》卷二七，国家图书馆藏明弘治十三年（1500）钞本，善本书号：03907。

② ［唐］冯贽辑《云仙杂记》卷一，国家图书馆藏叶氏菉竹堂明隆庆五年（1571）刊本。

《郑中丞》直接选自《说郛》。

《刘禹锡》与《张又新》直接选自《顾氏文房小说》本《本事诗》"情感第一"。《刘禹锡》叙刘禹锡罢和州至京，李司空因刘赋诗而赠歌妓，其中"李司空罢镇在京""刘于席上"等文字同于《顾氏文房小说》本，野竹斋钞本《广记》卷一七七《李绅》则作"李绅罢镇在京""刘于座上"；另外，《广记》卷二七三《刘禹锡》则叙刘禹锡赴任姑苏，过扬州，宴会上赋诗，杜鸿渐遂以歌妓相赠。《张又新》中"素与李构隙，事在别录""张感铭致谢""至是二十年犹在席间，张悒然如将涕下"和"令妓夕就张"，同《顾氏文房小说》本《本事诗》，《广记》卷一七七引《本事诗》则作"素与李隙，事具别录""张感涕致谢""至是二十年犹在席，目张悒然如将涕下"和"令妓随去"，且《艳异编》本多出的张与杨虔州事，恰在《顾氏文房小说》本《本事诗》上所叙事之后，而《广记》本却没有载录。《氤氲大使》的"独回之次""起归如戒"，同百卷本《说郛》卷六一宋陶谷《清异录》所载，单行本《清异录》卷一仙宗门作"独之次""起如戒"①，则此篇直接选自《说郛》。

《薛涛》共 3 个故事，前两个分别选自百卷本《说郛》卷四四宋代章渊《稿简赘笔》、卷七《牧竖闲谈》，第三个选自宋代计敏夫《唐诗纪事》卷七九《薛涛》。《夜来》直接选自单行本《酉阳杂俎》卷一二，百卷本《说郛》卷三六《酉阳杂俎》未收录。《洛中举人》《李季兰》《李逢吉》《武昌伎》与《杜牧》直接选自《广记》卷二七三，《欧阳詹》《薛宜僚》与《戎昱》直接选自《广记》卷二七四，如《戎昱》中的"色亦闲妙"同《广记》本所载，《顾氏文房小说》本《本事诗》作"色亦烂妙"；《张建封伎》直接选自《唐诗纪事》卷七八，《周韶》与《琴操》直接选自《西湖游览志余》卷一六，《秀兰》直接选自宋胡仔《渔隐丛话后集》卷三九引《古今词话》，《西阁寄梅记》出处无考。

① ［宋］陶谷《清异录》卷一，国家图书馆藏叶氏菉竹堂明隆庆六年（1572）刊本。

卷三三妓女部《青楼集》凡 72 条，直接选自《古今说海》说纂部《青楼集》。卷三四伎女部《霍小玉传》《李娃传》与《杨娟传》，分别见于《广记》卷四八七杂传记、卷四八四、卷四九一，又见于《虞初志》卷六与卷五。《霍小玉传》中的"鸟语曰：李郎入来""阁子中出来""既而延坐母侧"，《李娃传》中的"视一第如指掌""垂白上接""与之拜迎"，《杨娟传》中的"淫喜""雅有惠性""言仁也""益振"等文字全同于《虞初志》本，而《广记》本《霍小玉传》作"即语曰：有人入来""阁子中而出""既而遂坐母侧"，《李娃传》作"视上第如指掌""垂白上楼""与之拜毕"，《杨娟传》作"喜淫""娟有慧性""信人也""益深"，故《霍小玉传》《李娃传》与《杨娟传》直接选自《虞初志》。

卷三五伎女部《义倡传》见于洪迈《夷坚志》，"及见，观其姿容既美""若何独爱此乎？不惟爱之，而又习之歌之""少游乃戏曰"等文字全同于《分类夷坚志》甲集卷四《义倡传》，而明钞本作"及见，倡姿容既美""若何独能此而爱之又习焉""少游复戏曰"①，故《义倡传》直接选自《分类夷坚志》。《吴女盈盈》见于《云斋广录》卷九《盈盈传》与《夷坚三志己》卷一《吴女盈盈》，但二者存在较大差异。如开头"魏人王山能为诗，标韵清卓。因省试下第，薄游东海。值吴女盈盈者来，年方十六，善歌舞，尤工弹筝，容艳甚冶"等与《夷坚三志己》所载只有一字相异；王山赠盈盈长歌在文章中间，而《云斋广录》本开头则作"皇祐中，龙图阁学士田公节制东海。予是岁不中春宫氏选，杖策间行谒公。有吴女盈盈来游，容艳甚冶，十四善歌舞，尤能筝"②，且把《寄盈盈歌》置于全篇最后，故《艳异编》本《吴女盈盈》直接选自《夷坚三志己》。《董汉州孙女》见于《夷坚支戊》卷九《董汉州孙女》与《分类夷坚志》甲集卷四《董汉州孙妇》，主要异文见下表：

---

① ［宋］洪迈撰，何卓点校《夷坚志》之《夷坚志补》卷二，北京：中华书局，2006 年第 2 版，第 1560 页。

② ［宋］李献民撰，程毅中、程有庆点校《云斋广录》，北京：中华书局，1997 年，第 66 页。

《夷坚支戊》①	《分类夷坚志》	《艳异编》
董滨卿，字仲巨，饶州德兴人	董宾卿，字仲臣，饶之德兴人	董宾卿，字仲臣，饶州德兴人
途经绵右，吴仲广	道经绵州，吴侯仲广	途经左绵，吴侯仲广
岁丙戌	岁在丙戌	岁在丙戌
绍兴初	绍兴中	绍兴初
其家不能遽归，暂居于蜀道	家不能归，暂寓蜀	其家不能遽归，暂寓蜀道
访求之，杳不闻问	询访之，杳无消息	访求之，杳不闻问
倡优毕集	倡优毕集	倡优毕集
一妓立于户橡傍	中一妓傍楹而立	一妓立于户橡傍
汝定不是风尘中物，安得在此	汝不是风尘中人，何缘在此	汝定不是风尘中物，安得在此
我本好人家儿女，父祖皆作官	我本良家儿女，父祖皆仕宦	我本好人家儿女，父祖皆作官
寻觅累年，不意邂逅于此	寻访累年，未尝少置怀抱，不想邂逅于此	寻觅每年，不谓邂逅于此

据上表，《艳异编》本文字只有第三、七例与《分类夷坚志》本相同，第一、二两例与《夷坚支戊》《分类夷坚志》均相关，名"宾卿"与字"仲臣"相关，"左绵"古代指"绵阳"，"绵右"意义不明，如不是版本差异，或为王世贞有意改之。除此之外，《艳异编》本文字几乎与《夷坚支戊》本所载完全相同，可见《董汉州孙女》从篇名到文字主要选自《夷坚支戊》，王世贞在编选过程中可能参考了《分类夷坚志》。《吴淑姬严蕊》只见于《夷坚支庚》卷一〇《吴淑姬严蕊》，《徐兰》只见于宋周密《癸辛杂识》续集下《吴妓徐兰》，故这两篇分别直接选自《夷坚支庚》与《癸辛杂识》。

《王铁》见于单行本宋罗大经《鹤林玉露》乙编卷六《韩璜廉按》与

---

① ［宋］洪迈撰，何卓点校《夷坚志》卷九，北京：中华书局，2006 年第 2 版，第 1122～1124 页。

明田汝成《西湖游览志余》卷一六，"除司谏韩璜提刑广东，令往廉按。铁忧甚，废寝食""即解船还台"等文字同于《西湖游览志余》，《鹤林玉露》本分别作"除司谏韩璜为广东提刑，令往廉按。宪治在韶阳，韩才建台，即行部诣番禺。王忧甚，寝食几废""即解舟还台"①，且《鹤林玉露》本末尾多出《艳异编》本与《西湖游览志余》本都没有的"夫子曰：'枨也欲，焉得刚？'韩璜之谓矣"②，故《王铁》直接选自《西湖游览志余》卷一六。《谢希孟》见于《古今说海》说略部《谈薮》与《西湖游览志余》卷一六，百卷本《说郛》卷三一《谈薮》未收录此篇。据本书第一章分析可知，《艳异编》本所载几乎全同《西湖游览志余》本，故《谢希孟》直接选自《西湖游览志余》。《苏小娟》见于《西湖游览志余》卷一六与明田艺衡《诗女史》卷一一《苏小娟》，文中四个"钱唐"全同《西湖游览志余》本所载，《诗女史》均作"钱塘"，故《苏小娟》当直接选自《西湖游览志余》。《陶师儿》只见于《西湖游览志余》卷一六，且两者文字几乎完全相同，故亦选自此书。

《陈诜》见于百卷本《说郛》卷二七与《古今说海》说略部《山房随笔》，"不侍，呼至杖之""押隶辰州，妓之父母""付监押吏卒""以词钱别""霣檄至岳"等文字与《古今说海》本相同，而《说郛》本分别作"不待呼至，杖之""押隶辰州设法，妓及其父母""付监押吏""以词别""治檄至岳"③，故《陈诜》直接选自《古今说海》。《符郎》见于百卷本《说郛》卷三七宋王明清《摭青杂记》，《青泥莲花记》卷七《杨玉》注出《摭青杂说》，文字亦同，未见单行本传世，故《符郎》当直接选自《说郛》。

《珠帘秀》见于《南村辍耕录》卷二〇，亦见于《艳异编》卷三三

---

① ［宋］罗大经撰，王瑞来点校《鹤林玉露》乙编卷六，北京：中华书局，1983年，第227~228页。

② ［宋］罗大经撰，王瑞来点校《鹤林玉露》乙编卷六，北京：中华书局，1983年，第228页。

③ ［明］陶宗仪辑《说郛》卷二七，国家图书馆藏明钮氏世学楼钞本，善本书号：02408。

《青楼集》，文字小异，试对比：

　　珠帘秀，姓朱氏，行第四，杂剧为当今独步，驾头、花旦、软末泥等，悉造其妙。胡紫山宣慰尝以《沉醉东风》曲赠云："锦织江边翠竹，绒穿海上明珠。月淡时，风清处，都隔断落红尘土。一片闲情任卷舒，挂尽朝云暮雨。"冯海粟待制亦赠以《鹧鸪天》云："凭倚东风远映楼，流莺窥面燕低头。虾须瘦影纤纤织，龟背香纹细细浮。红雾敛，彩云收，海霞为带月为钩。夜来卷尽西山雨，不着人间半点愁。"盖朱背微偻，冯故以帘钩寓意。至今后辈，以朱娘娘称之者。（《艳异编》卷三三《青楼集》）

　　歌儿珠帘秀，姓朱氏，姿容姝丽，杂剧当今独步。胡紫山宣慰极钟爱之，尝拟《沉醉东风》小曲以赠云："锦织江边翠竹，绒穿海上明珠。月淡时，风清处，都隔断落红尘土。一片闲情任卷舒，挂尽朝云暮雨。"冯海粟先生亦有《鹧鸪天》云："十二阑干映远眸，醉乡空断楚天秋。虾须影薄微微见，龟背纹轻细细浮。红雾敛，翠云收，海霞为带月为钩。夜来卷尽西山雨，不着人间半点愁。"皆咏珠帘以寓意也，由是声誉益彰。① （《南村辍耕录》卷二〇）

　　歌儿珠帘秀，姓朱氏，姿容姝丽，杂剧当今独步。胡紫山宣慰极钟爱之，尝拟《沉醉东风》小曲以赠云："锦织江边翠竹，绒穿海上明珠。月淡时，风清处，都隔断落红尘土。一片闲情任卷舒，挂尽朝云暮雨。"冯海粟先生亦有《鹧鸪天》云："十二阑干映远眸，醉香空断楚天秋。虾须影薄微微见，龟背纹轻细细浮。香雾敛，翠云收，海霞为带月为钩。夜来卷尽西山雨，不着人间半点愁。"皆咏珠帘以寓意也，由是声誉益彰。（《艳异编》卷三五《珠帘秀》）

三文所记有文字上的差异，显为同一事的不同传闻，《艳异编》二者兼收，

① ［元］陶宗仪《南村辍耕录》卷二〇，北京：中华书局，1959年，第243页。

有重复之嫌。《艳异编》卷三五《珠帘秀》与元刊、明成化刊《南村辍耕录》卷二〇所记仅有"醉乡"与"醉香"、"红雾"与"香雾"两处之别，而与国家图书馆藏明代玉兰草堂刊《南村辍耕录》卷二〇则仅有"红雾"与"香雾"一处之别，《艳异编》卷三五与《南村辍耕录》所载《珠帘秀》与《青楼集》差异极大，可见《珠帘秀》直接选自《南村辍耕录》。《王魁》与《詹天游》文字分别同于《类说》卷三四《摭遗》所收《王魁传》与百卷本《说郛》卷四三元俞焯《诗词余话》所叙詹天游事，故这两篇直接选自《类说》与《说郛》。

第三节　卷三六至卷四五篇目来源考

卷三六男宠部只有《陈子高》出处不详，《弥子瑕》《宋朝》前面第一章已论述，《宋朝》当直接选自明薛应旂《四书人物考》卷三六《宋朝》或明陈士元《论语类考》卷九，《弥子瑕》当选自《四书人物考》卷三六《弥子》。《向魋》见于《左传·定公十年》与《艺文类聚》卷三三，试比较下面文字：

公子地有白马四，公嬖向魋，魋欲之。公取而朱其尾、鬣以与之。地怒，使其徒抶魋而夺之。魋惧，将走，公闭门而泣之，目尽肿。[1]（《左传·定公十年》）

公子佗有白马四，宋公嬖向魋，魋欲之。公取而朱其尾、鬣以与之。佗怒，使其从夺之。魋惧，将走，公闭门而泣之，目尽肿。[2]（《艺文类聚》卷三三）

向魋，宋大夫，有宠于桓公，公以为司马。时公子佗有白马四，魋欲之。公取而朱其尾、鬣以与之。公子怒，使从者夺之。魋惧，欲

---

[1]　杨伯峻编著《春秋左传注》，北京：中华书局，2016年第4版，第1764~1765页。

[2]　［唐］欧阳询《艺文类聚》卷三三，国家图书馆藏胡缵宗、陆采明嘉靖六年至七年（1527—1528）刊本，善本书号：03275。

走，公闭门而泣之，目尽肿。(《艳异编》卷三六《向魋》)

《左传》称"公子地"，《艺文类聚》与《艳异编》谓"公子佗"，显然《艳异编》本直接袭自《艺文类聚》。《龙阳君》见于《战国策》与唐欧阳询《艺文类聚》卷三三引《战国策》，试对比：

　　魏王与龙阳君共船而钓，龙阳君得十余鱼而涕下。王曰："有所不安乎？如是何不相告也？"对曰："臣无敢不安也。"王曰："然则何为涕出？"①(《战国策》卷二五)

　　魏王与龙阳君共船而钓，龙阳君涕下。王曰："何为泣？"曰："为臣之所得鱼也。"王曰："何谓也？"②(《艺文类聚》卷三三)

可见二者差异较为明显，而《艳异编》本此处文字完全同于《艺文类聚》，故《龙阳君》直接选自《艺文类聚》。《曹肇》与《丁期》亦直接选自《艺文类聚》卷三三。

《冯子都》见于《汉书》卷六八《霍光传》和司马光《资治通鉴》卷二五，试比较：

　　(显)广治第室，作乘舆辇，加画绣绹冯，黄金涂，韦絮荐轮，侍婢以五采丝挽显，游戏第中。初，光爱幸监奴冯子都，常与计事，及显寡居，与子都乱。③(汉班固《汉书》卷六八《霍光传》)

　　太夫人显，广治第室，作乘舆辇，加画，绣绹冯，黄金涂；韦絮

<hr>

① [西汉] 刘向集录，范祥雍笺证，范邦瑾协校《战国策笺证》卷二五，上海：上海古籍出版社，2006 年，第 1460 页。

② [唐] 欧阳询《艺文类聚》卷三三，国家图书馆藏胡缵宗、陆采明嘉靖六年至七年（1527—1528）刊本。

③ [汉] 班固《汉书》卷六八，北京：中华书局，1962 年，第 2950 页。

荐轮，侍婢以五采丝挽显游戏第中；与监奴冯子都乱。① （宋司马光《资治通鉴》卷二五）

大将军霍光监奴冯子都，有殊色，光爱幸之。常与计事，颇挟权，倾都邑。后人为语曰："昔有霍家奴，姓冯名子都。依倚将军势，调笑酒家胡。"光卒，显寡居，与子都乱。显广治第室，作乘舆辇，加画绣茵冯，黄金涂，韦絮荐轮。侍婢以五采丝挽显及子都，游戏第中。（《艳异编》卷三六《冯子都》）

显然，王世贞编选此篇时取材于《汉书》，又据《玉台新咏》或《乐府诗集》增加了辛延年《羽林郎》诗歌的开头两句。《韩嫣》内容全同《汉书》卷九三《佞幸传》，而与《史记》和宋郑樵《通志》所载均有异。如《艳异编》本《韩嫣》开头，《汉书》卷九三和《通志》卷一八四亦作"韩嫣，字王孙，弓高侯颓当之孙也。武帝为胶东王时，嫣与上学书相爱"②，《史记》卷一二五《佞幸列传》则作"嫣者，弓高侯孽孙也。今上为胶东王时，嫣与上学书相爱"③。而《艳异编》中"上即位""从上猎上林中""先使嫣"和"嫣弟说亦爱幸"，《通志》则作"上已即位""得从猎上林中""而先使嫣"和"弟说亦爱幸"④，故《韩嫣》直接选自《汉书》。《李延年》见于《汉书》卷九三《佞幸传》与《通志》卷一七九《宦者传》，"女弟得幸于上，号李夫人，列后妃传"同《汉书》，而《通志》作"女弟得幸于武帝，号李夫人，列后妃传"⑤，故《李延年》直接选自《汉书》。经比对，《邓通》与《董贤》亦直接选自《汉书》卷九三

---

① ［宋］司马光编著，（元）胡三省音注，"标点资治通鉴小组"校点《资治通鉴》卷二五，北京：中华书局，1956年，第811页。

② ［汉］班固《汉书》卷九三，北京：中华书局，1962年，第3724页；［宋］郑樵《通志》卷一八四，北京：中华书局，1987年，第2939页。

③ ［汉］司马迁《史记》卷一二五，北京：中华书局，1982年第2版，第3194页。

④ ［宋］郑樵《通志》卷一八四，北京：中华书局，1987年，第2939页。

⑤ ［宋］郑樵《通志》卷一七九，北京：中华书局，1987年，第2867页。

《佞幸传》,《张放》直接选自《汉书》卷五九《张汤传》。

《王确》见于《宋书》卷七五、《南史》卷二一与《通志》卷一三二,试对比:

> 僧达族子确年少,美姿容,僧达与之私款。确叔父休为永嘉太守,当将确之郡,僧达欲逼留之,确知其意,避不复往。僧达大怒,潜于所住屋后作大坑,欲诱确来别,因杀而埋之,从弟僧虔知其谋,禁呵乃止。① (梁沈约《宋书》卷七五《王僧达》)

> 僧达族子确少美姿容,僧达与之私款。确叔父休为永嘉太守,当将确之郡,僧达欲逼留之,确知其意,避不往。僧达潜于所住屋后作大坑,欲诱确来别,杀埋之。从弟僧虔知其谋,禁呵乃止。② (唐李延寿《南史》卷二一《王僧达》)

> 僧达族子确年少美姿容,僧达与之私款。确叔父休为永嘉太守,当将确之郡,僧达欲逼留之。确知其意,避不往。僧达潜于所住屋后作大坑,欲诱确来别,杀埋之。从弟僧虔知其谋,禁呵乃止。③ (宋郑樵《通志》卷一三二)

> 王僧达为吴郡太守,族子确少美姿容,僧达与之私款甚昵。确叔父休,永嘉太守,当将确之郡,僧达欲逼留之。确知其意,避不往。僧达潜于所住后作大坑,欲诱确来别,杀埋之。从弟僧虔知其谋,禁诃乃止。(《艳异编》卷三六)

上面文字最主要的差别在于《艳异编》中的“少美姿容”“避不往”“僧达潜于所住后作大坑”“杀埋之”与《南史》最接近,《宋书》作“年少,美姿容”“避不复往”“僧达大怒,潜于所住屋后作大坑”“因杀而埋之”,《通志》作“年少美姿容”“避不往”“僧达潜于所住屋后作大坑”“杀埋

---

① [梁] 沈约《宋书》卷七五,北京:中华书局,1974 年,第 1954~1955 页。
② [唐] 李延寿《南史》卷二一,北京:中华书局,1975 年,第 574 页。
③ [宋] 郑樵《通志》卷一三二,北京:中华书局,1987 年,第 2094 页。

之"，故《王确》选自《南史》。《慕容冲》与《晋书》卷一一四《苻坚》、《通志》卷一八九所载内容基本相同，《王韶》与《南史》卷五一《萧韶传》、《通志》卷八三上所载内容相同。鉴于《艳异编》中的《晋武胡贵嫔》《贾皇后传》《王确》等篇目直接选自《晋书》《南史》，未见有篇目取自《通志》，故《慕容冲》应当直接选自《晋书》，《王韶》应当直接选自《南史》。

《郑樱桃》云"郑樱桃者，襄国优童也，艳而善淫。……歌曰"，《文苑英华》卷三四六《郑樱桃歌》未有此段诗前小序，明黄贯曾嘉靖三十三年（1554）浮玉山房刊《唐诗二十六家》本《李颀集》未收录《郑樱桃歌》，王世贞当据宋郭茂倩《乐府诗集》卷八五杂歌谣辞《郑樱桃歌》及诗前小序增改而成。类似的《秦宫》乃据李贺《昌谷集》卷三或《李长吉诗集》卷三《秦宫诗并序》增改而成。《金丸》见于《西京杂记》卷四和《广记》卷二三六《韩嫣》，《艳异编》中"所失者日有十余""逐金丸""辄拾焉"同《西京杂记》卷四，而野竹斋钞本《广记》作"一日所失者十余""逐弹丸""辄拾取"，故《金丸》直接选自《西京杂记》。《董贤第》亦直接选自《西京杂记》卷四。《安陵君》直接选自《战国策·楚策》，《断袖》直接选自晋王嘉《拾遗记》卷六。

卷三七妖怪部《白猿传》见于《虞初志》卷八、《广记》卷四四四《欧阳纥》与《顾氏文房小说》，"虽侵雨濡"同《虞初志》本、《顾氏文房小说》本所载，《广记》作"虽雨浸濡"；"深入险阻"同《广记》本所载，《虞初志》与《顾氏文房小说》都作"深入深阻"；"半昼""罗列杯案"同《虞初志》本所载，《广记》作"半昼""罗列机案"，《顾氏文房小说》作"半尽""罗列杯按"。《艳异编》本《白猿传》似与《广记》本与《虞初志》本都有关系。《白猿传》后有一段评论：

唐欧阳率更貌寝，长孙太尉嘲之，有"谁言麟阁上，画此一猕猴"之语，后人缘此遂托江总撰传以诬之。盖艺家游戏三昧，如毛颖、革华之流尔。大抵唐人喜著小说，刻意造怪，转相拟述，岂非文华极盛之弊乎？吾党但贵其资谈，微供谐噱，安问其事之有无。

这段话常被学界认作王世贞的小说批评理论，其实，它最早见于《虞初志》卷八《白猿传》①后，文字完全相同，乃陆采所评。据此，则《白猿传》直接选自《虞初志》，但王世贞对此篇又有改动，如《广记》《虞初志》《顾氏文房小说》中的"闻笑语音""当隐于是""持兵而入""未尝寐"，被分别改作"闻笑语声""当隐于此""持刃而入""未尝寝寐"。

《袁氏传》见于《古今说海》说渊部、《广记》卷四四五《孙恪》（注出《传奇》），其中"被路人指云""遂制诗""吟讽既毕，容色惨然""恪乃语是税居之士"同《古今说海》本，野竹斋钞本《广记》作"路人指云""遂吟诗""吟讽惨容""恪乃语以税居之事"，故《袁氏传》从篇名到文字都直接选自《古今说海》。编选时编者对文字有改动，如《艳异编》本"此袁氏之第也"，《古今说海》和《广记》作"斯袁氏之第也"。《乌将军记》见于单行本《玄怪录》卷一《郭代公》、《说郛》卷一五《幽怪录》与《古今说海》说渊部，"灯烛荧煌""今父母弃之，就死而已，惴惴哀惧""虽生远地而弃焉，鬼神终不能害明矣"全同《古今说海》本，单行本《玄怪录》则作"灯烛辉煌""今父母弃之就死，而令惴惴哀思""虽生远地而弃为鬼神终不能明害矣"②，《说郛》本《幽怪录》作"灯烛荧煌""今父母弃之，就死而已，今惴惴哀惧""虽生远地而弃于鬼神终不能害明矣"③，因此《乌将军记》直接选自《古今说海》。《石六山美女》直接选自《夷坚三志己》卷一（引宋归虚子《石六山美女》），《焦封》直接选自《广记》卷四四六《焦封》（注出《潇湘录》），百卷本《说郛》卷三三《潇湘录》未收录此篇。

---

① ［明］陆采《虞初志》卷八，上海图书馆藏弦明弦歌精舍如隐草堂、凤桥别墅刊本。

② ［唐］牛僧孺《幽怪录》卷一，国家图书馆藏明陈应翔刊本。

③ ［明］陶宗仪《说郛》卷一五，国家图书馆藏明弘治十三年（1500）钞本，善本书号：03907。

卷三八妖怪部《任氏传》直接选自《虞初志》卷八《任氏传》，而非《广记》卷四五二《任氏》，如"始见妇人，年二十余，与之承迎，即任氏妇也""主人适悟乃曰"全同《虞初志》本，野竹斋钞本《广记》则作"始见妇人，年三十余，与之承迎，即任氏姊也""主人遽悟乃曰"。《许贞》见于明钞本《宣室志》卷一〇《许贞》与《广记》卷四五四《许贞》（百卷本《说郛》卷四一《宣室志》未收录此篇），《艳异编》本与二者存在诸多异文，试对比数例：

	明钞本《宣室志》①	野竹斋钞本《广记》	《艳异编》
1	元和中，有许贞者家于青齐间	唐元和中，有许贞家侨青齐间	唐元和中，有许贞家寓青齐间
2	此是谁家？曰李外郎别墅	此谁氏？问曰李员外别墅	此谁氏第？曰李员外别墅
3	既亡其仆马怅然，扣其门	既亡仆马怅然，遂叩其门	既亡仆马怅然，遂叩其门
4	贞爱慕之	贞颇慕之	贞甚慕之
5	设馔并食	设馔共食	设馔共食
6	饮酒数杯而散	饮酒数杯而寐	饮酒尽欢而寐
7	贞晨起话别	贞晨起告去	贞晨起告去

从上表可以看出，《艳异编》本与明钞本《宣室志》所载差别甚大，与《广记》本相同者有第5、7例，第1、2、3、4、6例较接近，这既有版本流传的原因，也有王世贞的有意改动，故《许贞》应直接选自《广记》。《李参军》与《姚坤》分别直接选自《广记》卷四四八（出《广异记》）与卷四五四（出《传奇》）。

卷三九妖怪部《白蛇记》见于《古今说海》说渊部《白蛇记》与《广记》卷四五八《李黄》，《顾氏文房小说》本《博异志》未收录此篇。文中"李瓛""方将外除""李子甚悦，时日已晚""侍者入白复出""皆不知之，然所假殊荷深愧""然贫居有三数十千债负"全同

---

① ［唐］张读《宣室志》卷一〇，国家图书馆藏明钞本。

《古今说海》本，而野竹斋钞本《广记》分别作"李黄""方除服""李子悦时已晚""侍者入顷复出""皆不如之，然其价几何，深用忧愧""然贫居夙有三十千债负"，故《白蛇记》从篇名到内容都直接选自《古今说海》。王世贞在编选时对《古今说海》本又有所改动，如《古今说海》本中"李子乃与出钱，货诸锦绣"，《艳异编》本作"郎君肯与出钱，货诸锦绣耶"。《长须国》原出唐段成式《酉阳杂俎》卷一四，《广记》卷四六九《长须国》注出《酉阳杂俎》，"人物甚盛""花无叶不妍，女有须亦丑"等同《广记》本，单行本《酉阳杂俎》前集卷一四《诺皋记(上)》作"人物茂盛""花无蕊不妍，女无须亦丑"①，故《长须国》直接选自《广记》。《乌君山》亦直接选自《广记》卷四六二（注出《建安记》）。《钱炎》与《舒信道》直接选自宋叶祖荣《分类夷坚志》壬集卷四精怪门《钱炎书生》与《懒堂女子》，《太湖金鲤》、卷四〇妖怪部《桂花著异》与《桃花仕女》直接选自明侯甸《西樵野纪》卷五与卷三②。

卷四〇妖怪部《崔玄微》见于唐段成式《酉阳杂俎》续集卷三《支诺皋下》、《广记》卷四一六《崔玄微》与《顾氏文房小说》本《博异志》，百卷本《说郛》卷三六《续酉阳杂俎》未收录此篇，"洛苑东有宅""领童仆入嵩山""采毕方回""忽有一青衣人云：在苑中住，欲与一两女伴过至上东门表里处""处士犹在，可称年三十许人，言此事于时，得不信也"等全同《顾氏文房小说》本《博异志》，单行本《酉阳杂俎》续集和野竹斋钞本《广记》卷四一六均作"洛东有宅""领童仆辈入嵩山""一年方回""有一青衣云：君在院中也，今欲与一两女伴过至上东门表姨处""玄微犹在，可称年三十许人"③，故《崔玄微》直接选自《顾氏文房

---

① ［唐］段成式撰，方南生点校《酉阳杂俎》前集卷一四，北京：中华书局，1981年，第132~133页。

② ［明］侯甸《西樵野纪》卷三、卷五，国家图书馆藏明钞本。

③ ［唐］段成式撰，方南生点校《酉阳杂俎》续集卷三，北京：中华书局，1981年，第227~229页。

小说》本《博异志》。《张不疑》直接选自《广记》卷三七二《张不疑》（注出《博异志》），《顾氏文房小说》本《博异志》未收录此篇。《刘改之》与《生王二》分别直接选自宋洪迈《夷坚支丁》卷六《刘改之教授》与《夷坚支甲》卷一，宋叶祖荣编《分类夷坚志》未收录这两篇。《金友章》直接选自《广记》卷三六四《金友章》（注出《集异记》），百卷本《说郛》卷二五《集异记》、《顾氏文房小说》本《集异记》与《虞初志》卷一《集异记》均未收录此篇；《谢翱》直接选自《广记》卷三六四（注出《宣室志》），百卷本《说郛》卷四一《宣室志》与明钞本《宣室志》均未收录此篇。

卷四一鬼部《韩重》见于《广记》卷三一六与宋范成大《吴郡志》卷四七，文字相同，均注出《录异传》，其中"吴王夫差小女曰玉，年十八。童子韩重年十九，玉悦之""属其父母""王怒不与""不能自胜，要重""忽见玉"同《广记》本，《搜神记》作"吴王夫差小女，名曰紫玉，年十八，才貌俱美。童子韩重年十九，有道术，女悦之""临去属其父母""王怒不与女""要重""忽见王"[①]；然而《艳异编》本"然今一别""玉名毁义绝""玉如烟然"又同《搜神记》所载，野竹斋钞本《广记》作"然一别""今名毁义绝""正如烟然"。由于现存最早刊本《秘册汇函》本《搜神记》二十卷乃明胡应麟所辑，则《韩重》应直接选自《广记》。《卢充》见于唐释道世《法苑珠林》卷七五、《太平御览》卷八八四神鬼部与野竹斋钞本《广记》卷三一六，试对比开头一段文字：

　　晋时有卢充，范阳人。家西三十里，有崔少府坟。年二十时，先冬至一日，出宅西猎戏。见有一麇，便射之。射已，麇倒而复走起。充步步趁之，不觉远去。忽见道北一里门，瓦屋四周，有如府舍。不复见麇。到门中，有一铃下，唱客前。复有一人，捉一襆新衣，曰：

---

① ［晋］干宝《搜神记》卷一六，天津图书馆藏沈士龙、胡震亨明万历间刊《秘册汇函》本。

府君以此衣将迎郎君。①（《法苑珠林》卷七五）

卢充，范阳人，家西三十里有崔少府墓。充年二十，先冬至一日，出宅西猎戏。见麈便射，中之，麈倒而起。充遂逐，不觉远。忽见道北一里许，高门瓦屋，四周有如府舍，不复见麈。门中铃下，唱客前，有一人投一襆新衣，曰："府君以此系郎。"②（《太平御览》卷八八四神鬼部）

卢充者，范阳人，家西三十里有崔少府墓。充年二十，先冬至一日，出宅西猎戏。见一麈举弓而射，中之，麈倒复起。充因逐之，不觉远。忽见道北一里许，高门瓦屋，四周有如府舍，不复见麈。门中铃下，唱客前，充问："此何府也？"答曰："少府府也。"充曰："我衣恶，那得见少府？"即有一人提一襆新衣，曰："府君以此遗郎。"③（《搜神记》卷一六）

卢充，范阳人，家西三十里有崔少府墓。充年二十，时冬至一日，出宅西猎，射獐，中之。獐倒而起，充逐之不觉。忽见道北一里许，高门瓦屋，四周有如府舍，不复见獐。门中一铃下唱客前，有一人投一扑襆新衣，曰："府君以遗郎。"（《广记》卷三一六）

卢充，范阳人，家西三十里有崔少府墓。充年二十，先冬至一日，出宅西猎，射獐，中之。獐倒而复起，充逐之不觉。忽然见道北一里许，高门瓦屋，四周有如府舍，不复见獐。门中一铃下唱客前，有一人投一襆新衣，曰："府君以系郎。"（《艳异编》卷四一）

可以看出，《艳异编》本的文字与《法苑珠林》《太平御览》《搜神记》所载差异较明显，而与《广记》本所载仅四字之别，故《卢充》直接选自

---

① ［唐］释道世著，周叔迦、苏晋仁校注《法苑珠林校注》卷七五，北京：中华书局，2003 年，第 2214~2215 页。

② ［宋］李昉等《太平御览》卷八八四，日本宫内厅书陵部藏南宋庆元年间蜀刊本。

③ ［晋］干宝《搜神记》卷一六，天津图书馆藏沈士龙、胡震亨明万历间刊《秘册汇函》本。

《广记》。《王敬伯》见于宋周守忠《姬侍类偶》卷下《桃枝为怪》与《永乐大典》卷七三二八《月夜逢女郎》，二书所载文字相同，均注出《续齐谐记》，而《顾氏文房小说》本《续齐谐记》、《虞初志》卷一《续齐谐记》与百卷本《说郛》卷六五《续齐谐记》均未收录此篇。《艳异编》本《王敬伯》中"晋王敬伯，字子升，会稽人，美姿容，年十八""从三少女""施锦被于东床"等文字，《姬侍类偶》与《永乐大典》均作"王敬伯，年十八""从二少女""施锦席于东床"①，考虑到《永乐大典》之不易见，则《王敬伯》直接选自《姬侍类偶》。

《长孙绍祖》与《刘导》直接选自《广记》卷三二六，分别出自《志怪录》与《穷怪录》。《崔罗什》最早见于《酉阳杂俎》卷一三，《广记》卷三二六收录，百卷本《说郛》卷三六《酉阳杂俎》未收录，"搜扬天下""道经于此""两重门内""女郎平陵刘府君之妻""什就床坐""三婢秉烛"等多与《广记》本相同，单行本《酉阳杂俎》卷一三分别作"搜扬天下才俊""夜经于此""入两重门内""女郎乃平陵刘府君之妻""入就床坐""二婢秉烛"②，故《崔罗什》亦应直接选自《广记》。《刘讽》最早见唐牛僧孺《玄怪录》卷二，《广记》卷三二九收录，"竟陵县刘讽""月明不寝""纠成判官"等同《广记》本，单行本《玄怪录》分别作"竟陵掾刘讽""月明下憩""纠判官"③，故《刘讽》应直接选自《广记》。《李陶》与《王玄之》直接选自《广记》卷三三三、卷三三四（均注出《广异记》）。《郑德懋》最早见于唐张读《宣室志》卷一〇，《广记》卷三三四收录，"何故相迎""颇有容质""宜相匹敌""欲拒之，即有""明日乃卒"等全同《广记》所载，单行本《宣室志》卷一〇分别作

① ［宋］周守忠《姬侍类偶》卷下，《四库全书存目丛书》子部第168册，济南：齐鲁书社，1995年，第27页；《永乐大典》卷七三二八，北京：中华书局，1986年，第3094页。

② ［唐］段成式撰，方南生点校《酉阳杂俎》卷一三，北京：中华书局，1981年，第120页。

③ ［唐］牛僧孺《幽怪录》卷二，国家图书馆藏明陈应翔刊本。

"何迎之有""颇有容德""宜相配敌""坚拒之，俄有""明日乃暴卒"①，故《郑德懋》应直接选自《广记》。《柳参军传》中"闲游""从一青衣，殊亦俊雅，已而翠帘徐褰""崔氏女病，其舅""且告曰""为轻红所诱，又悦轻红""君性正粗"等全同《古今说海》说渊部《柳参军传》，野竹斋钞本《广记》卷三四二《华州参军》分别作"闲居""半立浅水之中，后帘徐褰""崔氏母有疾，其兄""见其美""聆轻红所说，因挑轻红""君性甚粗狂"，故《柳参军传》应直接选自《古今说海》。《崔书生》直接选自《广记》卷三三九，未见他书收录。

　　卷四二鬼部《独孤穆传》见于《广记》卷三四二《独孤穆》与《古今说海》说渊部《独孤穆传》，"水陆毕备""拜跪讫""幸勿为笑""兼许叙故旧""君亦何从面识""及自称县主"等全同《古今说海》本，野竹斋钞本《广记》则分别作"水陆毕具""拜讫""幸勿为讶""兼许叙故""君亦何从而识""自称县主"，故《独孤穆传》直接选自《古今说海》。《崔炜传》见于《广记》卷三四《崔炜》（注出《传奇》）与《古今说海》说渊部《崔炜传》，"向有诗名知于人间""意豁如也""炜因闲玩""破他人之酒瓮""为脱衣偿其所直""每赘疣灸一炷当即愈，不独愈疾且兼获美艳"等全同《古今说海》所载，而《广记》本分别作"向有诗名知人间""意豁然也""炜因窥之""复他人之酒瓮""脱衣为出其所直""每遇疣赘不一炷耳，不独愈苦，兼获美艳"，故《崔炜传》应直接选自《古今说海》。《郑绍》与《孟氏》直接选自《广记》卷三四五（均注出《潇湘录》），百卷本《说郛》卷三三《潇湘录》未收录这两篇。《李章武》见于《广记》卷三四〇（注出《李景亮传》）与《古今说海》说渊部《李章武传》，三书虽存在诸多异文，但"容貌闲美""自长安诣之""出行于市北""其三万余""有仆杨杲"等全同《广记》所载，《古今说海》本分别作"美貌闲容""自长安诣""出行于市北街""直三万余""有仆阳果"，故《李章武》应直接选自《广记》。

---

① ［唐］张读《宣室志》卷一〇，国家图书馆藏明钞本。

卷四三鬼部只有《韩宗武》出处待考，《窦玉传》见于唐李复言《续玄怪录》卷三《窦玉妻》，又见于《广记》卷三四三《窦玉》、《古今说海》说渊部《窦玉传》，试对比如下异文：

《续幽怪录》①	野竹斋钞本《广记》	《古今说海》	《艳异编》
1	其时客多，宾馆颇溢，二人闻郡功曹王翥私第空闲，借其西廊以俟郡试	时宾馆填溢，假郡功曹王翥第以俟试	时宾馆填溢，假郡功曹王翥第以俟试	时宾馆填溢，假郡功曹王翥第以俟试
2	自牖而窥其厢	自牖而窥见	自牖而窥其	自牖而窥其室
3	喧然语笑	喧然语笑	喧然笑语	喧然笑语
4	妖丽无比	妖丽无比	娇丽无比	娇丽无比
5	突冲人家	突入人家	突冲人家	冲突人家
6	无以致辞	无以致词	无以致辞	无以致辞
7	尽复其故	尽复其故	尽复其旧	尽复其旧
8	问窦之先	问玉之先	问窦之先	问窦之先
9	诘其中外，自言其族，乃玉亲重表丈也，自幼亦尝闻此丈人，恨不知其官，慰问殷勤，情礼优重	诘其中外，自言其族，乃玉亲表丈人某，自幼亦尝闻之此丈人，但不知其官，慰问殷勤，情礼优重	诘其中外亲族，乃玉旧亲，知其为表丈也。自幼亦尝闻此丈人，但不知官位，慰问殷勤，情意甚优重	诘其中外亲族，乃玉旧亲，知其为表丈也。自幼亦尝闻此丈人，但不知官位，慰问殷勤，情意甚优重
10	盘馔珍华	盘馔珍华	盘馔珍奇	盘馔珍奇
11	身事落然	落然	身事落然	身事落然
12	有女年近长成，今便令奉事	有笄女年近长成，今便合奉事	有女年近长成，今便令奉事	有女年近长成，今便令奉事
13	具浴浴讫，授衣一袭，巾栉一幞	具浴浴竟授衣	具沐浴讫，授衣巾	具沐浴讫，授衣巾

---

① ［唐］李复言《续幽怪录》卷三，宋临安府太庙前尹家书籍铺刻本，《中华再造善本》唐宋编，北京：国家图书馆出版社，2004 年。

（续表）

	《续幽怪录》	野竹斋钞本《广记》	《古今说海》	《艳异编》
14	其妻告玉曰	其妻告玉曰	妻告玉曰	妻告玉曰
15	信誓之诚，言犹在耳，一夕而别，何太惊人	何为一夕而别也	何为一夕而别也	何为一夕而别也
16	固无远迹	固无远近	固无远近	固无远近
17	入辞而行			
18	数万减焉			
19	未间昼别宵会尔	但间昼别宵会尔	今且昼别宵会尔	今且昼别宵会尔
20	入辞丈人曰	乃入辞崔曰	乃入辞崔曰	乃入辞崔曰
21	亦不可唱言于人	亦不可言于人	亦不可言于人	亦不可言于人
22	自是每夜独宿	自是每夜独宿	自夜独宿	自夜独宿
23	突入其堂中	突入其堂中	突然入其堂中	突入其堂中

据上表，《艳异编》本与单行本《续幽怪录》所载有第 8、11、12、23 共 4 例相同，与《广记》本则有第 1、15、16、17、18、20、21、23 共 8 例相同，与《古今说海》本除第 2、5、23 例外共有 20 例完全相同，可见《窦玉传》直接选自《古今说海》。

《曾季衡》原出《传奇》，见《广记》卷三四七《曾季衡》、《古今说海》说渊部《曾季衡传》，试对比如下异文：

《古今说海》	野竹斋钞本《广记》	《艳异编》
室屋壮丽，而季衡处之	室宇壮丽，而季衡独处之	屋宇壮丽，而季衡独处之
其魂或见于此	其魂或时出现	其魂或时出现
闲游阒处	步游闲处	步游闲处
乃神仙之人也	乃神仙中人也	乃神仙中人也
时从大人牧此城，处此室	侍从大人牧此城，据此室	侍从大人牧此城，据此室
颇思神会	颇思相会	颇思相会

（续表）

《古今说海》	野竹斋钞本《广记》	《艳异编》
留之款会	留之款昵	留之款昵
将校怛然惊其事	将校惊欲实其事	将校惊欲实其事
终不能扣壁	终不肯扣壁	终不肯扣壁
何为负约而泄于人	何为负约而绝于人	何为负约而绝于人
季衡惭悔	季衡追悔	季衡追悔
耻无酬	耻无以酬	耻无以酬
季衡搜书箧中	季衡搜书箧中	季衡搜书笈中
自此寝寐求思	自此寝寐思念	自此寝寐思念
乃询五原纫针妇人	乃询王原纫妇人	乃询王原纫妇人
不疾而终	无疾而终	无疾而终
而魂游于此，人多见之，则女诗云"北邙空恨清秋月"者，言其葬处耳	而魂尝游于此，人多见之，则知女诗"北邙空恨清秋月"也	而魂常游于此，人多见之，则知女诗"北邙空恨清秋月"也

从上表 17 处异文可以看出，《艳异编》本文字除"季衡搜书笈中"外，其余全同《广记》所载，而与《古今说海》本有别，故《曾季衡》直接选自《广记》。《颜濬》原出《传奇》，又见《广记》卷三五〇和《古今说海》说渊部《颜濬传》，"言词清丽""每维舟""抵白沙，各迁舟航，青衣乃谢""中元必游瓦官阁""今日偶此登览，为惜高阁，病兹用功""今夕偶有佳宾相访""谬当后主采顾，宠幸之礼有过嫔妃""父寡子孤""遂为所害，萧后怜某尽忠于主""更当一小会""濬惨恻而返""因以酒奠之"等全同《广记》卷三五〇《颜濬》所载，而《古今说海》本分别作"言辞清丽""每住舟""及抵白沙，各迁舟杭，青衣谢""中元必游瓦棺阁""今日偶此登眺，为惜高阁，痛兹用功""今日偶有佳宾相访""谬当后主眷顾，宠幸之礼有过嫔嫱""妇寡子孤""遂为所杀，萧皇后怜其尽忠""更卜一会""怆恻而返""因以奠之"，故《颜濬》直接选自《广记》。《韦氏子》仅见《广记》卷三五一《韦氏子》（注出《唐阙史》），

故直接选自《广记》。《金彦》只见于《绿窗新话》卷上《金彦游春遇会娘》，故直接选自《绿窗新话》。《吕使君》《宁行者》与《解俊》仅见于宋洪迈《夷坚支甲》卷三《吕使君宅》、卷八《宁行者》与《夷坚支戊》卷八《解俊保义》，故这三篇直接选自《夷坚支甲》与《夷坚支戊》。《西湖女子》见于宋洪迈《夷坚支甲》卷六与《分类夷坚志》庚集卷二，文字与《夷坚支甲》卷六所载几乎全部相同，试对比下面一段文字：

> 见一双鬟女子在内，明艳动人，注目不少置。女亦流眄寄情。士眷恋无已。自是时时一往，女辄出迎笑，情意绸缪。挑以微词，殊羞拒之，欲叙顷刻不可得。既注官将归，往女告别，女乘间私语曰："自与君相见，彼此倾心。将从君，而父母必不许。奔以逞志，又我所耻为。使人瘵瘵焦劳，如何则可？"士乃以厚币求其父母，峻拒不允。到家后，不复相闻。（《分类夷坚志》庚集卷二《西湖女子》）

> 望双鬟女子在内，明艳动人，寓目不少置，女亦流眄寄情，士眷眷若失。自是时时一往，女必出相接，笑语绸缪，挑以微词，殊无羞拒意，然冀顷刻之欢不可得。既注官言归，往告别，女乘间私语曰："自与君相识，彼此倾心，将从君西，度父母必不许，奔而骋志，又我不忍为。使人晓夕劳于瘵瘵，如之何则可？"士求之于父母，啖以重币，果峻却焉。到家之后，不复相闻知。[1]（宋洪迈《夷坚支甲》卷六《西湖女子》）

> 望双鬟女子在内，明艳动人，寓目不少置。女亦流眄寄情。士眷眷若失。自是时一往，女必出相接，笑语绸缪。挑以微词，殊无羞拒意，然冀顷刻之欢不可得。既注官言归，往告别，女乘间私语曰："自与君相识，彼此倾心。将从君西，度父母必不许。奔而骋志，又我不忍为。使人晓夕劳于瘵瘵，如之何则可？"士求之于父母，啖以重币，果峻却

---

① [宋] 洪迈撰，何卓点校《夷坚志》，北京：中华书局，2006 年第 2 版，第 754 页。

焉。到家之后，不复相闻知。(《艳异编》卷四三《西湖女子》)

从上文可以看出，《艳异编》本文字与《分类夷坚志》所载差异明显，而仅仅比《夷坚支甲》本少一个"时"字，故《西湖女子》直接选自宋洪迈《夷坚支甲》。《江渭逢二仙》见于宋洪迈《夷坚支庚》卷八与《分类夷坚志》庚集卷二，试对比下列异文：

《夷坚支庚》①	《分类夷坚志》	《艳异编》
偕一友出观，游历巷陌。迨于更阑，车马稍阗，见两美人	偕一友出游观，历巷陌，迨更阑，灯火渐稀，车马已寂，见两丽人	偕一友出观，游历巷陌，迨于更阑，车马稍阗，见两美人
夹道提绨(明钞本作"绛")纱笼，全如内("内"字明钞本作"宫掖")间妆束	夹道挑绛纱灯，全如宫人妆束	夹道提绛纱笼，全如内间妆束
知君雅志	知君雅意	知君雅志
江喜而往，不旋踵至彼，两鬟持灯球出迎	江喜而往，不旋踵到彼，两鬟挑灯球出迎	江喜往而不旋踵至彼，两鬟持灯球出迎
袭我至此	蹑我至此	袭我至此
命设席	命侍女设席	命设席
仙满酌劝客，酬之	二仙满酌劝客，客酬之	仙满酌劝客，酬之
至于三行，宾主意惬	至十三数行，宾主欢狎	至于三行，宾主意惬
教人似月	人心似月	教人似月
不应留连饮酒	不应留连歌酒	不应留连饮酒
歌曲止能动情	歌曲引情	歌曲止能动情
酌醴止能助兴，未洽真兴	酒唯助兴，未叶真兴	酌醴止能助兴，未洽真兴
与其徒然笑语，何似	与其徒为笑语，何如	与其徒然笑语，何似
即起，同诣一阁	即起，各携手同诣一阁	即起，同诣一阁
香烟如云	香霭如云	香烟如云

① [宋]洪迈撰，何卓点校《夷坚志》，北京：中华书局，2006年第2版，第1198~1199页。

可以看出，《艳异编》本文字与《分类夷坚志》本差异较大，与《夷坚支庚》所载更相近，故《江渭逢二仙》应直接选自《夷坚支庚》。

卷四四鬼部《赵喜奴》与《钱履道》，分别仅见于宋洪迈《夷坚三志辛》卷九《赵喜奴》与《夷坚支甲》卷一《张相公夫人》，故此二篇直接选自《夷坚志》。《莲塘二姬》直接选自元高德基《平江记事》，《绿衣人传》《滕穆醉游聚景园记》《金凤钗记》与卷四五鬼部《双头牡丹灯记》直接选自明瞿佑《剪灯新话》卷四、卷二、卷一、卷二。卷四五鬼部《南楼美人》《法僧遣祟》，直接选自明侯甸《西樵野纪》卷七、卷三，《田洙遇薛涛联句记》直接选自明李昌祺《剪灯余话》卷二。《吴小员外》见于宋洪迈《夷坚甲志》卷四与宋叶荣祖《分类夷坚志》庚集卷二《吴小员外》，现将三书主要异文列表如下：

	《夷坚甲志》①	《分类夷坚志》	《艳异编》
1	偕弟茂之在京师	偕弟茂之入京师	偕弟茂之入京师
2	春时至金明池	一日至金明池	一日至金明池
3	寂无人声。当垆女年甚艾。三人驻留买酒，应之指女谓吴生曰："呼此侑觞如何？"吴大喜，以言挑之，欣然而应，遂就坐。方举杯。女望父母自外归，亟起。三人兴（明钞本作"酒"）既阑，皆舍去。	寂然无人，止一当垆少艾，三人驻留饮酒，应之招女侑觞。吴大喜，坐间以言挑之，欣然而允，共坐举杯。其父母自外归，女亟起。三人兴既败，辄舍去。	寂然无人，止一当垆少艾，三人驻留饮酒，应之招女侑觞。吴大喜，坐间以言挑之，欣然相允，共坐举杯。其父母自外归，女亟起。三人兴既败，辄舍去。
4	形于梦寐	屡形梦寐	屡形梦寐
5	乃少憩索酒	乃少坐索酒	乃少坐索酒
6	从之饮，吾薄责以未嫁而为此态，何以适人，遂悒怏不数日而死。今屋之侧有小丘，即其冢也。三人不敢复问，促饮毕，言旋，沿道伤惋。	来饮共坐，吾薄责之，女悒怏数日而死，屋侧小丘乃其冢也。三人不复问，促饮，言旋，沿路伤叹而已。	来饮共坐，吾薄责之，女悒怏数日而死，屋侧小丘乃其冢也。三人不复问，促饮，言旋，沿路伤叹而已。

① [宋] 洪迈撰，何卓点校《夷坚志》，北京：中华书局，2006 年第 2 版，第 29~30 页。

（续表）

	《夷坚甲志》	《分类夷坚志》	《艳异编》
7	遇妇人幂首摇摇而前	见一妇幂首摇摇而来	见一女幂首摇摇而来
8	员外得非往吾家访我乎	员外得非往我家访我乎	员外得非往我家访我乎
9	欲君绝望	欲君绝念	欲君绝念
10	设虚冢相给。我亦一春寻君	设虚冢相疑，我亦一春望君	设虚冢相疑，我一春望君
11	颜色益憔悴	颜色渐憔悴	颜色渐憔悴
12	当诉于有司	当诉于官	当诉于官
13	走谒之，邀同视吴生	往谒之，邀请同视吴生	往谒之，邀请同视吴生
14	必为所死	必为所害	必为所害
15	女必在房内	女先在房	女先在房
16	会诀酒楼，且愁且惧	会谈酒楼，且忧且惧	会谈酒楼，且忧且惧
17	祈哀皇甫为结坛行法	祈请皇甫为结坛行法	祈请皇甫为结坛行法
18	无问何人，即刃之	无问何人，即斫之	无问何人，即斫之
19	不幸误杀人，即偿命	不幸杀人，即当偿命	不幸杀人，即当偿命
20	果有击户者投之以剑	果有击户者斫之以剑	果有击门者斫之以剑
21	命烛视之	命烛照之	命烛照之
22	皆系囹圄，鞫不成	皆系狱，狱不能具	皆系狱，狱不能具
23	发冢验视	发瘗视验	发瘗视验
24	江续之说	此事与昏姻类胡氏子及吴令女事相类，恐久则成人矣	此事与昏姻类胡氏子及吴令女事相类，盖久则成人矣

从上表可以看出，24 例异文中，《艳异编》本《吴小员外》与《夷坚甲志》本无一例相同，而与《分类夷坚志》除第 3、7、10、20、24 例各有一字之别外，其余 19 例文字完全相同，故《吴小员外》应直接选自《分类夷坚志》。

从本章对四十五卷本《艳异编》中 433 篇作品的直接来源考证来看，

《艳异编》的编选至少有以下特点：

第一，有 59 篇采自 14 部史书，占全书的 13.6%。其中采自《南史》的 10 篇，即《艳异编》卷一一宫掖部《殷贵妃》《齐废帝东昏侯潘妃传》《郁林王何妃》《元帝徐妃》《后主张贵妃》，卷一九戚里部《徐君蒨》《萧宏》《羊侃》，卷三六男宠部《王确》和《王韶》；选自《汉书》的 9 篇，即《艳异编》卷九、卷一〇宫掖部《孝武李夫人传》《孝成赵皇后传》，卷一八戚里部《馆陶公主》，卷三六男宠部《邓通》《韩嫣》《李延年》《冯子都》《张放》和《董贤》；选自《新唐书》的有 8 篇，即《艳异编》卷一三、卷一六宫掖部《武后传略》《韦后》《上官昭容》《唐武宗贤妃王氏传》，卷一八戚里部《合浦公主》《太平公主》《长宁公主》和《安乐公主》；选自《北史》的有 6 篇，即《艳异编》卷一一宫掖部《北齐武成皇后胡氏传》《后主胡皇后》《后主穆皇后》《后主冯淑妃》《隋宣华夫人陈氏》和《隋容华夫人蔡氏》；选自《战国策》的有 5 篇，即《艳异编》卷八宫掖部《齐襄王》《春申君》《中山阴后》《秦宣太后》和卷三六男宠部《安陵君》；选自《史记》的有 5 篇，即《艳异编》卷八宫掖部《妲己》《褒姒》《夏姬》《吕不韦》和卷二〇幽期部《司马相如传》；选自《晋书》的 5 篇，即《艳异编》卷一一宫掖部《晋武胡贵嫔传》《贾皇后传》，卷一九戚里部《石崇传》，卷二〇幽期部《贾午》和卷三六男宠部《慕容冲》；选自《南唐书》的 3 篇，即《艳异编》卷一六宫掖部《南唐后主昭惠后周氏》《后主继室周氏》和《后主保仪黄氏》；选自《后汉书》的 2 篇，即《艳异编》卷九宫掖部《王昭君》和卷一九戚里部《孙寿》；选自《元史》的 2 篇，即《艳异编》卷一七宫掖部《元顺帝》和《演揲儿》；选自《旧唐书》《宋史》《金史》《宋书》的各 1 篇，即卷一四、卷一七宫掖部《玄宗杨贵妃传》《明节刘后上》《金废帝海陵诸嬖》和卷一八戚里部《山阴公主》。选自史书的作品，主要分布在宫掖部 36 篇，戚里部 11 篇，男宠部 10 篇，幽期部最少，仅 2 篇。上述作品大都选自某单篇史传，只有少数几篇较为特殊，比如《徐君蒨》由《南史》卷一五与卷五五中相关记载合成，《武后传略》则从《资治通鉴》卷二〇三、卷二〇五、卷二〇七中选取了大量内容。可见，王世贞在编选时对选文并非简单的抄录，还进行了人物事件的缀合与衔接。

第二，有 344 篇作品选自 28 种小说类书，包括小说总集、专集、单行本等，占全书的 79.4%。其中《姚生》《张遵言传》《白蛇记》《柳参军传》等 134 篇选自《古今说海》，占全书的 30.9%。大部分篇章不仅篇名直接袭自《古今说海》，文字也几乎完全相同。有《郭翰》等 80 篇选自《太平广记》，占全书的 18.5%。《古今说海》与《太平广记》直接提供了 214 篇作品，占全书的 49.4%，几近半数，是《艳异编》选文最重要的来源。

源于洪迈《夷坚志》的作品有 23 篇，其中直接选自洪迈原书的有《王彦大家》《潘统制妾》《蔡筝娘》《花月新闻》《吴女盈盈》《吴淑姬严蕊》《董汉州孙女》《石六山美女》《刘改之》《生王二》《吕使君》《西湖女子》《宁行者》《解俊》《江渭逢二仙》《钱履道》和《赵喜奴》17 篇，《京师士人》《李将仕》《义倡传》《钱炎》《舒信道》和《吴小员外》6 篇则直接选自宋叶祖荣编选的《分类夷坚志》。王世贞依据的《分类夷坚志》可能是宋刊本，也可能是明弘治正德间的活字印本或嘉靖二十五年（1546）洪楩的清平山堂刊本。

选录 10 篇以上的尚有晋王嘉《拾遗记》，选录 21 篇，即卷八《少昊》、《妲己》（第三则）、《周昭王》、《穆王》、《越王》、《燕昭王》，卷九《武帝》，卷一〇《飞燕事六》《宵游宫》，卷一一《汉明帝》《灵帝》《献帝伏皇后》《薛灵芸》《吴赵夫人》《吴潘夫人》《吴邓夫人》《孙亮》《蜀甘后》《晋时事》，卷一八《董偃》和卷三六《断袖》；明陆采编《虞初志》选录 16 篇，即卷一《赵文韶》，卷二《韦安道》，卷五《柳毅传》，卷七《嵩岳嫁女记》，卷一四《长恨歌传》，卷一八《王维》，卷二〇《非烟传》，卷二四《离魂记》，卷二八《虬髯客传》《无双传》，卷二九《红线传》，卷三四《霍小玉传》《李娃传》《杨倡传》，卷三七《白猿传》和卷三八《任氏传》；明田汝成《西湖游览志余》选录 12 篇，即卷三《邢凤》，卷一七《德寿宫看花》《德寿宫生辰》，卷一九《张功甫》《韩侂胥》，卷三〇《汤赛师》，卷三二《周韶》《琴操》，卷三五《王铁》《谢希孟》《苏小娟》《陶师儿》；《西京杂记》选录 11 篇，即卷八《高帝戚夫人》《贾佩兰》，卷九《王昭君》（第一则），卷一〇《飞燕事》（一到五则），卷二〇《卓文君》和卷三六《金丸》《董贤第》；选录明人顾元庆编刊的《顾氏文房小说》10 篇，即卷一〇《赵飞燕外传》，卷一四《开元天宝遗事》，卷一五《杨太真外传》，卷一六《唐玄宗梅妃传》，卷一九《宁王》，卷二八《乐昌公主》，卷三二《王涣之》《刘禹锡》《张又新》与卷四〇《崔玄微》。

选取 10 篇以下的较多，计有瞿佑《剪灯新话》6 篇，《云仙杂记》与《西樵野纪》各 5 篇，陶宗仪《南村辍耕录》3 篇，唐苏鹗《杜阳杂编》、元郭霄凤《分类江湖纪闻》与明李昌祺《剪灯余话》各 2 篇，《洞冥记》、唐段成式《酉阳杂俎》、后蜀何光远《鉴诫录》、宋吴淑《江淮异人录》、宋胡仔《渔隐丛话后集》、宋周密《癸辛杂识》续集、宋曾慥《类说》、宋皇都风月主人《绿窗新话》、元高德基《平江纪事》与明陆粲《庚巳编》各一篇。此外，《娇红记》应抄自当时流传的单行本。

第三，有 30 篇作品至少选自 11 种丛书、类书、文集、诗话等。选自陶宗仪《说郛》者有 15 篇，即卷二《严阿珊》，卷六《杜兰香》，卷一〇《赵飞燕合德别传》，卷一六《王衍》《大体双》，卷一七《蔡京太清楼记》《蔡京保和延福二记》，卷一九《绿珠传》，卷二一《郑吴情诗》，卷二七《司马才仲》，卷三二《郑中丞》、《薛涛》（前两则）、《氤氲大使》和卷三五《符郎》《詹天游》。另有多篇故事虽见于明代钞本《说郛》，文字却异，实选自他书，如卷一二《海山记》选自《古今说海》说纂部《炀帝海山记》，《大业拾遗记》选自明华珵刊《百川学海》本《隋遗录》。

卷三六《龙阳君》《向魋》《曹肇》《丁期》4 篇出自《艺文类聚》，卷三三《薛涛》（第三则）、《张建封伎》选自宋计敏夫《唐诗纪事》卷七九、七八，卷三〇《河间传》，卷三六《郑樱桃》《秦宫》，以及卷四一《王敬伯》分别选自唐柳宗元《河东先生集》外集、宋郭茂倩《乐府诗集》卷八五、李贺《昌谷集》卷三与宋周守忠《姬侍类偶》。卷三六《弥子瑕》选自明薛应旂《四书人物考》,《宋朝》选自明薛应旂《四书人物考》或明陈士元《论语类考》卷九。卷二〇《莺莺传》《王性之传奇辨证》和《虞集传奇辨证后序》3 篇,选自《虞初志》《重刊会真记辩》。目前,只有《西阁寄梅记》《陈子高》与《韩宗武》3 篇出处无考。

值得注意的是,王世贞编选《艳异编》,从明人编刊的《顾氏文房小说》《虞初志》《古今说海》与《重刊会真记辩》小说选本中选录了 163 篇。如卷三〇《狄氏》《王生》与卷三一、卷三二的全部作品都直接选自《古今说海》中的《清尊录》、《北里志》与《青楼集》,而不是根据作品单行本。另外,王世贞还从《剪灯新话》《剪灯余话》《西湖游览志余》《西樵野纪》《庚巳编》《四书人物考》与《论语类考》等明人著作中选录了 28 篇。明人编创的丛书、小说集等共为《艳异编》提供了 191 篇作品,占全书的 44.1%,是《艳异编》的重要来源。要考查《艳异编》作品的直接来源,必须认真比对当时流传的不同版本的文字,才能得出可靠的结论。

第三章　《艳异编》的题材分类、特点与编纂方式

第一节　《艳异编》的题材分类

《艳异编》按照题材内容将作品分为星部、神部、水神部、龙神部、仙部、宫掖部、戚里部、幽期部、冥感部、梦游部、义侠部、徂异部、幻术部（正文中作"幻异部"）、伎（妓）女部、男宠部、妖怪部和鬼部 17部，在吸收前人分类的基础上形成了自己鲜明的特点。

《艳异编》之前的小说对作品主要采用三种分类方法：第一种是以《世说新语》为代表的分类，按照人物的品德、言语、容貌、性情等划分，共计德行、言语、政事、文学、方正、雅量、识鉴、赏誉、品藻、规箴、捷悟、凤惠、豪爽、容止、自新、企羡、伤逝、栖逸、贤媛、术解、巧艺、宠礼、任诞、简傲、排调、轻诋、假谲、黜免、俭啬、汰侈、忿狷、谗险、尤悔、纰漏、惑溺和仇隙 36 类。这种分类方法以人物为中心，充分体现出人在历史与现实生活中的情感态度，非常独特，但适用性较为狭窄，通常只适合于"世说体"小说。第二种是以《太平广记》为代表进行的分类，按照作品题材，分为神仙、女仙、道术、方士、异人、异僧、释证、报应、征应、定数、感应、谶应、名贤、廉俭、气义、知人、精察、俊辩、幼敏、器量、贡举、铨选、职官、权幸、将帅、骁勇、豪侠、博物、文章、才名、儒行、乐、书、画、算术、卜筮、医、相、伎巧、博

戏、器玩、酒、食、交友、奢侈、诡诈、谄佞、谬误、治生、褊急、诙谐、嘲诮、嗤鄙、无赖、轻薄、酷暴、妇人、情感、童仆、梦、巫、幻术、妖妄、神、鬼、夜叉、神魂、妖怪、精怪、灵异、再生、悟前生、冢墓、铭记、雷、雨、山、石、水、宝、草木、龙、虎、畜兽、狐、蛇、禽鸟、水族、昆虫、蛮夷、杂传记和杂录等共计 92 类，有的类下面又分小目，如报应类下又分金刚经、法华经、观音经、崇经像、阴德、异类、冤报、婢妾、杀生、宿业畜生等细目，畜兽类下分牛、马、骆驼、骡、驴、犬、羊、豕、猫、鼠、鼠狼、狮子、犀、象、杂兽、狼、熊、狸、猬、獐、鹿、兔、猿、猩猩等细目，运用了二级分类法。《太平广记》的分类方法，可能借鉴了《世说新语》的方法，如廉俭、气义、知人、精察、俊辩、幼敏、器量、骁勇、豪侠、博物、文章、才名、儒行、奢侈、诡诈、谄佞、谬误、治生、褊急、诙谐、嘲诮、嗤鄙、无赖、轻薄、酷暴、情感等都是围绕着人的品行、气质、才性、情感等分类的。不过，《太平广记》的分类也存在明显的不足：一是各类卷数不均衡，如神仙占 55 卷、鬼占 40 卷、报应占 33 卷、神占 25 卷、女仙占 15 卷，而交友、情感、诡诈等各占 1 卷。二是分类过细，类名之间有交叉或包含关系，如畜兽、狐、蛇等类完全可以归入妖怪或精怪；三是分类标准不统一，存在按题材与体裁分类并存的缺陷，如杂传记和杂录就属于按照撰述方式或文体分类的。第三种是以《古今说海》为代表的按编纂方式和文体分类。《古今说海》共分四部七家，即说选部，包括小说家、偏记家；说渊部，包括别传家；说略部，包括杂记家；说纂部，包括逸事家、散录家和杂纂家。这种分类方法体现鲜明的文体意识，对于后人考察古人的文体观念具有重要理论价值。

　　《艳异编》主要借鉴了《太平广记》的分类方法，采用一级分类法，完全按照题材把作品分为 17 部，现将《艳异编》与《太平广记》部类的对应情况列表如下：

《艳异编》部名	卷、篇数	《艳异编》篇名	《广记》部类名称
星部	与神部合 1 卷，3 篇	《郭翰》《姚生》	女仙
		《张遵言传》	神
神部	与星部合 2 卷，13 篇	《汝阴人》等 8 篇	神
		《沈警》	鬼
		《周秦行纪》	杂传记
水神部	2 卷 9 篇	《张无颇传》等 4 篇	神
		《郑德璘传》	定数
龙神部	1 卷 3 篇	《柳毅传》《许汉阳》	龙
		《灵应传》	杂传记
仙部	2 卷 15 篇	《裴航》《卢李二生》《许老翁》《嵩岳嫁女记》《张老》等 8 篇	神仙
		《成公智琼》《天台二女》《赵旭》《崔书生》等 6 篇	女仙
宫掖部	10 卷 97 篇	《孝武帝》1 篇	神仙
		《梨园乐》等 4 篇	乐
		《渊东舞女》1 篇	妇人
戚里部	2 卷 24 篇	《翾风》	妇人
		《王维》	贡举
		《高阳王》《河间王》《同昌公主外传》3 篇	奢侈
幽期部	4 卷 13 篇	《莺莺传》《非烟传》	杂传记
冥感部	3 卷 7 篇	《离魂记》	神魂
		《韦皋》《崔护》《买粉儿》	情感
		《张果女》	鬼
梦游部	1 卷 11 篇	《樱桃青衣》等 7 篇	梦
		《淳于梦》	昆虫

（续表）

《艳异编》部名	卷、篇数	《艳异编》篇名	《广记》部类名称
义侠部	2卷9篇	《虬髯客传》等5篇	豪侠
		《乐昌公主》	气义
		《柳氏传》《无双传》	杂传记
徂异部	与幻术部合1卷，11篇	《却要》	童仆（奴婢附）
幻术部	与徂异部合1卷，5篇	《阳羡书生》等5篇	幻术
伎女部	5卷130篇	《洛中举人》等5篇	妇人四（妓女）
		《欧阳詹》等3篇	情感
		《霍小玉传》《李娃传》《杨娼传》	杂传记
男宠部	1卷22篇		
妖怪部	4卷23篇	《白猿传》《孙恪》《焦封》	畜兽
		《任氏传》《许贞》《李参军》《姚坤》	狐
		《乌君山》	禽鸟
		《白蛇记》	蛇
		《长须国》	水族
		《崔玄微》	草木 花卉怪
		《张不疑》	精怪
		《金友章》《谢翱》	妖怪
鬼部	5卷39篇	《韩重》等19篇	鬼
		《崔炜传》	神仙

从上表可以看出，王世贞并没有完全照搬《广记》的分类，17部中只有神部、幻术部、伎女部（其中卷三二作"妓女部"）、妖怪部和鬼部5部大部分直接袭自《广记》，水神部、龙神部、仙部、义侠部和梦游部5部则与《广记》中的神、神仙、女仙、梦、豪侠、义气等密切相关，星部、宫掖部、冥感部、徂异部和男宠部则为《艳异编》中新增。王世贞按

照作品叙述的人物与实际内容进行重新分类，在分类方式上体现出鲜明的个性：一是把题材作为统一的分类标准，避免了分类中题材与文体杂糅的缺点。二是分类更精准简明，概括性强，如将《广记》鬼类的《沈警》归入神部，把《广记》神仙类的《崔炜传》列入鬼部；《艳异编》中的一部常常包括《广记》中的两三类，尤其是妖怪部竟然涵盖了《广记》的畜兽、狐、禽鸟、蛇、水族、草木、精怪和妖怪等 8 个部类，解决了《广记》分类过细的问题。三是分类时更注重作品的整体内容，而不拘泥于细枝末节，如《广记》卷四七五"昆虫"收录的《淳于梦》全篇几乎都在叙述梦境，王世贞即将之归入梦游部。值得注意的是，王世贞在借鉴《广记》类目名称时，有时抄录了《广记》相应类目下的作品，有时则代之以《古今说海》《虞初志》等收录的相应作品。同时，他又按照自己的理解，挑选史传作品及《夷坚志》《江湖纪闻》《剪灯新话》等宋元明代的小说作品编入各部，体现了《艳异编》编选的时代性。当然，《艳异编》在分部与作品收录上也存在不足，最明显的就是各部体理不均衡，如宫掖部占 10 卷 97 篇，伎女部占 5 卷 130 篇，太过冗长，极大地削弱了《艳异编》作品的广泛性。

第二节 《艳异编》的题材特点

《艳异编》题材的特点，就是"艳"和"异"。《新华字典》解释"艳"有两个义项：一是色彩鲜明，二是旧时指关于爱情方面的；"异"有"特别的""奇怪"等意思。如果把《艳异编》收录的作品分为"艳"与"异"两类，那么在《艳异编》中，"艳"类指叙述香艳爱情及女性的作品，"异"类是讲述奇异、怪诞的鬼神与梦境故事，下面结合 17 部作品中的具体内容，分析全书"艳"与"异"的题材特点。

原始社会就产生了万物有神的思想，这一思想逐渐发展，古人开始认为人死后也可为鬼神，商朝更是形成了以鬼神信仰为中心的思想文化，对后世影响深远。《礼记·祭法》云："燔柴于泰坛，祭天也；瘗埋于泰折，祭地也；用骍犊。埋少牢于泰昭，祭时也；相近于坎坛，祭寒暑也。王宫，祭日也；夜明，祭月也；幽宗，祭星也；雩宗，祭水旱也；四坎坛，祭四时也。山林、川谷、丘陵，能出云为风雨，见怪物，皆曰神。有天下者，祭百神。诸侯，在其地则祭之，亡其地则不祭。"[①] 记载了周代的百神信仰。先秦时期的方术学说不仅探究阴阳、鬼神思想，而且还修炼长生不死之术，即人如何成仙。随着道教的兴起，神仙之说弥漫全社会。汉末佛教的传入，更助长了鬼神思想的传播。中国原始宗教、道教、佛教等共同促使了神仙鬼怪小说作品的产生与兴盛，如《列仙传》《搜神记》《搜神后记》《神仙传》《神仙后传》《神仙记》《神怪录》《后仙传》等都是专记此类题材的小说集。在前人的基础上，王世贞为了使作品分类更简约、合理，不再笼统地将题材分为神仙、鬼怪两类，而是在《艳异编》中明确地将作品分为神、仙、鬼、怪四类，其中神部、仙部来自《广记》中的神、神仙、女仙三类，鬼部承袭《广记》的鬼目，妖怪部包括《广记》的妖怪、精怪等目。同时，王世贞又把叙述神的作品分为星部、神部、水神部、龙神部，虽有繁琐之嫌（如把龙神部并入水神部似更合理），却也彰显出我国古代小说中相应题材的丰富与与鲜明的传统特色。

我们的先人对天象星宿的观察非常早，产生了对天地、星宿等的崇拜，将星宿人格化。如《诗经·小雅·大东》云："维天有汉，监亦有光。跂彼织女，终日七襄。虽则七襄，不成报章。睆彼牵牛，不以服箱。东有启明，西有长庚。有捄天毕，载施之行。维南有箕，不可以簸扬。维北有斗，不可以挹酒浆。维南有箕，载翕其舌。维北有斗，西柄之揭。"[②] 其中尤以织女星、牵牛星的传说最美丽动人。《古诗十九首·迢迢牵牛星》载："迢迢牵牛星，皎皎河汉女。纤纤擢素手，札札弄机杼。终日不成章，涕泣零如雨。河汉清且浅，相去复几许。盈盈一水间，脉脉不得语。"[③] 诗人

---

① 王梦鸥注译《礼记今注今译》，台北：台湾商务印书馆，1979 年第 6 版，第 597～598 页。

② 程俊英译注《诗经译注》，上海：上海古籍出版社，1985 年，第 409～410 页。

③ 隋树森编著《古诗十九首集释》，北京：中华书局，1955 年，第 15～16 页。

以丰富的想象力把相隔天河两边的织女星、牵牛星比作青年男女，将二人的爱情写得哀婉感人，如泣如诉。古人还由二星隔河相望不得厮守的天象，按照男耕女织的农业社会生活经验，编织出合乎人情的神话传说。南朝梁殷芸《小说》载："天河之东有织女，天帝之子也。年年机杼劳役，织成云锦天衣，容貌不暇整理。天帝怜其独处，许嫁河西牵牛郎，嫁后遂废织纴。天帝怒焉，责令归河东，但使其一年一度相会。"① 为了令织女与牵牛能够相会，古人又想象出乌鹊、喜鹊，让鸟儿每年七月七日为之搭桥，使有情人互诉衷肠。《天中记》卷五引《淮南子》云："乌鹊填河而渡织女"，引《风俗记》云"织女七夕渡河，使鹊为桥。"② 叙述星神的小说作品不仅数量较多，还具有极高的叙事品格，王世贞把这类作品单列为星部，既符合小说内容，也呈现出浓郁的民族风格，特点鲜明。《郭翰》《姚生》《张遵言传》都叙述天上的星宿之神下凡到人间，与人邂逅之事，非常奇异，其中只有《张遵言传》不涉男女爱情。尤其是《郭翰》叙天上的织女自诉"久无主对，而嘉期阻旷，幽态萦怀"，实在忍受不了独守空房的寂寞与痛苦，就来到人间与郭翰幽会，共度良宵，说"天上那比人间"，流露出对人间夫妻天天耳鬓厮磨、恩爱相守的羡慕与留恋。小说消解了传说中牛郎织女"两情若是久长时，又岂在朝朝暮暮"的爱情观，揭示出天上神人对世俗情欲的渴望，构思巧妙，礼赞了平凡爱情的亘久魅力。选取这类作品，也隐含着王世贞对情欲的鲜明态度。

　　神部共 13 篇作品，《汝阴人》叙男子许某娶中岳嵩山神下属南部将军女儿的事，《沈警》述沈警与庐山、衡山府君两位儿媳的艳遇，《华岳神女》载某士人与华岳第三女的爱情，《李湜》写李湜在华岳庙与三夫人的艳情。这四篇都反映了山神信仰对叙事的深刻影响。其实，仙部的《嵩岳嫁女记》写嵩岳神把女儿上清神嫁给玉京仙郎，也涉及到山神信仰。《旧唐书》卷二三《礼仪志三》载："则天证圣元年，将有事于嵩山，先遣使

① ［明］陈耀文纂《天中记》卷二，天津图书馆藏明万历十七年（1589）刻本。
② ［明］陈耀文纂《天中记》卷五，天津图书馆藏明万历十七年（1589）刻本。

致祭以祈福助，下制，号嵩山为神岳，尊嵩山神为天中王，夫人为灵妃。嵩山旧有夏启及启母、少室阿姨神庙，咸令预祈祭。至天册万岁二年腊月甲申，亲行登封之礼。……则天以封禅日为嵩岳神祇所祐，遂尊神岳天中王为神岳天中皇帝，灵妃为天中皇后，夏后启为齐圣皇帝；封启母神为玉京太后，少室阿姨神为金阙夫人。"[1] 嵩山神成为五岳中较早被皇帝册封的神灵。此外，华山是人们从内地到长安的必经之地。因此，小说中多写与五岳等名山有关的神灵也不足为奇。

《黄原》记黄原娶神女太真夫人的小女儿，《赵文韶》记赵文韶遇青溪小姑神，《刘子卿》记刘子卿与庐山康王庙女神的情缘，《蒋子文》叙女子吴望子途遇蒋子文神交好事，《韦安道》述韦安道娶后土夫人事，《卢佩》讲卢佩与地祇的一段聚而复散的姻缘，《严阿珊》写阿珊随家人登陉山被郑大王祠中的郑大王强娶为三儿媳，《周秦行纪》写牛僧孺落第途中宿薄太后庙，与薄太后、戚夫人、潘妃、王昭君、绿珠、杨贵妃等饮宴、通好事。此外，《王彦大家》中强行通好王彦大妻子的少年不知是神还是怪。

水与人类的关系非常密切，女娲"积芦灰以止淫水"[2]、精卫填海、鲧禹治水等的传说都反映出先人与水患的抗争。后来人们就创造出与江海湖河相关的水神（包括龙神），希冀征服自然。有关水神、龙神的志怪、传奇小说也反复出现在文人笔下，并不断翻陈出新。此外，《艳异编》水神部的设置，或许还与明代戚澜死后为水神的传说有关，这恰好是《艳异编》分类的时代性的体现。戚澜，字文湍，浙江余姚人，明景泰二年（1451）进士，明天顺元年（1457）授翰林编修，与大学士李贤、彭时等一同修《大明一统志》。明王世贞《弇山堂别集》卷二九《史乘考误十》载：

> 戚编修澜墓志，王文肃傅所草。公景泰辛未进士，以忧服除，中道返，暴疾卒。其为水神事，多有纪之者，而志不一及之，岂子不语

---

① ［后晋］刘昫等《旧唐书》卷二三，北京：中华书局，1975 年，第 891 页。

② 何宁撰《淮南子集释》，北京：中华书局，1998 年，第 480 页。

神意耶？近见杨用修《丹铅余录》所纪甚详，云公余姚人，字文湍，以编修服阕上。东渡钱塘江，风涛大作，有绛纱灯数百对，照江水通明，丈夫九人，帕首裤靴，带剑乘白马，飞驰水面如平地。舟人大恐，戚公曰："毋惧，吾知之矣。"推窗看之，九人皆下马跪，公问曰："若辈非桑石将军九弟兄耶？"曰："然。"曰："去，吾谕矣。"皆散。公命舟人返棹，曰："有事，吾当还。"遂归。抵家，谓家人曰："某日吾将逝矣。"及期，沐浴朝服坐，向九人率甲士来迎，行践屋瓦，瓦皆碎，戈矛旌帜，晃耀填拥。有顷，公卒后，车骑腾踔，前后若有所呵卫者，隐隐入空而灭。后丘文庄公夫人自南海浮江而上，过鄱阳湖，夜梦达官呵拥入舟，曰："吾乃翰林编修戚澜也，昔与丘先生同官，义不容绝，特报耳。三日后有风涛之险，只帆片橹无存，可亟迁于岸。"夫人惊觉，如其言，移止寺中。未几，江中果有风涛，众舟尽溺。至京，夫人白其事于文庄公，公以闻于朝，遣官谕祭。文庄又为文祭之，云：……奈何命与心违，中道而逝，老我后死于十二祀。孰知冥冥之中，犹有旧交之谊。老妻北来，舟次江澨，梦中仿佛如见，报以风涛将至，预告以期，使知趋避，既而果然，幸免颠踬。於乎，人传君之为神，莅胥涛而享祀，即今所过而验之，无乃秉司乎江湖之事。由其生也不尽用于明时，故其死也见录于上帝。①

戚澜逝后无论为钱塘江神还是做鄱阳湖神，无疑都是水神。上述事迹未见四库本杨慎《丹铅余录》载录，明刊《杨升庵文集》卷七三分别题《鄱阳水神》《死友救难》②。戚澜死后为水神的说法在当时及明代影响非常广泛，此事最早见于其友人丘濬的《祭姚江戚编修文湍墓文》，云："老我后死，余二十祀，孰知冥漠之魂，犹有旧交之谊，老妻北来，舟次江澨，梦

---

　① ［明］王世贞撰，魏连科点校《弇山堂别集》卷二九，北京：中华书局，1985年，第515~516页。

　② ［明］杨慎《太史升庵文集》卷七三，国家图书馆藏蔡汝贤明万历十年（1582）刊本。

中彷佛，如见报以风涛将至，预告以期，使知回避，既而果如所言，幸免颠踬。呜呼！文湍，人传君之为神，莅胥涛而享祀，即今所至而征之，无乃兼司夫江湖之事，原其神之所以有灵，政由其心之无愧。气之聚也，既落落其不凡；气之散也，尚昭昭乎不昧。其生也不尽用于明时，其死也乃见录于上帝。"① 丘濬之妻以亲身经历说戚澜托梦使其免于葬身江水，意味着在她心目中戚澜死后为神不是杜撰，这正与时人传说戚澜为神相合。其后明陆粲《庚巳编》卷一〇《鄱阳水神》也记述了戚澜死而为神的情节：

> 余姚戚澜，字文湍，景泰二年进士，授翰林编修。丁艰服阕上京，渡钱塘江，风涛大作。有绛纱灯数百对，照江水通明，丈夫九人，帕首裤靴，带剑乘白马，飞驰水面如平地。舟人大恐，戚公曰："毋惧，吾知之矣。"推窗看之，九人皆下马跪，公问曰："若辈非桑石将军九弟兄耶？"应曰："然。"曰："去，吾喻矣。"皆散。公命舟人返棹，曰："有事，吾当还。"遂归。抵家，谓家人曰："某日吾将逝矣。"及期沐浴朝服坐，向九人率甲士来迎，行践屋瓦，瓦皆碎，戈矛旌帜，晃耀填拥。有顷，公卒后，车骑腾踔，前后若有所呵卫者，隐隐入空而灭。后琼山丘文庄公夫人入京，舟过鄱阳湖，夜梦朱衣贵人来见曰："吾仲深故人戚澜也，见为水神。昨奉天符，应覆数百艘舟，夫人慎毋渡。"觉而舟子方解维欲行，夫人亟止之。瞬息大风，舟行者皆溺。明日夫人乃渡。至京以告文庄，文庄感其意，缄文祭之。戚公之乡人项生侍公渡江，亲见其与九神语，又尝得见丘公祭文。②

陆粲说此事是侍奉戚澜渡江的项生亲见亲说，故叙事生动，如在目前。明杨仪《高坡异纂》卷中亦载：

---

① ［明］丘濬《丘濬集》第9册，海口：海南出版社，2006年，第4563页。
② ［明］陆粲《庚巳编》卷一〇，北京：中华书局，1987年，第129页。

丘文庄公濬，初与戚编修澜字文湍同馆友善。戚公以母丧归，所居在余姚县长亭港。服阕将入都，夜过陬山峤塔子岭前，遥见灯烛人马，夹岸而至。戚公方醉寝舟中，人告之。戚公起，推篷谓之曰："君等为迎我来者，即当前驱；不为迎我来者，宜自散去。"一时所见恍惚皆前行，既远渐不见。戚公至钱塘，疾作，死。杭有神降，自称戚编修，死为钱塘潮神，人敬祠之。弘治甲寅，琼山夫人吴氏至京师，道出鄱阳，夜梦戚揖之，且告以来日将有风波之厄，戒勿行。比明，天极晴朗，夫人故以他事缓之。同舣数十舟行，无何皆遇暴风雨漂没，独夫人舟无恙。至京以告公，公为诗文，遣官赍御酒香帛至浙江，属布政使李赞望钱塘祭之。①

明许浩《复斋日记》卷上载云：

戚澜字文瑞，任翰林院编修，负才使气，醉尤甚，人皆惮之。丁内艰，服阕赴京，夜行峡山江，见神人七人，皆乘马，炬列前后。舟人皆恐，文瑞徐曰："尔桑将军兄弟耶？来应欲吾文耳，吾当为之。"遂皆不见。及登驿舟渡钱唐，忽起而揖逊曰："尔宋朝官，乃坐我翰林编修上耶？"舟人无所见，皆怪之。至邸而卒。盖其神已乱也。后广东丘阁老先生夫人入京，舟次高邮，梦一伟衣冠人告曰：我戚编修，贤夫阁老之故人也。明日大风舟行必覆，故来相告，夫人戒勿行。舟人以天方霁，欲发，夫人苦止之。及风果作，舟行者皆覆。丘闻，为文遣人祭奠于其家。②

此本误"文湍"为"文瑞"。明焦竑《国朝献征录》卷八《翰林院编修戚公澜纪事》、明焦竑《玉堂丛语》卷八、明刘仲达《刘氏鸿书》卷三一、

_____

① ［明］杨仪《高坡异纂》卷中，国家图书馆藏《烟霞小说》本。
② ［明］许浩《复斋日记》卷上，孙毓修等辑《涵芬楼秘笈》第一集，上海：上海商务印书馆，1916年。

明过庭训《本朝分省人物考》卷四九《戚澜》、明张岱《石匮书》卷二〇四等都载录此事，内容基本与《杨慎文集》所载相同。当代名人死而为水神的传闻影响如此之大，王世贞又是生活在江南水乡的苏州人，自然会对水神怀有特殊的感情，在《艳异编》中单列水神部亦在情理之中。

水神部中《张无颇传》叙南海海神广利王及其女事，《郑德璘传》叙郑德璘遇洞庭湖神事，《洛神传》述萧旷逢洛水女神事，《河伯》载余杭某娶河神事，《太学郑生》言郑生邂逅洞庭湖蛟神事，《揭曼硕》记揭曼硕与盘塘江神女一夜风流事，《邢凤》道邢凤与西湖神女事，《辽阳海神传》叙明人程宰与辽阳海神相恋事，《洞箫传》写明人徐鍪与水神始乱终弃的悲剧。可见，水神部的作品讲述了海湖河江诸神的故事。值得注意的是，王世贞编选的《辽阳海神传》《洞箫传》均为明人所作，意味着时人对水神题材的热衷。在水神部中，王世贞把神、仙区分开，但神、仙实则有重合、模糊之处。如《邢凤》中的女子就直说"妾西湖水仙也"，无疑仙与神并无差别。唐司马承祯《天隐子·神解》说："在人谓之人仙，在天曰天仙，在地曰地仙，在水曰水仙，能通变之曰神仙。"[1] 这里的水仙就是水神。神与仙确有相通处，有时难以将之截然分开。此外，《太学郑生》中的蛟神就是龙神的一种，龙神实属于水神。龙神部中的《柳毅传》叙柳毅代龙女传送家书并娶龙女事，《许汉阳》述众龙女邀请许汉阳饮宴、书写诗歌，《灵应传》讲述龙王普济王第九女请求泾州节度使周宝派兵助求复仇的故事。

星部、神部、水神部、龙神部中的 28 篇作品，都叙述人与神邂逅的故事，均非人间常事，可谓奇异。其中《张遵言传》《许汉阳》《灵应传》等 3 篇不涉及爱情，《郭翰》《姚生》《汝阴人》《沈警》《赵文韶》《华岳神女》《黄原》《刘子卿》《蒋子文》《韦安道》《周秦行纪》《李湜》《卢佩》《张无颇传》《郑德璘传》《洛神传》《太学郑生》《邢凤》《辽阳海神

① ［唐］司马承祯《天隐子》，王云五主编《丛书集成初编》，上海：商务印书馆，1937 年，第 9~10 页。

传》《洞箫记》《柳毅传》等余下 25 篇作品全叙人神遇合相爱事。虽然这
28 篇作品都追求奇异，但前者偏重异趣，后者侧重艳情。除《张遵言传》
中张遵言所遇太白星精苏四郎、《蒋子文》中吴望子所嫁蒋子文、《严阿
珊》中的郑大王父子、《王彦大家》中的少年是男性神外，其余 24 篇作品
都叙述尘世男子与女神的遇合，其中只有《周秦行纪》中的女神是凡世女
子死后为神的。仙部 15 篇作品，除《蔡筝娘》《嵩岳嫁女记》《裴谌》
《卢李二生》外，其他《杜兰香》等 11 篇均叙人与仙的婚恋故事，其中
《潘统制妾》里的小妾学道有成，颇有道术，最后说"妾生子皆俊慧，能
读书。妾今在父母家，无恙"，小妾又似非仙。除《潘统制妾》外，《张
老》与《许老翁》两篇叙男仙与凡世女子的婚恋，《崔书生》《天台二女》
等 12 篇中的主要人物均为女性仙人。男女神仙的比例，或许能够体现出
男性作家对爱情婚姻的憧憬。

《左传》文公二年载："吾见新鬼大，故鬼小。"① 前人以丰富的想象
创造了众多鬼怪小说。如上一节所述，《艳异编》的鬼部直接袭自《广
记》卷三一六至卷三五五的鬼类，选取了从魏晋南北朝到明代的涉鬼小说
39 篇。这 39 篇按人鬼相遇的方式、地点和情感划分，可分为四类：

第一类是写男子入坟墓与女鬼缠绵交欢事，共 11 篇。有卷四一《卢
充》叙卢充入崔少府女儿墓中娶女鬼崔氏，《长孙绍祖》写长孙绍祖入坟
与女鬼一夜风流，《崔罗什》述崔罗什入吴质亡女墓与女鬼叙谈，《郑德
懋》写唐时郑德懋被邀入墓娶崔夫人之鬼女，《崔书生》叙贞元间清明节
崔书生夜遇女鬼王氏并随之入墓成亲。卷四三《颜濬》叙颜濬中元节入陈
朝宫人墓与张贵妃、赵幼芳等众女鬼话陈隋旧事、赋诗抒情，且有一夕之
欢；《吕使君》写宋淳熙间贺忠入吕令人姊妹坟墓的婚恋故事。卷四四
《钱履道》叙金皇统中钱履道夜入张夫人墓与女鬼交欢。男子或主动入墓，
如卷四二《独孤穆传》写唐贞元间独孤穆夜入隋齐王之亡女墓，与杨氏话
隋时旧事，吟诗诉情、两相交欢，并帮其迁葬至洛阳；或偶然入墓，如卷

---

① 杨伯峻编著《春秋左传注》，北京：中华书局，2016 年第 4 版，第 573 页。

四二《崔炜传》叙崔炜入任嚣墓、赵佗墓，娶田横之亡女；或受邀入墓，如卷四一《韩重》记女鬼紫玉邀请韩重入墓幽会。这类故事所叙背景从魏晋六朝一直延续到宋代，都写人鬼两情相悦之事，充满香艳气息。

第二类是女鬼主动现身世间，或与男子交好恩爱，或吟诗弹唱。此类共19篇，都写得缠绵悱恻。有卷四一《王敬伯》述吴令刘惠明亡女、婢女夜里来王敬伯船中弹箜篌、唱宛转歌，《刘导》叙刘导、李士烟月下与女鬼西施、夷光的一夜艳情，《刘讽》叙众女鬼夜来中轩与刘讽调笑、吟诗，《李陶》写女鬼郑氏与李陶恩爱半年多而又离去的悲剧，《王玄之》叙王玄之与女鬼高密令亡女的一年缠绵，《柳参军传》叙崔氏女与柳参军相爱结婚、后病死为鬼，依然投奔柳参军，与之生活两年。卷四二《郑绍》叙商人郑绍娶皇尚书亡女；《李章武》写王氏妇与李章武私合，分别后因思念李氏而亡，数年后鬼魂又与李氏相会，倾诉衷情。卷四三《窦玉传》叙窦玉自述娶女鬼事；《韩宗武》言韩宗武与女鬼交好，娶妻后女鬼亦相处自如；《金彦》叙李会娘与金彦一见钟情，却因相思而逝，死后鬼魂在清明节与金彦云雨欢会；《宁行者》写宁行者在寺院与赵通判亡女一夜艳情；《绿衣人传》叙延祐间天水赵源于西湖边遇贾秋壑侍女鬼魂谈宋时旧事，结三年夫妇，不复再娶，出家为僧。卷四五《田洙遇薛涛联句记》叙明洪武间田洙于成都遇薛涛鬼魂，鱼水交欢，联诗赠物。这些女鬼都多情痴情，温柔善良，有的是生前与男子一往情深，死而为鬼后寻找男子一续前缘，如卷四三《西湖女子》叙宋乾道中江西某官在西湖旁与一民家女一见钟情，求婚却被女子父母所拒，五年后再访之，与相思而死的女子鬼魂恩爱半岁；卷四四《金凤钗记》叙崔兴哥与吴兴娘自幼订婚后天各一方，十多年后兴娘感疾而亡，兴哥来成亲，与兴娘之妹庆娘通好私奔，一年后方知是兴娘鬼魂附在庆娘身上，兴哥遂娶庆娘。有的女鬼与男子生前并不相识，或倾慕其才情，或因机缘巧合，上演出令人难忘的悲喜剧，如卷四三《曾季衡》写曾季衡与女鬼王丽贞情好两月多，因其事泄露于他人而分离的悲剧。女鬼的深情甚至能让男子终生不娶，如卷四四《滕穆醉游聚景园记》叙滕穆于延祐间七月之望，在雷峰塔下，聚景园遇女鬼宋理宗朝宫人卫芳华，与之结为夫妻，三年后于中元节与卫芳华惜别，终生不娶，入雁荡山采药。尤其是卷四四《莲塘二姬》，构思极具特色，叙写政和元年七月之望，士人杨彦采、陆升之月夜饮宴，梦中听女鬼大都乐籍供奉女歌吟西施。女鬼进入了杨彦采的梦里，并非来到尘世。

第三类是男子与女鬼感情深厚，道士、僧人运用法术驱鬼或使鬼现身，共6篇。如卷四三《解俊》叙宋乾道间邵宏渊太尉亡女鬼魂在南安宝积寺与指挥使解俊缱绻，后被道符所治，迁坟后踪迹始绝；《江渭逢二仙》叙宋绍兴七年上元夜士人江渭元亮与友人遇女鬼张丽华、孔贵嫔交好，后二鬼被刘道士驱除。卷四五《法僧遣祟》叙成化间倪升借读僧寺，一女子来奔，倪父发现后请禅师方公治之，知其为某枢密使亡女之鬼魂，遂焚其尸。这些女鬼往往令男子身体憔悴，奄奄一息，甚或丧命，故事有劝人戒色欲的教化旨意。如卷四五《吴小员外》载南宋时赵应之兄弟与吴小员外于金明池旁一酒肆，见少女当垆，即入与之共饮酒，值女父母来，几人遂散，次年春吴复访之，知女子已悒怏而亡，返程途中女子追来，言其父以诈死骗之，遂与吴交好，吴生日见赢弱，后以皇甫法师之剑斩女，知其为鬼；《双头牡丹灯记》叙至正间乔生元宵夜遇女鬼符丽卿，与之缠绵数日后被索命而死，两人经常出来作祟，居人遂请铁冠道人作法捉鬼。其中只有卷四三《韦氏子》述韦氏子因对亡妓情深难忘，遂请任处士用法术使宠妓亡魂出现，得一诉相思之苦，而后逾年而殁。

第四类是所写并非鬼，共3篇。卷四二《孟氏》述商人妇孟氏在丈夫外出经商时独守空房，经受不住某少年的诱惑，遂私合绸缪；当丈夫归家时，某少年腾身而去，寂无所见。作品没有明确交代此少年是鬼还是神、怪，只是写出了尘世寂寞的商妇与异类男子的情爱故事。卷四四《赵喜奴》叙旅医卢生庆元间与庙神所化美女赵喜奴一夜恩爱，所写美女是神，不是鬼，实可归入神部。卷四五《南楼美人》叙刘天麒中秋夜独卧小楼，一美人来就欢，刘将婚，美人别去，写得十分优美空灵；美人如神似仙，亦不像鬼。

鬼部的39篇作品皆写异类之事，且都涉男女艳情。除《孟氏》是写人间女子与异类男子的情爱外，其余均写人间男子与异类女子的婚恋，显示出男性作家对女子的情欲想象。除少数作品描写女鬼索命的残忍和无情，旨在劝人戒色外，多数作品都刻画了女鬼的美丽温柔、大胆主动与痴情，同时也渲染了尘世男子的好色多情或他们对爱情的坚贞。

妖怪部直接袭自《广记》卷三五九至卷三六七的"妖怪"类目，共24篇，按照妖怪与世人的关系可分为三类。第一类是妖怪危害世人。卷三七《白猿传》写猿精掠夺霸占女子为妇，《乌将军记》记猪精每年都娶一位处女为妻，后被郭元振处死。卷三九《白蛇记》写蛇精幻化为女子与男子欢会，且害死男子；《钱炎》写蛇精主动投奔钱炎交欢，后被道士的符水所除；《舒信道》写舒信道与鳖精相爱，险被害死，后来鳖精被朱法师用油锅烹死。卷四〇《张不疑》叙张不疑买一青衣，此女子乃是明器所化，虽为道人所除，仍然导致张不疑及家人丧命。第二类是妖怪幻化为美女与世间男子邂逅生情。卷三七《袁氏传》《石六山美女》与《焦封》是写猿精、猩猩怪的，卷三八《任氏传》《李参军》《许贞》与《姚坤》是写狐狸精的。卷三九《乌君山》写徐仲山与鸟精因爱成婚，《长须国》写唐朝某士人娶虾精，《太湖金鲤》写邹德明与金鲤精一夜交欢。卷四〇《桂花著异》写石亨纳桂树精，《刘改之》叙刘改之买的妾是琴精而被道士作法除去，《金友章》述枯骨之精与金友章恩爱半年，担心有害于金，既而离去，《生王二》叙猎人王二娶鹿精，鹿精为之生子。第三类是妖怪与世间男子吟诗而不涉情爱。卷三九《崔玄微》与《谢翱》写花精吟诗，《桃花仕女》讲古画中的仕女成怪而从画中走下来。总的来说，第一类故事中的妖怪残忍无情，总是祸害人类，其中有两个故事中的妖怪专门危害女子，四个故事里的妖怪幻化为女子有意迷惑、残害男子，令人惧怕，唯恐避之不及。第二、三类故事里的妖怪都美丽善良，甚至多才多艺，除有超凡能力外，与世俗美女并无二致，让男人一见生怜，难以忘怀。

梦游部的设立，与《广记》中的"梦"类有关，但受到了《古今说海》说渊部《梦游录》的直接影响，《樱桃青衣》《独狐遐叔》《邢凤》《张生》等6篇作品均直接选自《梦游录》。梦游部的11篇作品均记梦境异事，其中只有《渭塘奇遇》《沈亚之》等涉及爱情。

王世贞设义侠部，与我国悠久的侠文化和侠义小说密切相关。春秋战国时期，各诸侯国互相混战，争夺土地和人民，养士之风盛行，侠士崛起。司马迁在《史记》中专门为游侠列传，体现出对侠义精神的推崇。由于"侠以武犯禁"，进入大一统的秦汉之后，侠文化就受到政府的禁制，逐渐转入民间，但侠一直没有消失。唐代中后期，藩镇割据，侠又有了生存的政治需求和现实空间，许多写侠的传奇小说兴起。《广记》卷一九三至卷一九六专列"豪侠"类，表明这类作品数量彼时已相当可观。"义侠部"的名称应当直接来源于《广记》卷一九五"豪侠"类的唐传奇《义侠》，《广记》卷一九六"豪侠"类的《宣慈寺门子》也称"其人义侠徒也"。宋洪迈《容斋随笔》卷八《人物以义为名》曰：

> 人物以义为名者，其别最多。仗正道曰义，义师、义战是也。众所尊戴者曰义，义帝是也。与众共之曰义，义仓、义社、义田、义学、义役、义井之类是也。至行过人曰义，义士、义侠、义姑、义夫、义妇之类是也。自外入而非正者曰义，义父、义儿、义兄弟、义服之类是也。衣裳器物亦然。在首曰义髻，在衣曰义襕、义领，合中小合曰义子之类是也。合众物为之，则有义浆、义墨、义酒。禽畜之贤，则有义犬、义乌、义鹰、义鹘。①

"义侠"不仅"至行过人"，还明辨是非，嫉恶如仇，扶弱济贫，伸张正义，堪称"仗正道"。"义侠"一向为人称道，为史家所重，如《北史》卷八五云"沓龙超，晋寿人也。性尚义侠，少为乡里所重"②，《新唐书》卷一五三云"刘海宾者，彭城人，以义侠闻"③。王世贞十分钦佩义侠的人

---

① ［宋］洪迈撰，孔凡礼点校《容斋随笔》卷八，北京：中华书局，2005 年，第106~107 页。

② ［唐］李延寿《北史》卷八五，北京：中华书局，1974 年，第 2850 页。

③ ［宋］欧阳修、宋祁《新唐书》卷一五三，北京：中华书局，1975 年，第 4853 页。

格魅力，《弇州山人续稿》卷三《穆考功文熙》曰："穆君义侠人，强被名教用。有才思挽俗，信已必违众。幡然悟此身，实为千秋重。力鞭北地足，冀追少陵鞯。千里在毫发，逊心敢忘讽。"① 或许父亲王忬之死有严嵩父子构陷的原因，王世贞期盼有侠客除去奸臣，为父亲洗清冤屈，才编纂了《剑侠传》，并在《艳异编》中列义侠部。义侠部的 9 篇作品均记异人侠客事，其中《乐昌公主》《柳氏传》《无双传》等主要围绕男女爱情悲欢展开。

幻术部（正文中作"幻异部"）的名称直接袭自《广记》卷二八四至卷二八七的"幻术"名称，《阳羡书生》等 5 篇作品也全部选自《广记》"幻术"类，主要叙僧道异术，其中只有《画工》写男女爱情。

伎（妓）女部的名称直接袭自《广记》卷二七三的"妓女"类，共收录 130 篇作品，其中《洛中举人》《李季兰》《李逢吉》《武昌伎》与《杜牧》共 5 篇直接选自《广记》卷二七三。这些伎女大致可分为四类：第一类是专门为帝王服务的宫廷伎女，如《郑中丞》中的唐文宗朝宫女郑中丞善弹琵琶；第二类是官妓，隶属于官府乐籍，没有人身自由，如《洛中举子》《凤窠群女》《薛涛》《欧阳詹》《秀兰》中的主人公等，此外还有家妓，如《李逢吉》中刘禹锡的家伎，《张建封伎》中守节十余年的张建封家妓盼盼；第三类是私伎，私伎有较大的人身自由，如《霍小玉传》与《青楼集》所载的人物等。这些伎女都冰雪聪明，多才多艺，《青楼集》中的伎女尤善杂剧。其中，只有《李娃传》《义倡传》《西阁寄梅记》等较少作品涉及男女爱情。伎女部的作品充分展示了古代女性的才情，反映了女性的生存境况与不幸命运。

冥感部袭自《广记》卷二七三的"情感"类，共收录 7 篇，其中《韦皋》《崔护》《买粉儿》3 篇直接抄自《广记》卷二七三。"冥感"意为以至诚感通神灵，冥感部的作品均写人鬼以真挚爱情感动神灵而获美满团圆的，可分三类：第一类写女子魂魄离开肉体而追逐爱情。《离魂记》

---

① ［明］王世贞《弇州山人续稿》卷三，国家图书馆藏明刻本。

写张倩娘的魂魄因至爱而随表兄生活五年，生两子，回家后则与病在床上奄奄一息的倩娘合二为一；《京师士人》叙宣和中京师某家妇人得疾卧床三年，其魂魄却在元宵节晚上与士人交欢，后被王法师以符治死。这两篇作品虽然一喜剧，一悲剧，却都是写女子的魂魄追求自由爱情，暗示出女性在现实中无法追求爱情的苦闷与不幸。第二类是写青年男女因爱情而死，又以至情复生，终结连理。《买粉儿》述一富家子爱上某卖胡粉的女子，就天天去买胡粉，得传情意，欢会时兴奋而死，后卖粉女子抚尸恸哭，富家子豁然复活，二人遂为夫妇。《崔护》与《贾云华还魂记》则写女子死而复生，前者叙崔护清明节游都城南，与一农家女一见钟情，第二年清明节访之而不得，于门上题诗一首，后数日再访，知女因不得相见绝食而死，崔护临床吊之，女即复活，遂结为夫妻；后者叙魏鹏与贾云华指腹为婚，长大后二人在接触中日久生情，互诉衷肠，海誓山盟，由于贾母背盟，云华绝望而病死，冥司有感于魏鹏终身不娶，许云华藉刚死的宋月娥之身复生，嫁给魏鹏，后生三子。《韦皋》叙两世姻缘事，也可归入此类。韦皋与玉箫定情，许诺少则五年，多则七年，即来迎娶玉箫；至第八年，玉箫绝食而殒，其鬼魂说由于韦皋的痴情与写经造像，即将托生，13年后有再世姻缘，后果然。第三类写鬼因情复生，如《张果女》叙刘家子与女鬼张果的女儿情深意重，后在刘氏的帮助下打开棺椁，张果女颜色如生，复活后嫁刘氏，产数子。同样是写复生，《买粉儿》与《崔护》中的青年男女是刚死尚未埋葬而复活，《贾云华还魂记》中的云华是死后藉尸而复活，都重在描写现实中的男女爱情，而《张果女》却着重表现人鬼恋，因此，《张果女》归入冥感部并不恰当，应该像《太平广记》那样归入"鬼"类。

　　祖异部的名称直接来自宋代聂田的《祖异记》（又作《祖异志》）。宋《郡斋读书志》卷一三小说类、《直斋书录解题》卷一一小说家类著录《祖异志》十卷，作者聂田；[①] 明杨士奇《文渊阁书目》卷八子杂、明叶

---

　　① ［宋］晁公武撰，孙猛校证《郡斋读书志校证》，上海：上海古籍出版社，1990年，第557页；［宋］陈振孙撰，徐小蛮、顾美华点校《直斋书录解题》，上海：上海古籍出版社，1987年，第327页。

盛《箓竹堂书目》卷三子杂著录，作《徂异志》，一册，未著撰人、卷数。① 可见此书在宋代写作《祖异志》，明代则作《徂异志》。李剑国先生认为徂、祖含义相同，"徂异"意为传述以往异事，并考出遗文六事。② 宋陈葆光《三洞群仙录》卷一〇《葛氏蛟帐》引《徂异志》云，九夷山樵妇诸葛氏得时疾，称自己得仙，遂乘云而去，数日后回，言天上景象，俄又乘五色车冉冉升空。③《永乐大典》抄引四条，卷一三一三五《梦中见父》引聂田《徂异志》曰：

> 太庙斋郎刘初，少失其父。道济于孙暨状元下及第，授襄州襄阳县尉。追盗汉江上，水溺而死。刘母侨居京师，三十余年，常患不识其父。偶国家泽及亡没，应没于王事，子孙并许序进。刘诣公车以论其事，遂下书府以劄子赴本州验其实，刘亦躬往督其事。既离京，道出宛叶，逆旅中，夜梦一人衣绿向刘曰："吾汝父也。知汝此行，故来相成。必要识吾，但问西川孟家。"及寤，不谕其事，遂抵襄州。事既毕，有老吏告刘曰："某故旧伏事先员外。"刘曰："欲写先人真，何人识能为写之？"吏曰："今有一人善写真，亦曾旧写先员外，必应有存其副本。"同诣，果获旧图之本。刘泣且拜，而问其工何处人？复何姓氏邪？工曰："本西蜀人，姓孟氏。"竟符宛叶之梦。后背上遂成疮，初如豆大，再宿已透见五脏而卒。④

记刘初梦亡父说要寻找自己的画像需要问西川孟家，后果然梦境成真，堪称奇异。卷一三一三九《梦擒虎》记侯父梦擒虎于座下，即生侯，后复梦擒座下虎且虎倏然消失，侯寻卒于任所；卷一三一四〇《梦杀鼋》述饶州

① ［明］杨士奇《文渊阁书目》、［明］叶盛《箓竹堂书目》，见冯惠民等选编《明代书目题跋丛刊》，北京：书目文献出版社，1994年，第76、913页。

② 李剑国《宋代志怪传奇叙录》，天津：南开大学出版社，1997年，第72~73页。

③ ［宋］陈葆光《三洞群仙录》卷一〇，国家图书馆藏清钞本。

④ 《永乐大典》卷一三一三五，北京：中华书局，1986年，第5671页。

客金日新夜梦岸上数十人看杀鼋，舟行十五里，果见岸上众人看杀鼋，遂以千钱易之，放之于水，鼋随行十余里口吐银一锭；卷二九四八《胎化为神》叙李鉴言其祖母怀孕，凡三年不产，饮食人事如常，祖母夜梦产一人自称神明，后每夜若有一人从天窗中送来三十缗，历二十年，祖母后卒，遂绝迹。明陈耀文《天中记》卷五六"鱼"类《人鱼》引《徂异记》曰："待制查道奉使高丽，晚泊一山而止，望见沙中有一妇人，红裳双袒，髻鬟乱，肘微有红鬣。查命水工以篙担水中，勿令伤。妇人得水偃仰，复身望查，拜手感舞而没。水工曰：'某在海上，未省此何物？'查曰：'此人鱼也。能与人奸，处水类人性。'"① 此事又见明马大壮《天都载》卷一引《徂异志》。从上述六事可知，《徂异志》所载皆梦幻、神仙、怪物等怪异之事。《徂异志》在宋代为十卷，至明代仅余一册，佚失殊多。

《艳异编》徂异部共收录 11 篇作品，可分为四类。第一类作品表现女子的聪明机敏，使自己或情人免于伤害。《达奚盈盈》记唐长安贵人之姜达奚盈盈把来探访的某千牛卫藏匿在家，由于玄宗索之甚急，遂教千牛卫说见某人、饮食如何，诱导唐玄宗误认是虢国夫人私藏千牛卫，千牛卫果真安然无恙；《却要》叙李庚的四个儿子欲奸淫李庚奴婢却要，却要设计戏弄这四人。第二类作品写青年男女以色相诱惑对方。或为男子追求美妇艳妓，女子追求风流少年。如《河间传》记河间妇始则洁身自好，继被诱奸，遂遍觅风流少年，淫欲无度，终髓竭而死；《狄氏》叙绝美贵妇狄氏贞静娴淑，被滕生用计通好交欢，后为夫所觉，看管甚严，遂思念滕生而死；《汤赛师》写艳丽绝伦、聪慧黠巧的名妓汤赛师，被假装为富家子弟的恶少所骗，羞愧悒郁而死。或写骗色同时骗取钱财之事，如《李将仕》写宋时李将仕赴杭州选官时，中了市井无赖的美人计，落个美人没吃着、被骗钱财的结局。第三类作品写女子主动寻求引诱青年男子。或写女子经受不住寂寞、苦闷，如《章子厚》叙英俊士子章子厚入京省试，被一美艳妇人领入豪第，与众美女日夕交欢，奄奄待毙，后听从一稍长美姬的计谋

---

① ［明］陈耀文纂《天中记》卷五六，天津图书馆藏明万历十七年（1589）刻本。

得以逃出；《蔡太师园》记京师某士人出游，日暮误入蔡太师园，被抬入曲室，与十余美妇群饮交戏，五更又被藏入巨篓弃之园墙外；《楼叔韶》叙楼叔韶随友至一精舍，食甘景美，有少年僧、二美姬陪宴歌舞，夜深少年僧拥美姬就寝。或写女子为生子固宠，如《张匠》叙宋嘉泰间张漆匠夜晚被引入一富家，与美妇一夜交欢，美妇实为固宠借种。或写女子不满父母指定的婚姻，大胆追求自由爱情，如《王生》叙宋崇宁中贵家子王生因戏言得遇欲与表兄私奔的曹氏女，遂携归旅店，不久为父所知，被迫离开曹女，曹女因生活所迫入乐籍，于酒宴上认出王生，遂嫁之为侧室，终于圆满。上述 11 篇作品全涉男女艳情，重在表现世俗社会中青年男女的情爱追求与苦闷，根本与神灵怪异无关。王世贞在聂田《徂异志》的基础上，赋予"徂异"以新的意义，格外关注现实生活中青年男女情爱的奇异遭际，尤其是女性不顾封建礼教的约束，大胆追求礼法外的情欲。

幽期主要指男女之间的私约幽会，如唐卢纶《七夕诗》云"凉风吹玉露，河汉有幽期"，以"幽期"特指传说中牛郎与织女每年一度的相会。宋代赵令畤《侯鲭录》卷五《元微之崔莺莺商调蝶恋花词》叙述崔莺莺以《明月三五夜》诗暗约张生又反悔，写道："屈指幽期唯恐误。恰到春宵，明月当三五。红影压墙花密处，花阴便是桃源路。不谓兰诚金石固。敛袂怡声，忿把多才数。惆怅空回谁共语，只应化作朝云去。"[1] 作者就把莺莺私约张生之事称作"幽期"，这种"幽期"是男女出于爱慕偷偷地相见，并不符合封建礼法要求。周密《武林旧事》卷三《西湖游幸》亦云："西湖天下景，朝昏晴雨，四序总宜。杭人亦无时而不游，而春游特盛焉。承平时，头船如大绿、闲绿、十样锦、百花宝、胜明玉之类，何翅百余。其次则不计其数，皆华丽雅靓，夸奇竞好。而都人凡缔姻、赛社、会亲、送葬、经会、献神，仕宦恩赏之经营、禁省台府之嘱托，贵珰要地，大贾豪民，买笑千金，呼卢百万，以至痴儿骏子，密约幽

---

① ［宋］赵令畤撰，孔凡礼点校《侯鲭录》卷五，北京：中华书局，2002 年，第 138 页。

期，无不在焉。"① 可见，男女幽期密约十分常见。王世贞设立"幽期部"应受到了前人的影响。幽期部共13篇，其中《王性之传奇辨证》《虞集传奇辨证后序》与《莺莺传跋》都是与《莺莺传》相关的考证、序跋，因此幽期部实有作品10篇，可分为两类：第一类作品有大团圆的喜剧结局。《司马相如传》与《卓文君》记汉代新寡的卓文君爱慕司马相如，两人遂深夜私奔，开酒店以羞辱卓王孙，终被厚赠童仆钱物；《贾午》记晋太尉贾充小女贾午悦韩寿之美貌，即与之偷情交好，后嫁给韩寿；《潘用中奇遇》叙宋代潘用中与邻舍黄氏女彼此有意，以诗通好，情意日深，却无法欢会，均相思成疾，后经通情达理的双方家长同意，遂结伉俪；《张幼谦罗惜惜》叙张幼谦与罗惜惜一起就学，两人青梅竹马，自幼海誓山盟，私定终身，成年后屡屡以诗信通情，多次好合，罗父母发现后，嫌贫爱富，不同意二人婚事，将女儿另许他人，把幼谦执送官府，适逢幼谦乡试中魁，太守成人之美，为之张罗使二人结为夫妻；《联芳楼记》叙元时商人之女薛兰英、蕙英姊妹聪明多才，与来此经商的郑生一见钟情，夜夜赴生船欢会，后为父所觉，其父遂命媒妁通二姓之好，姊妹与郑生终成夫妇。第二类作品为悲剧结局。《非烟传》叙唐时赵象迷恋邻居武公业的爱妾非烟，遂买通婢仆，以诗信互诉情愫，得以欢会，后为武公业知觉，遂将非烟活活打死；《郑吴情诗》叙郑生与吴氏女情投意合，频以诗书达情，欲结连理，却遭到吴母的拒绝，致令吴氏忧郁成疾，抱恨而亡；《娇红记》叙才子申纯与表妹娇娘一见钟情，经过相互试探和诗书传情，二人越礼交欢，情定终身，然而娇娘却被父亲许配给帅府之子，遂绝食而死，申纯则自缢殉情。无论是喜剧还是悲剧，这些作品都表达了青年男女敢于自主追求爱情的态度。除《莺莺传》《非烟传》外，决定其爱情结局的主要是父母的态度。通常两人的感情获得父母的支持就皆大欢喜，遭到父母的反对往往需要一方甚至双方付出生命的代价。这表明父母之命在青年男女的爱

---

① ［宋］周密著，范荧整理《武林旧事》卷三，《全宋笔记》第八编第2册，郑州：大象出版社，2017年，第38页。

情婚姻中起着非常重要的作用。

戚里指古代王室的母族与妻族等外戚聚居的地方。《史记》卷一〇三《万石张叔列传》云："于是高祖召其姊为美人，以奋为中涓，受书谒，徙其家长安中戚里，以姊为美人故也。"司马贞索隐引颜师古曰："于上有姻戚者皆居之，故名其里为戚里。"① 故戚里是皇太后、皇后、妃嫔的父母兄弟姊妹等亲戚所居之地。戚里部的作品按照人物身份主要包括三类：一是记外戚的奢靡生活，如《孙寿》记梁冀之妻孙寿的荒淫生活，而梁冀的妹妹是汉冲帝的皇太后梁妠；《韩侂胄》记韩与宠姬的情事，韩母是宋高宗吴皇后的妹妹，侄孙女是宁宗恭淑皇后。二是记公主王侯的事迹，如《馆陶公主》《山阴公主》《合浦公主》记公主爱养面首、淫欲无度，《长宁公主》《安乐公主》《太平公主》记公主豪华的府第苑囿，《同昌公主外传》叙公主的传奇爱情，《高阳王》《河间王》等记诸侯王富甲天下的园林宅第、歌伎服玩。三是记富比王侯的贵族的豪奢生活，如《石崇》《徐君蒨》记主人公声色犬马的生活，《羊侃》记贵族姬妾众多等。可见，王世贞把公主王侯也纳入了与外戚同等的地位，扩大了戚里的范围。戚里部作品在内容上分为两类：一是记载宏丽豪奢的宅第园林，二是表现荒淫纵欲的情爱生活。公主王侯的物质与情感生活都是普通人无法想象的，令人叹为观止。

宫掖指宫廷与掖廷，宫廷是帝王居住和处理朝政的处所，掖廷是帝王妃嫔的居处。宫掖部收录的作品都是表现帝王及其妃嫔的生活。陈鸿《长恨歌传》是叙述唐玄宗与杨贵妃爱情的著名传奇小说，《虞初志》所收《长恨传》载："昔天宝十年，侍辇避暑于骊山宫。秋七月，牵牛织女相见之夕，秦人风俗，夜张锦绣，陈饮食，树花焚香于庭，号为'乞巧'。宫掖间尤尚之。"《艳异编》卷一四收录了《长恨歌传》，因此宫掖部的设立，或许是因王世贞受到了《长恨歌传》的启发。宫掖部收录了从传说中的少昊到元顺帝的故事，共 10 卷 97 篇作品，是卷数最多的一部，作品数

---

① ［汉］司马迁《史记》卷一〇三，北京：中华书局，1982 年第 2 版，第 2763 页。

量仅次于伎女部的 130 篇。这些作品叙述帝王后妃的荒淫奢靡生活、命运遭际、传奇爱情，这些际遇都不是一般人所能体验到的，充满奇异情调，其中《妲己》《褒姒》《夏姬》《越王》《赵飞燕外传》《迷楼记》《长恨歌传》《杨太真外传》《唐玄宗梅妃传》等演绎绮丽的宫廷艳情，一再为后人所传说。

男宠指男子喜爱的男色。好男色，在中国出现得非常早。《尚书·伊训》篇载："敢有恒舞于宫，酣歌于室，时谓巫风；敢有殉于货色，恒于游畋，时为淫风；敢有侮圣言，逆忠直，远耆德，比顽童，时为乱风。惟兹三风十愆，卿士有一于身，家必丧；邦君有一于身，国必亡。臣下不匡，其刑墨，具训于蒙士。"① 这是伊尹劝谏商王应该严惩官员中存在的三风十愆行为，以正国体和官风，其中"比顽童"就是指亲近男色。据《战国策·秦策一》云："（晋献公）又欲伐虞，而惮宫之奇存。荀息曰：'《周书》有言，美男破老。'乃遗之美男，教之恶宫之奇。宫之奇以谏，而不听，遂亡。因而伐虞，遂取之。"② 所谓"美男破老"是指给君王送男宠达到离间君臣关系的目的，晋国以此使虞国灭亡。春秋战国到南北朝、晚明是中国历史上盛行男宠的时期。如《宋书》卷三四载："晋惠、怀之世，京、洛有兼男女体，亦能两用人道，而性尤淫。案此乱气之所生也。自咸宁、太康之后，男宠大兴，甚于女色，士人夫莫不尚之，天下皆相放效，或有至夫妇离绝，怨旷妒忌者。故男女气乱，而妖形作也。"③ 男宠的兴盛致夫妻离绝，危害可见一斑。历史上比较有名的男宠典故，有弥子暇食桃而甘，以其余献卫灵公的"分桃"；有龙阳君担心被魏王抛弃而哭泣的"龙阳之好"；有汉哀帝与董贤昼寝，为不惊醒董贤乃断袖而起的"断袖之癖"等等。王世贞精通史书，对男宠之风熟稔于心，深知男宠之

①　[汉] 孔安国传，[唐] 孔颖达疏《尚书正义》卷八，李学勤主编《十三经注疏》，北京：北京大学出版社，1999 年，第 204~205 页。

②　[西汉] 刘向集录，范祥雍笺证，范邦瑾协校《战国策笺证》卷三，上海：上海古籍出版社，2006 年，第 217 页。

③　[梁] 沈约《宋书》卷三四，北京：中华书局，1974 年，第 1006 页。

害，在男宠部选录了历史上宋朝、向魋、弥子瑕、龙阳君、董贤等19个男宠的同性恋故事，以表警世之意。这类不伦之情，也可归入艳情。

上述各篇作品或偏"艳"或重"异"，或"艳异"兼备，以"艳异"作为书名十分准确地概括出作品的题材和审美特点。"艳异"连在一起使用，在明前主要有两个意思：一是用来状写女性非同寻常的美貌神态。如《莺莺传》描写莺莺出场时"常服晬容，不加新饰。鬟垂黛接，双脸断红而已。颜色艳异，光辉动人"①；《顾氏文房小说》本宋乐史《杨太真外传》云"玄宗在东都，昼梦一女，容貌艳异，梳交心髻，大袖宽衣，拜于床前"，形容凌波池中龙女的美貌等。二是形容花草等色彩、香形非同一般，如唐谦光《赏牡丹应教》中的"艳异随朝露，馨香逐晓风"②、宋黄裳《演山集》卷三《题桃花菊》中的"却因清淡中，艳异尤堪尚"③、宋谢邁《竹友集》卷一《双莲阁》中的"其间艳异不世出，连芳并蒂知何祥"④、宋葛澧《钱塘赋有序》中的"瓣华黝儵，竦擢艳异，万色争妍，千枝斗丽""灯市于祥符而尤盛九曲，花王有吉祥而冬日艳异"⑤ 与宋王道《古文龙虎经注疏》卷下"草木枝叶花果颜色艳异"⑥ 等。王世贞对《艳异编》的命名，可能受到了《莺莺传》《杨太真外传》中"艳异"含义的启发（四十五卷本《艳异编》就收录了这两篇小说），并对"艳异"的内涵进行了扩大。《艳异编》收录的作品，可归纳为"艳"与"异"两类：一类是"艳"，叙述香艳爱情及女性的故事，包括宫掖部、戚里部、

① 《重刊会真记辩》，国家图书馆藏员峤明弘治十六年（1503）刻本。

② 中华书局编辑部点校《全唐诗》（增订本）卷八二五，北京：中华书局，1999年，第9385页。

③ 傅璇琮等主编《全宋诗》卷九三七，北京：北京大学出版社，1995年，第11030页。

④ 傅璇琮等主编《全宋诗》卷一三七二，北京：北京大学出版社，1995年，第15762页。

⑤ 马积高、万光治主编《历代词赋总汇》宋代卷第4册，长沙：湖南文艺出版社，2014年，第3866、3868页。

⑥ ［宋］王道《〈金碧古文龙虎上经〉注疏》卷二八，陈可冀、程士德、张九超主编《中国养生文献全书》第1卷，兰州：甘肃人民出版社，2000年，第1118页。

幽期部、伎女部、男宠部；一类是"异"，讲述奇异、怪诞的鬼神梦境故事，包括星部、神部、水神部、龙神部、仙部、冥感部、梦游部、义侠部、徂异部、幻术部、妖怪部和鬼部，当然上述各部中涉及到爱情的作品又可归入"艳"类。这种题材内容上的交叉重叠，使我们更倾向于把"艳异"视作一词。自《艳异编》问世，"艳异"扩大了内涵，并成为小说的一类题材，不仅用来指与女性、爱情相关的作品，也包括叙述男宠、神仙、鬼怪、梦境的内容。

第三节 　《艳异编》的编纂方式

《艳异编》的编纂方式包括四个层面的含义：一是全书的编纂方式，即按照卷部结合、以部统系作品的成书方法。全书共四十五卷十七部，有的一卷一部，如卷二七收梦游部、卷三六收男宠部；有的一卷收录两部，如卷一包含星部和神部，卷三〇收徂异部和幻术部；有的一部两卷，如卷六、卷七均收仙部，卷一八、一九收戚里部；有的一部分布在三卷以上，如包括卷三七到卷四〇共四卷收录妖怪部作品，卷四一到卷四五凡五卷收录鬼部作品。二是每篇作品的命名方法，即选录作品时，王世贞对原篇名的增删改动。三是篇目的来源。《艳异编》几乎不注作品的出处，只有卷一四《袖里春》《透花糍》与卷一九《石崇事》等少数几篇例外，如《石崇事》云："《耕桑偶记》曰：石崇砌上就苔藓刻成百花，饰以金玉，曰壶中之景，不过如是。"不过，这篇作品实际上选自《云仙杂记》卷二《壶中景》："石崇砌上就苔藓刻成百花，饰以金玉，曰壶中之景，不过如是。《耕桑偶记》。"①《石崇事》虽云"《耕桑偶记》曰"，貌似注明来源，实则取自《云仙杂记》，并未交代作品的真正出处。四是文本内容的具体编选方法，即王世贞对作品文本的增删改动与评论。上述四个方面反映出

---

① ［唐］冯贽辑《云仙杂记》卷二，国家图书馆藏叶氏菉竹堂明隆庆五年（1571）刊本。

王世贞的小说编纂观念，下面我们重点论述第二与第四两个方面的问题。

首先看篇名情况。王世贞对大多数作品的篇名基本上不作改动，如选自《广记》《古今说海》《虞初志》《剪灯新话》《剪灯余话》《西樵野纪》等的作品通常保持原篇名，仅对少数作品的篇名进行有意识的删改，主要分三种情况：一是对原篇名进行字数上的增减，如卷一六《女冠耿先生》据宋吴淑《江淮异人录》卷下《耿先生》增改，卷一二《海山记》《迷楼记》分别据《古今说海》说纂部《炀帝海山记》《炀帝迷楼记》删成，卷四〇《刘改之》改自宋洪迈《夷坚支丁》卷六《刘改之教授》，卷四三《金彦》《吕使君》《解俊》分别据《绿窗新话》卷上《金彦游春遇会娘》、宋洪迈《夷坚支甲》卷三《吕使君宅》、《夷坚支戊》卷八《解俊保义》减字而成。二是根据内容改动原篇名，如卷四四《钱履道》改自《夷坚支甲》卷一《张相公夫人》，卷一九《石崇事》改自《云仙杂记》卷二《壶中景》。三是作品节取自某书的部分内容，或由多部分内容组合而成，于是重新命名，如卷一九《馆陶公主》的内容节选自《汉书》卷六五《东方朔传》，卷一三《武后传略》是由《新唐书》卷七六《则天列传》《王皇后列传》与《旧唐书》卷七八、《资治通鉴》卷二〇三等内容组合而成。从《艳异编》的篇名改动来看，王世贞总体上倾向于以人物名篇，重视展现人物在历史上的命运遭际和在故事中的悲欢离合。

其次看文本内容的编选与增改。按照选录作品文本的改动和内容的变化，《艳异编》作品的具体编选方法可分为五种，下面结合具体作品进行分析。

一、直接选录

直接选录就是王世贞直接从某部书中选录作品，基本不改变作品的文字，或改动极少。按照这种方式选录出的作品最多。如卷一《汝阴人》选自《广记》卷三〇一神类《汝阴人》，与明野竹斋钞本《广记》对比，仅有三字之异。《艳异编》中"既为师人感悦之机，又玷上客桂缨之笑"，《广记》作"既为诗人感帨之机，又玷上客挂缨之笑"，二者有"师"与"诗"、"悦"与"悦"、"桂"与"挂"三处不同。
虽然，"师人"乃"诗人"之误。此外，《诗经·召南·野有死麕》云
"舒而脱脱兮，无感我悦兮，无使尨也吠"，则《艳异编》之"感悦"，
乃"感悦"之误。宋玉《讽赋》云：

> 玉曰："臣身体容冶，受之二亲；口多微词，闻之圣人。臣尝出
> 行，仆饥马疲，正值主人门开，主人翁出，妪又到市，独有主人女
> 在。女欲置臣，堂上太高，堂下太卑，乃更于兰房之室，止臣其中。
> 中有鸣琴焉，臣援而鼓之，为《幽兰》《白雪》之曲。主人之女，
> 翳承日之华，披翠云之裘，更被白縠之单衫，垂珠步摇，来排臣户
> 曰：'上客日高无乃饥乎？'为臣炊雕胡之饭，烹露葵之羹，来劝臣
> 食，以其翡翠之钗，挂臣冠缨，臣不忍仰视。为臣歌曰：'岁将暮
> 兮日已寒，中心乱兮勿多言。'臣复援琴而鼓之，为《秋竹》《积
> 雪》之曲。"①

据此，则《艳异编》中"又玷上客桂缨之笑"的"桂"字当作"挂"字。
这三字之误，王世贞编选时抄错的可能性不大，很可能是刻书者误刻所
致。若果真如此，则《汝阴人》文字完全同于《广记》本。卷一《张遵
言传》选自《古今说海》，只有"尔等须与我且去""进退狂望"两处有
异，《古今说海》与《广记》卷三〇九都作"君等须与我且去""进退狂
暴"，其中第一句是太白星精对地位卑贱的属下说的，《古今说海》与
《广记》用"君等"有尊崇客气之意，《艳异编》改为"尔等"，符合太白
星精的身份，有命令、强制之意，加强了语气，感情色彩鲜明，远较原文
恰当，这意味着文字的改动是王世贞有意为之。

　　《艳异编》与原作文字的差异，可能杂误刻、有意改写、随意改写于
一体，情况较为复杂。如卷一《郭翰》选自《广记》卷六八，与野竹斋

---

① [宋] 章樵《古文苑注》卷二，国家图书馆藏明弘治十二年（1499）王岳刊本。

钞本《广记》本相比，主要有 15 处异文，见下表：

	野竹斋钞本《广记》	《艳异编》
1	时有微风	时时有微风
2	转会风之扇	转惠风之扇
3	有同心龙脑之枕，覆双缕鸳文之衾	有同心亲脑之枕，覆一双缕鸳文之衾
4	为试之，乃本质也	试之，乃本质
5	牵郎何在	牛郎何在
6	卿既托灵辰象	卿既寄灵辰象
7	因谓翰指列宿分位	因谓翰指列星分位
8	翰问之，谓翰曰	翰问之，谓曰
9	涕流交下	涕泪交下
10	以七宝碗一留赠，明年某日	以七宝枕一枚留赠，约明年某日
11	果使前者侍女将书函至	果使前日侍女将书函至
12	言词清丽	言调清丽
13	佳期情在此	佳期空在此
14	并有酬赠诗二首，诗曰	并有酬赠二诗曰
15	所不称意	殊不称意

　　上表中第 1 例，《艳异编》本易"时"为"时时"，或为无意；第 3 例，《广记》本为对偶句，且"龙脑之枕"指龙脑木制成的香枕，《艳异编》本前句作"亲脑"，意思实在不通，后句增"一"字则句子不通，王世贞不会犯如此低级错误，当为误刻；第 2 例，《艳异编》本改"会风之扇"为"惠风之扇"，据曹植《九华扇赋》所云"随皓腕以徐转，发惠风之微寒"①，此处显为王世贞有意而改；第 10 例，《广记》本作"以七宝碗一留赠"，与下文"赠枕犹香泽"前后不吻合，故王世贞将"七宝碗"改为"七宝枕"，显示出敏锐的眼光。其余诸例也多为王世贞

---

　　① ［魏］曹植著，赵幼文校注《曹植集校注》，北京：人民文学出版社，1984 年，第 38 页。

有意而改，如第 8 例改为"翰问之，谓曰"，较《广记》本更简洁；第 13 例改为"佳期空在此"，流露出今昔对比时引发的更加深沉的惆怅之感。这些改动多数较原文更加恰当，体现出王世贞广博的学识与深厚的文学素养。

《艳异编》对所选篇章中大幅文字的改动不会是书坊主所为，只可能出自王世贞之手。这从《艳异编》卷二九《车中女子》《红线传》《聂隐娘传》的文字与《剑侠传》本完全相同可以证明。如《车中女子》此前仅见于《广记》卷一九三，试对比《广记》本、《剑侠传》本与《艳异编》本的文字异同，见下表：

谈恺本《广记》	《剑侠传》与《艳异编》
唐开元中，吴郡人入京应明经举。至京因闲步坊曲，忽逢二少年着大麻布衫，揖此人而过，色甚卑敬，然非旧识，举人谓误识也。	唐开元中，吴郡士人入京应明经。至京闲步曲坊，逢二少年着大麻布衫，揖土人而过，色甚恭，然非旧识，土人谓误识也。
后数日，又逢之，二人曰："公到此境，未为主，今日方欲奉迓，邂逅相遇，实慰我心。"揖举人便行。虽甚疑怪，然强随之。抵数坊，于东市一小曲内，有临路店数间，相与直入，舍宇甚整肃。二人携引升堂，列筵甚盛。二人与客据绳床坐定。于席前，更有数少年，各二十余，礼颇谨。数出门，若伫贵客。至午后，方云来矣。闻一车直门来，数少年随后，直至堂前，乃一钿车。卷帘，见一女子从车中出，年可十七八，容色甚佳，花梳满髻，衣则纨素。二人罗拜，此女亦不答。此人亦拜之，女乃答。遂揖客入。女乃升床，当局而坐，揖二人及客。乃拜而坐。又有十余后生皆衣服轻新，各设拜，列坐于客之下。陈以品味，馔至精洁。饮酒数巡，至女子，执杯顾问客："闻二君奉谈，今喜展见。承	后数日，又逢二人，谓曰："公道此境，未得主矣，今日方欲奉迓，邂逅相遇，实获我心。"揖请便行。士人虽甚疑怪，然强随之。抵数坊，于东市一小曲内，有临路店数间，相与直入，舍宇极整。二人引士升堂，列筵甚盛。二人与客据绳床对坐。更有数少年，礼亦谨，数数出门，若伺贵客。及午后，方云至矣。闻一车直门来，数少年拥后，直至当筵，乃一钿车。卷帘，见一女子从车中出，年可十七八，容色甚佳，梳满髻，衣纨素。二人罗拜，女不答。士人拜之，女乃拜。遂揖客入宴，升床，当席而坐。诸少年皆列坐两旁。陈以品味，馔至精洁。酒数巡，女子捧杯问曰："久闻君有妙技，今烦二君奉屈，喜得展见，可肯赐观乎？"士人逊谢曰："自幼唯习儒经，弦管歌声，实未曾学。"女曰："所习非是

有妙技，可得观乎？"此人卑逊辞让云："自幼至长，唯习儒经，弦管歌声，辄未曾学。"女曰："所习非此事也。君熟思之，先所能者何事？"客又沉思良久曰："某为学堂中，著靴于壁上行得数步。自余戏剧，则未曾为之。"女曰："所请只然，请客为之。"遂于壁上行得数步。女曰："亦大难事。"乃回顾坐中诸后生，各令呈技，俱起设拜。有于壁上行者，亦有手撮椽子行者，轻捷之戏，各呈数般，状如飞鸟。此人拱手惊惧，不知所措。少顷，女子起，辞出。举人惊叹，恍恍然不乐。	也，君熟思之，先所能者何事？"客又沉思良久，曰："某为学堂中，着靴于壁上行得数步。"女曰："然矣，请君试之。"士乃起，行于壁上，不数步而下。女曰："亦大难事。"乃回顾坐中诸少年，各令呈技。俱起设拜，然后有行于壁上者，有手撮椽子行者，轻捷之戏，各呈数般，状如飞鸟。此人拱手惊惧，不知所措。少顷，女子起辞，士人出，惊恍不安。
经数日，途中复见二人曰："欲假盛驷，可乎？"举人曰："唯。"至明日，闻宫苑中失物，掩捕失贼，唯收得马，是将驮物者。验问马主，遂收此人。入内侍省勘问，驱入小门，吏自后推之，倒落深坑数丈，仰望屋顶七八丈，唯见一孔，才开尺余。自旦入至食时，见一绳缒一器食下。此人饥，急取食之。食毕，绳又引去。	又数日，途中复见二人，曰："欲假骏骑可乎？"士人许之。至明日，闻宫苑中失物，掩捕其贼，惟收得马，是将驮物者。验问马主，遂收士人，入内勘问。驱入小门，吏自后推之，倒落深坑，仰望屋顶，唯见一孔。自旦至食时，见（忽）绳垂一器食下。因馁甚，急取食之。食毕，绳乃引去。
深夜，此人忿甚，悲惋何诉。仰望，忽见一物如鸟飞下，觉至身边，乃人也。以手抚生，谓曰："计甚惊怕，然某在，无虑也。"听其声，则向所遇女子也。云："共君出矣。"以绢重系此人胸膊讫，绢一头系女人身。女人耸身腾上，飞出宫城。去门数十里乃下，云："君且便归江淮，求仕之计，望俟他日。"此人大喜，徒步潜窜，乞食寄宿，得达吴地。后竟不敢求名西上矣。	深夜，悲惋之极。忽见一物如鸟飞下，觉至身，乃人也。以手抚士，曰："计甚惊怕，然某在，无虑也。"听其声，则向女子也。云："若君出矣。"以绢重缚士人胸膊讫，以绢头系女身，耸然飞出宫城。去门数十里乃下，云："君且归江淮，求仕之计，望伺他日。"士人幸脱大狱，乞食而归。后，竟不敢求名西上矣。

《车中女子》除《广记》收录外，未见有更早的书收录。从上表可以看出，《车中女子》的文字，《剑侠传》本、《艳异编》本与《广记》本差异极大，而《剑侠传》本与《艳异编》本文字仅有一个字的异文，即

《剑侠传》本的"见绳垂一器食下",《艳异编》本作"忽绳垂一器食下"。《剑侠传》与《艳异编》都是王世贞编选的小说选本,这意味着《车中女子》只可能是王世贞据《广记》本有意改动的。王世贞比较大的改动有三处:一是把《广记》本的"吴郡人"改为"吴郡士人",使前后指代一致。《广记》本后文称呼"吴郡人"为"举人""此人""此人""举人""举人""此人""生""此人",共九处四种称谓,而《艳异编》本与《剑侠传》本九处称呼则用八个"士人"与一个"士",前后行文统一,指代明确。二是表述更加简洁。如改"舍宇甚整肃"为"舍宇极整",把"花梳满髻,衣则纨素"简作"梳满髻,衣纨素",把"揖二人及客。乃拜而坐。又有十余后生皆衣服轻新,各设拜,列坐于客之下"改为"诸少年皆列坐两旁",省掉了不必要的文字和细节。三是使人物对话更切合当时的情境。如车中女子在宴席上初见士人时,《广记》本写女子执杯顾问客曰:"闻二君奉谈,今喜展见。承有妙技,可得观乎?"虽有恭请士人表演妙技的礼貌与诚恳,但"可得观乎"却隐含着些许让人不容推辞的高高在上和傲慢不敬。王世贞改为"久闻君有妙技,今烦二君奉屈,喜得展见,可肯赐观乎","久闻君"显示出久闻大名、渴盼已久的迫切心情,"今烦二君奉屈"展示出女子的谦恭,"可肯赐观乎"则卑己以尊客,改后的语言能够反映出女子作为主人的热情好客与深厚涵养,也令士人更容易接受,愿意表演技艺。下面王世贞又将女子的"所请只然,请客为之"改为"然矣,请君试之",语气舒缓,留有余地,亦有尊客之意。这充分说明王世贞的改动绝不是信手而为,而是经过斟酌,为了更好地叙事和塑造人物形象。

二、一篇作品参照两种以上的版本

按照常理,为了快速成书,编者挑选作品时只需直接从一本书中取材即可,完全没必要花费时间参照两种不同的版本。但是王世贞在编选《艳异编》时,面对不同的版本,常常会进行比对、有所取舍,最后的作品往往是由多种版本形成的一部新文本,体现出王世贞严谨的小说编选态度。如卷五《柳毅传》，此前只有《广记》卷四一九与《虞初志》卷二全文收录，分别题作《柳毅》与《柳毅传》。《艳异编》本文字不同于任何一种文本，而是由《虞初志》本、《广记》本共同选校而成。下面试选取数例：

	野竹斋钞本《广记》	《虞初志》	《艳异编》
1	唐仪凤中	仪凤中	唐仪凤中
2	毅视之	请视之	毅视之
3	言粗毕	言语毕	言粗毕
4	毅因语之	毅因诘之	毅因语之
5	朱鳞火须	朱鳞火鬣	朱鳞火须
6	毅语曰	毅诘曰	毅诘曰
7	诉频，妾又得罪舅姑	逮诉频切又得罪舅姑	逮诉频切又得罪于舅姑
8	无所知尽	无所知哀	无所知哀
9	寄托附者，未识	寄托侍者，未卜	寄托侍者，未卜
10	恳托	倍托	倍托
11	俱勿相避	慎勿相避	慎勿相避
12	果有橘社	果有社橘	果有社橘
13	丽秀深杳	奇秀深杳	奇秀深杳
14	君至方幸玄珠阁	君方幸玄珠阁	君方幸玄珠阁
15	不能鉴听	不诊鉴听	不诊鉴听
16	今则致仕	今则致政矣	今则致政矣
17	以冀复来	以避复来	以避复来

上表中第 1 到 5 条，《艳异编》本文字全同《广记》本；第 6 到 17 条，《艳异编》本文字与《虞初志》本大致相同。总体上看，《艳异编》本《柳毅传》与《虞初志》本相同文字更多，与《广记》本相同文字较少。从名字与文本内容看，王世贞编选《柳毅传》时显然以《虞初志》为主体，以《广记》为参校。尤需注意的是，王世贞在版本文字上的取舍并非

随意而为，如上表中第 1 例取"唐仪凤中"直接交代故事朝代；第 2 例，
《虞初志》本作"夫曰：'此灵虚殿也。'毅（请）视之，则人间珍宝"，
则从文意看，"请视之"前后语气不连贯，不如《广记》本"毅视之"自
然通畅；第 3 例，《广记》本"言粗毕"意为话刚说完，"粗"作"略微"
解，"言粗毕，而宫门间景从云合"云云，写出了时间上前后承接的紧凑，
《虞初志》本作"言语毕，俄而宫门间景从云合"，缺少时间上的紧迫性，
语气平淡；第 4 例，柳毅邂逅龙女，素不相识，就"诘"问，殊不礼貌，
不如"语之"自然和缓。这 4 例显然《广记》本较佳，合乎情理，《虞
初志》本有生硬不周处，王世贞舍《虞初志》而取《广记》是颇具文学
眼光的。第 11 例，柳毅对龙女说"他日归洞庭，慎勿相避"，有恳请之
意，且与后文"君附书之日，笑谓妾曰：'他日归洞庭，慎无相避'"与
"以言慎勿相避者，偶然耳"前后一致，而"俱勿相避"的情感色彩则较
为平淡，且与后文"慎无相避"等表述不合；第 17 例，《虞初志》本叙柳
毅对洞庭龙君说"愿得生归，以避复来"，表示自己再也不想来此地，《广
记》本"以冀复来"表示柳毅盼望将来再来此地，与上下文意不合，显然
这两例《虞初志》本的文字优于《广记》本，故王世贞选取了《虞初
志》本。

　　王世贞在参考不同版本斟酌选取自认为合适的文字的同时，也对部分
文本进行了删改。《柳毅传》中即有所体现，试选取数例：

	野竹斋钞本《广记》	《虞初志》	《艳异编》
1	妇怡悦而谢，终泣而对	妇始楚而谢，终泣而对	妇始笑而谢，终泣而对
2	妾洞庭龙君小女也	妾洞庭龙君小女也	妾洞庭龙君少女也
3	又得罪舅姑	又得罪舅姑	又得罪于舅姑
4	密通洞庭	密通洞庭	密迩洞庭
5	女悲泣自谢曰	女悲泣自谢曰	女悲泣再谢曰
6	月余到乡还家	月余到乡还家	月余到家

（续表）

	野竹斋钞本《广记》	《虞初志》	《艳异编》
7	向树三击而止	向树三击而止	向树三扣
8	举一杯可包陵谷	举一水可包陵谷	举一波可包陵谷
9	发一焰可燎阿房	发一灯可燎阿房	发一炬可燎阿房
10	既而对后拜	既而复拜	遂入拜
11	夫子不远千里	夫子不远千里	夫子不远千里而为
12	今已至此	今已至此	今至此
13	使阁窗孺弱，远罹构害	使闺窗孺弱，远罹构害	使深闺孺弱，远罹辱害
14	何故不得知	何故不得知	何故不使知
15	迫而视之，前所寄辞	迫而视之，前所寄辞	迫而视之，前所寄辞女
16	君乃辞归宫中，须臾又闻怨苦，久而不已	君乃辞归宫中，须臾又闻怨苦，久而不已	君乃辞入宫，须臾又闻怨苦不已
17	与毅饮食	与毅饮食	与毅饮
18	然后回告兄曰，向者	然后回告兄曰，向者	钱塘乃告兄曰，适者
19	诚不可忍	诚不可忍	诚过忍
20	从此已去，勿复如是	从此已去，勿复如是	从此已往，勿复如斯
21	令骨肉兮还故乡，齐言惭愧兮何时忘	令骨肉兮还故乡，齐言惭愧兮何时忘	令骨肉兮返故乡，永言惭愧兮何时忘
22	风霜两鬓兮雨雪罗襦	风霜眉鬓兮雨雪罗襦	鬖鬌风霜兮雨雪罗襦
23	伤美人兮灵泣花愁	伤美人兮雨泣花愁	伤嗟美人兮雨泣花愁
24	钱塘君复出红珀盘	钱塘君复出红珀盘	钱塘君亦出红珀盘
25	然后宫中之人	然后宫中之人	既而宫中之人
26	钱塘因酒作色，踞谓毅	钱塘因酒作色，踞谓毅	钱塘君因酒作色，谓毅
27	不闻猛石可裂不可卷	不闻猛石可裂不可卷	子不闻猛石可裂不可卷
28	为可则俱免云霄	为可则俱免云霄	为可则俱履云霄
29	请闻之	请闻之	请问之
30	洪波之中，玄山之间	洪波之中，玄山之间	洪波之内，玄山之中
31	欲以大然之躯	欲以然之躯	欲以介然之躯
32	胜王不道之气，唯王筹之	胜王不道之气，唯王筹之	胜王强暴之气，唯王筹之耳

（续表）

	野竹斋钞本《广记》	《虞初志》	《艳异编》
33	生长宫房	生长宫房	生长深宫
34	于是复循出途山岸	于是复循出途山岸	于是复循出途上岸
35	遂娶于张氏，而又娶韩氏，数月韩氏又亡	遂娶于张氏，而又娶韩氏，数月韩氏又亡	娶于张氏，亡，又娶韩氏，数月又亡
36	欲求新匹，有媒或告之	或求新匹，有媒氏告之	欲求继，媒氏来
37	母曰郑氏，前年适清河张氏，不幸而张夫早亡，母怜其小，惜其惠美，欲择德以配焉，又何如哉	母曰郑氏，前年适清河张氏，不幸而张夫早亡，母怜其小，惜其惠美，欲择婿以配焉，又何如哉	母曰郑氏，卢氏女前年适清河张氏，无何而张子夭亡，今母怜其少艾，惜其独居，欲择德以配焉，尊意可否
38	尽其丰盛	尽其丰盛	极其丰盛
39	毅因晚入户，视其妻，深觉类于龙女	毅因晚入户，视其妻，深觉类于龙女	毅视其妻，俄忆类于龙女
40	妻谓毅曰："人世岂有如是之理乎？"	妻谓毅曰："人世岂有如是之理乎？"	妻曰："世间岂有是理乎？"
41	有一子，毅益重之，既产逾月	有一子，毅益重之，既产逾月	生一子，端丽奇特，毅益爱重之，逾月
42	召毅于帘室之间，笑谓毅曰	召毅于帘室之间，笑谓毅曰	殷勤笑谓毅曰
43	复欲驰白于吾人。值吾人累娶张韩二氏，理不可遣	复欲驰白于吾人。值吾人累娶张韩二氏，理不可遣	复欲驰白于君。值君累娶张韩，不可申志
44	故余之父母得以为心矣	故余之父母得以为心矣	父母得以为心矣
45	死无恨矣。因咽泣良久	死无恨矣。因咽泣良久	死何恨焉。因泣下
46	君其话之	君其话之	君其语之
47	然自约其心者达之客	然自约其心者达君之冤	然自约其心以达君之命
48	妻因深感娇泣，良久不已，有顷谓毅曰	妻因深感娇泣，良久不已，有顷谓毅曰	妻深感，悲喜交至。复谓曰
49	以其春秋积序	以其春秋积序	以其春秋积聚

（续表）

	野竹斋钞本《广记》	《虞初志》	《艳异编》
50	遂相与归洞庭	遂相与归洞庭	遂归洞庭
51	无久居人世，自睹之状	无久居人世，自睹之状	无久居人世
52	可增一岁	可增一岁	可增一岁耳
53	独可怜其意，愚义之，为斯文	独可怜其意，愚义之，为斯文	独可怜其意矣，愚义之，遂为斯文

对上表中的文字差异，下面分改动、删减、增加文字三个方面分析其优劣。一是改动文字，或使表意准确，前后照应，如前面第 1 例，《艳异编》本说龙女"始笑而谢"，后面第 5 例才说"再谢"，比《广记》本与《虞初志》本作"自谢"更连贯；第 28 例，《广记》本与《虞初志》本作"为可则俱免云霄"，似语意不通，王世贞改作"为可则俱履云霄"，意为如同意龙女的婚事则都在天宫享受富贵，与下文"如不可，则皆夷粪壤"形成鲜明的对照。或讲究来历，如第 9 例，《广记》本云"发一焰可燎阿房"，《虞初志》本云"发一灯可燎阿房"，据杜牧《阿房宫赋》所云"楚人一炬，可怜焦土"，王世贞改为"发一炬可燎阿房"，十分贴切。或改后更合情理，如第 37 例，《广记》本与《虞初志》本当卢氏女未婚夫亡后，媒妪说："母怜其小，惜其惠美。"欲为女择婿，因年龄小择婚则可，因"惠美"而择婚则逻辑不通，故王世贞改"惜其惠美"为"惜其独居"，母亲由于担心女儿孤独寂寞而为之择婚就顺理成章。

二是删减文字，使句子更加简洁，有第 12、16、17、39 例等。如第 6 例，《艳异编》本删除"到乡还家"中的"乡还"二字，直言"到家"；第 44 例，《广记》与《虞初志》本作"故余之父母得以为心矣"，从文意上看"余之父母"累赘，因此王世贞改为"父母得以为心矣"。有的删减则破坏原意，大为逊色，如第 26 例，"钱塘因酒作色，踞谓毅"，王世贞删掉"踞"，对钱塘君性情的刻画就较模糊，表现不出他粗鲁、傲慢的情态；第 48 例，改"妻因深感娇泣，良久不已"作"妻深感，悲喜交至"，使细节化的形象刻画变得概念化，亦十分失败。

三是增加文字，或使语意更加明确，如第35例，王世贞改"遂娶于张氏，而又娶韩氏，数月韩氏又亡"为"娶于张氏，亡，又娶韩氏，数月又亡"，增一"亡"字，前后承接自然，语气顺畅，表意确切。第37例，《广记》本与《虞初志》本作"母曰郑氏，前年适清河张氏，不幸而张夫早亡"，容易造成母郑氏"前年适清河张氏"的歧义，故王世贞改为"母曰郑氏，卢氏女前年适清河张氏，无何而张子夭亡"，在"母曰郑氏"后增加"卢氏女"，表意明确。或刻画人物更合情理，如第41例，《广记》本与《虞初志》本作"有一子，毅益重之，既产逾月"，王世贞改为"生一子，端丽奇特，毅益爱重之，逾月"，增加"端丽奇特"四字形容儿子的美丽可爱，令小儿形象具体可感，并突出柳毅对妻儿的爱。

三、选取一部书的作品进行改写

王世贞有时对选取的作品不是进行个别文字的改动，而是调整其顺序，增加其文字，近于重写。试对比《艳异编》卷三六《冯子都》与《汉书》卷六八《霍光传》相近的内容：

（显）广治第室，作乘舆辇，加画绣绀冯，黄金涂，韦絮荐轮，侍婢以五采丝挽显，游戏第中。初，光爱幸监奴冯子都，常与计事，及显寡居，与子都乱。①（《汉书》卷六八《霍光传》）

大将军霍光监奴冯子都，有殊色，光爱幸之。常与计事，颇挟权，倾都邑。后人为语曰："昔有霍家奴，姓冯名子都，依倚将军势，调笑酒家胡。"光卒，显寡居，与子都乱。显广治第室，作乘舆辇，加画绣茵冯，黄金涂，韦絮荐轮，侍婢以五采丝挽显及子都，游戏第中。（《艳异编》卷三六《冯子都》）

---

① ［汉］班固《汉书》卷六八，北京：中华书局，1962年，第2950页。

《汉书》叙霍光死后，其妻显大造第室，游戏第中，然后补叙霍光先前曾宠幸监奴冯子都，接着再叙述显寡居后，与子都乱。王世贞以《冯子都》为篇名，运用顺叙手法，增加冯子都"有殊色"，受到霍光的爱幸，以致"颇挟权，倾都邑"，炙手可热；并引用辛延年《羽林郎》中的"昔有霍家奴，姓冯名子都，依倚将军势，调笑酒家胡"，表现冯子都的仗势欺人，为非作歹；最后再说霍光死后，妻显与子都乱，游戏第中，既丰富了冯子都的形象，又叙事严谨，脉络分明。

有时王世贞增改不多，虽仅寥寥数字，却意蕴深厚，颇见史学功力。如卷三六《秦宫》改写自李贺的《秦宫诗（并序）》，试对比：

> 汉人秦宫，将军梁冀之嬖奴也。秦宫得宠内舍，故以骄名大噪于人。予抚旧而作长辞，以为子都之事相为对望，又云昔有之诗。
>
> 越罗衫袂迎春风，玉刻麒麟腰带红。楼头曲宴仙人语，帐底吹笙香雾浓。人间酒暖春茫茫，花枝入帘白日长。飞窗复道传筹饮，十夜铜盘腻烛黄。秃衿小袖调鹦鹉，紫绣麻霞踏哮虎。斫桂烧金待晚筵，白鹿清酥夜半煮。桐英永巷骑新马，内屋深屏生色画。开门烂用水衡钱，卷起黄河向身泻。皇天厄运犹曾裂，秦宫一生花里活。鸾篦夺得不还人，醉睡氍毹满堂月。①（《唐李长吉诗集》卷三《秦宫诗（并序）》）
>
> 秦宫者，汉大将军梁冀之嬖奴也。宫年少而兼有龙阳、文信之资，冀与妻孙寿争幸之。李长吉为诗云："越罗衫袂迎春风，玉刻麒麟腰带红。楼头曲宴仙人语，帐底吹笙香雾浓。人间酒暖春茫茫，花枝入帘白日长。飞窗复道传筹饮，午夜铜盘腻烛黄。秃衿小袖调鹦鹉，紫绣麻霞踏哮虎。折桂销金待晓筵，白鹿青苏半夜煮。桐英永巷骑新马，内屋凉屏生色画。开门烂用水衡钱，卷起黄河向身泻。皇天

---

① ［唐］李贺《唐李长吉诗集》卷三，国家图书馆藏明弘治十五年（1502）刘廷瓒刊本。

厄运犹曾裂，秦宫一生花底活。鸾篦夺得不还人，醉睡酕醄满堂月。"

（《艳异编》卷三六《秦宫》）

这篇作品主要取自《唐李长吉诗集》，诗歌中存在的个别异文，或是王世贞依据别的版本所作的改动，但更可能是王世贞或刊刻者的有意改动或误刻。诗歌前的文字，第一句直接袭用李贺的诗前小序，而"宫年少而兼有龙阳、文信之资，冀与妻孙寿争幸之"，虽短短数字，却非泛泛之言，而是皆有所本。《战国策》曾载龙阳君深受魏王宠爱；《史记》卷八五《吕不韦列传》载"吕不韦取邯郸诸姬绝好善舞者与居，知有身。子楚从不韦饮，见而说之，因起为寿，请之。吕不韦怒，念业已破家为子楚，欲以钓奇，乃遂献其姬。姬自匿有身，至大期时，生子政。子楚遂立姬为夫人"，后子楚继位，以吕不韦为丞相，封为文信侯。①《后汉书》卷三四《梁冀传》云："冀爱监奴秦宫，官至太仓令，得出入寿所。寿见宫，辄屏御者，托以言事，因与私焉。宫内外兼宠，威权大震，刺史、二千石皆谒辞之。"②能将上述史事顺手拈来而述之，非熟悉历史者不能道。

王世贞在编选时还会改变作品叙述的中心，并以史学家的求真态度对错误的记述进行考证。如卷三六《郑樱桃》选自《乐府诗集》，试对比下列文字：

> 《晋书·载记》曰："石季龙，勒之从子也，性残忍。勒为聘将军郭荣之妹为妻，季龙宠惑优僮郑樱桃而杀郭氏，更纳清河崔氏，樱桃又谮而杀之。"樱桃美丽，擅宠宫掖，乐府由是有《郑樱桃歌》。石季龙，僭天禄，擅雄豪，美人姓郑名樱桃。……世事翻覆

---

①　[汉] 司马迁《史记》卷八五，北京：中华书局，1982 年第 2 版，第 2508~2509页。

②　[宋] 范晔撰，[唐] 李贤等注《后汉书》卷三四，北京：中华书局，1965 年，第 1180~1181 页。

黄云飞。① (宋郭茂倩《乐府诗集》卷八五李顾《郑樱桃歌》)

郑樱桃者，襄国优童也，艳而善淫。石虎为将军，绝嬖之。以樱桃谮，杀其妻某氏。后娶某氏，复以樱桃谮杀之。唐李顾有《郑樱桃歌》，误以为妇人，且不得其实，第取其辞耳。歌曰：石季龙，僭天禄，擅豪雄，美人姓郑名樱桃。……世事翻覆黄云飞。(《艳异编》卷三六《郑樱桃》)

《乐府诗集》所收《郑樱桃歌》中，前面的介绍以石季龙为叙述中心，然后引出郑樱桃；《艳异编》将此篇命名为《郑樱桃》，王世贞自然就改为以郑樱桃开篇，并增加"艳而善淫"四字对其性情作出评价，紧紧围绕着郑樱桃展开叙事。《乐府诗集》引《晋书》说石季龙云云，《晋书》卷一〇六载"石季龙，勒之从子也，名犯太祖庙讳，故称字焉"②，又据《旧唐书》卷一《高祖本纪》所记"皇祖讳虎，后魏左仆射，封陇西郡公……武德初，追尊景皇帝，庙号太祖"③，王世贞遂把石季龙改称为石虎。李顾《郑樱桃歌》谓"美人姓郑名樱桃"，把优僮郑樱桃误为女子，王世贞认为李顾没有弄清历史事实，力驳其非，可谓得当。这都显示出王世贞对史书的熟悉，及其严谨的编选态度。

四、选取两部分以上的内容组成一篇作品

王世贞常常选取在人物或内容上相互关联的两部分以上的内容，简单地排列在一起，组成一篇作品。有时，他将相关的内容用"又"表示，再叙一篇，如卷九掖部《王昭君》实录两则，第一则选自《西京杂记》卷二，记汉元帝时王昭君因不肯贿赂画工而被嫁匈奴，元帝见昭君之美而后悔，遂将画工尽弃市；第二则用"又"另起曰：

① [宋] 郭茂倩编《乐府诗集》卷八五，北京：中华书局，1979 年，第 1201 页。
② [唐] 房玄龄等《晋书》卷一〇六，北京：中华书局，1974 年，第 2761 页。
③ [后晋] 刘昫等《旧唐书》卷一，北京：中华书局，1975 年，第 1 页。

昭君字嫱，南郡人也。初，元帝时以良家子选入掖庭。时呼韩邪来朝，帝敕以宫女五人赐之。昭君入宫数岁未得见御，积悲怨，乃请掖庭令求行。呼韩邪临辞，大会，帝召五女以示之。昭君丰容靓饰，光明汉宫，顾景徘徊，竦动左右。帝见，大惊，意欲留之，而难于失信，遂与匈奴，生二子。及呼韩邪死，其前阏氏子代立，欲妻之。昭君上书求归，成帝敕令从胡俗，遂复为后单于阏氏焉。

这段文字选自《后汉书》卷八九《南匈奴列传》。两段文字都记王昭君嫁匈奴事，《后汉书》简要客观地记叙了王昭君不幸的一生，《西京杂记》则补充了王昭君失宠的原因，两者结合较完整地还原了王昭君远嫁匈奴的前因后果。有时，他取另一段作为附录，对前一部分内容的情节进行补充，如卷一五在选自《顾氏文房小说》的《杨太真外传》后"附录"一段无标题的内容：

杨妃梦与明皇游骊山，至兴元驿，方对食，后宫忽告火发。仓卒出驿，回望驿木，俱为烈焰。俄有二龙，帝跨白龙，其去若飞，妃跨黑龙，其行甚缓。左右无人，惟一蓬头黔面物，貌不类人，望帝去甚远，触一危峰，沉烟霭中。开目，则独自一室，黔面物曰："某此峰神也。"有一骑来授妃益州牧蚕元后。倏然梦觉。翌日，渔阳叛书至。帝至马嵬缢妃子死。帝曰："梦今有应矣。与朕游骊山，骊与离同；方食火发，失食之兆。火，兵器也。驿木俱焚，驿与易同，加木于旁，杨字也。吾跨白龙，西游之象。彼跨黑龙，阴暗之理。独行无左右之助，一骑，马也。峰神，乃山鬼也，果死于马嵬乎。当授益州牧蚕元后，牧，养也，养蚕所以致丝也，益旁加丝，缢字也。"帝后梦至一处，题曰东虚府。又至一院，题曰太一玉真元上妃院。入见太真，隔一云母屏对坐，不见其形。帝曰："汝思我乎？"妃曰："人非木石，安得无情？异日，当共跨晴晖，浮落景，游玉虚中。"帝曰："碧海无涯，仙山路绝，何计通耗？"妃曰："若遇雁府上人，可附信矣。"后果有鸿都道士于海上仙峰得剑合、私言而回。

这段文字选自《类说》卷五二《翰府名谈》"明皇"条，记述了杨贵妃命中注定死于马嵬的梦境成真，充满奇异色彩，丰富了《杨太真外传》中杨贵妃之死的情节。

王世贞有时将两部分以上的内容稍加删改，连接成一篇作品。如卷一九《徐君蒨》，试对比下列文字：

> 徐君蒨，字怀简，幼聪朗好学，尤长于部书，问无不对。……时襄阳鱼弘亦以豪侈称府中。谣曰："北路鱼，南路徐。"然君倩弗如也。文冠一府，特有轻艳之才。新声巧变，人多讽习。鱼弘身长八尺，……弘度之所过后，人觅一菱不得。……逢敕迎瑞豫，王令送像下都。弘率部曲数百，悉衣锦袍，赫奕满道，颇为人所慕。(《艳异编》卷一九《徐君蒨》)

> 绳子君蒨字怀简，幼聪朗好学，尤长丁部书，问无不对。……朋从游好，莫得见之。时襄阳鱼弘亦以豪侈称，于是府中谣曰："北路鱼，南路徐。"然其服玩次于弘也。君蒨辩于辞令，湘东王尝出军，有人将妇从者。王曰："才愧李陵，未能先诛女子；将非孙武，遂欲驱战妇人。"君蒨应声曰："项籍壮士，犹有虞兮之爱；纪信成功，亦资姬人之力。"君蒨文冠一府，特有轻艳之才，新声巧变，人多讽习，竟卒于官。①(《南史》卷一五《徐君蒨传》)

> 鱼弘，襄阳人。身长八尺，……弘度之所，后人觅一菱不得。……逢敕迎瑞像，王令送像下都，弘率部曲数百，悉衣锦袍，赫弈满道，颇为人所慕。涂经夏首，李抗敦其为人，抗舅元法僧闻之，杖抗三百。后为新兴、永宁太守，卒官。②(《南史》卷五五《鱼弘传》)

---

① [唐] 李延寿《南史》卷一五，北京：中华书局，1975 年，第 441 页。

② [唐] 李延寿《南史》卷五五，北京：中华书局，1975 年，第 1362~1363 页。

上述两段文字中省略的内容完全相同，王世贞将《南史》卷一五《徐君蒨传》的内容稍作删改，与《南史》卷五五《鱼弘传》的内容连成一篇，使徐君蒨与鱼弘的豪侈形成鲜明的对比，将所谓的"北路鱼，南路徐"落到实处。不过，《艳异编》存在两处文字错误：一是将《南史》中正确的"尤长丁部书"误为"尤长于部书"。晋荀勖《中经新簿》把国家藏书分为甲、乙、丙、丁四部，丁部包括诗赋、图赞、汲冢书。隋唐以后沿用此种分类法，称为经、史、子、集，丁部即集部。以王世贞之博学，出此错误的可能性不大，很可能是刻书者不明缘由妄改而成。二是"逢敕迎瑞豫"之"瑞豫"，据中华书局《南史》校勘记称各本均作"瑞豫"，误，《通志》作"瑞像"，与下文"王令送像下都"相合。可能王世贞没有发现，照抄了《南史》的错字。

有的作品组合与改动则显示出王世贞对人物、内容的总体思索与对材料的剪裁能力，及其渊博的学识。如卷八宫掖部《妲己》曰：

> 商王纣名受，貌美而资辨捷疾，闻见甚敏，材力过人，手格猛兽。尝倒曳九牛，抚梁易柱。智足以拒谏，言足以饰非。矜人臣以能，高天下以声，以为皆出己之下。好酒淫乐，嬖于有苏之美女妲己，惟妲己言是从。于是使师涓作新淫之声，北里之舞，靡靡之乐。益收狗马奇物，广沙丘苑台，多取野兽蜚鸟置其中，大聚乐戏于沙丘。以酒为池，悬肉为林，使男女裸相逐，为长夜之饮。鄂侯、西伯昌、九侯为三公。九侯有好女，入之纣。九侯女不喜淫，纣怒，杀之，而醢九侯。鄂侯争之强，辨之疾，并脯鄂侯。西伯闻之窃叹，崇侯虎知之以告纣，纣囚西伯羑里九年。
>
> 西伯之臣闳夭之徒，求有莘氏之美女，骊戎之文马，有熊九驷，他奇怪物，因殷嬖臣费仲献之纣。纣大悦曰："此一物足以释西伯，况其多乎。"乃赦西伯，赐之弓矢斧钺，得专征伐。
>
> 师延者，殷之乐人也，拊一弦琴，则地祇皆升；吹玉律，则天神俱降。纣淫于声色，乃拘师延于阴宫，欲极刑惨。师延既被囚系，奏

清商流徵涤角之音，司狱者以闻于纣，纣犹嫌曰："此乃淳古远乐，非余可听说也。"犹不释。师延乃更奏迷魂淫魄之曲，以奉清夜之娱，乃得免炮烙。周武王兴师，师延赴濮流而逝，或云死于水府。

上述第一段选自《史记》卷三《殷本纪》，第二段选自《史记》卷四《周本纪》，第三段选自《拾遗记》卷二，合在一起名《妲己》，实则主要记述纣王因纵情声色、不识贤愚而亡国的历史教训，这才使三段文字组合成有机的整体。为了突出主题，前两段详写纣王纵欲淫乐，第三段删除"设乐以来，世遵此职。至师延，精述阴阳，晓明象纬，莫测其为人。世载辽绝，而或出或隐。在轩辕之世，为司乐之官。及殷时，总修三皇五帝之乐"和"当轩辕之时，年已数百岁，听众国乐声，以审兴亡之兆。至夏末，抱乐器以奔殷"① 等内容，简要概述纣王对师延的残酷迫害，貌似与篇名《妲己》无关，实则紧紧围绕纣王的残忍叙事，充分体现出王世贞对材料的组织能力。其中第一段中"名受，貌美"是王世贞所增，《尚书》周书《牧誓》篇云"今商王受，惟妇言是用"与《武成》篇云"今商王受无道，暴殄天物"②，知商纣名"受"；"尝倒曳九牛，抚梁易柱"，是据《史记》中唐张守节正义引《帝王世纪》"纣倒曳九牛，抚梁易柱"③ 而增；"有苏之美女"，据宋裴骃集解引皇甫谧语"有苏氏美女"与唐司马贞索隐引《国语》"有苏氏女，妲字己姓也"增改。④ "纣囚西伯羑里九年"，《史记》未言囚几年，"九年"是新增，《左传·襄公三十一年》载"纣囚文王七年，诸侯皆从之囚，纣于是乎惧而归之，可谓爱之"⑤，王世贞或别有所本。这都体现出王世贞对历史的熟稔。

---

① ［晋］王嘉《拾遗记》卷二，国家图书馆藏顾春世德堂明嘉靖十三年（1534）刊本。

② ［汉］孔安国传，［唐］孔颖达疏《尚书正义》卷一一，李学勤主编《十三经注疏》，北京：北京大学出版社，1999 年，第 285、291 页。

③ ［汉］司马迁《史记》卷三，北京：中华书局，1982 年第 2 版，第 105 页。

④ ［汉］司马迁《史记》卷三，北京：中华书局，1982 年第 2 版，第 105 页。

⑤ 杨伯峻编著《春秋左传注》，北京：中华书局，2016 年第 4 版，第 1321 页。

五、选取多部书的内容编撰成新作

王世贞偶尔围绕一个人物选取许多相关的文献资料，编撰连接成一篇有机的作品。这种组合不是简单的拼接，而是注意内部的叙事逻辑，反映出编者的叙事匠心。卷一三宫掖部《武后传略》堪称典范，下面具体分析其内容来源及材料编撰方法。

先看《武后传略》开头一段与《新唐书》中记载的差异：

> 高宗则天顺圣皇后武氏，并州文水人。父士彟，见《外戚传》。文德皇后崩，久之，太宗闻士彟女美，召为才人，方十四。母杨，恸泣与诀，后独自如，曰："见天子庸知非福，何儿女悲乎？"母醒其意，止泣。既见帝，赐号武媚。及帝崩，与嫔御皆为比丘尼。高宗为太子时，入侍，悦之。[①]（《新唐书》卷七六《则天武皇后列传》）

> 高宗则天皇后武氏，并州文水人。父士彟，从佐命，历官荆州都督，封应国公，卒赠礼部尚书，谥曰定。士彟始娶相里氏，生子元庆、元爽，卒，又娶杨氏，生三女。元女妻贺兰越石，生子敏之而寡。后，其仲女也。太宗文德皇后长孙氏崩，有言后美者，召为才人，方十四。母杨恸泣与诀，后自如曰："见天子，庸知非福，何至作儿女子态乎？"母乃止。既见帝，幸之，赐号武媚。帝有疾，高宗以皇太子入侍，悦之，遂即东厢烝焉。帝崩，武媚与嫔御皆为比丘尼。（《艳异编》卷一三《武后传略》）

《武后传略》的叙事框架与主要内容袭自《新唐书》卷七六《则天武皇后列传》，但王世贞作了两点改动：一是据《则天武皇后列传》中"父士彟，见《外戚传》"，对士彟的仕宦与婚姻状况进行了补充。据《新唐书》卷二○六《外戚传》载"武士彟字信，……累迁工部尚书，进封应国公，

历利、荆二州都督。卒，赠礼部尚书，谥曰定。高宗永徽中，以士彟仲女
为皇后。……始，士彟娶相里氏，生子元庆、元爽。又娶杨氏，生三女。
元女妻贺兰氏，早寡"①，正是王世贞所补内容的资料来源。二是把《则天
武皇后列传》中先叙太宗崩后武则天为尼，再补叙唐高宗为太子时已喜欢
武则天的叙事顺序改为顺叙，且增加"遂即东厢烝焉"以表达对高宗以下
淫上的不满与批判。

接下来，《武后传略》增加一句"高宗继位后"，引《则天武皇后列
传》，叙述武则天用尽心机与王皇后、萧淑妃争宠事，在武则天"毙儿衾
下"后，帝"惊问左右，皆曰：'后适来。'昭仪即悲涕"，王世贞把"昭
仪即悲涕"改为"后即悲咽而不言"，刻画了王皇后被陷害后的委屈、悲
苦、无奈，使武则天的狠毒与王皇后的隐忍形成鲜明的对比。在武则天被
封为皇后，为所欲为，高宗"久稍不平"后，《武后传略》插入《新唐
书》卷七六《王皇后列传》中高宗探望囚禁的王皇后、萧淑妃事，然后接
叙《则天武皇后列传》则天召方士郭行真、杀上官仪事。再引用《新唐
书》卷二〇六《外戚传》叙贺兰敏之赐氏武，袭封，及烝荣国夫人、太平
公主等人，遂流雷州，道中自杀；但王世贞将《新唐书》的"敏之韶秀自
喜，烝于荣国，挟所爱，佻横多过失"②，改写为"敏之少韶秀轻俊，自喜
杨氏，其外祖母与私通，因言其才，俾继士彟，后亦属意焉。尝曲宴于宫
中，后逼淫之。敏之惧得罪，固辞，后愧且恨，未发也"，情节更丰富。
下面又接《则天武皇后列传》叙上元元年武则天进号天后，酖太子弘，废
中宗，自临朝诸事，中间删除了建言十事、废官民赡边兵钱等；然后接
《资治通鉴》卷二〇三叙李敬业、骆宾王起兵失败事，并将"太后见檄，

① ［宋］欧阳修、宋祁《新唐书》卷二〇六，北京：中华书局，1975 年，第 5835~
5836 页。

② ［宋］欧阳修、宋祁《新唐书》卷二〇六，北京：中华书局，1975 年，第 5836
页。

问曰：'谁所为'"①，改为"太后读之，但嘻笑而已。至'一抔之土'，矍然曰：谁所为"，用"但嘻笑而已"刻画出武则天的厚颜无耻，以"矍然曰"描摹了武则天的惊惧，从侧面充分反映出骆宾王讨武檄文的义正辞严和磅礴气势，也使武则天的情态具体可感。然后又接《新唐书》卷七六《则天武皇后列传》叙诏毁乾元殿为明堂及薛怀义事，中间省略了武则天以爵位笼络四方豪杰等事。可以看出，王世贞对各种材料的连接转换较频繁，并对其中文句有所增删，紧紧围绕武则天取材。为直观显示《武后传略》的材料来源及编撰方式，下面把全篇分为32段内容，见下表：

	《武后传略》	来　源
1	高宗则天皇后武氏云云	《新唐书》卷七六《则天武皇后列传》
2	父士彟，从佐命……	《新唐书》卷二〇六《武士彟列传》
3	文德皇后崩，太宗召才人事	《新唐书》卷七六《则天武皇后列传》
4	念故王皇后萧淑妃……	《新唐书》卷七六《王皇后列传》
5	麟德初后召方士郭行真等事	《新唐书》卷七六《则天武皇后列传》
6	敏之少韶秀轻俊，私通杨氏	《新唐书》卷二〇六《武士彟列传》
7	贺兰敏之自经死，则天进自临朝等事	《新唐书》卷七六《则天武皇后列传》
8	李敬业、骆宾王起兵扬州，失败	《资治通鉴》卷二〇三
9	诏毁乾元殿为明堂及薛怀义事	《新唐书》卷七六《则天武皇后列传》
10	（则天）托言怀义有巧思，召入禁中	《资治通鉴》卷二〇三
11	堂成，（怀义）拜左威卫大将军，自加号金轮圣神皇帝等	节略《新唐书》卷七六《则天武皇后列传》
12	尝与昭德有隙，杖之几死	《资治通鉴》卷二〇五"昭德尝与怀义议事，失其旨，怀义挞之，昭德惶惧请罪"
13	初明堂成，太后命怀义作夹纻大像，击杀怀义等	《资治通鉴》卷二〇五

---

① ［宋］司马光编著，［元］胡三省音注，"标点资治通鉴小组"校点《资治通鉴》卷二〇三，北京：中华书局，1956年，第6424页。

（续表）

	《武后传略》	来　源
14	诏大裒铜铁合冶作天枢	《新唐书》卷七六《则天武皇后列传》
15	复铸九鼎徙通天宫	《资治通鉴》卷二〇六
16	张昌宗、张易之得幸事	《旧唐书》卷七八《张行成传附张易之、张昌宗传》
17	宋之问作《明河篇》	《唐诗纪事》卷一一
18	易之为母阿臧造七宝帐	《朝野金载》卷三
19	二张竞以豪侈相胜，姓薛者求官事	《资治通鉴》卷二〇六
20	太后召卢陵王还，复为皇太子事	《新唐书》卷七六《则天武皇后列传》
21	南海进集翠裘事	《集异记》
22	后仁杰卒，昌宗兄弟益横。太后既春秋高，厌政，政多委之	《资治通鉴》卷二〇七"太后春秋高，政事多委张易之兄弟"
23	张同休戏杨再思事	《资治通鉴》卷二〇七
24	宋璟嘲讽张易之事	《资治通鉴》卷二〇七
25	张同休、昌宗等坐赃下狱事	《资治通鉴》卷二〇七
26	太后寝疾，居长生院，奏易之谋反事	《资治通鉴》卷二〇七
27	明年正月赦天下改元，太后疾益甚	《资治通鉴》卷二〇七
28	太后传位皇太子，徙居上阳宫，是岁十一月太后崩	《资治通鉴》卷二〇七、二〇八
29	相王加号安国相王等事	《资治通鉴》卷二〇七
30	张昌仪新作第甚美	《资治通鉴》卷二〇七
31	易之为大铁笼，置鹅鸭于内等事	《朝野金载》卷二
32	黄巢发开则天墓事	赵弼《雪航肤见》卷七

从内容上看，王世贞主要运用以下四种方法处理选取的材料：

一是在选取的原材料上插入其他地方的内容，充实了情节。如第9到11节之间在《新唐书》卷七六《则天武皇后列传》中插入《资治通鉴》卷二〇三武则天托言怀义有巧思，召入禁中事；第14到20节之间在《新唐书》卷七六《则天武皇后列传》中插入《资治通鉴》卷二〇六、《旧唐书》卷七八《张行成传附张易之、张昌宗传》、《唐诗纪事》卷一一、《朝野佥载》卷三等五节内容，不仅丰富了人物形象，也增强了叙事的趣味性。

二是节略原材料，叙述简明扼要。如第11节：

于是泛人又上瑞石，太后乃郊上帝谢况，自号圣母神皇，作神皇玺，改宝图曰"天授圣图"，号洛水曰永昌水……永昌元年，享万象神宫，改服衮冕，搢大圭，执镇圭，睿宗亚献，太子终献。……载初中，又享万象神宫，以太穆、文德二皇后配皇地祇，引周忠孝太后从配。作瞾、䂖、埊……十有二文。太后自名瞾。改诏书为制书。以周、汉为二王后，虞、夏、殷后为三恪，除唐属籍。拜薛怀义辅国大将军，封鄂国公，令与群浮屠作《大云经》，言神皇受命事。春官尚书李思文诡言："《周书·武成》为篇，辞有'垂拱天下治'，为受命之符。"后喜，皆班示天下，稍图革命。然畏人心不肯附，乃阴忍鸷害，肆斩杀怖天下。内纵酷吏周兴、来俊臣等数十人为爪吻，有不慊若素疑惮者，必危法中之。宗姓侯王及它骨鲠臣将相骈颈就铁，血丹狴户，家不能自保。太后操奁具坐重帏，而国命移矣。御史傅游艺率关内父老请革命，改帝氏为武。又胁群臣固请，妄言凤集上阳宫，赤雀见朝堂。天子不自安，亦请氏武，示一尊。太后知威柄在己，因大赦天下，改国号周，自称圣神皇帝，旗帜尚赤，以皇帝为皇嗣。立武氏七庙于神都。[①]（《新唐书》卷七六《则天武皇后列传》）

太后寻郊见上帝，加尊号曰圣母神皇，享万象神宫，制瞾等十二文，自名为瞾，进拜怀义辅国大将军、鄂国公，令与群浮屠作《大云经》，言神皇革命事，颁示天下。后稍图革命，然虑人心不肯附，乃阴忍鸷害，斩杀怖天下。内纵酷吏周兴、来俊臣等为爪吻，有不慊若

① ［宋］欧阳修、宋祁《新唐书》卷七六，北京：中华书局，1975年，第3480～3481页。

素疑惮者，必危法中之。宗姓侯王及他骨鲠臣将相骈颈就铁，血丹狴户，家不能自保。太后操奁具坐重帏，而国命移矣。遂大赦天下，改国号周，自称圣神皇帝。立武氏七庙，皆尊帝号。天子从姓武，降为皇嗣。(《艳异编》卷一三《武后传略》)

上面选自《新唐书》卷七六《则天武皇后列传》的文字约一千字，王世贞省略一些细节，选取主要事件，用二百字就概括了武则天篡权称帝的过程，平实简约。

三是调整叙述顺序。王世贞按照自己的理解，重新组织原材料，表达对历史人物与历史事件的看法。下面以《资治通鉴》卷二〇七与卷二〇八的八个片段为例进行论述。为表述清晰，每一片段前置序号为宜。

①（神龙元年春）于是收张昌期、同休、昌仪，皆斩之，与易之、昌宗枭首天津南。②是日，袁恕己从相王统南牙兵以备非常，收韦承庆、房融及司礼卿崔神庆系狱，皆易之之党也。③初，昌仪新作第，甚美，逾于王主，或夜书其门曰："一日丝能作几日络？"灭去，复书之，如是六七，昌仪取笔注其下曰："一日亦足。"乃止。

④甲辰，制太子监国，赦天下。以袁恕己为凤阁侍郎、同平章事，分遣十使赍玺书宣慰诸州。乙巳，太后传位于太子。

⑤丙午，中宗即位。赦天下，惟张易之党不原；其为周兴等所枉者，咸令清雪，子女配没者皆免之。相王加号安国相王，拜太尉、同凤阁鸾台三品，太平公主加号镇国太平公主。皇族先配没者，子孙皆复属籍，仍量叙官爵。

⑥丁未，太后徙居上阳宫，李湛留宿卫。戊申，帝帅百官诣上阳宫，上太后尊号曰则天大圣皇帝。

⑦庚戌，以张柬之为夏官尚书、同凤阁鸾台三品，崔玄暐为内史，袁恕己同凤阁鸾台三品，敬晖、桓彦范皆为纳言；并赐爵郡公。李多

祚赐爵辽阳郡王，王同皎为右千牛将军、琅邪郡公，李湛为右羽林大将军、赵国公；自余官赏有差。①（《资治通鉴》卷二〇七）

　　⑧（神龙元年十一月）壬寅，则天崩于上阳宫，年八十二。②（《资治通鉴》卷二〇八）

《资治通鉴》是按照时间顺序叙事的编年体史书，上述八个段落中的③应置于开头，①与②是同一天发生的事情，与剩余五个片段是严格按照时间先后叙述的，脉络清晰。而《武后传略》则改为：

　　②是日，袁恕己从相王统南牙兵以备非常，①悉收张昌期等诛之。④太后传位皇太子，⑥徒居上阳宫。⑧是岁十一月，太后崩。⑤相王加号安国相王，拜太尉，同凤阁鸾台三品，太平公主加号镇国太平公主，⑦张柬之为夏官尚书，与袁恕己俱同凤阁鸾台三品，崔玄暐为内史，敬晖、桓彦范为纳言；并赐爵郡公。李多祚赐爵辽阳郡王，李湛为右羽林大将军赵国公。王同皎为右千牛将军琅邪郡公。余官，赏有差。③初，张昌仪新作第甚美，逾于王主。或夜书其门曰：“一日丝能作几日络？”灭去，复书之。如是六七。昌仪取笔注其下云：“一日亦足。”乃止。（《艳异编》卷一三《武后传略》）

王世贞把发生在同一天②“袁恕己从相王统南牙兵以备非常”的事先安排提前，把①其他人率兵“收张昌期等诛之”置于后，是按照诛奸邪小人的谋划、执行等先后顺序叙述，较为合理；但是①“悉收张昌期等诛之”前省略了主语，容易造成诛张昌期等是袁恕己所为的误解。接着④⑥⑧三个段落连在一起，简要交代了武则天传位太子及其死亡，紧紧围绕着主要人

---

① ［宋］司马光编著，［元］胡三省音注，“标点资治通鉴小组”校点《资治通鉴》卷二〇七，北京：中华书局，1956年，第6581~6582页。

② ［宋］司马光编著，［元］胡三省音注，“标点资治通鉴小组”校点，《资治通鉴》卷二〇八，北京：中华书局，1956年，第6596页。

物的命运变化叙事，较为紧凑。《武后传略》叙到⑧"太后崩"，完全可以结束全篇，但王世贞又对中宗继位过程中的功臣等受封情况稍作介绍，表达了江山终归李家的正统思想。王世贞把本来武则天在世时发生的事件⑤⑦置于⑧"太后崩"后，容易造成⑤⑦发生在武则天死后的误解，其实并不妥当。王世贞把时间最早的事件③放到最后，可能想藉张昌仪的覆灭暗讽武则天嗜杀成性的一生，传达他对武则天的态度。

四是用自己的语言或归纳原文内容，以突出叙述重心，或补充内容，使叙事完整。如第 24 节宋璟嘲讽张易之事，《资治通鉴》卷二〇七云：

> 宋璟复奏收昌宗下狱。太后曰："昌宗已自奏闻。"对曰："昌宗为飞书所逼，穷而自陈，势非得已。且谋反大逆，无容首免。若昌宗不伏大刑，安用国法！"太后温言解之。璟声色逾厉曰："昌宗分外承恩，臣知言出祸从，然义激于心，虽死不恨！"杨再思恐其忤旨，遽宣敕令出，璟曰："圣主在此，不烦宰相擅宣敕命！"太后乃可其奏，遣昌宗诣台。[①]（《资治通鉴》卷二〇七）

为紧扣武则天、张易之叙事，王世贞省略了宋璟与武则天、杨再思的对话内容，而以"璟争之甚力，太后乃可其奏，遣昌宗诣台"一语概括，叙事不枝不蔓。第 21 节引《集异记》叙狄仁杰藉集翠裘当着武则天的面讽刺张昌宗，然后增加了一句"后仁杰卒，昌宗兄弟益横"，既是对狄仁杰不畏奸邪小人的赞美和人生总结，又引出下文张昌宗兄弟更加肆无忌惮的叙述，使前后情节衔接顺畅。

在概括原文内容时，王世贞有时会表达自己对人物的评判。如《武后传略》最后一段引《朝野佥载》卷二叙述张易之兄弟食鹅鸭等方法之惨酷，死后洛阳人脔二张肉，煎炙而食，王世贞评论说"昌仪打双脚折，掏

---

① ［宋］司马光编著，［元］胡三省音注，"标点资治通鉴小组"校点《资治通鉴》卷二〇七，北京：中华书局，1956 年，第 6577 页。

取心肝，人以为有天报焉"，认为二张的下场是自作自受、咎由自取。接着第32节，其来源为《雪航肤见》卷七《唐逸史载僖宗广明二年，黄巢寇长安，发则天之墓，出其尸，贼众污之》：

> 唐逸史云，则天卒，中宗与安乐、太平公主以珠玉研粉，用水银和之，装饰其尸，仍以水银玉浆灌其腹，盛以玉匣，浸蔷薇香露，虽百年，容色如生，香气芬馥，齿发不脱，俨然如生也。吕后卒时，亦必如此妆饰而葬，后为赤眉贼发其墓，污其尸。愚思则天贼杀主母，杀弘、贤二储君，杀霍、韩、越、纪四王并其子孙二百余人，用酷吏来、周之徒杀唐宗室、公卿、大臣、士庶万余家，负屈死者二十余万，其秽德浮于吕后十倍矣。黄巢犯长安，贼发其墓，出其尸，观其容妆如生，竟污之。呜呼！自周秦汉至于唐，后妃公主之陵极多矣，累代叛乱之寇亦不少矣，发掘陵墓固必有之，汉唐贤善后妃未闻有所发而辱者。若汉武之李夫人，成帝之飞燕，玄宗之武惠妃、杨太真，皆倾城之色，且于妙年而卒，亦不闻遭此秽辱。则天八十而殒，贼独发其墓，污其尸者，盖知其存日之秽德也。呜呼，天生尤物遇高宗庸懦，得以恣其诈术，潜移神器，改唐为周，肆其威虐，自有载籍以来未尝闻也。虽然武氏僭位二十一载，而宗族屠戮无遗。向之朱其屋者，所以为赤族之地；向之谓陵墓者，而为犬豕浮污之场，又曷若为任为奴，不失其圣后之名，而本支百世，享无疆之福，垂芳声于万古哉。[①]

王世贞据此加以概括，以一句"黄巢盗乱，发武后冢，如生，次第淫之，剔取金宝，毁其尸"以结束全篇。他以黄巢发武后墓，奸淫其尸作结，似蕴含着对武则天的微词，如果对比《雪航肤见》对武则天一生恶行的总

---

① [明]赵弼《雪航肤见》卷七，《四库存目丛书补编》第94册，济南：齐鲁书社，2001年，第294~295页。

结，这种批判意味就更加明显，用上面的所谓"天报"评论武则天的一生和死后的遭遇实在是恰如其分。

综上可知，尽管《艳异编》的编纂方法较为多样，其实只有第五种像《武后传略》这样的编撰方法最复杂，取材最多。王世贞对材料的编选并不是简单的排列，而是精心构思，并加以创作。

第四章 《艳异编》的多重价值

面对浩如烟海的志怪、传奇和笔记小说等文献，王世贞以何种标准选取作品，如何选取、编纂材料，体现出他鲜明的审美思想、小说观念，彰显出作品的时代特征。《艳异编》取材广泛，融经史子集于一体，具有重要的理论批评价值与文献价值。

第一节　崇尚"艳异"的审美思想

《艳异编》题材上的独特性反映出作品追求"艳异"的审美思想，其追求奇异，崇尚情爱的艺术思想，既继承了中国古代悠久的小说美学传统，又具有鲜明的时代精神。

中国素有好奇尚异的传统，《山海经》中的珍禽异物，六朝的搜神志怪，与唐朝的"征异话奇"① 和"作意好奇"②，可谓一脉相承。明胡应麟《百家异苑序》说：

> 自汉人驾名东方朔作《神异经》，而魏文《列异传》继之，六

---

① ［唐］李公佐《古岳渎经》，见李剑国辑校《唐五代传奇集》，北京：中华书局，2015年，第707页。

② ［明］胡应麟《少室山房笔丛》卷三六，上海：上海书店出版社，2001年，第371页。

朝、唐、宋凡小说以"异"名者甚众。考《太平御览》《广记》及曾氏、陶氏诸编，有《述异记》二卷、《甄异录》三卷、《广异记》一卷、《旌异记》十五卷、《古异传》三卷、《近异录》二卷、《独异志》十卷、《纂异记》一卷、《灵异记》十卷、《乘异记》三卷、《祥异记》一卷、《续异记》一卷、《集异记》三卷、《博异志》三卷、《括异志》一卷、《纪异录》一卷、《祖异记》一卷、《采异记》一卷、《摭异记》一卷、《贤异录》一卷。此外如异苑、异闻、异述、异诫诸集，大概近六十家，而李翱《卓异记》、陶谷《清异录》之类弗与焉。①

胡应麟对中国古代以"异"命名的小说进行了粗略的梳理，反映出古人逐异的狂热。仅是偏重志怪、轶事的小说集，尚有《豪异秘纂》《异梦记》《三异记》等传奇小说。如果再算上无"异"之名而有异之实的小说集，如《搜神记》《夷坚志》等，则中国古代表现奇异思想的小说数量无疑更加庞大。志异类小说代不乏著，总体上看，中国古代小说对奇异的审美追求从篇幅短小的志怪小说渐向篇幅较长的传奇体小说转变，由记述怪异故事向刻画人物性格、叙事宛曲演进。如同是记狐精幻化为女子诱惑男子，干宝《搜神记》载曰：

> 后汉建安中，沛国郡陈羡为西海都尉。其部曲王灵孝，无故逃去，羡欲杀之。居无何，孝复逃走。羡久不见，因其妇，妇以实对。羡曰："是必魅将去，当求之。"因将步骑数十，领猎犬，周旋于城外求索，果见孝于空冢中。闻人犬声，怪遂避去。羡使人扶孝以归，其形颇象狐矣，略不复与人相应，但啼呼"阿紫"。阿紫，狐字也。后十余日，乃稍稍了悟。云："狐始来时，于屋曲角鸡栖间，作好妇形，自称'阿紫'，招我。如此非一。忽然便随去，即为妻，暮辄与共还

---

① ［明］胡应麟《少室山房笔丛》卷三六，上海：上海书店出版社，2001年，第363~364页。

其家，遇狗不觉。"云乐无比也。道士云："此山魅也。"《名山记》
曰："狐者，先古之淫妇也，其名曰'阿紫'，化而为狐，故其怪多自
称'阿紫'。"①

小说只是通过王灵孝之口转述了狐妖的名字叫阿紫，阿紫幻化作美女诱惑
他时，他便身不由己地随狐至家，叙事简要，至于阿紫的相貌、性情，诱
惑王灵孝的细节，二人相见、交往、分别时的心理活动等几乎都未触及。
而唐代沈既济《任氏传》近三千字，记狐精任氏与贫士郑六的爱情遭际。
任氏一出场就惊艳世人：

> 偶值三妇人行于道中，中有白衣者，容色姝丽。郑子见之惊悦，
> 策其驴，忽先之，忽后之，将挑而未敢。白衣时时盼睐，意有所受。
> 郑子戏之曰："美艳若此，而徒行，何也？"白衣笑曰："有乘不解相
> 假，不徒行何为？"郑子曰："劣乘不足以代佳人之步，今辍以相奉。
> 某得步从，足矣。"相视大笑。②

一袭白衣，容色姝丽，状出任氏若仙若妖的美丽。面对郑六的挑逗，任氏
则顾盼有意，风情万种。任氏迷人多情，不拘小节，诙谐聪慧。当郑六跟
随她至家酣饮后，沈既济写其"夜久而寝，其妍姿美质，歌笑态度，举措
皆艳，殆非人世所有"，再次渲染了任氏超凡脱俗的风神态度。郑六是痴
情的，从旁人之口得知任氏是狐精，"多诱男子偶宿"，依然无法忘怀纵欲
轻浮的任氏，日思夜想，期盼再遇。任氏不敢见郑六，说是"事可愧耻，
难施面目"，说明她有羞耻之心，对郑六也心生情意。听了郑六的表白，
任氏说"安敢弃也，惧公之见恶耳"，处处为郑六着想。当郑六情真意切

---

① ［晋］干宝撰，汪绍楹校注《搜神记》卷一八，北京：中华书局，1979 年，第
222~223 页。

② ［明］陆采编《虞初志》卷八《任氏传》，国家图书馆藏明弦歌精舍如隐草堂刻
本，善本书号：08284。

地发誓时，任氏才答应重叙前欢，深情地说："凡某之流，为人恶忌者，非他，为其伤人耳。某则不然。若公未见恶，愿终己以奉巾栉。"任氏善良，不害人，渴望爱情，不嫌弃郑六贫穷，愿意与郑六结为夫妻，是另类的狐妖。面对富家公子韦崟的挑逗凌逼，任氏不畏强暴，坚决反抗，义正辞严地斥责韦崟的放诞无礼，表现了顽强的斗争精神和对爱情的忠贞。当郑六强逼任氏同赴任所时，为了不让郑六失望，任氏明知凶多吉少，仍不顾自身安危，毅然随行，终为猎犬所毙。任氏虽为狐妖，却为情所感，以身殉情，散发着人性的光辉。正如沈既济所说："嗟乎，异物之情也有人道焉！遇暴不失节，徇人以至死，虽今妇人，有不如者矣。"① 从《搜神记》到《任氏传》，不仅是从志怪到传奇的文体转变，也是从狐妖到人情的转变。正如李剑国所说，任氏"是对阿紫型狐妖的反拨，与阿紫构成情与淫、善与恶、正与邪的两相对立"，"沈既济从审美视点重新审视狐妖，把作祟害人的狐转化为文学审美意象，这是文学对宗教的反抗，审美观念对宗教观念的反抗，世俗情感对宗教情感的反抗"②，高度评价了《任氏传》所具有的文学审美意义。《艳异编》不选上述《搜神记》中的阿紫诱惑王灵孝篇，而选录《任氏传》，充分体现出王世贞对古代小说的熟稔与重视异物奇情的审美思想。

王世贞《艳异编》挑选的作品体现出中国古代小说审美思想的时代性特征。以最能表现鬼神志怪题材的作品来说，《艳异编》神部、水神部、龙神部、冥感部、妖怪部和鬼部收录的94篇作品中，除《胡粉儿》《钱炎》《金彦》等少数作品是篇幅较短的志怪小说外，绝大多数作品都是叙事曲折的传奇小说。尤其是王世贞选入的众多明代传奇小说，如瞿佑《剪灯新话》中的《绿衣人传》《滕穆醉游聚景园记》《金凤钗记》《牡丹灯记》，李昌祺《剪灯余话》中的《田洙遇薛涛联句记》《贾云华还魂记》，侯甸《西樵野纪》中的《太湖金鲤》《桂花著异》《桃花仕女》等，富有

---

① ［明］陆采编《虞初志》卷八《任氏传》，国家图书馆藏明弦歌精舍如隐草堂刻本。

② 李剑国《中国狐文化》，北京：人民文学出版社，2002年，第111、112页。

时代特色。同样的志怪题材，唐传奇意在塑造人物复杂的性格，选录的瞿佑作品则藉鬼怪表现战乱中青年男女的爱情婚姻悲剧，抒发兴亡之感。如《滕穆醉游聚景园记》叙元延祐初滕穆于杭州西湖边夜遇宋理宗朝宫女卫芳华的鬼魂，卫氏的性格十分苍白，主要通过诗词创作抒发自己的黍离之悲。如《木兰花慢》词曰："记前朝旧事，曾此地、会神仙。向月地云阶，重携翠袖，来拾花钿。繁华总随流水，叹一场、春梦杳难圆。废港芙蕖滴露，断堤杨柳摇烟。两峰南北只依然，辇路草芊芊。怅别馆离宫，烟销凤盖，波浸龙船。平时玉屏金屋，对漆灯、无焰夜如年。落日牛羊垅上，西风燕雀林边。"① 所谓"前朝旧事""繁华总随流水"无疑流露出作者对元明改朝换代的反思。如果知道这首词改写自瞿佑《乐府遗音》中《木兰花慢·金故宫太液池白莲》："记前朝旧事，曾此地，会神仙。向鹊鹊桥头，花迎凤辇，浪捧龙船。繁华已成尘土，但一池、秋水浸长天。白鹭曾窥舞扇，青鸾惯递吟笺。多情惟有旧时莲，照影夕阳边。甚冷艳幽香，浓涵晚露，澹抹昏烟。堪嗟后庭玉树，共幽兰、远向汝南迁。留得宫墙杨柳，一般憔悴风前。"② 那么瞿佑藉咏金故宫太液池白莲，以感喟历史兴亡的创作思想就会更加显豁。

李昌祺的《田洙遇薛涛联句记》叙书生田洙于成都邂逅薛涛的鬼魂，两情缱绻，吟诗联句。小说对田洙、薛涛的性格、情感描写较为粗略，重点在于表现 12 首诗歌，其中田薛二人的第一首五言联句诗长达 24 句，第二首五言联句诗长达 50 句，完全成为李昌祺炫耀诗才的工具。田洙所谓"昔韩昌黎与孟郊有《城南联句》《斗鸡》《石鼎》《秋雨》等作，宏词险韵，脍炙人口。今兹之赋，宜命作《月夜联句》，以五十句为率"③，正表

---

① ［明］瞿佑等著，周楞伽校注《剪灯新话》（外二种）卷二，上海：上海古籍出版社，1981 年，第 45 页。

② ［明］瞿佑等著，乔光辉校注《瞿佑全集校注》，杭州：浙江古籍出版社，2010 年，第 275 页。

③ ［明］李昌祺著《剪灯余话》卷二，见［明］瞿佑等著，周楞伽校注《剪灯新话》（外二种），上海：上海古籍出版社，1981 年，第 173 页。

明李昌祺乃有意学习唐朝韩孟诗派的创作风格，只不过运用了小说的形态。恰如王英《剪灯余话》序所言："昌祺所作之诗词甚多，此特其游戏耳。"①《剪灯余话》的很多诗歌都不是为刻画人物性格、推动情节等的艺术需要而创作的，而是为了卖弄自己的联句、集句等诗歌才华，与表现小说的主题关系不大。侯忠义先生曾从联句诗、集句诗、回文诗、隐谜诗等方面，论述了《剪灯余话》中诗歌的文字游戏。② 侯甸《西樵野纪》中《太湖金鲤》《桂花著异》《桃花仕女》的篇幅，远比《剪灯新话》《剪灯余话》中的篇幅短小，精怪的形象更加简单，其中《太湖金鲤》《桃花仕女》也是以精怪咏诗为主体。《剪灯余话》《西樵野纪》这几篇的创作重点不在于刻画鬼神精怪的性情和命运，而在于展现诗歌的游戏性与审美性。《艳异编》选录的这几篇作品，正透露出古代尚异审美思想的时代变迁。

此外，《艳异编》中编选的作品展现了古代女子的卓越才情。卷三一到卷三五伎（妓）女部收录 130 篇作品，义侠部收录了《乐昌公主》《柳氏传》《无双传》《红线传》《车中女子》《聂隐娘传》，宫掖部、戚里部收录了《赵飞燕外传》《山阴公主》《合浦公主》等众多女性为主的作品，几乎包罗了从下层娼妓到公主、贵妃、皇后的各阶层的女性，表现了女性的卓越才华及对情欲的大胆追求，反映出王世贞对女性才情的欣赏与推崇。唐孙棨《北里志》是较早为下层妓女集中立传的专书，元代夏庭芝《青楼集》则专门记载了元代歌妓艺人的才情事迹，令众多没有社会地位的下层女性凭借自己的聪慧才华闪耀于文学之林。如唐代的楚儿，"素为三曲之尤，而辩慧"，为郭锻妾后不顾丈夫凶暴，依然传语并作诗送郑光业，诗曰："应是前生有宿冤，不期今世恶因缘。蛾眉欲碎巨灵掌，鸡肋难胜子路拳。只拟吓人传铁券，未应教我踏金莲。曲江昨日君相遇，当下

---

① ［明］李昌祺著《剪灯余话》，见［明］瞿佑等著，周楞伽校注《剪灯新话》（外二种），上海：上海古籍出版社，1981 年，第 118 页。

② 侯忠义主编《话本与文言小说》（上），沈阳：辽宁教育出版社，2013 年，第 44~46 页。

遭他数十鞭。"楚儿不畏暴夫，敢作敢当，富有诗才，令人敬佩。再如京师名妓曹娥秀参加鲜于枢的宴会，名士满座，恰巧鲜于枢因事入内而未饮，客与曹娥秀都说"伯机未饮"，客笑对曹娥秀说："汝以伯机相呼，可为亲爱之至。"鲜于枢佯怒曰："小鬼头敢如此无礼。"曹娥秀脱口而出曰："我呼伯机便不可，却只许尔叫王羲之也。"鲜于枢，字伯机，元代著名书法家，被时人称为当世王羲之，曹娥秀面对佯怒的鲜于枢，当着众人之面以其人之道还治其人之身，为自己辩解，充分展示出自己的聪慧，难怪"一座大笑"。可见女性的才情丝毫不输于男性，常令名公文士侧目。

先秦时期，我国就确立了妇德、妇言、妇容、妇功的女性教育内容与教育传统，重视女子的德行与家务劳作，忽视女子的文才，剥夺了女子接受文化教育的权利。正因如此，历史上的才女才尤为世人景仰。《隋书·经籍志》著录多种《妇人集》，意味着女性作家走进了文人的视野。宋元时刊刻的唐鱼幼微《唐女郎鱼玄机诗》、唐薛涛《薛涛诗》、宋恭圣仁烈皇后杨桂枝《杨太后宫词》、宋李清照《漱玉集》、元孙淑《绿窗遗集》和元人编《彤管集》等女子的作品集风行世上，为人称颂。明代文人尤其关注历史上的女性作家，编刊了众多女子作品集，如明嘉靖三十三年（1554）张之象辑刊《彤管新编》、嘉靖三十六年（1557）田艺蘅编辑《诗女史》、明隆庆元年（1567）郦琥辑刊《姑苏新刻彤管遗编前集》、明万历间胡文焕辑刻《新刻彤管摘奇》、万历二十三年（1595）池上客辑选《历朝列女诗选名媛玑囊》、万历四十六年（1618）蓬觉生编纂的《夜珠轩纂刻历代女骚》、明末郑文昂辑选《古今名媛汇诗》、钟惺编选《名媛诗归》、赵世杰编纂《古今女史》等，甚至出现了专门为女性作者立传的处囊斋主人辑的《诗女史纂》。这些作品集几乎囊括了历史上所有的女性作者，如郦琥《刻彤管遗编叙》云："余博阅群书，得女之工文翰者几四百人，编次成帙，名曰《彤管遗编》。"① 书中收录了从先秦到明初女子的

---

① ［明］郦琥辑《姑苏新刻彤管遗编前集》，国家图书馆藏明隆庆元年（1567）刊本。

作品。郑文昂辑选《古今名媛汇诗》则重点补充了明代女性作者近百人。正所谓"天地生才，不专于七尺丈夫，凡芳闺淑秀均得萃间，值之灵颖以织闺阁之文章"①，正是这群编纂者的共识。王世贞《艳异编》可谓得明代风气之先，较早关注女子的才情和风采，具有承前启后的意义。

同时代的梁辰鱼（1521—1594）在《浣纱记》中，塑造了"国家事极大，姻亲事极小，岂为一女之微，有负万姓之望"②、深明大义的西施形象，借勾践之口，称赞西施"虽为女流之辈，实有男子之谋"③。李贽（1527—1602）对男尊女卑的观念尤为不满，为提高女子的地位摇旗呐喊。李贽《初潭集》中收录了中国历代巾帼豪杰，高度评价女性道："此与夫人城一也，可谓真男子矣。若无忌母、婕妤班、从巢者、孙翊妻、李新声、李侃妇、海曲吕母，皆的的真男子也。"④ 李贽视这些有胆量、有谋略、有气节的女子为真男子，实让男子汗颜。他还在《答以女人学道为见短书》中提出："余窃谓欲论见之长短者当如此，不可止以妇人之见为见短也。故谓人有男女则可，谓见有男女岂可乎？谓见有长短则可，谓男子之见尽长，女子之见尽短，又岂可乎？"⑤ 精辟地指出谓人有男女则可，但绝不能以性别差异想当然地认为女子的见解天生不如男子高明，在当时可谓石破天惊之语。《艳异编》既是这种时代思潮的产物，又以选录大量卓异女子的作品推动了女性社会地位和女性审美观的改变。

《艳异编》的问世，标志着文人的审美趣味由尚奇异转向艳异并举，反映出明代崭新的文学审美观。此后模仿《艳异编》的《广艳异编》《续艳异编》《宫艳》《青泥莲花记》《绿窗女史》《情史》等小说选本、通俗类书纷纷出现，如适园主人《宫艳叙》云："编以艳名，盖仍弇州先生

---

① 见［明］余文龙《古今名媛汇诗序》，国家图书馆藏张正岳明泰昌元年（1620）刊《古今名媛汇诗》，善本书号：15452。

② ［明］梁辰鱼著《浣纱记》，北京：中华书局，1959 年，第 65 页。

③ ［明］梁辰鱼著《浣纱记》，北京：中华书局，1959 年，第 77 页。

④ ［明］李贽《初潭集》卷四，北京：中华书局，2009 年第 2 版，第 56 页。

⑤ ［明］李贽《焚书注》卷二，张建业主编《李贽全集注》第 1 册，北京：社会科学文献出版社，2010 年，第 144 页。

《艳异》之旧，而特采之惇史以彰信。"① 吴大震《广艳异编》凡例云："延陵生曰：艳异之作，仿于琅琊。"② 这意味着明人对女性和爱情小说的热衷与推崇。这种尚艳异的审美观也被清人所接受，清康熙间王士禛《居易录自序》说："唐人好为浮诞艳异之说，宋人则详于朝章国故、前言往行，史家往往取裁焉。"③ 就对唐人的小说编创与审美思想进行了理论归纳。④ 清张希良为徐岳《见闻录》撰《序》云："余尝读山海之经，齐谐之志，睽车、艳异之编，杜阳、诺皋之记，谓皆文人播弄笔墨，作此不经之语，发泄胸中之奇，以眩天下后世之耳目尔。既而思之，六合大矣，九州广矣，禹迹所至，穆骏所游，怪怪奇奇，惊耳骇目者不可悉数，又何敢以蜂蚁之踪，井窥之见，悬揣其为信为妄哉！"⑤ 则肯定了我国好奇志异的小说学传统。

第二节　史稗相通的小说观念

《艳异编》有 59 篇作品录自《史记》等 14 部史书，又选取大量志怪传奇小说，体现出史稗相通、实录与虚构并重的小说观念。

班固在《汉书》卷六二《司马迁传》中说："然自刘向、扬雄博极群书，皆称迁有良史之材，服其善序事理，辨而不华，质而不俚，其文直，其事核，不虚美，不隐恶，故谓之实录。"⑥ 总结提出了中国传统史学的实录观念。这种实录观念有两个鲜明的特点：一是要求史家体悟人情，并进行合理的想象。正如钱钟书所说："史家追叙真人实事，每须遥体人情，

① ［明］西吴适园主人评辑《宫艳》，南京图书馆藏明刊本。

② ［明］吴大震《广艳异编》，日本国立公文书馆内阁文库藏明刊本。

③ ［清］王士禛《居易录》，清康熙四十年（1701）刻雍正印本。

④ 任明华《论王世贞〈艳异编〉的篇目来源及编选观念——兼谈其成书时间》，《齐鲁学刊》，2023 年第 2 期。

⑤ ［清］徐岳《见闻录》，国家图书馆藏大德堂清乾隆十七年（1752）刊本，善本书号：11360。

⑥ ［汉］班固《汉书》卷六二，北京：中华书局，1962 年，第 2738 页。

悬想事势，设身局中，潜心腔内，忖之度之，以揣以摩，庶几入情合理。盖与小说、院本之臆造人物、虚构境地，不尽同而可相通。"① 这就使史传作品具有一定的文学虚构色彩和传奇性。传统史家视小说为小道、史之余，为了提高小说的地位，文人士大夫提出"偏记小说，自成一家，而能与正史参行"②、可补史阙的小说观。这就在观念上和写作手法上沟通了史传与小说的内在联系，为史传细节上的想象和小说的生存赢得合法空间。二是记录天地间物异之灾祥，以警示君臣，知人事之得失。正如明李维桢《史异编序》所说："灾祥之说，其来自《尚书》《春秋》，盖天地人物皆有之。灾亦谓之祥，或谓之变，或谓为孽为祸，为疴为怪，为沴为戾，前代诸史析为五行、天文志……得是编而陈之，于以警动上心，知天之示异，为仁爱，为告诫，惩既往，戒将来。诡祸为福，久安长治，岂曰小补之哉！"③ 这种史书的志异观与小说的志怪写异观是相通的。正是受上述观念的影响，才使偏重记叙女性、艳情和同性恋的史传题材进入王世贞的视野。明代《徐氏家藏书目》卷四、《澹生堂藏书目》卷七、《千顷堂书目》卷一二都把《艳异编》著录在小说类，表明了史传与小说在观念上的相通。只是王世贞编纂《艳异编》的宗旨不是为了劝惩，而是为了娱乐。正如明息庵居士《艳异编》小引所云"吾以佐杯酌、资抵掌耳"，署名"玉茗居士汤显祖题"的《玉茗堂摘评王弇州先生艳异编》叙也说："从来可欣可羡可骇可愕之事，自曲士观之甚奇，自达人观之甚平。吾尝浮沉八股道中，无一生趣。月之夕，花之辰，衔觞赋诗之余，登山临水之际，稗官野史，时一转玩，诸凡神仙妖怪、国士名姝、风流得意、慷慨情深等语，千转万变，靡不错陈于前，亦足以送居诸而破岑寂。"④

---

① 钱钟书《管锥编》，北京：中华书局，1979 年，第 166 页。

② ［唐］刘知几撰，［清］浦起龙释：《史通通释》卷一〇，上海：上海古籍出版社，1978 年，第 273 页。

③ ［明］余文龙《史异编》，国家图书馆藏明万历四十七年（1619）刊本。

④ ［明］佚名辑《玉茗堂摘评王弇州先生艳异编》，国家图书馆藏明刊本，善本书号：06434。

　　王世贞《艳异编》的小说观念，与中国古代小说创作观念的演进是一致的。《搜神记》等魏晋六朝志怪虽以实录精神记述鬼神，却也存在"虚错"即荒诞不经的虚构内容。唐代传奇小说"著文章之美，传要妙之情"①，始有意关注小说的艺术审美和虚构手法。宋元小说承袭前代，尚实、虚构并行发展。明代瞿佑的《剪灯新话》"自以为涉于语怪，近于诲淫，藏之书笥，不欲传出"②，主要以虚构寄寓自己的时代感喟。李昌祺《剪灯余话》承其余意，"好事者观之，可以一笑而已，又何必泥其事之有无也哉"③。祝允明《志怪录自序》云"况恍语惚说，夺目惊耳，又吾侪之所喜谈而乐闻之者也"④，《四库全书总目提要》称《志怪录》："是编所载，皆怪诞不经之事。观所著《野记》诸书，记人事尚多不实，则说鬼者可知矣。"⑤ 作者亦坦承自己作品的虚构性。明万历四十二年（1614），胡应麟从理论上对小说创作观念的发展进行了总结，明确指出"小说，唐人以前纪述多虚而藻绘可观，宋人以后论次多实而彩艳殊乏"⑥，对唐代小说的虚构性进行了理论总结，并说："凡变异之谈，盛于六朝，然多是传录舛讹，未必尽幻设语。至唐人乃作意好奇，假小说以寄笔端，如《毛颖》《南柯》之类尚可，若《东阳夜怪录》称成自虚，《玄怪录》元无有，皆但可付之一笑，其文气亦卑下亡足论。宋人所记乃多有近实者，而文彩无足观。本朝新、余等话本出名流，以皆幻设而时益以俚俗，又在前数家

---

　　① ［唐］沈既济《任氏传》，汪辟疆校录《唐人小说》，上海：上海古籍出版社，1978 年，第 48 页。

　　② ［明］瞿佑《剪灯新话序》，见［明］瞿佑等著，周楞伽校注《剪灯新话》（外二种），上海：上海古籍出版社，1981 年，第 3 页。

　　③ ［明］李昌祺《剪灯余话》，见［明］瞿佑等著，周楞伽校注《剪灯新话》（外二种），上海：上海古籍出版社，1981 年，第 122 页。

　　④ 黄清泉主编，曾祖荫等辑录《中国历代小说序跋辑录》（文言笔记小说序跋部分），武汉：华中师范大学出版社，1989 年，第 300 页。

　　⑤ ［清］纪昀总纂《四库全书总目提要》卷一四四，石家庄：河北人民出版社，2000 年，第 3696~3697 页。

　　⑥ ［明］胡应麟《少室山房笔丛》，上海：上海书店出版社，2001 年，第 283 页。

下。"① 认为小说至唐乃有意虚构，同时肯定了《剪灯新话》和《剪灯余话》幻设尚虚的特点。王世贞选取《搜神记》《任氏传》《夷坚志》《分类江湖纪闻》《剪灯新话》《剪灯余话》《西樵野纪》等历代记异述奇的志怪传奇小说，正是对小说虚构观念的明确体认。

成书于明宣德（1426—1435）末的赵弼《效颦集》，乃《夷坚志》《剪灯新话》的效仿之作，以实录方法为人物立传，首开明代传奇小说史传化之风气。所谓传奇小说史传化，就是作品以实录为原则记录真实人物，运用典型事例、细节等刻画人物的精神风貌、道德品行，文风朴实，几乎不涉怪诞内容，体现出作者明确的补史意识。《效颦集》卷上 11 篇作品多记忠臣名贤的高风亮节，体现得最为明显。如开卷第一篇《续宋丞相文文山传》多次引《元史》叙述其行实，中间补充《元史》所阙的文天祥入元后义正辞严地面斥元世祖侵略大宋国土，忠于宋朝决不降元，"意气扬扬，颜色自若"② 地走向刑场，南向受刑，以表对故国的忠贞，死后英魂显灵不受元朝赠谥。这些细节表现了文天祥大义凛然、视死如归的一身正气和忠诚义勇，可补正史之阙。《宋进士袁镛忠义传》记南宋进士袁镛守制在家，适值元兵南侵，被四明知府派往前方哨探元兵，获擒后忠于朝廷，誓不降元，被活活烧死；其家人闻知后有 17 人投水自尽，仅 6 岁的次子被仆人救出；仆人将之抚养成人，方使忠臣有后。作者于文末由衷赞道：

> 宋有天下三百余年，忠臣义士固不为少矣。如文天祥、陆秀夫、张世杰、李芾、赵昂发、李廷芝、苗再成诸君子，固皆捐身弃家以报国也。然皆登台省守大郡握兵权者，其于致身死节，乃职分之所当然。若进士袁公，虽名登黄甲，未尝受一命之寄，而与谢昌元、赵孟传誓以死殉国，其忠心义胆出于天性。及为孟传所卖，奋不顾身，以

① ［明］胡应麟《少室山房笔丛》，上海：上海书店出版社，2001 年，第 371 页。
② ［明］赵弼《效颦集》上卷，上海：古典文学出版社，1957 年，第 3 页。

大义拒敌，宁死不屈，竟燎身于烈焰中。而妻妾男女悉投于洪涛之
下，沈朱二仆抚养遗孤于危险之时，忠臣烈妇孝子义仆，萃于一门，
从古逮今几何人哉！至今二百余年，公之謦声气像凛然如生，殆与日
月同辉，泰华并其悠久也。①

这样惊天动地的事迹，"惜乎当时史氏失传，俾忠义之节弗能表襮于世，
深可叹也"，作者于是在宣德初得到袁镛传诔、柳庄先生类编诗集，才详
知其实，"乃述公忠义本末，以补蒋林二公先生传略，执彤管者，尚有传
于无穷矣"②。显然作者为袁镛作传，意在令"执彤管"的史臣能够看到
并记入史书以传后世。

　　成书于成化（1465—1487）末、弘治（1488—1505）初的《花影集》
四卷二十篇，是陶辅较《剪灯新话》《剪灯余话》《效颦集》"得失之端，
约繁补略"而创作的。《花影集》在题材与写法上直接受到了《效颦集》
的影响，书中不乏纪实的史传类作品。卷二《东丘侯传》叙述花云 3 岁
时，父亲被凶豪刘三无故击杀，16 岁时"恒以复父仇为志"，18 岁梦中吃
神人所授铁简，力大无穷，投徐达，只身一人取怀远，"缚刘三及同恶者
十许人"，为父报仇；又率卒三十人下全椒，从朱元璋连破滁州、和州、
镇江、丹阳、丹徒、金坛、常州、常熟等，屡建奇功；在与陈友谅作战
时，中诈被射死。花夫人郜氏对家人说："吾夫，忠孝人也，事若不济，
必以死报国家，我独生乎？此儿虽才三岁，岂可使花氏无后哉！尔等当保
获之。"城陷，夫人赴井死，家人或溺或缢，从死者数十人，独妾孙氏冒
死负儿逃脱，历尽艰险抵达朱元璋处，受到封赠。③作品记载了花云英勇
善战的富有传奇色彩的短暂一生，及其家人的忠勇义烈。作品最后抄录了
"翰林学士承旨宋濂"为花云撰写的铭文，显然受到了宋濂《东丘郡侯花

---

① 　［明］赵弼《效颦集》上卷，上海：古典文学出版社，1957 年，第 8~9 页。
② 　［明］赵弼《效颦集》上卷，上海：古典文学出版社，1957 年，第 9 页。
③ 　［明］陶辅撰，程毅中校点《花影集》卷二，《花影集　鸳渚志余雪窗谈异》，北
京：中华书局，2008 年，第 52~56 页。

公墓碑》的影响。宋文称花云之子"窃恐忠烈不白于后世",恳请宋濂为父撰写墓志铭,宋濂欣然同意,称"惟公勋业始卒,宜载国史。余尝待罪太史氏,不敢以耄辞"。①《东丘郡侯花公墓碑》所记内容得自其子及众所周知的传闻,应真实可信,只是运用了倒叙的手法,先从花云战死、被封为侯写起。陶辅采用了其中的大部分事迹,改为顺叙编排,并补充了花云投徐达前的家世、成长历程,尤其是增加了其梦神人赐铁简的情节,神人对他说:"尔食此,当有神力。"花云跪而嚼食之,醒来后齿痛连日,而力气果异常日,"或手拔大树,或肩负活牛,或挟车渡河,或拖舟上岸,远近喧传,号称花神力"②,赋予他气力增长这段经历以神奇性。《明史》卷二八九列传"忠义"类《花云传》主要据宋濂撰写的墓志编修而成。将《东丘侯传》与宋濂的《东丘郡侯花公墓碑》、《明史·花云传》三文对读,就可描绘出花云神奇、完整的一生。卷二《节义传》叙挥使陈安与妻郝氏"相敬如宾,敦尚义礼,奉父母以孝闻",年近三旬尚未有子。一日陈安忽得重疾,料不得治,"思其妻乃名家之女,性复贞洁刚正,倘己一旦不讳,妻必杀身以成节。若然则父母无所依托,而更以自己之不幸,而累及人之非命"③,嘱妻自己殁后要嫁给友人王生。王生祭奠陈生后,认为朋友之伦不可乱,朋友之妻不可妻,拟将郝氏嫁给一忠义之士。结果在埋葬陈生时,郝氏"投身圹中,伏哭柩侧。众急挽之,不料郝氏潜刃在手,忽然自刎而死"④。于是夫妻合葬。王生移家陈宅奉养陈氏父母终生,郝氏被旌表为节妇。作者篇末评曰:"古之孝子顺孙,义夫节妇,代不乏人。然未尝有此三美生于一门者。当时王能申郝之节,而王之义无人申之,此

①　[明] 宋濂著《宋学士文集》,《宋濂全集》(第5册),杭州:浙江古籍出版社,2014年,第1714页。

②　[明] 陶辅撰,程毅中校点《花影集》卷二,《花影集　鸳渚志余雪窗谈异》,北京:中华书局,2008年,第52页。

③　[明] 陶辅撰,程毅中校点《花影集》卷二,《花影集　鸳渚志余雪窗谈异》,北京:中华书局,2008年,第41页。

④　[明] 陶辅撰,程毅中校点《花影集》卷二,《花影集　鸳渚志余雪窗谈异》,北京:中华书局,2008年,第44页。

传是所以作也。"① 交代了自己的创作动机。作者在作品开头说此事是"予友周君彦博"与自己常常谈起的,且陈安是周氏的邻居,又说"至景泰间,闻王官人尚在,但周君彦博迁居年久,王之后事不得悉知。又忘其名字,惜乎"②,表明了纪事的真实性。作者在最后铭文中称:"代天宣正气,为人立纪纲。一门三义烈,万古芳名扬。他年逢太史,昭焕简编香。"③ 同样表达了记载节义事迹,以供修史者采的征信宗旨。

随着《三国志演义》等通俗演义小说的刊印传播,明人对历史与小说的关系有了进一步的认识。熊大木《大宋演义中兴英烈传序》云:"或谓小说不可紊之以正史,余深服其论。然而稗官野史实记正史之未备,若使的以事迹显然不泯者得录,则是书竟难以成野史之余意矣。"④ 强调历史演义小说虽不能违背正史,但也要有艺术创作的"余意"。明代补史的小说创作观念或对王世贞产生了一定的影响,令其认识到小说与史传的相通之处,即采集自民间的人物轶闻本具有历史的真实性,而史传亦不乏"遥体人情"的虚构性和叙事的趣味性,因此,王世贞才从《史记》《汉书》等史书中选取作品编入《艳异编》。

《艳异编》之后,明代的补史实录与尚虚贵幻的小说观念继续发展。成书于万历年间的《鸳渚志余雪窗谈异》中的《甘节楼记》《德政感禽录》《名闺贞烈传》等,都是人物传记。卷上《甘节楼记》叙姜儒之女嫁马瑶,夫病逝后守节三十多年。这篇作品取材于《嘉兴府图记》卷一九"人文"目"列女"类所记:

---

① [明] 陶辅撰,程毅中校点《花影集》卷二,《花影集 鸳渚志余雪窗谈异》,北京:中华书局,2008 年,第 45 页。

② [明] 陶辅撰,程毅中校点《花影集》卷二,《花影集 鸳渚志余雪窗谈异》,北京:中华书局,2008 年,第 44 页。

③ [明] 陶辅撰,程毅中校点《花影集》卷二,《花影集 鸳渚志余雪窗谈异》,北京:中华书局,2008 年,第 45 页。

④ 黄霖编,罗书华撰《中国历代小说批评史料汇编校释》,南昌:百花洲文艺出版社,2009 年,第 145 页。

　　绝粒节妇者，嘉兴马瑶之妻，姜儒之女也。妇归瑶，执礼甚恭，已而瑶亡，妇毁曰："夫亡，吾安用生！"遂绝食饮，饿旬日不死。亲属交劝之曰："死生修短，天也；今汝饥饿求死而卒不死，是天未欲亡汝也。合少食饮，为天自爱。"妇又卒不食饮，亲属乃皆悼劝，强使稍食果实，终不粒食者已三十年。始嫠时，年二十七，今几六十矣。奇节苦行，宜有殊旌，有司未有上其事。先是，妇舅姑俱亡，无所依。还父家，处一小楼不下，至今犹然。前知县黄训尝表其楼曰甘节云。①

　　全文 172 字，作者在上述框架下添加了 230 个字，丰富了故事细节。一是增加了夫妻倾诉衷肠的情节，使人物的性格更加鲜明生动，如瑶曰："上丧翁姑，下无子嗣，何所凭依，而可自守？"姜曰："夫者妇之天也，君既不幸，吾安用生，君先之，妾当后也。"② 二是增加了姜氏自缢的情节，如："（姜氏）闭闺自缢。时闺中有声轰然，缢带自绝如剪。伴者排门而入，见姜颈拥白巾，堕地若醉。急扶宽解，运以脑额，执以指臂，灌以汤水，久之方苏，曰：'才欲与先夫同游地下，不料为神人所援，断吾缢，返吾精，不得遂吾之志。'言讫大恸"③。这意在突出烈妇感动上天受到神人的救助，颇具奇异色彩。总体上看，《甘节楼记》是篇征信的人物传记，目的是为了宣扬理学的伦理纲常观念。正如篇末作者所评："有夫妇而后有父子，则夫妇者，又三纲之首也。今人情爱是溺，浩气夺于朱铅，阳刚挫乎枕褥，由是尊卑之分稍脱略矣。渐则志可肆，势可凌，而丈夫反制于妇女之手。吁！挽何及哉。今甘节以死徇夫，虽节义在心不可泯灭，而瑶实有以感之也。观其临终永诀之辞，惓惓致念，则平日能

---

　　① ［明］赵瀛、赵文华纂修《（嘉靖）嘉兴府图记》卷一九，国家图书馆藏明嘉靖年间刻本。

　　② ［明］周绍濂撰，于文藻点校《鸳渚志余雪窗谈异》帙上，《花影集　鸳渚志余雪窗谈异》，北京：中华书局，2008 年，第 154 页。

　　③ ［明］周绍濂撰，于文藻点校《鸳渚志余雪窗谈异》帙上，《花影集　鸳渚志余雪窗谈异》，北京：中华书局，2008 年，第 154~155 页。

以情礼相维，从可知矣。故无夫者伤节，逐妇者不仁，必彼此各尽，斯无负于纲常。再合《卖妇叹》及《羞墓记》二条，与此条参看，益可识此记命笔劝世之旨。"① 卷上《德政感禽录》选取六个典型事件，记述了杨继宗尊师重教、以法治豪强、驱赶太监、强送御史、助人婚娶、坚拒汪直的拉拢六个故事，刻画了他关心百姓，不畏权贵的高尚品德。前五事较平实质直，最后一事稍涉怪异，言韩某欲上本陷害杨继宗，数十苍鹰云集，啄碎奏章与纱帽，韩惧，事乃止，以此渲染杨公的正直可感禽鸟。卷下《名闺贞烈传》述项氏闻未婚夫得疾死，认为虽未婚娶，然"义则已夫妇矣"，立身处世，"纲常为重，何忍系名一姓，而又移质他人乎"②，遂自缢殉夫。作品最后云："予因有感，传其事，以待秉史者，笔之于千万世。"③ 显然作者是带着补史的心态记录这些人物的忠贞事迹的。

随着小说创作成就的取得，明人对小说虚构理论的总结达到了新的高度。万历四十三年（1615），李日华《广谐史序》云："且也因记载而可思者，实也；而未必一一可按者，不能不属之虚。借形以托者，虚也；而反若一一可按者，不能不属之实。古至人之治心，虚者实之，实者虚之。实者虚之故不系，虚者实之故不脱，不脱不系，生机灵趣泼泼然，以坐挥万象将毋忘筌蹄之极，而向所雠校研摩之未尝有者耶。"④ 认识到文学创作应该"虚者实之，实者虚之"，使虚构达到艺术真实的境界，这样文学作品才能取得"生机灵趣泼泼然"的艺术效果。万历四十四年（1616），谢肇淛说："凡为小说及杂剧戏文，须是虚实相半，方为游戏三昧之笔，亦要情景造极而止，不必问其有无也。古今小说家，如《西京杂记》《飞燕

---

① ［明］周绍濂撰，于文藻点校《鸳渚志余雪窗谈异》帙上，《花影集　鸳渚志余雪窗谈异》，北京：中华书局，2008 年，第 155 页。

② ［明］周绍濂撰，于文藻点校《鸳渚志余雪窗谈异》帙下，《花影集　鸳渚志余雪窗谈异》，北京：中华书局，2008 年，第 204 页。

③ ［明］周绍濂撰，于文藻点校《鸳渚志余雪窗谈异》帙下，《花影集　鸳渚志余雪窗谈异》，北京：中华书局，2008 年，第 206 页。

④ 黄霖编，罗书华撰《中国历代小说批评史料汇编校释》，南昌：百花洲文艺出版社，2009 年，第 209 页。

外传》《天宝遗事》诸书,《虬髯》《红线》《隐娘》《白猿》诸传,杂剧家如《琵琶》《西厢》《荆钗》《蒙正》等词,岂必真有是事哉?近来作小说,稍涉怪诞,人便笑其不经,而新出杂剧,若《浣纱》《青衫》《义乳》《孤儿》等作,必事事考之正史,年月不合,姓字不同,不敢作也。如此,则看史传足矣,何名为戏?"① 提出虚实相半的文学创作方法,肯定虚构在文学创作中是不可或缺的。《艳异编》实录、虚构并重的小说观念是建立在中国古代小说的创作实绩上的,体现了王世贞鲜明的编选理念和小说观,在明代小说学史上具有承前启后的作用。

第三节 重视"诗文小说"的文体形态

"诗缘情而绮靡"②,小说以写人叙事见长。诗歌与小说结缘,使抒情与叙事相得益彰,形成中国古代小说富有民族特色的韵散相间的文体形态。目前可知,小说中插入诗歌滥觞于《穆天子传》。周穆王西征到西王母邦,云:

> 天子觞西王母于瑶池之上。西王母为天子谣曰:"白云在天,山陵自出。道里悠远,山川间之。将子无死,尚能复来。"天子答之曰:"予归东土,和治诸夏。万民平均,吾顾见汝。比及三年,将复而野。"西王母又为天子吟曰:"徂彼西土,爰居其野。虎豹为群,於鹊与处。嘉命不迁,我惟帝女。彼何世民,又将去子。吹笙鼓簧,中心翔翔。世民之子,唯天之望。"③

---

① [明] 谢肇淛《五杂组》卷一五,上海:上海书店出版社,2001 年,第 313 页。

② [梁] 萧统编,[唐] 李善注《文选》卷一七,上海:上海古籍出版社,1986 年,第 766 页。

③ [晋] 郭璞注,王贻樑、陈建敏校释《穆天子传汇校集释》,北京:中华书局,2019 年,第 143 页。

西王母在宴会上用歌谣深情地表达了对周穆王的美好祝愿和高度赞颂，周穆王也抒发了对西王母的留恋和一往情深，正是诗歌的运用才描摹出二人此刻难以言表的内心情感，增强了抒情意味。魏晋六朝时，干宝《搜神记》中的《韩重》《卢充》与吴均《续齐谐记》中的《赵文韶》《王敬伯》等插入诗歌的作品明显增多。如《韩重》叙郁结而死的吴王小女紫玉的鬼魂从墓中出来，对韩重"宛颈而歌"曰"南山有鸟，北山张罗。鸟既高飞，罗将奈何！意欲从君，谗言孔多。悲结生疾，没命黄垆。命之不造，冤如之何！羽族之长，名为凤凰。一日失雄，三年感伤。虽有众鸟，不为匹双。故见鄙姿，逢君辉光。身远心近，何当暂忘"①，诉说了二人情不能谐的痛苦，表现了对爱情的忠贞不渝，情真意切，催人泪下。至唐代，插入诗歌的小说始大盛，如元稹的《莺莺传》、沈亚之的《感异记》和张荐《灵怪集》中的《郭翰》等，程毅中称之为辞赋派，"注重诗笔，在叙事中插入一些主人公的诗歌，既加强了人物的描写，又显示了作者的才华"。② 宋代虽有承袭，如乐史的《绿珠传》、钱易的《越娘记》等，但作品数量明显减少。元明时，插入诗歌的小说复大盛，如元代的《潘用中奇遇》《郑吴情诗》《娇红记》，明代瞿佑《剪灯新话》、李昌祺《剪灯余话》与《钟情丽集》等中篇传奇小说中的诗歌数量大增，作品亦蔚为大观。孙楷第先生曾对明代这类小说的特点进行过评价：

> 凡此等文字皆演以文言，多羼入诗词。其甚者连篇累牍，触目皆是，几若以诗为骨干，而第以散文联络之者。而诗既俚鄙，文亦浅拙，间多秽语，宜为下士之所览观。此等作法，为前此所无。其精神面目，既异于唐人之传奇；而以文缀诗，形式上反与宋金诸宫调及小令之以词为主附以说白者有相似之处；然彼以歌唱为主，故说白不占

---

① ［晋］干宝撰，汪绍楹校注《搜神记》卷一六，北京：中华书局，1979 年，第 200 页。

② 程毅中《唐人小说中的"诗笔"与"诗文小说"的兴衰》，《文学遗产》，2007 年第 6 期。

重要地位，此则只供阅览，则性质亦不相侔。余尝考此等格范，盖由瞿佑、李昌祺启之。唐人传奇，如《东阳夜怪录》等固全篇以诗敷衍，然侈陈灵异，意在诽谐，牛马橐驼其所为诗亦各自相切合；则用意固仍以故事为主。及佑为《剪灯新话》，乃于正文之外赘附诗词，其多者至三十首，按之实际，可有可无，似为自炫。昌祺效之，作《余话》，着诗之多，不亚宗吉。而识者讥之，以为诗皆俚拙，远逊于集中所载。则亦徒为蛇足而已。自此而后，转相仿效，乃有以诗与文拼合之文言小说。乃至下士俗儒，稍知韵语，偶涉文字，便思把笔；蚓窍蝇声，堆积未已，又成为不文不白之"诗文小说"。①

对"诗文小说"的源流、外在形态作了精辟的总结。明弘治间周礼的《湖海奇闻》则开始以他人诗歌编创传奇小说，意在炫才和娱乐，发展了韵散相间的"诗文小说"体式。

王世贞选录了大量杂有诗歌的小说，显示出对韵散结合文体的重视。下面将四十五卷本《艳异编》中有诗歌的作品列表如下：

时　代	卷　数	篇　名	诗赋数量（首）
	卷　一	赵文韶	1
	卷　六	杜兰香	2
	卷　六	成公智琼	1
	卷　九	汉武帝	1
唐　前	卷　九	武　帝	1
	卷一九	翾　风	1
	卷四一	韩　重	1
	卷四一	卢　充	1
	卷四一	王敬伯	2

---

① 孙楷第编《日本东京所见中国小说书目》，上海：上杂出版社，1953年，第170页。

（续表）

时　代	卷　数	篇　名	诗赋数量（首）
唐　代	卷　一	郭　翰	4
	卷　一	沈　警	10
	卷　二	周秦行纪	7
	卷　三	张无颇传	2
	卷　三	郑德璘传	4
	卷　三	洛神传	3
	卷　三	太学郑生	1
	卷　五	柳毅传	3
	卷　五	许汉阳	1
	卷　六	裴　航	2
	卷　六	少室仙姝传	3
	卷　七	嵩岳嫁女记	12
	卷　七	薛昭传	5
	卷一四	长恨歌传	1
	卷一六	文　宗	1
	卷一九	宁　王	1
	卷一九	元　载	2
	卷二〇	莺莺传	5
	卷二一	非烟传	8
	卷二四	韦　皋	1
	卷二四	崔　护	1
	卷二七	邢　凤	2
	卷二七	沈亚之	4
	卷二七	张　生	6
	卷二七	刘景复	1
	卷二八	乐昌公主	2
	卷二八	柳氏传	2
	卷二九	昆仑奴传	2

（续表）

时　代	卷　数	篇　名	诗赋数量（首）
唐　代	卷三二	王涣之	4
	卷三二	洛中举人	2
	卷三二	李季兰	1
	卷三二	李逢吉	4
	卷三二	张建封伎	8
	卷三二	欧阳詹	3
	卷三二	薛宜僚	1
	卷三二	戎　昱	1
	卷三二	刘禹锡	1
	卷三二	杜　牧	4
	卷三二	张又新	2
	卷三七	袁氏传	1
	卷三七	焦　封	4
	卷三八	姚　坤	1
	卷四〇	崔玄微	2
	卷四〇	张不疑	1
	卷四〇	谢　翱	4
	卷四一	长孙绍祖	2
	卷四一	刘　讽	3
	卷四二	独孤穆传	5
	卷四二	崔炜传	2
	卷四二	孟　氏	3
	卷四二	李章武	8
	卷四三	曾季衡	2
	卷四三	颜　濬	4
	卷四三	韦氏子	1
五　代	卷一六	蜀徐太后太妃	18

（续表）

时　代	卷　数	篇　名	诗赋数量（首）
宋　代	卷一二	海山记	10
	卷一二	迷楼记	10
	卷一二	大业拾遗记	11
	卷一五	杨太真外传	6
	卷　三	邢　凤	2
	卷　六	蔡筝娘	10
	卷一六	唐玄宗梅妃传	3
	卷一六	王　衍	5
	卷一七	蔡京保和延福二记	2
	卷一七	德寿宫看花	3
	卷一九	绿珠传	6
	卷二七	安西张氏女	1
	卷二七	司马才仲	2
	卷三二	薛　涛	1
	卷三二	周　韶	3
	卷三二	秀　兰	1
	卷三五	义倡传	1
	卷三五	吴女盈盈	9
	卷三五	吴淑姬严蕊	2
	卷三五	谢希孟	1
	卷三五	王　魁	5
	卷三七	石六山美女	2
	卷三九	舒信道	1
	卷四〇	刘改之	2
元　代	卷　三	揭曼硕	1
	卷二一	潘用中奇遇	4
	卷二一	张幼谦罗惜惜	7
	卷二一	郑吴情诗	30

（续表）

时　代	卷　数	篇　名	诗赋数量（首）
元　代	卷二二、二三	娇红记	46
	卷三五	陈　诜	1
	卷三五	珠帘秀	2
	卷三五	詹天游	2
	卷四四	莲塘二姬	9
明　代	卷二一	联芳楼记	13
	卷二七	渭塘奇遇	5
	卷四五	绿衣人传	2
	卷四五	滕穆醉游聚景园记	4
	卷二五、二六	贾云华还魂记	49
	卷三二	西阁寄梅记	2
	卷三五	苏小娟	2
	卷三九	太湖金鲤	3
	卷四〇	桃花仕女	1
	卷四五	法僧遣祟	1
	卷四五	田洙遇薛涛联句记	6

上表共 108 篇作品，基本上能够反映出从唐前到明代小说中羼入诗歌的状况。唐前诗歌插入的数量及这类小说作品都较少，唐代明显增多，宋代是过渡，元明则大盛。尤其是元代的《郑吴情诗》，诗歌数量多、比重大，诗词与书信篇幅约占全文的 78%；《娇红记》则首开诗歌、散文相间的中篇传奇小说创作风气。当然，由于作品的长短不一，我们不能仅凭诗歌数量判断其叙事形态。如都是有三首诗歌，《柳毅传》全文约 4500 字，插入三诗共 176 字；《太湖金鲤》全文约 370 字，三诗凡 112 字。可见，诗歌在各自作品中所带动的叙事节奏是截然不同的。目前可知，《艳异编》是明代最早选录从唐前到明代羼入诗歌之小说作品的小说选本，体现出王世贞鲜明的小说文体观念。

　　王世贞不仅大量选录历代此类作品，还有意编纂这类小说。如《艳异编》卷三二的《薛涛》：

　　　　蜀妓薛涛，字洪度，本长安良家子。父郑，因官寓蜀。涛八九岁，知声律。其父一日坐庭中，指井梧示之曰："庭除一古桐，耸干入云中。"令涛续之。即应声曰："枝迎南北鸟，叶送往来风。"父愀然久之。父卒，母孀居，韦皋镇蜀，召令侍酒赋诗，因入乐籍。涛暮年屏居浣花溪，著女冠服，有诗五百首。

　　　　元稹微之知有薛涛，未尝识面。初授监察御史，出使西蜀，得与薛涛相见。自后元公赴京，薛涛归浣花所，其浣花之人，多造十色彩笺。于是涛别模新样小幅松花纸，多用题诗，因寄献元公百余幅。元于松花纸上，寄赠一篇曰："锦江滑腻岷峨秀，幻作文君及薛涛。言语巧偷鹦鹉舌，文章分得凤凰毛。纷纷词客皆停笔，个个公侯欲梦刀。别后相思隔烟水，菖蒲花发五云高。"薛尝好种菖蒲，故有是句。蜀中松花纸、金沙纸、杂色流沙纸、彩霞金粉龙凤纸，近年皆废，唯绫纹纸尚在。

　　　　《罚赴边有怀上韦相公》云："闻道边城苦，而今到始知。却将门下曲，唱与陇头儿。"元微之赠涛诗，因寄旧诗与之云："诗篇调态人皆有，细腻风光我独知。月夜咏花怜暗淡，雨朝题柳为欹垂。长教碧玉藏深处，总向红笺写自随。老大不能收拾得，与君开似教男儿。"薛涛好制小诗，惜其幅大，狭小之，蜀中号薛涛笺。或以营妓无校书之号，韦南康欲奏之而罢，后遂呼之。胡曾诗曰："万里楼台女校书，琵琶花下闭门居。扫眉才子知多少，领取春风总不如。"进士杨蕴中下成都狱，梦一妇人曰："吾薛涛也。"赠诗云："玉漏声长灯耿耿，东墙西墙时见影。月明窗外子规啼，忍使孤魂愁夜永。"

　　上文实分别由百卷本《说郛》卷四四《稿简赘笔》、卷七《牧竖闲谈》与宋计敏夫《唐诗纪事》卷七九中的三则与薛涛相关的轶事组合而成。由于每则都有诗歌，近于诗话，因此虽然不是创作，但是三则材料的组合客观上就形成并强化了散文—诗歌—散文—诗歌的叙事形态。此外，王世贞还改写与诗歌相关的作品，如卷三六《秦宫》所谓"秦宫者，汉大将军梁冀之嬖奴也"云云是小序，后面的一首七言长诗，主要据李贺《昌谷集》卷三《秦宫诗并序》与《后汉书·梁冀传》改写而成。这意味着王世贞对此种小说文体的认可和推崇。

王世贞《艳异编》问世后，众多续编、摘选、评点《艳异编》及模仿之小说选本纷纷编刊，扩大了"诗文小说"的传播范围和社会影响，意味着这种编选观念已深入人心，深受明代读者的喜爱，以至于明代中后期出现了《古今清谈万选》《幽怪诗谈》等几乎专门收录杂有诗歌的小说选本，成为明代此类小说文体的典型代表。可以说，《艳异谈》对明代韵散相间的小说作品的编创起到了承前启后的作用。

《古今清谈万选》《幽怪诗谈》中明人编创的"诗文小说"除直接运用历代文人诗歌外，还根据《古今名家诗学大成》创作诗歌，主要有两种方法：一是完全用《古今名家诗学大成》中的对句，不易一字，直接组诗，如《幽怪诗谈》中《长沙四老》咏大雁诗[1]。二是选取某首诗的一到四联，再改动、补充成一首完整的诗歌，如《古今清谈万选》卷三《禅关六器》中第七首咏扇诗的首联"天地为炉酷暑蒸，谁将纨素巧裁成"、颈联"摇动半轮明月展，勾来两腋好风生"与尾联"秋深只恐生离别，争奈炎凉不世情"取自《古今名家诗学大成》，颔联"苍龙骨削霜筠劲，白鹤翎裁雪楮轻"[2] 则为新创。在改创诗歌时，作者或根据小说人物以第一人称自咏身份的叙事体式改易人称，如《幽怪诗谈》卷四《古驿八灵》第五首把《古今名家诗学大成》卷一八的"多士头颅赖尔遮"改为"多士

---

① ［明］碧山卧樵纂辑，任明华校注《幽怪诗谈校注》卷五，济南：齐鲁书社，2011年，第234页。

② ［明］泰华山人编选《新镌全像评释古今清谈万选》卷三，日本国立公文书馆内阁文库藏明万历间南京大有堂刊印本。

头颅赖我遮"。① 或为押韵而改韵脚，如《古今清谈万选》卷四《五美色殊》第三首，为与首、颔、颈联末字"栽""开""堆"押十灰韵，尾联即改《古今名家诗学大成》卷八的"鱼龙乘此跃天涯"为"蛟龙乘此起风雷"。②《幽怪诗谈》卷五《泰山鹿兔》第二首，为与首联、颈联末字"乡""藏"押韵，颔联就改《古今名家诗学大成》卷二三的"捣熟玄霜玉杵闲"为"捣熟玄霜玉杵香"，以押七阳韵。③ 或改五言为七言，如《幽怪诗谈》卷六《虫闹书室》第五首颔联"寻香逐臭呼朋至，鼓翼摇头引类来"，即改自《古今名家诗学大成》卷二四的"逐臭呼俦集，寻香引类来"。④ 或据《古今名家诗学大成》的"事类"典故、"大意"及自己的博识创作，如《幽怪诗谈》卷四《田器传神》第四首的颔、颈、尾联都抄自《古今名家诗学大成》卷一九"麈尾"下的对句，首联"采得龙髯数缕长，水晶为柄凛寒光"来自"麈尾"下"事类"中"龙髯"："《剧谈录》：元载有紫龙髯拂，色如烂椹，长三尺，水晶为柄，清冷，夜则蚊蚋不敢进，拂之有声，鸡犬无不惊逸。"⑤ 总之，《古今名家诗学大成》与《古今清谈万选》《幽怪诗谈》的诗歌、小说编创存在密切关系。

《古今名家诗学大成》有力助推诗歌大量进入小说作品，形成以诗歌

---

① ［明］碧山卧樵纂辑，任明华校注《幽怪诗谈校注》卷四，济南：齐鲁书社，2011 年，第 200 页；［明］李攀龙编《古今名家诗学大成》卷一八，美国哈佛大学燕京图书馆藏明万历间刊本。

② ［明］李攀龙编《古今名家诗学大成》卷八，美国哈佛大学燕京图书馆藏明万历间刊本；［明］泰华山人编选《新镌全像评释古今清谈万选》卷四，日本国立公文书馆内阁文库藏明万历间南京大有堂刊印本。

③ ［明］李攀龙编《古今名家诗学大成》卷二三，美国哈佛大学燕京图书馆藏明万历间刊本；［明］碧山卧樵纂辑，任明华校注《幽怪诗谈校注》卷五，济南：齐鲁书社，2011 年，第 272 页。

④ ［明］碧山卧樵纂辑，任明华校注《幽怪诗谈校注》卷六，济南：齐鲁书社，2011 年，第 287 页；［明］李攀龙编《古今名家诗学大成》卷二四，美国哈佛大学燕京图书馆藏明万历间刊本。

⑤ ［明］碧山卧樵纂辑，任明华校注《幽怪诗谈校注》卷四，济南：齐鲁书社，2011 年，第 193 页；［明］李攀龙编《古今名家诗学大成》卷四，美国哈佛大学燕京图书馆藏明万历间刊本。

为骨架的小说叙事形态。这类小说的叙事结构较为模式化，通常都是叙述某人外出，偶遇数人，相互吟诗以抒怀抱，最后方知所遇乃妖怪精魅，情节简单。开头和结尾常常极为简短，诗歌构成小说的主体，诗歌与诗歌之间缺乏内在逻辑，作者可以在不打乱整体叙事框架的情况下任意添加人物和诗歌，造成诗歌的叠加。如较少改动文字的小说选本《广艳异编》卷二三《狄明善》叙述狄明善在路旁酒肆邂逅桂花精幻化的年轻女子桂淑芳，遂吟诗挑逗，全文只有一首咏桂花诗；据此改编而成的《古今清谈万选》卷四《老桂成形》则于中间增加了唐卢纶《奉和太常王卿酬中书李舍人中书寓直春夜对月见寄》、童轩《断肠曲》等四首诗，使诗歌的地位得以凸显。《古今名家诗学大成》将诗歌分门别类，为此类小说编纂提供了便利，起到了推波助澜的作用。一是作者易于在以前的小说作品中插入同类别的诗歌，以彰显诗歌的核心功能。如《广艳异编》卷二三《臧颐正》叙士人臧颐正郊游野外遇二叟，只有咏梧桐和竹子的两首诗；而《古今清谈万选》卷四《滁阳木叟》则不仅将臧颐正途遇二叟改为遇五叟，且据《古今名家诗学大成》卷一一百木门增加了唐顺之、陈幼泉、颜潜庵分别咏枫、柳、桑的三首诗。再如，《广艳异编》卷二三《周江二生》原有三诗，《古今清谈万选》卷四《渭塘舟赏》则删除了第一首，又增加了明童轩、颜潜庵、丘濬和罗洪先的四首诗歌，而后面三首均在《古今名家诗学大成》卷九花木门中被载录。二是作者根据《古今名家诗学大成》中的汇选诗和诗歌对句就能十分容易地编撰新的小说作品，试看《古今清谈万选》和《幽怪诗谈》中较有代表性的作品：

书名	篇名	诗歌数量	《古今名家诗学大成》对应卷数及诗歌
古今清谈万选	《东墙遇宝》	5首诗，其中4首诗	卷二〇颜潜庵诗及集句
	《古冢奇珍》	5首诗，其中3首诗	卷二〇集句
	《月下灯妖》	7首诗，其中6首诗	卷一九范应期、陈栋、颜潜庵、杨月轩、陈经邦诗及集句

（续表）

书名	篇　名	诗歌数量	《古今名家诗学大成》对应卷数及诗歌
古今清谈万选	《四妖现世》	4 首诗，其中 3 首诗	卷一九颜潜庵诗及集句
	《三老奇逢》	5 首诗，其中 3 首诗	卷一九毛伯温、李自华诗及集句
	《禅关六器》	7 首诗	卷七、卷一九司空曙、夏寅诗及集句
	《渭塘舟赏》	5 首诗，其中 4 首诗	卷九颜潜庵、丘濬、罗洪先、舒芬诗
	《野庙花神》	4 首诗，其中 3 首诗	卷九罗洪先、陈幼泉诗及集句
	《濠野灵葩》	5 首诗，其中 3 首诗	卷一〇颜潜庵、杨月轩、罗洪先诗
	《常山怪木》	5 首诗，其中 4 首诗	卷一一陈王道、罗洪先、夏桂洲、陈经邦诗
	《滁阳木叟》	5 首诗，其中 4 首诗	卷一一舒芬、唐顺之、陈幼泉、颜潜庵诗
幽怪诗谈	《梵音化僧》	5 首诗	卷二〇汤日新、颜潜庵、陈白沙诗及集句
	《乐器幻妓》	6 首诗，其中 4 首诗	卷二〇舒芬、徐时行、毛伯温诗及集句
	《田器传神》	5 首诗	卷一九集句
	《古驿八灵》	8 首诗	卷一八颜服膺、颜潜庵、余有丁、吴梦舍诗及集句
	《长沙四老》	5 首诗，其中 4 首诗	卷二一、二二唐顺之、金达、苏轼诗及集句
	《六畜警恶》	6 首诗，其中 4 首诗	卷二三费宏、文天祥诗及集句
	《山居禽异》	4 首诗，其中 3 首诗	卷二二周敦颐、罗伦诗及集句
	《泰山鹿兔》	2 首诗	卷二三集句

　　可以看出，《古今清谈万选》和《幽怪诗谈》里每篇小说作品中的诗歌多来自《古今名家诗学大成》，很多诗歌甚至选自同一卷，这绝不是偶然的。作者在编撰小说时案头一定有部《古今名家诗学大成》作为参照，方能节省查找诗歌的时间，迅速创作。当然，作者也应参照了其他诗集，选取的诗歌题材也较为广泛，但诗歌类型仍主要是咏物诗、写景诗。诗歌已成为小说叙事的中心，若去掉诗歌，作品就失去了原来特有的韵味，变成了短小的志怪小说，使小说文体发生根本性的变化。①

---

　　① 参任明华《〈古今名家诗学大成〉与明代传奇小说的文体发展》，《文艺理论研究》，2023 年第 2 期。

第四节 独特的文献学价值

《艳异编》是明代较早编纂的小说选本，收录了430多篇作品。其作品或为罕见小说，或具版本学价值，具有重要的文献学价值。

一、保存了明代小说文本

《艳异编》至少保留了《陈子高》《韩宗武》《西阁寄梅记》《武后传略》四篇明代小说。目前可知，这四篇小说作品最早见于四十五卷本《艳异编》，《陈子高》后被《绿窗女史》卷五尤悔类（作者题"江阴李诩"）、《情史》卷二二情外类选录，《韩宗武》被《情史》卷二一情妖类选录，《西阁寄梅记》被《青泥莲花记》卷八记从类、《一见赏心编》卷四名姝类、《剪灯丛话》卷六、《绿窗女史》卷四缘偶类、《情史》卷六情爱类收录，文字相同。根据《娇红记》《武后传略》等作品判断，《绿窗女史》《情史》等小说选本中的相关篇目应直接袭自《艳异编》。假如没有《艳异编》，《陈子高》等小说作品或将湮灭在历史的长河中。

《陈子高》主要记述两件事：一是陈子高发迹且受宠于陈蒨，二是陈子高与陈霸先女儿偷情。第一事据《陈书》卷二〇《韩子高传》（《南史》卷六八《韩子高传》相同）改编，试对比：

> 韩子高，会稽山阴人也。家本微贱。侯景之乱，寓在京都。景平，文帝出守吴兴，子高年十六，为总角，容貌美丽，状似妇人，于淮渚附部伍寄载欲还乡，文帝见而问之，曰"能事我乎？"子高许诺。子高本名蛮子，文帝改名之。性恭谨，勤于侍奉，恒执备身刀及传酒炙。文帝性急，子高恒会意旨。及长，稍习骑射，颇有胆决，愿为将帅，及平杜龛，配以士卒。文帝甚宠爱之，未尝离于左右。文帝尝梦

见骑马登山，路危欲堕，子高推捧而升。① (《陈书》卷二〇《韩子高传》)

陈子高，会稽山阴人也。世微贱，业织履为生。侯景乱，子高从父寓都下。是时子高年十六，尚总角，容貌艳丽，纤妍洁白如美妇人，螓首膏发，自然蛾眉，见者靡不啧啧。即乱卒挥白刃，纵挥间嗫不忍下，更引而出之数矣。陈司空霸先时平景乱，其从子蒨以将军出镇吴兴，子高于淮诸附部伍寄载求还乡。蒨见而大惊，问曰："若不欲富贵乎？盍从我？"子高许诺。子高本名蛮子，蒨嫌其俗，改名之。蒨不韦于器。既乍幸，子高不胜，啮被，被尽裂。蒨欲且亡，曰："得无创巨汝耶？"子高曰："身是公身也，死耳亦安敢爱！"蒨愈益愧怜之。子高肤理色泽，柔靡都曼，而猿臂善骑射，上下若风。性恭谨，恒执佩身刀及侍酒炙。蒨性急，有所恚，目若虓虎，焰焰欲啖人，见子高则立解。子高亦曲意傅会得其欢。蒨尝为诗赠之曰：昔闻周小史，今歌明下童。玉麈手不别，羊车市若空。谁愁两雄并，金貂应让侬。且曰："人言吾有帝王相，审尔，当册汝为后，但恐同姓致嫌耳。"子高叩头曰："古有女主，当亦有男后。明公果垂异恩，奴亦何辞作吴孟子耶！"蒨大笑。日与狎，未尝离左右。既渐长，子高之具尤伟。蒨尝抚而笑曰："吾为大将，君副之，天下女子兵，不足平也。"子高对曰："政虑粉阵饶孙吴。非奴铁缠矟，王江州不免落坑堑耳。"其善酬接若此。蒨梦骑马登山，路危欲堕，子高推捧而升。将任用之，亦愿为将，乃配以宝刀，备心腹。(《艳异编》卷三六《陈子高》)

相比于《陈书》，《艳异编》中的《陈子高》除了抄袭部分内容外，主要进行了几点改动：一是把韩子高改作陈子高；二是进一步渲染了子高偏于女性美的状貌特征，如"螓首膏发，自然蛾眉，见者靡不啧啧"；三是重点增加了陈文帝陈蒨与子高之间的畸形恋情。第二事改编自《资治通鉴》

---

① [唐] 姚思廉《陈书》卷二〇，北京：中华书局，1972年，第269页。

卷一六六，试对比下文：

> 初，王僧辩与陈霸先共灭侯景，情好甚笃，僧辩为子颉娶霸先女，会僧辩有母丧，未成婚。僧辩居石头城，霸先在京口，僧辩推心待之，颉兄颐屡谏，不听。……（霸先）举兵袭僧辩。……霸先欲纵火焚之，僧辩与颉俱下就执。霸先曰："我有何辜，公欲与齐师赐讨？"且曰："何意全无备？"僧辩曰："委公北门，何谓无备？"是夜，霸先缢杀僧辩父子。[①]（《资治通鉴》卷一六六）

> 王大司马僧辩下京师，功为天下第一。陈司空次之，僧辩留守石头城，命司空守京口，推以赤心，结廉蔺之分。且为第三子颉，约娶司空女。颉有才貌，尝入谢司空，女从隙窗窥之，感想形于梦寐，谓其侍婢曰："世宁有胜王郎子者乎？"婢曰："昨见吴兴东阁日直陈某，且数倍王郎子。"盖是时蒨解郡佐司空在镇。女果见而悦之，唤欲与通。子高初惧罪，谢不可，不得已，遂私焉。女绝爱子高，尝盗其母阁中珠宝与之，价直万计。又书一诗白团扇，画比翼鸟其上，以遗子高曰："人道团扇如圆月，侬道圆月不长圆。愿得炎州无霜色，出入欢袖百千年。"事渐泄，所不知者司空而已。会王僧辩有母丧，未及为颉礼娶。子高常恃宠凌其侣，因为窃团扇与颉，且告之故。颉忿恨以语僧辩，用他事停司空女婚。司空怒，且谓僧辩之见图也，遂发兵袭僧辩并其子，缢杀之。蒨率子高实为军锋焉。自是子高引避不敢入。蒨知之，仍领子高之镇。女以念极，结气死。（《艳异编》卷三六《陈子高》）

《艳异篇》中的《陈子高》在《资治通鉴》的基础上，进行了生发虚构，其中陈子高与陈霸先女儿偷情的情节，显然源于《晋书》卷四〇《贾充

---

① ［宋］司马光编著，［元］胡三省音注，"标点资治通鉴小组"校点《资治通鉴》卷一六六，北京：中华书局，1956年，第5131~5133页。

传》：

> （韩寿）美姿貌，善容止，贾充辟为司空掾。充每宴宾僚，其女
> 辄于青琐中窥之，见寿而悦焉。问其左右识此人不，有一婢说寿姓
> 字，云是故主人。女大感想，发于寤寐。婢后往寿家，具说女意，并
> 言其女光丽艳逸，端美绝伦。寿闻而心动，便令为通殷勤。婢以白
> 女，女遂潜修音好，厚相赠结，呼寿夕入。寿劲捷过人，逾垣而至，
> 家中莫知，惟充觉其女悦畅异于常日。时西域有贡奇香，一著人则经
> 月不歇，帝甚贵之，惟以赐充及大司马陈骞。其女密盗以遗寿，充僚
> 属与寿燕处，闻其芬馥，称之于充。①

《陈子高》只是把《晋书》中赠给情人奇香的情节改为赠珠宝，并增加了
赠题有诗画的白团扇的情节。从大胆的性爱文字描写和增加诗歌来看，
《陈子高》的作者应是明人。

《韩宗武》叙宋代韩宗武遇女鬼、情好事。韩宗武，字文若，原籍
河北灵寿，进士，徽宗即位后为秘书丞，官至太中大夫，年八十二岁，
著有《南阳集》。宋陈振孙《直斋书录解题》卷七载："《韩庄敏遗
事》一卷，秘书丞韩宗武文若撰。记其父丞相缜玉汝事。末亦杂记他
事。宗武，即少年遇洋客者也，年八十二乃卒。此编亦载其诗，云熙
宁间得异疾，与神物遇。"② 可知，韩宗武在《韩庄敏遗事》卷末记自
己得异疾遇神物事。叶梦得曾在《避暑录话》中记录其向韩宗武求证
遇仙一事：

> 余在许昌与韩宗武会，坐客有言，宗武年二十余时有所遇，如子
> 高。是时年八十余。余质之，宗武笑而不肯言。客诵其人往来诗数十

---

① ［唐］房玄龄等《晋书》卷四〇，北京：中华书局，1974 年，第 1172~1173 页。
② ［宋］陈振孙撰，徐小蛮、顾美华点校《直斋书录解题》卷七，上海：上海
古籍出版社，1987 年，第 209 页。

篇，皆五字古风，清婉可爱，如《玉台新咏》。宗武见余爱，乃笑曰："荆公尝亦甚称，云非近人，当是齐梁间鬼。"遂略道本末，云见之几二年，无甚苦，意但恍惚，或食或不食。后国医陈易简教服苏合香丸半年余，一日，忽不见，未知为药之验否也。①

韩宗武自言二十来岁时曾遇女鬼，且有往来五言诗数十首，后得疾，服药方愈，显然所谓遇鬼乃假托之言。其事藉《竹庄诗话》卷二二《左玉环诗》可见梗概：

> 《诗事》云："太中大夫韩宗武，字文若，丞相玉汝之子。嘉祐中，侍玉汝守洋州，有神降其室，乃女子也。云：唐兴元节度使李以妾左玉环也。既死，魂游江上，见恶鬼十数同谋溺渡江船数百人。知其谋以告主者，会上帝出游，录其功，以为洋州境内牢山神，冥数当与文若合，因留不去。玉汝兄职方员外郎绛，强明士也，为永兴倅，闻之以书责玉汝，言吾家有此妖事，因奏韦诉天。文若明日见空中黑云表至，告此女子而去。仰视之，洒泪落浅色袄子上，视之皆血耳，自是遂绝。时诵诗句，令文若书纸上，王荆公见之曰：'东晋倅作也。'"②

后面录有六首二人往来的诗歌。或许正是韩宗武自述见鬼记载的盛传，明人方杜撰出韩宗武遇女鬼的别样奇闻。

《西阁寄梅记》叙南宋朱端朝与妓女马琼琼、妻子三人情深，朱出外做官，以诗词消除妻妾间的嫉妒，令二人和好如初。《绿窗女史》《剪灯丛话》题"钱唐瞿佑"撰，目前尚无任何证据表明作者是瞿佑，且《绿窗

---

① ［宋］叶梦得《避暑录话》卷上，《全宋笔记》第二编第10册，郑州：大象出版社，2006年，第283~284页。

② ［宋］何汶撰，常振国、绛云点校《竹庄诗话》卷二二，北京：中华书局，1984年，第427页。

女史》《剪灯丛话》常常乱题作者，瞿佑撰之说实不足信，《西阁寄梅记》的作者应是明代前期人。《西阁寄梅记》中马琼琼寄给朱端朝的词《减字木兰花》云："雪梅妒色，雪把梅花相抑勒。梅性温柔，雪压梅花怎起头。芳心欲诉，全仗东君来作主。传语东君，早与梅花作主人。"这首词来源于《夷坚支乙》卷六《合生诗词》：

> 予守会稽，有歌官调女子洪惠英正唱词次，忽停鼓白曰："惠英有述怀小曲，愿容举似。"乃歌曰："梅花似雪，刚被雪来相挫折。雪里梅花，无限精神总属他。梅花无语，只有东君来作主。传语东君，宜与梅花作主人！"歌毕，再拜云："梅者惠英自喻，非敢僭拟名花，姑以借意。雪者指无赖恶少也。"官奴因言其人到府一月，而遭恶子困扰者至四五，故情见乎词。在流辈中诚不易得。①

《西阁寄梅记》不仅化用了洪惠英的《减字木兰花》，还藉用了其以梅雪拟人的手法，只不过改为以雪喻妻、以梅喻己、以东风喻丈夫而已。《陈子高》《韩宗武》《西阁寄梅记》都有助于我们进一步认识明前期传奇小说的创作方式与艺术特征。

二、重要的版本学和校勘学价值

《艳异编》选录的小说作品大都是刊于明初以前的早期版本，这些版本后来或不传，或有所改动，因此，《艳异编》就具有重要的版本学和校勘学价值。如《艳异编》卷二一《联芳楼记》选自《剪灯新话》，却与流传的几种版本有文字差异，试对比：

---

① ［宋］洪迈撰，何卓点校《夷坚志》，北京：中华书局，2006年第2版，第841页。

	国图善本 11127 《剪灯新话》①	清江堂本 《剪灯新话》②	《艳异编》
1	吴郡富室有姓薛者，至正初居于阊阖门外，以粜米为业。有二女，长曰桂英，次曰蕙英，皆聪明秀丽，能为诗赋。遂于宅后建一楼以处之，名曰兰蕙联芳之楼	吴郡富室有姓薛者，至正初居于阊阖门外，以粜米为业。有二女，长桂英，次蕙英，皆聪明秀丽，能赋诗文。遂于宅后建一所楼以处乐，名之曰兰蕙联芳楼	吴郡富室有姓薛者，至正初居于阊阖门外，以鬻米为业。有二女，长兰英，次蕙英，皆聪明秀丽，能赋诗。父遂于宅后建一楼以处，名曰兰蕙联芳楼
2	锦江只说薛涛笺	锦江只说薛涛笺	锦江只见薛涛笺
3	夏月于船首澡浴，二女于窗隙窥见之，以荔枝一双投下	夏月于船首澡浴，二女在楼于窗隙窥见之，以荔支一双投于生下	夏月于船首澡浴，亭亭碧波中微露其私嫪生之具，二女在楼于窗隙窥见之，以荔枝一双投下

国图善本 11127《剪灯新话》，向志柱称为章甫言刻本，认为是今见最早的早期刻本，约刊于嘉靖后期至万历早期。③ 杨氏清江堂本《新增补相剪灯新话大全》刊于明正德六年（1511）。上表三例中，《艳异编》本文字均不同于前两本《剪灯新话》，意味着可能选自更早版本的《剪灯新话》。从第 3 例看，清江堂本《剪灯新话》应早于国图善本 11127《剪灯新话》，《艳异编》本早于清江堂本，这从《稗家粹编》卷二《兰蕙联芳记》作"夏月于船头澡浴，亭亭碧波中微露其私嫪生之具，二女在楼于窗隙窥见之，以荔枝一双投下"，亦可表明《艳异编》的文本具有重要的版本校勘价值。

《艳异编》卷二七梦游部《渭塘奇遇》与杨氏清江堂本等几种《剪灯

① ［明］瞿佑《剪灯新话》卷一，国家图书馆藏明刊本，善本书号：11127。
② ［明］瞿佑《新增补相剪灯新话大全》卷一，国家图书馆藏杨氏清江堂明正德六年（1511）刊本。
③ 向志柱《〈剪灯新话〉的版本发现及其意义》，《清华大学学报》（哲学社会科学版），2021 年第 2 期。

新话》所载也存在许多异文，试举几例：

	清江堂本《剪灯新话》①	国图善本 11127 本与 黄正位刊《剪灯新话》②	《艳异编》
1	因往收秋租。回船过渭塘，见一新肆	因往收租。回舟过渭塘，见一酒肆	因往收秋租。回船过渭塘，见一新肆
2	高柳古槐，黄叶交堕。芙蓉十数株	衰柳枯槐，黄叶交堕。芙蓉数十株	高柳古槐，黄叶交堕。芙蓉十数株
3	上下相映。白鹅一群，游泳其间。生泊舟岸侧，登肆沽酒而饮	高下相映。白鹅一群，游泳其下。生泊其舟岸侧，登肆沽酒	相映上下。白鹅一群，游泳其间。生泊舟岸侧，登肆沽酒而饮
4	果则绿橘黄橙，莲塘之藕	果则绿橘丹橙，莲塘之藕	果则绿橘黄橙，莲池之藕
5	养金鲫其中，池左右植垂丝桧一株	养金鲫其中，池左右植垂丝桧二株	养金鱼于中，池左右植垂丝桧一株
6	屏下设石假山，三峰岌然竞秀。草则金线绣墩之属，霜露不变色	屏下设石假山，二峰岌然竞秀。草皆金丝线绣墩之属，霜露不能凋	屏下设石假山，三峰岌然竞秀。草则金线绣墩之属，霜露不变色
7	多生曾种福，亲得到蓬莱	多生曾种福，亲得到蓬莱	多生曾种福，亲得到天台
8	遂与生同效偕老，永为夫妇，于飞而还。终以团圆	遂与生为夫妇，于飞而还。终以偕老	遂与生同居偕老，乃为夫妇，于飞而还。终以团圆

可以看出，《艳异编》卷二七《渭塘奇遇》较接近于早期清江堂本《剪灯新话》所载，而与国图善本 11127 本、黄正位刊《剪灯新话》本存在较大差异。第 7 例，由于诗中前面已有"轻尘生洛浦，远道接天台"，则诗歌最后一句再说"多生曾种福，亲得到天台"显然不合，瞿佑不可能

---

① ［明］瞿佑《新增补相剪灯新话大全》卷二，国家图书馆藏杨氏清江堂明正德六年（1511）刊本。

② ［明］瞿佑《剪灯新话》卷二，国家图书馆藏明刊本，善本书号：11127；日本早稻田大学图书馆藏明万历间黄正位刊本。

犯这样的低级错误，更不可能是王世贞改动的，只能说明王世贞所据的《剪灯新话》版本本就如此。瞿佑《重校剪灯新话后序》曾说："盖是集为好事者传之四方，抄写失真，舛误颇多。或有镂版者，则又脱略弥甚。故特记之卷后，俾舛误脱略者见之，知是本之为真确，或可从而改正云。"① 这说明《剪灯新话》问世后，社会上确实流传众多存在"舛误"的抄本、刊本，《艳异编》所依据的《剪灯新话》显为早期版本。《艳异编》选录的《联芳楼记》《渭塘奇遇》等作品为我们考察《剪灯新话》的传播与版本变迁提供了不可替代的文献依据。

《娇红记》是元代宋梅洞创作的我国第一部中篇传奇小说。《百川书志》著录有赵元晖集览的《娇红记》二卷，可知《娇红记》曾有单行本面世。现存《娇红记》的明代刊本，可分为三个系统：一是明代万历间刊行的《新锲校正评释申王奇遘拥炉娇红记》上下二卷，日本林秀一私人藏本；二是林近阳《燕居笔记》卷八卷九收录的《拥炉娇红》，与《花阵绮言》卷八《娇红双美》、《风流十传》卷五《娇红传》、《绣谷春容》卷五《申厚卿娇红记》等接近，当本于同一早期单行本；三是《艳异编》收录的《娇红记》，《绿窗女史》卷五《娇红记》、《剪灯丛话》卷一《娇红记》、《情史》卷一四《王娇》、《雪窗谈异》卷二《娇红记》等则直接袭自《艳异编》。② 据研究，单行本《娇红记》与四十五卷本《艳异编》卷二二、卷二三收录的《娇红记》，"各有来源，应当都接近明代中期及以前的《娇红记》文本形态"③。《艳异编》本《娇红记》有诸多文字优于单行本《娇红记》，如申纯赋《石州引》词上阕，《艳异编》本作"懊恨东君，催趱去程，春意牢落。梨花粉泪溶溶，知是为谁轻别？冲寒向晚，特地折取归来，佳人无语从地掷。瞥见却惊猜，忍使芳尘歇"，单行本《娇红记》

---

① ［明］瞿佑《剪灯新话句解》，见孙逊等主编《朝鲜所刊中国珍本小说丛刊》第 7 册，上海：上海古籍出版社，2014 年，第 275~276 页。

② 参陈益源《元明中篇传奇小说研究》，北京：华艺出版社，2002 年，第 28~31 页。

③ ［元］宋远撰，林莹校证《娇红记校证》"前言"，北京：中华书局，2024 年，第 21 页。

则衍一"滴"字,夺一"晚"字,"瞥见却惊猜"作"撇乍见,却惊猜"。① 四十五卷本《艳异编》收录的《娇红记》与单行本《娇红记》的异文,可参阅中华书局 2024 年出版的《娇红记校证》,兹不细述。四十五卷本《艳异编》收录的《娇红记》与林近阳《燕居笔记》本《娇红记》对原文都有删削,互有详略,但《艳异编》是明代收录《娇红记》最早的小说选本,很多文字能补林近阳《燕居笔记》本《娇红记》的不足,如将上述两本与单行本《娇红记》合在一起互校,将能够整理出一个相对较为完善的小说文本,对于认识、还原元末明初单行本《娇红记》的原貌具有重要意义。下面对四十五卷本《艳异编》与林近阳《燕居笔记》收录的《娇红记》的主要文字差异,略作申述。

首先,《艳异编》本《娇红记》主要有三段文字能够补林近阳《燕居笔记》本《娇红记》之所阙:

1. 林近阳《燕居笔记》本《娇红记》作"乃新诗二绝,娇所制也"②,《艳异编》本多一首《满庭芳》词,作:

> 乃新词《满庭芳》一阕,娇所制也:帘影饰金,簟纹浮水,绿阴庭院清幽。夜长人静,消得许多愁。长记当时月色,小窗外,情话绸缪。因缘浅,行云去后,杳不见踪由。　殷勤,红一叶,传来密意,佳好新求。奈百端间阻,恩爱成休。应是奴家薄命,难陪伴,俊雅风流。须相念,重寻旧约,休忘杜家秋。

2. 林近阳《燕居笔记》本《娇红记》作"生赋一词,备述心间之事以谢之。词名《逼牡丹》:一片芳心"③,《艳异编》本多一首词,作:

---

① ［元］宋远撰,林莹校证《娇红记校证》卷上,北京:中华书局,2024 年,第 35 页。

② ［明］林近阳增编《燕居笔记》卷七,上海:上海古籍出版社,1994 年,第 553 页。

③ ［明］林近阳增编《燕居笔记》卷七,上海:上海古籍出版社,1994 年,第 564 页。

娇乃作一词与生，寓再团圆云：芳心一点，柔肠万转，有意偷怜。孜孜守着，甚日来结得恶因缘。语言是心声，明神在上，说破从前。天还知道，不违人愿，再与团圆。

且云："生得词，亦口占一词，寓白牡丹，备述心事以谢之，词云：一片芳心……"《艳异编》并未说词牌名，林近阳《燕居笔记》说第二首词是《逼牡丹》，实当作《碧牡丹》，此词改编自宋李致远《碧牡丹》词。试对比：

破镜重圆，分钗合钿，重寻绣户珠箔。说与从前，不是我情薄。都缘利役名牵，飘蓬无定，翻成轻负。别后情怀，有万千牢落。

经时最苦分携，都为伊、甘心寂寞。纵满眼、闲花媚柳，终是强欢不乐。待凭鳞羽，说与相思，水远天长又难托。而今幸已再逢，把轻离断却。① (李致远《碧牡丹》)

一片芳心，被春拘管，重寻云翼盟约。说与从前，不是我情薄。都缘燕逐晴丝，蜂拈花蕊，便成执着。密爱堪怜处，几多寂寞。

此心只有天知，终不成轻狂做作。纵满眼、闲花媚柳，也则无情摸索。后园同步，遥告神明，地久天长更谁托。从今再与团圆，莫把是非断却。(《艳异编》)

可见，《娇红记》中此词因袭李致远《碧牡丹》的痕迹十分明显。

3. 林近阳《燕居笔记》本《娇红记》叙娇娘思念申纯，情不能已，作诗八首以述怀，《艳异编》本谓是九首，其中第五首作："斗帐春寒叹寂廖，罗衣那得血痕消。无因得赎阳台路，有信无情恰是空。佳况每从愁里减，芳魂疑是梦中招。腕成独与堪惆怅，珠泪汪汪暗处飘。"《燕居笔记》

① 马兴荣、刘乃昌等主编《全宋词（广选·新注·集评）》第4册，沈阳：辽宁人民出版社，1997年，第422页。

未收录。

另有个别字句是林近阳《燕居笔记》本《娇红记》所没有的，如下表例句：

	《艳异编》	林近阳《燕居笔记》
1	生辞，愧喜交集。自后生夜必潜至娇室	自后生夜必至娇室
2	（飞红）惟双弯与娇无大小之别，常互鞋而行	（飞红）惟双弯与娇无大小之别
3	一日，生因纵步	生因纵步
4	平日玩好，珍奇之物	平日玩好珍奇
5	人皆呼之为红娘子	呼之为红娘子
6	妾自别君之后，迄今将两岁矣。兄此来，妾亦何便得与君款密？何尝嘱君勿言	妾自别君之后，迄今将两岁矣。兄此来
7	乘间以娇平日所为之事从实告舅	乘间以娇平日所为告舅也
8	妾岂不知也，或者小人之言，未宜深信	妾岂不知，或者之言，未宜深信

可以看出，林近阳《燕居笔记》本《娇红记》因字句遗漏，常常导致表意不准确，如第 1 例中，前半句无法反映申生当时的欣喜心情，后半句少一“潜”字，极易造成申生每夜都公然到娇娘闺房的歧义。有时信息遗漏会造成语句不通，如第 6 例、第 8 例。若以《艳异编》本校勘林近阳《燕居笔记》本，我们将能得到一个较为完善的《娇红记》小说文本。

其次，《艳异编》本《娇红记》与林近阳《燕居笔记》本《娇红记》存在许多异文，有校勘价值。兹举数例，见下表：

	《艳异编》	林近阳《燕居笔记》
1	波涛汹涌，风景粲然	波涛汹涌，景物粲然
2	深深院，见帘幕低垂	深沉院宇，见帘幕低垂
3	镇日价歌舞	镇日歌金缕

（续表）

	《艳异编》	林近阳《燕居笔记》
4	姑俟何如	姑俟日后请见
5	三哥，家人也	三哥，一家人
6	芳丛相亚，妆点春无价	芳丛潇洒，装点春无价
7	（娇）以手弹烛，因流视语生曰	（娇）以手弹烛，送目语生曰
8	日影萦阶睡正醒，篆烟如缕午风平	日影侵阶睡正醒，篆香如缕午风平
9	谁识鸾声与凤声	谁识林中鸾语声
10	魂断不堪初起处	魂断不堪拾集处
11	君果诞妄耶！既无意于妾，何前委罪之深也？	君果诞妄耶！妾未尝慢君，何有委罪之深也？
12	偶左右皆他往，妾得便故来问兄之病	左右皆发落，得便来问兄之病
13	生不得已，因与同席，枕边切切	生不得已，因与其寝，枕边切切

这些异文，只有第 2 例中《艳异编》本"深深院"三字，据《摸鱼儿》词牌格律，应作四字，似有误，余者二本各有千秋。如第 12 例，单行本作"得便故来问兄之病"①，殊太简略；《艳异编》本娇娘说"偶左右皆他往"方来探病，语气自然，刻画了娇娘的娇羞；《燕居笔记》本娇娘说"左右皆发落"则显其直白，表明娇娘的主动，但与下面所谓"得便"矛盾，也不符合其小姐身份，故《艳异编》本文字较佳。第 13 例，《艳异编》本说妓女丁怜怜自荐于申生，称"因与同席"，用词文雅委婉；而林近阳《燕居笔记》本称"因与其寝"，用词直露通俗。《燕居笔记》作为面向市民读者的通俗类书，为了迎合读者，很可能篡改文字。如果要整理一部完善的《娇红记》，就必须重视《艳异编》本与林近阳《燕居笔记》本的异文，或择优而从，或两存之。

最后，《艳异编》本《娇红记》在叙事顺序上与林近阳《燕居笔记》

---

① ［宋］宋远撰，林莹校证《娇红记校证》卷上，北京：中华书局，2024 年，第 40 页。

有差异。试对比下面两段文字：

> 自后生从父以他故不果行，生居家，行住坐卧，饮食起居，无非为娇兴念，以致沉思成病。因托求医，至舅家。数日，无便可乘与娇一语，至于饮食俱废，舅妗为之皇皇。(《艳异编》本《娇红记》)
>
> 自后生从父以他故不果行，生归舅家，行住坐卧，饮食起居，无非为娇兴念。数日，无便可乘与娇一语，至于饮食俱废，以致沉思成病。因托求医，舅妗为之皇皇。① （林近阳《燕居笔记》本《娇红记》)

《艳异编》本《娇红记》叙申生在自己家由于想念娇娘而生病，“因托求医”而至舅家，合情合理；《燕居笔记》本谓申生归舅家因无法与娇娘亲近而生病，方“因托求医”，前后语意不连贯，甚至矛盾不通。此段文字以《艳异编》本为佳，恰巧也与单行本《娇红记》文字完全相同。

三、有助于判定《艳异编》的作者等问题

《艳异编》收录的作品与评论有助于学界考证《艳异篇》编者是王世贞，并进一步厘清相关问题。前面第一章已论述王世贞编纂了《剑侠传》，且《剑侠传》最早刊于隆庆三年（1569），而《艳异编》中的《红线传》《昆仑奴传》《车中女子》《聂隐娘传》等文字几乎全同《剑侠传》所载。如卷二九《红线传》，与《剑侠传》卷二《红线》文字相同，而与《太平广记》卷一九五《红线》、《虞初志》卷二《红线传》不同。试对比下面几处文字：

---

① ［明］林近阳增编《燕居笔记》卷七，上海：上海古籍出版社，1994年，第545页。

野竹斋钞本《广记》	《虞初志》	《艳异编》与《剑侠传》
遽放归	遽令归	即遣归
以淦阳为镇	同《广记》	以涂阳为镇
娶滑毫节度使令狐章女，三镇交为姻娅，使使日浃往来。而田承嗣常患肺气，遇热增剧。	同《广记》	娶滑台节度使胡章女，三镇交缔为姻娅，使盖相接。田承嗣常患肺气，遇暑益增。
而厚其恤养	而厚其御养	而厚其廪给
夜直州宅，卜选良日，将并潞州	同《广记》	夜直宅中，卜良日，欲并潞州
日夜忧闷	同《广记》	日夕忧闷
时夜漏将传，辕门已闭，杖策庭际。	时夜漏将传，悬门已闭，杖策庭际。	时夜漏方深，辕门已闭，策杖庭除。
嵩闻其语异，乃曰："我知汝是异人，我暗昧也。"	同《广记》	嵩以其言异，乃曰："我不知汝是异人，诚暗昧也。"
不足劳主忧焉，暂放某一到魏城	同《广记》	不足劳主公忧，某暂到魏境

从上表可见，王世贞应是有意将《广记》本《红线》改动后编入《剑侠传》与《艳异编》中。《剑侠传》与《艳异编》中的《红线》等文字几乎完全相同，也可以证明《艳异编》的编者就是王世贞。

考证四十五卷本《艳异编》中作品来源及内容，则有助于厘清一些模糊不清的认识，加深对明代小说的研究。如卷三四《李娃传》最后有如下一段文字：

> 叛臣辱妇，每出于名门世族。而伶工贱女，乃有洁白坚贞之行。岂非秉彝之良，有不间邪。观夫项王悲歌虞姬刎，石崇赤族绿珠坠，建封卒官盼盼死，禄山作逆雷清恸，昭宗被贼官姬蔽，少游谪死楚伎经。若是者，诚出天性之所安，固非激以干名也。至于娃之守志不

乱，卒相其夫，以底于荣美，则尤人所难。呜呼！娼也犹然，士乎可以知所勉矣。

明人想当然地以为这一段是王世贞所评，如《情史》卷一六《李娃传》最后，即在这段评论前冠以"弇州山人曰"。后来四十卷本《新锲玉茗堂批选王弇州艳异编》卷二九收录此篇《李娃传》，明人又信以为真，如明末凌刻本《虞初志》卷四《李娃传》眉批，此段话被称"汤若士总评"，其实所谓"玉茗堂批选"非汤显祖所评，乃书坊假托，被以讹传讹。直到今天，学界依然把这段话或归于王世贞或归于汤显祖，其实都是错误的。据我们考证，四十五卷本《艳异编》卷三四《李娃传》直接选自《虞初志》卷四。上海图书馆藏明弦歌精舍如隐草堂、凤桥别墅刊本《虞初志》八卷，卷首《虞初志目录》，后有署名"后云"的"附叙"，曰："虞初一书，虽出自稗官野史，然其文词皆唐人中之铮铮者也。故自荐绅大夫、骚人墨士咸乐观之。其版元为陆氏家藏，迄今数载，则残缺者几半矣。余不忍其散逸，更加补辑，仍为全书，以公之同志云。"据"其版元为陆氏家藏"，再结合《续齐谐记》书末的跋"惟外舅都公家藏有之，命余锓梓焉"，我们有理由相信《虞初志》编者即陆采。后云说《虞初志》"其版元为陆氏家藏，迄今数载，则残缺者几半矣。余不忍其散逸，更加补辑，仍为全书"，可知传世者《虞初志》应是经过后云"补辑"的。补辑时，后云自然据手中的《虞初志》原书，重新补刻已残缺几半的书版，故云"仍为全书"。因此，是书的篇目当与原书相同。《澹生堂藏书目》卷七"小说家说汇"类著录《虞初志》，"四册八卷，新板旧板"①。其中旧板盖指原本《陆氏虞初志》，新板盖指后云补辑之书。《澹生堂藏书目》没有注明二者的区别，可见二书篇目相同。上海图书馆藏后云补辑本《虞初志》，卷四《李娃传》后即有上述"叛臣辱妇"一段文字，则此段评论当

① ［明］祁承爜《澹生堂藏书目》卷七，《明代书目题跋丛刊》（上），北京：书目文献出版社，1994 年，第 991 页。

为陆采所作。

四十五卷本《艳异编》卷一三《武后传略》有一段跋语曰："按古今之称淫德者，至武曌而极矣。余尝见有市本《如意君传》者，薛敖曹其淫毒鄙亵之状，读之汗齿颊，且不见正史。又年月颇不甚合，故略不载。第乐府中有《如意曲》：'看朱成碧思纷纷，憔悴支离为忆君。不信比来常下泪，开箱验取石榴裙。'乃后所自作以寄薛者，事有无不可知，附记于此。"对于了解《如意君传》在明代前期的传播具有文献价值。明嘉靖四十一年（1562）序刊明人黄训《读书一得》卷二有《读如意君传》云："史外谁传如意君矣！言之污口舌，书之污简册，可焚也已然。如意君，薛敖曹其人也。武氏九年，改元如意，不知果为敖曹否？敖曹曰如意者，盖淫之也。武氏果有敖曹其人乎？可读武氏传，殆绝幸薛怀义者与？不然，何伟岸淫毒佯狂等语似敖曹也。不曰怀义曰敖曹者，岂谓姿体雄异，昂藏熬曹与？于敖曹者，嫪毒之谓与？呜呼！传之者淫之也，甚之也已。夫武氏敢淫于终，恃势也，无足怪，予独怪夫始之淫高宗也。"① 亦指出《如意君传》的淫艳内容，且认为薛敖曹的原型或为僧人薛怀义。黄训（1490—1540），字学古，徽州歙县（今属安徽省）人，嘉靖八年（1529）进士，历官湖广按察司副史。这说明在嘉靖时，黄训、王世贞等进士文人等都曾阅读《如意君传》等艳情小说。

---

① ［明］黄训《读书一得》卷二，国家图书馆藏明嘉靖四十一年（1562）刊本。

第五章 《艳异编》的评点价值

　　四十卷本《新镌玉茗堂批选王弇州先生艳异编》与十二卷本《玉茗堂摘评王弇州先生艳异编》，有大量眉批、少量夹批，虽然托名汤显祖，却有较高的理论批评价值。署名"玉茗居士汤显祖题"的《艳异编叙》云："是集也，奇而法，正而葩，秾纤合度，修短中程，才情妙敏，踪迹幽玄。其为物也多姿，其为态也屡迁，斯亦小言中之白眉者矣。"叙作者引用韩愈《进学解》的"《易》奇而法，《诗》正而葩"①来评论小说，实际上肯定了《艳异编》在叙事结构方面奇巧而有法度、内容纯正而文辞华丽的风格特征，高度赞扬了《艳异编》在叙事艺术、题材内容以及文辞上的成就，可谓切中肯綮。

　　四十卷批选本与十二卷摘评本在评点形态上有相同之处：一是在郭翰、织女、侍女、少女、四郎、白衣人、少年、女郎等人名、称谓词右边，用竖框标示。二是用顿号表示逗，用小圆圈表句。三是在字句右边标示小圆圈或顿号，相应地方加夹批或叶眉处加眉批，如卷一《郭翰》的"赠枕犹香泽，啼衣尚泪痕。玉颜霄汉里，空有往来魂"处，有眉批曰"叙旧情凄其欲绝"，四十卷批选本《张遵言传》的"目为捷飞，言骏奔之捷，甚于飞也"的后两句旁夹批"明解"；或不在字句右边标示小圆圈、顿号，直接加眉批，如《郭翰》的"夜夜皆来，情好转切"上眉批曰

―――――――――

　　① 〔唐〕韩愈撰，马其昶校注，马茂元整理《韩昌黎文集校注》卷一，上海：上海古籍出版社，1986年，第46页。

"容易发作"。这种评点形态较为醒目，往往针对小说作品的主要叙事线索、人物语言、环境描写等精彩之处而作，可以使读者关注作品的艺术成就、思想意蕴。

《艳异编》的评点内容紧紧围绕小说作品的特点，具有鲜明的评点风格和独特的理论价值。

第一节　张扬"情"与女子的才识

《艳异编》的评点张扬"情"。据统计，《艳异编》的评语中使用"情"字不下 50 次，评点者对"情"的重视可见一斑。评点中的"情"的涵义非常宽广，起于自然界，亦发于人心。如十二卷摘评本卷一二《郑绍》眉批曰"只此风景，亦足留情"，四十卷批选本卷三九《滕穆醉游聚景园记》眉批云"逐句叙景，逐字写情，哀哀抑抑，且悲且涕，读之如半岭闻箫，如何不嗒然自丧"。大自然的山川美景容易触发人的心绪，令人产生春恨秋悲的情感变化。这与陆机《文赋》所言"遵四时以叹逝，瞻万物而思纷。悲落叶于劲秋，喜柔条于芳春，心懔懔以怀霜，志眇眇而临云"[①] 的审美思想，可谓一脉相承。这也很自然地让我们联想到《世说新语·言语》载王子敬所说："从山阴道上行，山川自相映发，使人应接不暇。若秋冬之际，尤难为怀。"[②] 评点关注小说作品中的景物描写和功用，是对我国传统审美思想的继承与发展。

一、"情"的丰富内涵与"至情"

评点之"情"包含文情、诗情，评点者常常针对诗歌有感而发，抉微发隐，启人良多。卷一《周秦行纪》于"汉家旧是笙歌处，烟草几经秋复春"等七诗处眉批道："后诗凄惨中带风流，王诗慷慨中带懊恨。戚诗似

---

① ［梁］萧统编，［唐］李善注《文选》，上海：上海古籍出版社，1986 年，第 762 页。

② 徐震堮著《世说新语校笺》，北京：中华书局，1984 年，第 82 页。

戏似真，有无穷含意；太真诗如山阳之笛，凄恻动人。潘诗如清江细柳，
縠纹自生；僧孺诗则骨清态逸，而其写情酸楚处，如子夜闻商弦，令人肃
然而起。绿诗字字俱涕，比诸作更觉苦楚。"精要地指出了各诗的抒情特
色。四十卷批选本卷二《郑德璘传》于"洞庭风软荻花秋，新没青娥细浪
愁。泪滴白蘋君不见，月明江上有轻鸥"处前点后圈，眉批曰"情辞酸
楚，令人不可不读，又不忍多读"，点出了此诗催人泪下的感染力。他如
卷五《少昊》眉批"文情高旷"，卷一八《郑吴情诗》于"此日落花愁里
去，遥想芳尘；他时折桂月中归，必贻后悔"处眉批云"浓情摹以淡语，
愈玩愈无穷"，卷二八《金莺儿》于"黄河水，流不尽心事；中条山，隔
不断相思"处眉批曰"写情到尽头处，更无可容"，均于平淡的诗文背后
品味出丰富的人物情感世界，堪称画龙点睛之笔，体现出评点者文本细读
的独特鉴赏能力。

　　评点之"情"尚包括世情、爱情。评点者对世俗人情体会深切，常常
于相应处略为点出。如卷二《辽阳海神传》叙述徽州风俗，商人在外数年
方归乡，亲戚族人"全视所获多少，为贤不肖而爱憎焉"，真实地反映出
明中后期商业的兴盛，冲击着传统的儒家伦理道德，人心不古，嫌贫慕
富，世风浇薄，评点者感同身受，作眉批道"逼真人情"，相信读者读之
也另有一番滋味。卷二二《淳于棼》叙述淳于棼梦入大槐安国做驸马，位
至台辅，罢归出城，发现"山川原野，依然如旧"，原来是南柯一梦，上
有眉批道"富贵荣华，一朝冷落，真是一场梦矣。亟醒之，亟醒之"。高
雅文士、世俗之人都渴望荣华富贵，以致不择手段，迷失自我，批语犹如
当头一声棒喝，打破黄粱美梦，惊醒醉心于功名利禄的尘世之人。

　　评点者十分留意小说作品对主仆情、亲情的书写。卷二三《无双传》
叙述平定朱泚之乱后，王仙客入长安打探舅舅刘震一家消息，恰巧遇到他
家先前的奴仆家生子塞鸿，得知其已从良，有一小宅子，贩缯为业。塞鸿
说"今日已夜，郎君且就客户一宿，来早同去未晚"，然后"引至所居，
饮馔甚备"，眉批曰"不忘主恩"。当仙客让塞鸿路旁假为驿吏，候听无双
消息时，"至夜深，群动皆息，塞鸿涤器爨火，不敢辄寐。忽闻帘下语曰：

'塞鸿塞鸿，汝争得知我在此耶？郎健否？'"塞鸿受旧主之托，抱着一线希望，耐心等候，尽职尽责；被充掖庭的无双入陵园洒扫，相信仙客一定会想方设法在途中接近自己，果然是苍天不负有心人。眉批"两边俱有关情处"，一是指塞鸿对旧主人仙客与新主人无双的报恩之情，一是指无双对仙客的信任与真挚的爱情，其实在塞鸿的表面行为之中还蕴含着仙客对无双无尽的牵挂、思念和深厚的爱慕之情。主仆之间有着严格的贵贱之分，尤其是家生子地位更加低下。塞鸿虽然摆脱了奴仆的身份，成为自由的庶民，却仍然不忘旧主，以孝义事之，其品德令人钦佩。这自然会让我们联想到明代浙江淳安徐家老仆阿寄的故事。他以十二两银子作本钱，辛苦营商二十年，为女主人赚取数万两，延师教育主人之子，嫁主人之女，自己则寸丝粒粟无储，受到时人的高度赞颂。著名思想家李贽听闻后，也深受感动，在《义仆阿寄》后赞道："奴与主何亲也！奴于书何尝识一字也！是故吾独于奴焉三叹，是故不敢名之为奴，而直曰'我以上人'。且不但我以上人也，彼其视我正如奴矣。何也？彼之所为，我实不能也！"①阿寄之高义，连李贽都自叹弗如。《艳异编》的评点者显然受到了这种以孝义而不以身份贵贱评价奴仆思想的深刻影响。卷八《郁林王何妃》叙马澄欲娶姨妹为妾，受到姨的反对，就去官府告发，建康令说："姨女可为妇，不可为妾。"马澄则说："仆父为给事中，门户既成，姨家犹是贱，正可为妾耳。"此处眉批云："略无亲情。"评点者对马澄以权势欺压姨家、不讲儒家伦理道德的无情可耻行为予以坚决抨击。

评点者着墨最多的还是男女爱情。卷一六《飐风》眉批称："'生爱死离，不如无爱'，固非情深者不能道。独不知死爱生离，更不如无生乎！"对人世间无数男女的生离死别，从情的角度进行了富有哲理意味的评价。十二卷摘评本《莺莺传》卷五眉批曰："写情笔笔皆泪。"正点出了莺莺与张生分别后的深切思念之情。卷一二《杨太真外传》叙改葬杨贵

---

① ［明］李贽《续藏书注》卷二五，张建业主编《李贽全集注》第11册，北京：社会科学文献出版社，2010年，第249页。

妃时"肌肤已消释矣,胸前犹有锦香囊在焉。中官葬毕以献,上皇置之怀袖。又令画工写妃形于别殿,朝夕视之而歔欷焉",眉批曰:"衫在人死,睹物更伤情也。奈何!"指出了贵为皇帝的唐玄宗目睹杨玉环留下的定情之物,回忆起昔日的幸福爱情,黯然神伤。

评点者尤其强调人与人之间的真情、至情。卷三《柳毅传》叙洞庭君夫人隆重为柳毅举行送别宴会时,眉批曰"真情毕露",指出了夫人对柳毅不远万里送来女儿的不幸消息、最终使她们母女团圆是真心感动的,因此送别柳毅时,其感情也是无比真挚的。卷一七《非烟传》非烟以诗答情人赵象云"相思只怕不相识,相见还愁却别君",眉批称"非深情人不能道",指出了青年男女相恋相聚的甜蜜与分离相思的痛苦。十二卷摘评本卷八《娇红记》叙娇娘对婢女小慧解释自己之所以以贵事贱、屈奉父妾飞红,是因为担心"与生胥会,能保其无语乎",眉批曰"吐出真情",点出了娇娘对申生的一片真情;并于"我不自爱而屈事之者,为生设也"处,眉批云"屈意事红,犹屈意事生,见得通透",盛赞娇娘不顾尊严而一心为爱情的聪明灵秀、委屈求全。卷一八《联芳楼记》眉批云:"合时虑及分,分时又思及合,依依情至。"卷二七《西阁寄梅记》于朱端朝称为马琼琼赎身担心其"不能与家人相处",令妻子无"妒忌之态"处,眉批道"真情毕露",揭示出朱端朝既深爱琼琼,久欲为其赎身,又恐其到家后影响夫妻和睦、家庭和谐的真实情态。十二卷摘评本卷一二《孟氏》于孟氏赋诗"不道终不可,可即恐郎知"处,眉批道"真情吐露",意指诗句真实袒露了女性恋爱时的娇羞心理。卷三八《江渭逢二仙》于"饮酒歌曲,只能动情,未畅真情;酌醴,只能助兴,未洽真兴;与其徒然笑语,何似罗帐交欢"处,眉批曰"摹写至情,钻心刺骨",对男女的相爱交欢,以"至情"赞之。正是由于崇尚"真情""至情",评点者对于不忠于爱情的青年男女才颇有微词。十二卷摘评本卷一二《柳参军传》中崔氏与柳参军一见钟情,并经母亲同意成婚外逃,后来却两次嫁表兄王生,评点者眉批道:"崔既钟情于柳,便不宜两归于王。"显然对崔氏背叛柳生的行为十分不满。

《艳异编》评点对"真情""至情"的关注显然受到当时思潮的影响。李贽《童心说》云:"夫童心者,真心也。若以童心为不可,是以真心为不可也。夫童心者,绝假纯真,最初一念之本心也。若失却童心,便失却真心;失却真心,便失却真人。人而非真,全不复有初矣。"① 所谓"童心",是指没受宋明理学影响的、与生俱来的自然本性中所流露出的真心真情。若失去童心,也就成了行尸走肉的没有情感的假人;"天下之至文,未有不出于童心焉者也"②,也就是说天下的好文章都出于真情,这就把表现人的真情实感作为评判文学高下的标准,在我国文学思想史上具有划时代的意义,是对文学即人学的最好诠释。李贽的思想对明代文学界产生了深远的影响。徐渭说"不出于己之所自得,而徒窃于人之所尝言……此虽极工逼肖,而已不免于鸟之为人言矣"③,亦强调文学要表现自己的真性情,不要鹦鹉学舌。汤显祖直承李贽的衣钵,说"人生而有情"④"世总为情,情生诗歌,而行于神。天下之声音笑貌大小生死,不出乎是"⑤,认为"情"是人生和文学艺术的根本。其《牡丹亭记题词》云:"天下女子有情宁有如杜丽娘者乎。梦其人即病,病即弥连,至手画形容传于世而后死。死三年矣,复能溟莫中求得其所梦者而生。如丽娘者,乃可谓之有情人耳。情不知所起,一往而深,生者可以死,死可以生。生而不可与死,死而不可复生者,皆非情之至也。"⑥ 汤显祖万历二十六年(1598)创作

① [明] 李贽《焚书》卷三,张建业主编《李贽全集注》第一册,北京:社会科学文献出版社,2010年,第276页。

② [明] 李贽《焚书》卷三,张建业主编《李贽全集注》第一册,北京:社会科学文献出版社,2010年,第276页。

③ [明] 徐渭《徐渭集》卷一九《叶子肃诗序》,北京:中华书局,1983年,第519页。

④ [明] 汤显祖《宜黄县戏神清源师庙记》,[明] 汤显祖著,徐朔方笺校《汤显祖集全编》第三册,上海:上海古籍出版社,2015年,第1596页。

⑤ [明] 汤显祖《耳伯麻姑游诗序》,[明] 汤显祖著,徐朔方笺校《汤显祖集全编》第三册,上海:上海古籍出版社,2015年,第1497页。

⑥ [明] 汤显祖著,徐朔方笺校《汤显祖集全编》第3册,上海:上海古籍出版社,2015年,第1552页。

的《牡丹亭》以杜丽娘超越生死的爱情形象地阐释了"至情"思想，"家传户诵，几令《西厢》减价"①，产生了深远的影响。娄江女子俞二娘秀慧能文词，"酷嗜《牡丹亭》传奇，蝇头细字，批注其侧。幽思苦韵，有痛于本词者。十七惋愤而终"，演出了一曲为情而死的现实悲歌，以至于汤显祖闻知后极为痛心，以诗哭之云："何自为情死？悲伤必有神。一时文字业，天下有心人。"②袁宏道《叙小修诗》在评价弟弟袁中道的诗文时说："大都独抒性灵，不拘格套，非从自己胸臆流出，不肯下笔……大概情至之语，自能感人，是谓真诗。"③主"情"的文学思潮，于晚明在全社会弥漫。《艳异编》评点从"艳"类题材中凝练出"真情""至情"理论，既是这一思潮的产物，也是这一思潮的组成部分。

二、称赞女子的才识

评点者极力颂扬女子的识见、品行气节和才情。父系氏族社会取代母系氏族社会，奠定了男尊女卑的社会基础。西周时期确立的宗法制和儒家伦理思想的确立，使天尊地卑、男尊女卑的思想深入人心。几千年来，中国古代的女性长期生活在男性的阴影之下，成为男性的附属品，没有独立的社会地位、存在价值与情感追求。李贽极力鼓吹女子识见、品行、才情的思想在明代社会中盛行，如李贽曾评价巴寡妇清等 25 位夫人"才智过人，识见绝甚""是真男子！是真男子！已而又叹曰：男子不如也"④。这样的风气必然对《艳异编》评点者产生深刻影响。

评点者称颂女子的非凡识见。如卷五《齐襄王》叙齐闵王被杀后，子法章改名换姓，为莒太史家庸夫，太史敫女惊奇于法章不凡的状貌，以为

---

① 　[明] 沈德符《万历野获编》卷二五，北京：中华书局，1959 年，第 643 页。

② 　[明] 汤显祖《哭娄江女子二首（有序）》，汤显祖著，徐朔方笺校《汤显祖集全编》第二册，上海：上海古籍出版社，2015 年，第 998~999 页。

③ 　[明] 袁宏道著，钱伯城笺校《袁宏道集笺校》上册《锦帆集》之二，上海：上海古籍出版社，2008 年第 2 版，第 187~188 页。

④ 　[明] 李贽《初潭集》卷二，北京：中华书局，2009 年第 2 版，第 26 页。

非常人，怜爱他，常常暗送衣食，且与之私合。夹批赞太史女"看法高"，眉批则曰"尘埃中识宰相，丈夫且难；困厄中识君王，妇人且易。奇哉"，认为太史女识齐襄王于穷途末路，识力远胜须眉丈夫。十二卷摘评本卷一○《章子厚》叙一美姬不忍心章子厚无辜丧命，说"观子之容，盖非碌碌者，似必能脱"，并令子厚穿己衣、厮役衣杂在众人中以脱险，眉批曰："此姬殊有丈夫气概。"此姬善识人，且有智谋，从容脱子厚于险境，确有侠士之风。卷二三《虬髯客传》中的红拂妓对落魄的李靖一见钟情，大胆来奔，推心置腹地说："妾侍杨司空久，阅天下之人多矣，无如公者。丝萝非独生，愿托乔木，故来奔耳。"眉批道："识人。"当在旅店中遇到虬髯客时，红拂妓熟视其面，"一手映身摇示公，令勿怒。急急梳头毕，敛衽前问其姓"，主动结拜为兄妹，率意豪放，眉批曰"二张结为兄妹，俱非凡眼，然而遇亦巧合"。正是红拂妓非凡的识见，识困厄中的李靖为英雄，找到了真爱，使自己的未来有了依靠，彻底摆脱了婢女的卑贱地位，改变了命运；她又于陌路识虬髯客为英雄，使丈夫受赠虬髯客无数珍宝，最终协助李世民登上帝位，成就了丈夫的辉煌事业。红拂妓的远见卓识确实令无数男子汗颜。这些女子与卷一九《娇红记》中的才子申纯形成鲜明的对比。申生看到与自己海誓山盟、私订终身、久已媾和的娇娘被舅父许配给帅子时，束手无策，竟然劝娇娘"勉事新君，吾与子从此诀矣"；面对申生的软弱、无能，娇娘愤怒地说："兄丈夫也，堂堂六尺之躯，乃不能谋一妇人！事已至此，更委之他人，君其忍乎？妾身不可再辱，既已与君，则君之身也。"申生的爱情悲剧虽然有舅父的因素，但是与申生缺乏远见、遇事不敢作为有很大关系。而娇娘则决心以死捍卫自己的爱情，十分果决刚烈，眉批赞之曰"女中烈丈夫"，可谓名符其实。

评点者十分强调女子的德行志节。皇权制度下，在至尊的皇帝面前，文人士大夫通常不敢放肆，而胡芳作为一个弱女子却敢发出"何畏陛下"的声音，真如"威武不能屈"的大丈夫，令人敬畏。卷八《晋武胡贵嫔传》记胡芳被选入宫，却下殿哭泣，左右以皇帝来吓唬她，她脱口而出"死且不畏，何畏陛下"，眉批赞其为"女中烈丈夫"。十二卷摘评本卷五

《卓文君》叙新寡的卓文君大胆地与司马相如私奔，眉批曰"文君亦千古女侠"，称赞卓文君不拘礼节，敢于自择佳偶。李贽曾评文君夜奔相如一事云："徒失佳偶，空负良缘，不如早自决择，忍小耻而就大计。……归凤求凰，安可诬也！是又一奇也。"①《艳异编》所评与李贽所论可谓同一机杼。十二卷摘评本卷一〇《红线传》开篇于眉批中称赞红线说："女中荆聂，更奇更奇。"红线忠于主人，深明大义，武艺高强。她身入虎穴，夜盗田承嗣枕边的金盒，防止了藩镇之间的战争。作为行侠仗义的女侠，红线堪称与古侠客并称的奇女子。卷三二《乌将军》叙郭元振出于侠义，为村民铲除猪怪，救下被献给妖怪的女子，并坚决拒绝酬谢。女子则辞别父母亲族说："多幸为人，托质血属，闺闱未出，固无可杀之罪。今者贪钱五十万，以嫁妖兽，忍锁而去，岂人所宜？若非郭公之仁勇，宁有今日？是妾死于父母，而生于郭公也。请从郭公，不复以旧乡为念矣。"郭公只好将之纳为侧室。眉批赞曰："有烈丈夫，应有烈女子，正是一对。"此女子明情达理，知恩图报，刚烈果决，成就了自己的美满婚姻与终身幸福。

除此之外，评点者尤其对地位低下的娼妓赞不绝口。卷三〇《符郎》叙符郎与春娘襁褓之中即有婚约，后春娘遇战乱被卖入娼家，符郎为司户。适春娘侍宴，符郎方明底里。经多次有意试探，春娘一再表白说："妾闻女子生而愿为之有家，若嫁一小民，布裙短袄，啜菽饮水，亦是人家媳妇。今在此中，迎新送故，是何情绪""丰衣足食，不用送往迎来，此亦妾所愿也。但恐新孺人归，不能相容。若见有孺人，妾自去禀知，一言决矣。"眉批曰："屡试屡坚，足见贞操矣。"春娘不慕鲜衣美食，内心厌恶风尘生涯，真心渴盼普通小民的自由，最终与符郎结成伉俪，修成正果。卷二九《李娃传》叙李娃常陪荥阳生夜读，"宵分乃寐，伺其疲倦，即谕之缀诗赋"，眉批道："好个女先生。"正是李娃的协助，才成就了荥

---

① ［明］李贽《藏书注》卷三七，张建业主编《李贽全集注》第七册，北京：社会科学文献出版社，2010年，第149页。

阳生的功名。卷二九《杨娼传》叙某帅宠爱杨娟，纳为妾，为悍妻所知，遂遗娟奇宝避难，途中娟闻帅病故，乃尽返帅之赂，设位而哭曰："将军由妾而卒，将军且死，妾安用生为？妾岂孤将军者耶！"即撤奠而死。杨娟以色事人，身份卑贱，却知情达理，以死报帅，实在难能可贵，无怪乎眉批称其"肯死难得"，十二卷摘评本眉批更惊叹"若辈亦肯死"。卷三〇《义倡传》叙长沙一娼妓尤喜歌秦观词，后遇贬官路过的秦观，得奉巾栉，遂发誓洁身以报秦观之情，别后闭门谢客，以践誓言；后知秦观病故，即千里迢迢往吊，绕棺三周，一恸而绝，为情而逝。眉批曰："素怀此心，究竟遂此心，人以死为杨惜，予以死为杨幸，否则碌碌一生，安识若辈之气节耶？"十二卷摘评本眉批道："品出倡下者，可列于人类乎？"杨娟、义倡之死，不是死于"从一而终"的愚贞愚节观念，而是死于超越世俗之见的真正爱情，死得其所，正所谓求仁得仁。

评点者突出女子的才情。卷四《少室仙姝传》眉批赞仙女之言辞道："议之高，如楼阁凌空；辞之藻，如炉金点铁。"卷一八《郑吴情诗》眉批赞"生长儒家，才色俱丽，琴棋诗书，靡不究通"的吴氏女为"女中少陵"，方之诗圣杜甫，虽有夸大，却也显出其诗才之超群。卷二一《贾云华还魂记》叙魏夫人对儿子说："况东南大蕃，山水奇胜，可以开豁心胸，吟咏情性。"眉批道："触目皆文章，不料妇人知此味。"卷二六《郑举举》记名妓郑举举相貌平平，但善辞章，负流品，巧诙谐，朝臣名士争邀之。一次左谏议大夫王致君等众官员聚宴，初入宫廷的中书令郑礼臣非常自傲，矜夸不已，众人十分尴尬，气氛沉闷，郑举举马上对郑礼臣说："学士语太多。翰林学士虽甚贵甚美，亦在人耳。至如李鹗、刘允承、雍章，亦尝为之，又岂能增其声价耶？"即暗讽了郑礼臣，又为王致君等解了围。郑礼臣羞愧不已，只有罚酒自饮，不复再言，而众人则跃起拜举举，喜不自胜。对此，眉批曰："视冠裳如涂炭，等富贵于浮云，不谓烟花中有此见识。"郑举举才思敏捷，应对自如，庄重中不乏诙谐，令人叹服。

与此相反的是，评点者对男子为了功名利禄而忘恩负义的行为，多有鄙薄之处。如十二卷摘评本卷一〇《狄氏》记滕生想方设法，以珠宝勾引狄氏，得手后又将珠宝骗了回去，眉批叱其为"负心汉"，赞狄氏为"痴心女子"，男女品行、性情之高下立判。卷三〇《王魁》眉批还谴责忘恩负义的王魁为"薄幸郎，可恼"。

第二节　关注叙事手法

评点者对《艳异编》的叙事手法进行了精当的总结。评点者十分关注伏笔的运用和叙事线索的前后照应。如卷一《张遵言传》在"隐大树下，于时昏晦，默无所睹"旁加圈，夹批"伏案"，是指张遵言隐大树下得以入仙境，后来"遵言良久懵而复醒，元在所隐树下，与四郎及鞍马同处"，又从所隐树下回到人间，全篇小说叙事形成一个圆环，非常精巧。卷一《汝阴人》在许生"至前猎处，无复大树矣"旁加圈，眉批曰"不失章法"，即指出此处正与开头"倦息大树下"相呼应。卷二《郑德璘传》叙德璘常遇老叟棹舟，食菱芡，在"所溺之物，皆能至此，但无火化，所食惟菱芡耳"处眉批"又验"；最后叟赠韦氏诗云"昔日江头菱芡人，蒙君数饮松醪春。活君家室以为报，珍重长沙郑德璘"，眉批又道"照应前起，绝好结局"，点出菱芡串连起全篇的叙事。卷二《辽阳海神传》最后叙及"子有三大难近矣，时宜警省，至期吾自相援。……万一堕落，自干天律，吾亦无如之何矣。后会迢遥，勉之，勉之"，眉批曰"应着有患难亦可周旋句"，即指照应开头海神第一次与程宰幽会私合时所说："世间花月之妖，飞走之怪，往往害人，所以见恶。吾非若比，郎慎无疑。虽不能有大益于郎，亦可致郎身体康胜，资用稍足。倘有患难，亦可周旋。但不宜漏泄耳。自今而后，遂当恒奉枕席，不敢有废。"其实，整篇故事的发展都围绕着海神这句话。卷四《裴航》开头叙裴航与樊夫人同舟从鄂渚至襄汉，于襄汉而别，樊夫人赠诗云："一饮琼浆百感生，玄霜捣尽见云英。蓝桥便是神仙窟，何必崎岖上玉京。"最后裴航娶云英，复见樊夫人，已不识，夫人曰"不忆鄂渚同舟回而抵襄汉乎"，前后照应。眉批曰："只此一句，便了得前段翻案矣。"卷三七《崔炜传》在开头老妪对崔炜说"谢子脱其难。吾善灸赘疣，今有越井冈艾少许奉子。每赘疣灸一炷，当即愈。不独愈疾，且兼获美艳"处，眉批曰"埋伏堕井事"；后来崔炜坠枯井，入巨穴，为蛇灸赘疣，眉批又道"应前越井冈艾"；在最后崔炜才明白开头所遇老妪乃葛洪妻鲍姑"多行灸道于南海耳"，眉批曰"直到此才明根脚来由"。全篇以鲍姑赠送的越井冈艾为线索，串连起崔炜入古墓以艾灸任嚣、坠巨穴灸玉京子、进赵佗墓留赠少许鲍姑艾等情节，叙事井然有序。卷三八《曾季衡》叙曾季衡居王使君亡女之室，频炷名香，盼睹鬼魂出现，终以诚心感动女鬼现身。二人两情缱绻时，因无意泄漏消息，冥数当尽，女鬼以诗赠别曰："五原分袂真胡越，燕拆莺离芳草竭。年少烟花处处春，北邙空恨清秋月。"眉批道："北邙句一时不解，至后了然。"读者至此亦不解"北邙空恨清秋月"何意。到结尾，曾季衡才访知"王使君之爱女，无疾而终于此院。今已归葬北邙山，或阴晦而魂常游于此，人多见之"，女鬼所吟"北邙空恨清秋月"之意方明，诗中寄寓着女鬼无尽的爱恨幽怨。

评点者非常关注叙事的章法，强调史传文学的影响，如卷二二《淳于棼》开头叙淳于棼入槐安国云：

> 生解衣就枕，昏然忽忽，仿佛若梦。见二紫衣使者，跪拜生曰："槐安国王遣小臣致命奉邀。"生不觉下榻整衣，随二使至门。见青油小车，驾以白牡，左右从者七八，扶生上车，出大户，指古槐穴而去。使者即驱入穴中。生颇甚异之，不敢致问。豁见山川风候，草木道路，与人世不甚殊。前行数十里，有郛郭城堞，车舆人物，不绝于路。

眉批曰"叙法全学太史"，评点者认为此处学习了司马迁《史记》的叙事方法。这里至少有两点值得注意：一是叙事从第三人称的全知视角转换为人物的限知视角十分自然。这是《史记》经常使用的手法。如《高祖本纪》开头云："高祖，沛丰邑中阳里人，姓刘氏，字季。父曰太公，母曰刘媪。其先刘媪尝息大泽之陂，梦与神遇。是时雷电晦冥，太公往视，则见蛟龙于其上。"① 司马迁先以全知视角叙述刘邦的籍贯、父母，又以刘邦父亲的视角叙述其看见蛟龙盘在刘媪身上。《淳于梦》开头亦交代生之性格、经历，接着叙述"生解衣就枕，昏然忽忽，仿佛若梦。见……"，下面的叙事均是生的视角所见。二是叙事详尽，注重细节。如《史记》中著名的荆轲刺秦王、鸿门宴等片段都对人物的动作、神态、语言进行了细致的描绘，语言形象生动，场面险象环生，引人入胜。而淳于生进入槐安国的所见所闻，如青油小车驾以四牡，"山川风候，草木道路，与人世不甚殊"等，都让人觉得亲切自然，增强了梦境的真实感。这与生后来出槐安国回归现实时，所见"复出大城，宛是昔年东来之径，山川原野，依然如旧"的细节，正好前后照应。

评点注重作品对场面、环境、对话等叙述的章法。如卷八《晋时事》记石虎起高楼四十丈的景物描写，由楼上及楼下，叙述极有次序，眉批赞道："看它逐样叙述处，参参差差，疏疏朗朗，如苍山远水，映带眉宇。"卷二一《贾云华还魂记》通过魏鹏的视角描绘贾云华闺房中的屏风、床几、笔砚、花瓶、金鱼缸等，整洁雅致，井然有序，眉批曰："叙房中设及景致，一一分明，既工丽且错落。"卷二《辽阳海神传》写海神出场时的场面云"或提炉，或挥扇，或张盖，或带剑，或持节，或捧器币，或秉花烛，或挟图书，或列宝玩，或荷旌幢，或拥衾裯，或执巾帨，或奉盘匜，或擎如意，或举看核，或陈屏障，或布几筵，或奏音乐"，眉批"纵笔所之，如层峦叠嶂"，以缛丽之笔状写出侍从随行的宏大气势、海神的高贵庄重和物品的丰盛华丽。卷三《柳毅传》对柳毅义正辞严拒绝钱塘君的婚事一段，眉批高度肯定："看它布阵遣辞，如叩洪钟，音响铿然；如入武库，戈戟森然。"十二卷摘评本卷七《娇红记》叙及一场夜宴，申生以病且醉婉拒舅母的劝酒，娇娘马上以申生"似不任酒力矣"开脱，适申

---

① ［汉］司马迁《史记》卷八，北京：中华书局，1982 年第 2 版，第 341 页。

生之前，烛烬长而暗，"娇因促步至烛前，以手弹烛，因流视语生曰：'非妾，则兄醉甚矣。'"生谢曰：'此恩当铭肺腑。'娇微笑曰：'此乃恩乎?'生曰：'意重于此矣。'"在大庭广众之下，二人借饮酒一事暗表情意，暗通情愫，细腻生动，含蓄温馨。十二卷摘评本眉批赞曰："序事极详极婉。"而当女鬼幻化成娇娘与申生夜夜幽会，造成娇娘与申生的误会、隔阂时，读者都为二人的爱情担心。结果真相大白后，二人的感情反而更加深厚。四十卷批选本卷一九《娇红记》眉批说："此一段亦绝处逢生。"卷一八《郑吴情诗》眉批赞"余"写给吴氏女之书曰："逐一叙去，条理井然。"卷三七《李章武》叙李章武再去华州寻王氏妇时，王氏妇已因思念章武而逝，邻妇讲述了王氏妇对章武的一片深情。这种叙述方式一是可以避免读者对王氏女已亡、章武无法了解事情经过的疑惑，二是邻妇的陈说增强了王氏女感情的真实性，更具感染力，因此眉批精辟地指出："借邻妇代传情，胜如面诉，且又出之不意中，真是冷处着力。"

此外，叙事章法还包括详略得当。如卷一一《长恨歌传》叙马嵬之变云："当时敢言者，请以贵妃塞天下之怒。上知不免，而不忍见其死，反袂掩面，使牵而去之。仓黄展转，竟就绝于尺组之下。"眉批曰："不断之中有断焉。"所谓"不断"，指叙事的连贯性。文中先写马嵬兵变、贵妃自缢，后面接叙"既而玄宗狩成都，肃宗受禅灵武。明年，大赦改元，大驾还都"，是顺叙。所谓"断"，指叙事戛然而止，余音绕梁。玄宗身为至尊皇帝，如此宠爱贵妃，却无法保护心爱的女人，眼睁睁看着贵妃被牵走，自缢而亡，该是多么地不情愿、不甘心，又是多么地无奈、痛苦！国色天香、曾令"六宫粉黛无颜色"的贵妃，现在却不得不死在深爱的君王面前，其内心是感叹自己的薄命还是憎恨君王的无能？这些作者都没触及，这正如古代书法绘画的留白，给读者留下无穷的想象空间。

评点者强调叙事的变化多端。首先是全篇叙事的灵活多变，如卷二五《阳羡书生》即针对个中情节作眉批曰："口中吐出女，女吐出男，男又吐出女，真变幻不穷也。若在凡间，便为男女混杂矣。"其次是局部情节富于变化。如卷一七《莺莺传》叙莺莺寄张生《明月三五夜》诗以约会，张生高兴地逾墙赴约，结果莺莺"端服严容"，责备张生无礼，然后"翻然而逝"，张生非常愧疚，复逾墙而出，绝望至极；数夕，莺莺又主动夜奔西厢，投怀送抱。二人的爱情经历了喜——悲——喜的起伏转换，波澜迭起。眉批对此叙事艺术赞不绝口道："滋味正在此翻不允，若容易上手，便是家常茶饭矣。"卷三七《崔炜传》叙崔炜以鲍姑艾灸好任翁赘疣，受到热情款待，且引出任翁之爱女，按照正常的叙事逻辑，下面应当叙述崔炜与任氏女的爱情婚姻，谁知小说笔锋一转，急转直下，却写任家事鬼，拟杀崔炜以奉鬼，幸亏任氏女出手相救，方转危为安。眉批赞道："忽生此一段，真如亚夫之军，从天而下。"叙事由喜到悲，又由悲及喜，峰回路转，扣人心弦。小说接着叙崔炜掉入巨穴，想必是死地，谁知绝处逢生，为蛇所救，化险为夷，又由悲转喜，正如眉批所评："并非死所，止是生机。"卷一一《长恨歌传》的眉批"乐极矣，乐极生悲，当在即矣，何目迷若是"，可谓是对这种叙事美学的理论总结。另外尚有细节的变化。如卷二《辽阳海神传》写海神第二次来会程贤时"侍女数人耳，仪从不复畴昔之盛。彼二人者亦不复来"，评点者以敏锐的眼光捕捉到了如此细微的行文变化，眉批道"如此变幻，方不架床"。

评点者聚焦细节的叙事功能。或表肯定，指出细节的重要性，如卷一《汝阴人》在"枝悬一五色彩囊"旁加圈，眉批"缘在此"；卷二《郑德璘传》在"德璘好酒，每挈松醪春过江夏，遇叟无不饮之。叟饮，亦不甚愧荷"处，眉批"后来姻缘，寓在一杯酒中"；卷二一《贾云华还魂记》于"今马首欲东，无可相照，手制粗鞋一双，绫袜一纲，聊表微意。庶步履所至，犹妾之在足下也"处，眉批曰"如此说鞋袜，不为无谓"；这三篇都指出了彩囊等物件与男女爱情的密切关系。十二卷摘评本卷二《柳毅传》于"洞庭之阴，有大橘树焉"处，眉批道"一篇生发，都在一株树里"，点出大橘树对全篇叙事的结构性作用。卷二九《霍小玉传》叙霍小玉庭间悬一鹦鹉笼，见生人来，叫道"李郎入来，急下帘者"，眉批曰"闲话颇趣，不然便无籓弄矣"，指出鹦鹉情节的插入增加了叙事的妙趣横生，而于卷二九《李娃传》"姥意渐怠，妓情弥笃"处，则眉批道"一篇情节，在八个字中"，评者可谓目光如炬，深得叙事三昧。或示不满，如卷一九《娇红记》眉批评点贾云华借尸还魂的虚假情节道"不得生者得死者，不得真者得假者，可笑"。

第三节　彰显"奇""异"的小说审美观

《艳异编》的评点共用"奇"字29处，用"异"字20处，评论对象从物到人，由环境到情节，非常广泛，彰显了注重"奇""异"的小说审美观。

评点者对非同寻常的物象以"奇""异"评之。有的是现实中的事物，如卷一《张遵言传》白犬名"捷飞"，眉批曰"奇名"，卷七《赵飞燕外传》对"金屑组文菌一铺，沉水香莲心碗一面，五色同心大结一盘，鸳鸯万金锦一匹"等三十六物品处眉批曰"异想异制，真龙衔宝盖、凤吐流苏也"，卷九《迷楼记》于"进御童女车"等处眉批道"车制新奇，车名亦巧异"，卷一六《元载》对诸种花卉作眉批曰"奇花异卉，金谷园中所无"，卷二二《渭塘奇遇》对"紫金碧甸指环"作眉批称"异样奇名"，或突出物品的罕见、奇特，或渲染贵族阶级的奢侈荒淫。有的是仙境中的物品，如卷二《辽阳海神传》对"俄以红玉莲花卮进酒"眉批道"奇物"；卷四《嵩岳嫁女记》对"薰髓酒"作眉批称"奇酒名"；卷五《穆王》对"长生之灯""又名恒辉""燔膏之烛""凤脑之灯""冰荷"作眉批道"灯烛俱不落寻常"，于"又进洞渊红花，嵊州甜雪，昆流素莲，阴岐黑枣，万岁冰桃，千年碧藕，青花白橘"等处眉批云"真异品仙果"；卷六《孝武帝》于"六甲左右灵飞致神之方十二事""捧八色玉笈，凤文之蕴，以出六甲之文"等处眉批曰"真正奇书"；等等。这都是为了彰显仙境的美妙迷人。

评点者以"奇""异"审美观或评人物的打扮，如卷一《郭翰》于织女出场时"衣玄绡之衣，曳罗霜之帔，戴翠翘凤皇之冠，蹑琼文九章之履"处加点、眉批道"打扮绝异",以赞仙女的超凡脱俗;或论环境描写的新奇,如卷一《汝阴人》于"丝竹繁错,曲度新奇。歌妓数十人,皆妍冶上色"旁加圈并眉批曰"雄风满纸,都是奇气泼成",卷二《洞箫记》于"忽闻异香酷烈,双扉自开"处眉批曰"写景异",卷二二《渭塘奇遇》于新肆描写处作眉批称"两处叙景,不特藻语错落,抑且合变争奇";或批点诗词的文采、意境之美,如卷二七《李季兰》于"远水浮仙棹,寒星伴使车"处眉批云"异香异色",卷三五《桃花仕女》眉批评桃花仕女词道"诸词神飞意舞,觉有世外奇香,果不傍人半点俗气",卷四〇《田洙遇薛涛联句记》眉批评联句诗曰"细阅五十韵,晓烟初破霞,散影红微露,轻匀风姿,潇洒若美人初起,娇怯新妆,国色仙姿种绝谷,名花河阳奇卉,不能当此嫣然一盼",评点者深谙富有民族特色的诗学传统,藉此表达自己的诗学理论。

评点者对作品情节构思的新奇巧妙亦赞不绝口。小到细节编排,大至情节布置,奇异处皆被评点者拈出盛赞。如卷一《沈警》于"酹水"祀神的风俗处眉批道"便异",卷二《洞箫记》于"念方起,榻下已遍铺锦褥,殆无隙地"处眉批曰"真奇",十二卷摘评本卷四《杨贵妃传》于吉温入奏,贵妃断发处作眉批云"不是处置死所,正是挑动爱心,极巧",卷一八《联芳楼记》叙兰英、蕙英见和杨铁崖西湖《竹枝曲》者百余家,笑曰"西湖有《竹枝曲》,东吴独无《竹枝曲》乎",乃效其体,作《苏台竹枝诗》十章,眉批道"无中生有,戏谑异常",此是细节奇异。又如卷一《张遵言传》于"原在所隐树下"旁加圈并眉批曰"真奇真奇",赞作者构思之精巧。卷二《郑德璘传》于"须臾,舟楫似没于波,然无所苦。俄到往时之水府,大小倚舟号恸。访其父母,父母居止俨然,第舍与人世无异"等韦氏随叟去水府的情节处,眉批曰"此一段真所谓无中生有,愈出愈奇",高度称赞作者丰富的想象力。卷六《孝武帝》叙汉景帝梦赤气化为龙,大吉,又梦神女捧日授夫人,后生武帝,眉批道"异梦",点出梦境之特异。卷一九《娇红记》叙小慧看见一女子与娇娘无异,在申生室内与申生对坐,十分骇异,回来问娇娘刚才是否去申生处,娇娘说:

"我与飞红同遣尔去，我二人坐此未尝动耳，安得妄言。"眉批曰："绝奇。"女鬼幻化为娇娘与申生夜夜幽会，恩爱甜蜜，故意隔绝真娇娘与申生的交往通情，一假一真，一亲密一疏远，造成娇娘与申生之间的误会，节外生枝，既延宕了情节，又进一步加深了二人的感情，构思十分巧妙。卷二一《贾云华还魂记》中的贾云华为情而逝，被令还魂，然尸身已坏，对此眉批曰"奇事"；恰好长安丞宋子璧有一女，年及笄，忽暴卒，被贾云华借尸还魂，眉批道"奇事"。一个要还魂而无尸身，一个无故而亡，真是无巧不成书。卷二六《胡证尚书》记裴度游北里，受到众军士的羞辱，差点被殴，即请身材魁梧、膂力过人的同年胡证来救。胡证赶到没有蛮干，而是先喝三钟酒，然后强行更改酒令，规定"凡三钟引满，一遍《三台》，酒须尽，仍不得有滴沥，犯令者一铁跗，自谓灯台"。胡又一举三钟，次及一角觚者，凡《三台》三遍酒未能尽，胡即举灯台欲击之，众军士马上起身叩头乞命。胡证以文雅的方式教训了众军士，为裴度解了围，可谓画龙点睛之笔，眉批由衷地赞叹道："借酒客为侠客，奇哉。"卷二九《李娃传》叙荥阳生初次拜访李娃，献双缣为宿资，李娃笑而止之曰："宾主之仪，且不然也。今夕之费，愿以贫窭之家，随其粗粝以进之。其余以俟他辰。"眉批称："肯作主人便奇。"按照常理来说，妓女以赚取客人的钱财为目的，李娃应当接受荥阳生的双缣，不该自费酒食款待荥阳生，其实这正是李娃的高明之处。一是李娃确实对荥阳生一见钟情，有爱慕之心，二是李娃精通"将欲取之，必先予之"的道理，先给点甜头，让荥阳生感到自己的热情好客，以结其心，出手阔绰的荥阳生必然会投桃报李，付出更多的金钱，此乃欲擒故纵之法，实在高明。

评点者正是推崇"奇异"的审美观，才对平淡庸俗的情节表示不满。如卷二《洞箫记》叙徐鏊尝与人争斗，不能胜，其人或无故僵卧，或以他事横被折辱，仙女告诉徐鏊说："奴辈无礼，已为郎报之矣。"这么一件微不足道的小事，仙女却大动干戈，睚眦必报，实在有损仙人不食人间烟火、高大脱俗的形象，因此眉批道："如此不见奇。"

这种崇尚"奇异"的审美观，还表现在对人物的品行、性格和心理活动的评点上。或抨击丧失人格的可耻行径，如卷三一《安陵君》记安陵君以色事楚王，才地位显赫江乙说"以财交者，财尽而交绝；以色交者，华落而爱渝"，劝安陵君向楚王"必请从死，以身为殉"，权势方得长久，安陵君果行之。眉批痛斥其卑劣的行径道："危言令人惊怖，嗟乎，安陵君献媚楚王，而江乙又媚安陵君，下之下矣。"卷一六《韩侂胄》中的赵师䙆为谄媚韩侂胄，甘愿学狗叫，眉批贬斥道："大丈夫七尺躯，甘作鸡犬，非冠裳中禽兽耶？可耻可耻。"或揭露贵族阶级的荒淫、残忍，如十二卷摘评本卷五《绿珠传》针对王敦冷看石崇杀婢的惨无人情，眉批道"斩三美姬而终不饮，王更忍于石者"；卷一三《王衍》对皇帝的行为毫不留情，作眉批曰："君王夺人妻，即万缣亦难盖此丑名"，"不特夺人妻，益欲奸人女，纪纲扫尽，何颜立于廷哉！"或指责人物思想僵化，刻板固执，如卷一九《娇红记》叙申生之父遣媒求婚时，娇娘之父却以"但朝廷立法，内兄弟不许成婚，似不可违"为由拒绝，眉批"太呆板，可恨"；卷二一《贾云华还魂记》中的魏鹏访贾宅，献上母书，贾夫人违背婚约，宴请时令女儿娉娉坐陪，说"郎君年长于汝，自今以后既是通家，当为兄妹，汝宜跪劝"，眉批曰"兄妹二字可恨"，这都表明了评点者鲜明的憎恶态度。或对人物的侠义精神赞不绝口，如卷二三《柳氏传》叙许俊一骑独闯沙吒利府第，用计赚出柳氏与韩生团聚，眉批曰"侠士锐不可当，真目无旁人者"；十二卷摘评本卷一〇《无双传》叙古押衙为帮助素不相识的王仙客与无双结成良缘，不惜牺牲生命，眉批颂其高义道："古生真荆聂之流，后世自矜为侠客者未许梦见。"或直指人物的内心，如卷三《柳毅传》叙龙女化为卢氏嫁给柳毅，向其说明真相，柳毅说"初言慎勿相避者，偶然耳，岂有意哉"，以表达自己救龙女是出于义气，并不是爱慕，也不是有意想娶龙女，眉批道："难道难道，如果无意，何当席有叹恨之色耶？"质疑柳毅所说是违心之言，这是因为前面钱塘君提婚时，柳毅表面上虽严辞拒绝，然而饯别时"当此席，殊有叹恨之色"，显然对错过龙女的姻缘，再无会期，内心充满不舍和遗憾，意味着柳毅是爱慕龙女的，只是出于侠义而不愿玷污自己的人格。正如冯梦龙《太平广记钞》所批："虽转念，实真情。"①

评点有时点出文章所塑造的矛盾的人物性格。如卷二五《狄氏》叙尼姑慧澄为使滕生见到狄氏，劝道"夫人以设斋来院中，使彼若邂逅者，可乎"，狄氏赪面摇手曰"不可"，坚决予以拒绝，后来见生英俊心动，遂通情好，"恨相得之晚"，分别时犹执手说"非今日，几虚作一世人，夜当与子会"，简直像换了个人，眉批疑惑狄氏转变之快道："比摇手时太不侔矣。何前后分两截人。"间或对比不同作品的人物差异，如十二卷摘评本卷一〇《狄氏》叙滕生拿着价值二万缗的两袋子大珠对尼姑慧澄说，只要能与狄氏私合，"四五千缗，不则千缗、数百缗，皆可"，"但可动，不愿一钱"亦可，眉批曰："与张园叟五百缗娶妻，其愿似不同。"卷四《张老》中的张老以五百缗为聘礼，满足了韦氏的条件，目的是为了娶妻；而《狄氏》中的滕生只是拿二万缗的大珠为诱饵，以接触、打动狄氏，旨在猎奇，二人出发点确实存在根本不同。

评点者常对违背儒家伦理纲常的内容特为点出，以教化世人。卷一二《杨太真外传》叙上元节杨氏五宅夜游，与广宁公主争西市门，杨家奴挥鞭误及公主及驸马，结果唐玄宗仅杀杨家奴一人，却令驸马停官，致杨家愈发骄横，出入宫门无禁。眉批道："男党止有三家，女党则有五家矣，奇哉！叛形已露于此。"卷一四《金废帝海陵诸嬖》记海陵掠人妻女的荒淫纵欲行为，眉批称："此等伤风败俗事，宜不载，然姑录之，以见异云。"帝王贵族的奢靡生活确实非普通读者所能想象，自然带有奇异色彩。有的评点则指出作品蕴含的道理，如十二卷摘评本卷五《同昌公主外传》眉批总结道："通篇只叙得一片富贵，便令俗人眼热。"卷三七《孟氏》眉批曰："岁月无情，光阴易谢，偷顷刻之欢，的是醒语，然玩愒者不可以藉口。"指出要珍惜光阴。卷三七《独孤穆传》叙独孤穆与女鬼杨氏一见钟情，受杨氏之托，买道士之符除恶鬼，把杨氏迁葬于洛阳。眉批道：

① ［明］冯梦龙评纂，庄葳、郭群一校点《太平广记钞》卷六九，郑州：中州书画社，1983 年，第 1867 页。

"不负约，不背盟，独孤真可对鬼神矣。嗟嗟！朝盟夕寒，始勤终怠，满路皆然，大可耻耶。"不仅赞颂了独孤穆的高义，还对当时背信弃义的世风深表悲愤。卷四〇《双头牡丹灯记》叙邻翁夜见乔生与骷髅对坐灯下，乃对生说"人乃至盛之纯阳，鬼乃幽阴之邪秽。今子与幽阴之魅同处而不知，邪秽之物共宿而不悟，一旦真元泄尽，灾眚来临，惜乎以青春之年，而遽为黄壤之客也，可不悲夫"，眉批曰："分析人鬼洞彻，玄理极迷人，听者不得不瞿然觉。"

评点者常常在评语中融入自己的感情与经历，表达对社会、历史、人生的感慨与思考。如卷三一《董贤》眉批曰："忠臣被辱，百口不能辨，亦不敢辨，哀哉！"这很容易让我们想起屈原的遭遇："屈原正道直行，竭忠尽智以事其君，谗人间之，可谓穷矣。信而见疑，忠而被诱，能无怨乎？"[1] 忠臣每每为小人所害，评点者对此感到十分悲哀。卷三八《颜濬》中女鬼张贵妃说："不似杨广，西筑长城，东征辽海，使天下男冤女旷，父寡子孤。途穷广陵，死于匹夫之手。亦上天降鉴，为我报仇耳。"眉批曰："读至此令人潸然出涕，且又怒发上指矣。"评点者感情浓烈，怒发冲冠，如在目前。卷三〇妓女部《吴女盈盈》眉批曰："予尝哀碌碌尘世，非为名，则为利。为名则名管束，为利则利管束。若脱得管束二字，便是高人达士矣。"感叹世人为名利而奔波的辛劳、无奈。卷九《迷楼记》更是直言不讳地在眉批中说："窃见海内多少英雄，沉埋困顿，不得脱尘埃、居上第，置身青云之上。每念及此，不胜唏嘘。适阅宫怨词，益觉伤感。嗟哉！红颜命薄，才子时蹇，真千古同怜哉！"这种怀才不遇之感喟，显然寄寓着评点者的科举蹉跎与人生失意。

明代中后期兴起小说评点的热潮，文言小说有《世说新语补》《太平广记钞》《虞初志》等，白话小说有《三国志演义》《水浒传》《金瓶梅词话》等，《艳异编》评点正是这一风气下的产物。有的评语甚至互相因袭，如四十卷本《新镌玉茗堂批选王弇州先生艳异编》卷二九《杨娟传》的

---

① ［汉］司马迁《史记》卷八，北京：中华书局，1982年第2版，第341页。

眉批"阳为诺，而阴为计，悍到此乎"与凌氏朱墨套印七卷本《虞初志》卷四《杨娼传》的眉批"阳为诺，而阴为计，悍至此乎"，卷三三《任氏传》的眉批"极肖是时情状""责以大义，能不首肯否"与凌刻本《虞初志》卷七《任氏传》的眉批"酷肖是时情状""责以大义，而语甚惨动，听者宁不心折"等几乎完全相同。因此，《艳异编》的评点被《虞初志》所抄袭。总之，《艳异编》的评点虽受到商业化的影响，却有着重要的理论批评价值，是中国小说学的重要组成部分，值得深入研究。

第六章 《艳异编》的影响

《艳异编》问世后，以其独特的题材特点和审美情趣迅速传播，深受文人与市民读者的喜爱。明屠隆《评释谋野集题辞》云："是集也，将薄海共传之，宁独学士家《艳异》哉！"① 认为《谋野集》可以与文人士大夫阅读的《艳异编》媲美，反映了《艳异编》的受欢迎程度。《艳异编》对明代小说的编刊产生了深远影响，其中作品不仅被《稗家粹编》《绿窗女史》等许多小说选本、通俗类书选录，如明万历三十六年（1608），孙丕显汇纂、屠隆参定、刘朝箴校阅的《文苑汇隽》采用书目有《艳异编》，明姚旅天启间编刊的《露书》卷四选录《艳异编》卷四〇《桃花仕女》。国家图书馆藏明万历间彭大翼编撰《山堂肆考》角集卷一六"人品"《恃爱挟权》、卷一七《貌如美妇》等虽不注出处，但可考知节选自《艳异编》卷三六《冯子都》《陈子高》。② 同时，还出现了"艳异"系列的小说选本。

值得注意的是，《艳异编》甚至对明清小说戏曲创作也产生了较大的影响，如明陈霆著有《艳异编》③，清王树芳著有《新艳异编》④，清光绪

---

① ［明］王穉登《屠先生评释谋野集》，国家图书馆藏明宏远堂熊云滨刊本。

② 如《恃爱挟权》云"汉霍光监奴冯子都有殊色，光爱幸之，常与计事，颇挟权，倾郡邑"，与《艳异编》本《冯子都》所载相同，《汉书》卷六八作"初，光爱幸监奴冯子都，常与计事，及显寡居，与子都乱"。

③ 见［明］王圻《续文献通考》卷一八三，国家图书馆藏明万历三十一年（1603）刊本。

④ ［清］阮元《两浙辅轩录》卷三二，天津图书馆藏清光绪十六年至十七年（1890—1891）浙江书局刻本。

初俞达尚撰有多记青楼女子之事的笔记小说《艳异新编》（又名《新闻新里新》，五卷）。祁彪佳《涉北程言》载："十九日，圣鉴思作剧，苦无佳题，乃就陈伯武借《艳异编》阅一过，皆儿女子态，圣鉴以其非英雄本色也，乃别为《桐江老》一传。"① 虽说陈情表（字圣鉴）欲从《艳异编》中选取作品创作传奇而未得，但也肯定了其"皆儿女子态"的题材特点。明王骥德《男王后》（亦称《裙衩婿》）第四折净说："今日这样奇事，明日史官可不载在《艳异编》上，待后边人做一个笑话儿么。"② 此剧即据《艳异编》卷三六《陈子高》改编而成。《玉茗堂批评异梦记·总评》云："既曰梦，则无不奇幻，何异之足云！若此传之环佩诗笺，醒时俱灿然在手，斯足异矣。事出《艳异编》，兹经作者叙次点缀，实妙有化工，虽张曳白拾环冒亲，颇似《钗钏》，然境界又觉一新。"③ 则明代王元寿据《艳异编》卷二七梦游部中的《渭塘奇遇》（原出《剪灯新话》）编创了《异梦记》。此外，剧作家不时藉戏曲人物评价《艳异编》的题材特点，如明代陈汝元《金莲记》第一出《首引》云："词曲元人称独步，到今户叶宫商。《夷坚》《艳异》总荒唐，何如苏学士才节世无双。"④ 道出了《艳异编》记神仙志鬼怪的特征。清初李渔《风筝误》第十八出《艰配》云："相了一日，只有这个还上得眼。这是俺解忧愁的草似萱，醒嗑睡的《艳异编》，地少朱砂赤土先。"⑤ 则藉韩琦仲之口肯定了《艳异编》重娱乐的小说功能。

《艳异编》鲜明的"艳异"题材选择，常常被正统士人视为"淫"书。明黄淳耀《吴奕季淫鉴录序》云："世有以笔墨导淫者，如诗中之

① ［明］祁彪佳著，张天杰点校《祁彪佳日记》（上），杭州：浙江古籍出版社，2016 年，第 23 页。

② ［明］沈泰编《盛明杂剧》卷二七《男王后》，国家图书馆藏明崇祯间刊本，善本书号：12417。

③ ［明］汤显祖评《玉茗堂批评异梦记》，国家图书馆藏明万历间刊本，善本书号：16235。

④ ［明］陈汝元《金莲记》，国家图书馆藏明万历间刊本，善本书号：A01860。

⑤ ［清］李渔《李渔全集》第四卷，杭州：浙江古籍出版社，1991 年，第 164 页。

有《香奁》，书中之有《艳异》，裙屐少年嗜若饮食，深入肌肤，不可除去。余常欲勒一戒淫之书以敌之，而迁延不果。"① 这恰反映出《艳异编》的深入人心。到了清代，《艳异编》竟然多次被官府列为淫词小说，如清道光二十四年（1844）被浙江官府下令禁毁，同治七年（1868）又被江苏巡抚丁汝昌禁毁。②《艳异编》的影响范围之广、时间之长可见一斑。

下面我们重点论述《艳异编》对明代小说选本编刊的深远影响。

第一节　《艳异编》与《稗家粹编》

胡文焕于万历二十二年（1594）编刊的《稗家粹编》八卷，分 21 部，其中有义侠部、徂异部、幽期部、宫掖部、戚里部、妓女部、男宠部、梦游部、星部、神部、水神部、龙神部、仙部、鬼部、冥感部、幻术部与妖怪部凡 17 部的名称完全袭自《艳异编》；收录小说作品 146 篇，有 44 篇作品见于《艳异编》③，其中只有 23 篇作品直接选自《艳异编》。下面逐篇进行考证。

一、《稗家粹编》中 23 篇直接选自《艳异编》

卷一义侠部《昆仑奴传》与《艳异编》《古今说海》本文字相近，试对比几处主要异文：

---

① ［明］黄淳耀《陶庵全集》卷二，《景印文渊阁四库全书》第 1297 册，台北：台湾商务印书馆，1986 年，第 636 页。

② 王利器辑录《元明清三代禁毁小说戏曲史料》（增订本），上海：上海古籍出版社，1981 年，第 123、144 页。

③ 向志柱较早关注《稗家粹编》与《艳异编》的密切关系，列出二书相同篇目 41 篇，认为《稗家粹编》"一些部类的篇目很可能从《艳异编》直接选出"，参向志柱《〈稗家粹编〉与中国古代小说研究》，北京：商务印书馆，2018 年，第 160~162 页。

	《艳异编》	《古今说海》	《稗家粹编》①
1	与盖天之勋臣一品者熟	与盖天之勋臣一品者熟	与勋臣一品者熟
2	一品命妓是时为生入室	一品命妓轴帘召生入室	一品命妓而侍是时邀生入室
3	请深青绢两匹	请深青绢两匹	请得青绢两匹
4	翠环初坠	翠鬟初坠	翠环初坠
5	生惧而不敢隐	事惧而不敢隐	生惧而不敢隐

可见，第4、5两例，《稗家粹编》本与《艳异编》本所载完全相同；第2例，两者相近；第1、3两例，《稗家粹编》本则有所改动。《稗家粹编》本《昆仑奴传》应抄自《艳异编》。

卷二徂异部《章子厚》，文字与《艳异编》卷三〇徂异部《章子厚》、《古今说海》说纂部《虚谷闲抄》所载相同，大概亦应选自《艳异编》。徂异部《狄氏》《王生》《李将仕》文字均与《艳异编》卷三〇徂异部《狄氏》《王生》《李将仕》所载相同（《稗家粹编》前两篇结尾分别删去了"余在太学时亲见"与"生表弟临淮李从为余言"），故这三篇选自《艳异编》。

卷二幽期部《潘用中奇遇》《张幼谦记》与《艳异编》卷二一幽期部《潘用中奇遇》《张幼谦罗惜惜》分别有一字、数字之异，当选自《艳异编》。

卷二重逢部《分镜记》，与《艳异编》卷二八义侠部《乐昌公主》（全同《顾氏文房小说》本唐孟棨《本事诗》所载）仅数字之异，或选自《艳异编》。

卷三戚里部《馆陶公主》《孙寿》《萧宏》《韩佗胄》，分别摘自《汉书》卷六五《东方朔传》、范晔《后汉书》卷三四《梁统列传》、《南史》

① ［明］胡文焕编《稗家粹编》卷一，国家图书馆藏明万历间刊《胡氏粹编》五种本，善本书号：15382。下出此书，不再出注。此外，中华书局于2010年出版了向志柱点校本《稗家粹编》。

卷五一《萧宏传》、田汝成《西湖游览志余》卷四，但文字或概述或省略，恰好与《艳异编》卷一八戚里部《馆陶公主》，卷一九戚里部《孙寿》《萧宏》《韩佗冑》相同。如《孙寿》开头，《后汉书》卷三四作"诏遂封冀妻孙寿为襄城君，兼食阳翟租，岁入五千万"①，《艳异编》本与《稗家粹编》本都作"梁冀妻孙寿在冀恩封襄城君，兼食阳翟租，岁入五千万"，可见这四篇直接抄自《艳异编》。

卷三妓女部《汤赛师》中的"猥客恐有所悔，不敢登门"，较《艳异编》卷三〇徂异部《汤赛师》"猥客恐为所悔，不敢登门"稍好，但语意亦不通。《艳异编》本实选自《西湖游览志余》卷一六，作"猥客恐为所侮，不敢登门"，原来是《艳异编》误把"侮"刻为"悔"导致的，因此《稗家粹编》本《汤赛师》直接选自《艳异编》。

卷三男宠部《邓通》文字与《艳异编》卷三六男宠部《邓通》文字相同。《陈子高》与《艳异编》卷三六男宠部《陈子高》有数字之异，如《艳异编》本"蒨嫌其俗，改名之，倩不韦于器"，"倩"显然应为"蒨"，"不韦于器"不通，故《稗家粹编》本改为"蒨嫌其俗，改名之，蒨本伟于器"，《新镌玉茗堂批选王弇州先生艳异编》卷三一《陈子高》改为"蒨颇伟于器"；《艳异编》本"蒨欲且亡曰"，语意亦不通，《稗家粹编》本遂改为"蒨欲且甚曰"，《新镌玉茗堂批选王弇州先生艳异编》本改为"蒨欲且止曰"。据此，《稗家粹编》本《陈子高》应选自《艳异编》。

卷三梦游部《赵旭》中的"披衣而起""乃点灯拂席以延之""施珍丽非所识也"，同《艳异编》卷六仙部《赵旭》所载，野竹斋钞本《广记》卷六五作"整衣而起""乃回灯拂席以延之""施设珍丽非所识也"，故《稗家粹编》本《赵旭》直接选自《艳异编》，只不过节选时删除了篇末444字。梦游部《沈亚之》虽与《艳异编》卷二七《邢凤》（与《古今

---

① ［宋］范晔撰，［唐］李贤等注《后汉书》，北京：中华书局，1965年，第1179页。

说海》说渊部《梦游录》本同）文字有小异，尤其是开头，《稗家粹编》本改动较大，但此篇亦应选自《艳异编》。

卷四水神部《郑德璘传》文字同于《艳异编》卷三水神部《郑德璘传》与《古今说海》说渊部《郑德璘传》所载，当选自《艳异编》。

卷五仙部《陈光道遇蔡筝娘传》中的"陈光道""奉檄如商州""喜逢神女缔因缘""犹忆人间有闷时""琼浆饮罢月西沉"，同《艳异编》卷六仙部《蔡筝娘》所载，《夷坚支甲》卷七分别作"陈道光""沿檄如商州""喜逢神女报因缘""肯忆人间有问时""琼浆饮罢日西沉"①，知《陈光道遇蔡筝娘传》直接选自《艳异编》。

卷六冥感部《离魂记》中的"果见娘在船中"，同《艳异编》卷二四冥感部《离魂记》所载，《虞初志》卷一《离魂记》作"果见倩娘在舟中"，故《稗家粹编》本《离魂记》选自《艳异编》。冥感部《韦皋》《京师士人》《崔护》与卷六幻术部《阳羡书生》《梵僧难陀》《画工》的文字全同《艳异编》卷二四所录，均应直接选自《艳异编》。

综上，《稗家粹编》共有 23 篇作品直接选自《艳异编》，即《昆仑奴传》《章子厚》《狄氏》《王生》《李将仕》《潘用中奇遇》《张幼谦记》《分镜记》《馆陶公主》《孙寿》《萧宏》《韩佽胄》《汤赛师》《邓通》《陈子高》《赵旭》《沈亚之》《郑德璘传》《陈光道遇蔡筝娘传》《离魂记》《韦皋》《京师士人》《崔护》。

二、《稗家粹编》中 21 篇选自他书

《稗家粹编》虽有 21 篇作品见于《艳异编》，却直接选自他书。

卷一义侠部《柳氏传》，同《太平广记》《虞初志》作"韩翊"，《艳异编》多作"韩翃"，文字多与《虞初志》本所载相同。试对比主要异文：

---

① ［宋］洪迈撰，何卓点校《夷坚志》，北京：中华书局，2006 年第 2 版，第 762~763 页。

	《艳异编》	野竹斋钞本《广记》	《虞初志》	《稗家粹编》
1	遂通意焉	遂□意焉	遂适意焉	遂适意焉
2	李生坐于客位	李坐翊于客位	李坐生于客位	李生坐于客位
3	翊爱柳氏之色	翊仰柳氏之色	翊悦柳氏之色	翊悦柳氏之色
4	岂宜以濯泥之贱	岂宜以濯浣之贱	岂宜以濯浣之贱	岂宜以濯浣之贱
5	且物器资用足以伺君之来也	且用器资物足以待君之来也	且用器资物足以仁君之来也	且用器资物足以仁君之来也
6	士民奔骇	士女奔骇	士女奔骇	士女奔骇
7	纵使长柳似旧垂	纵使长条似旧垂	纵使长条似旧垂	纵使长条似旧垂
8	已失柳氏所止，悬想不已	已失柳氏所止，叹想不已	延伫柳氏所止，钦想不已	延伫柳氏所止，钦想不已
9	幸相待于通政里门	幸相待于道政里门	幸相待于道政里门	幸相待于道政里门
10	失于惊尘	失于惊尘	失于魂魄	失于魂魄
11	吾平生所难事	吾平生所为事	吾平生所为事	吾平生所难事
12	许俊钦赐钱二百万	沙吒利赐钱二百万	沙吒利赐钱二百万	许俊赐钱二百万

从上表可以看出，《稗家粹编》本有第 1、11、12 例共三句与《艳异编》本相同或相近，有第 4、6、7、9 例凡四句与沈氏野竹斋钞本《广记》所载相同，而与明弦歌精舍如隐草堂本《虞初志》则有九句相同，显然《稗家粹编》本《柳氏传》选自《虞初志》，第 1、11、12 三句或许参考了《艳异编》。有意思的是，明末凌刻本《虞初志》卷五《柳氏传》的第 1、11、12 三句竟然与《稗家粹编》本完全相同，考虑到凌氏《虞初志》抄袭《艳异编》《稗家粹编》的可能性较小，则《艳异编》《稗家粹编》的《柳氏传》或许抄自其他版本《虞初志》。

卷一义侠部《红线传》文字与《虞初志》本相同，试比较：

	《艳异编》	《虞初志》	《稗家粹编》
1	嵩即遣归	嵩遽令归	嵩遽令归
2	三镇交缔为姻娅，使盖相接	三镇交为姻娅，使使日浃往来	三镇交为姻娅，使使日浃往来
3	遇暑益增	遇热增剧	遇热增剧
4	夜直宅中，卜良日，欲	夜直州宅，卜选良日，将	夜直州宅，卜选良日，将
5	我不知汝是异人，诚暗昧也	我不知汝是异人，我暗昧也	我不知汝是异人，我暗昧也

由上表可见，《稗家粹编》本《红线传》应抄自《虞初志》，而不是抄自《艳异编》。

卷二幽期部《兰蕙联芳记》与《艳异编》卷二一幽期部《联芳楼记》文字差异较大，如"吴郡有薛氏者，其家颇富，元至正初居于阊阖门，公以枭米为业""国色天香花两枝，芳心犹是未开时。娇容尚未经风雨，全仗东君好护持"，《艳异编》本分别作"吴郡富室有姓薛者，至正初居于阊阖门外，以鬻米为业""玉砌雕栏花两枝，相逢恰是未开时。娇姿未惯风和雨，分付东君好护持"，且"已而就枕，生复索其吟咏。兰英即唱之曰：连理枝头并蒂花，明珠无价玉无瑕。蕙英续曰：合欢幸得逢萧史，乘兴难同访戴家。兰英续曰：罗袜生尘魂荡漾，瑶钗坠枕鬓髼影。蕙英结曰：他时漏泄春消息，不悔今宵一念差。遂足成律诗一篇"一段文字又是《艳异编》所无，显然《兰蕙联芳记》不选自《艳异编》。

卷三宫掖部《长恨传》删除了《虞初志》卷二《长恨传》与《艳异编》卷一四《长恨歌传》结尾的"至宪宗元和元年"等文字及白居易的《长恨歌》，而"佩红玉，曳凤履""余具国史"等文字同于《虞初志》本，《艳异编》本作"佩红玉，曳凤舄""余具唐史"，显然由《艳异编》本回改到《虞初志》本难度较大且没有必要，因此，《稗家粹编》本《长恨传》直接选自《虞初志》，而不是选自《艳异编》。

卷三妓女部《杨娼传》中的"炽膏镬于廷而伺之矣""促命止娼之

至，且曰""命家僮榜轻舠""问至""将军由妾而死"，与《虞初志》卷五《杨娼传》所载相同，《艳异编》卷三四妓女部《杨娼传》作"炽膏镬于庭而伺之矣""促命止之，娼且至，帅曰""命家僮榜轻舫""闻至""将军由妾而卒"，知《杨娼传》直接选自《虞初志》。

妓女部《盼盼守节》中的"公薨誓不他适""相思一夜情多少""红软香消一十年"等同《类说》卷二九《丽情集》之《燕子楼》①，《艳异编》卷三二妓女部《张建封伎》作"张尚书既殁""相思一夜知多少""红袖香销一十年"；"旬日不食而死"与《艳异编》卷三二妓女部"旬日不食而卒"相近，而"被冷香消拂绣床""燕子楼中更漏永"，《类说》本、《艳异编》本分别作"被冷香消独卧床""燕子楼中清月夜"与"被冷灯残拂卧床""燕子楼中寒月夜"。因此，《盼盼守节》更接近《类说》本，或另有所本。

妓女部《王魁负约》中的"苟以一娼玷辱，是污名也""方解妾之恨，君其知乎""汝知之乎？此则桂魁前世业报，尚可以复醮乎"，《艳异编》卷三五妓女部《王魁》分别作"以一娼玷辱，况家有严君不容也""此止不知其他也""汝知，则勿复醮也"，且诗歌"人来报喜敲门急，贱妾初闻喜可知。天马果然先骤跃，神龙不肯后蛟螭。海中空却云鳌窟，月里都无丹桂枝。汉殿独成司马赋，留庭惟许宋君诗"与"身登龙首云雷疾，名落人间霹雳驰。一榜神仙随御出，九衢卿相尽行迟。烟霞路稳休回首，舜禹朝清正得时"，是《艳异编》本所没有的，可见，《王魁负约》不选自《艳异编》。《艳异编》本《王魁》选自《类说》卷三四《摭遗》所收《王魁传》，而《青泥莲花记》卷五《桂英》有上述缺失的诗歌，篇末注出《异闻集》《摭遗》②。据宋代周密《齐东野语》卷六《王魁传》所载"《异闻集》虽有之，然集乃唐末陈翰所编，魁乃宋朝人，是必后人

---

① ［宋］曾慥辑《类说》卷二九，国家图书馆藏明天启六年（1626）刻本。下出此书，不再出注。

② ［明］梅鼎祚纂辑，陆林校点《青泥莲花记》，合肥：黄山书社，1998年，第113~115页。

剩人耳"①，知宋明时期流传的《异闻集》收录有王魁与桂英的故事，《稗家粹编》本《王魁负约》很可能选自当时的《异闻集》。

卷三梦游部《王生渭塘奇遇记》中的"握手入室，极其欢谑，会宿之寝，已而遂觉，乃困于蓬底尔""生剔灯花误落于上，拂之不去""某有一女……如醉如痴"，与国图善本 11127《剪灯新话》本、黄正位刊《剪灯新话》本文字相同，而《艳异编》卷二七《渭塘奇遇》分别作"执手入室，极其欢谑，会宿于寝，鸡鸣始觉，乃困卧蓬窗底尔""生剔灯，误落灯花于上""老拙惟一女……如醉如痴，饵药无效"，可见《稗家粹编》本《王生渭塘奇遇记》选自早期刊行的《剪灯新话》，而不是选自《艳异编》。

卷五龙神部《许汉阳》中的"渐近见亭宇甚盛""行三数步""有红花满树"等文字同《广记》卷四二二龙《许汉阳》所载，《艳异编》卷五龙神部《许汉阳》分别作"比至见亭宇甚盛""行十数步""有红葩满树"，知《稗家粹编》本《许汉阳》直接选自《广记》卷四二二。

卷五仙部《裴航遇云英记》中的"航遍求访之""见茅屋三四间"，同明活字本《广记》②、谈恺本《广记》与许自昌本《广记》卷五〇神仙《裴航》所载，野竹斋钞本《广记》卷五〇与《艳异编》卷六仙部《裴航》作"航通求访之""见茅屋三数间"，则《稗家粹编》本《裴航遇云英记》当选自前面三种《广记》。仙部《崔书生》中的"因自控女郎马至堂寝下，老青衣谓崔生曰'君既未婚，子为聘可乎'""入室见女郎，女郎涕泪交下""便望终天"等文字，全同明陈应翔刊《幽怪录》卷二《崔书生》所载，《艳异编》卷六仙部《崔书生》分别作"因自控马至生花下，老青衣谓崔生曰'君既未婚，余为媒娉可乎'""入室见女涕泗交下""望以终天"。可见，《稗家粹编》本《崔书生》直接选自单行本唐牛僧

① ［宋］周密撰，张茂鹏点校《齐东野语》卷六《王魁传》，北京：中华书局，1983年，第 105 页。

② ［宋］李昉等编《太平广记》卷五〇，国家图书馆藏"平馆藏书"明活字本，善本书号：CBM1449。以下简称明活字本，不再出注。

孺《玄怪录》。仙部《裴谌》中的"吾所以忘家耳""腰金拖紫，图影凌烟""行船不敢动"等文字，全同明陈应翔刊《幽怪录》卷一《裴谌》，《艳异编》卷七《裴谌》分别作"吾所以去国忘家耳""署金拖紫，图形凌烟""舟船不敢动"，知《稗家粹编》本《裴谌》直接选自单行本《玄怪录》。仙部《刘阮天台记》与《艳异编》卷六仙部《天台二女》差异较大，如开头"刘晨、阮肇，剡县人。汉明帝永平十五年，二人往天台山采药，迷失道路，粮又乏绝。望山顶有桃，往取食之，觉步履轻健"，《艳异编》本作"刘晨、阮肇，入天台，颇远不得返，经十三日饥。偶望山上有桃树子实熟，遂跻险援葛至其下，啖数枚，饥止体充"，知《稗家粹编》本《刘阮天台记》不是选自《艳异编》，而是另有所本。试对比：

《重刊增广分门类林杂说》卷一五《刘阮》①	《历世真仙体道通鉴》卷七《刘晨》②	《稗家粹编》卷五《刘阮天台记》
1 《续齐谐》汉明帝永安十五年中，剡县有刘晨、阮肇，二人天台山采药，迷失道路，粮食乏尽。望见山头有一桃树，共取食之，如觉轻健，下山得涧水饮之。	刘晨、阮肇，剡县人也。汉明帝永安十五年，二人往天台山采药，迷失道路，粮食乏尽。望山头有一桃木，共取食之，如觉少健。下山，得涧水饮之。	刘晨、阮肇，剡县人。汉明帝永平十五年，二人往天台山采药，迷失道路，粮又乏绝。望山顶有桃，往取食之，觉步履轻健。下山，取涧水饮之。
2 遂各澡浴。见有蔓菁菜从山腹出，又有一杯流出，中有胡麻饭屑。二人相谓曰："去人不远。"因过水，行里许，又度一山，出一大溪，见二女人颜容	并各澡浴。又望见蔓菁菜从山腹出，次又一杯流出，中有胡麻饭屑。二人相谓曰："去人间不远矣。"因过水，深四尺许，行一里，又度一山，出大	见一杯流出，中有胡麻饭屑。二人相谓曰："去人间不远矣。"因渡水，又过一山，出大溪，见二女容色绝世，便唤刘、阮姓名，喜悦如旧交，道：

---

① （金）王朋寿辑《重刊增广分门类林杂说》卷一五，国家图书馆藏明钞本，善本书号：03519。

② ［元］赵道一《历世真仙体道通鉴》卷七，明正统道藏本。

2	绝妙，呼刘、阮姓名，曰："郎等何来之晚也?"因邀过其居，堂宇服用，无不精严。左右侍者，悉见端丽，设酒食。须臾，又有三五仙客，将桃五七枚来，云："共庆新郎也。"刘、阮驻者半月，求还家。女留之曰："今来此，皆是宿福，当且留此。"于是遂住，以日月记之约半年，其中天气恒如二三月时。又求归甚切，女曰："罪根未灭，使君等如此尔。"	溪，见二女颜容绝妙，世所未有。便唤刘、阮姓名，如有交旧也喜悦，因语曰："郎等来何晚也?"因邀过家。厅馆服饰，无不精华。东西各有床帐，帷幔七宝璎珞，非世所有。左右直息青衣，悉皆端正，都无男女。须臾，下胡麻饭、山羊脯，食之甚美。又设甘酒，又有数仙客将三五桃至女家云："来庆女婿。"各出乐器，歌调作乐。日既向暮，仙客各还去。刘、阮就所邀女家止宿，驻留十五日，求还。女答曰："今来此，是宿福所招，得至仙馆，比之流俗，何有此乐?"遂住半年。天气和适，常如三二月。百鸟哀鸣，无不悲思，求归甚切。 女曰："罪根未灭，使令君等如此。"更唤诸仙女，共作鼓吹送。	"郎等何来晚也?"因邀其家，厅馆服饰，无不鲜华。东西各有床帐，帷幔七宝璎珞，非世所有。左右侍女，悉皆端丽。须臾，设甘酒、山羊脯、胡麻饭。有仙客数人，将三五桃来庆女婿，欢歌作乐。日既向暮，仙客散去，刘、阮就女家成夫妇。驻留十五日，求还。女曰："仙馆遍殊凡俗，今来此，是宿福所招，何遽求去?"遂住半年。天气融和，常如二三月时。二人闻木鸟哀鸣，求归甚切。女曰："罪根未灭，使君等如此。"更唤诸仙女，共作鼓吹，送刘、阮出山洞，示以归路。
3	刘、阮从山洞口去不远，从大道还乡，并不见旧人。询访宗族，得七代子孙。二人惊悟，却还山，竟寻旧迹，不获。后二公亦不知所终云。	刘、阮从此山洞口去，不远至大道，随其言而得还家乡，并无相识也。乡里怪异，乃验得七代子孙，传上祖公入山不出，不知何在。既无亲属，栖泊无所，却欲还女家，寻当年所往山路，迷莫知其处。至晋武帝太康八年，竟失二公，不知其所之也。	二人随其言而得还家乡，并无相识。乃验得七代子孙，传说上世祖公入山不出，不知何在。既无亲属，栖泊无所，却欲还女家，寻当年所往山路，迷莫知其处。至晋武帝太康八年，失二人所在。

（续表）

			唐元稹诗云：芙蓉脂肉绿云鬟，罨画楼台青黛山。千树桃花万年药，不知何事忆人间。
4			

从上表可以看出，《刘阮天台记》第一部分接近《重刊增广分门类林杂说》本，只是有纪年的差异，前者作"永平"，后者作"永安"；第二、三两部分接近《历世真仙体道通鉴》本，第四部分是《稗家粹编》编者所加。宋代唐慎微《重修政和经史证类备用本草》卷二四引《续齐谐记》"汉明帝永平十五中，剡县有刘晨阮肇，二人入天台山采药，迷失道路"云云①，知《稗家粹编》本应选自当时收录《刘阮天台记》的相关书籍。

卷六鬼部《牡丹灯记》中的"见一丫鬟手执双头牡丹灯前导，一美女在其后""红裙绿衫，婷婷嫋嫋""颜貌无比"等文字，同国图善本 11127 明刊本《剪灯新话》卷二《牡丹灯记》所载，《艳异编》卷四五鬼部《双头牡丹灯记》分别作"见一丫鬟挑双头牡丹灯前导，一美人随后""红裙翠袖，妍妍媚媚""韶颜稚齿，真国色也"；鬼部《金凤钗记》中的"崔家一去十五载""俯尸而泣""今汝已矣""父为上都广德府理官而卒"等文字，同国图善本 11127 明刊本《剪灯新话》卷一《金凤钗记》载，《艳异编》卷四四鬼部《金凤钗记》分别作"崔家郎君一去十五载""抚尸而泣""今汝逝矣""父为宣德府理官而卒"；鬼部《绿衣人传》中的"其侧则贾秋壑旧宅也""尝日晚倚徙门外，见一女子从东来""源问之曰，家居何处""何用强知，问之不已"等文字，同国图善本 11127 明刊本《剪灯新话》卷一《绿衣人传》载，《艳异编》卷四四鬼部《绿衣人传》分别作"其侧即宋贾秋壑旧宅也""尝日遇晚，徒倚门外，忽有一女子从东而来""源戏而问之曰，娘子家居何处""何用强问我也叩之不已"。可见，

---

① ［宋］唐慎微《重修政和经史证类备用本草》卷二四，国家图书馆藏明嘉靖三十一年（1552）刊本。

《稗家粹编》本《牡丹灯记》《金凤钗记》《绿衣人传》不是选自《艳异编》，而是直接选自与国图善本 11127 同一系统的《剪灯新话》。

卷七妖怪部《郭代公》中的"今父母弃之就死，而令惴惴哀思""虽生远地而弃为鬼神终不能明害矣"，同单行本《玄怪录》卷一《郭代公》所载，《艳异编》卷三七妖怪部《乌将军记》分别作"今父母弃之，就死而已，惴惴哀惧""虽生远地而弃焉，鬼神终不能害明矣"，则《稗家粹编》本《郭代公》应直接选自《玄怪录》。妖怪部《白猿传》中的"丛筱上，得其妻绣履一只""闻笑语音""则力尽不解""当隐于是""乃持兵而入"等文字，全同《虞初志》卷八《白猿传》所载，《艳异编》卷三七妖怪部《白猿传》分别作"丛筱间，得其妻绣履一只""闻笑语声""则尽力不解""当隐于此""乃持刃而入"，则《稗家粹编》本《白猿传》应选自《虞初志》。妖怪部《袁氏传》中的"斯袁氏之第也""某之丑拙"，同《古今说海》说渊部《袁氏传》载，《艳异编》卷三七妖怪部《袁氏传》作"此袁氏之第也""某之丑劣"，则《稗家粹编》本《袁氏传》直接选自《古今说海》。妖怪部《懒堂女子》中的"忽见女子揭帘入""舒父母再拜炷香"等文字，同《分类夷坚志》壬集卷四精怪门《懒堂女子》所载，《艳异编》卷三九妖怪部《舒信道》分别作"忽见女子揭帘而入""舒父母且拜炷香"，则《稗家粹编》本《懒堂女子》直接选自《分类夷坚志》。妖怪部《谢翱》中的"步此徙望山耳""丰貌闲丽""感君勤厚，故一面耳"，谈恺本《广记》卷三六四妖怪《谢翱》作"步此徙望山耳""风貌闲丽""感君意勤厚，故一面耳"，文字较接近；而《艳异编》卷四〇妖怪部《谢翱》作"徒步此望山耳""丰貌艳丽""感君意切，故再来睹一面耳"，则《稗家粹编》本《谢翱》直接选自《广记》。

据上，《稗家粹编》中共有 21 篇作品，即《柳氏传》《红线传》《兰蕙联芳记》《长恨传》《杨娟传》《盼盼守节》《王魁负约》《王生渭塘奇遇记》《许汉阳》《裴航遇云英记》《崔书生》《裴谌》《刘阮天台记》《牡丹灯记》《金凤钗记》《绿衣人传》《郭代公》《白猿传》《袁氏传》《懒堂女子》《谢翱》，虽然内容与《艳异编》相近，却选自他书。无疑，《艳异编》在分类与作品上为《稗家粹编》的编纂提供了借鉴、便利，扩大了这些小说作品的传播。

第二节 《艳异编》与《一见赏心编》

明鸠兹洛源子编评的《一见赏心编》，以女性题材为特色，其编纂直接受到了《艳异编》的影响。或以为鸠兹洛源子是江苏武进人白悦（1498—1551）[①]，这种看法是错误的。理由之一是作者编《一见赏心编》，直接从王世贞编选于1561—1566年间的《艳异编》中选取了小说作品；理由之二是《一见赏心编》卷二《三妙传》直接来源于万历十五年（1587）序刊的《国色天香》，这都远在白悦去世以后。《一见赏心编》现存4部，可分为两个系统：一是中国国家图书馆藏明金陵世德堂刊本，原卷数不详，残存第二十四、二十五两卷18篇，卷端题"新镌批点出像一见赏心编"，下署"鸠兹洛源子编评""金陵世德堂校梓"；二是日本内阁文库藏四册本、两册本与美国哈佛大学燕京图书馆藏本，十四卷，行款、残存的序、插图相同，其中内阁文库藏四册本内封天头题"金陵原板"，中间题"一见赏心编"，左边题"闽建书林萃庆堂梓行"，右边题"乙巳冬阳月谷旦之吉"，知是书刊于万历三十三年（1605）。

一、国图残本有7篇选自《艳异编》

《一见赏心编》的许多作品直接选自《艳异编》，其中有国家图书馆藏本卷二四妖魔类7篇（日本内阁文库等藏本均未收录），现一一进行考证。

《一见赏心编》卷二四《乌将军传》中的"当杀尔以祭乌将军""且妖淫之兽""乡人更翻共相庆"等文字，与《艳异编》卷三七妖怪部《乌

---

① 徐永明《哈佛燕图稀见明刻本〈全像新镌一见赏心编〉之编纂、作者及其插图解题》，台湾中正大学中国文学系《中正大学中文学术年刊》，2010年第1期（总第十五期）。

将军传》所载相同，而《古今说海》说渊部《乌将军记》作"当杀公以祭乌将军""且淫妖之兽""乡人翻共相庆"。《欧阳纥传》中的"丛筱间得其妻""闻笑语声""当隐于此""乃持刃而入"等文字，与《艳异编》卷三七妖怪部《白猿传》完全相同，《广记》卷四四四《欧阳纥》、《虞初志》与《顾氏文房小说》本《白猿传》都作"丛筱上得其妻""闻笑语音""当隐于是""乃持兵而入"。《袁氏传》中的"此袁氏之第也""某之丑劣""既无舍第"，与《艳异编》卷三七妖怪部《袁氏传》所载相同，《古今说海》说渊部《袁氏传》作"斯袁氏之第也""某之丑拙""既无第舍"。《任氏传》除"年二十余，与郑承迎，即任氏姊也"与《艳异编》卷三八妖怪部《任氏传》中的"年二十余，与之承迎，即任氏妇也"有两字之异外（谈恺本《广记》卷四五二《任氏》作"年三十余，与之承迎，即任氏姊也"、《虞初志》卷八作"年二十余，与之承迎，即任氏妇也"），"天宝九年六月""将挑之而未敢""自此东转有门第"等文字皆与《艳异编》本相同。这几句谈恺本《广记》作"唐天宝九年夏六月""将挑而未敢""自此东转有门者"，《虞初志》本作"天宝九年夏六月""将挑而未敢""自此东转有门者"。《孙长史女》中的"院宇峥嵘""心常慕幽契"，与《艳异编》卷三七妖怪部《焦封》相同，《广记》卷四四六《焦封》作"屋宇峥嵘""心常名宦外"。《石六山女》中的"宁越邑外""答曰""舅姑严急""又喜其语音儇利""白云之中"，与《艳异编》卷三七妖怪部《石六山美女》的"宁越灵山邑外""答曰""舅姑严急""又喜其言音儇利""白云之中"十分接近，而《夷坚三志己》卷一宋归虚子《石六山美女》则作"宁越灵山县外""对曰""姑舅严急""又悦其语音儇利""白云之间"①。《太湖女》中的"一湖烟水绿于萝""满川残雨夕阳多""遨游此耳"与《艳异编》卷三九妖怪部《太湖金鲤》所载相同，侯甸《西樵野纪》卷五《太湖金鲤》则作"一湖烟水绿如罗""满蓬残雨

---

① ［宋］洪迈撰，何卓点校《夷坚志》，北京：中华书局，2006年第2版，第1304页。

夕阳多""遨游于斯矣"①。

上述 7 篇作品,显然都直接选自《艳异编》的妖怪部。《一见赏心编》把《艳异编》的"妖怪部"改为"妖魔类",并对篇名有所改动,对正文有所删略,其编纂明显受到了《艳异编》的直接影响。

二、萃庆堂本有 78 篇选自《艳异编》

日本内阁文库等藏萃庆堂本《一见赏心编》虽打着"金陵原板"的旗号,却未收录上述的《任氏传》,因此萃庆堂本收录的作品与世德堂本有差异。萃庆堂本《一见赏心编》十四卷,分幽情类、名姝类、奇逢类、重逢类、梦游类、仙境类、仙女类、仙郎类、星精类、花精类、神女类、玩适类、宠幸类、宜缘类、魂交类、豪侠类、贤节类、淫冶类、幻化类、灵异类、妖魔类、杂传类凡 22 类,收录作品 139 篇,有学者统计共 74 篇作品与《艳异编》相同②。不过,有的作品虽然内容基本相同,却并不是直接选自《艳异编》,而是另有所本。如卷九宠幸类《李白词》中的"禁中初重木芍药""上乘月夜,召太真妃以步辇从""白欣承诏旨,犹苦宿醒未解",同《顾氏文房小说》本唐李濬《松窗杂录》所载,《艳异编》卷一五《杨太真外传》作"禁中重木芍药""上乘夜白,妃以步辇从""承旨,犹苦宿醒",则《李白词》应直接选自《顾氏文房小说》本《松窗杂录》。

四十五卷本《艳异编》与萃庆堂刊《一见赏心编》十四卷本共有 89 篇作品相同,其中 79 篇选自《艳异编》,10 篇选自《绣谷春容》《古今说海》《顾氏文房小说》等。选自《艳异编》的 79 篇作品,其中卷一三妖魔类《乌将军》《欧阳纥》《袁氏传》《长史女》《六山女》《太湖女》6

---

① [明] 侯甸《西樵野纪》,《续修四库全书》第 1266 册,上海:上海古籍出版社,2002 年,第 703 页。

② 徐永明《晚明小说集〈一见赏心编〉与〈艳异编〉的比较》,华治武主编《汤显祖—莎士比亚文化高峰论坛暨汤显祖和晚明文化学术研讨会论文集》,杭州:浙江大学出版社,2012 年,第 173 页。

篇已见上面世德堂本卷二四的考证，下面按照卷次考证其他 73 篇作品。由于《一见赏心编》对原文增删较大，我们尽可能对比未经改动的文本。

卷一幽情类《莺莺传》中的"拂墙花影动""残灯绕暗虫""衣香犹染麝"等文字，与《艳异编》卷二〇幽期部《莺莺传》所载相同，《虞初志》卷六《莺莺传》作"拂墙花树动""残灯远暗虫""衣香犹乐麝"；《娇红传》中的"叙礼竟""芳丛相亚""新欢共把愁眉展""愁怕到黄昏"，与《艳异编》卷二二、卷二三幽期部《娇红记》所载相同，《绣谷春容》卷五、《花阵绮言》卷八作"叙礼毕""芳丛潇洒""新情共把愁眉展""愁人最怕到黄昏"①。则上述两篇作品直接选自《艳异编》。

卷三幽情类《月娥传》中的"真国色也""月中方得见嫦娥""莫恨寻春去较迟""读罢"，与《艳异编》卷二五、卷二六《贾云华还魂记》的"真国色也""月中方得见姮娥""莫恨寻春去较迟""读罢"较相近，而明成化刊《剪灯余话》卷五作"真倾国色也""月中方得见嫦娥""莫遣寻春去较迟""看罢"②。《兰蕙传》中的"锦江只见薛涛笺""自是名播远迩""夏月于船首澡浴，亭亭碧波中微露其私，二女在楼于窗隙窥见之"，与《艳异编》卷二一幽期部《联芳楼记》的"锦江只见薛涛笺""自是名播远迩""夏月于船首澡浴，亭亭碧波中微露其私嫪生之具，二女在楼于窗隙窥见之"相同或接近，《剪灯新话》卷一作"锦江只说薛涛笺""由是名闻远近""夏月于船首澡浴，二女于窗隙窥见之"③。《非烟传》中的"重重良夜与谁语""授象以连蝉锦香囊，并岩苔笺"，与《艳异编》卷二〇幽期部《非烟传》所载相同，《广记》卷四九一与《虞初志》卷六作"沉沉良夜与谁语""授象以连蝉锦香囊，并碧苔笺"。《吴女传》中的"菱花剑光零落，几番""爱风流儒雅""双双飞向花边"，与

---

① ［明］起北赤心子辑《绣谷春容》卷五，美国国会图书馆藏明刊本；［明］楚江仙叟石公纂辑《花阵绮言》卷八，美国国会图书馆藏明刊本。

② ［明］李昌祺《剪灯余话》卷五，日本国立公文书馆内阁文库藏明成化二十三年（1487）双桂堂重刊本。

③ ［明］瞿佑《剪灯新话》卷一，国家图书馆藏明刊本，善本书号：11127。

《艳异编》卷二一幽期部《郑吴情诗》相同，《说郛》卷四二元郑禧《春梦录》作"菱花剑光零乱，算几番""双双飞度花边"。《惜惜传》与《黄女传》，即《艳异编》卷二一《张幼谦罗惜惜》与《潘用中奇遇》。上述 6 篇作品均直接选自《艳异编》。

卷四名姝类《珠帘秀》《宋春奴》《杜妙隆》《解语花》《金莺儿》《刘景娘》，直接选自《艳异编》卷三三《青楼集》，如《金莺儿》中的"与之昵"与《艳异编》本所载同，《古今说海》本《青楼集》作"与之甚昵"。但《一见赏心编》又常常增加文字，进行改写，如《宋春奴》中的"姿色不逾中人，而艺绝一时"即摘自《青楼集》之《喜春景》，《杜妙隆》中的"姿色妩媚，音韵清圆"即抄自《聂檀香》。《苏小娟》中的"非惟小娟感荷更生"等，与《艳异编》卷三五妓女部《苏小娟》文字相同，《青泥莲花记》卷八作"岂惟小娟感荷更生"①。《紫云妓》中的"愿与斯会""妓女百余人""十年一觉扬州梦""两行粉面一时回"，《铮铮妓》中的"为奴开取镂金箱"，《盈盈妓》中的"色亦闲妙"，分别与《艳异编》卷三二妓女部《杜牧》《欧阳詹》《戎昱》文字相同，谈恺本《广记》卷二七三《杜牧》作"愿预斯会""女妓百余人""三年一觉扬州梦""两行红粉一时回"，《广记》卷二七四《欧阳詹》作"为奴开取缕金箱"，《顾氏文房小说》本《本事诗》作"色亦烂妙"。《芊芊妓》中的"素与李构隙""至是二十年犹在席间，张悒然如将涕下"和"令妓夕就张"，与《艳异编》卷三二《张又新》相同，《广记》卷一七七引《本事诗》则作"素与李隙""至是二十年犹在席，目张悒然如将涕下"和"令妓随去"，且《艳异编》本多出张与杨虔州事，这部分恰在《顾氏文房小说》本《本事诗》上所叙事之后，而《广记》本却无此事。《琼琼妓》即《艳异编》卷三二《西阁寄梅记》。上述 12 篇均直接选自《艳异编》。

卷四奇逢类《渭塘女》中的"相映上下""彼此目视久之""以石甃

---

① ［明］梅鼎祚纂辑，陆林校点《青泥莲花记》卷八，合肥：黄山书社，1998 年，第 179 页。

之，养金鱼于中"等文字，同《艳异编》卷二七梦游部《渭塘奇遇》所载，《剪灯新话》卷二《渭塘奇遇记》作"上下相映""彼此目成久之""以石甃之，养金鲫其中"。《城南女》中的"博陵崔护，年少姿美，而孤洁寡合。举进士下第。清明日，独游都城南"，与《艳异编》卷二四冥感部《崔护》的"博陵崔护，资质甚美，少而孤洁寡合。举进士第。清明日，独游都城南"相近，《绣谷春容》作"博陵崔护，清明日游都城南"。这两篇都直接选自《艳异编》。

卷五梦游类《青衣传》中的"郎君不往起居""明日设席"，《翠微传》中的"时日将去"，《南柯传》中的"递迁位，生有五男二女""枝干修长""解衣就枕"，与《艳异编》卷二七梦游部《樱桃青衣》《沈亚之》《淳于梦》文字相同，《古今说海》本《梦游录》分别作"郎子不往起居""明日拜席"与"如日将去"，《虞初志》卷三《南柯记》作"递迁显职，生二男二女""枝干修永""解巾就枕"，亦与《广记》本有差异。这三篇显然直接选自《艳异编》。

卷五仙境类《璚韶传》中的"悄知穆满饶词句""坐有何难""浮梁县令宋延年""犹思往事憩昭宫"等文字，与《艳异编》卷七仙部《嵩岳嫁女记》相同，其中第一句《广记》卷五〇《嵩岳嫁女》作"悄知碧海饶词句"，后面三句《虞初志》卷四《嵩岳嫁女记》作"坐亦何难""论浮梁县令李延年""犹思停驾憩昭宫"，则《璚韶传》直接选自《艳异编》。

卷六仙女类《云英传》中的"帷帐比邻""无计导达而睹面焉""向为胡越犹怀想"，与《青童传》中的"夜后忽闻窗外巧笑声""披衣""乃点灯拂席""法应仙品"，同《艳异编》卷六仙部《裴航》《赵旭》载，谈恺本《广记》卷五〇《裴航》与卷六五《赵旭》分别作"帷帐昵洽""无计道达而会面焉""同为胡越犹怀想"，与"夜半忽闻窗外切切笑声""整衣""乃回灯拂席""法应仙"。《玉卮传》中的"英华芬郁""青衣老少数人从""因自控马至生花下"，同《艳异编》卷六《崔书生》所载，单行本牛僧孺《玄怪录》卷二《崔书生》作"英蕊芬郁""青衣老少数人随后""因自控女郎马至堂寝下"，《广记》卷六三《崔书生》前两句同《玄怪录》本所载，第三句作"因自控马至当寝下"。《筝娘传》中的"奉檄如商州""引坐于室""喜逢神女缔因缘""琼浆饮罢月西沉"，同《艳异编》卷六《蔡筝娘》所载，《夷坚支甲》卷七《蔡筝娘》作"沿檄如商州""引生于室""喜逢神女报因缘""琼浆饮罢日西沉"①。《上元传》中的"爱此孤标""愿操箕帚奉庭帏""自矜孤寝转慏深闺""无阻积诚"，同《艳异编》卷六仙部《少室仙姝传》所载，《广记》卷六八《封陟》与《古今说海》说渊部《少室仙姝传》均作"爱以孤标""愿操箕帚奉屏帏""自矜孤寝转慏空闺""无阻精诚"。《西湖女》中的"舞袖弓弯浑忘却""意态精神画亦难"，同《艳异编》卷三水神部《邢凤》所载，《绿窗新话》卷上《邢凤遇西湖水仙》作"舞袖弓弯浑忘了""意态精神画不难"；"常偃息其中""见一美女穿竹阴而来，凤意谓人家宅眷，将潜避之"，与《艳异编》本中的"常偃息其中""见一美女度竹而来，凤意谓人家宅眷，将起避之"相同或近似，《绿窗新话》本作"常憩息其间""见一女子穿竹阴而来，欲避之"，《绣谷春容》卷四作"常憩息其间""见一女子穿竹阴而来，凤欲避之"，《西湖游览志余》卷二六作"常宴息其中""见一美女度竹而来，凤意为人家宅眷，将起避之"。② 上述 6 篇作品均直接选自《艳异编》。

卷七仙郎类《张老传》中的"张老闻知，喜而候媒于韦门""灌园之业，亦可衣食""恐有念""他岁想念"，与《艳异编》卷七仙部《张老》所载相同，唐牛僧孺《玄怪录》卷一《张老》作"张老闻之，喜而候媒于韦门""灌园之业，亦可衣食""恐有留恋""他岁相思"③，《广记》卷

①　[宋] 洪迈撰，何卓点校《夷坚志》卷七，北京：中华书局，2006 年第 2 版，第762~763 页。

②　[宋] 皇都风月主人《绿窗新话》卷上，《艺文杂志》，1936 年第 1 卷第 2 期；[明] 起北赤心子辑《绣谷青容》卷四，美国国会图书馆藏明刊本；[明] 田汝成《西湖游览志余》卷二六，国家图书馆藏严宽明嘉靖二十六年（1547）刊《西湖游览志》本。

③　[唐] 牛僧孺撰，程毅中点校《玄怪录》卷一，北京：中华书局，2006 年第 2 版，第 8~9 页。

一六《张老》作"张老闻之,喜而候媒于韦门""灌园之仆,亦可衣食""恐有留念""他岁想思"。《裴谌传》中的"去华屋而乐斋居,贱珍物而贵寂寞者""辛勤于灵山之外""垂功立事以荣耀人寰",同《艳异编》卷七《裴谌》所载,《广记》卷一七《裴谌》作"去华屋而乐茅斋,贱欢娱而贵寂寞者""辛勤于云山之外""建功立事以荣耀人寰"。卷七星精类《织女传》中的"张湘雾丹縠之帷""牛郎何在""卿既寄灵辰"同《艳异编》卷一《郭翰》所载,谈恺本《广记》卷六八《郭翰》作"张霜雾丹縠之帷""牵郎何在""卿已托灵辰"。《三星传》中的"见一小豚籍裘而寝""令子长生度世""子勿忧",同《艳异编》卷一《姚生》所记,《广记》卷六五《姚氏三子》与《古今说海》本《姚生传》作"见一小豚籍裘而伏(状)""令君长生度世""君勿忧"。《太白传》中的"未至诣所""今君灾厄合死""进退狞暴""尤在所隐树下",与《艳异编》卷一《张遵言传》中的"未至诣所""今君灾厄合死""进退狞望""元在所隐树下"几乎全同,《广记》卷三〇九《张遵言》与《古今说海》说渊部《张遵言传》均作"未至所诣""君今灾厄合死""进退狞暴""元在树下"。上述5篇作品直接选自《艳异编》。

卷八花精类《桃花女》中的"折得桃花一两枝""山桃花开红更红""西湖叶落绿盈盈",与《桂花女》中的"溯流啼哭,连呼救人者三""逼妾改适""靡不中节",分别与《艳异编》卷四〇妖怪部《桃花仕女》《桂花著异》所载相同,明侯甸《西樵野纪》卷三《桃花仕女》、卷五《桂花著异》分别作"折得桃花三两枝""山桃花开红见红""西湖荷叶绿盈盈"与"溯流啼,连呼救命者三""逼嫁改醮""绝妙无议"①。《牡丹女》中的"徒步此望山耳""丰貌艳丽""俄见金车",同《艳异编》卷四〇《谢翱》所载,《广记》卷三六四《谢翱》作"步此徒望山耳""丰貌虽丽""俄见金闺"。上述3篇都直接选自《艳异编》。

---

① [明]侯甸《西樵野纪》,《续修四库全书》第1266册,上海:上海古籍出版社,2002年,第698、705页。

卷八神女类《岳将女》中的"命左右洒扫净室""贮车师菊酒""女答曰大人为""非所见闻",与《艳异编》卷一神部《汝阴人》文字相同,谈恺本《广记》卷三〇一《汝阴人》作"命左右洒扫别室""贮车师葡萄酒""答曰大人为""非所闻见";《岳将女》中"有一少年乘白马""共升堂讫""仍微盼而笑曰""幸得托奉""既为诗人"等文字,与谈恺本《广记》卷三〇一《汝阴人》所载相同,《艳异编》本作"有一少年乘公马""共行礼讫""仍征聘而笑曰""幸得把奉""既为师人"。《一见赏心编》本《岳将女》的编纂,或受到了《艳异编》与《广记》两书的影响。《张庙女》中的"固劳动止""饰以珠玑""智瑛姊""不能已也""更泛从来更咽声""时同旅咸怪警",同《艳异编》卷一《沈警》所载,《广记》卷三二六与《古今说海》作"因劳动止""间(缀)以珠玑""智琼姊""不能自已""更泛从来呜咽声""时同侣咸怪警"。《后土传》中的"如后妃之饰""由里门循墙而南""叩扉久之""与安道叙语""命安道殿间东向而立""车有金璧宝玉之饰""以太乙术制录",同《艳异编》卷二神部《韦安道》所载,《虞初志》卷三《韦安道传》作"如后主之饰""由里门旧墙而南""扣之久之""与安道语""命安道西间东向而立""车有金毕班文玉饰""以大异术制录",谈恺本《广记》卷二九九《韦安道》作"衣珠翠之服""如后主人饰""由里门旧墙而南""扣之久之""与安道叙语""命安道西间东向而立""乃是昔于慈惠西街""车有金翠瑶玉之饰""以太一异术制录"。《利王女》"不旬日""某困饿无似""忻然复往""遂与别曰,三年即一到彼",与《艳异编》卷三《张无颇传》文字相同,谈恺本《广记》卷三一〇与《古今说海》说渊部《张无颇》作"不旬朔""某困饿如是""忻(欣)然复往""遂与王别曰,三(五)年即一到彼"。《龙女传》中的"自辱如此,妇始笑而谢""洞庭龙君少女也,父母配嫁荆川次子",同《艳异编》卷五龙神部《柳毅传》所载,《广记》卷四一九《柳毅》与《虞初志》卷二《柳毅传》作"自辱如是,妇始楚而谢""洞庭龙君小女也,父母配嫁泾川次子"。《湘浦女》中的"鲛室之姝"同《艳异编》卷三《太学郑生》所载,《广记》卷二九八

《太学郑生》作"鲛室之妹"。《湘浦女》当选自《艳异编》,但两者文字差异较大,编者几乎进行了重新创作。《清溪女》中的"遣相问耳"同《艳异编》卷一《赵文韶》所载,《虞初志》卷一与《顾氏文房小说》本《续齐谐记》作"遣相闻耳"。《盘塘女》中的"仪容甚清雅"同《艳异编》卷三《揭曼硕》所载,元陶宗仪《南村辍耕录》卷四《奇遇》作"容仪甚清雅"①。上述 11 篇作品都选自《艳异编》。

卷九玩适类《大业记》中的"攀车留借""因戏飞白题二十字",同《艳异编》卷一二《大业拾遗记》所载,明华珵刊《百川学海》本《隋遗录》与百卷本《说郛》卷七八《隋遗录》作"攀车留措""因戏飞帛题二十字"②。卷九宠幸类《昭仪传》,开头"冯万金善歌世事江都王,王孙女姑苏主嫁江都中尉赵曼,金又事曼,因与主通"一段,取自《绣谷春容》卷四《赵飞燕通燕赤凤》;中间增加的"后骄逸,体微病,辄不自饮食,须帝持匕箸。药有苦口者,非帝为含吐不下咽。继而昭仪争妍,帝意少疏。尝曰:'后虽有异香,不若昭仪体自香也。'又谓昭仪为温柔乡,曰:'吾老是乡矣,不能效武皇帝求白云乡也。'自是后与昭仪微有隙",出自《艳异编》卷一○《赵飞燕外传》;"为昭仪作少嫔馆、露华殿、会风殿、博昌殿、温室凝缸室、浴兰室"云云,选自《绣谷春容》卷四《汉成帝服谨恤胶》。《武后传》直接选自《艳异编》卷一三《武后传略》。《贵妃传》中的"金珰明珥,册为贵妃,着后服""当埒王室车服",与《艳异编》卷一四《长恨歌传》文字基本相同,《广记》卷四八六《长恨传》作"垂金珰明年,册为贵妃,半后服""富埒主室车服",《虞初志》卷二《长恨传》作"垂金珰明年,册为贵妃,半后服""富埒王室车服。"《梅妃传》中的"妃子已届阁前""肋下有刀痕""见其少丽",同《艳异编》卷一六《唐玄宗梅妃传》所载,其中前两句《顾氏文房小说》本作"妃

① [元] 陶宗仪《南村辍耕录》卷四,北京:中华书局,1959 年,第 51 页。

② [唐] 颜师古《隋遗录》,国家图书馆藏华珵明弘治十四年(1501)刊《百川学海》本;[明] 陶宗仪辑《说郛》卷七八,国家图书馆藏明弘治十三年(1500)钞本,善本书号:02408。

子已留阁前""肋下有刃痕",第三句《说郛》本作"见其妙丽"。上述 5
篇或全部或部分选自《艳异编》。

卷一〇宜缘类《僧孺传》中的"会暮失道""但进无须问""不相君
臣""服花绣单衣""忽闻有异气如蒸香",同《艳异编》卷二神部《周秦行
纪》所载,《顾氏文房小说》本《周秦行纪》与《虞初志》卷三《周秦行
纪》作"会暮""第进无须问""不相君臣""服花绣,年低薄太后""忽闻
有异香气",其中最后两句《广记》卷四八九《周秦行纪》作"服花绣,年
低太后""忽闻有异气如贵香"。《玉郎传》中的"自牖而窥其室""求其秘
言之",同《艳异编》卷四三鬼部《窦玉传》所载,《古今说海》本《窦玉
传》作"自牖而窥其""求其秘之",谈恺本《广记》卷三四三《窦玉》作
"自牖而窥其内""求其秘之",单行本《续幽怪录》卷三作"自牖而窥其
厢""求其秘之"。《玉姨传》中的"阖室感佩""乃命具酒""无不酬畅"
"已至栏中""各有一合""即为掩瘗",同《艳异编》卷四一鬼部《崔书
生》所载,谈恺本《广记》卷三三九《崔书生》作"阖室戴佩""乃命食
食果""无不酬畅""已至樏中""有一合""急为掩瘗"。《芳华传》中的
"宿鸟飞鸣于崖际""风鬟云鬓""因问之""年二十四而殁",同《艳异
编》卷四四鬼部《滕穆醉游聚景园记》所载,明刊《剪灯新话》卷二作
"宿鸟飞鸣于岸际""风鬟露(雾)鬓""固问之""年二十三而殁"①。
《云容传》中的"又志田叟之言""犀沉玉冷自长欢""及经阃",同《艳
异编》卷七仙部《薛昭传》所载,《广记》卷六九《张云容》与《古今说
海》本作"又志田生之言""犀沉玉冷自长叹""及经阃(门)"。《僧孺
传》等 5 篇作品显然直接选自《艳异编》。

卷一一魂交类《张倩娘》中的"有二女""镒大惊异,促使人验之,果
见娘在船中",《艳异编》卷二四冥感部《离魂记》作"有女二人""镒大惊
曰,促使人验之,果见娘在船中",《虞初志》卷一《离魂记》作"其女二

---

①　[明]瞿佑《新增补相剪灯新话大全》卷二,国家图书馆藏杨氏清江堂明正德六
年(1511)刊本;国家图书馆藏明刊本,善本书号:11127。

人""镒大惊，促使人验之，果见倩娘在船中"，谈恺本《广记》卷三五八《王宙》作"有女二人""镒大惊，促使人验之，果见倩娘在船中"，显然《张倩娘》与《艳异编》最接近，当直接选自《艳异编》。

卷一一豪侠类《无双女》中的"雕镂屏玉以为首饰""因令塞鸿为假驿吏""敢以迟晚为恨耶"，同《艳异编》卷二八义侠部《无双传》，《广记》卷四八六《无双传》与《虞初志》卷五《无双传》作"雕镂犀玉以为首饰""因令塞鸿假为驿吏""敢以迟晚为限耶"。《红绡妓》中的"遂归匿之""生惧而不敢隐"，《艳异编》卷二九义侠部《昆仑奴传》作"遂归学院匿之""生惧而不敢隐"，谈恺本《广记》卷一九四《昆仑奴》与《古今说海》说渊部《昆仑奴传》作"遂归学院而匿之""事惧而不敢隐"，《红绡妓》的文字与《艳异编》最接近，应选自《艳异编》。《柳氏传》中的"士民奔骇""纵使长条似旧垂""已失柳氏所止，悬想不已""以香膏自车中投之"，《艳异编》卷二八义侠部《柳氏传》作"士民奔骇""纵使长柳似旧垂""已失柳氏所止，悬想不已""以香膏自车中投之"，《广记》卷四八五《柳氏传》作"士女奔骇""纵使长条似旧垂""已失柳氏所止，叹想不已""以香膏自车中授之"，《虞初志》卷六《柳毅传》作"士女奔骇""纵使长条似旧垂""延伫柳氏所止，钦想不已""以香膏自车中投之"，《一见赏心编》本《柳氏传》文字与《艳异编》较多相同，当选自《艳异编》。《红线女》中的"受国厚恩……则数百年功勋尽矣""今将焉往，又方赖汝力"，完全同于《艳异编》卷二九义侠部《红线传》与《剑侠传》所载，《广记》卷一九五《红线》作"受国家厚恩……非数百年勋伐尽矣""今于安往，又方赖于汝"，《虞初志》卷二《红线传》作"受国家重恩……数百年勋伐尽矣""今于安往，又方赖于汝"，《说郛》卷一九《甘泽谣》本无第一句，第二句作"今欲安往，又方赖尔"，《红线女》当直接选自《艳异编》。《钱塘妓》中的"问公主何忧""诈作侍姬""扶掖登舟"，同《艳异编》卷三五妓女部《王铁》所载，单行本宋罗大经《鹤林玉露》乙编卷六《韩璜廉按》作"问主公何忧""诈作姬侍""扶掖而登"①，明田汝成《西湖游览志余》卷一六作"问主公何忧""诈作姬侍""扶掖而登归船"②。上述 5 篇都直接选自《艳异编》。

　　卷一一贤节类《李娃传》中的"时辈推服""举步艳异""帷幕帘榻"，同《艳异编》卷三四妓女部《李娃传》，《虞初志》卷五《李娃传》作"时辈推服""举步艳裔""帷幔帘榻"，《广记》卷四八四《李娃传》作"时辈推伏""举步艳冶""帷幕帘榻"。《盼盼妓》中的"钿带罗衫色似烟""黄金不惜买蛾眉"，同《艳异编》卷三二妓女部《张建封伎》，《唐诗纪事》卷七八作"细带罗衫色似烟""黄金不借卖蛾眉"③。《义倡传》中的"乐府名家，无虑数百""效死君前若不知"，同《艳异编》卷三五伎女部《义倡传》，《分类夷坚志》甲集卷四《义倡传》作"乐府名家，毋虑数百""效死君前君不知"。可知，这 3 篇直接选自《艳异编》。

　　卷一一淫冶类《河间传》中的"始妇人居戚里""入浮图有国工"，同《艳异编》卷三〇徂异部《河间传》所载，《绣谷春容》卷八作"始妇人居乡里""入浮图有画工"④，则此篇直接选自《艳异编》。《狄氏传》中的"遇族游群饮""恨相得之晚也""闲之严，狄氏以念生病死"，同《艳异编》卷三〇徂异部《狄氏》与《古今说海》本宋廉布《清尊录》所载，《绣谷春容》卷八作"遇族游群戏""恨相见得之晚也""闲之幽室，狄氏以念生病死"⑤，《说郛》卷一一作"遇族游群饮""相得之晚也""闲之严密，狄氏意以念生病死"，则《狄氏传》当直接选自《艳异编》或《古今说海》。

　　① ［宋］罗大经撰，王瑞来点校《鹤林玉露》乙编卷六，北京：中华书局，1983 年，第 227~228 页。

　　② ［明］田汝成《西湖游览志余》卷一六，国家图书馆藏严宽明嘉靖二十六年（1547）刊《西湖游览志》本。

　　③ ［宋］计有功辑撰《唐诗纪事》卷七八，国家图书馆藏洪楩清平山堂明嘉靖二十四年（1545），善本书号：A00771。

　　④ ［明］起北赤心子辑《绣谷春容》卷八，美国国会图书馆藏明刊本。

　　⑤ ［明］起北赤心子辑《绣谷春容》卷八，美国国会图书馆藏明刊本。

三、萃庆堂本有 10 篇不选自《艳异编》

不选自《艳异编》的 10 篇作品，除上面所述《李白词》以外，还有其他 9 篇。

卷四名姝类《薛瑶英》中的"薛瑶英，京都佳丽也"等文字，与《绣谷春容》卷五《薛瑶英香肌妙绝》相同，《艳异编》卷一九戚里部《元载》作"薛瑶英攻诗书，善歌舞，仙姿玉质"；《茂英妓》中的"举子刘乙，洛中人，与乐妓茂英相识，时年甚小"等，与《绣谷春容》卷五《茂英儿年少风流》的"举子乙，洛中人，与乐妓茂英相识，年甚小""偶于饮席遇之""茂英年小尚娇羞""后开筵送别"① 相近或相同，《艳异编》卷三二妓女部《洛中举人》作"举子乙，洛中居人也，偶与乐妓茂英者相识，英年甚小""忽于饮席遇之""茂英年小尚含羞""复开筵送别"。这两篇作品无疑直接选自《绣谷春容》。卷四重逢类《德言妻》中的"大高其直，人皆笑之"，与《顾氏文房小说》本唐孟棨《本事诗》中的"大高其价，人皆笑之"② 相近，《艳异编》卷二八义侠部《乐昌公主》作"大高其价，皆笑之"，此篇当选自《顾氏文房小说》。

卷八花精类《玄微传》中的"绛衣披拂露盈盈""何用更去封姬舍"，同《顾氏文房小说》本唐郑还古《博异志》所载，《艳异编》卷四〇妖怪部《崔玄微》作"绛衣披拂露英英""何用更去封姨舍"；"至元和初，处士犹在"同《艳异编》本所载与唐郑还古《博异志》所载，单行本《酉阳杂俎》续集和《广记》卷四一六《崔玄微》作"至元和初，玄微犹在"。则《玄微传》直接选自《顾氏文房小说》本《博异志》。

卷九玩适类《迷楼记》中的"陛下精实于内""其余多不受朝设""亦日宴坐朝""蕞尔微躯""亦安用也""亦极众""臂锦囊中有文""自感三首"，同《古今说海》说纂部《炀帝迷楼记》所载，百卷本

---

① ［明］起北赤心子辑《绣谷春容》卷五，美国国会图书馆藏明刊本。
② ［唐］孟棨《本事诗》，国家图书馆藏明刊《顾氏文房小说》本。

《说郛》卷三二《迷楼记》作"陛下精实于内""其余多不受贺设""亦日宴坐朝""蕞尔微躯""将安用也""亦极众""臂悬锦囊中有文""自感三首",《艳异编》卷一二宫掖部《迷楼记》作"陛下积实于内""其余多不受朝""亦自宴坐朝""蔓尔微躯""安用也""亦极多""臂锦囊中文""自感二首"。则此篇选自《古今说海》。

卷一〇宜缘类《田夫人》中的"先人有诗于越台感悟徐绅,遂有修茸""何见遗如是""愿君子善奉之",与《古今说海》说渊部《崔炜传》"先人有诗于越台感悟徐绅,遂有修茸""何遽见遗如是""愿君子善奉之"相近,《艳异编》卷四二鬼部《崔炜传》作"先人有诗""何见遗如是""愿君子善待之",《广记》卷三四《崔炜》作"先人有诗于越台感悟徐绅,遂见修茸""何遽觊遗如是""愿君子善奉之",则《田夫人》直接选自《古今说海》。

卷一一魂交类《李会娘》中的"遥望一庄院华丽""遂入,携酒坐亭上""老妪泣曰",《绣谷春容》卷四《金彦游春遇会娘》作"见一庄院华丽""遂入,买酒坐阁子上""老妪泣曰"①,《艳异编》卷四三鬼部《金彦》作"见一座院华丽""买酒坐阁子上""老妪哭云",《李会娘》的文字更接近《绣谷春容》,当选自此书。《王子妇》篇幅短小,叙述简略,文字几乎全同《绣谷春容》卷四《李章武会王子妇》;《艳异编》卷四二鬼部《李章武》篇幅长,叙事详细,文字与《王子妇》差异较大,《王子妇》当选自《绣谷春容》。卷一一贤节类《乔窈娘》文字与《顾氏文房小说》本唐孟棨《本事诗》相同,与《艳异编》卷一九戚里部《绿珠传》所叙差异较大,如《乔窈娘》的开头"唐武后载初中,左司郎中乔知之有婢名窈娘,艺色为当时第一",同《顾氏文房小说》本所载,《艳异编》本作"又有窈娘者,武周时乔知之宠婢也,盛有姿色,特善歌舞",则《乔窈娘》直接选自《顾氏文房小说》。

综上可知,《一见赏心编》的编纂在类目名称、篇目上都受到了《艳

---

① [明]起北赤心子辑《绣谷春容》卷四,美国国会图书馆藏明刊本。

异编》的直接影响。如梦游类来自《艳异编》梦游部，幽情类、星精类、豪侠类、妖魔类分别改自幽期部、星部、义侠部、妖怪部，仙境类、仙女类、仙郎类来自仙部，神女部来自神部、水神部、龙神部。《一见赏心编》的编者常常把原篇名改为以女子命名，如卷四把《艳异编》中的《西阁寄梅记》《渭塘奇遇记》《崔护》分别改成《琼琼妓》《渭塘女》《城南女》；给本无姓名的妓女分别命名，并作为篇名，如把《艳异编》卷三二《欧阳詹》《张又新》《戎昱》中没有姓名的妓女，分别名之为石铮铮、盈盈、芊芊，以便叙事，并把篇名改为《铮铮妓》《盈盈妓》《芊芊妓》。这都显示出编者突出女性、重视女性的审美观念。

《一见赏心编》的编者对原文内容增删较大。如卷一《莺莺传》增加了"名珙，字君瑞"，这些文字显然来自《西厢记》。宋王楙《野客丛书》卷二九《用张家故事》云："唐有张君瑞遇崔氏女于蒲，崔小名莺莺，元稹与李绅语其事，作《莺莺歌》。"[①] 目前所知为最早称张生为张君瑞者。《绿窗新话》上卷《张公子遇崔莺莺》则称"张君瑞寓蒲之普救寺"[②] 云云。但以上二书并未提到张生名"珙"，董解元《西厢记》杂剧第一次称张生"名珙，字君瑞"[③]，并为王实甫所承袭。考虑到王实甫《西厢记》的风行及其对莺莺的描写，如莺莺夜赴张生时，增加了"红袖鸾绡，翠裙鸳绣"等文字来形容莺莺，这八字即出自王实甫《西厢记》第一本第二折"翠裙鸳绣金莲小，红袖鸾销玉笋长"[④]。可以肯定，明末编刊的《一见赏心编》中的《莺莺传》抄自王实甫《西厢记》。《一见赏心编》在张生"于是绝望"后增加了"西厢潜踪杜牖，种种幽情羞自语，安排衾枕度深更，岂料生抛花去，莺惜春归，睹白驹之易逝，感朱颜之难留，情傍游丝

---

① ［宋］王楙《野客丛书》，《全宋笔记》第六编第 6 册，郑州：大象出版社，2013 年，第 381 页。

② ［宋］皇都风月主人《绿窗新话》卷上，《艺文杂志》，1936 年第 1 卷第 3 期。

③ 凌景埏校注《董解元西厢记》卷一，北京：人民文学出版社，1962 年，第 3 页。

④ ［元］王实甫著，张燕瑾校注《西厢记》，北京：人民文学出版社，1954 年，第 31 页。

牵嫩绿，意随流水恋残红"，其中"种种幽情羞自语，安排衾枕度深更"，抄自《寻芳雅集》娇鸾所作律诗其七"杨花未肯随风舞，葵萼还应向日倾。种种幽情羞自语，安排衾枕度初更"；"情傍游丝牵嫩绿，意随流水恋残红"抄自《寻芳雅集》娇鸾所作律诗其三"晓妆台下思重重，懊叹何时笑语同。情傍游丝牵嫩绿，意随流水恋残红"。① 《莺莺传》原文叙张生在"明月三五夜"逾墙赴西厢之会，孰料莺莺反悔，责备张生一通，因此，张生"绝望"，下面接着写数夕后，红娘携枕伴莺莺来就张生。元稹未写莺莺的心理活动，留下空白让读者去想象。而《一见赏心编》编者却以少女娇鸾的伤春抒怀诗歌将空白补叙出来，形象地描摹出莺莺睹花自怜，感叹青春易逝、幽情无处可诉的爱情萌动与内心苦闷，为下文莺莺大胆主动追求爱情作了铺垫。《一见赏心编》尚在叙述张生与莺莺分别上长安时，增加了如下一段文字："莺莺览诗叹曰：'彩幡方欢，赤绳忽断，青灯空待月，红叶未随风。'言讫，泪落如雨。翌日，生行，遂不与见。生知其不忍见也，亦不强之。"刻画了分别时莺莺的恋恋不舍与伤心欲绝。其中"彩幡方欢，赤绳忽断"，来自《寻芳雅集》中《如梦令》中的"正好欢娱彩幡，何事赤绳缘断"②；"青灯空待月，红叶未随风"，出自《寻芳雅集》。这体现出《一见赏心编》中的《莺莺传》在编纂过程中，与中篇文言传奇小说、戏曲《西厢记》等的交融。

第三节　《艳异编》与《绿窗女史》

明秦淮寓客辑《绿窗女史》，主要收录与女性题材相关的作品。陈国军认为卷一收录的卫咏《悦容编》，国家图书馆现存天启六年（1626）刊

---

① ［明］吴敬所编辑《国色天香》卷四，日本国立公文书馆内阁文库藏金陵周氏万卷楼明万历二十五年（1597）重刊本。

② ［明］吴敬所编辑《国色天香》卷四，日本国立公文书馆内阁文库藏金陵周氏万卷楼明万历二十五年（1597）重刊本。

本，故《绿窗女史》当成书于天启七年以迄崇祯时期。①《绿窗女史》现存版本较多，有研究者将之分为三类②，笔者认为应分为四类，各类之间篇目有差异。其中，美国哈佛大学哈佛燕京图书馆藏十四卷本，共分 10 部 45 类，即闺阁部（懿范、女红、才品、容仪）、宫闱部（宠遇、遣放、蛊惑、怨恨）、缘偶部（才艳、慕恋、幽期、尤悔）、冥感部（神魂、梦寐、重生、幽合）、妖艳部（狐粉、猿装、鬼灵、幻妄）、节侠部（义烈、节烈、义侠、剑侠）、神仙部（星娥、仙姬、神媪）、姜婢部（逸格、俊事、徂异、名呼）、青楼部（才名、志节、平康、品藻）、著撰部（诏令、表疏、笺奏、上书、启牍、序传、赞颂、诔祭、杂录、辞咏），收录作品 194 种（篇）。下面即以哈佛本为例，分析其篇目来源。

一、17 篇选自《艳异编》

经比对，哈佛大学本《绿窗女史》共有 77 篇作品与《艳异编》相同，其中有 17 篇作品直接选自《艳异编》，现按照卷次考证如下：

卷二宫闱"宠遇"类阙名《上官昭容传》中的"梦人畀大秤曰"，与《艳异编》卷一三宫掖部《上官昭容》文字相同，《新唐书》卷七六《后妃传》作"梦巨人畀大秤曰"③；阙名《女冠耿先生传》中的"耿先生，江表将校耿谦之女也""往往有嘉者"，同《艳异编》卷一六宫掖部《女冠耿先生》所载，《江淮异人录》卷下《耿先生》作"耿先生者，江表将校耿谦之女也""往往有嘉旨"④。则这两篇直接选自《艳异编》。卷二宫闱"遣放"类题"晋范晔"的《王昭君传》包括两则，第一则出

---

① 陈国军《明代志怪传奇小说叙录》，北京：商务印书馆国际有限公司，2015 年，第 420 页。

② 朱露露《〈绿窗女史〉研究》，华东师范大学，2017 年硕士学位论文。

③ ［宋］欧阳修、宋祁《新唐书》卷七六，北京：中华书局，1975 年，第 3488 页。

④ ［宋］吴淑《江淮异人录》，国家图书馆藏明钞本，善本书号：06637；台湾图书馆藏清南昌彭氏知圣道斋钞本。

自《西京杂记》卷二，第二则出自《后汉书》卷八九《南匈奴列传》，这与《艳异编》卷九宫掖部《王昭君》所载内容亦同，显然直接选自《艳异编》。

卷三宫闱"蛊惑"类题"唐李延寿"的《潘妃传》内容与《艳异编》卷一一宫掖部《齐废帝东昏侯潘妃传》相同，二者不可能分别从《南史》卷五《废帝东昏侯》与卷五五《王茂传》节录内容组合成如此相同的文字，只会是《绿窗女史》从《艳异编》中选录了此篇。

卷五缘偶"尤悔"类题"江阴李诩"的《陈子高传》中的"蒨颇伟于器""蒨愈益爱怜之"等文字，与《新镌玉茗堂批选王弇州先生艳异编》卷三一《陈子高》文字相同，四十五卷本《艳异编》卷三六男宠部《陈子高》作"倩不伟于器""蒨愈益愧怜之"，则《陈子高传》很可能选自《新镌玉茗堂批选王弇州先生艳异编》。

卷六冥感"神魂"类题"宋陈仁玉"的《贾云华还魂记》，本明李昌祺所作，比《艳异编》本与《剪灯余话》本少"倾国名姝"等文字，或据《艳异编》选录而乱署作者。

卷八妖艳"鬼灵"类题"吴郡张灵"的《崔书生传》、阙名的《柳参军传》的文字，都与《艳异编》卷四一鬼部《崔书生》《柳参军传》相同，则这两篇直接选自《艳异编》。

卷九节侠"剑侠"类题"唐杨巨源"的《昆仑奴传》、题"唐郑文宝"的《聂隐娘传》的文字，与《艳异编》卷二九义侠部《昆仑奴传》《聂隐娘传》文字完全相同，则这两篇直接选自《艳异编》，而乱题作者。

卷一〇神仙"仙姬"类阙名的《薛昭传》的文字，与《艳异编》卷七仙部《薛昭传》文字相同，当直接选自《艳异编》。

卷一一妾婢"诅异"类题"宋王恽"的《汤赛师传》、阙名的《董汉州女传》的文字，与《艳异编》卷三〇诅异部《汤赛师》、卷三五伎女部《董汉州孙女》所载相同，则这两篇直接选自《艳异编》。

卷一二青楼"才名"类题"唐李玙"的《薛涛传》、"宋秦玉"的《欧阳詹传》，直接节选自《艳异编》卷三二妓女部《薛涛》（由百卷本

《说郛》卷四四引《稿简赘笔》、百卷本《说郛》卷七引《牧竖闲谈》、宋计敏夫《唐诗纪事》卷七九的三段故事组成）与《欧阳詹》。"志节"类题"唐白行简"的《汧国夫人传》、题"宋王焕"的《苏小娟传》，其文字与《艳异编》卷三四妓女部《李娃传》、卷三五妓女部《苏小娟》的文字基本相同，则这两篇当选自《艳异编》。

二、60 篇选自他书

《绿窗女史》其余 60 篇作品虽见于《艳异编》，却选自《广记》《五朝小说》与十二卷本《剪灯丛话》等书，现考证如下：

卷二宫闱"宠遇"类题"唐陈翰"的《李夫人传》，当选自《汉书》卷九七《外戚列传》；后面附录有《拾遗记》中汉武帝通过李少君见李夫人之事，及李商隐、李贺、白居易吟咏的诗歌，其中汉武帝见李夫人事即选自《艳异编》卷九宫掖部《武帝》。从文字与内容上看，此篇不选自《艳异编》。

题"晋王嘉"的《薛灵芸传》《赵夫人传》《丽姬传》，即《艳异编》卷一一宫掖部《吴赵夫人》《薛灵芸》《孙亮》，其中《赵夫人传》的题署、版式、文字与《五朝小说》之《魏晋小说》本完全相同，当直接选自《五朝小说》①；《薛灵芸传》中的"姓薛名丽芸""父名邺""年十五"，《丽姬传》中的"不得乱之"，均与《拾遗记》卷八、卷七所载相同，《艳异编》本分别作"薛丽芸""父名业""年十七"与"不得越乱"，且《丽姬传》后附有《洞冥记》卷四丽娟事与繁休伯《与魏文帝笺》所载薛访车子能喉啭引声事，则这两篇应直接选自《拾遗记》。《冯淑妃传》署名"唐李延寿"，即《艳异编》卷一一宫掖部《后主冯淑妃》，出《北史》卷一四《后妃传》，其中"旧俗相传""监作舍人以不速成受罚""兼取舜妃娥皇、女英为名"与《北史》所载相同，《艳异编》本作"旧相传""监作舍人以不造成受罚""兼取舜妃娥皇、女英名"，则《冯

① ［明］佚名编《五朝小说》，美国哈佛大学燕京图书馆藏明刊本。

淑妃传》直接选自《北史》。题"唐苏鹗"的《同昌公主传》、题"唐郑还古"的《郁轮袍传》（即《艳异编》卷一八《同昌公主外传》《王维》）的题署、版式、文字，与十二卷本《剪灯丛话》卷五《同昌公主传》、卷三《郁轮袍传》完全相同，则这两篇直接选自《剪灯丛话》。"遣放"类题"唐薛调"的《刘无双传》，其题署、版式、文字与《五朝小说》之《唐人百家小说》本《刘无双传》完全相同，其中"迟且不寐""若罕有斯之比"，《艳异编》卷二八《无双传》作"迟且不寐""罕有若此之奇"，则《刘无双传》直接选自《五朝小说》。

　　卷三宫闱"蛊惑"类题"汉伶玄"《赵飞燕外传》的题署、版式、文字与《五朝小说》之《魏晋小说》本《飞燕外传》完全相同，且"主恐，称疾"等文字，《艳异编》卷一〇宫掖部《赵飞燕外传》作"主恐，失疾"①，则《绿窗女史》本《赵飞燕外传》直接选自《五朝小说》。题"宋秦醇"的《赵后遗事》中的"赵后腰骨尤纤细""多用小犊车载年少子与通""帝因亦疑焉"等文字，同百卷本《说郛》卷三二题"宋秦醇"的《赵飞燕别传》，《艳异编》卷一〇宫掖部无署名的《赵飞燕合德别传》作"赵后腰骨尤纤""多用小犊车载少年子与通""帝固亦疑焉"，则《赵后遗事》直接选自《说郛》。题"唐史官乐史"的《杨太真外传》与《唐人百家小说》题"唐史官乐史著，沈澹思阅"的《杨太真外传》的版式、文字相同，则此篇直接选自《唐人百家小说》，《艳异编》卷一五宫掖部《杨太真外传》篇末多出选自《类说》卷五二《翰府名谈》"明皇"条的《附录》，叙杨贵妃梦与明皇游骊山事。"怨恨"类题"唐孟棨"的《乐昌公主》，与《艳异编》卷二八义侠部《乐昌公主》、《顾氏文房小说》本孟棨《本事诗》相同，由于《艳异编》未题作者，则此篇当直接选自《顾氏文房小说》。题"唐陈鸿"的《长恨歌传》、"唐曹邺"的《梅妃传》的题署、版式、内容（前者篇末附有"元伊世珍"《琅嬛记》引玄虚子《仙

---

① 　[明] 王世贞编《艳异编》卷一〇，国家图书馆"平馆藏书"，善本书号：CBM1248。

志》所载杨贵妃生而有玉环在其左臂事）与《五朝小说》本完全相同，则这两篇直接选自《唐人百家小说》，不选自《艳异编》。

卷四缘偶"才艳"类题"钱塘瞿祐"的《西阁寄梅记》、阙名的《联芳楼记》，文字虽与《艳异编》卷三二、卷二一相关篇目相同，但题署、版式、内容与十二卷本《剪灯丛话》卷六《西阁寄梅记》、卷三《联芳楼记》完全相同，当选自《剪灯丛话》。"慕恋"类题"长洲陆灿"的《洞箫记》、题"元郑禧"的《春梦录》、题"宋王右"的《桃帕传》的题署、版式、文字与十二卷本《剪灯丛话》所载完全相同，与《艳异编》卷四水神部《洞箫记》、卷二一幽期部《春梦录》《潘用中奇遇》有异，如《绿窗女史》本《洞箫记》中的"呜呜未伏""双扉无故自开""整股栗不知所为"，与《春梦录》中的"剑光零乱。算几番沉醉""爱风流俊雅""双双飞度花边"，《艳异编》本分别作"呜未休""双扉自开""整股栗罔知所措"与"剑光零落乱。几番沉醉""爱风流儒雅""双双飞向花边"，则这三篇直接选自《剪灯丛话》。

卷五缘偶"幽期"类题"唐王彬"的《贾午传》、"中州李诩"的《娇红记》，"尤悔"类题"宋柳贯"的《王魁传》（即《艳异编》卷二〇幽期部《贾午》，卷二二、卷二三幽期部《娇红记》，卷三五妓女部《王魁》），其题署、版式、文字与十二卷本《剪灯丛话》所载完全相同，则这三篇直接选自《剪灯丛话》。"幽期"类题"唐元稹"的《莺莺传》，"尤悔"类题"唐蒋防"的《霍小玉传》的题署、版式、内容，与《唐人百家小说》本相同，则这两篇当选自《唐人百家小说》。如《莺莺传》中的"美丰容""诘者哂之""适有崔氏孀妇""先是张与蒲将之党友善"等文字，与《唐人百家小说》本题"唐元稹"的《会真记》所载相同，《艳异编》本作"美风容""诘者识之""适有崔氏孀妇""先是张与蒲将之党友善"，《会真记诗词跋序辩证》本《会真记》作"美丰容""诘者哂之"

"适有郑氏孀妇""先是张与蒲将之党友善"①。题"唐皇甫枚"的《非烟传》中的"废食忘寐""不知所持""脉脉春情更拟谁"等文字，与《广记》卷四九一《非烟传》所载相同，《艳异编》卷二〇幽期部《非烟传》与《虞初志》卷五作"废食息焉""不知所如""脉脉春情更泥谁"，则《非烟传》直接选自《广记》。

卷六冥感"神魂"类"唐陈玄祐"《离魂记》，包括《离魂记》《郑生》《庞阿》《郑氏女》四篇作品，比《艳异编》卷二四冥感部《离魂记》多出后面三篇，且文字亦不一样，故此篇不选自《艳异编》，当另有所本。"梦寐"类题"唐任蕃"《樱桃青衣传》、"明马龙"《渭塘奇遇传》、"宋王宇"《司马才仲传》、"唐孙颀"《见梦记》，虽亦见于《艳异编》卷二七梦游部，但《绿窗女史》本的题署、版式、文字，与十二卷本《剪灯丛话》所载完全相同，则这四篇直接选自《剪灯丛话》。

卷七冥感"重生"类题"唐孟棨"的《崔护传》、"江群文木"的《玉箫传》（即《艳异编》卷二四冥感部《崔护》《韦皋》），"幽合"类题"汉赵晔"的《吴女紫玉传》、"元柳贯"的《金凤钗记》、"元吾衍"的《绿衣人传》、"元陈愔"的《牡丹灯记》（即《艳异编》卷四一鬼部《韩重》、卷四四鬼部《金凤钗记》《绿衣人传》与卷四五鬼部《牡丹灯记》），这六篇的题署、版式、文字与十二卷本《剪灯丛话》所载完全相同，故直接选自《剪灯丛话》。

卷八妖艳"狐粉"类题"唐沈既济"《任氏传》中的"始见妇人，年三十余，与之承迎，即任氏姊也"等文字，与《广记》卷四五二《任氏》所载相同，《艳异编》卷三八妖怪部《任氏传》作"始见妇人，年二十余，与之承迎，即任氏妇也"，则此篇选自《广记》。"猿装"类题"唐顾夐"《袁氏传》中的"斯袁氏之第也""某之丑拙"等文字，与《古今说海》本所载相同，《艳异编》卷三七妖怪部《袁氏传》作"此袁氏之第

---

① ［唐］元稹《会真记》，《会真记诗词跋序辩证年谱附后》，国家图书馆藏明万历间尊生馆刊本。

也""某之丑劣";题"唐阙名"的《白猿传》中的"当隐于是""乃持兵而入"等文字,与《虞初志》卷八《白猿传》所载相同,《艳异编》卷三七妖怪部《白猿传》作"当隐于此""乃持刃而入",则这两篇均不选自《艳异编》。"鬼灵"类题"山阳瞿祐"的《聚景园记》、阙名的《赵喜奴传》、"莆田陈音"的《王玄之传》,与"幻妄"类题"青门沈仕"的《桃花仕女传》、"元徐观"的《莲塘二姬传》、"元杨维桢"的《南楼美人传》,虽见于《艳异编》卷四一、卷四四、卷四五鬼部与卷四○妖怪部,但其题署、版式、文字与十二卷本《剪灯丛话》所载完全相同,则这六篇直接选自《剪灯丛话》。

卷九节侠"剑侠"类题"唐杨巨源"的《红线传》(见于《艳异编》卷二九义侠部)的题署、版式、文字,与《唐人百家小说》本完全相同,则此篇直接选自《唐人百家小说》。

卷一○神仙"星娥"类题"宋张君房"的《织女星传》、"元吾衍"的《三女星传》,"仙姬"类阙名的《裴谌传》,"神媪"类阙名的《华岳神女记》、"元刘斧"的《张女郎传》、阙名的《嵩岳嫁女记》,即《艳异编》卷一星部《郭翰》《姚生》、卷七仙部《裴谌》、卷一神部《华岳神女》《沈警》、卷七仙部《嵩岳嫁女记》,这六篇的题署、版式、文字,与十二卷本《剪灯丛话》卷五、卷六相关篇目完全相同,则这六篇直接选自《剪灯丛话》。"仙姬"类题"曹毗"的《杜兰香传》中的"君不可不敬从"等文字,《艳异编》卷六仙部《杜兰香》作"君可不敬从",《杜兰香传》当选自他书。

卷一一妾婢"逸格"类题"晋王嘉"的《翔风传》(目录作《翾风传》)中的"无有比其容貌""巧观金色"等文字,与单行本晋王嘉《拾遗记》卷九所载相同,而《艳异编》卷一九戚里部《翾风》作"容貌无比""能观金色",则《翔风传》直接选自《拾遗记》。题"唐许尧佐"的《章台柳传》(即《艳异编》卷二八义侠部《柳氏传》)的题署、版式、文字,与《唐人百家小说》本、十二卷本《剪灯丛话》卷六所载完全相同,则这篇直接选自《唐人百家小说》或《剪灯丛话》。题"宋王恽"的《燕子楼传》，"徂异"类题"阙名"的《却要传》、"宋康誉之"的《狄氏传》、"唐柳宗元"的《河间传》，即《艳异编》卷三二妓女部《张建封伎》、卷三〇徂异部《却要》《狄氏》《河间传》，这四篇的题署、版式、文字与十二卷本《剪灯丛话》相关篇目完全相同，则这四篇直接选自《剪灯丛话》。"逸格"类题"唐乐史"的《绿珠传》中的"然受命指索绿珠""丞相素不能饮"，同《说郛》卷三八所载，《艳异编》卷一九戚里部《绿珠传》作"然命指索绿珠""丞相数不能饮"，当选自《说郛》。

卷一二青楼"志节"类题"唐房千星"的《杨娟传》中的"中贵人信人也"等文字，与《广记》卷四九一《杨倡传》所载相同，《艳异编》卷三四妓女部《杨娟传》作"中贵人言仁也"，则此篇直接选自《广记》。

综上，《绿窗女史》的分类、篇目选取与突出女性题材的编纂宗旨都受到了《艳异编》的直接影响。

第四节 《艳异编》与《情史》

《情史》又名《情史类略》《情天宝鉴》，二十四卷，约成书于天启七年至崇祯十年（1627—1637）间①，江南詹詹外史评辑，学界一般认为是冯梦龙编选、评点的，目前来看是值得商榷的。现有明刊本，藏上海图书馆与浙江图书馆，上海古籍出版社 1994 年出版的《古本小说集成》第四辑据此配补影印。以下引用本书除特殊说明外，均据《古今小说集成》本。《情史》中有两处明确提到《艳异编》：一是卷一九情疑类《洞箫美人》篇末注"见《艳异编》"；二是卷二〇《西施》附录云"又《艳异编》载莲塘美姬事"，即《艳异编》卷四四《莲塘二姬》叙杨彦采、陆升之遇二美人事。可见，《情史》的编纂受到了《艳异编》的直接影响。

---

① 陈国军《明代志怪传奇小说叙录》，北京：商务印书馆国际有限公司，2015 年，第 422 页。

一、《情史》中 134 篇选自《艳异编》

《情史》共收录 800 多篇作品，有的节选篇幅太短，无法判断直接来源，除上面两篇外，我们共考出 209 篇作品与《艳异编》中作品相同，其中 134 篇作品直接选自《艳异编》。

卷二情缘类《单飞英》的"惮太守严明未敢""本姓邢""妾闻女子愿为有家，若嫁一小民"，与《艳异编》卷三五妓女部《符郎》的"而太守严明未敢""妾本姓邢""妾闻女子生而愿为之有家，若嫁一小民"较接近，《说郛》卷三七宋王明清《摭青杂说》作"而太守严明，有所未敢""妾本姓邢""妾闻女子生而愿为之有室家，若只嫁小民"，则《单飞英》当选自《艳异编》。

卷三情私类《张幼谦》中的"合为夫妇""凡伺候三夕而失期"，同《艳异编》卷二一幽期部《张幼谦罗惜惜》，《一见赏心编》卷三《惜惜传》作"合当为夫妇""张候三夕而失期"[①]；《潘用中》中的"嘉熙丁酉，福建潘用中随父候差于京邸"等，同《艳异编》卷二一幽期部《潘用中奇遇》所载，《一见赏心编》卷三《黄女传》作"宋嘉熙时，福建潘用中随父候差于京邸"。《贾午》中的"婢后往寿家""厚相赠结，呼寿夕入""其以状对"，同《艳异编》卷二〇幽期部《贾午》所载，十二卷本《剪灯丛话》卷一与《绿窗女史》卷五《贾午传》作"婢往至寿家""厚相赠约，呼寿夕入""具以实对"[②]。《薛氏二芳》中的"以鬻米为业""能诗，父遂于宅后建楼"，同《艳异编》卷二一幽期部《联芳楼记》与《剪灯丛话》卷三《联芳楼记》的"以鬻米为业""能赋诗，父遂于宅后建一楼"接近，《剪灯新话》卷一《联芳楼记》作"以枭米为业""能赋

---

① ［明］鸠兹洛源子编《一见赏心编》卷三，美国哈佛大学燕京图书馆藏明刊本。下引此书，不再出注。

② ［明］佚名编《剪灯丛话》卷一，国家图书馆藏明刊本，善本书号：18220；［明］秦淮寓客编《绿窗女史》卷五，美国哈佛大学燕京图书馆藏明刊本。下引二书，不再出注。

诗文，遂于宅后建一所楼"①，或"以粜米为业""能为诗赋，遂于宅后建一楼"②。由于未见《情史》其他作品选自《剪灯丛话》，则《薛氏二芳》应直接选自《艳异编》。《王生》中的"呵卫而来"，同《艳异编》卷三〇祖异部《王生》所载，《古今说海》本宋廉布《清尊录》作"呵卫而至"；《狄氏》亦见《艳异编》卷三〇与《古今说海》本宋廉布《清尊录》，考其文字，《狄氏》当选自《艳异编》。

卷一三情憾类《王福娘》的"虽乏丰姿""尚余数行未满"，同《艳异编》卷三一妓女部《北里志》之《王团儿》所载，《古今说海》说纂部《北里志》作"虽乏风姿""尚校数行未满"。卷一八情累类《楚儿》的"所约置于他所""润娘在倡中狂逸特甚"，同《艳异编》卷三一妓女部唐孙棨《北里志》所载，《古今说海》说纂部《北里志》作"所纳置于他所""润娘在娼中狂逸特甚"。同时，卷三《张住住》与卷一三《颜令宾》的文字同《艳异编》卷三一与《古今说海》说纂部《北里志》，据《王福娘》等篇目的来源分析，则这两篇亦应选自《艳异编》。

卷四情侠类《太史敫女》的"终身不睹君王后，君王后贤，亦不以不睹之故失人子之礼也"，《艳异编》卷八宫掖部《齐襄王》作"终身不睹君王后，君王后贤，不以不睹之故失人子之礼也"，《战国策》卷一三《齐策》作"终身不睹。君王后贤，不以不睹之故，失人子之礼也"③，则此篇直接选自《艳异编》。卷四情侠类《杨震》中的"杨震"同《艳异编》卷三五妓女部《詹天游》所载，《说郛》卷四三元俞焯《诗词余话》作"杨镇"，则《杨震》应选自《艳异编》。

卷五情豪类《汉灵帝》中的"起裸游馆千间""每醉，迷于天晓，内侍竞作鸡鸣"，同《艳异编》卷一一宫掖部《灵帝》与晋王嘉《拾遗

　　① ［明］瞿佑《新增补相剪灯新话大全》卷一，国家图书馆藏杨氏清江堂明正德六年（1511）刊本。

　　② ［明］瞿佑《剪灯新话》卷一，日本早稻田大学图书馆藏明万历间黄正位刊本。

　　③ ［西汉］刘向集录，范祥雍笺证，范邦瑾协校《战国策笺证》卷一三，上海：上海古籍出版社，2006年，第738页。

记》卷六，谈恺本《广记》卷二三六《后汉灵帝》与《太平广记钞》卷三五《汉灵帝》作"起裸游馆十间""每醉乐，迷于天晓，内阉（阍）竞作鸡鸣"①；《汉成帝》中的"既悦于暗行""自班婕妤"，同《艳异编》卷一〇《宵游宫》与晋王嘉《拾遗记》卷六所载，《广记》卷二三六《宵游宫》与《太平广记钞》卷三五《汉成帝》作"悦于暗行""自班姬"。这两篇当选自《艳异编》或《拾遗记》。

《魏文帝》中的"父名业""灵芸年十七"，同《艳异编》卷一一《薛灵芸》所载，《广记》卷二七二《薛灵芸》、《太平广记钞》卷四四《薛灵芸》与《拾遗记》卷七均作"父名邺""灵芸年十五"。《吴孙亮》中的"作琉璃屏风""殊方异国所出，凡经践蹑宴息之处""不得越乱"，同《艳异编》卷一一《孙亮》所载，《广记》卷二七二《孙亮姬朝姝》与《太平广记钞》卷四四《孙亮姬》作"作绿琉璃屏风""此香殊方异国所献，凡经岁践蹑宴息之处""不得相乱"②，《拾遗记》卷八作"作琉璃屏风""香殊方异国所出，凡经践蹑宴息之处""不得乱之"③。《东昏侯》中的"起神仙、永寿三殿""四回绣绮"，同《艳异编》卷一一《齐废帝东昏侯潘妃传》所载，《南史》卷五《废帝东昏侯》作"起神仙、永寿、玉寿三殿""四面绣绮"④，《情史》与《艳异编》中的错误都一样，显然《东昏侯》直接选自《艳异编》。《王衍》的"穷极奢巧""因持杯谏衍"等文字，同《艳异编》卷一六《王衍》文，《说郛》卷四五宋张唐英《蜀梼杌》作"穷极奢侈""为持杯谏衍"。

卷六情爱类《李夫人》前半部分选自班固《汉书》卷九七《外戚传》或《艳异编》卷九《孝武李夫人传》，后半部分选自《艳异编》卷九《武

① ［明］冯梦龙评纂，庄葳、郭群一校点《太平广记钞》卷三五，郑州：中州书画社，1983 年，第 843 页。

② ［明］冯梦龙评纂，庄葳、郭群一校点《太平广记钞》卷四四，郑州：中州书画社，1983 年，第 1104~1105 页。

③ ［晋］王嘉《拾遗记》，国家图书馆藏顾春世德堂明嘉靖十三年（1534）刊本。

④ ［唐］李延寿《南史》卷五，北京：中华书局，1975 年，第 153 页。

帝》，其中"钟山有香草，东方朔献帝"云云参考了《尧山堂外纪》卷四。此外，卷九情幻类《李夫人》叙武帝请李少翁作法见李夫人事，亦当节选自《汉书》卷九七《外戚传》或《艳异编》卷九《孝武李夫人传》。卷六《飞燕合德》中飞燕事选自《拾遗记》卷六或《艳异编》卷一〇《飞燕事六》，合德事选自《艳异编》卷一〇《赵飞燕外传》。《邓夫人》的开头"吴孙和悦邓夫人"、《蜀甘后》的开头"蜀先主甘后"，同《艳异编》卷一一《吴邓夫人》《蜀甘后》所载，《拾遗记》卷八分别作"孙和悦邓夫人""先主甘后"，两篇当直接选自《艳异编》。《杨太真》由节选自《杨太真外传》的内容、《开元天宝遗事》中的《助娇花》《被底鸳鸯》《解语花》《眼色媚人》等组成，当选自《艳异编》卷一四《开元天宝遗事》、卷一五《杨太真外传》。《卓文君》由《艳异编》卷二〇《卓文君》第一则，与元伊世珍《瑯嬛记》中的王吉梦蟛蜞事组成。《王元鼎》《王巧儿》《般般丑》选自《艳异编》卷三三《青楼集》之《顺时秀》《王巧儿》《般般丑》。《真凤歌》《樊事真》篇末均注"见《青楼集》"，当选自《艳异编》卷三三《青楼集》。《长沙义妓》《马琼琼》当选自《艳异编》卷三五《义倡传》与卷三二《西阁寄梅记》。

卷七情痴类《王生陶师儿》注"事载《名姬传》"，即《艳异编》卷三五《陶师儿》。《北齐后主纬》当选自《北史》卷一四《后妃传》或《艳异编》卷一一《后主冯淑妃》。

卷八情感类《王敬伯》的"昨从者是此婢也"，同《艳异编》卷四一《王敬伯》所载，宋周守忠《姬侍类偶》卷下《桃枝为怪》作"昨者即此也"[1]，《情史》本只是在末尾增加了"敬伯因号其琴曰感灵"九个字，当选自《艳异编》。《曾季衡》的"搜书笈中""自此寝寐思念"，同《艳异编》卷四三《曾季衡》所载，谈恺本、许自昌本《广记》卷三四七《曾季衡》与《古今说海》本均作"搜书篋中""自此寝寐求思"。

---

① ［宋］周守忠《姬侍类偶》卷下，《四库全书存目丛书》子部第 168 册，济南：齐鲁书社，1995 年，第 28 页。

卷九情幻类《王生》的"因往收秋租，回船过渭塘，见一新肆""莲池之藕""亲得到天台"等文字，全同《艳异编》卷二七《渭塘奇遇》所载，清江堂刊《剪灯新话》卷二《渭塘奇遇记》仅第一句与之相同，后两句作"莲塘之藕""亲得到蓬莱"①，黄正位刊《剪灯新话》卷二第一句作"因往收租，回舟过渭塘，见一酒肆"②，后两句同清江堂本，故《王生》虽然末尾注"《剪灯新话》名《渭塘奇遇传》"，却应直接选自《艳异编》。《安西张氏女》的"其女国色，女尝昼寝""镮梳闹扫学宫妆""俄双呼""六七人坐毕"，全同《艳异编》卷二七《安西张氏女》所载，前两句《古今说海》说纂部《虚谷闲抄》作"其女国色也，尝昼寝""环梳闹扫学宫妆"，后两句《说郛》卷四《三梦记》作"俄又呼""六七个坐厅"。《张倩娘》（篇末云"唐人作《离魂记》"）的"步行跣足而至""君厚意如此，寝食相感"，同《艳异编》卷二四《离魂记》所载，《太平广记钞》卷六〇《王宙》作"徒行跣足而至""与君寝梦相感"③，则此篇直接选自《艳异编》。《刘道济》文字简略，当选自《艳异编》卷二七《刘道济》或《古今说海》说渊部《梦游录》。《吴兴娘》的"此汝夫家之物也，今汝逝矣"，同《艳异编》卷四四、清江堂刊《剪灯新话》卷一《金凤钗记》，黄正位刊《剪灯新话》卷一作"此汝夫家物也，今汝已矣"④，不见《情史》中选有清江堂本《剪灯新话》作品，则此篇当选自《艳异编》。《贾云华》删减较多，从魏鹏赞美娉娉"真国色"与《艳异编》卷二五、卷二六《贾云华还魂记》相同看（《剪灯余话》作"真倾国色"），则此篇当选自《艳异编》。《胜儿》的"每春秋季，市肆皆率其党，合牢礼""饮数杯微醉"，同《艳异编》卷二七《刘景复》载，第一句《太平

① ［明］瞿佑《新增补相剪灯新话大全》卷二，国家图书馆藏杨氏清江堂明正德六年（1511）刊本。

② ［明］瞿佑《剪灯新话》卷二，日本早稻田大学图书馆藏明万历间黄正位刊本。

③ ［明］冯梦龙评纂，庄葳、郭群一校点《太平广记钞》卷六〇，郑州：中州书画社，1983年，第1551页。

④ ［明］瞿佑《剪灯新话》卷一，日本早稻田大学图书馆藏明万历间黄正位刊本。

广记钞》卷五二《三让王》作"每春秋季，市肆合牢礼"，第二句《广记》卷二八〇作"饮数杯醉"，则此篇选自《艳异编》。

　　卷一〇情灵类《崔护》的"少而孤洁寡合""以姓字对"，同《艳异编》卷二四《崔护》载，《广记》卷二七四《崔护》与《太平广记钞》卷一九《卖粉儿崔护》作"而孤洁寡合""以姓氏对"；而"人面只今何处去"，《艳异编》作"人面只今何处在"，此篇当选自《艳异编》而有所改动。《买粉儿》中的"近有一富家，止生一男""女怅然微应之曰：见爱如斯，敢辞奔赴，遂窃订约"，同《艳异编》卷二四《买粉儿》载，《广记》卷二七四《买粉儿》与《太平广记钞》卷一九《卖粉儿崔护》作"有人家甚富，止有一男""女怅然有感，遂相许以私，克以明夕"，则此篇虽末尾注"出《幽明录》"，实直接选自《艳异编》。《张果女》的"其子尝上阁中，日暮徜徉门外""欣然谐遇"，同《艳异编》卷二四《张果女》载，谈恺本《广记》卷三三〇《张果女》作"其子常止阁中，日暮仍行门外""欣然款浃"。《长安崔女》的"从一青衣，殊亦俊雅，已而翠帘徐搴""备数千百财礼"，同《艳异编》卷四一《柳参军传》载，前句《广记》卷三四二《华州参军》与《太平广记钞》卷五八《柳参军》作"半立浅水之中，后帘徐搴"，后句《古今说海》本作"备数百十财礼"。《金明池当垆女》的"寂然无人，止一当垆少艾""欣然相允"，同《艳异编》卷四五《吴小员外》载，第一句《夷坚甲志》卷四作"寂无人声。当垆女年甚艾"[1]，第二句《分类夷坚志》庚集卷二作"欣然而允"。《李会娘》除一"贳"字外，全同《艳异编》卷四三《金彦》。《西湖女子》的"望双鬟女子在内，明艳动人，寓目不少置""自是时一往，女必出相接"，同《艳异编》卷四三《西湖女子》所载，第二句洪迈《夷坚支甲》卷六作"自是时时一往，女必出相接"[2]，《分类夷坚志》庚集卷二作"见

---

　　① ［宋］洪迈撰，何卓点校《夷坚志》之《夷坚甲志》卷四，北京：中华书局，2006年第2版，第29页。

　　② ［宋］洪迈撰，何卓点校《夷坚志》之《夷坚支甲》卷六，北京：中华书局，2006年第2版，第754页。

一双鬟女子在内，明艳动人，注目不少置""自是时时一往，女辄出迎笑"。《韦皋》的"而恭事之礼如父也""宝命青衣从往"，同《艳异编》卷二四《韦皋》所载，《太平广记钞》卷一九《玉箫》作"而事之如父也""宝命玉箫从行"①，第一句单行本《云溪友议》卷中《玉箫化》作"恭事之礼如父叔也"②，第二句谈恺本《广记》卷二七四《韦皋》作"宝命青衣往从侍之"。《绿衣人》的"其侧即宋贾秋壑旧宅也""娘子家居何处"，同《艳异编》卷四四《绿衣人传》载，清江堂刊《剪灯新话》卷四《绿衣人传》作"其侧即宋贾秋壑旧宅也""女子家居何处"③，黄正位刊《剪灯新话》卷一《绿衣人传》作"其侧则贾秋壑旧宅也""家居何处"④。《涂修国二女》的"二名翛翩"，同《艳异编》卷八《周昭王》所载，明刊《拾遗记》卷二作"二名条翩"⑤。

卷一二情媒类《陈诜》的"不侍，呼至杖之"等与《艳异编》卷三五《陈诜》、《古今说海》说略部《山房随笔》所载相同，而《说郛》卷二七作"不待呼至，杖之"；"不特洗一时之辱""至今巴陵传为佳话焉"，同《艳异编》卷三五《陈诜》，《古今说海》本作"不独洗一时之辱""至今巴陵传为佳话矣"，则此篇直接选自《艳异编》。《清江引》的"能容妾入词乎"，与《艳异编》卷三三《青楼集》之《刘婆惜》所载"能容妾入辞乎"相近，《古今说海》本《青楼集》作"能容妾一辞乎"。

卷一三情憾类《吴氏女》的"菱花剑光零落，几番""双双飞向花边"，与《艳异编》卷二一幽期部《郑吴情诗》所载同，《说郛》卷四二元郑禧《春梦录》作"菱花剑光零乱，算几番""双双飞度花边"。《非

---

① ［明］冯梦龙评纂，庄葳、郭群一校点《太平广记钞》卷一九，郑州：中州书画社，1983 年，第 521~522 页。

② ［唐］范摅《云溪友议》卷中，国家图书馆藏明刊本，善本书号：11109。

③ ［明］瞿佑《新增补相剪灯新话大全》卷四，国家图书馆藏杨氏清江堂明正德六年（1511）刊本。

④ ［明］瞿佑《剪灯新话》卷一，日本早稻田大学图书馆藏明万历间黄正位刊本。

⑤ ［晋］王嘉《拾遗记》卷二，国家图书馆藏顾春世德堂明嘉靖十三年（1534）刊本。

烟》的"临淮武公业,咸通中,任河南府功曹参军,爱妾曰非烟,姓步氏""窥见非烟""凝睇而不答""发狂心荡,不知所如""以连蝉锦香囊并岩苔笺",同《广记》卷四九一《非烟传》与《艳异编》卷二〇《非烟传》所载,第一句《太平广记钞》卷四五《非烟》作"非烟,姓步氏,河南府功曹参军武公业之爱妾也"①,第二、三句百卷本《说郛》卷三三《三水小牍》作"瞥见非烟""凝睇而不言",第四句谈恺本《广记》作"发狂心荡,不知所持",第五句《虞初志》卷六作"以连蝉锦香囊并碧苔笺"。虽然篇末注"皇甫枚为之作传",但此篇应直接选自《艳异编》。《南唐昭惠后》的"其季仲宣标宇清峻",同《艳异编》卷一六《南唐后主昭惠后周氏》文字,《南唐书》卷六作"其季仲宣僄宁清峻"②。

卷一四情仇类《王娇》文字与《艳异编》卷二二、卷二三《娇红记》文字基本相同,内容有删略,与《绣谷春容》卷五《申厚卿娇红记》,《花阵绮言》卷八《娇红双美》,林近阳《燕居笔记》卷八、卷九《拥炉娇红》等文字有差异,则此篇当选自《艳异编》。《潘夫人》的"有闻于吴主",同《艳异编》卷一一《吴潘夫人》所载,《拾遗记》卷八作"有司闻于吴主"③。《翾风》的"能观金色""珍宝瑰奇",同《艳异编》卷一九《翾风》所载,《拾遗记》卷九作"巧观金色""珍宝奇异"④;"契烟还自低",《艳异编》作"突烟还自低",谈恺本《广记》卷二七二《石崇婢翾风》与《太平广记钞》卷四五《翾风》作"哽咽追自泣"⑤,则此篇当选自《艳异编》。《梅妃》的"高力士使闽越""见其少丽""妃子已

---

① [明] 冯梦龙评纂,庄葳、郭群一校点《太平广记钞》卷四五,郑州:中州书画社,1983年,第1121页。

② [宋] 马令《南唐书》卷六,国家图书馆藏顾汝达明嘉靖二十九年(1550)刊本。

③ [晋] 王嘉《拾遗记》卷八,国家图书馆藏顾春世德堂明嘉靖十三年(1534)刊本。

④ [晋] 王嘉《拾遗记》卷九,国家图书馆藏顾春世德堂明嘉靖十三年(1534)刊本。

⑤ [明] 冯梦龙评纂,庄葳、郭群一校点《太平广记钞》卷四五,郑州:中州书画社,1983年,第1123页。

届阁前"，同《艳异编》卷一六《唐玄宗梅妃传》载，《顾氏文房小说》本作"高力士使闽粤""见其少丽""妃子已留阁前"，《说郛》卷三八作"高力士使闽粤""见其妙丽""妃子已届阁前"，则此篇当选自《艳异编》。《刘禹锡》的"好危人，略无怍色""先放刘家妓从门入"，同《广记》卷二七三《李逢吉》文字，《艳异编》卷三二《李逢吉》作"好危人，略无愧色""先收刘家妓从门入"，第一句《太平广记钞》卷四四《刘禹锡》作"李丞相逢吉，性强愎，恣行威福"①，则此篇篇末虽注"出《本事诗》"，却直接选自《艳异编》。

卷一七情秽类《秦宣太后》，当选自《艳异编》卷八《秦宣太后》、《战国策》卷四与《智囊》卷七《庸芮》。《飞燕合德》的"施小朱，号慵来妆"，同《艳异编》卷一〇与《顾氏文房小说》本《赵飞燕外传》所载，《说郛》卷三二作"施小粉，号慵来妆"；"吾昼视后不若夜视之美""后始加大号""三十六物"，同《艳异编》本所载，《顾氏文房小说》本分别作"吾昼视后不若夜视之美""始加大号""二十六物"，显然《飞燕合德》选自《艳异编》。《晋贾后》《北齐武成皇后胡氏》的文字，同《艳异编》卷一一《贾皇后传》《北齐武成皇后胡氏传》载，《情史》与《艳异编》从《晋书》卷三一《后妃传》之《惠贾皇后》、《北史》卷一四中节选出如此高度一致的文字是不可能的，只能是《情史》中此篇直接选自《艳异编》。《郁林王何妃》的"年少色美甚妃悦之""姨家犹是贱"，同《艳异编》卷一一《郁林王何妃》文字，《南史》卷一一作"年少色美，甚为妃悦""姨家犹是寒贱"②。《元帝徐妃》的"不见礼于帝，三二年一入房"，同《艳异编》卷一一《元帝徐妃》所载，《南史》卷一二作"不见礼，帝三二年一入房"③。《隋宣华夫人陈氏》的"陈宣帝之女也""晋王广之在藩也"，同《艳异编》卷一一《隋宣华夫人陈氏》所载，《北史》

---

① ［明］冯梦龙评纂，庄葳、郭群一校点《太平广记钞》卷四四，郑州：中州书画社，1983年，第1117页。

② ［唐］李延寿《南史》卷一一，北京：中华书局，1975年，第331页。

③ ［唐］李延寿《南史》卷一二，北京：中华书局，1975年，第341页。

卷一四作"陈宣帝女也""炀帝之在藩也"①。《唐高宗武后》的叙事框架、内容与《艳异编》卷一三《武后传略》相同，如诏毁乾元殿为明堂及薛怀义事，出自《新唐书》卷七六《则天武皇后列传》；后面插入的武则天托言怀义有巧思，召其入禁中等事，出自《资治通鉴》卷二〇三；再接《新唐书》卷七六《则天武皇后列传》，叙堂成，怀义拜左威卫大将军，自加号金轮圣神皇帝等事；接着又插入《资治通鉴》卷二〇五，叙明堂成，太后命怀义作夹纻大像，击杀怀义等事。显然，《唐高宗武后》应直接节选自《艳异编》。

《韦后》的"至是与三思叩御床博戏"，同《艳异编》卷一三《韦后》所载，《新唐书》卷七六作"至是与三思升御床博戏"②；但《情史》将《艳异编》中的表上《条桑歌》"二十篇"，据《新唐书》改为"十二篇"③。《金废帝海陵》的"其他不可数举""天德二年，特进淑妃"，同《艳异编》卷一七《金废帝海陵诸嬖》所载，《金史》卷六三作"其他不可举数""天德二年，特封淑妃"④。《元顺帝》的"广取妇女""暨即兀该"，同《艳异编》卷一七《演揲儿》载，《元史》卷二〇五作"广取女妇""皆即兀该"⑤；内容上中间插入了《艳异编》卷一七《元顺帝》的"三圣奴、妙乐奴、文殊奴等一十六人"等一段文字，故此篇直接选自《艳异编》。《大体双》的"丰腴而慧"，同《艳异编》卷一六《大体双》所载，单行本宋陶谷《清异录》卷一君道门与百卷本《说郛》卷六一《清异录》之《大体双》均作"黑腴而慧"⑥。《馆陶公主》的"上往临候，问所欲""备臣妾之列，使为公主"，同《艳异编》卷一八《馆陶公主》载，《汉书》卷六五《东方朔传》作"上往临疾，问所欲""备臣妾

① ［唐］李延寿《北史》卷一四，北京：中华书局，1974 年，第 534 页。

② ［宋］欧阳修、宋祁《新唐书》卷七六，北京：中华书局，1975 年，第 3486 页。

③ ［宋］欧阳修、宋祁《新唐书》卷七六，北京：中华书局，1975 年，第 3486 页。

④ ［元］脱脱等《金史》卷六三，北京：中华书局，1975 年，第 1508 页。

⑤ ［明］宋濂等《元史》卷二〇五，北京：中华书局，1976 年，第 4583 页。

⑥ ［宋］陶谷《清异录》卷一，国家图书馆藏叶氏菉竹堂明隆庆六年（1572）刊本。

之仪，列为公主"①。《山阴公主》的文字同《艳异编》卷一八《山阴公主》，由沈约《宋书》卷七《前废帝本纪》与《南史》卷二八、卷三〇节选组合而成，则此篇直接选自《艳异编》。《安乐公主》的"尝作诏，请帝署可""右仆射魏元忠"，同《艳异编》卷一八《安乐公主》载，《新唐书》卷八三作"尝作诏，箝其前，请帝署可""左仆射魏元忠"②。《夏姬》的内容由《史记》卷三六《陈杞世家》陈灵公通夏姬与《左传·成公二年》楚庄王伐陈事组成，文字几乎同于《艳异编》卷八《夏姬》所载，且篇末的按语完全相同，则此篇直接选自《艳异编》。《河间妇》的"固已恶群戚之乱宠""族出欢门"，同《艳异编》卷三〇《河间传》文字，柳宗元《河间传》作"固已恶群戚之乱龙""族出欢闹"③。

　　卷一八情累类《李将仕》的文字同《艳异编》卷三〇《李将仕》，则此篇直接选自《艳异编》。《章子厚》"章子厚惇初来京师赴省试，年少美丰姿"等，同《古今说海》说纂部《虚谷闲抄》与《艳异编》卷三〇《章子厚》所载，百卷本《说郛》卷三九宋王明清《投辖录》作"章丞相初来京师，年少美风姿"；"载一甲第，甚雄壮""少年不可不知诚也"，同《艳异编》本所载，《古今说海》说纂部《虚谷闲抄》作"载至一甲第，甚雄壮""少年辈不可不知戒也"，则此篇直接选自《艳异编》。《蔡太师园》的"望红纱笼灯""而灯渐近"，同《艳异编》卷三〇《蔡太师园》所载，《古今说海》说略部宋庞元英《谈薮》作"望红纱笼烛""而烛渐近"。

　　卷一九情疑类《太白精》第一则叙少昊以金德王事，其中"置于表端""此之遗像也""因以为姓"，同《艳异编》卷八《少昊》所载，单行本《拾遗记》卷一作"置于表瑞""此之遗象也""因以为往"④。《织女》

---

　　① ［汉］班固《汉书》卷六五，北京：中华书局，1962 年，第 2854 页。

　　② ［宋］欧阳修、宋祁《新唐书》卷八三，北京：中华书局，1975 年，第 3654 页。

　　③ 《柳宗元集》外集卷上，北京：中华书局，1979 年，第 1341~1342 页。

　　④ ［晋］王嘉《拾遗记》卷一，国家图书馆藏顾春世德堂明嘉靖十三年（1534）刊本。

第二则即《郭翰》，其中"有同心亲脑之枕，覆一双缕鸳文之衾""牛郎何在"等文字，同《艳异编》卷一《郭翰》之文，《广记》卷六八《郭翰》作"有同心龙脑之枕，覆双缕鸳文之衾""牵郎何在"。《天台二女》的"入天台，颇远，不得返""偶望山上"，同《艳异编》卷六《天台二女》所载，谈恺本《广记》卷六一《天台二女》作"入天台采药，远不得返""遥望山上"。《汜人》的"度洛桥，桥下有哭声甚哀，生下马察之""隆光秀兮昭盛时"，同《艳异编》卷三《太学郑生》所载，谈恺本《广记》卷二九八《太学郑生》作"度洛桥，下有哭声甚哀，生即下马察之""隆往秀方昭盛时"。《西湖水仙》的"凤意谓人家宅眷"，同《艳异编》卷三《邢凤》载，田汝成《西湖游览志余》卷二六作"凤意为人家宅眷"①。《洞庭君女》"子何苦而自辱如此？妇始笑而谢""妾洞庭龙君少女也"，同《艳异编》卷五《柳毅传》所载，谈恺本《广记》卷四一九《柳毅》、《虞初志》卷二《柳毅传》均作"子何苦而自辱如是？妇始楚而谢""妾洞庭龙君小女也"，则此篇虽注"出《异闻集》"，却直接选自《艳异编》。《南部将军女》的"有一少年乘公马""少年即命左右洒扫净室"，同《艳异编》卷一《汝阴人》所载，谈恺本《广记》卷三〇一《汝阴人》作"有一少年乘白马""少年即命左右洒扫别室"。

卷二〇情鬼类《西施》的"俄闻松下有数女子笑声""又尔轻言，愿从容以陈幽怪""导谓夷光曰""衣素娟者夷光也"，同《艳异编》卷四一鬼部《刘导》所载，《广记》卷三二六《刘导》作"俄闻松间数女子笑声""住尔轻言，愿从容以陈幽抱""导语夷光曰""衣紫娟者夷光也"，则此篇直接选自《艳异编》。而《情史》中的"即来叙会""深相感恨"，与《广记》卷三二六《刘导》史的"即来叙会""深相感恨"相同或相近，《艳异编》本则作"既来叙揖""深感服之"，且《情史》此篇末注"出《穷怪录》"，同《广记》所载，则此篇亦当参照了《广记》。

---

① ［明］田汝成《西湖游览志余》卷二六，国家图书馆藏严宽明嘉靖二十六年（1547）刊《西湖游览志》本。

《张贵妃孔贵嫔》的"每维舟""抵白沙，各迁舟航，青衣乃谢"，同《艳异编》卷四三《颜濬》所载，《古今说海》说渊部《颜濬传》作"每住舟""及抵白沙，各迁舟杭，青衣谢"，谈恺本、许自昌本《广记》卷三五〇有目无文，则此篇直接选自《艳异编》。本篇第二则中的"车马稍阒""江喜，往而不旋踵至彼""涣然而瘳"，同《艳异编》卷四三《江渭逢二仙》载，《分类夷坚志》庚集卷二《江渭逢二仙》前两句作"灯火渐稀，车马已寂""江喜而往不旋踵到彼"，《夷坚支庚》卷八《江渭逢二仙》后两句作"江喜而往，不旋踵至彼""豁然而瘳"①，则此篇直接选自《艳异编》。

《卫芳华》中的"风鬟云鬓""因问之""年二十四而殁"，同《艳异编》卷四四《滕穆醉游聚景园记》所载，明刊《剪灯新话》卷二作"风鬟露（雾）鬓""固问之""年二十三而殁"②。《薛涛》的"但常得好处登临足矣""公宜三思"，同《艳异编》卷四五《田洙遇薛涛联句记》所记，李昌祺《剪灯余话》卷二《田洙遇薛涛联句记》作"但长得好处登临足矣""公宜再思"③。《刘府君妻》的"搜扬天下""道经于此"，同《艳异编》卷四一《崔罗什》与《广记》卷三二六《崔罗什》所载，单行本《酉阳杂俎》卷一三作"搜扬天下才俊""夜经于此"④；"楼台相望""忽蒙厚命"，同《艳异编》本载，《广记》本作"楼阁相接""忽重蒙厚命"，则此篇直接选自《艳异编》。《吕使君娘子》"四卒各沾万钱之贶""一切弗问"，同《艳异编》卷四三《吕使君》所载，《夷坚支甲》卷三

---

① ［宋］洪迈撰，何卓点校《夷坚志》之《夷坚支庚》卷八，北京：中华书局，2006 年第 2 版，第 1198~1199 页。

② ［明］瞿佑《新增补相剪灯新话大全》卷二，国家图书馆藏杨氏清江堂明正德六年（1511）刊本；国家图书馆藏明刊本，善本书号：11127；日本早稻田大学图书馆藏明万历间黄正位刊本。

③ ［明］李昌祺《剪灯余话》卷二，国家图书馆藏明刊本，善本书号：12437；明万历间黄正位刊本。

④ ［唐］段成式撰，方南生点校《酉阳杂俎》卷一三，北京：中华书局，1981 年，第 120 页。

《吕使君宅》作"四卒各沾万钱之赐""一切勿问"①。《钱履道》的"此地近多狼虎""敢求栖寓一席之地""钱自谓奇遇，若游清都"，同《艳异编》卷四四《钱履道》所载，《夷坚支甲》卷一《张相公夫人》中作"此地近山，多狼虎""敢求栖寓一夕之地""自谓奇逢，若游仙都"②。《玉姨女甥》的"歇马于古道方北百余步""何处求之"，同《艳异编》卷四一《崔书生》所载，谈恺本《广记》卷三三九《崔书生》作"歇马于古道左北百余步""何处来数处求之"。《长孙绍祖》的"直前抚玩""星汉从复斜""聊陈君不御"，同《艳异编》卷四一《长孙绍祖》载，谈恺本《广记》卷三二六《长孙绍祖》作"直前抚慰""星汉纵复斜""薄陈君不御"。《皇尚书女》的"欲暂邀君""女郎方自往求婿""容甚丽"，同《艳异编》卷四二《郑绍》载，谈恺本《广记》卷三四五《郑绍》作"欲暂命君""女郎方自求佳婿""容质殊丽"。《赵通判女》的"村刹寥落""时暮春末""平生梦如此境像"，同《艳异编》卷四三《宁行者》载，《夷坚支甲》卷八《宁行者》作"村刹牢落""时当暮春之末""平生梦想无此境像"③。《邵太尉女》的"俊尤喜曰""时以金银钗珥为赠""素无妖魅之属"，同《艳异编》卷四三《解俊》所载，《夷坚支戊》卷八《解俊保义》作"俊大喜曰""时以金银钗钏为赠""素无妖魔之属"④。《符丽卿》的"游人渐稀""见一丫鬟挑双头牡丹灯前导""不能自持"，同《艳异编》卷四五《双头牡丹灯记》所载，黄正位刊《剪灯新话》卷二《牡丹灯记》作"行人渐稀""见一丫鬟手执双头牡丹灯前导""不能自

---

① ［宋］洪迈撰，何卓点校《夷坚志》之《夷坚支甲》卷三，北京：中华书局，2006 年第 2 版，第 729 页。

② ［宋］洪迈撰，何卓点校《夷坚志》之《夷坚支甲》卷一，北京：中华书局，2006 年第 2 版，第 712 页。

③ ［宋］洪迈撰，何卓点校《夷坚志》之《夷坚支甲》卷八，北京：中华书局，2006 年第 2 版，第 774 页。

④ ［宋］洪迈撰，何卓点校《夷坚志》之《夷坚支戊》卷八，北京：中华书局，2006 年第 2 版，第 1117 页。

制"①，第三句清江堂刊《剪灯新话》卷二《牡丹灯记》作"不能自抑"②，则此篇直接选自《艳异编》。

《任氏妻》的"少美丰仪""暮暮来此""方复离异"，同《艳异编》卷四一《王玄之》所载，谈恺本《广记》卷三三四《王玄之》作"少美丰彩""向暮来此""乃复离去"。《崔少府女》的"獐倒而复起""府君以系郎"，同《艳异编》卷四一《卢充》所载，《广记》卷三一六《卢充》与《太平广记钞》卷五九《卢充》作"獐倒而起""府君以遗郎"③。《崔女郎》的"我未有婚""婢先入""何故相迎""颇有容质"，同《艳异编》卷四一《郑德懋》所载，前两句《广记》卷三三四《郑德懋》作"我又未婚""婢先白"，后两句单行本《宣室志》卷一〇《郑德懋》作"何迎之有""颇有容德"④，则此篇直接选自《艳异编》。《田夫人》的"意豁如也，不事家产，多友豪侠""为脱衣偿其所直""何见遗如是""郎君先人有诗，帝愧之"，同《艳异编》卷四二《崔炜传》载，《广记》卷三四《崔炜》作"意豁然也，不事家产，多尚豪侠""脱衣为偿其所直""何遽贶遗如是""郎君先人有诗于越台，感悟徐绅，遂见修缉，皇帝愧之"，第二句《太平广记钞》卷九《鲍姑》作"性尚豪侠，不事家产"⑤，后两句《古今说海》说渊部《崔炜传》作"何遽见遗如是""郎君先人有诗于越台，感悟徐绅，遂有修缉，皇帝愧之"，则此篇直接选自《艳异编》。

《窦玉》的"自牖而窥其室"，同《艳异编》卷四三《窦玉传》所载，《广记》卷三四三《窦玉》与《太平广记钞》卷五四《崔司马》作"自牖

①　[明]瞿佑《剪灯新话》卷二，日本早稻田大学图书馆藏明万历间黄正位刊本。

②　[明]瞿佑《新增补相剪灯新话大全》卷二，国家图书馆藏杨氏清江堂明正德六年（1511）刊本；国家图书馆藏明刊本，善本书号：11127。

③　[明]冯梦龙评纂，庄葳、郭群一校点《太平广记钞》卷五九，郑州：中州书画社，1983年，第1524页。

④　[唐]张读《宣室志》卷一〇，国家图书馆藏明钞本。

⑤　[明]冯梦龙评纂，庄葳、郭群一校点《太平广记钞》卷九，郑州：中州书画社，1983年，第256页。

而窥其内"①，李复言《续玄怪录》卷三《窦玉妻》作"自牖而窥其厢"②，《古今说海》说渊部《窦玉传》作"自牖而窥其"，则此篇直接选自《艳异编》。《隋县主》的"衾褥毕具""拜跪讫就坐""是以江淮亲故，多不之识""尚在左右"，同《艳异编》卷四二《独孤穆传》所载，《广记》卷三四三与《太平广记钞》卷五九《独孤穆》作"衾褥毕备""拜讫就坐""是以江淮亲故，多不识之""常在左右"③，后两句《古今说海》说渊部《独孤穆传》作"是以江淮亲故，多不识之""常在左右"，则此篇直接选自《艳异编》。《张云容》的"以气义自喜""又志田叟之言"，同《艳异编》卷七《薛昭传》所载，《广记》卷六九与《太平广记钞》卷九《张云容》作"以义气自负""又志田生之言"④，第二句《古今说海》说渊部《薛昭传》作"又志田生之言"，则此篇直接选自《艳异编》。《李陶》的"可以殷勤待之也""陶言其故，自尔半载留连不去""知卿疾甚"，同《艳异编》卷四一《李陶》所载，谈恺本《广记》卷三三三《李陶》作"可以殷勤也""陶云改之，自尔留连半岁不去""见卿疾甚"。《南楼美人》的开头"蓊溪刘天麒少尝中秋夕独卧小楼"，同《艳异编》卷四五《南楼美人》载，《西樵野纪》卷七《南楼美人》作"城中一少年刘天麒，年一十六，少尝中秋夕独卧小楼"⑤。《韩宗武》，目前可知仅《艳异编》卷四三收录，则此篇直接选自《艳异编》。

卷二一情妖类《孟氏》的"多在外贸易财宝，其妻孟氏""薄知书，

①　[明] 冯梦龙评纂，庄葳、郭群一校点《太平广记钞》卷五四，郑州：中州书画社，1983 年，第 1368 页。

②　[唐] 李复言编，程毅中点校《续玄怪录》卷三，北京：中华书局，1982 年，第169 页。

③　[明] 冯梦龙评纂，庄葳、郭群一校点《太平广记钞》卷五九，郑州：中州书画社，1983 年，第 1519~1520 页。

④　[明] 冯梦龙评纂，庄葳、郭群一校点《太平广记钞》卷九，郑州：中州书画社，1983 年，第 263 页。

⑤　[明] 侯甸《西樵野纪》卷七，《续修四库全书》第 1266 册，上海：上海古籍出版社，2002 年，第 711 页。

稍有词藻",同《艳异编》卷四二《孟氏》载,《太平广记钞》卷七三《孟氏》作"妻孟氏""知书"①,第一句谈恺本《广记》卷三四五《孟氏》作"多在于外运易财宝以为商,其妻孟氏者",则此篇直接选自《艳异编》。

卷二二情外类《丁期》《王确》《向魋》《龙阳君》《安陵君》《曹肇》《郑樱桃》《董贤》《邓通》《韩嫣》《张放》《祢子瑕》《王韶》《李延年》《慕容冲》《宋朝》《秦宫》《冯子都》与《陈子高》共19篇,均见于《艳异编》卷三六,且文字相同,如《艳异编》与《情史》的《曹肇》均有"有殊色"三字,是王世贞在《艺文类聚》卷三三所载篇目的基础上增加的,故上述19篇均直接选自《艳异编》。

卷二四情迹类《杜妙隆》《刘燕哥》的文字,与《艳异编》卷三三《青楼集》、《古今说海》说纂部《青楼集》文字完全相同,则此两篇当选自上述二书。

二、《情史》中76篇选自他书

《情史》有76篇虽见于《艳异编》,但从文本上看,却选自他书。其中,选自《太平广记钞》的最多,共31篇。

卷一《杨娟》把正文结尾"夫娟以色事人者"一段置于文后,改为"房千里曰""雅有慧性""中贵人信人也",《艳异编》卷三四《杨娟传》、明代弦歌精舍如隐草堂刻本《虞初志》卷五与凌氏套印本《虞初志》卷四《杨娟传》均作"雅有惠性""中贵人言仁也",《广记》卷四九一与《绿窗女史》卷一二《杨娟传》、《太平广记钞》卷四四《杨娟》均作"娟有慧性""中贵人信人也"②;又文中夹批"信不近义"、眉批"此监军亦趣人",袭自《太平广记钞》的夹批"信不近义"、眉批"此监军

---

① [明]冯梦龙评纂,庄葳、郭群一校点《太平广记钞》卷七三,郑州:中州书画社,1983年,第1940页。

② [明]冯梦龙评纂,庄葳、郭群一校点《太平广记钞》卷四四,郑州:中州书画社,1983年,第1114页。

亦可人"①，则此篇当直接选自《太平广记钞》。

卷四《洛中节使》中的"洛中举子某""及举子到江外""偶于饮席遇之""茂英年小尚娇羞"，同《太平广记钞》卷二八《洛中举子》所载，《艳异编》卷三二《洛中举人》作"举子乙洛中居人也""及乙到江外""忽于饮席遇之""茂英年小尚含羞"，前两句《广记》卷二七三《洛中举人》作"举子乙洛中居人也""及乙到江外"，则此篇选自《太平广记钞》。《古押衙》的文字与《太平广记钞》卷二九《古押衙》文字相同，如开头均作"唐王仙客者，建中中，尚书刘震之甥也。仙客少孤，随母归外氏"，与《广记》卷四八六、《艳异编》卷二八《无双传》的开头"唐王仙客者，建中中，朝臣刘震之甥也，初仙客父亡，与母同归外氏"有别。《昆仑奴》的内容与《太平广记钞》卷二九《昆仑奴》相同，如开头均作"唐大历中，有崔生者，其父为显僚，与盖代之勋臣一品者熟。生时为千牛，其父使往省一品疾。一品召生入室。生少年，容貌如玉"②；谈恺本《广记》卷一九四《昆仑奴》作"唐大历中，有崔生者，其父为显僚，与盖代之勋臣一品者熟。生是时为千牛，其父使往省一品疾。生少年，容貌如玉，性禀孤介，举止安详，发言清雅。一品命妓轴帘召生入室"，《古今说海》本与《艳异编》卷二九《昆仑奴传》作"唐大历中，有崔生者，其父为显僚，与盖天之勋臣一品者熟。生是时为千牛，其父使往省一品疾。生少年，容貌如玉，性禀孤介，举止安详，发言清雅。一品命妓轴帘召（是时为）生入室"。

卷五《吴王夫差》的文字全同《广记》卷二七二与《太平广记钞》卷四四《夷光》，《艳异编》卷八《越王》后面尚有一段勾践建丹乌台及范蠡富贵事，则《吴王夫差》直接选自《广记》或《太平广记钞》。《杜牧》开头云"御史杜牧分务洛阳时""方对酒独斟""两行红粉一时回"，

---

① ［明］冯梦龙评纂，庄葳、郭群一校点《太平广记钞》卷四四，郑州：中州书画社，1983年，第1114页。

② ［明］冯梦龙评纂，庄葳、郭群一校点《太平广记钞》卷二九，郑州：中州书画社，1983年，第723页。

与《太平广记钞》卷四四《杜牧》文字完全相同，《广记》卷二七三与《艳异编》卷三二《杜牧》开头与之稍异，且后两句《艳异编》本作"方对酒独酌""两行粉面一时回"，则此篇直接选自《太平广记钞》。

卷八情感类《郑德璘》"德璘谓女所制，甚喜，然莫晓诗义"，同《太平广记钞》卷五三《洞庭叟》文字，《广记》卷一五二《郑德璘》与《古今说海》说渊部《郑德璘传》作"德璘谓女所制，疑思颇悦，喜畅可知，然莫晓诗之意义"；"同处笑语"，同《太平广记钞》本，《艳异编》卷三作"同笑处语"。《李章武》中的"字飞卿，其先中山人，生而敏博，工文，容貌闲美，少与清河崔信友善"①，与《太平广记钞》卷五八几乎完全相同，与《广记》卷三四〇、《艳异编》卷四二《李章成》所载均有异。

卷九《韦氏妓》的"得本甚舛""文理晓然，年二十一而卒""有返魂术"等，同《太平广记钞》卷五八《韦氏子》所载，谈恺本《广记》卷三五一《韦氏子》作"得本甚舛""文理晓然，是以韦颇惑之，年二十一而卒""得返魂之术"，《艳异编》卷四三《韦氏子》作"本甚蠹""文理晓然，是以颇为所惑，年二十一而卒""得返魂之术"。《真真》的"如何令生，某愿纳为妻""必应"，同《太平广记钞》卷八《真真》载，《广记》卷二八六《画工》作"如何令生，某愿纳为妻""即必应之"，《艳异编》卷三〇《画工》作"今生如有，余愿纳为妻""即必应之"。《张和》"蜀郡豪家""有大像巍然""此少年，君子也，汝可善待"，同《太平广记钞》卷一一《张和》所载，《艳异编》卷三〇《张和》作"蜀郡一豪家子""有大像岿然""此少君子也，汝可善侍"，第三句《广记》卷二八六《张和》亦作"此少君子也，汝可善侍"，则此篇选自《太平广记钞》。

卷一〇《吴王女玉》的"知玉死已葬""乃歌曰"，同《太平广记钞》卷五九《韩重》文字，《广记》卷三一六与《艳异编》卷四一《韩重》作

---

① ［明］冯梦龙评纂，庄葳、郭群一校点《太平广记钞》卷五八，郑州：中州书画社，1983年，第1501页。

"父母曰：王大怒，玉结气死已葬矣""玉左顾宛颈而歌曰"。卷一三《薛宜僚》的"薛颇属情"，同《广记》卷二七四与《太平广记钞》卷四四《薛宜僚》所载，《艳异编》卷三二《薛宜僚》作"薛颇属意"，则《薛宜僚》应选自《广记》或《太平广记钞》。

卷一六情报类《荥阳郑生》的"视上第如指掌""妖姿要妙""举步艳冶"，同《广记》卷四八四与《太平广记钞》卷八〇《李娃传》所载，《艳异编》卷三四《李娃传》与明末凌刻本《虞初志》卷四均作"视一第如指掌""妖姿骄妙""举步艳异"，而中间省略的"略其名氏不书"等与《太平广记钞》所载相同，则此篇当选自《太平广记钞》。然而篇末又有"弇州山人曰：叛臣辱妇"云云，即为《艳异编》篇末所有，故《情史》编选此篇时亦参考了《艳异编》。

卷一九《织女婺女须女星》的"有子一，甥二，各姓，年皆及壮，而顽驽不学"等文字，同《太平广记钞》卷八《织女婺女须女星》所载，《广记》卷六五《姚氏三子》、《古今说海》说渊部《姚生传》与《艳异编》卷一《姚生》均作"有子一人，外甥二人，各一姓，年皆及壮，而顽驽不肖"。《玉厄娘子》的"唐玄宗时，有崔书生，于东州逻谷口居""英蕊芬郁"等文字，同《太平广记钞》卷八《玉厄娘子》所载。第一句，《广记》卷六三《崔书生》与《艳异编》卷六《崔书生》作"唐开元天宝中，有崔书生，于东州逻谷口居"；第二句，《艳异编》本作"英华芬郁"。《云英》的"唐长庆中，有裴航秀才，因下第游鄂渚，谒故旧崔相国，赠钱二十万"等文字，同《太平广记钞》卷九《云英》所载，《广记》卷五〇《裴航》与《艳异编》卷六《裴航》均作"唐长庆中，有裴航秀才，因下第游于鄂渚，谒故旧友人崔相国。值相国赠钱二十万"。《青童君》的"是何灵异？愿睹仙姿"，同《太平广记钞》卷八《青童君》文字，《广记》卷六五与《艳异编》卷六《赵旭》均作"是何灵异？愿睹仙姿，幸赐神契"。《天上玉女》的"以嘉平中夕独宿""早失父母，上帝哀其孤苦"，同《广记》卷六一与《太平广记钞》卷八《成公智琼》文字，《艳异编》卷六《成公智琼》作"以嘉平中夜独宿""早失父母，天帝哀其孤苦"；又第二句上有眉批"年七十矣，犹云早失父母，何耶？且玉女天上仙种，其父母应亦非常人，失从何往"，实袭自《太平广记钞》的眉批"年七十矣，犹云早失父母，何耶？且玉女天上仙种，其父母独非仙乎，而早死何也"①，显然此篇直接选自《太平广记钞》。

《妙音》的"或抚琴瑟""至北阁有三间屋"，同《广记》卷二九二与《太平广记钞》卷五四《太真夫人》，《艳异编》卷一《黄原》作"或抚琴""至北阁有二三间屋"；"此青犬所引至妙音婿也"，同《太平广记钞》本，谈恺本《广记》作"此青犬所引致妙音婿也"；且《情史》与《太平广记钞》都删除了"有南向堂，堂前有池，池中有台，台四角有径尺穴，穴中有光，照映帷席"，则此篇直接选自《太平广记钞》。《后土夫人》的"如帝者之卫，黄屋左纛，有月旗而无日旗。近侍才人、宫监之属，亦数百人"，同《太平广记钞》卷五二《后土夫人》，《虞初志》卷三《韦安道传》、《广记》卷二九九与《艳异编》卷二《韦安道》作"如帝者之卫，前有甲骑数十队，次有宦者持大仗，衣画裤袄（于）夹道。前驱亦数十辈。又见黄屋左纛，有月旗而无日旗。又有近侍才人、宫监之属，亦数百人"。《地祇》的"其母先病腰脚，至是病甚，不下榻者累年""竭产求医"，同《太平广记钞》卷五二《地祇》载，《艳异编》卷二《卢佩》与谈恺本《广记》卷三〇六《卢佩》作"其母先病（腰）脚，至是病甚，不能下床榻者累年""寓于常乐里之别第，将欲竭产以求国医王彦伯治之"，则此篇直接选自《太平广记钞》，篇末所注"出《河东记》"亦来自《太平广记钞》。《张果老》的"闻韦氏女将适人，某诚衰迈""为我报之"，同《太平广记钞》卷五《张老》所载，《广记》卷一六《张老》与《艳异编》卷七《张老》作"闻韦氏有女将适人，求良才于媪（汝），有之乎？曰：然。曰：某诚衰迈"。《洛神》的"遇其魂于洛滨""洛浦龙王之处女"，同《广记》卷三一一《萧旷》与《太平广记钞》卷五四《萧

---

① ［明］冯梦龙评纂，庄葳、郭群一校点《太平广记钞》卷八，郑州：中州书画社，1983年，第225页。

旷》所载，《古今说海》说渊部《洛神传》与《艳异编》卷三《洛神传》均作"遇其魄于洛滨""洛浦龙君之爱女"；"君有奇骨，当出世"，同《太平广记钞》本，《广记》本作"君有奇骨异相，当出世"，则此篇直接选自《太平广记钞》。

《广利王女》的"忽有善易者袁大娘来主人舍""子岂久穷悴耶？某有玉龙膏一合子"，同《太平广记钞》卷五三《广利王》载，《广记》卷三一〇《张无颇》、《古今说海》说渊部《张无颇传》与《艳异编》卷三《张无颇传》均作"忽遇善易者袁大娘来主人舍""子岂久穷悴耶？遂脱衣买酒而饮之，曰：君窘厄如是，能取某一计，不旬朔（日），自当富赡，兼获延龄。无颇曰：某困饿如是（无似），敢不受教。大娘曰：某有玉龙膏一合子"，《情史》与《太平广记钞》均注出《传奇》，则此篇直接选自《太平广记钞》。《张女郎》的"必致骑邀之""二女郎相顾而微笑""此神仙所制，不可传于人间"，同《太平广记钞》卷五四《沈警》载，前两句《艳异编》卷一《沈警》与《古今说海》说渊部《润玉传》作"必致骥邀之""二女郎相顾而笑之"，第三句《广记》卷三二六《沈警》作"此是秦穆公周灵王太子神仙所制，不可传于人间"，则此篇直接选自《太平广记钞》，《情史》与《太平广记钞》均注出《异闻录》。《蒋侯庙》的"其乡有鼓舞解神者""忽见一贵人乘船，端正非常"，见录于《太平广记钞》卷五二《蒋子文》第二个故事，谈恺本《广记》卷二九三《蒋子文》作"其乡里有鼓舞解神者""忽见一贵人，端正非常"，《艳异编》卷二《蒋子文》作"其乡里有解鼓舞神者""忽见一贵人，端正非常"。《康王庙女神》的"子卿亦讶之，其夜，月朗风清"，同《太平广记钞》卷五四《刘子卿》所载，《广记》卷二九五《刘子卿》与《艳异编》卷二《刘子卿》作"子卿亦讶其大凡（九）旬有三日，月朗风清"。

卷二一《狐精》的"拜职赴上""便及姻事""先婚何家"，同《广记》卷四四八《李参军》与《太平广记钞》卷七七《李参军》载，《艳异编》卷三八《李参军》作"拜职赴任""便及身事""先婚何谁"；"既至，门馆清肃，甲第显焕，高槐修竹，蔓延连亘"，同《太平广记钞》本所载，谈恺本《广记》作"既至，萧氏门馆清肃，甲第显焕，高槐修竹，蔓延连亘，绝世之胜境"；则此篇直接选自《太平广记钞》。

《狐精》第二则的"少落拓嗜酒""将挑而未敢"，同《太平广记钞》卷七七《任氏》载，《广记》卷四五二《任氏》、《艳异编》卷三八与《虞初志》卷八《任氏传》均作"少落拓好饮酒""将挑之而未敢"。《虾怪》的"其国皆敬之""甲士门焉""王乃令具舟，谓士人曰"，同《太平广记钞》卷七八《长须国》载，《艳异编》卷三九《长须国》作"其国人皆敬之""甲士明丽""王乃令具舟，命使随往，谓曰"；后两句，单行本《酉阳杂俎》卷一四作"甲士守门焉""王乃令具舟，令两使随士人，谓曰"①；第三句，《广记》卷四六九《长须国》作"王乃令具舟，令两使随士人，谓曰"，则此篇直接选自《太平广记钞》。

《情史》中有8篇作品直接选自《广记》。卷四《韩滉》中的"昱情属甚厚""令歌送之"，同《广记》卷二七三《戎昱》所载，《艳异编》卷三二《戎昱》作"昱情属甚爱""命歌送之"。《李绅》中的"素与李隙""既厚遇之""张感涕致谢"，同《广记》卷一七七《李绅》所载，《顾氏文房小说》本《本事诗》与《艳异编》卷三二《张又新》作"素与李构隙""既（无）厚遇之""张感铭致谢"②，则此篇选自《广记》。《刘禹锡》中的"李绅罢镇在京""刘于座上赋诗""断尽江南刺史肠"，同《广记》卷一七七《李绅》第二则所载，《顾氏文房小说》本《本事诗》与《艳异编》卷三二《刘禹锡》作"李司空罢镇在京""刘于席上赋诗""断尽（恼乱）苏州刺史肠"③，则此篇选自《广记》。卷一二《武昌妓》的"极欢而散，赠数十千，纳之"，《太平广记钞》卷四四《武昌妓》作"极

---

① ［唐］段成式撰，方南生点校《酉阳杂俎》前集卷一四，北京：中华书局，1981年，第132~133页。

② ［唐］孟棨《本事诗》，国家图书馆藏明刊《顾氏文房小说》本。

③ ［唐］孟棨《本事诗》，国家图书馆藏明刊《顾氏文房小说》本。

欢而散,遂纳之"①,《广记》卷二七三《武昌妓》与《艳异编》卷三二《武昌妓》作"极欢而散,赠数十戈,纳之",由于末尾注"出《抒情诗》",则此篇直接选自《广记》。卷一三《杜牧》的"不须惆怅怨芳时",同《广记》卷二七三《杜牧》文字,《艳异编》卷三二《杜牧》作"不须惆怅惜芳时"。《欧阳詹》的"欲识旧时云髻样,为奴开取缕金箱",同《广记》卷二七四《欧阳詹》载,《艳异编》卷三二《欧阳詹》作"欲识旧来云髻样,为奴开取镂金箱",《太平广记钞》卷四四无"吾其死矣,苟欧阳生使至,可以是为信"等文字。卷一九《河伯女》的"日既向暮""俄见一人年三十许""相对欣然,敕行酒炙",同《广记》卷二九五《河伯》载,《艳异编》卷三《河伯》作"日已向暮""信见一人年三十许""相对款然,敕行酒笑",则此篇直接选自《广记》,《情史》与《广记》均注出《幽明录》。卷二一《猿精》的"忽于百里之外丛篠上得其妻""持兵而入",同《广记》卷四四四《欧阳纥》、《虞初志》卷八与《顾氏文房小说》本《白猿传》所载,《艳异编》卷三七《白猿传》作"忽于百里之外丛篠间得其妻""持刃而入";"深入险阻"同《广记》本,《虞初志》本与《顾氏文房小说》本都作"深入深阻"②;则此篇直接选自《广记》。

《情史》有5篇直接选自《夷坚志》。卷九《吴女盈盈》的"心忆神会""盈盈雅故,便可就寝闻鸡声起""山有《笔奁录》详记所遇",全同《夷坚三志己》中《吴女盈盈》文字,《艳异编》卷三五《吴女盈盈》作"心思神会""盈盈雅故,可以即卧,闻鸡唱起",最后一句无,则此篇直接选自《夷坚三志己》。卷一五《湖州郡僚》的"为富民子所据",同《夷坚支庚》卷一〇《吴淑姬严蕊》文字,《艳异编》卷三五《吴淑姬严蕊》前半部分叙吴淑姬事,作"为富氏子所据"。卷一九《剑仙》的"愿

① [明]冯梦龙评纂,庄葳、郭群一校点《太平广记钞》卷四四,郑州:中州书画社,1983年,第1116页。

② 《白猿传》,国家图书馆藏明刊《顾氏文房小说》本。

得一至卧内，姜欣然而起""皆以仙妇呼之""使姜径就榻"，同《夷坚支庚》卷四《花月新闻》所载，第一句《分类夷坚志》己集卷四《花月新闻》作"愿得一见，姜闻欣然而起"，后两句《艳异编》卷二九《花月新闻》作"皆以仙姑称之""使人径就榻"，则此篇直接选自《夷坚支庚》。卷二一《琴精》第二则的"得一妾爱之甚""小仆歌之""因留伴寝"，同《夷坚支丁》卷六《刘改之教授》载，《艳异编》卷四〇《刘改之》作"得一妾爱甚""小僮歌之""因留伴宿"。《生王二》的"迷失道""女又笑而不答"，同《夷坚支甲》卷一《生王二》载，《艳异编》卷四〇《生王二》作"迷失道路""女子又笑而不答"。

《情史》有 5 篇作品直接选自百卷本《说郛》。卷一《绿珠》中的"然受命指索绿珠""石崇之破"，同国家图书馆藏善本 03907 明钞本《说郛》卷三八《绿珠传》所载，《艳异编》卷一九《绿珠传》作"然命指索绿珠""石崇之杀"，当选自《说郛》。卷二情缘类《郑中丞》中的"令家童接得就岸"，同百卷本《说郛》卷二〇唐段安节《琵琶录》所载，《艳异编》卷三二《郑中丞》作"令家童搂得就岸"。卷三《盈盈》的"会贵者病，同官之子为千牛者，父遣往问。遂为盈盈所私，匿于其室甚久。千牛父索之甚急"，《智囊》卷二七《达奚盈盈》作"会同官之子为千牛者失，索之甚急"[1]，《艳异编》卷三〇《达奚盈盈》与《古今说海》说略部王铚《默记》作"会贵人者病，同官之子为千牛者失，索之甚急"，百卷本《说郛》卷四五《默记》作"会贵人者病，同官之子为千牛谒者，父遣往问之。因是以秘计相亲盈盈，遂匿于其室甚久。其父失子，索之甚急"，则《盈盈》文字最接近《说郛》，当选自《说郛》。卷一七《蜀徐后徐妃》叙成都人徐耕"生二女，皆有国色，耕教为诗"云云，直接选自百卷本《说郛》卷四五《蜀梼杌》，《艳异编》卷一六《蜀徐太后太妃》选自后蜀何光远《鉴诫录》卷五，与《情史》本内容不同。卷一九《杜兰香》"钿车青牛上饮食皆备"，同《说郛》卷七《杜兰香别传》所载，《艳

---

① ［明］冯梦龙辑《智囊》卷二七，国家图书馆藏明末刊本，善本书号：18759。

异编》卷六《杜兰香》作"钿车青牛牛饮食皆备",且篇末注"见《杜兰香别传》",则此篇直接选自《说郛》。

《情史》有 4 篇作品直接选自《古今说海》。卷五《鸳鸯寺》中的"大书右壁曰",同《古今说海》说纂部宋陆游《避暑漫抄》所载,《艳异编》卷一六《后主》第二则作"大书石壁曰",则此篇直接选自《古今说海》本《避暑漫抄》。卷九《沈亚之》的"昼梦入秦内史廖家,内史廖举亚之",与《古今说海》说渊部《梦游录》、《艳异编》卷二七《沈亚之》"昼梦入秦主内史廖家,内史廖举亚之"相近,《太平广记钞》卷五一《沈亚之》作"昼梦入秦,主内史廖举亚之"①;"如日将去",同《古今说海》本,《艳异编》本作"时日将去",则此篇直接选自《古今说海》。卷一八《贾伯坚》末尾注"见《青楼集》",其中"与之甚昵,后除西台御史",与《古今说海》说纂部《青楼集》本相同,《艳异编》卷三三《青楼集》作"与之昵,其后除西台御史",则此篇直接选自《古今说海》本《青楼集》。卷一九《辽阳海神》的"须臾邻舍鸡鸣""有苏人贩布三万余者,已售什八矣",同《古今说海》说渊部《辽阳海神传》,《艳异编》卷四《辽阳海神传》作"忽邻舍鸡鸣""有苏人贩布三万余匹,已售什八矣"。

《情史》有 3 篇直接选自明田汝成《西湖游览志余》。卷二《赵院判》的"久之,不敏日益贫",同《西湖游览志余》卷一六所载,《艳异编》卷三五《苏小娟》作"不敏日益贫"。卷五《谢希孟》中的"忽起归兴""付与他人呵",与《西湖游览志余》卷一六所载相同,《艳异编》卷三五《谢希孟》作"忽发归兴""再傍他人呵"。卷九情幻类《司马才仲》云"司马才仲名槱""檀板轻敲",与《西湖游览志余》卷一六"司马槱才仲"相近,《说郛》卷四二《春渚纪闻》与《艳异编》卷二七《司马才仲》没交代其名"槱",后句单行本《春渚纪闻》卷七作"檀板轻笼"②,

---

① 　[明] 冯梦龙评纂,庄葳、郭群一校点《太平广记钞》卷五一,郑州:中州书画社,1983 年,第 1278 页。

② 　[宋] 何薳《春渚纪闻》卷七,国家图书馆藏明钞本,善本书号:07545。

故此篇直接选自《西湖游览志余》。

　　《情史》有 3 篇作品直接选自《顾氏文房小说》。卷四《杨素》中的"大高其价，人皆笑之"，与《顾氏文房小说》本唐孟棨《本事诗》所载相同，《艳异编》卷二八《乐昌公主》作"大高其价，皆笑之"。卷四《许俊》的内容与《顾氏文房小说》本唐孟棨《本事诗》相同，与《广记》卷四八五、《太平广记钞》卷八〇与《艳异编》卷二八《柳氏传》差异较大，如《许俊》与《本事诗》本的开头为"韩翊少负才名，天宝末举进士，孤贞静默，所与游皆当时名士。然而荜门圭窦，室唯四壁"，《广记》本、《艳异编》本等《柳氏传》的开头作"天宝中，昌黎韩翊有诗名，性颇落托，羁滞贫甚"，故《许俊》选自《本事诗》。卷二〇《昭君》"一道甚易，夜月始出，忽闻有异香气，因趋进行，不知近远"，同《顾氏文房小说》本《周秦行纪》与《虞初志》卷三《周秦行纪》所载，《广记》卷四八九《周秦行纪》作"行一道甚易，夜月始出，忽闻有异气如贵香，因趋进行，不知厌远"，《太平广记钞》卷五八《薄太后庙》作"夜月始出，忽闻有异香，因趋进行，不知厌远"[①]，《艳异编》卷二《周秦行纪》作"行一道甚易，夜月始出，忽闻有异气如爇香，因趋进行，不知厌远"；"应进士落第，往家，本往大安民舍"，同《顾氏文房小说》本所载，《虞初志》本作"应进士落第，本往大安民舍"，则《昭君》直接选自《顾氏文房小说》。

　　《情史》有 3 篇作品直接选自《虞初志》。卷一四《莺莺》的"常服悴容，不加新饰，垂鬟接黛，双脸断红而已"，同《虞初志》卷六《莺莺传》（题"唐元稹"撰）文字，《广记》卷四八八《莺莺传》作"常服睟容，不加新饰，垂鬟接黛，双脸断红而已"，《太平广记钞》卷八〇《莺莺传》作"常服悴容，不加新饰，垂鬟接黛，双脸销红而已"[②]，《艳异编》卷二〇《莺莺传》作"常服悴容，不加新饰，垂鬟黛接，双脸断红

　　① ［明］冯梦龙评纂，庄葳、郭群一校点《太平广记钞》卷五八，郑州：中州书画社，1983 年，第 1496~1497 页。

　　② ［明］冯梦龙评纂，庄葳、郭群一校点《太平广记钞》卷八〇，郑州：中州书画社，1983 年，第 2146 页。

而已"，则此篇当选自《虞初志》。卷一六《李益》的"大历中，陇西李
生名益，年二十，以进士擢第"，同《广记》卷四八七、《虞初志》卷五
与《艳异编》卷三四《霍小玉传》载，《太平广记钞》卷八〇《霍小玉
传》作"大历中，陇西李益，年二十登第"①；"甫上东闲宅是也""但至
曲头觅桂子，即得矣"，同《虞初志》本，第一句《广记》作"甫上车门
宅是也"，第二句《艳异编》作"但至曲头觅佳子，即得矣"，则此篇当
选自《虞初志》。卷一九《清溪小姑》作"赵文韶，字子业"，《虞初志》
卷一《续齐谐记》没有交代赵文韶的字，《广记》卷二九五《赵文昭》云
"赵文昭，字子业"；"与吏部尚书王叔卿家隔一巷，相去二百步许"，《续
齐谐记》云"与尚书王叔卿家隔一巷，相去二百步许"，《广记》曰"与
吏部尚书王叔卿隔墙南北"，显然《清溪小姑》是由《续齐谐记》本与
《广记》本组合而成的。《清溪小姑》篇末注"见《（续）齐谐记》及
《穷怪录》等书"，正与《虞初志》卷一《续齐谐记》与《广记》本注
"出《八朝穷怪录》"相合。

　　《情史》尚有 14 篇选自其他书。卷六情爱类《丽娟》文字与《洞冥
记》卷四、《艳异编》卷九《丽娟》同，由于《情史》注"出《洞冥
记》"，则此条不选自《艳异编》。卷二一情妖类《鳖精》的"及怀缣帛之
属""请假僧寺一巨镬"，同《分类夷坚志》壬集卷四《懒堂女子》所载，
《艳异编》卷三九《舒信道》分别作"及怀缣素之属""请假僧寺巨镬"，
则此篇直接选自《分类夷坚志》。卷一九《玄天女》的"一名旋娟""或
行无迹影""乃召二人，徘徊翔舞"，同《艳异编》卷八《燕昭王》与王
嘉《拾遗记》卷四载，《广记》卷五六与《太平广记钞》卷八《玄天二
女》作"一名旋波""或行无影迹""乃召二人来侧，时香风欻起，徘徊
翔舞"②，由于篇末注"出《王子年拾遗记》"，则此篇直接选自单行本

---

　　① ［明］冯梦龙评纂，庄葳、郭群一校点《太平广记钞》卷八〇，郑州：中州书画
社，1983 年，第 2153 页。

　　② ［明］冯梦龙评纂，庄葳、郭群一校点《太平广记钞》卷八，郑州：中州书画社，
1983 年，第 215 页。

《拾遗记》。卷一二情媒类《氤氲大使》的"起甚留意"，同单行本《清异录》卷一载，《艳异编》卷三二《氤氲大使》作"起甚留情"，国家图书馆藏明钞本与钮氏世学楼钞本《说郛》卷六一宋陶谷《清异录》作"起甚留宠"，则此篇直接选自单行本《清异录》，亦与篇末注"出《清异录》"吻合。卷四《宁王宪》的"坐客无敢继者，王乃归饼师，以终其老"，与《唐诗纪事》卷一六、《津逮秘书》本《全唐诗话》卷一《王维》所载相同，《顾氏文房小说》本《本事诗》与《艳异编》卷一九《宁王》无此句，则此篇当选自《唐诗纪事》或《全唐诗话》。卷一八《王铁》的"除司谏韩璜为广东提刑，令往廉按。宪治在韶阳，韩才建台，即行部诣番禺。王忧甚，寝食几废"，同单行本宋罗大经《鹤林玉露》乙编卷六《韩璜廉按》载，明田汝成《西湖游览志余》卷一六与《艳异编》卷三五《王铁》作"除司谏韩璜提刑广东，令往廉按。铁忧甚，废寝食"①，则此篇直接选自单行本《鹤林玉露》。卷四《严蕊》内容与《艳异编》卷三五《吴淑姬严蕊》差异较大，经比对，实选自宋周密《齐东野语》卷二〇。卷五情豪类《张宪》的文字，与《艳异编》卷三二《凤窠群女》、明刊《云仙杂记》卷一《凤窠群女》相同，鉴于《情史》卷五尚选录了《云仙杂记》中的《金牌盈座》《封涉》等不见于《艳异编》的篇目，则《张宪》当直接选自《云仙杂记》。

卷一六《王魁》的诗歌"人来报喜敲门急，贱妾初闻喜可知。天马果然先骤跃，神龙不肯后蛟螭。海中空却云鳌窟，月里都无丹桂枝。汉殿独成司马赋，留庭惟许宋君诗"，同《稗家粹编》卷三《王魁负约》与《青泥莲花记》卷五《桂英》载，《类说》卷三四《撼遗》、十二卷本《剪灯丛话》卷二、《绿窗女史》卷五《王魁传》与《艳异编》卷三五《王魁》均无；"王魁下第失意，入山东莱州，友人招游北市""由是魁朝去暮来"，同《青泥莲花记》所载，《稗家粹编》作"昔王魁者黄榜下第失意，

① ［明］田汝成《西湖游览志余》卷一六，国家图书馆藏严宽明嘉靖二十六年（1547）刊《西湖游览志》本。

有友人招游北市""由是魁朝去暮归",则此篇当直接选自《青泥莲花记》,但"有敽氏妇"为《情史》独有,当别有来历。卷二〇《某枢密使女》的"真神仙中人也""千金之躯一旦丧于今夕""碧梧垂影路西东",同《志怪录》卷二《法僧遭祟》载,第一句《西樵野纪》卷三《法僧遭祟》作"神仙中人也"①,后两句《艳异编》卷四五《法僧遭祟》作"故千金之躯一旦丧于今日""碧桐垂影路西东",则此篇直接选自《志怪录》,亦与《某枢密使女》篇末注"见《志怪录》"吻合。卷四《红拂妓》仅节述《艳异编》卷二八义侠部《虬髯客传》的极少内容,经比对此篇直接选自《智囊》卷二六《红拂》,如开头云"杨素守西京日,李靖以布衣献策。素踞床而见,靖长揖曰:天下方乱,英雄竞起",与《智囊》本所载相同,《艳异编》本作"隋炀帝之幸江都,命司空杨素守西京。素骄贵,又以时乱,天下之权重望崇者,莫我若也。奢贵自奉,礼异人臣,每公卿入言,宾客上谒,未尝不踞床而见,令美人捧出,侍婢罗列,颇僭于上,末年愈甚,无复知所负荷有扶危持颠之心。一日,卫公李靖以布衣上谒,献奇策。素亦踞见,公前揖曰:天下方乱,英雄竞起"。卷一《关盼盼》的叙事结构及内容,与《一见赏心编》卷一一《盼盼妓》几乎相同,篇末增加了苏轼夜梦盼盼后作的"天涯倦客"词,整体与《艳异编》卷三二《张建封伎》内容差异较大,则此篇当选自《一见赏心编》。

卷四情侠类《卓文君》由选自《史记》卷一一七《司马相如列传》、《西京杂记》卷二与《西汉文纪》卷二二《司马长卿谏》的三部分文字组成,内容与《艳异编》卷二〇《卓文君》差异较大。卷一三情憾类《昭君》谓王昭君"齐国王穰女,年十七,仪容绝丽,以节闻。国中长者求之,王皆不许,乃献元帝",出《初潭集》卷四引《琴操》,又有《上元帝书》("臣妾幸得备禁脔")与《怨歌》("秋木萋萋"),与《艳异编》卷九《王昭君》两则差异较大,不选自《艳异编》。

① 　[明]侯甸《西樵野纪》卷三,国家图书馆藏明钞本;《续修四库全书》第1266册,上海:上海古籍出版社,2002年,第697页。

《情史》的分类与《艳异编》的分部有一定的联系，如情侠类与义侠部、情幻类与梦游部、情秽类与宫掖部、情外类与宫掖部、情鬼类与鬼部、情妖类与妖怪部，就存在明显的因袭关系。《情史》卷一七情秽类、卷二〇情鬼类、卷二二情外类等，较为集中地选录了《艳异编》中的作品。《情史》在选录《艳异编》作品时，常常把原篇名改为以人物命名，如卷九《王生》《张倩娘》《吴兴娘》分别改自《艳异编》卷二七《渭塘奇遇》、卷二四《离魂记》与卷四四《金凤钗记》。而《艳异编》中以人物命名的作品，《情史》则较少改动其篇名，如卷二二情外类的《丁期》等19篇作品均与《艳异编》一致。

詹詹外史《情史叙》云："《六经》皆以情教也。……是编也，始乎贞，令人慕义；继乎缘，令人知命。私爱以畅其悦，仇憾以伸其气，豪侠以大其胸，灵感以神其事，痴幻以开其悟，秽累以窒其淫，通化以达其类，若非以诬圣贤，而疑亦不敢以诬鬼神。辟诸《诗》云兴观群怨多识，种种具足，或亦有情者之朗鉴，而无情者之磁石乎？"这里的"情"主要是指男女之情，真正的爱情惊天地泣鬼神，可以荡人心胸，净化灵魂，而违背爱情本质的纵欲滥淫则给人以警戒，从正反两方面阐述了情的神圣，并提出"《六经》皆以情教"为自己张目，继承、升华了《艳异编》重"艳异"的编选主旨，标志着我国的小说学思想达到一个新高度。

第五节 《广艳异编》的编刊

《广艳异编》现存明刊本，三十五卷，藏日本内阁文库（有若干缺页），上海图书馆残存一至二十二卷。编者吴大震，生卒年、事迹不详，歙州歙县（今属安徽省）人。字东宇，号长孺，别署市隐生、印月轩主人。据《道光歙县志》载，吴氏以其子吴子俊被赠封知县。他曾作传奇《练囊记》和《龙剑记》二种，俱佚。为了考察《广艳异编》的成书时间，我们有必要先纠正目前几部小说书目对此书的著录错误。《中国古代小说百科全书》称"未见著录，今存明刊本，实为《艳异编》的续编"①。
《中国文言小说总目提要》《中国古代小说总目》也断言"未见著录"②。
事实上，经查考，我们发现明代有私家书目著录此书。《徐氏家藏书目》
（《红雨楼书目》）卷四小说类著录："《广艳异编》三十五卷吴大震。"③
《澹生堂藏书目》卷七子类"小说家记异"类著录："《广艳异编》八册三
十五卷"④，未著编者。至于此书的成书时间，《古本小说集成》所收《广
艳异编》"前言"说："《龙剑记》成书于万历三十三年（1605），《广艳异
编》不著年月，估计也当成书于万历间。"⑤ 但以《龙剑记》的成书来推
断《广艳异编》的成书，逻辑上欠妥当，且时间似过于宽泛。

　　最近，笔者在查阅徐𤊻（1570—1646）《榕阴新检》时，发现卷一五
幽期部所收小说《金凤外传》篇后有一段跋语，对解决这一问题极有帮
助，现抄录如下：

　　　　予居高盖山中，有农家掘地遇土穴，得银钱数枚，色黑如漆，石
　　砚一，铜炉铜刀各一，有篆文"乾德五年造"。又石匣一，启视有抄
　　书一帙，为《陈后金凤外传》，不著姓名，楮墨漫灭，而字迹犹可句
　　读。农家弗能省，予闻亟往索归，参诸史乘诸书，始末多不异，因与
　　友人徐𤊻订正之。夫《飞燕别传》出诸坏墙，《南部烟花》检之废阁，
　　前代藏秘，后人搜传，均有意焉。况诸王纵恣召乱，竟亡其国，尤后

　　① 刘世德主编《中国古代小说百科全书》（修订本），北京：中国大百科全书出版
社，1998年第2版，第135页。
　　② 宁稼雨《中国文言小说总目提要》，济南；齐鲁书社，1996年，第239页；石昌
渝主编《中国古代小说总目·文言卷》，太原：山西教育出版社，2004年，第114页。
　　③ ［明］徐𤊻《徐氏家藏书目》卷四，《明代书目题跋丛刊》（下），北京：书目文
献出版社，1994年，第1726页。
　　④ ［明］祁承㸁《澹生堂藏书目》卷七，《明代书目题跋丛刊》（上），北京：书目
文献出版社，1994年，第997页。
　　⑤ 刘玉才《广艳异编·前言》，《古本小说集成》第一辑《广艳异编》第1册，上
海：上海古籍出版社，1990年，第1页。

世之明戒也。是宜传之，以存野史之一。万历甲辰夏五闽邑王宇识。①

徐𤊻《陈后金凤外传跋》亦云："王永启既得《陈后传》于农家，予借录一本，反覆考核，其姓名、事迹、岁月、地里与史乘符合者勿论，中有少异者。"② 从上文可以看出：一、《金凤外传》原名《陈后金凤外传》，《榕阴新检》和《广艳异编》收录时省略了"陈后"两字；二、所谓"订正""宜传之"，意味着此书经王宇、徐𤊻抄写整理后始流传。这从《广艳异编》卷七宫掖部收录的《金凤外传》与《榕阴新检》本《金凤外传》正文完全相同也可以得到证明。据周亮工《闽小纪》卷二载："予在闽，徐存永为余言：'《陈金凤外传》是其伯孝廉幔亭氏所为。'"③ 徐存永（1614—1662）是徐𤊻之子，说此书是其伯父徐熥（1561—1599，号幔亭）所著非常可信。可知王宇、徐𤊻所言全是托辞。只是在选录时，编者吴大震故意删去了后面的识语，则选录《金凤外传》的《广艳异编》，成书时间不会早于"万历甲辰（1604）夏"。又，著录《广艳异编》的《徐氏家藏书目》书前题辞署"万历丁未（1607）"，则《广艳异编》的成书时间当不会晚于"万历丁未（1607）"。综上，《广艳异编》当成书于公元1604—1607 年之间。④

《广艳异编》卷首书"东宇山人吴大震书于印月轩"，《广艳异编序》云："写其柔态，裹玉洞之桃花；志彼幽情，寄金沟之柳叶。……探幽索隐，掀龙藏于扬眉；揉粉团脂，狎蛾眉于抵掌。……倘谓微言可以解纷，何惭庄论。"阐述了其广收古今艳情怪异之事的编选宗旨和解忧娱乐的小

① ［明］徐𤊻《榕阴新检》卷一五，《四库全书存目丛书》史部第 111 册，济南：齐鲁书社，1996 年，第 252 页。

② ［明］徐𤊻《红雨楼题跋》卷上，国家图书馆藏清嘉庆三年（1798）刊本，善本书号：02361。

③ ［清］周亮工《闽小纪》卷二，福州：福建人民出版社，1985 年，第 34 页。

④ 任明华《〈广艳异编〉的成书时间及其与〈续艳异编〉的关系》，《上海师范大学学报》（哲学社会科学版），2006 年第 5 期。

说观念。次为《广艳异编凡例》，云：

> 艳异之作，仿于瑯琊。剔隐蒐玄，探微猎怪，几令齐谐无所置喙，夏革无所藏奇，可谓珠缀群琲、玉登众珏者矣。说者谓是胜国名儒，夙存副墨，弇山第以枕中之秘为架上之书耳。然千秋漆吏，孰会其神？直求义足解颐，何必属郭属向？况床头捉刀，亦自有曹公本色。乌黑鹄白，岂足问乎？是编覆以新裁，准其故例，微函殊旨，特著其凡。

表明其书编选直接受到了《艳异编》的影响而又有所创新，并阐述了编者采录的标准和范围。再次为《广艳异编总目》，共分神部、仙部、鸿象部、宫掖部、幽期部、情感部、伎女部、梦游部、义侠部、幻术部、俶诡部、徂异部、定数部、冥迹部、冤报部、珍奇部、器具部、草木部、鳞介部、禽部、昆虫部、兽部、妖怪部、鬼部和夜叉部，凡 25 部，其中 11 部与《艳异编》相同。与王世贞《艳异编》相比，少星部、水神部、龙神部、戚里部、冥感部、男宠部 6 部，增加了鸿象、情感、俶诡、定数、冥迹、冤报、珍奇、器具、草木、鳞介、禽、昆虫、兽和夜叉部，共 14 部。这些类目的设置，显示出《广艳异编》选录题材之庞杂，以及编者对神异怪奇题材的浓厚兴趣和尚奇好怪的小说观念。每卷卷首均题"印月轩主人汇次"，所选篇目大多为唐宋元明著名的志怪和叙事宛转、情节曲折的传奇小说，虽不注作者和出处，但多可考知。下面我们不一一考证，仅对一些容易产生误解的作品出处略作申述。

卷二《震泽龙女》的"有渔人茅公驼偶堕洞中""昼夜明彻，守门小蛟龙"，同《古今说海》说渊部《震泽龙女传》所载，谈恺本《广记》卷四一八《震泽洞》作"有长城，乃仰公驰误堕洞中""昼夜光明，遇守门小蛟龙"。卷三《玉壶记》"闻南岳回雁使者""即得玉环""当有凭而应之"，同《古今说海》说渊部《玉壶记》载，《广记》卷二五《元柳二公》作"闻南岳回雁峰使者""倘得玉环""当有鸳鸯应之，事无不从矣"；

《李清传》的"素为青州之豪氓""每遗吾生日衣装服玩，其侈亦至矣"，同《古今说海》说渊部《李清传》载，谈恺本《广记》卷三六《李清》作"素为州里之豪氓""每馈吾生日衣装玩具，侈亦至矣"。卷九《齐推女传》开头"饶州刺史齐推女，适湖州参军韦会。长庆三年，韦将赴调。以妻方娠，送归鄱阳，遂登上国。十一月，妻方诞之夕，忽见一人长丈余，金甲仗钺"，同《古今说海》说渊部《齐推女传》所载，谈恺本《广记》卷三五八《齐推女》开头作"元和中，饶州刺史齐推女，适陇西李某。李举进士，妻方娠，留至州宅。至临月，迁至后东阁中。其夕，女梦丈夫，衣冠甚伟"，单行本《玄怪录》卷九《齐饶州》作"饶州刺史齐推女，适湖州参军韦会。长庆三年，韦以妻方娠，将赴调也，送归鄱阳，遂登上国。十一月，妻方诞之夕，齐氏忽见一人长丈余，金甲仗钺"①。卷一〇《唐晅手记》"隐居滑州渭南县""乃娶而留之""幽室悲长簟""不共一时开"，同《古今说海》说渊部《唐晅手记》载，《广记》卷三三二《唐晅》作"隐居滑州渭南""乃娶焉而留之""寝室悲长簟""不共夜泉开"。卷一五《板桥店记》的"向壁下取烛""并一木牛木偶人""供待甚厚""方食次""宛若旧身"，同《古今说海》说渊部《板桥记》载，谈恺本《广记》卷二八六《板桥三娘子》作"向覆器下取烛""并一木牛一木偶人""供待愈厚""方饮次""宛复旧身"。卷一六《大业开河记》的"时游木兰庭""朕昔征陈主时游此，岂期""与大臣言，欲至广陵，且夕游赏。时有谏议大夫"，同《古今说海》说纂部与《历代小史》本《炀帝开河记》载，明钮氏世学楼钞本《说郛》卷四四《炀帝开河记》作"时游木兰殿""朕为陈王时，守镇广陵，且夕游赏，当此之时，以云烟为美景，视荣贵若深冤，岂期""与大臣议，欲泛巨舟，自洛入河，自河达海入淮，方至广陵，群臣皆言以此程途，不啻万里，又孟津水紧，沧海波深，若泛巨舟，事有不测。时有谏议大夫"。卷一七《汪玉

---

① ［唐］牛僧孺撰，程毅中点校《玄怪录》卷九，北京：中华书局，2006 年第 2 版，第 85 页。

山》的"玉山既知贡举""果有冒子用三古字""窃怪之，数日"，同《古今说海》说纂部《养疴漫笔》载（注出《鹤林玉露》），单行本《鹤林玉露》丙编卷二《玉山知举》作"玉山既知举""果有冒子内用三古字""私窃怪之，数日"①。卷一七《西蜀举人》"将迫岁，始离乡里""二子交相怒曰"，同《古今说海》说纂部《蓼花洲闲录》载，明钮氏世学楼钞本《说郛》卷三〇《隽永录》作"迫岁，始发乡里""二子疑曰"，百卷本《说郛》卷三〇《隽永录》作"已迫岁，始发乡里""二子交相疑曰"。卷一九《桶张氏》的"富人视行钱如部曲也""妇女出劝""乃敢就位"，同《古今说海》说略部《清尊录》载，明钮氏世学楼钞本《说郛》卷一一《清尊录》作"富人视行钱部曲也""妇人出劝""乃敢就宾位"。

卷二〇《波斯人》的"昔波斯人""墓邻讳不与""锯开观之""朝夕玩望，吐吞清气"，同《古今说海》说纂部《损斋备忘录》载，《宋濂文集》作"昔波斯人""墓邻讳不与""锯开观之""朝夕吐吞清气"②，《榕阴新检》卷九《古墓宝气》作"昔有波斯人""墓邻不与""锯开视之""朝夕吐吞清气"③；《陆颙传》"嗜面为食，食愈多而质愈瘦""欲以文化动四夷""无有它渎，幸勿疑也"，同《古今说海》说渊部《陆颙传》载，谈恺本《广记》卷四七六《陆颙》作"嗜面为食，愈多而质愈瘦""欲以文物化动四夷""违有他载，幸勿疑我也"。卷二五《蚍蜉王传》的"素有凶怪，玄之利其花木珍异""奔走探侦者"，同《古今说海》说渊部《蚍蜉传》载，《广记》卷四七八《徐玄之》作"素有凶藉，玄之利以花木珍异""奔走探值者"。卷二六《山庄夜怪录》"闻君吟讽""某山居甚僻""愿闻处士之业如何"，同《古今说海》说渊部《山庄夜怪录》载，谈恺本《广记》卷四三四《宁茵》作"闻君吟咏""某山林甚僻""遂延

---

① ［宋］罗大经撰，王瑞来点校《鹤林玉露》丙编卷二，北京：中华书局，1983年，第268页。

② ［明］宋濂《宋濂文集》，杭州：浙江古籍出版社，1999年，第2153页。

③ ［明］徐𤊺《榕阴新检》卷九，《四库全书存目丛书》史部第111册，济南：齐鲁书社，1996年，第219~220页。

入语曰：然处士之业何如，愿闻其说"。卷二七《巴西侯传》的"既坐，饮酒命乐""吾今尚未夜食，君能为吾致一饱邪"，同《古今说海》说渊部《巴西侯传》载，《广记》卷四四五《张铤》作"既坐，行酒命乐""吾今夜尚食，君能为我致一饱耶"。上述 15 篇作品直接选自《古今说海》。

卷二《金山妇人》的"大风作于金山寺下""置我土室中，以我为妻""问其安得此物"，同宋叶祖荣《分类夷坚志》壬集卷三《金山妇人》载，《夷坚支庚》卷九《金山妇人》作"大风作于金山寺""置我土室中""问其所从来"①；《唐四娘侍女》的"右从政郎杨仲方，习行天心法，视人颜色""因此行市里""问之曰"与《分类夷坚志》壬集卷四《唐四娘侍女》所载几乎完全相同，《夷坚支甲》卷五《唐四娘侍女》作"右从政郎杨仲弓，习行天心法，视人颜色""因出行市里""呼问之曰"②；《苦竹郎君》的"瞻玩不能已""楚痛不可堪忍"，同《分类夷坚志》丁集卷三《苦竹郎君》载，明钞本作"瞻视不能已""楚痛不堪忍"③；《李女》的"高帽玉带""容状怪丑""行至通衢"，同《分类夷坚志》庚集卷一《嵊县神》载，明钞本作"修帽玉带""状极怪丑""徐徐行至通衢"④；《雍氏女》的"以上巳日游真武庙""循东廊观画壁""亟趋西廊"，同《分类夷坚志》庚集卷一《雍氏女》载，明钞本作"以上巳日游真武祠""循东廊观壁画""舍而趋西廊"⑤。卷三《玉华侍郎传》的"茬苒飞腾""执玉

① ［宋］洪迈撰，何卓点校《夷坚志》之《夷坚支庚》卷九，北京：中华书局，2006 年第 2 版，第 1209～1210 页。

② ［宋］洪迈撰，何卓点校《夷坚志》之《夷坚支甲》卷九，北京：中华书局，2006 年第 2 版，第 745 页。

③ ［宋］洪迈撰，何卓点校《夷坚志》之《夷坚志补》卷九，北京：中华书局，2006 年第 2 版，第 1627 页。

④ ［宋］洪迈撰，何卓点校《夷坚志》之《夷坚志补》卷一五，北京：中华书局，2006 年第 2 版，第 1689 页。

⑤ ［宋］洪迈撰，何卓点校《夷坚志》之《夷坚志补》卷一五，北京：中华书局，2006 年第 2 版，第 1690 页。

圭"，同《分类夷坚志》戊集卷四《玉华侍郎》载，《夷坚乙志》卷一一《玉华侍郎》作"掩苒飞腾""执玉简"①。卷九《胡氏子》的"舒州胡永孚言其叔父""未嫁而死，葬于此，今其父去官于某处矣""问容貌何如"，同《分类夷坚志》戊集卷四《胡氏子》载，《夷坚乙志》卷九《胡氏子》作"舒州胡永孚说：其叔父""未适人而死，葬此下，今去而官于某矣""问容貌何似"②；《周瑞娘》的"盍明以告我""千一娘之死""及媒人求议"，同《分类夷坚志》戊集卷四《周瑞娘》载，《夷坚志补》卷一〇作"当（明钞本作"曷"）明以告我""十一娘之死""及媒人来议"③。卷一三《解洵》的"靖康建炎之际""帅荆南""即出异之""妇曰""便尔忘恩，大丈夫如此"，同《分类夷坚志》己集卷四《解洵娶妇》载，明钞本作"靖康建炎之际""帅荆南""即出界之""妇甚喜曰""便尔忘恩背德，大丈夫如此"④，《剑侠传》卷四《解洵娶妇》作"建炎靖康之际""帅湖南""即界之""妇曰""便尔忘恩"；《郭伦》的"若辈那得无礼""追步拜谢""不胜感戴之私，念有以报德"，同《分类夷坚志》己集卷四《郭伦观灯》载，《剑侠传》卷四《郭伦观灯》作"若辈那得无礼""追捕拜谢""念无以报德"，《夷坚志补》卷一四《郭伦观灯》作"汝辈那得尔""追步拜谢""不胜感戴之私，念有以报德"⑤。卷一四《杨抽马》的"游甚狎，尝欲贷钱二十千，富子靳弗许，夜偶于外室""幸见容一宿""虑人知觉"，同《分类夷坚志》辛集卷三《杨抽马》载，《夷坚

---

① ［宋］洪迈撰，何卓点校《夷坚志》之《夷坚乙志》卷一一，北京：中华书局，2006 年第 2 版，第 272 页。

② ［宋］洪迈撰，何卓点校《夷坚志》之《夷坚乙志》卷九，北京：中华书局，2006 年第 2 版，第 255 页。

③ ［宋］洪迈撰，何卓点校《夷坚志》之《夷坚志补》卷一〇，北京：中华书局，2006 年第 2 版，第 1642 页。

④ ［宋］洪迈撰，何卓点校《夷坚志》之《夷坚志补》卷一四，北京：中华书局，2006 年第 2 版，第 1675~1676 页。

⑤ ［宋］洪迈撰，何卓点校《夷坚志》之《夷坚志补》卷一四，北京：中华书局，2006 年第 2 版，第 1676 页。

丙志》卷三《杨抽马》作"游甚昵，尝贷钱二十千，富子靳不与，夜处外室""幸见容""虑父母觉"①；《东流道人》的"傲睨其旁，既而曰""同戏可乎""忘带钱来"，同《分类夷坚志》辛集卷三《东流道人》载，《夷坚支癸》卷九作"傲睨其旁，曰""同戏得乎""忘记带钱来"②；《鼎州汲妇》的"有数客同坐寺门""不知彼妇尤善幻也""汝术未精"，同《分类夷坚志》辛集卷四《鼎州汲妇》载，《夷坚丁志》卷八作"数客同坐寺门""不知彼妇盖自能幻也""汝术未尽善"③；《猪嘴道人》《梁仆毛公》《潘成》的文字亦同《分类夷坚志》辛集卷三、卷四所载。

卷一五《吴约》的"善讴且慧黠""以妻子易贿邪""再往连州"，同《分类夷坚志》丁集卷二《吴约知县》载，明钞本作"卫善讴且慧黠""顾以妻子易贿邪""再任连州"④，且《广艳异编》本删除《分类夷坚志》本开头的"士大夫旅游都城，为女色所惑，率堕奸恶计中"；《杨戬馆客》的"一日招与共饮""待贪恋余生"，同《分类夷坚志》丁集卷三《杨戬馆客》载，《夷坚乙志》卷五作"一日招与共食""特贪恋余生"⑤；《王朝议》的"家资绝丰""沈神志摇荡"，同《分类夷坚志》丁集卷二《王朝议》载，明钞本作"家资甚丰""沈神魂摇荡"⑥；《临安武将》的"执剑率驴冲其后""负系箱箧"，同《分类夷坚志》丁集卷二《临安武

---

① ［宋］洪迈撰，何卓点校《夷坚志》之《夷坚丙志》卷三，北京：中华书局，2006年第2版，第388页。

② ［宋］洪迈撰，何卓点校《夷坚志》之《夷坚支癸》卷九，北京：中华书局，2006年第2版，第1292页。

③ ［宋］洪迈撰，何卓点校《夷坚志》之《夷坚丁志》卷八，北京：中华书局，2006年第2版，第607页。

④ ［宋］洪迈撰，何卓点校《夷坚志》之《夷坚志补》卷八，北京：中华书局，2006年第2版，第1616~1617页。

⑤ ［宋］洪迈撰，何卓点校《夷坚志》之《夷坚乙志》卷五，北京：中华书局，2006年第2版，第831页。

⑥ ［宋］洪迈撰，何卓点校《夷坚志》之《夷坚志补》卷八，北京：中华书局，2006年第2版，第1622页。

将》载，明钞本作"执剑牵驴冲其后""负挈箱箧"①；《真珠姬》的文字亦与《分类夷坚志》丁集卷二《真珠族姬》相同。

卷一六《海王三》的"山阳海王三者，父转贾泉南""故亦可度""扑地气几绝"，同《分类夷坚志》壬集卷一《海王三》载，《夷坚支甲》卷一〇作"甲志载泉州海客遇岛上妇人事，今山阳海王三者亦似之。王之父贾泉南""故可度""扑地几绝"②；《海贾》的"起四顾变色""诵观音，投经文""高百尺"，同《分类夷坚志》壬集卷一《海外怪洋》载，明钞本作"起望四顾变色""诵观音救苦经文""高可百丈"③。卷一七《吴四娘》的"无路可入""追随如初"，同《分类夷坚志》戊集卷二《崇仁吴四娘》载，明钞本作"讵容辄入""复追随如初"④；《阐喜》的"柳阴尤茂""若闻木杪呼小儿，继有应者""具以语之"，同《分类夷坚志》戊集卷三《米张家》载，《夷坚乙志》卷一一《米张家》作"柳阴尤密""闻木杪呼小鬼，继有应之者""具以事语之"⑤。

卷一八《魏叔介》的"亡母自白幡下""家婢小仆""殿上人青服"，同《分类夷坚志》癸集卷一《黄法师醮》载，《夷坚丙志》卷一〇《黄法师醮》作"云母自白幡下""家婢小奴""殿上人服青服"⑥；《卫仲达》的"中置红墨牌二""两首皆有秤""望玉盘中文字"，同《分类夷坚志》癸集卷五《卫达可再生》载，宋张镃《皇朝仕学规范》卷三一"阴德"

---

① ［宋］洪迈撰，何卓点校《夷坚志》之《夷坚志补》卷一〇，北京：中华书局，2006 年第 2 版，第 1619 页。

② ［宋］洪迈撰，何卓点校《夷坚志》之《夷坚支甲》卷一〇，北京：中华书局，2006 年第 2 版，第 787 页。

③ ［宋］洪迈撰，何卓点校《夷坚志》之《夷坚志补》卷二一，北京：中华书局，2006 年第 2 版，第 1744 页。

④ ［宋］洪迈撰，何卓点校《夷坚志》之《夷坚志补》卷一〇，北京：中华书局，2006 年第 2 版，第 1637 页。

⑤ ［宋］洪迈撰，何卓点校《夷坚志》之《夷坚乙志》卷一一，北京：中华书局，2006 年第 2 版，第 275 页。

⑥ ［宋］洪迈撰，何卓点校《夷坚志》之《夷坚丙志》卷一〇，北京：中华书局，2006 年第 2 版，第 448~449 页。

类作"中置红黑牌二""两皆有桦""望玉盘中文书"①，《夷坚甲志》卷一六《卫达可再生》作"中置红黑牌二""两首皆有盘""望玉盘中文书"②。

卷一九《刘正彦》的"赐宅在京师""每遇门开，必见紫衣金甲人""颇为人害"，同《分类夷坚志》甲集卷一《刘正彦》载，《夷坚乙志》卷九作"赐宅于京师""每角门开，必见紫衣金章人""出没为人害"③；《张客》的"自述其所从来曰""我邻家女也""此地昔有缢死妇人"，同《分类夷坚志》庚集卷四《张客奇遇》载，《夷坚丁志》卷一五《张客奇遇》作"自述所从来曰""我邻家子也""此地昔有缢死者"④。卷二四《蛇妖》的"妇尽力不得脱""年少白质"，同《分类夷坚志》壬集卷四《蛇妖》载，《夷坚丁志》卷二○《蛇妖》作"妇宛转不得脱""年少白皙"⑤。

卷二六《张四妻》的"张受佣出千里外""视四旁无人，谲妻欲与奸"，同《分类夷坚志》壬集卷四《张四妻》载，《夷坚支乙》卷一《张四妻》作"张受佣出十里外""四方无人，语妻欲与奸"⑥。上述 31 篇直接选自《分类夷坚志》。

卷三《麒麟客传》的"不敢留，听之""为修身之助""取去竹杖""初腹痛""终不知其所在也"，同李复言《续玄怪录》卷一所载，谈恺本《广记》卷五三《麒麟客》作"不敢留，听之去""为营身之助""抽去竹

---

①　[宋] 张镃《皇朝仕学规范》卷三一，国家图书馆藏宋刊本。

②　[宋] 洪迈撰，何卓点校《夷坚志》之《夷坚甲志》卷一六，北京：中华书局，2006 年第 2 版，第 136 页。

③　[宋] 洪迈撰，何卓点校《夷坚志》之《夷坚乙志》卷九，北京：中华书局，2006 年第 2 版，第 260 页。

④　[宋] 洪迈撰，何卓点校《夷坚志》之《夷坚丁志》卷一五，北京：中华书局，2006 年第 2 版，第 666 页。

⑤　[宋] 洪迈撰，何卓点校《夷坚志》之《夷坚丁志》卷二○，北京：中华书局，2006 年第 2 版，第 702 页。

⑥　[宋] 洪迈撰，何卓点校《夷坚志》之《夷坚支乙》卷一，北京：中华书局，2006 年第 2 版，第 797 页。

杖""初腹痛时""后不知所在也"。此篇当选自《续玄怪录》。

卷三《游三蓬》的"游三蓬者,秦时闽清人也,少而孤,有田仅足糠核,久之不竟耕,与弟乞奴渔钓溪上""三蓬兄弟为其老,长跪而和之",《榕阴新检》卷八《仙舟架壑》引明陈鸣鹤《晋安逸志》作"游三蓬者,秦时人也,少而孤,与弟乞奴渔溪上""三蓬兄弟以其老,长揖而扣之"①;《张五郎》"道人任昉""此是神功莫浪猜",《榕阴新检》卷一三《飞来山》引《晋安逸志》作"道人任放""此是仙功莫浪猜"②;这就说明《榕阴新检》在选录《晋安逸志》时有删改,《广艳异编》的《游三蓬》《张五郎》应直接选自《晋安逸志》。卷一一《杨玉香》的"即千金不肯破颜""争似花前倚邵三""不敢花前拭泪痕""月方好处人相别""无意寻春恰遇春""枕边细说分移后",《榕阴新检》卷一五《玉香清妓》引《晋安逸志》没有"即千金不肯破颜",余者作"曾似花前倚邵三""不向花前拭泪痕""情方好处人相别""江上寻春恰遇春""含悲细说分携后"③;梅鼎祚《才鬼记》卷一三《杨玉香》有"即千金不肯破颜",余者作"曾似花前倚邵三""不敢花前拭泪痕""情方好处人相别""江上寻春恰遇春""含悲细说分携后"④;《亘史外纪》妓品卷一《杨玉香》有"即千金不肯破颜",无"情方好处人相别",余者作"争似花前倚邵三""不敢花前拭泪痕""江上寻春恰遇春""含悲细说分携后"⑤;则此篇可能直接选自已佚的《晋安逸志》。卷一三《申屠氏》的"虎而冠者也,闻希

---

① [明] 徐㶿《榕阴新检》卷八,《四库全书存目丛书》史部第 111 册,济南:齐鲁书社,1996 年,第 208 页。

② [明] 徐㶿《榕阴新检》卷一三,《四库全书存目丛书》史部第 111 册,济南:齐鲁书社,1996 年,第 241 页。

③ [明] 徐㶿《榕阴新检》卷一五,《四库全书存目丛书》史部第 111 册,济南:齐鲁书社,1996 年,第 255~256 页。

④ [明] 梅鼎祚辑《才鬼记》卷一三,国家图书馆藏明万历刻本,善本书号:CBM0152。

⑤ [明] 潘之恒《亘史钞》之《亘史外纪》妓品卷一,日本国立公文书馆内阁文库藏明刻本。

光美，心悦而好之，乃使人诬昌，阴重罪，罪至族"，《榕阴新检》卷三
《女侠报仇》（注出《晋安逸志》）作"闻希光美，心悦之，乃使人诬昌，
罪至族"①，则此篇亦当直接选自《晋安逸志》。

卷四《柳归舜传》的"隋开皇二十年，自江南抵巴陵，大风吹至君山
下""不觉行四五里"，同《广记》卷一八《柳归舜》载，《古今说海》说
渊部《柳归舜传》作"隋开皇九年，自巴陵泛舟，遇风吹至君山""不觉
行三四五里"，单行本《玄怪录》卷四作"隋开皇九年，泛舟抵巴陵，遇
风吹至君山""不觉行三四五里"②。卷五《李林甫外传》的"唐右丞相李
林甫""大起大狱""尚有升天之挈"，同谈恺本《广记》卷一九《李林
甫》载，《古今说海》说渊部《李林甫外传》作"唐右丞相李公林甫"
"乃起大狱""尚有升天之契"，《广艳异编》删除了中间"时李公之门，
将有趋谒者，必望之而步，不敢乘马""却思二十年之事，今已至矣，所
承教戒，曾不暂行。中心如疾，乃拜"等文字。卷七《汉武帝拾遗记》第
一事云"如昼焉""皆长三尺者"，同谈恺本《广记》卷二三六《汉武帝》
（注出《西京杂记》），单行本《西京杂记》卷二作"如昼日""皆长二尺
者"③；《汉宣帝》的"缄以戚里织成。一曰斜纹织成。宣帝崩，不知所
在"，同谈恺本《广记》卷二二九《汉宣帝》（注出《西京杂记》），单行
本《西京杂记》卷一作"缄以戚里织成锦，一曰斜文锦。帝崩，不知所
在"④。

卷一三《飞飞传》的"日将夕，僧指路岐曰""郎君能垂顾乎""日
已昏夜"，同谈恺本《广记》卷一九四《僧侠》（注出《酉阳杂俎》），
《剑侠传》卷一《僧侠》作"日将夕，僧指路谓曰""郎君能顾乎""时已

---

① ［明］徐𤊽《榕阴新检》卷三，《四库全书存目丛书》史部第 111 册，济南：齐鲁
书社，1996 年，第 190 页。

② ［唐］牛僧孺撰，程毅中点校《玄怪录》卷四，北京：中华书局，2006 年第 2 版，
第 32 页。

③ ［晋］葛洪《西京杂记》卷二，北京：中华书局，1985 年，第 10 页。

④ ［晋］葛洪《西京杂记》卷一，北京：中华书局，1985 年，第 4 页。

昏夜"，单行本《酉阳杂俎》前集卷九作"日将衔山，僧指路谓曰""郎君岂不能左顾乎""日已没"①；《箍桶老人》的"觉物纷纷坠其前。韦视之，乃木札也。须臾，积札埋至膝。韦惊惧，投弓矢，仰空中乞命"，同谈恺本《广记》卷一九五《京西店老人》，单行本《酉阳杂俎》前集卷九作"觉物纷纷坠其前。韦视之，乃木札也。须臾，积札埋至膝。韦惊惧，投弓矢，仰空乞命"②，《剑侠传》卷一《京西店老人》作"规乃投弓矢，仰空乞命"；《王小仆记》的"追琢奇巧""一枕诚不足惜"，同谈恺本《广记》卷一九六《田膨郎》载，《剑侠传》卷二《田膨郎》作"雕琢奇巧""一枕固不足惜"；《三鬟女子传》的"不但通财，他后亦有官禄""此非攘窃之盗也"，同谈恺本《广记》卷一九六《潘将军》载，《剑侠传》卷三《潘将军》作"不但聚财也，后亦有官禄""非此攘之盗也"；《贾人妻》的"日未尝阙""意态遑遑"，同谈恺本《广记》卷一九六《贾人妻》载，《剑侠传》卷三作"日未尝阙乏""意态彷徨"；《许寂》的"偕诣山居""而妇容色过之"，同谈恺本《广记》卷一九六《许寂》载，《剑侠传》卷三《许寂》作"同诣山居""而妇颜色过之"；《嘉兴绳技》的"必然，吾当为尔言之""诸戏既作""后乃抛高二十余丈"，同谈恺本《广记》卷一九三《嘉兴绳技》载，《剑侠传》卷一《嘉兴绳技》作"必不然，吾当为尔言之""既戏作""后乃抛绳虚空，余十丈"；《卢生》的"常居名山""意气相合，卢亦语及炉火"，同谈恺本《广记》卷一九五《卢生》载，《剑侠传》卷二作"居名山""气相合，卢亦善炉火"；《剑客》的"此官独坐厅上""某非贼，颇非常辈，公若脱我之罪，奉报有日"，同《广记》卷一九五《义侠》载，《剑侠传》卷四《义侠》作"尉独坐厅上""某非盗，公若脱，奉报有日"。

卷一六《刁俊朝》的"积五年""穴中吹白烟""遂四分披裂"，同

---

① ［唐］段成式撰，方南生点校《酉阳杂俎》前集卷九，北京：中华书局，1981 年，第 89 页。

② ［唐］段成式撰，方南生点校《酉阳杂俎》前集卷九，北京：中华书局，1981 年，第 88 页。

《广记》卷二二〇《刁俊朝》载，单行本《玄怪录》卷八作"积四五年""穴中吐白云""遂四分拆裂"①。卷一八《冥音录》的"抚之以道，近于成人""帝秘其调极切"，同谈恺本《广记》卷四八九《冥音录》载，《虞初志》卷七作"抚之，以道远，子成人""帝秘其词极切"。则上述15篇作品直接选自《广记》。

卷七《周成王》记五年、六年、七年三事，选自单行本王嘉《拾遗记》卷二，《广记》卷二二五《因祇国》（注出《拾遗记》）只记五年一事，文字亦小异；《周灵王》记灵王二十三年起昆昭台、浮提国献神通善书二人两事，同单行本王嘉《拾遗记》卷三《周灵王》所载，《广记》卷二二九《周灵王》只记第一事且十分简略；《汉昭帝》的"则叶低荫根茎""花叶难萎，芬馥之气"，同单行本《拾遗记》卷六《前汉下》所载，谈恺本《广记》卷二三六《淋池》（注出《拾遗录》）作"则叶低荫根""花叶杂萎，芬芳之气"。故这3篇直接选自单行本《拾遗记》。

卷一四《申毒国道人》的"沐胥之国""百四十岁""喜玄惑之术"，《广记》卷二八四《天毒国道人》作"沐骨之国""百四十岁""喜玄惑之术"，单行本《拾遗记》作"沐胥之国""百三十岁""善玄惑之术"，此篇当参照《广记》与《拾遗记》编选而成。

卷一〇《吴淑姬》最后一句"后嫁子冶，优于内治，里中称之。子冶仕至兰陵太守"，元伊世珍《琅嬛记》卷上无（篇末注出《诚斋杂记》），而元林坤《诚斋杂记》卷上却有此句。卷一六《大历士人》的"唐大历中""寂静璇闺度岁年""轻帐垂罗薄似烟""惟首策隶书""伪失其众"，《诚斋杂记》卷下作"唐大历中""寂静璇闺度岁华""轻帐垂罗薄似烟""惟首策隶书""伪失其众"②，元伊世珍《琅嬛记》卷上（注出《诚斋杂记》）作"大历中""寂静璇闺度岁年""轻帐低垂薄似烟""惟首隶书"

---

① ［唐］牛僧孺撰，程毅中点校《玄怪录》，北京：中华书局，2006年第2版，第77页。

② ［元］林坤《诚斋杂记》卷下，《津逮秘书》第九集，国家图书馆藏毛氏汲古阁明崇祯间刊本，善本书号：A02842。

"伪失厥众"①,《大历士人》与《诚斋杂记》本仅有一字之异,当直接选自《诚斋杂记》。

卷一一《书仙传》的"莫怪浓香薰腻骨",同明梅鼎祚《青泥莲花记》卷二《曹文姬》载,《广艳异编》本删除最后"长安小隐永元之善丹青,因图其状,使余作记。时庆历甲申上元日记"② 一句,《青琐高议》前集卷二《书仙传》作"莫怪浓香薰骨腻"③;《方响女》的"我岂是宫中人耶""无以寻求",同《青泥莲花记》卷二《方响女妓》载,明正统道藏本《疑仙传》卷中与明钞本《疑仙传》卷中作"我岂是宫人耶""无以求寻"④;《瑞卿》的"岂吏人之子乎""我何负而至此耶""家财约婚""独鲤朝天赋",同《青泥莲花记》卷三《瑞卿》载,明钞本宋陶岳《五代史补》卷三《欧阳彬入蜀》作"岂吏人之子""我何负而至此耶""家财约数婚""万里朝天赋"⑤,明汲古阁本宋陶岳《五代史补》卷三《欧阳彬入蜀》作"岂吏人之子""我贫而至此耶""家财约数婚""独鲤朝天赋"⑥;《冯蝶翠》的"贩药至扬州",同《青泥莲花记》卷三《冯蝶翠》载,明陆延枝《说听》卷三作"贩药至杨州"⑦;《王幼玉记》的"风云暗助秀""含花未吐""相饮于江上",同《青泥莲花记》卷五《王幼玉记》载,明万历间刊本《青琐高议》前集卷一〇作"风暗助秀""寒花未吐"

---

① 〔元〕伊世珍《琅嬛记》卷上,《津逮秘书》第九集,国家图书馆藏毛氏汲古阁明崇祯间刊本,善本书号:A02842。

② 〔明〕梅鼎祚纂辑,陆林校点《青泥莲花记》卷二,合肥:黄山书社,1998年,第54页。

③ 〔宋〕刘斧辑《青琐高议》前集卷二,国家图书馆藏明万历间刊本,善本书号:CBM1566。

④ (五代)隐夫玉简《疑仙传》卷中,国家图书馆藏明钞本,善本书号:06639。

⑤ 〔宋〕陶岳《五代史补》卷三,国家图书馆藏柳金明嘉靖十五年(1536)钞本,善本书号:03405。

⑥ 〔宋〕陶岳《五代史补》卷三,国家图书馆藏毛氏汲古阁明刊本,善本书号:08029。

⑦ 〔明〕陆延枝《说听》卷三,国家图书馆藏明万历十八年(1590)刊《烟霞小说》本,善本书号:07580。

"相与饮与江上"①，明钞本《青琐高议》前集卷一〇作"风烟暗助秀""寒花未吐""相与饮于江上"②；《长安李妹》的"能敬事主意""张顷于宴席见其人""将自刭"，同《青泥莲花记》卷五《长安李妹》载，《夷坚三志》已卷一《长安李妹》作"能祇事王意""张尝于宴席见其人""将自刎"③；《铁氏二女》的"同官以诗上达"，同《青泥莲花记》卷六《铁氏二女》（注出《震泽长语》）载，明田艺蘅《诗女史》卷一三《铁氏二女》作"问官以诗上达"④，明王鏊《震泽纪闻》卷上亦载此篇，但内容差别较大；《蜀客妓》的"翁客自蜀挟一妓归，蓄之别室"，同《青泥莲花记》卷一二《翁客妓》文字，宋周密《齐东野语》卷一一《蜀娟词》作"蜀娟类能文，盖薛涛之遗风也。放翁客自蜀挟一妓归，蓄之别室"⑤，明田艺蘅《诗女史》卷一一《翁客妓》作"翁客自蜀挟一妓归，居之别室"⑥；《哑倡志》的"既教于琵筝箜篌"，同《青泥莲花记》卷一三《哑倡志》载，杨维桢《铁崖文集》卷一《哑娟志》作"能教以琶筝箜篌"⑦。上述9篇作品直接选自《青泥莲花记》。

卷一二《瑶华洞天记》的开头"林鸿，福清人也，洪武时为将乐县训导，岁辛酉十月之望，与客游玉华洞，酒酣，藉草而卧，梦入莎径，行可百步许，见华表，朱榜金书曰'瑶华洞天'，因纵而入"，同《榕阴新检》卷八《仙女怜才》（注出《鸣盛集》），《鸣盛集》附录《梦游仙记》开头

① ［宋］刘斧《青琐高议》前集卷一〇，国家图书馆藏明万历间刊本，善本书号：CBM1566。

② ［宋］刘斧《青琐高议》前集卷一〇，国家图书馆藏明钞本，善本书号：11126。

③ ［宋］洪迈撰，何卓点校《夷坚志》之《夷坚三志》已卷一，北京：中华书局，1981年，第1309页。

④ ［明］田艺蘅《诗女史》卷一三，国家图书馆藏明嘉靖间刊本。

⑤ ［宋］周密撰，张茂鹏点校《齐东野语》卷一一，北京：中华书局，1983年，第195页。

⑥ ［明］田艺蘅《诗女史》卷一一，国家图书馆藏明嘉靖间刊本。

⑦ ［元］杨维桢《铁崖文集》卷一，国家图书馆藏冯允中明弘治十四年（1501）刻本，善本书号：07130。

作"辛酉之岁,十月既望,林子羽客游玉华洞,酒既酣,藉草而卧,梦入一沙径,行可百步许,见一华表,朱榜金书曰:瑶华洞天。予意是必真仙之居,因踪而入"①;《扶离佳会录》的"闻吾娣今有佳宾""百般红紫斗芳菲""别有玉杯承露冷",与《榕阴新检》卷一五《荔枝假梦》所载几乎完全相同,明徐𤊽《幔亭集》卷一七《十八娘外传》作"闻吾姊今日有佳宾""百花红紫斗芳菲""别有玉盘承露冷"②;则这两篇直接选自《榕阴新检》。卷二六《陈丰》的"长乐士人陈丰,独坐山斋,梁上忽坠二鼠相斗,俄化两老翁,长可五六寸,对坐剧谈",《榕阴新检》卷九《妖鼠咏诗》作"长乐人陈丰,独坐山斋,梁上二鼠相斗,忽坠,俄化为二老翁,长可五六寸,对坐剧饮"。二者文字不同,此篇应直接选自已佚的明陈鸣鹤《晋安逸志》。

卷一二《卫师回》的"到市""先辈不知也",同宋洪迈《夷坚志支甲》卷二《卫师回》载,宋叶祖荣《分类夷坚志》辛集卷五《卫师回梦》作"遂往""尊官不知也"。卷一六《王氏蚕》的"农民王友闻""尝乞蚕种于兄""秦震怖""缲之,正得丝百斤",同《夷坚支甲》卷八《符离王氏蚕》载,《分类夷坚志》乙集卷五《符离王氏》作"农民王友询""尝丐蚕种于兄""秦怖""经之,且得丝百斤"。

卷一三《双侠传》的"念其羁穷""消息皆不通""数日果有客""董请妾与俱""吾手制一衲袍赠君""兄或举数十万钱相赠",全同《稗家粹编》卷一义侠部《侠妇人传》载,《分类夷坚志》己集卷四《侠妇人》作"怜其羁穷""消息杳不通""旬日果有估客""董呼妾与俱""吾手制衲袍以赠君""兄或举数十万钱相馈",《夷坚乙志》卷一《侠妇人》作"怜其羁穷""消息杳不通""旬日果有估客""董呼妾与俱""吾手制纳袍以赠君""兄或举数十万钱为馈"③,《剑侠传》卷四《侠妇人》作"怜其羁

① [明]林鸿《鸣盛集》附录,国家图书馆藏钞本,善本书号:CBM2218。
② [明]徐𤊽《幔亭集》卷一七,国家图书馆藏明万历间刊本。
③ [宋]洪迈撰,何卓点校《夷坚志》之《夷坚乙志》卷一,北京:中华书局,1981年,第190~191页。

穷""消息杳不通""旬日果有客""董请妾与俱""吾手制一衲袍赠君"
"兄或举数十万钱相赠"，《国色天香》卷九《侠妇人》作"念其羁穷"
"消息皆不通""旬日果有客""董请妾与俱""吾手制一衲袍赠君""兄
或举数十万钱相赠"①。卷二二《搴绒志》的"僧居寂寥，夜与美妇欢处"
"乃持至堂前""众僧仍明灯细视"，同《稗家粹编》卷七《弊帚惑僧传》
载，《鸳渚志余雪窗谈异》帙上《弊帚惑僧传》作"僧居寥落，夜得美妇
欢处""乃持之堂前""众僧乃明灯细视"②，《古今清谈万选》卷三《邪
动少僧》作"僧居寥落，夜得美人欢处""乃持至堂前""众僧仍明灯细
视"③；《招提嘉遇记》的"故冒禁以相亲""烛灭樽前""神魂飘荡""以
琴送葬"，同《稗家粹编》卷七《招提琴精记》载，《鸳渚志余雪窗谈异》
帙上《招提琴精记》作"故冒禁以相就""烛灭樽虚""神魄飘荡""以琴
从葬"④，《古今清谈万选》卷三《窗前琴怪》作"故冒禁以相就""烛灭
樽虚""神魂飘荡""以琴从葬"⑤。卷二三《野庙花神记》的"遥见一古
林""岂旅馆乃尔也""芳容新吐玉阑中"，同《稗家粹编》卷四《野庙花
神》载，《古今清谈万选》卷四《野庙花神》作"遥遥一古林""胡旅馆
乃尔也""芳芽新吐玉阑中"⑥。卷二六《尹纵之》的"父母知何"，同
《稗家粹编》卷七《尹纵之》载，单行本牛僧孺《玄怪录》作"父母如
何"；《尹氏子》选自《稗家粹编》卷七《猫精》。上述 6 篇直接选自《稗

---

① ［明］吴敬所编辑《国色天香》卷九，日本国立公文书馆内阁文库藏金陵周氏万
卷楼明万历二十五年（1597）重刊本。
② ［明］周绍廉撰，于文藻点校《鸳渚志余雪窗谈异》帙上，《花影集　鸳渚志余雪
窗谈异》，北京：中华书局，2008 年，第 153~154 页。
③ ［明］泰华山人编选《新镌全像评释古今清谈万选》卷三，日本国立公文书馆内
阁文库藏明万历间南京大有堂刊印本。
④ ［明］周绍廉撰，于文藻点校《鸳渚志余雪窗谈异》帙上，《花影集　鸳渚志余雪
窗谈异》，北京：中华书局，2008 年，第 168~169 页。
⑤ ［明］泰华山人编选《新镌全像评释古今清谈万选》卷三，日本国立公文书馆内
阁文库藏明万历间南京大有堂刊印本。
⑥ ［明］泰华山人编选《新镌全像评释古今清谈万选》卷四，日本国立公文书馆内
阁文库藏明万历间南京大有堂刊印本。

家粹编》。

卷三四《赵庆云》的"千红万紫竞纷芳""不下潘安之貌""幽情潇然""病觉深矣",同《古今清谈万选》卷二《留情庆云》载,《稗家粹编》卷六《庆云留情》作"千红万紫竞芬芳""不下潘安之貌""幽情洒然""疾觉深矣",则此篇直接选自《古今清谈万选》。

卷一三《碧线传》见载于《剑侠传》附录与《剪灯余话》,末有"竟不知其何术也",《剑侠传》附录中无此句,故《碧线传》应选自明李昌祺《剪灯余话》卷二《青城舞剑录》。

卷二四《王知事子》《金陵人》《樊氏女》,分别直接选自王兆云《漱石闲谈》卷下《狗蟆吐宝》、王兆云《湖海搜奇》卷下《面具治黑鱼精》与王兆云《白醉琐言》卷上《樊氏黑鱼精》。卷二六《李鳌》文字与王兆云《白醉琐言》卷上《李鳌鼠精》文字几乎完全相同,王同轨《耳谈类增》卷四六《临江鼠怪》载本事是作者听王兆云所谈,行文叙事较简,因此此篇直接选自《白醉琐言》。卷三一《张益》直接选自王兆云《湖海搜奇》卷下《神拽人长》。

卷二九《王生》的"将投一亲知""生大叱之""携囊来宿,疾眼之甚",同《狐媚丛谈》卷三《狐戏王生》载,《广记》卷四五三《王生》作"将投于亲知""生乃叱之""携装来宿,眼疾之甚";《李令绪》的"婢有何饮食""久停光仪",同《狐媚丛谈》卷三《牝狐为李令绪阿姑》载,《广记》卷四五三《李令绪》作"妹有何饮食""久仁光仪"。卷三〇《陈崇古》的"贩鬻皆由其手""其人年可四十余""扣其居址姓氏",同《狐媚丛谈》卷五《临江狐》载,单行本《庚巳编》卷二《临江狐》作"贩鬻利息皆由其手""其人年可四十许""扣其居止姓名"①。这三篇直接选自《狐媚丛谈》。

卷二九《周成》、卷三〇《胡老官》、卷三一《唐氏女》与《曹世荣》,分别选自明陆采《冶城客论》之《狐媚周成》《胡老官》《唐氏妇》

---

① ［明］陆粲《庚巳编》卷二,北京:中华书局,1987 年,第 24 页。

与《曹世荣》。卷一八《朱客》直接选自明陆延枝《说听》卷一。《广艳异编》所有作品的直接来源，参本书附录。

经比对，笔者发现，吴大震在选录作品时，对部分原作品稍微作了改动。主要表现为：

一是改题篇名，且主要以人物命名。现存残本共收录作品591篇，其中103篇暂时无法查考出处、篇名或作者，320篇没有改变题目或现无法确证，168篇改题了篇名。改名的具体情况是：有的属于明显的误抄或误刻，造成与原题仅一字之差。如卷一一妓女部的"长安李姝"即《夷坚三志己》中的"长安李妹"，卷一五俶诡部中的"张祐"即《广记》卷二三八的"张祐"，卷一八冥迹部的"庾甲"即《广记》卷三八三的"庾申"，卷二四鳞介部的"微生谅"即《广记》卷四六九的"微生亮"，卷二八兽部的"张逢"即《广记》卷四二九的"张逢"，卷三五夜叉部的"刘绩中"即《广记》卷三六三的"刘积中"等。有的是故意增减一二字，新题目与原题大同小异，变化不大。如卷三仙部的"李清传"即《广记》卷三六的"李清"，卷一三义侠部的"香丸志"即《女红余志》中的"香丸夫人"，"解洵"和"郭伦"即《分类夷坚志》己集中的"解洵娶妇"和"郭伦观灯"等。有的则妄题篇名，面目全非。如卷一神部中的"巫娥志"和卷三五鬼部的"郑婉娥传"即《剪灯余话》中的"江庙泥神记"和"秋夕访琵琶亭记"，卷六"鸿象部"中的"灵光夜游录"即《剪灯新话》卷四的"鉴湖夜泛记"，卷三〇兽部的"高邮州同"和"陈崇古"即明陆采《冶城客论》中的"二狐魅"和明陆粲《庚巳编》中的"临江狐"。

二是删削部分文字。这些文字往往是原篇的开头和结尾部分。有的是删掉开头的讲述人，如《广艳异编》卷二二《傀儡子》删去了原书明陆采《冶城客论》中"戏偶怪"开头的"陈师道言"一段、《薛雍》篇删去了《冶城客论》"薛氏画女妖"中开头的"罗子应言"一段。做这类处理，编者似有意隐藏作品的出处和发生年代，当然也统一了全书各篇的叙述风格。有的是删减结尾与故事无关紧要的字句，如《广艳异编》卷一四

《梁仆毛公》删除了《分类夷坚志》最后一句"绲乃吾族外孙，与大儿说此"，卷二八《虎媒志》删去了《广记》卷四二八《裴越客》篇末尾的"今尚有存者"，卷三四《王遄女》删去了《广记》卷三四四《张宏让》篇末尾的"此故友庞子肃亲见其事"，其余文字基本全同。这类文字处理，不影响整篇叙事风格，虽有损于原作，叙述却更加简明。

总体上看，《广艳异编》的选文较为忠实于原文，有的与原文甚至仅一字之异。如卷二四《谢非》选自《广记》卷四六八的《谢非》篇，除将原文开头一句"道士丹阳谢非往石城冶买釜还"改为"丹阳道士谢非者往石城买釜还"外，余201字完全相同。应当说，吴大震的编选态度还是比较认真的。从编选方式上说，《广艳异编》确如吴大震所说"仿于瑯瑘""覆以新裁，准其故例"，尽可能地忠实于原文，是《艳异编》影响下的产物。

《广艳异编》问世后，又被书坊主精选作品编成《新镌玉茗堂批评续艳异编》，十九卷，与四十卷本《新镌玉茗堂批选王弇州先生艳异编》合刊，未见明清书目著录。全书共收录163篇作品，全部包含在《广艳异编》之内。

此外另有《宫艳》一书，二卷，或以为陆树声编。陆树声（1509—1605），字与吉，号平泉，初冒姓林，华亭（今上海）人。嘉靖二十年（1541）进士，授翰林编修，历太常卿，掌南京国子监祭酒事，神宗朝拜为礼部尚书。性恬淡，不趋附权贵，卒谥文定。有《长水日钞》《陆学士杂著》《陆文定公集》。《明史》有传。《宫艳》有明刻朱墨套印本，二卷，藏南京图书馆。卷首适园主人《叙》云："编以艳名，盖仍弇州先生《艳异》之旧，而特采之惇史以彰信。昔《周南》，宫人之咏西伯也，以洲女起化而用为《风》首，安见肃雍之不在琴瑟间耶？……虽事以艳传，谁谓以艳伤雅也。"知《宫艳》受《艳异编》的影响而编，《叙》虽对汉成帝宠飞燕姊妹，唐玄宗迷杨妃，隋炀帝沉湎迷楼等事颇多微词，但却流露出对情欲的肯定，这当是明中叶时代思潮的影响。"文生于情，规寓于讽，宛转关生"数语，确实道出了所选《赵飞燕外传》《长恨歌传》诸篇的艺术特色。

正文卷端"宫艳"二字之下，署西吴适园主人评辑、吴郡仙庐逸史参阅。书中有圈点、行批、眉批，篇有总批，圈点及批语皆朱印。所收凡九篇：卷一有《赵飞燕外传》《赵飞燕合德别传》《飞燕余事》《迷楼记》和《大业拾遗记》五篇。前三篇后有总评，如评《迷楼记》曰："炀帝风流才思，绝代韵人，特其雨露恩、乡情根偏杂。六宫纵有长技，何由尽献于君王之侧。侯夫人、吴绛仙之流所以与闲花野草同弃，何浸浸也。然使炀帝为布衣，不过一穷措大、登徒子耳，何处得此巨丽，供后人抚掌。一笑，一笑。"表现出对至尊帝王的调侃和揶揄。卷二有《长恨歌传》《杨太真外传》，附录《太真遗事》《梅妃传》，共四篇。有总评曰："明皇倜傥磊落，洵天子中才人，惜情痴一生，爱溺千古。长生殿前，情事欲绝；马嵬丧后，凄楚顿增。所谓离合悲欢，种种滋味，实备尝之。故余谓太真之死必生，明皇之生必死，生生死死，如环无端。总之，两人俱在情根颠倒中矣。"附评江妃曰："赋质清柔，属思艳雅，亦佳人亦才子。何物肥婢，移我君恩，非命与？而翠华南狩，妃又与就尺组者同时委谢，吁，可悲矣！物是人非，至求一仿佛不可得，谓明皇之残喘，不绝于太真，而反绝于江妃也可！"这与《牡丹亭》中"情不知所起，一往而深，生者可以死，死者可以生。生而不可与死，死而不可复生者，皆非情之至也"有异曲同工之妙，体现出编者对情的张扬，这种编选思想当受到了《牡丹亭》的影响。

附录一　四十五卷本《艳异编》
作品直接来源表

卷部	篇　名	出　　处①
卷一星部	郭　翰	《广记》卷六八（注出《灵怪集》）
	姚　生	《古今说海》说渊部别传家
	张遵言传	《古今说海》说渊部别传家
神部	汝阴人	《广记》卷三〇一（注出《广异记》）
	沈　警	《广记》卷三二六（注出《异闻录》）、《古今说海》说渊部别传家《润玉传》
	赵文韶	《虞初志》卷一《续齐谐记》
	华岳神女	《广记》卷三〇二（注出《广异记》）
	黄　原	《广记》卷二九二（注出《法苑珠林》）
卷二神部	刘子卿	《广记》卷二九五（注出《八朝穷怪录》）
	蒋子文	《古今说海》说渊部别传家
	韦安道	《虞初志》卷三、《广记》卷二九九（注出《异闻录》）
	周秦行纪	《广记》卷四八九
	李　湜	《广记》卷三〇〇（注出《广异记》）
	卢　佩	《广记》卷三〇六（注出《河东记》）
	王彦大家	《夷坚支乙》卷一
	严阿珊	百卷本《说郛》卷三三《三水小牍》

---

① 下面各书除易引起误解者，一般不注作者；除差异较大者，一般不注篇名。

（续表）

卷部	篇 名	出 处
卷三 水神部	张无颇传	《古今说海》说渊部别传家
	郑德璘传	《古今说海》说渊部别传家
	洛神传	《古今说海》说渊部别传家
	河 伯	《广记》卷二九五（注出《幽明录》）
	太学郑生	《广记》卷二九八（注出《异闻集》）
	揭曼硕	《南村辍耕录》卷四
	邢 凤	《西湖游览志余》卷二六
卷四 水神部	辽阳海神传	《古今说海》说渊部别传家
	洞箫传	《庚巳编》卷二
卷五 龙神部	柳毅传	《虞初志》卷二，又参考了《广记》卷四一九
	许汉阳	《广记》卷四二二（注出《博异志》）
	灵应传	《古今说海》说渊部别传家
卷六 仙部	杜兰香	百卷本《说郛》卷七
	成公智琼	《广记》卷六一（注出《集仙录》）
	裴 航	《广记》卷五〇（注出《传奇》）
	天台二女	《广记》卷六一（注出《搜神记》）
	崔书生	《广记》卷六三（注出《玄怪录》）
	少室仙姝传	《古今说海》说渊部别传家
	赵 旭	《广记》卷六五（注出《通幽记》）
	潘统制妾	《夷坚支庚》卷六
	蔡筝娘	《夷坚支甲》卷七
卷七 仙部	嵩岳嫁女记	《虞初志》卷四
	张 老	《广记》卷一六（注出《续玄怪录》）
	裴 谌	《广记》卷一七（注出《续玄怪录》）
	卢李二生	《广记》卷一七（注出《逸史》）
	薛昭传	《古今说海》说渊部别传家
	许老翁	《广记》卷三一（注出《仙传拾遗》）

（续表）

卷部	篇　名	出　处
卷八 宫掖部	少　昊	《拾遗记》卷一
	妲　己	《史记》卷三《殷本纪》、卷四《周本纪》，《拾遗记》卷二
	周昭王	《拾遗记》卷二
	穆　王	《拾遗记》卷三
	褒　姒	《史记》卷四《周本纪》
	夏　姬	《史记》卷三六《陈杞世家》、《左传·成公二年》
	越　王	《拾遗记》卷三
	燕昭王	《拾遗记》卷四
	齐襄王	《战国策·齐策》
	春申君	《战国策·楚策》
	中山阴后	《战国策·中山策》
	秦宣太后	《战国策·秦策》
	吕不韦	《史记》卷八五
	高帝戚夫人　又	《西京杂记》卷一
	又　贾佩兰	《西京杂记》卷三
卷九 宫掖部	汉武帝	《古今说海》说纂部逸事家《汉武故事》
	孝武李夫人传	《汉书》卷九七
	武　帝	《拾遗记》卷五
	孝武帝	《广记》卷三《汉武帝》（注出《汉武内传》）
	丽　娟	《洞冥记》卷四
	王昭君（2则）	《西京杂记》卷二、《后汉书》卷八九
卷一〇 宫掖部	孝成赵皇后传	《汉书》卷九七
	赵飞燕外传	《顾氏文房小说》本《赵飞燕外传》
	赵飞燕合德别传	百卷本《说郛》卷三二《赵飞燕别传》
	飞燕事一	《西京杂记》卷一
	飞燕事二	《西京杂记》卷一
	飞燕事三	《西京杂记》卷一

（续表）

卷部	篇　名	出　处
卷一〇 宫掖部	飞燕事四	《西京杂记》卷二
	飞燕事五	《西京杂记》卷五
	飞燕事六	《拾遗记》卷六
	宵游宫	《拾遗记》卷六
卷一一 宫掖部	汉明帝	《拾遗记》卷六
	灵　帝	《拾遗记》卷六
	献帝伏皇后	《拾遗记》卷六
	薛灵芸	《拾遗记》卷七
	吴赵夫人	《拾遗记》卷八
	吴潘夫人	《拾遗记》卷八
	吴邓夫人	《拾遗记》卷八
	孙　亮	《拾遗记》卷八
	蜀甘后	《拾遗记》卷八
	晋武胡贵嫔传	《晋书》卷三一
	贾皇后传	《晋书》卷三一
	晋时事	《拾遗记》卷九
	殷贵妃	《南史》卷一一
	齐废帝东昏侯潘妃传	《南史》卷五、卷五五《王茂传》
	郁林王何妃	《南史》卷一一
	元帝徐妃	《南史》卷一二
	北齐武成皇后胡氏传	《北史》卷一四
	后主胡皇后	《北史》卷一四
	后主穆皇后	《北史》卷一四
	后主冯淑妃	《北史》卷一四
	后主张贵妃	《南史》卷一二
	隋宣华夫人陈氏	《北史》卷一四
	隋容华夫人蔡氏	《北史》卷一四

（续表）

卷部	篇　名	出　处
卷一二 宫掖部	海山记	《古今说海》说纂部逸事家
	迷楼记	《古今说海》说纂部逸事家
	大业拾遗记	明华珵刊《百川学海》本《隋遗录》
卷一三 宫掖部	武后传略	《新唐书》卷七六，《旧唐书》卷七八，《资治通鉴》卷二〇三、卷二〇五、卷二〇七，《唐诗纪事》卷一一，《朝野佥载》卷二、卷三，《集异记》，《雪航肤见》
	韦　后	《新唐书》卷七六
	上官昭容	《新唐书》卷七六
卷一四 宫掖部	玄宗杨贵妃传	《旧唐书》卷五一
	长恨歌传	《虞初志》卷二
	开元天宝遗事	《顾氏文房小说》
	袖里春	《云仙杂记》卷一
	透花糍	《云仙杂记》卷一《吴兴米》
	梨园乐	《广记》卷二〇四（注出《谈宾录》）
	太真妃（蓝田磬）	《广记》卷二〇四（注出《开天传信记》）
	玄　宗	《广记》卷二〇五（注出《羯鼓录》《酉阳杂俎》）
	又	《广记》卷二〇五
	贵妃琵琶	《广记》卷二〇五（注出《谈宾录》）
卷一五 宫掖部	杨太真外传	《顾氏文房小说》、附《类说》卷五二《翰府名谈》"明皇"条
卷一六 宫掖部	唐玄宗梅妃传	《顾氏文房小说》
	湔东舞女	《广记》卷二七二
	文　宗	《杜阳杂编》卷中
	唐武宗贤妃王氏传	《新唐书》卷九〇
	南唐后主昭惠后周氏	北宋马令《南唐书》卷六
	后主继室周氏	北宋马令《南唐书》卷六
	后主保仪黄氏	北宋马令《南唐书》卷六
	女冠耿先生	《江淮异人录》卷下

（续表）

卷部	篇 名	出 处
卷一六 宫掖部	后 主	《古今说海》说纂部散录家《避暑漫抄》
	又	《古今说海》说纂部散录家《避暑漫抄》
	大体双	百卷本《说郛》卷六一《清异录》
	蜀徐太后太妃	后蜀何光远《鉴诫录》卷五
	王衍（无目有文）	百卷本《说郛》卷四五《蜀梼杌》
卷一七 宫掖部	王岐公	《古今说海》说略部杂记家《钱氏私志》
	明节刘后上	《宋史》卷二四三
	下	《古今说海》说略部杂记家《钱氏私志》
	蔡京太清楼记	百卷本《说郛》卷六《鸡肋编》
	蔡京保和延福二记	百卷本《说郛》卷三七《挥麈余话》
	德寿宫看花	《西湖游览志余》卷三
	德寿宫生辰	《西湖游览志余》卷三
	杨皇后	《古今说海》说略部杂记家《朝野遗纪》
	金废帝海陵诸嬖（包括《昭妃阿里虎》《贵妃定哥》《丽妃石哥》《柔妃弥勒》《昭妃阿懒》《昭媛察八》《寿宁县主什古等》与《海陵》）	《金史》卷六三
	元顺帝	《元史》卷四三
	演揲儿	《元史》卷二〇五
卷一八 戚里部	馆陶公主	《汉书》卷六五《东方朔传》
	董 偃	《拾遗记》卷五
	山阴公主	《宋书》卷七《前废帝本纪》，《南史》卷二八、卷三〇
	合浦公主	《新唐书》卷八三
	太平公主	《新唐书》卷八三
	王 维	《虞初志》卷一、《顾氏文房小说》本《集异记》
	长宁公主	《新唐书》卷八三
	安乐公主	《新唐书》卷八三
	同昌公主外传	《古今说海》说渊部别传家

（续表）

卷部	篇　名	出　　　处
卷一九 戚里部	孙　寿	《后汉书》卷三四
	石崇传	《晋书》卷三三
	石崇事	《云仙杂记》卷二《壶中景》
	又	《太平御览》卷四九三（注出《晋书》）
	绿珠传	百卷本《说郛》卷三八
	翾　风	《广记》卷二七二、《拾遗记》卷九
	徐君蒨	《南史》卷一五、卷五五《鱼弘传》
	萧　宏	《南史》卷五一
	羊　侃	《南史》卷六三
	高阳王	《广记》卷二三六（注出《洛阳伽蓝记》）
	河间王	《广记》卷二三六《元琛》（注出《洛阳伽蓝记》）
	宁　王	《顾氏文房小说》本《本事诗》
	元　载	《杜阳杂编》卷上
	张功甫	《西湖游览志余》卷一〇
	韩侂胄	《西湖游览志余》卷四
卷二〇 幽期部	司马相如传	《史记》卷一一七
	卓文君	《西京杂记》卷二、卷三
	贾　午	《晋书》卷四〇
	莺莺传	《虞初志》卷六、明弘治十六年刊《重刊会真记辩》
	李绅莺莺本传歌	明弘治十六年刊《重刊会真记辩》
	杜牧之次会真诗	明弘治十六年刊《重刊会真记辩》
	王性之传奇辨证	明弘治十六年刊《重刊会真记辩》
	元微之古艳诗	明弘治十六年刊《重刊会真记辩》
	虞集传奇辨证后序	明弘治十六年刊《重刊会真记辩》
	莺莺传跋	《南村辍耕录》卷一七《崔丽人》
	非烟传	《虞初志》卷六
卷二一 幽期部	潘用中奇遇	《分类江湖纪闻》前集"人伦门"
	张幼谦罗惜惜	《分类江湖纪闻》前集"人伦门"
	郑吴情诗	百卷本《说郛》卷四二《春梦录》
	联芳楼记	《剪灯新话》卷一

（续表）

卷部	篇 名	出 处
卷二二、二三幽期部	娇红记上、下	单行本《娇红记》
卷二四冥感部	离魂记	《虞初志》卷一
	韦 皋	《广记》二七四（注出《云溪友议》）
	京师士人	《分类夷坚志》庚集卷二《京师异妇人》
	张果女	《广记》卷三三〇（注出《广异记》）
	崔 护	《广记》二七四（注出《本事诗》）
	买粉儿	《广记》二七四（注出《幽明录》）
卷二五、二六冥感部	贾云华还魂记	《剪灯余话》附录
卷二七梦游部	樱桃青衣	《古今说海》说渊部别传家《梦游录》
	独孤遐叔	《古今说海》说渊部别传家《梦游录》
	邢 凤	《古今说海》说渊部别传家《梦游录》
	沈亚之	《古今说海》说渊部别传家《梦游录》
	张 生	《古今说海》说渊部别传家《梦游录》
	刘道济	《古今说海》说渊部别传家《梦游录》
	淳于棼	《广记》卷四七五
	刘景复	《广记》卷二八〇（注出《纂异记》）
	安西张氏女	《古今说海》说纂部散录家《虚谷闲抄》
	司马才仲	百卷本《说郛》卷四二《春渚纪闻》
	渭塘奇遇	《剪灯新话》卷二
卷二八义侠部	乐昌公主	《顾氏文房小说》本《本事诗》
	虬髯客传	《广记》卷一九三（注出《虬须传》），《虞初志》卷二、《顾氏文房小说》
	柳氏传	《广记》卷四八五
	无双传	《虞初志》卷五

（续表）

卷部	篇　名	出　　处
卷二九义侠部	红线传	《广记》卷一九五（注出《甘泽谣》），《虞初志》卷二、《剑侠传》卷二
	昆仑奴传	《古今说海》说渊部别传家
	车中女子	《广记》卷一九三（注出《原化记》）、《剑侠传》卷一
	聂隐娘传	《古今说海》说渊部别传家
	花月新闻	《夷坚支庚》卷四
卷三〇徂异部	达奚盈盈	《古今说海》说略部杂记家《默记》
	却　要	《广记》卷二七五（注出《三水小牍》）
	河间传	《河东先生集》外集卷上
	章子厚	《古今说海》说纂部散录家《虚谷闲抄》
	蔡太师园	《古今说海》说略部杂记家《谈薮》
	狄　氏	《古今说海》说略部杂记家《清尊录》
	王　生	《古今说海》说略部杂记家《清尊录》
	张　匠	《古今说海》说纂部散录家《养疴漫笔》
	汤赛师	《西湖游览志余》卷一六
	楼叔韶	《古今说海》说略部杂记家《谈薮》
	李将仕	《分类夷坚志》丁集卷二
幻术部（正文作"幻异部"）	阳羡书生	《广记》卷二八四（注出《续齐谐记》）
	东岩寺僧	《广记》卷二八五（注出《通幽记》）
	梵僧难陀	《广记》卷二八五（注出《酉阳杂俎》）
	张　和	《广记》卷二八六（注出《酉阳杂俎》）
	画　工	《广记》卷二八六（注出《酉阳杂俎》）
卷三一伎女部	海论三曲中事	《古今说海》说纂部杂纂家《北里志》
	天水仙哥	《古今说海》说纂部杂纂家《北里志》
	楚　儿	《古今说海》说纂部杂纂家《北里志》
	郑举举	《古今说海》说纂部杂纂家《北里志》
	牙　娘	《古今说海》说纂部杂纂家《北里志》
	颜令宾	《古今说海》说纂部杂纂家《北里志》

（续表）

卷部	篇　名	出　　处
卷三一伎女部	杨妙儿	《古今说海》说纂部杂纂家《北里志》
	王团儿	《古今说海》说纂部杂纂家《北里志》
	俞洛真	《古今说海》说纂部杂纂家《北里志》
	王苏苏	《古今说海》说纂部杂纂家《北里志》
	王莲莲	《古今说海》说纂部杂纂家《北里志》
	刘泰娘	《古今说海》说纂部杂纂家《北里志》
	张住住	《古今说海》说纂部杂纂家《北里志》
	胡证尚书	《古今说海》说纂部杂纂家《北里志》
	裴思谦状元	《古今说海》说纂部杂纂家《北里志》
	郑光业补衮	《古今说海》说纂部杂纂家《北里志》
	杨汝士尚书	《古今说海》说纂部杂纂家《北里志》
	郑合敬先辈	《古今说海》说纂部杂纂家《北里志》
	北里不测堪戒二事（故王金吾、令狐博士）	《古今说海》说纂部杂纂家《北里志》
卷三二妓女部	王涣之	《顾氏文房小说》本《集异记》
	洛中举人	《广记》卷二七三（注出《卢氏杂说》）
	凤窠群女	《云仙杂记》卷一
	郑中丞	百卷本《说郛》卷二〇《琵琶录》
	李季兰	《广记》卷二七三（注出《玉堂闲话》）
	李逢吉	《广记》卷二七三（注出《本事诗》）
	薛涛（3节）	百卷本《说郛》卷四四《稿简赘笔》、卷七《牧竖闲谈》，《唐诗纪事》卷七九
	张建封伎	《唐诗纪事》卷七八（注出《长庆集》）
	夜　来	《酉阳杂俎》卷一二
	欧阳詹	《广记》卷二七四（注出《摭言》）
	武昌伎	《广记》卷二七三（注出《抒情诗》）
	薛宜僚	《广记》卷二七四（注出《抒情集》）
	戎　昱	《广记》卷二七四（注出《本事诗》）

（续表）

卷部	篇　名	出　　处
卷三二 妓女部	刘禹锡	《顾氏文房小说》本《本事诗》
	杜　牧	《广记》卷二七三（注出《唐阙史》）
	张又新	《顾氏文房小说》本《本事诗》
	迷香洞	《云仙杂记》卷一
	氤氲大使	百卷本《说郛》卷六一《清异录》
	周　韶	《西湖游览志余》卷一六
	秀　兰	《渔隐丛话后集》卷三九（注出《古今词话》）
	琴　操	《西湖游览志余》卷一六
	西阁寄梅记	待考
卷三三 妓女部①	青楼集（凡72条）	《古今说海》说纂部杂纂家
卷三四 伎女部	霍小玉传	《虞初志》卷六
	李娃传	《虞初志》卷五
	杨娼传	《虞初志》卷五
卷三五 伎女部	义倡传	《分类夷坚志》甲集卷四
	吴女盈盈	《夷坚三志己》卷一
	吴淑姬严蕊	《夷坚支庚》卷一〇
	董汉州孙女	《夷坚支戊》卷九
	徐　兰	《癸辛杂识》续集下
	王　铁	《西湖游览志余》卷一六
	谢希孟	《西湖游览志余》卷一六
	苏小娟	《西湖游览志余》卷一六
	陶师儿	《西湖游览志余》卷一六
	陈　诜	《古今说海》说略部杂记家《山房随笔》
	符　郎	百卷本《说郛》卷三七《撼青杂说》
	珠帘秀	《南村辍耕录》卷二〇
	王　魁	《类说》卷三四《撼遗》
	詹天游	百卷本《说郛》卷四三元俞焯《诗词余话》

---

① 卷首目录作卷三二，正文中作卷三三；目录卷三三，正文中作卷三二。

（续表）

卷部	篇　名	出　处
卷三六 男宠部	宋　朝	明薛应旂《四书人物考》卷三六或明陈士元《论语类考》卷九
	向　魋	《艺文类聚》卷三三
	弥子瑕	明薛应旂《四书人物考》卷三六
	龙阳君	《艺文类聚》卷三三
	安陵君	《战国策·楚策》
	邓　通	《汉书》卷九三
	韩　嫣	《汉书》卷九三
	金　丸	《西京杂记》卷四
	李延年	《汉书》卷九三
	冯子都	《汉书》卷六八《霍光传》、辛延年《羽林郎》
	张　放	《汉书》卷五九《张汤传》
	董　贤	《汉书》卷九三
	断　袖	《拾遗记》卷六
	董贤第	《西京杂记》卷四
	秦　宫	《昌谷集》卷三
	曹　肇	《艺文类聚》卷三三
	丁　期	《艺文类聚》卷三三
	郑樱桃	《乐府诗集》卷八五
	慕容冲	《晋书》卷一一四《苻坚》
	王　确	《南史》卷二一《王僧达》
	陈子高	待考
	王　韶	《南史》卷五一《萧韶传》
卷三七 妖怪部	白猿传	《虞初志》卷八
	袁氏传	《古今说海》说渊部别传家
	石六山美女	《夷坚三志己》卷一
	焦　封	《广记》卷四四六（注出《潇湘录》）
	乌将军记	《古今说海》说渊部别传家

（续表）

卷部	篇　名	出　　处
卷三八 妖怪部	任氏传	《虞初志》卷八
	李参军	《广记》卷四四八（注出《广异记》）
	许　贞	《广记》卷四五四（注出《宣室志》）
	姚　坤	《广记》卷四五四（注出《传奇》）
卷三九 妖怪部	乌君山	《广记》卷四六二（注出《建安记》）
	白蛇记	《古今说海》说渊别传家
	钱　炎	《分类夷坚志》壬集卷四
	长须国	《广记》卷四六九（注出《酉阳杂俎》）
	舒信道	《分类夷坚志》壬集卷四《懒堂女子》
	太湖金鲤	《西樵野纪》卷五
卷四〇 妖怪部	崔玄微	《顾氏文房小说》本《博异志》
	桂花著异	《西樵野纪》卷五
	桃花仕女	《西樵野纪》卷三
	刘改之	《夷坚支丁》卷六
	张不疑	《广记》卷三七二（注出《博异志》）
	金友章	《广记》卷三六四（注出《集异记》）
	谢　翱	《广记》卷三六四（注出《宣室志》）
	生王二	《夷坚支甲》卷一
卷四一 鬼部	韩　重	《广记》卷三一六（注出《搜神记》）
	卢　充	《广记》卷三一六（注出《搜神记》）
	王敬伯	《姬侍类偶》卷下《桃枝为怪》
	长孙绍祖	《广记》卷三二六（注出《志怪录》）
	刘　导	《广记》卷三二六（注出《穷怪录》）
	崔罗什	《广记》卷三二六（注出《酉阳杂俎》）
	刘　讽	《广记》卷三二九（注出《玄怪录》）
	李　陶	《广记》卷三三三（注出《广异记》）
	王玄之	《广记》卷三三四（注出《广异记》）
	郑德懋	《广记》卷三三四（注出《宣室志》）
	柳参军传	《古今说海》说渊部别传家
	崔书生	《广记》卷三三九（注出《博物志》）

（续表）

卷部	篇　名	出　处
卷四二 鬼部	独孤穆传	《古今说海》说渊部别传家
	崔炜传	《古今说海》说渊部别传家
	郑　绍	《广记》卷三四五（注出《潇湘录》）
	孟　氏	《广记》卷三四五（注出《潇湘录》）
	李章武	《广记》卷三四〇（注出《李章武传》）
卷四三 鬼部	窦玉传	《古今说海》说渊部别传家
	曾季衡	《广记》卷三四七（注出《传奇》）
	颜　濬	《广记》卷三五〇（注出《传奇》）
	韦氏子	《广记》卷三五一（注出《唐阙史》）
	韩宗武	待考
	金　彦	《绿窗新话》卷上《金彦游春遇会娘》
	吕使君	《夷坚支甲》卷三
	西湖女子	《夷坚支甲》卷六
	宁行者	《夷坚支甲》卷八
	解　俊	《夷坚支戊》卷八《解俊保义》
	江渭逢二仙	《夷坚支庚》卷八
卷四四 鬼部	赵喜奴	《夷坚三志辛》卷九
	莲塘二姬	元高德基《平江记事》
	钱履道	《夷坚支甲》卷一《张相公夫人》
	绿衣人传	《剪灯新话》卷四
	滕穆醉游聚景园记	《剪灯新话》卷二
	金凤钗记	《剪灯新话》卷一
卷四五 鬼部	双头牡丹灯记	《剪灯新话》卷二
	南楼美人	《西樵野纪》卷七
	法僧遣祟	《西樵野纪》卷三
	吴小员外	《分类夷坚志》庚集卷二
	田洙遇薛涛联句记	《剪灯余话》卷二

附录二 《一见赏心编》作品直接来源表

卷　类	目录篇目	作者、原篇名或小说集	直接出处及收录选本①
卷一 幽情类	莺莺传	唐元稹《莺莺传》	《艳异编》卷二
	娇红传	元宋梅洞《娇红记》	《艳异编》卷二二、卷二三
	瑜娘传	钟情丽集	《国色天香》卷九、卷一
卷二 幽情类	三奇传	怀春（寻芳）雅集	《国色天香》卷四
	三妙传	花神三妙传	《国色天香》卷四
卷三 幽情类	月娥传	明李昌祺《贾云华还魂记》	《艳异编》卷二五、卷二六
	兰蕙传	明瞿佑《联芳楼记》	《艳异编》卷二一
	惜惜传	元郭霄凤《江湖纪闻》前集《张幼谦罗惜惜姻缘》	《艳异编》卷二一《张幼谦罗惜惜》
	非烟传	唐皇甫枚《三水小牍》	《艳异编》卷二
	吴女传	元郑禧《春梦录》	《艳异编》卷二一《郑吴情诗》
	黄女传②	元郭霄凤《江湖纪闻》前集《潘用中奇遇》	《艳异编》卷二一
卷四 名姝类	珠帘秀	元夏庭芝《青楼集·珠帘秀》	《艳异编》卷三三
	宋春奴	元夏庭芝《青楼集·宋六嫂》	《艳异编》卷三三
	杜妙隆	元夏庭芝《青楼集·杜妙隆》	《艳异编》卷三三
	解语花	元夏庭芝《青楼集·解语花》	《艳异编》卷三三

---

　　①　附录中所涉《艳异编》均为四十五卷本。篇名与本表前面第二列原篇名不同者注出，第二列阙名者亦注出，篇名相同者不注。

　　②　目录作"觅莲记"。

（续表）

卷 类	目录篇目	作者、原篇名或小说集	直接出处及收录选本
卷四 名姝类	金莺儿	元夏庭芝《青楼集·金莺儿》	《艳异编》卷三三
	刘景娘	元夏庭芝《青楼集·刘婆惜》	《艳异编》卷三三
	陈全娘		《国色天香》卷二《雌雄交感》
	薛瑶英	唐苏鹗《杜阳杂编》	《绣谷春容》卷五《薛瑶英香肌妙绝》
	苏小娟	明田汝成《西湖游览志余》卷一六	《艳异编》卷三五
	王商妓		《绣谷春容》卷二《梅杏相嘲词》、明郦琥辑《彤管遗编》后集卷一二《吴七郡王二爱姬》（或《六十家小说》之《梅杏争春》）
	茂英妓	唐卢言《卢氏杂说》	《绣谷春容》卷五《茂英儿年少风流》
	紫云妓	唐高彦休《唐阙史》	《艳异编》卷三二《杜牧》
	铮铮妓		《艳异编》卷三二《欧阳詹》
	琼琼妓	西阁寄梅记	《艳异编》卷三二
	芊芊妓	唐孟棨《本事诗》	《艳异编》卷三二《张又新》
	盈盈妓	唐孟棨《本事诗》	《艳异编》卷三二《戎昱》
奇逢类	渭塘女	明瞿佑《渭塘奇遇记》	《艳异编》卷二七
	城南女	唐孟棨《本事诗》	《艳异编》卷二四《崔护》
	韩夫人	宋张实《流红记》	《绣谷春容》卷四《韩夫人写情禁沟》
	伍氏女	后蜀金利用《玉溪编事》	《绣谷春容》卷四《任氏女题诗红叶》
	周氏女	唐孟棨《本事诗》	《国色天香》卷二《因袍成婚》、唐孟棨《本事诗》
	落霞女	宋无名氏《鸳鸯灯传》	《绣谷春容》卷四《张生元宵会帅妾》

（续表）

卷　类	目录篇目	作者、原篇名或小说集	直接出处及收录选本
重逢类	晏元妾		《绿窗新话》卷上《晏元子取回原宠》
	崔郊婢	唐范摅《云溪友议》卷上	《绿窗新话》卷上《崔郊甫因诗得婢》
	从事妻	宋洪迈《夷坚丁志》卷一一《王从事妻》	《绣谷春容》卷四《王从事失妻复返》
	徐信妻	宋洪迈《夷坚志》徐信妻	《绣谷春容》卷四《徐军校两妻复旧》
	子奇妻	明侯甸《西樵野纪》	《西樵野纪》卷一〇《姜子奇伉俪复合》
	德言妻	唐孟棨《本事诗》	《顾氏文房小说》本《本事诗》
卷五梦游类	青衣传	唐无名氏《樱桃青衣》	《艳异编》卷二七
	翠微传	唐沈亚之《秦梦记》	《艳异编》卷二七
	南柯传	唐李公佐《南柯太守传》	《艳异编》卷二七
仙境类	珍韶传	唐李玫《纂异记》	《艳异编》卷七《嵩岳嫁女记》
	麟客传	唐李复言《续玄怪录》卷一《麒麟客》	《绣谷春容》卷八
	阴隐传	唐郑还古《博异志·阴隐客》	《顾氏文房小说》本《博异志》
卷六仙女类	云英传	唐裴铏《传奇·裴航》	《艳异编》卷六
	玉卮传	唐牛僧孺《玄怪录》卷四《崔书生》	《艳异编》卷六
	青童传	唐陈劭《通幽记》	《艳异编》卷六《赵旭》
	筝娘传	宋陈光道《蔡筝娘记》	《艳异编》卷六
	上元传	唐裴铏《传奇·封陟传》	《艳异编》卷六《少室仙姝传》
	玉源传	宋刘斧《续青琐高议·桃源三夫人》	《绣谷春容》卷四《陈纯会玉源夫人》
	芙蓉女	宋胡微之《芙蓉城传》	《绣谷春容》卷四《王子高遇芙蓉仙》
	书仙女	宋无名氏《书仙传》	《绣谷春容》卷四《任生娶上界书仙》
	西湖女	邢凤	《艳异编》卷三

（续表）

卷　类	目录篇目	作者、原篇名或小说集	直接出处及收录选本
卷七 仙郎类	张老传	唐牛僧孺《玄怪录》卷一《张老》	《艳异编》卷七
	裴谌传	唐牛僧孺《玄怪录》卷一《裴谌》	《艳异编》卷七
星精类	织女传	唐张荐《灵怪集·郭翰》	《艳异编》卷一
	三星传	唐郑权《三女星精》	《艳异编》卷一《姚生》
	太白传	唐郑还古《博异志·张遵言》	《艳异编》卷一
卷八 花精类	玄微传	唐段成式《酉阳杂俎》续集卷三《崔玄微》	《顾氏文房小说》本《博异志》
	桃花女	明侯甸《西樵野纪》卷三《桃花仕女》	《艳异编》卷四〇
	桂花女	明侯甸《西樵野纪》卷五《桂花著异》	《艳异编》卷四〇
	牡丹女	唐张读《宣室志·谢翱》	《艳异编》卷四〇
神女类	岳将女	唐戴孚《广异记·汝阴人》	《广记》卷三〇一、《艳异编》卷一
	张庙女	唐沈亚之《异梦集》	《艳异编》卷一《沈警》
	后土传	唐无名氏《后土夫人传》	《艳异编》卷二《韦安道》
	利王女	唐裴铏《张无颇传》	《艳异编》卷三
	龙女传	唐李朝威《柳毅传》	《艳异编》卷五
	湘浦女	太学郑生	《艳异编》卷三
	清溪女	吴均《续齐谐记》	《艳异编》卷一《赵文韶》
	盘塘女	元陶宗仪《辍耕录》卷四	《艳异编》卷三《揭曼硕》
卷九 玩适类	迷楼记	迷楼记	《古今说海》说纂部逸事家
	大业记	大业拾遗记	《艳异编》卷一二
宠幸类	昭仪传	赵飞燕外传	《绣谷春容》卷四《赵飞燕通燕赤凤》《汉成帝服谨恤胶》，《艳异编》卷一
	武后传	明王世贞《武后传略》	《艳异编》卷一三

（续表）

卷　类	目录篇目	作者、原篇名或小说集	直接出处及收录选本
宠幸类	贵妃传	唐陈鸿《长恨歌传》	《艳异编》卷一四
	梅妃传	宋无名氏《梅妃传》	《艳异编》卷一六
	李白词	唐李濬《松窗杂录》	《顾氏文房小说》本《松窗杂录》
卷一〇宜缘类	僧孺传	唐韦瓘《周秦行纪》	《艳异编》卷二
	田夫人	唐裴铏《传奇·崔炜传》	《古今说海》说渊部别传家
	玉郎传	唐李复言《续玄怪录》卷三《窦玉妻》	《艳异编》卷四三《窦玉传》
	玉姨传	唐林登《续博物志》	《艳异编》卷四一《崔书生》
	芳华传	明瞿佑《剪灯新话》卷二《滕穆醉游聚景园记》	《艳异编》卷四四
	云容传	裴铏《传奇·薛昭传》	《艳异编》卷七
	苧萝女	宋刘斧《翰府名谈》	《绣谷春容》卷四《王轩苧萝逢西子》
	骊山女	宋秦醇《张俞游骊山作记》	《绣谷春容》卷四《张俞骊山遇太真》
卷一一魂交类	张倩娘	唐陈玄祐《离魂记》	《艳异编》卷二四
	李会娘	剡玉小说	《绣谷春容》卷四《金彦春遇会娘》
	王子妇	唐李景亮《李章武传》	《绣谷春容》卷四《李章武会王子妇》
豪侠类	无双女	唐薛调《无双传》	《艳异编》卷二八
	红绡妓	唐裴铏《传奇·昆仑奴传》	《艳异编》卷二九
	柳氏传	唐许尧佐《柳氏传》	《艳异编》卷二八
	红线女	唐袁郊《红线传》	《艳异编》卷二九
	钱塘妓	宋罗大经《鹤林玉露》乙编卷六《韩璜廉按》	《艳异编》卷三五《王铁》

（续表）

卷　类	目录篇目	作者、原篇名或小说集	直接出处及收录选本
贤节类	李娃传①	唐白行简《李娃传》	《艳异编》卷三四
	蒨桃女	宋刘斧《翰府名谈》	《类说》卷五二《莱公蒨桃》、《绣谷春容》卷一《蒨桃感赠绫有咏》
	谭意女	宋秦醇《谭意哥传》	《绣谷春容》卷五《谭意哥教张氏子》
	胜琼妓		《绣谷春容》卷五《聂胜琼事李公妻》
	盼盼妓		《艳异编》卷三二《张建封伎》
	玉京妓	唐李公佐《燕女坟记》	《绣谷春容》卷五《姚玉京持志割耳》
	李春娘		《绣谷春容》卷一《春娘辞谢苏东坡》
	乔窈娘	唐孟棨《本事诗》	《顾氏文房小说》本《本事诗》
	义倡传	宋钟将之《义倡传》	《艳异编》卷三五
淫冶类	河间传	唐柳宗元《河间传》	《艳异编》卷三〇
	狄氏传	宋廉布《清尊录》	《艳异编》卷三〇、《古今说海》本《清尊录》
	陈越娘	宋张君房《丽情集》	《绣谷春容》卷四《越娘因诗句动心》
	华春娘		《绿窗新话》卷上《华春娘通徐君亮》
	何意娘		《绣谷春容》卷四《何意娘通张彦卿》
	梁意娘		《国色天香》卷二《意娘寄谏》
	赵商妇		《绣谷春容》卷四《江致和喜到蓬宫》

---

① 目录中作"娇娃传"，正文作"李娃传"。

（续表）

卷　类	目录篇目	作者、原篇名或小说集	直接出处及收录选本
淫冶类	小阁尼		《绣谷春容》卷四《张子野潜登池阁》
	仲胤妾		《绣谷春容》卷二《花仲卿妻寄夫词》
	连倩女		《醉翁谈录》乙集卷一《静女私通陈彦臣》《宪台王刚中花判》、《国色天香》卷六《私通判》
卷一二 幻化类	人鹤传	唐薛用弱《集异记·徐佐卿》	《虞初志》卷一
	人虎传	唐张读《宣室志》	《古今说海》说渊部别传家《人虎传》
	冯湘传	唐沈汾《续仙传》	《古今说海》说渊部别传家《马自然传》
	杜子春	唐牛僧孺《玄怪录》卷一《杜子春》	《绣谷春容》卷八
灵异类	义虎传	明祝允明《义虎传》	祝允明《前闻记》
	传书燕	传书燕	《顾氏文房小说》本《开元天宝遗事》
	送刀鱼	唐郑还古《博异志》	《顾氏文房小说》本《博异志》
	黄衣童	梁吴均《续齐谐记》	（《虞初志》卷一）
	绿衣使	鹦鹉告事	《顾氏文房小说》本《开元天宝遗事》
卷一三 妖魔类	中山狼	明马中锡《中山狼传》	《古今说海》说渊部别传家
	乌将军	唐牛僧孺《玄怪录》卷一《郭代公》	《艳异编》卷三七《乌将军传》
	蚍蜉王	唐李玫《纂异记·徐玄之》	《古今说海》说渊部别传家《蚍蜉传》
	洛京猎	唐皇甫枚《三水小牍·张直方》	《古今说海》说渊部别传家《洛京猎记》

（续表）

卷　类	目录篇目	作者、原篇名或小说集	直接出处及收录选本
卷一三 妖魔类	晋州猎	唐牛僧孺《玄怪录》卷七《萧志忠》	《玄怪录》卷七
	宁茵传	唐裴铏《传奇·宁茵传》	《古今说海》说渊部别传家《山庄夜怪录》
	欧阳纥	无氏氏《补江总白猿传》	《艳异编》卷三七
	袁氏传	唐裴铏《传奇·孙恪传》	《艳异编》卷三七《袁氏传》
	长史女	唐柳祥《潇湘录·焦封》	《艳异编》卷三七
	六山女	《夷坚三志己》卷一《石六山美女》	《艳异编》卷三七
	太湖女	明侯甸《西樵野纪》卷五《太湖金鲤》	《艳异编》卷三九
卷一四 杂传类	墨姬传		《绣谷春容》卷七《墨姬传》
	温姬传		《绣谷春容》卷七《温姬传》
	欧阳憎		《绣谷春容》卷七《欧阳憎》
	辛螫传		《绣谷春容》卷七《辛螫传》
	浑迟传		《绣谷春容》卷七《浑迟传》
	何急传		《绣谷春容》卷七《何急传》

附录三 《广艳异编》作品直接来源表

卷 次	篇 目	出 处①
卷一 神部一	巫山神女	《广记》卷二九六神《萧总》（注出《八朝穷怪录》）
	北海神女	《广记》卷三〇〇神《三卫》（注出《广异记》）
	螺 女	《广记》卷八三异人《吴堪》（注出《原化记》）
	胡母班	《广记》卷二九三神（注出《搜神记》）
	擒恶将军	《广记》卷三〇六神《冉遂》（注出《奇事记》）
	社 公	《广记》卷三一八鬼《甄冲》（注出《幽明录》）
	未央老翁	《广记》卷一一八报应《东方朔》（注出《幽明录》）
	泰山四郎	《广记》卷二九七神《兖州人》（注出《冥报录》）
	泰山君	《广记》卷二九六神《董慎》（注出《玄怪录》）
	泰山三郎	《广记》卷二九八神《赵州参军妻》（注出《广异记》）
	花蕊夫人	《稗家粹编》卷四神部《舒大才奇遇》
	黄 苗	《广记》卷二九六神（注出《述异记》）
	瀚海神	《广记》卷二九七神（注出《潇湘录》）
	仇嘉福	《广记》卷三〇一神（注出《广异记》）
	戚彦广女	《夷坚支丁》卷九
	天上贵神	待考
	巫娥志	《剪灯余话》卷四《江庙泥神记》

---

① 出处篇名与《广艳异编》中篇名不同者注出，相同者不注。各篇出处有类名者亦注出，以便对比承袭关系。

（续表）

卷　次	篇　目	出　　处
卷二 神部二	张仲殷	《广记》卷三〇七神（注出《原化记》）
	蔡霞传	《广记》卷四二一龙《刘贯词》（注出《续玄怪录》）
	朱　敖	《广记》卷三三四鬼（注出《广异记》）
	吴延瑫	《广记》卷三一五神（注出《稽神录》）
	李　靖	《广记》卷四一八龙（注出《续玄怪录》）
	震泽龙女	《古今说海》说渊部别传家
	金山妇人	《分类夷坚志》壬集卷三奇异门再生类
	唐四娘侍女	《分类夷坚志》壬集卷四精怪门土偶为怪类
	苦竹郎君	《分类夷坚志》丁集卷三奸淫门贪淫类
	李　女	《分类夷坚志》庚集卷一神道门邪神类《嵊县神》
	雍氏女	《分类夷坚志》庚集卷一神道门邪神类
	五郎君	《夷坚支甲》卷一
	崔　汾	《广记》卷三〇五神（注出《酉阳杂俎》）
	沧州神女	待考
	孙娘娘	待考
	黄　寅	《夷坚支丁》卷二《小陈留旅舍女》
	胥教授	《庚巳编》卷五
卷三 仙部一	蓬莱宫娥	《鸳渚志余雪窗谈异》帙下《朱氏遇仙传》
	麒麟客传	《续玄怪录》卷一
	玉壶记	《古今说海》说渊部别传家
	李清传	《古今说海》说渊部别传家
	玉华侍郎传	《分类夷坚志》戊集卷四冥婚嗣息门记前身类
	抱龙道士	《广记》卷八六异人（注出《野人闲话》）
	姚　鸾	待考
	游三蓬	明陈鸣鹤《晋安逸志》（据《榕阴新检》卷八《仙舟架壑》）
	张五郎	明陈鸣鹤《晋安逸志》（据《榕阴新检》卷一三《飞来山》）

卷 次	篇 目	出 处
卷三 仙部一	陶尹二君传	《广记》卷四〇神仙（注出《传奇》）
	黑叟	《广记》卷四一神仙（注出《会昌解颐》《河东记》）
	张卓	《广记》卷五二神仙（注出《会昌解颐录》）
	维扬十友	《广记》卷五三神仙（注出《神仙感遇传》）
卷四 仙部二	主父	元伊世珍《琅嬛记》卷上（注出《玄观手抄》）
	东方朔杂录	《广记》卷六神仙（注出《洞冥记》及朔别传）
	柳归舜传	《广记》卷一八神仙（注出《玄怪录》）
	文广通	《广记》卷一八神仙（注出《神仙感遇传》）
	陆生	《广记》卷七二道术（注出《原化记》）
	天桂山宫志	《广记》卷二〇神仙《阴隐客》（注出《博异志》）
	王可交传	《广记》卷二〇神仙（注出《续神仙传》）
	陈生	（13、14叶合一，15叶又突兀，漏刻第14叶，仅存目，内容不详）
	（文残无目）	《广记》卷三六神仙《魏方进弟》（注出《逸史》）
	王四郎	《广记》卷三五神仙（注出《集异记》）
	樊夫人	《广记》卷六〇女仙（注出《女仙传》）
	玉女	《广记》卷六三女仙（注出《集异记》）
	杨真伯	《广记》卷五三神仙（注出《博异志》）
	张镐妻	《广记》卷六四女仙（注出《神仙感遇传》）
	谷神女	《广记》卷六九女仙《马士良》（注出《逸史》）
	太阴夫人	《广记》卷六四女仙（注出《逸史》）
	蓬球	《广记》卷六二女仙（注出《酉阳杂俎》）
卷五 仙部三	罗公远传	《广记》卷二二神仙（注出《神仙感遇传》）
	崔生	《广记》卷二三神仙（注出《逸史》）
	卢延贵	《广记》卷八六异人（注出《稽神录》）
	元藏几	《广记》卷一八神仙（注出《杜阳杂编》）
	李林甫外传	《广记》卷一九神仙（注出《逸史》）
	九室洞天志	《广记》卷二五神仙《采药民》（注出《原化记》）

（续表）

卷 次	篇 目	出 处
卷五 仙部三	司命君传	《广记》卷二七神仙（注出《仙传拾遗》）
	萧洞玄传	《广记》卷四四神仙（注出《河东记》）
	游春台记	《广记》卷四六神仙《白幽求》（注出《博异志》）
	唐宪宗	《广记》卷四七神仙（注出《杜阳杂编》）
	吴长君	元伊世珍《琅嬛记》卷中（注出《续列仙传》）
卷六 鸿象部	蟾 宫	《夷坚支庚》卷九《扬州茅舍女子》
	结 璘	一百二十卷本《说郛》卷三二《三余帖》
	金匙志	《夷坚丙志》卷一八《星宫金钥》
	魏耽女	《广记》卷三〇六神（注出《闻奇录》）
	灵光夜游录	《剪灯新话》卷四《鉴湖夜泛记》
	徐智通	《广记》卷三九四雷（注出《集异记》）
	陈鸾凤	《广记》卷三九四雷（注出《传奇》）
	叶迁韶	《广记》卷三九四雷（注出《神仙感遇传》）
	雷 郎	《广记》卷三九五雷《番禺村女》（注出《稽神录》）
	沟上老翁	待考
	欧阳忽雷	《广记》卷三九三雷（注出《广异记》）
	萧氏子	《广记》卷三九四雷（注出《宣室志》）
	雷 神	待考
	陈济妻	《广记》卷三九六雨（注出《神异传》）
	夏世隆	《广记》卷三九六雨（注出《东瓯后记》）
	西明夫人	《广记》卷三七三精怪《杨稹》（注出《纂异记》）
卷七 宫掖部	周成王	《拾遗记》卷二
	周灵王	《拾遗记》卷三
	汉武帝拾遗记 （5 则）	《广记》卷二三六奢侈（注出《西京杂记》）
		一百二十卷本《说郛》卷三一下《奚囊橘柚》、《广博物志》卷四三

（续表）

卷 次	篇 目	出 处
卷七 宫掖部	汉昭帝	《拾遗记》卷六《前汉下》
	汉宣帝	《广记》卷二二九器玩（注出《西京杂记》）
	隋炀帝逸事（3 则）	节自《广记》卷二二六伎巧《水饰图经》（注出《大业拾遗》）
		《广记》卷二二六伎巧《观文殿》（注出《大业拾遗》）
		《广记》卷二三六奢侈《隋炀帝》第二则（注出《纪闻》）
	唐睿宗	《广记》卷二三六奢侈《唐睿宗》（注出《朝野金载》）
	明皇杂录 （9 则）	节自《广记》卷二二六伎巧《马待封》（注出《纪闻》）
		唐冯贽《云仙杂记》卷二《临光宴》（注出《影灯记》）
		唐冯贽《云仙杂记》卷二《泛春渠》（注出《醉仙图记》）、唐冯贽《云仙杂记》卷五《三辰酒》（注出《史讳录》）
		唐冯贽《云仙杂记》卷五《风月常新印宫人臂》（注出《史讳录》）
		《广记》卷二三六奢侈《玄宗》前半（注出《明皇杂录》）
		《古今说海》说略部杂记家《潇湘录》
		一百二十卷本《说郛》卷三一下《客退纪谈》
	唐穆宗	节自《广记》卷二二七伎巧《韩志和》（注出《杜阳杂编》）
	唐宪宗	《广记》卷二二七伎巧《重明枕》（注出《杜阳杂编》）

（续表）

卷　次	篇　目	出　　处
卷七 宫掖部	金凤外传	明王宇撰（据《榕阴新检》卷一五）
	华阳宫记	《古今说海》说纂部逸事家《艮岳记》
	宋真宗	《古今说海》说纂部散录家《行营杂录》
卷八 幽期部	晁采外传	待考
	紫竹小传	待考
	姚月华小传	待考
	投桃录	《鸳渚志余雪窗谈异》帙下《天符殿举录》
	金钏记	《稗家粹编》卷二幽期部
	蒋　生	《庚巳编》卷三
	宝环记	待考
	彩舟记	待考
卷九 情感部一	并蒂莲花记	《稗家粹编》卷二幽期部
	齐推女传	《古今说海》说渊部别传家
	秋千会记	《剪灯余话》卷四
	李彊名妻	《广记》卷三八六再生（注出《纪闻》）
	胡氏子	《分类夷坚志》戊集卷四冥婚嗣息门冥数成婚类
	鄂州南市女	《夷坚支庚》卷一
	周瑞娘	《分类夷坚志》戊集卷四冥婚嗣息门冥数成婚类
	张红桥传	明陈鸣鹤《晋安逸志》（据《榕阴新检》卷一五《红桥倡和》）
卷一○ 情感部二	翠翠传	《剪灯新话》卷三
	唐晅手记	《古今说海》说渊部别传家
	刘　立	《广记》卷三八八悟前生（注出《会昌解颐录》）
	李元平	《广记》卷一一二报应（注出《异物志》）
	氤氲大使	宋陶谷《清异录》卷一仙宗
	庞　阿	《广记》卷三五八神魂（注出《幽明录》）
	南除士人	《广记》卷一六一感应（注出《系蒙》）
	河间男子	《广记》卷一六一感应（注出《法苑珠林》）
	吴淑姬	元林坤《诚斋杂记》卷上

（续表）

卷　次	篇　目	出　处
卷一〇 情感部二	太曼生传	明陈鸣鹤《晋安逸志》（据《榕阴新检》卷一五《花楼吟咏》）
	乌山幽会记	《竹窗杂录》（据《榕阴新检》卷一五《乌山幽会》）
	双鸳冢志	《戴林记》（据《榕阴新检》卷一五《西轩密约》）
	娟娟传	《高坡异纂》卷中
卷一一 妓女部	杨玉香	明陈鸣鹤《晋安逸志》（据《榕阴新检》卷一五《玉香清妓》）
	书仙传	《青泥莲花记》卷二《曹文姬》
	方响女	《青泥莲花记》卷二《方响女妓》
	瑞　卿	《青泥莲花记》卷三
	冯蝶翠	《青泥莲花记》卷三
	王翘儿	《青泥莲花记》卷三
	王幼玉记	《青泥莲花记》卷五
	长安李姝	《青泥莲花记》卷五
	铁氏二女	《青泥莲花记》卷六
	蜀客妓	《青泥莲花记》卷一二《翁客妓》
	灵犀小传	待考
	义倡传	待考
	哑倡志	《青泥莲花记》卷一三
	薛姬传	待考
卷一二 梦游部	瑶华洞天记	《榕阴新检》卷八神仙《仙女怜才》
	玉虚洞记	待考
	玄妙洞天记	待考
	荔枝梦	《稗家粹编》卷三《荔枝入梦》
	卫师回	《夷坚支甲》卷二
	玄　驹	元伊世珍《琅嬛记》卷下（注出《贾子说林》）
	浣　衣	元伊世珍《琅嬛记》卷下（注出《虚楼续本事诗》）
	蔡少霞	《广记》卷五五神仙（注出《集异记》）
	范　微	《古今清谈万选》卷四《五美色殊》

（续表）

卷 次	篇 目	出 处
卷一二 梦游部	扶离佳会录	徐𤏳《幔亭集》（据《榕阴新检》卷一五幽期《荔枝假梦》）
	郑翰卿	《竹窗杂录》（据《榕阴新检》卷一〇灵异《花神托梦》）
卷一三 义侠部	香丸志	元龙辅、常阳《女红余志》卷上《香丸夫人》
	飞飞传	《广记》卷一九四豪侠《僧侠》（注出《酉阳杂俎》）
	箍桶老人	《广记》卷一九五豪侠《京西店老人》（注出《酉阳杂俎》）
	王小仆记	《广记》卷一九六豪侠《田膨郎》（注出《剧谈录》）
	王仲通	明董斯张《广博物志》卷三二（注出《广记》，《广记》未载）
	三鬟女子传	《广记》卷一九六豪侠《潘将军》（注出《剧谈录》）
	贾人妻	《广记》卷一九六豪侠（注出《集异记》）
	双侠传	《稗家粹编》卷一义侠部《侠妇人传》
	侠妪	元龙辅、常阳《女红余志》卷上
	许寂	《广记》卷一九六豪侠（注出《北梦琐言》）
	嘉兴绳技	《广记》卷一九三豪侠（注出《原化记》）
	卢生	《广记》卷一九五豪侠（注出《酉阳杂俎》）
	剑客	《广记》卷一九五豪侠《义侠》（注出《原化记》）
	崔素娥	《剑侠传》卷三《韦洵美》、《灯下闲谈》卷下《行者雪冤》）
	虬须叟传	《剑侠传》卷三《虬须叟》、《灯下闲谈》卷上《神仙雪冤》、《稗家粹编》卷一义侠部
	申屠氏	明陈鸣鹤《晋安逸志》（据《榕阴新检》卷三贞烈《女侠报仇》）
	解洵	《分类夷坚志》己集卷四神仙门剑侠类《解洵娶妇》
	郭伦	《分类夷坚志》己集卷四神仙门剑侠类《郭伦观灯》
	碧线传	《剪灯余话》卷二《青城舞剑录》
	李十一娘	《逸志》（据《榕阴新检》卷一孝行《孝女复仇》）

（续表）

卷　次	篇　目	出　　处
卷一四 幻术部一	申毒国道人	《广记》卷二八四幻术、《拾遗记》卷四
	襄阳老叟	《广记》卷二八七幻术（注出《潇湘录》）
	猪嘴道人	《分类夷坚志》辛集卷三杂艺门异术类
	北山道者	《广记》卷二八五幻术（注出《纪闻》）
	杨抽马	《分类夷坚志》辛集卷三杂艺门异术类
	王道士	元伊世珍《琅嬛记》卷下（注出《玄虚子仙志》）
	赵十四	《广记》卷二八三巫《许至雍》（注出《灵异记》）
	周　生	《广记》卷七五道术（注出《宣室志》）
	潘老人	《广记》卷七五道术（注出《原化记》）
	胡媚儿	《广记》卷二八六幻术（注出《河东记》）
	俞　叟	《广记》卷八四异人（注出《补录记传》）
	柳秀才	《广记》卷八三异人《柳城》（注出《酉阳杂俎》）
	东流道人	《分类夷坚志》辛集卷三杂艺门异术类
	张山人	《广记》卷七二道术（注出《原化记》）
	中部民	《广记》卷二八六幻术（注出《独异志》）
	青城道士	《广记》卷二八七幻术（注出《王氏见闻》）
	李处士	《广记》卷七三道术（注出《阙史》）
	鼎州汲妇	《分类夷坚志》辛集卷四妖巫门
	梁仆毛公	《分类夷坚志》辛集卷四妖巫门
	潘　成	《分类夷坚志》辛集卷四妖巫门《潘成击乌》
卷一五 幻术部二	窦致远	《夷坚支丁》卷九
	板桥店记	《古今说海》说渊部别传家《板桥记》
	李秀才	《广记》卷七八方士（注出《酉阳杂俎》）
	韩　生	《古今说海》说略部杂记家《铁围山丛谈》
	紫金梁	待考
	陈季卿	《广记》卷七四道术（注出《纂异记》）
	张真人	明陆采《冶城客论》

（续表）

卷 次	篇 目	出 处
佁诡部	吴 约	《分类夷坚志》丁集卷二诈谋骗局门《吴约知县》
	杨戬馆客	《分类夷坚志》丁集卷三奸淫门
	王朝议	《分类夷坚志》丁集卷二诈谋骗局门
	薛氏子	《广记》卷二三八诡诈（注出《唐国史》）
	真珠姬	《分类夷坚志》丁集卷二诈谋骗局门《真珠族姬》
	张 祐	《广记》卷二三八诡诈《张祐》（注出《桂苑丛谈》）
	临安武将	《分类夷坚志》丁集卷二诈谋骗局门
	宁 王	《广记》卷二三八诡诈（注出《酉阳杂俎》）
卷一六 徂异部	兜玄国记	《广记》卷八三异人《张佐》（注出《玄怪录》）
	贾 耽	《广记》卷三九〇冢墓（注出《酉阳杂俎》）
		《广记》卷八三异人（注出《会昌解颐》）
	钮 婆	《广记》卷二八六幻术《关司法》（注出《灵怪录》）
	大历士人	元林坤《诚斋杂记》卷下
	刘氏子妻	《广记》卷三八六再生（注出《原化记》）
	杨知春	《广记》卷三八九冢墓（注出《博异志》）
	王守一	《广记》卷八二异人（注出《大唐奇事》）
	庐山渔者	《广记》卷三七四灵异（注出《玉堂闲话》）
	张茂先	元伊世珍《琅嬛记》卷上（注出《玄观手抄》）
	蒯武安	《广记》卷一〇二报应（注出《报应记》）
	程 颜	《广记》卷三七四灵异（注出《闻奇录》）
	活玉巢	宋陶谷《清异录》卷下妖门
	王布女	《广记》卷二二〇医《王布》（注出《酉阳杂俎》）
	海王三	《分类夷坚志》壬集卷一奇异门
	利路知县女	《分类夷坚志》壬集卷一奇异门
	王仁裕	《古今说海》说纂部散录家《养疴漫笔》
	侯 遹	《广记》卷四〇〇宝（注出《玄怪录》）
	村正妻	《广记》卷三六四妖怪《河北村正》（注出《酉阳杂俎》）

（续表）

卷　次	篇　目	出　　处
卷一六 徂异部	臂　龙	《庚巳编》卷一〇
	海　贾	《分类夷坚志》壬集卷一奇异门《海外怪洋》
	王氏蚕	《夷坚支甲》卷八《符离王氏蚕》
	徐副使	待考
	李婆墓	《夷坚支甲》卷二
	大业开河记	《古今说海》说纂部、《历代小史》本《炀帝开河记》
	刘录事	《广记》卷二二〇医（注出《玄怪录》）
	刁朝俊	《广记》卷二二〇医（出《玄怪录》）
卷一七 定数部	李　揆	《广记》卷一五〇定数（注出《前定录》）
	张去逸	《广记》卷一五〇定数（注出《纪闻》）
	琴台子	《广记》卷一五九定数（注出《续玄怪录》）
	卢　生	《广记》卷一五九定数（注出《续玄怪录》）
	李　君	《广记》卷一五七定数（注出《逸史》）
	李行修	《广记》卷一六〇定数（注出《续定命录》）
	卢　求	《广记》卷一八一贡举（注出《摭言》）
	秀师言记	《广记》卷一六〇定数（注出《异闻录》）
	尉迟敬德	《广记》卷一四六定数（注出《逸史》）
	李　公	《广记》卷一五三定数（注出《逸史》）
	崔　洁	《广记》卷一五六定数（注出《逸史》）
	吴四娘	《分类夷坚志》戊集卷二前定门
	汪玉山	《古今说海》说纂部散录家《养疴漫笔》
	张　太	明王兆云《说圃识余》卷上《张太得银》
	灌园女	《广记》卷一六〇定数《灌园婴女》（注出《玉堂闲话》）
	阚　喜	《分类夷坚志》戊集卷三前定门《米张家》
	西蜀举人	《古今说海》说纂部散录家《蓼花洲闲录》
卷一八 冥迹部	刘长史女	《广记》卷三八六再生（注出《广异记》）
	丽　春	《广记》卷三七五再生《韦讽女奴》（注出《通幽记》）

（续表）

卷 次	篇 目	出 处
卷一八 冥迹部	刘长史女	《广记》卷三八六再生（注出《广异记》）
	丽 春	《广记》卷三七五再生《韦讽女奴》（注出《通幽记》）
	徐太守女	《广记》卷三七五再生《徐玄方女》（注出《法苑珠林》）
	魏叔介	《分类夷坚志》癸集卷一设醮门《黄法师醮》
	汤氏子	《广记》卷三七六再生（注出《广异记》）
	秋 英	《广记》卷三八六再生《章汎》（注出《异苑》）
	龙阳王丞	《分类夷坚志》癸集卷二冥官门
	赵 泰	《广记》卷三七七再生（注出《冥祥记》）
	陆四娘	《广记》卷一一五报应《钳耳含光》（注出《广异记》）
	卫仲达	《分类夷坚志》癸集卷五入冥门《卫达可再生》
	郗惠连	《广记》卷三七七再生（注出《宣室志》）
	郑 生	《广记》卷三五八神魂（注出《灵怪录》）
	苍 璧	《广记》卷三〇三神《奴苍璧》（注出《潇湘录》）
	朱 客	明陆延枝《说听》卷一
	花 子	《广记》卷三八六再生《卢顼表姨》（注出《玄怪录》）
	庚 甲	《广记》卷三八三再生（注出《还异记》）
	冥音录	《广记》卷四八九杂传记
卷一九 冤报部	东洛客	《广记》卷三五七夜叉（注出《逸史》）
	鄂州小将	《广记》卷一三〇报应（注出《稽神录》）
	卢 氏	《广记》卷二八一梦《侯生》（注出《宣室志》）
	绿 翘	《广记》卷一三〇报应（注出《三水小牍》）
	卢从事	《广记》卷四三六畜兽（注出《河东记》）
	王士真	《广记》卷一二五报应《李生》（注出《宣室志》）
	军使女	《广记》卷一三〇报应《严武盗妾》（注出《逸史》）
	桃 英	《广记》卷一二九报应《王范妾》（注出《冥报录》）

（续表）

卷　次	篇　目	出　处
卷一九 冤报部	唐　绍	《广记》卷一二五报应（注出《异杂篇》）
	刘正彦	《分类夷坚志》甲集卷一不忠类
	华阳李尉	《广记》卷一二二报应（注出《逸史》）
	满少卿	《分类夷坚志》戊集卷五夫妻门夫妻负约类
	李氏妇	《广记》卷三一八鬼《张禹》（注出《志怪》）
	张　客	《分类夷坚志》庚集卷四鬼怪门《张客奇遇》
	赵馨奴	《夷坚三志己》卷六《赵氏馨奴》
	桶张氏	《古今说海》说略部杂记家《清尊录》
	吴云郎	《夷坚支戊》卷四
卷二〇 珍奇部	张　珽	《广记》卷四〇一宝（注出《潇湘录》）
	苏　遏	《广记》卷四〇〇宝（注出《博异志》）
	宜春郡民	《广记》卷四〇一宝（注出《玉堂闲话》）
	康　氏	《广记》卷四〇一宝（注出《稽神录》）
	青泥珠	《广记》卷四〇二宝（注出《广异记》）
	宝　珠	《广记》卷四〇二宝（注出《广异记》）
	水　珠	《广记》卷四〇二宝（注出《纪闻》）
	真如八宝记	《广记》卷四〇四宝《肃宗朝八宝》（注出《杜阳杂编》）
	玉清三宝记	《广记》卷四〇三宝（注出《宣室志》）
	宝　母	《广记》卷四〇三宝《魏生》（注出《原化记》）
	张　牧	元伊世珍《琅嬛记》卷下（注出《采兰杂志》）
	凤翔石	《分类夷坚志》壬集卷二奇异门《凤翔道上石》
	龙枕石	《耳谈类增》卷二〇脞志鳞羽篇
	上清童子	《广记》卷四〇五宝《岑文本》（注出《博异志》）
	聚宝竹	《夷坚支丁》卷三《海山异竹》
	龟　宝	《古今说海》说纂部散录家《虚谷闲抄》
	波斯人	《古今说海》说纂部杂纂家《损斋备忘录》
	陆颙传	《古今说海》说渊部别传家
	奇　宝	明王兆云《说圃识余》卷上
	吕　生	《广记》卷四〇一宝（注出《宣室志》）

（续表）

卷 次	篇 目	出 处
卷二一 器具部一	紫珍记	《广记》卷二三〇器玩《王度》（注出《异闻集》）
	敬元颖传	《广记》卷二三一器玩《陈仲躬》（注出《博异志》）
	渔 人	《广记》卷二三一器玩（注出《原化记》）
	符 载	《广记》卷二三二器玩（注出《芝田录》）
	省名部落主	《广记》卷三六八精怪《居延部落主》（注出《玄怪录》）
	虢国夫人	《广记》卷三六八精怪（注出《大唐奇传》）
	金象将军	《广记》卷三六九精怪《岑顺》（注出《玄怪录》）
	张秀才	《广记》卷三七〇精怪（注出《宣室志》）
	轻素轻红	《广记》卷三七一精怪《曹惠》（注出《玄怪录》）
	阮文雄	《古今清谈万选》卷三《古冢奇珍》
	卢 郁	《广记》卷三七三精怪（注出《宣室异录记》）
卷二二 器具部二	搴绒志	《稗家粹编》卷七妖怪《弊帚惑僧传》
	卢 涵	《广记》卷三七二精怪（注出《传奇》）
	招提嘉遇记	《稗家粹编》卷七妖怪《招提琴精记》
	苏还妻	明陆延枝《说听》卷二
	王 华	明陈鸣鹤《晋安逸志》（据《榕阴新检》卷九妖怪《宝剑成精》）
	卢秀才	明陆延枝《说听》卷四
	金银部落	《广记》卷三七二精怪《商乡人》（注出《广异记》）
	崔 玦	《广记》卷三七〇精怪（注出《宣室志》）
	卢赞善	《广记》卷三六八精怪（注出《广异记》）
	负 赑	待考
	幼 卿	元龙辅、常阳《女红余志》卷上《鼠》
	傀儡子	明陆采《冶城客论》之《戏偶怪》
	薛 雍	明陆采《冶城客论》之《薛氏画女妖》
	司花女	待考
	牛邦本	待考
	李 约	《广记》卷三六三妖怪（注出《三水小牍》）

（续表）

卷　次	篇　目	出　处
卷二二 器具部二	曲秀才	《广记》卷三六八精怪（出《开天传信记》）
	姜　修	《广记》卷三七〇精怪（注出《潇湘录》）
	姚康成	《广记》卷三七一精怪（注出《灵怪录》）
	石占娘	《古今清谈万选》卷三《怪侵儒士》
	鄂州官舍女子	《夷坚支癸》卷六
卷二三 草木部	妖柳传	《鸳渚志余雪窗谈异》帙上
	周江二生	待考
	薛　蕡	待考
	邓　珪	《广记》卷四一七草木（注出《宣室志》）
	狄明善	待考
	周少夫	元伊世珍《琅嬛记》卷上（注出《玄虚子仙志》）
	僧智通	《广记》卷四一五草木（注出《西阳杂俎》）
	翻经台记	待考
	杨二姐	待考
	光化寺客	《广记》卷四一七草木（注出《集异记》）
	海月楼记	待考
	苏昌远	《广记》卷四一七草木（注出《北梦琐言》）
	老树悬针记	《稗家粹编》卷七妖怪部
	臧颐正	待考
	钱氏子	待考
	焦　氏	《庚巳编》卷五《芭蕉女子》
	野庙花神记	《稗家粹编》卷四神部
	菊　异	《古今清谈万选》卷四《和州菊异》
卷二四 鳞介部	陶　岘	《广记》卷四二〇龙（注出《甘泽谣》）
	王知事子	明王兆云《漱石闲谈》卷下《狗蟆吐宝》
	宗立本	《夷坚甲志》卷二《宗立本小儿》
	龙　妇	待考
	水仙子	元伊世珍《琅嬛记》卷下（注出《修真录》）

（续表）

卷 次	篇 目	出 处
卷二四 鳞介部	昭潭三姝	《广记》卷四七〇水族《高昱》（注出《传奇》）
	历阳丽人	《夷坚三志辛》卷五
	张处静	《夷坚支戊》卷九《同州白蛇》
	赵进奴（无目有文）	《分类夷坚志》壬集卷四精怖门禽兽为怪类《姜五郎二女子》
	程氏妇	待考
	程山人女	《夷坚三志辛》卷五
	孙知县妻	《夷坚支戊》卷二
	朱觊	《广记》卷四五六蛇（注出《集异记》）
	蛇妖	《分类夷坚志》壬集卷四精怖门禽兽为怪类
	太元士	《广记》卷四五六蛇（注出《续搜神记》）
	江郎	《广记》卷四六八水族《王素》（注出《三吴记》）
	微生谅	《广记》卷四六九水族《微生亮》（注出《三峡记》）
	彭城男子	《广记》卷四六九水族（注出《列异传》）
	金陵人	明王兆云《湖海搜奇》卷下《面具治黑鱼精》
	樊氏女	明王兆云《白醉琐言》卷上《樊氏黑鱼精》
	谢非	《广记》卷四六八水族（注出《搜神记》）
	谢宗	《广记》卷四六八水族（注出《志怪》）
	朱法公	《广记》卷四六九水族（注出《续异记》）
	王奂	《广记》卷四六九水族（注出《九江记》）
	岛胡	《广记》卷四六四水族《南海大蟹》（注出《广异记》）
	邓元佐	《广记》卷四七一水族（注出《集异记》）
卷二五 禽部	令史妻	《广记》卷四六〇禽鸟《户部令史妻》（注出《广异记》）
	徐奭	《广记》卷四六〇禽鸟（注出《异苑》）
	鸣鹤山志	《分类夷坚志》壬集卷四精怖门禽兽为怪类
	魏沂	待考

（续表）

卷　次	篇　目	出　处
卷二五 禽部	陈元善	明陆粲《庚巳编》卷四《鸡精》
	陶必行	待考
	京师女	待考
	刘潜女	《广记》卷四六○禽鸟（注出《大唐奇事》）
	木师古	《广记》卷四七四昆虫（注出《博异志》）
昆虫部	蚍蜉王传	《古今说海》说渊部别传家《蚍蜉传》
	科斗郎君	《广记》卷四七四昆虫《来君绰》（注出《玄怪录》）
	石　宪	《广记》卷四七六昆虫（注出《宣室志》）
	太和士人	《广记》卷四七六昆虫《守宫》（注出《酉阳杂俎》）
	蝎　魔	《庚巳编》卷九
	王　双	《广记》卷四七三昆虫（注出《异苑》）
	朱诞给使	《广记》卷四七三昆虫（注出《搜神记》）
	瘦腰郎君	元林坤《诚斋杂记》卷上、元伊世珍《琅嬛记》卷下
	徐　邈	《广记》卷四七三昆虫《蚱蜢》（注出《续异记》）
	审雨堂志	《广记》卷四七四昆虫《卢汾》（注出《穷神秘苑》）
	张　景	《广记》卷四七七昆虫（注出《宣室志》）
	和且耶	《广记》卷四七四昆虫《滕庭俊》（注出《玄怪录》）
	薛　嵩	元伊世珍《琅嬛记》卷上（注出《魏生禁杀录》）
	鞠　通	元伊世珍《琅嬛记》卷中（注出《贾子说林》）
卷二六 兽部一	张　全	《广记》卷四三六畜兽（注出《潇湘记》）
	连少连	《夷坚支癸》卷五《连少连书生》
	山庄夜怪录	《古今说海》说渊部别传家
	韩　生	《广记》卷四三八畜兽（注出《宣室志》）
	天元邓将军	《分类夷坚志》壬集卷四精怪门禽兽为怪类
	白将军	《广记》卷四三八畜兽《杜修己》（注出《潇湘录》）
	黄撇神	《广记》卷四四九狐《郑宏之》（注出《纪闻》）
	胡志忠	《广记》卷四三八畜兽（注出《集异记》）

（续表）

卷 次	篇 目	出 处
卷二六兽部一	尹纵之	《稗家粹编》卷七妖怪部
	蓬瀛真人	《夷坚支庚》卷二
	杨 氏	《广记》卷四三九畜兽（注出《广异记》）
	周氏女	《夷坚支丁》卷八《周氏买花》
	尹氏子	《稗家粹编》卷七妖怪部《猫精》
	李 鏊	明王兆云《白醉琐言》卷上《李鏊鼠精》
	朱 仁	《广记》卷四四〇畜兽（注出《潇湘录》）
	李知微	《广记》卷四四〇畜兽（注出《河东记》）
	陈二翁	待考
	张四妻	《分类夷坚志》壬集卷四精怪门禽兽为怪类
	陈 丰	明陈鸣鹤《晋安逸志》（据《榕阴新检》卷九妖怪《妖鼠咏诗》）
卷二七兽部二	淮南猎者	《广记》卷四四一畜兽（注出《纪闻》）
	嵩山老僧	《广记》卷四四三畜兽（注出《潇湘录》）
	冀州刺史子	《广记》卷四四二畜兽（注出《广异记》）
	郑氏子	《广记》卷四四二畜兽（注出《广异记》）
	薛二娘	《广记》卷四七〇水族（注出《通幽记》）
	钟 道	《广记》卷四六九水族（注出《幽明录》）
	巴西侯传	《古今说海》说渊部别传家
	陈 岩	《广记》卷四四四畜兽（注出《宣室传》）
	汪 凤	《广记》卷一四〇征应（注出《集异记》）
	大士诛邪记	《鸳渚志余雪窗谈异》帙下
	张氏妇	待考
	薛刺史	《广记》卷四四六畜兽《薛放曾祖》（注出《灵保集》）
	侯将军	《分类夷坚志》壬集卷四精怪门禽兽为怪类
	蔡京孙妇	《夷坚支戊》卷九
	璩小十	《夷坚三志己》卷二《璩小十家怪》
	猩猩八郎	《分类夷坚志》壬集卷一奇异门
	曹 倡	待考

（续表）

卷　次	篇　目	出　处
卷二八 兽部三	南阳士人	《广记》卷四三二虎（注出《原化记》）
	王　太	《广记》卷四三一虎（注出《广异记》）
	柳　并	《广记》卷四三三虎（注出《原化记》）
	峡口道士传	《广记》卷四二六虎（注出《解颐录》）
	金陵人	待考
	申屠澄传	《广记》卷四二九虎（注出《河东记》）
	费老人	《广记》卷四二七虎《费忠》（注出《广异记》）
	笛　师	《广记》卷四二八虎（注出《广异记》）
	香屯女子	《夷坚三志辛》卷九
	稽　胡	《广记》卷四二七虎（注出《广异记》）
	丹飞先生传	《广记》卷四四一畜兽《萧至忠》（注出《玄怪录》）
	虎媒志	《广记》卷四二八虎《裴越客》（注出《集异记》）
	崔　韬	《广记》卷四三三虎（注出《集异记》）
	马　拯	《广记》卷四三〇虎（注出《传奇》）
	勤自励	《广记》卷四二八虎（注出《广异记》）
	张　逢	《广记》卷四二九虎《张逢》（注出《续玄怪录》）
	赵乳医	《分类夷坚志》乙集卷五禽兽门禽虫异类
卷二九 兽部四	吴南鹤	《广记》卷四四八狐《杨伯成》（注出《广异记》）、《狐媚丛谈》卷一《道士收狐》
	破婚狐	《狐媚丛谈》卷二《小狐破大狐婚》
	狐　仙	《狐媚丛谈》卷三
	赵　注	待考
	王　生	《狐媚丛谈》卷三《狐戏王生》
	谭法师	《夷坚支庚》卷六
	李令绪	《狐媚丛谈》卷三《牝狐为李令绪阿姑》
	张千户	待考
	周　成	明陆采《冶城客论》之《狐媚周成》
	僧园女	《夷坚三志己》卷二《东乡僧园女》

（续表）

卷 次	篇 目	出 处
卷二九 兽部四	阉 子	待考
	裴氏狐	《狐媚丛谈》卷三《三狐相殴》
	谷亭狐	《庚巳编》卷八
	王知古	《狐媚丛谈》卷四《王知古赘狐被逐》
	郑四娘	《广记》卷四五一狐《李麝》（注出《广异记》）
卷三〇 兽部五	高邮州同	明陆采《冶城客论》之《二狐魅》
	蒋 生	《狐媚丛谈》卷五《大别山狐》
	徐 安	《广记》卷四五〇狐（注出《集异记》）
	何让之	《广记》卷四四八狐（注出《乾𦠆子》）
	王 生	《狐媚丛谈》卷四《狐死塔下》
	费 翁	待考
	衢州少妇	《夷坚支乙》卷四
	陈崇古	《狐媚丛谈》卷五《临江狐》
	胡老官	明陆采《冶城客论》
	韦明府	《广记》卷四四九狐（注出《广异记》）
	貍 丹	王兆云《漱石闲谈》卷上
	崔 三	《夷坚支乙》卷二《茶仆崔三》
	谢混之	《狐媚丛谈》卷二《狐向台告县令》、《广记》卷四四九狐（注出《广异记》）
	李自良	《狐媚丛谈》卷三《李自良夺狐天符》
	婆罗门	《狐媚丛谈》卷一《狐化婆罗门》
	上官翼	《狐媚丛谈》卷一《上官翼毒狐》
	崔 昌	《狐媚丛谈》卷二《狐变小儿》、《广记》卷四五一狐（注出《广异记》）
卷三一 妖怪部	花 红	《广记》卷三六六妖怪《曹朗》（注出《乾𦠆子》）
	许 敬	《广记》卷三六五妖怪《许敬张闲》（注出《传信志》）
	李 黄	《广记》卷三六六妖怪（注出《闻奇录》）

（续表）

卷 次	篇 目	出 处
卷三一 妖怪部	窦不疑	《广记》卷三七一精怪（注出《纪闻》）
	青州都监	《分类夷坚志》庚集卷四鬼怪门异鬼类
	刘崇班	《分类夷坚志》庚集卷四鬼怪门异鬼类
	王 柱	待考
	丁 讓	《广记》卷三六〇妖怪（注出《幽冥记》）
	夏秀妻	待考
	于 凝	《广记》卷三六四妖怪（注出《集异记》）
	唐氏女	明陆采《冶城客论》之《唐氏妇》
	高郎中	待考
	曹世荣	明陆采《冶城客论》
	张 益	明王兆云《湖海搜奇》卷下《神拽人长》（据《坚瓠秘集》卷四）
	宫山僧	《广记》卷三六五妖怪（注出《集异记》）
	广陵士人	《广记》卷三六七妖怪（注出《稽神录》）
	元自虚	《广记》卷三六一妖怪（注出《会昌解颐录》）
	卢江民	《广记》卷三六三妖怪（注出《宣室志》）
	甕中小儿	《广记》卷三四六《送书使者》（注出《河东记》）
	白骨小儿	《广记》卷三四二《周济川》（注出《祥异记》）
	铁小儿	《广记》卷三六二妖怪《长孙绎》（注出《纪闻》）
	树头小儿	《广记》卷三六〇妖怪《田骚》（注出《五行记》）
	富阳王氏	《广记》卷三六〇妖怪（注出《搜神记》）
	虞定国	《广记》卷三六〇妖怪（注出《搜神记》）
	王宗信	《广记》卷三六六妖怪（注出《王氏见闻》）
	顿丘人	《广记》卷三五九妖怪（注出《搜神记》）
	张 缜	《广记》卷三六六妖怪（注出《闻奇录》）
卷三二 鬼部一	王秋英传	明韩梦云《万鸟啼春集》（据《榕阴新检》卷一五幽期《秋英冥孕》）
	游会稽山记	《稗家粹编》卷六鬼部《邹宗鲁游会稽山记》

（续表）

卷 次	篇 目	出 处
卷三二鬼部一	赵 合	《广记》卷三四七鬼（注出《传奇》）
	张氏子	明陆延枝《说听》卷三
	虞秀才	明陆延枝《说听》卷四
	任 迥	《分类夷坚志》庚集卷二鬼怪门鬼惑人类《任迥春游》
	鬼小娘	《分类夷坚志》庚集卷二鬼怪门鬼附人类
	程喜真	《夷坚三志己》卷二《程熹真非人》
	睢右卿	《夷坚三志己》卷三《睢佑卿妻》
	崔 咸	《广记》卷三三三鬼（注出《通幽记》）
	严尚书	待考
	李 陶	《广记》卷三三三鬼（注出《广异记》）
	京 娘	《夷坚三志己》卷四《暨彦颖女子》
	裴 徽	《广记》卷三三三鬼（注出《广异记》）
	新繁县令	《广记》卷三三五鬼（注出《广异记》）
	颜鬼子	明陆采《冶城客论》
	七五姐	《夷坚三志壬》卷一〇《解七五姐》
卷三三鬼部二	王 煌	《稗家粹编》卷六鬼部
	褚必明	《稗家粹编》卷六鬼部
	三赵失舟	《夷坚支丁》卷一
	仙隐客	《夷坚支丁》卷六《南陵仙隐客》
	孙 木	待考
	张 生	待考
	书廿七	《夷坚三志辛》卷八
	来 仪	待考
	鬼国母	《分类夷坚志》壬集卷一奇异门异域类
	陈秀才	《夷坚支癸》卷七《陈秀才游学》
	孙大小娘子	《夷坚支戊》卷二
	高氏妇	《夷坚三志辛》卷九《高氏影堂》

（续表）

卷　次	篇　目	出　处
卷三三 鬼部二	阎　庚	《广记》卷三二八鬼（注出《广异记》）
	卖鱼吴翁	《分类夷坚志》庚集卷二鬼怪门人死复生类
	南陵美妇	《夷坚支乙》卷八《南陵美妇人》
	周氏子	《夷坚支庚》卷七
	张京安	待考
	王上舍	《夷坚支庚》卷八
	张守一	《广记》卷三三六鬼（注出《广异记》）
	王　乙	《广记》卷三三四鬼（注出《广异记》）
卷三四 鬼部三	僧智圆	《广记》卷三六四妖怪（注出《酉阳杂俎》）
	赤丁子	《广记》卷三五二鬼《牟颖》（注出《潇湘录》）
	萧思遇	《广记》卷三二七鬼（注出《博物志》）
	张子长	《广记》卷三一九鬼（注出《法苑珠林》）
	唐　俭	《广记》卷三二七鬼（注出《续玄怪录》）
	密陀僧	《广记》卷三四八鬼《沈恭礼》（注出《传异志》）
	鬼　媒	《广记》卷三四九鬼《段何》（注出《河东记》）
	李　俊	《广记》卷三四一鬼（注出《续玄怪录》）
	张　庚	《广记》卷三四五鬼（注出《续玄怪录》）
	薛　矜	《广记》卷三三一鬼（注出《广异记》）
	王暹女	《广记》卷三四四鬼《张宏让》（注出《乾𦠤子》）
	秦　树	《广记》卷三二四鬼（注出《甄异录》）
	王　鲔	《广记》卷三五二鬼（注出《剧谈录》）
	郑　奇	《广记》卷三一七鬼（注出《风俗通》）
	田达诚	《广记》卷三五四鬼（注出《稽神录》）
	赵庆云	《古今清谈万选》卷二《留情庆云》
	黎阳客	《广记》卷三三三鬼（注出《广异记》）
	季　攸	《广记》卷三三三鬼（注出《纪闻》）
	李林甫	《广记》卷三三五鬼（注出《宣室志》）

（续表）

卷 次	篇 目	出 处
卷三五 鬼部四	郑婉娥传	《剪灯余话》卷二《秋夕访琵琶亭记》
	李源会	《夷坚支庚》卷七
	乌 头	《广记》卷三五五鬼《刘隤》（注出《稽神录》）
	仇 铎	《夷坚乙志》卷一七《女鬼惑仇铎》
	王 立	《夷坚丁志》卷四《王立燋鸭》
	马仲叔	《广记》卷三二二鬼《王志都》（注出《幽明录》）
	蔡五十三姐	《分类夷坚志》庚集卷二鬼怪门人死复生类
	卖花妇	《广记》卷三五五鬼《僧楚珉》（注出《稽神录》）
	崔氏女	《广记》卷三二四鬼《崔茂伯》（注出《幽明录》）
	余杭广	《广记》卷三八三再生（注出《幽明录》）
夜叉部	洪昉禅师	《广记》卷九五异僧（注出《纪闻》）
	莲花娘子	《广记》卷三五七夜叉《蕴都师》（注出《河东记》）
	马 超	《分类夷坚志》丁集卷四杂附门勇类《宜州溪洞长人》
	刘绩中	《广记》卷三六三妖怪《刘积中》（注出《酉阳杂俎》）
	薛 淙	《广记》卷三五七夜叉（注出《博异传》）
	杜万妻	《广记》卷三五六夜叉《杜万》（注出《广异记》）
	陈越石	《广记》卷三五七夜叉（注出《宣室志》）
	裴六娘	《广记》卷三五六夜叉《哥舒翰》（注出《通幽记》）

主要参考书目

一、小说、笔记、戏曲作品

［晋］郭璞注，王贻樑、陈建敏校释《穆天子传汇校集释》，北京：中华书局，2019 年。

［晋］葛洪《西京杂记》，北京：中华书局，1985 年。

［晋］王嘉《拾遗记》，国家图书馆藏顾春世德堂明嘉靖十三年（1534）刊本。

［晋］干宝《搜神记》，天津图书馆藏沈士龙、胡震亨明万历间刊《秘册汇函》本。

［晋］干宝撰，汪绍楹校注《搜神记》，北京：中华书局，1979 年。

［北魏］杨衒之《洛阳伽蓝记》，国家图书馆藏明如隐堂刊本。

［唐］释道世撰，周步迦、苏晋仁校注《法苑珠林校注》，北京：中华书局，2003 年。

［唐］皇甫枚《三水小牍》，天津图书馆藏清乾隆五十七年（1792）卢文弨刻本。

［唐］牛僧孺《幽怪录》，国家图书馆藏明陈应翔刊本。

［唐］牛僧孺撰，程毅中点校《玄怪录》，北京：中华书局，2006 年第 2 版。

［唐］李复言《续幽怪录》，宋临安府太庙前尹家书籍铺刻本，《中华

再造善本》唐宋编，北京：国家图书馆出版社，2004 年。

[唐] 范摅《云溪友议》，国家图书馆藏明刊本，善本书号：11109。

[唐] 沈亚之《沈下贤文集》，国家图书馆藏明刊本。

[唐] 段成式撰，方南生点校《酉阳杂俎》，北京：中华书局，1981 年。

[唐] 张读《宣室志》，国家图书馆藏明钞本。

[唐] 冯贽辑《云仙杂记》，国家图书馆藏叶氏菉竹堂明隆庆五年（1571）刊本。

[五代] 隐夫玉简撰《疑仙传》，国家图书馆藏明钞本，善本书号：06639。

[宋] 吴淑《江淮异人录》，国家图书馆藏明钞本，善本书号：06637；台湾图书馆藏清南昌彭氏知圣道斋钞本。

[宋] 李昉等编《太平广记》，国家图书馆藏明沈氏野竹斋钞本；国家图书馆藏明嘉靖四十五年（1566）谈恺刊本；国家图书馆藏许自昌明万历间刊本，善本书号：A01516；清陈鳣校宋本《太平广记》，国家图书馆藏陈鳣校本；国家图书馆藏"平馆藏书"明活字本，善本书号：CBM1449。

[宋] 李昉等编，张国风会校《太平广记会校》，北京：北京燕山出版社，2011 年。

[宋] 陶谷《清异录》，国家图书馆藏叶氏菉竹堂明隆庆六年（1572）刊本。

[宋] 刘斧《青琐高议》前集，国家图书馆藏明钞本，善本书号：11126。

[宋] 何薳《春渚纪闻》，国家图书馆藏明钞本，善本书号：07545。

[宋] 庄绰《鸡肋编》，北京：中华书局，1983 年。

[宋] 王明清《挥麈余话》，《中华再造善本》，北京：北京图书馆出版社，2003 年。

[宋] 何汶撰，常振国、绛云点校《竹庄诗话》，北京：中华书局，1984 年。

　　［宋］计有功辑撰《唐诗纪事》，国家图书馆藏洪楩清平山堂明嘉靖二十四年（1545），善本书号：A00771。

　　［宋］周密著，范荧整理《武林旧事》，《全宋笔记》第八编第2册，郑州：大象出版社，2017年。

　　［宋］周密撰，张茂鹏点校《齐东野语》，北京：中华书局，1983年。

　　［宋］叶梦得《避暑录话》，《全宋笔记》第二编第10册，郑州：大象出版社，2006年。

　　［宋］洪迈撰，孔凡礼点校《容斋随笔》，北京：中华书局，2005年。

　　［宋］陈葆光《三洞群仙录》，国家图书馆藏清钞本。

　　［宋］赵令畤撰，孔凡礼点校《侯鲭录》，北京：中华书局，2002年。

　　［宋］罗大经撰，王瑞来点校《鹤林玉露》，北京：中华书局，1983年。

　　［宋］洪迈撰，何卓点校《夷坚志》，北京：中华书局，2006年第2版。

　　［宋］叶祖荣辑《分类夷坚志》，国家图书馆藏洪楩清平山堂明嘉靖二十五年（1546）刊本。

　　［宋］周守忠《姬侍类偶》，《四库全书存目丛书》子部第168册，济南：齐鲁书社，1995年。

　　［宋］王楙《野客丛书》，《全宋笔记》第六编第6册，郑州：大象出版社，2013年。

　　［宋］皇都风月主人《绿窗新话》，《艺文杂志》，1936年第1卷第2、3、4、5、6期。

　　［元］林坤《诚斋杂记》，《津逮秘书》第九集，国家图书馆藏毛氏汲古阁明崇祯间刊本，善本书号：A02842。

　　［元］伊世珍《琅嬛记》，《津逮秘书》第九集，国家图书馆藏毛氏汲古阁明崇祯间刊本，善本书号：A02842。

　　［元］赵道一《历世真仙体道通鉴》，明正统道藏本。

　　［元］陶宗仪《南村辍耕录》，北京：中华书局，1959年。

［元］宋远撰，林莹校证《娇红记校证》，北京：中华书局，2024 年。

［元］王实甫著，张燕瑾校注《西厢记》，北京：人民文学出版社，1954 年。

［明］陶宗仪辑《说郛》，国家图书馆藏明弘治十三年（1500）钞本，善本书号：03907；明钮氏世学楼钞本，善本书号：02408。

［明］陶宗仪辑《说郛》，北京：中国书店，1986 年影印涵芬楼本。

［明］瞿佑《剪灯新话》，国家图书馆藏明刊本，善本书号：11127；日本早稻田大学图书馆藏明万历间黄正位刊本。

［明］瞿佑《新增补相剪灯新话大全》，国家图书馆藏杨氏清江堂明正德六年（1511）刊本。

［明］瞿佑等著，周楞伽校注《剪灯新话》（外二种），上海：上海古籍出版社，1981 年。

［明］李昌祺《剪灯余话》，日本内阁文库藏明成化二十三年（1487）双桂堂重刊本；国家图书馆藏明刊本，善本书号：12437；日本早稻田大学图书馆藏明万历间黄正位刊本。

《重刊会真记辩》，国家图书馆藏员鼏明弘治十六年（1503）刊本。

［明］陆采编《虞初志》，国家图书馆藏明弦歌精舍如隐草堂刻本，善本书号：08284；明凌性德朱墨套印本，善本书号：16707；上海图书馆藏明弦歌精舍如隐草堂、凤桥别墅刊本。

［明］顾元庆编《顾氏文房小说》四十种，国家图书馆藏明正德嘉靖间刊本，善本书号：11132。

［明］陆楫等《古今说海》，国家图书馆藏陆楫俨山书院云山书院嘉靖二十三年（1544）刊本，善本书号：09403。

［明］侯甸《西樵野纪》，《续修四库全书》第 1266 册，上海：上海古籍出版社，2002 年；国家图书馆藏明钞本。

［明］田汝成《西湖游览志余》，国家图书馆藏严宽明嘉靖二十六年（1547）刊《西湖游览志》本。

［明］王世贞编《尺牍清裁》，天津图书馆藏明隆庆刊本。

［明］王世贞辑《剑侠传》，国家图书馆藏履谦子明隆庆三年（1569）刊本。

［明］王世贞辑《艳异编》，国家图书馆藏明刊本，善本书号：15139、05008；国家图书馆"平馆藏书"明刊本，善本书号：CBM1248；普通古籍书号：153516、34576、104945。

［明］吴敬所编辑《国色天香》，日本国立公文书馆内阁文库藏金陵周氏万卷楼明万历二十五年（1597）重刊本。

［明］起北赤心子辑《绣谷春容》，美国国会图书馆藏明刊本。

［明］商濬编《稗海》，明万历商氏半埜堂刻清康熙振鹭堂补刻本。

［明］楚江仙叟石公纂辑《花阵绮言》，美国国会图书馆藏明刊本。

［明］胡文焕编《稗家粹编》，国家图书馆藏明万历间刊《胡氏粹编》五种本，善本书号：15382。

［明］胡文焕编，向志柱点校《稗家粹编》，北京：中华书局，2010年。

［明］徐𤊹《榕阴新检》，《四库全书存目丛书》史部第111册，济南：齐鲁书社，1996年。

［明］陆延枝《说听》，国家图书馆藏明万历十八年（1590）刊《烟霞小说》本，善本书号：07580。

［明］吴大震《广艳异编》，日本国立公文书馆内阁文库藏明刊本；《续修四库全书》第1267册，上海：上海古籍出版社，2002年。

［明］梅鼎祚纂辑，陆林校点《青泥莲花记》，合肥：黄山书社，1998年。

［明］泰华山人编选《新镌全像评释古今清谈万选》，日本国立公文书馆内阁文库藏明万历间南京大有堂刊印本。

［明］周绍廉撰，于文藻点校《鸳渚志余雪窗谈异》，《花影集　鸳渚志余雪窗谈异》，北京：中华书局，2008年。

［明］陆粲《庚巳编》，北京：中华书局，1987年。

［明］杨仪《高坡异纂》，国家图书馆藏《烟霞小说》本。

［明］许浩《复斋日记》，孙毓修等辑《涵芬楼秘笈》第一集，上海：上海商务印书馆，1916年。

［明］谢肇淛《五杂组》，上海：上海书店出版社，2001年。

［明］沈德符《万历野获编》，北京：中华书局，1959年。

［明］冯梦龙辑《智囊》，国家图书馆藏明末刊本，善本书号：18759。

［明］冯梦龙评纂，庄葳、郭群一校点《太平广记钞》，郑州：中州书画社，1983年。

［明］西吴适园主人评辑《宫艳》，南京图书馆藏明刊本。

［明］佚名编《剪灯丛话》，国家图书馆藏明刊本，善本书号：18220。

［明］秦淮寓客编《绿窗女史》，美国哈佛大学燕京图书馆藏明刊本。

［明］鸠兹洛源子编《一见赏心编》，美国哈佛大学燕京图书馆藏明刊本。

［明］汤显祖评《玉茗堂批评异梦记》，国家图书馆藏明万历间刊本，善本书号：16235。

［明］陈汝元《金莲记》，国家图书馆藏明万历间刊本，善本书号：A01860。

［明］沈泰编《盛明杂剧》，国家图书馆藏明崇祯间刊本，善本书号：12417。

［明］林近阳增编《燕居笔记》，上海：上海古籍出版社，1994年。

［明］佚名编《五朝小说》，美国哈佛大学燕京图书馆藏明刊本。

［明］桃源居士纂《唐人百家小说》，北京大学图书馆藏明刊本。

［清］王士禛《居易录》，清康熙四十年（1701）刻雍正印本。

［清］周召《双桥随笔》，《景印文渊阁四库全书》第724册，台北：台湾商务印书馆，1986年。

［清］徐岳《见闻录》，国家图书馆藏大德堂清乾隆十七年（1752）刊本，善本书号：11360。

徐震堮著《世说新语校笺》，北京：中华书局，1984年。

汪辟疆校录《唐人小说》，上海：上海古籍出版社，1978年。

《古本小说集成》编委会编《古本小说集成》，上海：上海古籍出版社，1993年。

施耐庵集撰，罗贯中纂修，王利器校注《水浒全传校注》，石家庄：河北教育出版社，2009年。

垅景埏校注《董解元西厢记》，北京：人民文学出版社，1962年。

孙逊等主编《朝鲜所刊中国珍本小说丛刊》第7册，上海：上海古籍出版社，2014年。

李剑国辑校《唐五代传奇集》，北京：中华书局，2015年。

二、别集、总集、杂著等

［战国］韩非《韩非子》，国家图书馆藏明正德间刊本，善本书号：CBM1347。

［汉］孔安国传，［唐］孔颖达疏《尚书正义》，李学勤主编《十三经注疏》，北京：北京大学出版社，1999年。

［汉］刘向撰，向宗鲁校证《说苑校证》，北京：中华书局，1987年。

［梁］萧统编，［唐］李善注《文选》，上海：上海古籍出版社，1986年。

［唐］司马承祯《天隐子》，王云五主编《丛书集成初编》，上海：商务印书馆，1937年。

［唐］欧阳询《艺文类聚》，国家图书馆藏胡缵宗、陆采明嘉靖六年至七年（1527—1528）刊本，善本书号：03275。

［唐］韩愈撰，马其昶校注，马茂元整理《韩昌黎文集校注》，上海：上海古籍出版社，1986年。

［唐］李贺《唐李长吉诗集》，国家图书馆藏明弘治十五年（1502）刘廷瓒刊本。

［宋］唐慎微《重修政和经史证类备用本草》，国家图书馆藏明嘉靖三十一年（1552）刊本。

［宋］章樵《古文苑注》，国家图书馆藏明弘治十二年（1499）王岳

刊本。

　　［宋］郭茂倩《乐府诗集》，北京：中华书局，1979 年。

　　［宋］左圭编《百川学海》，国家图书馆藏明华珵弘治十四年（1501）刊本。

　　［宋］李昉等《太平御览》，日本宫内厅书陵部藏南宋庆元年间蜀刊本。

　　［宋］张镃《皇朝仕学规范》，国家图书馆藏宋刊本。

　　［宋］郭茂倩编《乐府诗集》，北京：中华书局，1979 年。

　　［金］王朋寿辑《重刊增广分门类林杂说》，国家图书馆藏明钞本，善本书号：03519。

　　［明］宋濂《宋濂文集》，杭州：浙江古籍出版社，1999 年。

　　《永乐大典》，北京：中华书局，1986 年。

　　［明］黄训《读书一得》，国家图书馆藏明嘉靖四十一年（1562）刊本。

　　［明］丘濬《丘濬集》，海口：海南出版社，2006 年。

　　［明］徐渭《徐渭集》，北京：中华书局，1983 年。

　　［明］田艺蘅《诗女史》，国家图书馆藏明嘉靖间刊本。

　　［明］李贽《初潭集》，北京：中华书局，2009 年第 2 版。

　　［明］李贽《焚书注》，张建业主编《李贽全集注》第 1 册，北京：社会科学文献出版社，2010 年。

　　［明］李贽《续藏书注》，张建业主编《李贽全集注》第 11 册，北京：社会科学文献出版社，2010 年。

　　［明］陈士元《论语类考》，《景印文渊阁四库全书》第 207 册，台北：台湾商务印书馆，1986 年。

　　［明］黄淳耀《陶庵全集》，《景印文渊阁四库全书》第 1297 册，台北：台湾商务印书馆，1986 年。

　　［明］薛应旂《四书人物考》，国家图书馆藏明嘉靖三十六年（1557）序刊本，善本书号：09742。

［明］王世贞《弇州山人四部稿》，日本国立公文书馆内阁文库藏明世经堂刊本。

［明］王世贞撰，魏连科点校《弇山堂别集》，北京：中华书局，1985 年。

［明］范守己《御龙子集》，《四库全书存目丛书》集部第 163 册，济南：齐鲁书社，1997 年。

［明］祁彪佳著，张天杰点校《祁彪佳日记》，杭州：浙江古籍出版社，2016 年。

［明］詹景凤《詹氏性理小辨》，日本国立公文书馆内阁文库藏明刊本。

［明］胡应麟《少室山房笔丛》，上海：上海书店出版社，2001 年。

［明］胡应麟《少室山房类稿》，《续金华丛书》本，1924 年胡宗楙梦选楼刊本。

［明］陈耀文纂《天中记》，天津图书馆藏明万历十七年（1589）刻本。

［明］林鸿《鸣盛集》，国家图书馆藏钞本，善本书号：CBM2218。

［明］徐𤊹《幔亭集》，国家图书馆藏明万历间刊本。

［明］李攀龙编《古今名家诗学大成》，美国哈佛大学燕京图书馆藏明万历间刊本。

［明］王穉登《屠先生评释谋野集》，国家图书馆藏明宏远堂熊云滨刊本。

［明］汤显祖著，徐朔方笺校《汤显祖全集》，上海：上海古籍出版社，2015 年。

［明］袁宏道著，钱伯城笺校《袁宏道集笺校》，上海：上海古籍出版社，2008 年第 2 版。

［明］郑文昂辑《古今名媛汇诗》，国家图书馆藏张正岳明泰昌元年（1620）刊本，善本书号：15452。

［清］周在浚《赖古堂尺牍新钞》，国家图书馆藏清康熙间刊本。

［清］阮元《两浙𫐐轩录》，天津图书馆藏清光绪十六年至十七年（1890—1891）浙江书局刻本。

［清］李渔《李渔全集》，杭州：浙江古籍出版社，1991年。

马积高、万光治主编《历代词赋总汇》，长沙：湖南文艺出版社，2014年。

傅璇琮等主编《全宋诗》，北京：北京大学出版社，1995年。

中华书局编辑部点校《全唐诗》（增订本），北京：中华书局，1999年。

三、方志、书目

［宋］晁公武撰，孙猛校证《郡斋读书志校证》，上海：上海古籍出版社，1990年。

［宋］陈振孙撰，徐小蛮、顾美华点校《直斋书录解题》，上海：上海古籍出版社，1987年。

［明］高儒《百川书志》，上海：上海古籍出版社，2005年。

［明］王圻《续文献通考》，国家图书馆藏明万历三十一年（1603）刊本。

［明］祁承𤊾《澹生堂藏书目》，国家图书馆藏清钱氏萃古斋钞本，善本书号：11045。

［明］徐𤊾《红雨楼题跋》，国家图书馆藏清嘉庆三年（1798）刊本，善本书号：02361。

［清］邓永芳等《蒲城志》，国家图书馆藏清康熙五年（1666）刊本。

［清］贾汉复等《陕西通志》，国家图书馆藏清康熙六到七年（1667—1668）刊本。

［清］廖腾煃等纂修康熙三十二年《休宁县志》，《中国方志丛书》华中地方第90号，台北：台湾成文出版社，1970年。

［清］丁丙辑《武林坊巷志》，杭州：浙江古籍出版社，2018年。

西安市地方志编纂委员会《西安市志》第6卷，西安：西安出版社，

2002 年。

冯惠民等选编《明代书目题跋丛刊》，北京：书目文献出版社，1994 年。

孙殿起录《贩书偶记续编》，上海：上海古籍出版社，1980 年。

孙楷第编《日本东京所见中国小说书目》，上海：上杂出版社，1953 年。

昌彼得《版本目录学论丛》，台北：学海出版社，1977 年。

中山大学图书馆编《中山大学图书馆古籍善本书目》，广州：中山大学图书馆，1982 年。

王重民《中国善本书提要》，上海：上海古籍出版社，1983 年。

杜信孚纂辑《明代版刻综录》，扬州：江苏广陵古籍刻印社，1983 年。

大连市图书馆编《大连图书馆古籍善本书目》，大连：大连市图书馆，1986 年。

中国古籍善本书目编辑委员会编《中国古籍善本书目·子部》，上海：上海古籍出版社，1996 年。

纪昀、陆锡熊、孙士毅等著，四库全书研究所整理《钦定四库全书总目》，北京：中华书局，1997 年。

陈琳主编《贵州省古籍联合目录》，贵阳：贵州人民出版社，2007 年。

严绍璗编著《日藏汉籍善本书录》，北京：中华书局，2007 年。

四、史书

杨伯峻编著《春秋左传注》，北京：中华书局，2016 年第 4 版。

[西汉] 刘向集录，范祥雍笺证，范邦瑾协校《战国策笺证》，上海：上海古籍出版社，2006 年。

[汉] 司马迁《史记》，北京：中华书局，1982 年第 2 版。

[汉] 班固《汉书》，北京：中华书局，1962 年。

[宋] 范晔撰，[唐] 李贤等注《后汉书》，北京：中华书局，1965 年。

［梁］沈约《宋书》，北京：中华书局，1974 年。

［唐］房玄龄等《晋书》，北京：中华书局，1974 年。

［唐］姚思廉《陈书》，北京：中华书局，1972 年。

［唐］李延寿《北史》，北京：中华书局，1974 年。

［唐］李延寿《南史》，北京：中华书局，1975 年。

［唐］刘知几撰，［清］浦起龙释《史通通释》，上海：上海古籍出版社，1978 年。

［后晋］刘昫等《旧唐书》，北京：中华书局，1975 年。

［宋］陶岳《五代史补》，国家图书馆藏柳金明嘉靖十五年（1536）钞本，善本号 03405；毛氏汲古阁明刊本，善本书号：08029。

［宋］马令《南唐书》，国家图书馆藏顾汝达明嘉靖二十九年（1550）刊本。

［宋］欧阳修、宋祁《新唐书》，北京：中华书局，1975 年。

［宋］司马光编著，［元］胡三省音注，"标点资治通鉴小组"校点《资治通鉴》，北京：中华书局，1956 年。

［宋］郑樵《通志》，北京：中华书局，1987 年。

［元］脱脱等《金史》，北京：中华书局，1975 年。

［明］宋濂等《元史》，北京：中华书局，1976 年。

［明］赵弼《雪航肤见》，《四库存目丛书补编》第 94 册，济南：齐鲁书社，2001 年。

［明］余文龙《史异编》，国家图书馆藏明万历四十七年（1619）刊本。

［清］张廷玉等《明史》，北京：中华书局，1974 年。

五、当代人著作

杨伯峻《列子集释》，北京：中华书局，1979 年。

王梦鸥注译《礼记今注今译》，台北：台湾商务印书馆，1979 年第 6 版。

余嘉锡《四库提要辨证》，北京：中华书局，1980 年。

王利器辑录《元明清三代禁毁小说戏曲史料》（增订本），上海：上海古籍出版社，1981 年。

钱钟书《管锥编》，北京：中华书局，1979 年。

黄清泉主编，曾祖荫等辑录《中国历代小说序跋辑录》（文言笔记小说序跋部分），武汉：华中师范大学出版社，1989 年。

孙楷第《戏曲小说书录解题》，北京：人民文学出版社，1990 年。

徐朔方《晚明曲家年谱》，杭州：浙江古籍出版社，1993 年。

李剑国《唐五代志怪传奇叙录》，天津：南开大学出版社，1993 年。

徐朔方《小说考信编》，上海：上海古籍出版社，1997 年。

周芜等编著《日本藏中国古版画珍品》，南京：江苏美术出版社，1999 年。

赵红娟《凌濛初考论》，合肥：黄山书社，2001 年。

李剑国《中国狐文化》，北京：人民文学出版社，2002 年。

陈益源《元明中篇传奇小说研究》，北京：华艺出版社，2002 年。

马廉著，刘倩编《马隅卿小说戏曲论集》，北京：中华书局，2006 年。

陈国军《明代志怪传奇小说研究》，天津：天津古籍出版社，2006 年。

瞿冕良编著《中国古籍版刻辞典》（增订本），苏州：苏州大学出版社，2009 年。

黄霖编，罗书华撰《中国历代小说批评史料汇编校释》，南昌：百花洲文艺出版社，2009 年。

顾志兴编《浙江印刷出版史》，杭州：杭州出版社，2011 年。

朱一玄《〈金瓶梅〉资料汇编》，天津：南开大学出版社，2012 年。

侯忠义主编《话本与文言小说》，沈阳：辽宁教育出版社，2013 年。

徐学林编《徽州刻书史长编》，合肥：安徽教育出版社，2014 年。

陈国军《明代志怪传奇小说叙录》，北京：商务印书馆国际有限公司，2015 年。

周心慧《中国古代版画史纲》，北京：北京联合出版公司，2018 年。

向志柱《〈稗家粹编〉与中国古代小说研究》，北京：商务印书馆，2018 年。

赵素忍《〈艳异编〉及其续书研究》，北京：中国社会科学出版社，2020 年。

六、论文

陶湘《涉园藏书第一编记（七）》，《青鹤》，1937 年 2 月 16 日第五卷第七期。

陶湘编《明吴兴闵板书目》，《青鹤》，1937 年 5 月 16 日第五卷第十三期。

华人德《苏州古版画概述》，《江苏图书馆学报》，1999 年第 4 期。

杜泽逊《蓬莱慕湘藏书楼观书记》，《藏书家》第 8 辑，济南：齐鲁书社，2003 年。

任明华《〈广艳异编〉的成书时间及其与〈续艳异编〉的关系》，《上海师范大学学报》（哲学社会科学版），2006 年第 5 期。

王重阳《〈艳异编〉研究》，南开大学，2007 年硕士学位论文。

程毅中《唐人小说中的"诗笔"与"诗文小说"的兴衰》，《文学遗产》，2007 年第 6 期。

陈晨、张晶芸《〈才鬼记〉版本考论》，《湖南大学学报》（社会科学版），2008 年第 6 期。

徐永明《哈佛燕图稀见明刻本〈全像新镌一见赏心编〉之编纂、作者及其插图解题》，台湾中正大学中国文学系《中正大学中文学术年刊》，2010 年第 1 期（总第十五期）。

徐永明《晚明小说集〈一见赏心编〉与〈艳异编〉的比较》，《汤显祖—莎士比亚文化高峰论坛暨汤显祖和晚明文化学术研讨会论文集》，杭州：浙江大学出版社，2012 年。

赵素忍、霍现俊《〈艳异编〉中宋元小说来源考辨》，《河北师范大学学报》（哲学社会科学版），2015 年第 6 期。

任明华《略论〈艳异编〉的版本》，《明清小说研究》，2016 年第 1 期。

朱露露《〈绿窗女史〉研究》，华东师范大学，2017 年硕士学位论文。

梁建蕊《〈虞初志〉凌刻本评点考辨及价值重估》，《中国文学研究》，2020 年第 3 期。

向志柱《〈剪灯新话〉的版本发现及其意义》，《清华大学学报》（哲学社会科学版），2021 年第 2 期。

任明华《〈古今名家诗学大成〉与明代传奇小说的文体发展》，《文艺理论研究》，2023 年第 2 期。

任明华《论王世贞〈艳异编〉的篇目来源及编选观念——兼谈其成书时间》，《齐鲁学刊》，2023 年第 2 期。

后 记

　　窗外带着积雪的树枝在寒风中摇曳，我又情不自禁地想起了煦暖的江南。2000 年，谭帆先生不弃我之驽钝，收我于门墙。我从古老的小县城曲阜负笈南下，走进繁华的国际大都市上海，开始了渴望已久的求学之路，奏响了崭新的人生乐章。

　　读硕士研究生时，杜贵晨师就经常教诲弟子说要多读书，可我每每让老师失望。我清楚自己的不足，决心慢慢弥补。通过听课、阅读、思考与老师讨论，我确定了中国古代小说选本研究的博士论文选题，在查阅资料与访书时，初步接触到王世贞的《艳异编》。由于古代小说选本数量众多，囿于时间关系，很多问题当时都浅尝辄止，深以为憾。博士毕业后，我一直关注《艳异编》，先后发表了《〈广艳异编〉的成书时间及其与〈续艳异编〉的关系》[《上海师范大学学报》（哲学社会科学版）]，2006 年第 5 期）与《略论〈艳异编〉的版本》（《明清小说研究》2016 年，第 1 期）等文章，对《艳异编》的认识愈益深入。但总感到意犹未尽，遂于 2020 年申报了教育部课题，承蒙专家厚爱，得以顺利立项，给予我一次全面深入探讨《艳异编》的机会，也是对我关注《艳异编》二十年的回报。这本小书是我过去学术研究的小结，期待未来取得更好的成绩。

　　我的学术道路启步于美丽的丽娃河畔，难忘垂柳依依，夏雨绵绵，荷香习习，翠竹亭亭，令人魂牵梦绕。我时刻铭记谭老师的教导：春华秋实，人生每个阶段都有特定的任务，要认真做好。永忆在上海师范大学文苑楼跟从孙逊师、孙菊园师母一起做课题时的欢声笑语，在上海大剧院与逸夫舞台昆曲表演的曼妙柔软，还有无数个周末去福州路旧书店淘书的快乐时光……能不忆江南！

看着学生送我的红豆，感到十分温暖。是浓浓的师生情、亲情、友情伴我成长，给了我无尽的爱。衷心感谢默默付出的妻子和活泼可爱的女儿，给了我无穷的前进动力。感谢国家图书馆、中国科学院图书馆、上海图书馆等单位、机构的古籍部老师热情周到的服务与帮助，感谢发表拙文的期刊编辑及齐鲁书社张巧女史的辛勤劳动和精心编校。书中不当或错误之处，恳请专家读者批评指正！

任明华
癸卯年腊月廿三日于曲园